JO GOODMAN

GLÜHENDE LIEBE

Roman

Aus dem Amerikanischen
von Traudi Perlinger

WILHELM HEYNE VERLAG
MÜNCHEN

HEYNE ROMANE FÜR »SIE«
Nr. 04/346

Titel der Originalausgabe:
MY STEADFAST HEART

Deutsche Erstausgabe 8/2000

»Dieses Werk wurde vermittelt durch die
Literarische Agentur Thomas Schlück GmbH, 30827 Garbsen«

Printed in France 2000
http://www.heyne.de
Umschlagillustration: Pino Daeni/Agentur Schlück
Umschlaggestaltung: Nele Schütz Design, München
Satz: Pinkuin Satz und Datentechnik, Berlin
Druck und Bindung: Brodard & Taupin

ISBN 3-453-16817-8

Prolog

London, Oktober 1820

Sie kamen, um den Kleinen zu holen. Das war Colin klar, der mit acht Jahren alt genug war, um unter dem Verlust zu leiden, und noch zu jung, um die Trennung zu verhindern. Er hatte den Moment erwartet, ohne wirklich darauf vorbereitet zu sein. Und er hatte versäumt, seine Brüder darauf vorzubereiten.

Greydon hätte ohnehin nichts begriffen. Er war das Baby, das die Leute haben wollten. Kein Wunder, sie hatten sich in sein rundes Gesichtchen, sein seliges Lächeln verliebt. Der fünf Monate alte Grey war noch zu klein, um die Situation zu begreifen. Er wusste nicht, dass er eine Familie hatte, wenn auch eine kleinere als noch vor zwei Monaten. Der Säugling lachte glucksend mit zahnlos rosigem Mund und ruderte mit Armen und Beinen. Jeder erlag seinem Liebreiz, der ihm so natürlich war wie Trinken und Schlafen.

Und als Grey in den Armen der fremden Frau zufrieden brabbelte, fiel es Colin schwer, seinem kleinen Bruder nicht den Vorwurf zu machen, ein Verräter zu sein.

Colin stand neben der Tür im Büro des Heimleiters und hielt seinen anderen Bruder an der Hand. Decker war erst vier, blieb aber vertrauensvoll neben Colin stehen und beobachtete aufmerksam, wie das Ehepaar aus Amerika seine Entscheidung traf.

Die nächsten Minuten zogen sich quälend dahin, bis der Heimleiter auf die beiden Buben deutete und das Ehepaar mit sachlicher Gleichgültigkeit fragte: »Wollen Sie einen oder vielleicht beide dazu?«

Der fremde Mann wandte den Kopf und schien die Kinder jetzt erst zu bemerken. Die Frau blickte nicht einmal in ihre Richtung.

»Sie sind Brüder«, erklärte der Heimleiter. »Colin.

Decker. Kommt her und sagt Greydons neuen Eltern guten Tag.«

Colins Hoffnung, das Paar würde sich doch nicht für Grey entscheiden, schwand bei den Worten des Heimleiters. Gehorsam trat er vor und zog Decker mit sich. »Guten Tag, Sir«, grüßte er höflich und streckte dem Fremden die Hand hin.

Nach einer verdutzten Pause lachte der Mann freundlich, ehe er Colins Hand nahm und seinen Gruß erwiderte. Die kleine Kinderhand verschwand in der großen Hand des Fremden. So sehr Colin sich in späteren Jahren auch bemühte, er konnte sich nicht an die Gesichtszüge des Mannes erinnern. Doch der warme, feste Händedruck blieb ihm im Gedächtnis, ebenso das tiefe, melodische Lachen und der Hoffnungsschimmer, der einen Moment in seinem Kinderherz aufgeflammt war.

Der Fremde wandte sich an seine Frau, die dem Baby in ihren Armen wieder ein Lächeln entlockte und seinem unschuldigen Charme bereits verfallen war. Das Paar würde den Säugling mühelos als eigenes Kind ausgeben können. Niemand in der Verwandtschaft oder im Freundeskreis würde erfahren, dass es sich um ein Adoptivkind handelte.

»Ich fürchte nein«, sagte der Mann schließlich und ließ Colins kleine Hand los. »Meine Frau wünscht sich ein Baby.« Da ihm die aufmerksamen Blicke zweier kindlicher Augenpaare unangenehm waren, fügte er ungehalten an den Heimleiter gerichtet hinzu: »Sie hätten die Kinder nicht hierher bringen dürfen. Wir waren von Anfang an nur an einem Säugling interessiert, das habe ich deutlich zum Ausdruck gebracht.«

Der Heimleiter ließ sich von der Zurechtweisung nicht beeindrucken, er gab sie lediglich weiter, als er zu den Buben herumfuhr und sie wegschickte. Sein barscher, vorwurfsvoller Tonfall erweckte den Anschein, ihre Gegenwart sei keineswegs seine Idee gewesen, sondern die der Kinder.

Colin ließ Deckers Hand los. »Es ist alles in Ordnung«, sagte er leise zu ihm. »Geh. Ich komme gleich nach.«

Deckers große blaue Augen flogen unsicher zwischen

Colin und dem Heimleiter hin und her. Dann rannte er aus dem Büro, nicht wegen der strengen Miene des Heimleiters, sondern weil Colin ihn dazu aufgefordert hatte.

»Ich möchte mich von meinem kleinen Bruder verabschieden.« Colins Stimme klang hell und kindlich, doch der Blick seiner dunklen Augen war ernst und beinahe erwachsen. Er rührte sich nicht vom Fleck, als habe er Wurzeln geschlagen.

Der Heimleiter war im Begriff, hinter dem Schreibtisch hervorzutreten und Colin eigenhändig aus dem Büro zu befördern.

Der Fremde hob abwehrend die Hand. »Ja, natürlich«, sagte er. »Liebes? Der Junge möchte sich von seinem Bruder verabschieden.«

Widerstrebend wandte die Frau den Kopf. Ihr warmes Lächeln erstarb, als sie auf Colin herabsah. Der verträumte Ausdruck in ihren blauen Augen verhärtete sich. »Nein!«, versetzte sie heftig. Ein grauer Schleier bildete sich am Rand ihrer Pupillen wie die beginnende Eisschicht am Ufer eines gefrierenden Sees. »Ich will nicht, dass der Junge mein Baby anfasst. Schau ihn dir an! Man sieht doch, dass er kränkelt. Vielleicht steckt er das Kind an.«

Colin war, als habe sie ihm ins Gesicht geschlagen. Die Worte der Frau jagten einen Schauer durch seinen ausgemergelten Körper. Er spürte, wie ihm die Hitze in die Wangen stieg, teils aus Wut, teils aus Scham. In diesem Augenblick hätte er sich nicht rühren können, selbst wenn er gewollt hätte.

»Ist der Junge etwa krank?«, fragte der Mann den Heimleiter. »Er ist so mager.«

»Er isst schlecht«, entgegnete der Heimleiter. Der Blick, mit dem er Colin maß, verdunkelte sich und enthielt eine deutliche Warnung. »Er hat keinen Appetit. Meine Frau glaubt, der … ehm … Vorfall … hat ihn mehr mitgenommen als die anderen beiden. Es wäre denkbar, da er der Älteste ist.«

Colin unterbrach das Gespräch der Erwachsenen und meldete sich tapfer wieder zu Wort. »Ich möchte meinen

Bruder noch einmal in den Arm nehmen.« Damit streckte er die Hände nach dem Baby aus.

Der Fremde ermahnte seine Frau sanft. »Liebes? Was soll denn schon passieren?«

Sie zögerte lange. Colin sah, wie ihr Blick zur Tür flog, als spiele sie mit dem Gedanken zu fliehen. Schließlich legte sie ihm das Baby in die Arme mit einer schroffen Mahnung, es nicht fallen zu lassen.

Colin drückte seinen jüngsten Bruder an die magere Brust und wiegte ihn wie so oft in den vergangenen drei Monaten. Er wandte den Erwachsenen den Rücken zu und entfernte sich ein paar Schritte, ohne auf das hörbare Japsen der Frau zu achten. Er zupfte die Decke des Babys zurecht und nestelte am Kragen seines Batisthemds. »Ich finde dich«, sagte er leise, wobei er kaum die Lippen bewegte. »Das verspreche ich dir, ich finde dich.«

Greydon krähte vergnügt und trommelte mit seiner winzigen Faust gegen Colins Schulter.

»Nun ist es genug«, sagte der Mann. Seine Frau trat einen Schritt vor.

Der Heimleiter wandte sich an Colin. »Gib Greydon zurück.«

Noch ehe Colin gehorchen konnte, wurde ihm sein Brüderchen aus den Armen gerissen. Diesmal wartete er nicht, bis er fortgeschickt wurde. Colin hatte es sehr eilig, das dunkel getäfelte Büro des Heimleiters zu verlassen. Er hielt sich aufrecht mit durchgedrücktem Rücken, nur seine Unterlippe bebte merklich, als er das Zimmer durchquerte. Und er hörte die Worte der Frau kaum, deren Bedeutung er zu diesem Zeitpunkt ohnehin nicht wirklich begriff.

Sie kraulte das Baby unterm Kinn und sagte leise: »Ich glaube nicht, dass mir der Name Greydon gefällt.«

Nur drei Wochen später verließ auch Decker Cunningtons Arbeitshaus für Findlinge und Waisenkinder. Colin hatte gehofft, noch etwas länger mit Decker zusammen sein zu können. Aber ein vierjähriges Waisenkind fand in der Regel ziemlich rasch ein neues Zuhause. Hätten die Kinder ihr

Schicksal in diesem frühen Alter bereits begriffen, hätten sie sich mit der Aussicht trösten können, in eine Lehre zu gehen oder als Hausangestellte Beschäftigung zu finden, wodurch ihnen ein wesentlich günstigeres Schicksal beschieden war, als im Waisenhaus der Cunningtons zu bleiben, bis sie im Alter von zwölf Jahren gnadenlos auf die Straßen Londons gejagt wurden. Ein Junge, der sich alleine durchs Leben schlagen musste, geriet nur allzu leicht an eine Diebesbande, von der er in der Kunst des Trickdiebstahls unterwiesen wurde, wenn er sich flink und geschickt anstellte. Geriet er allerdings an einen Zuhälter, wurde ihm beigebracht, seinen Körper feilzubieten, bis er entweder zu alt war oder von einer Krankheit vorzeitig dahingerafft wurde.

Colin, der seinem Bruder keines der beiden Schicksale wünschte, tröstete sich mit dem Gedanken, dass Deckers Fortgang aus dem Waisenhaus zu seinem Besten, wenn auch schmerzhaft für ihn als den Ältesten war. Er wünschte sich inständig, sich für seinen Bruder freuen zu können, doch im Grunde seines Herzens war er eifersüchtig und neidisch. Und er hatte Angst. Nun war er ganz allein.

Die Eheleute, die Decker unter einer Reihe anderer Kinder aussuchten, fand Colin sympathischer als das amerikanische Ehepaar, das sich für Grey entschieden hatte. Die Frau war nicht hübsch, hatte aber ein gütiges Lächeln und eine stille Art und verstand es rasch, Deckers ängstliche Scheu zu beschwichtigen. Ihr Ehemann war zurückhaltend, aber höflich und ein wenig unbeholfen, wie er auf Deckers unermüdliche Fragen reagieren sollte, bis seine Frau gutmütig meinte: »Antworte ihm einfach, *mon cher.* Sprich mit dem Kind, wie du mit mir sprichst.« Danach redete der Mann mit einem volltönenden Bariton, einer Stimme, die Vertrauen einflößte. Colin wünschte sich schuldbewusst, an Deckers Stelle zu sein.

Der Heimleiter wiederholte sein Angebot. »Vielleicht haben Sie auch an Deckers Bruder Interesse?«

Die gütigen Augen der Frau richteten sich auf Colin. Trauer und Schmerz spiegelten sich in ihrem Blick. Und als Colin Mitleid darin erkannte, errötete er beschämt. »Wenn wir könnten, würden wir beide mitnehmen«, sagte die Frau zum Heimleiter. »*Mais ce n'est pas possible.*«

Der Ehemann nickte. »Ja, meine Frau meint es ehrlich«, bestätigte er. »Wir würden auch ihn nehmen, wenn wir könnten. Aber das Kind muss gesund und kräftig sein. Vor uns liegt eine lange und beschwerliche Reise.«

Colin schlüpfte leise aus dem Büro des Heimleiters. Auf dem schwach erleuchteten Flur holte er tief und abgehackt Luft und schluckte gegen den harten, schmerzenden Knoten in seiner Kehle an. Wenn er die Augen schloss, sah er den mitfühlenden Blick der Frau. Er wollte ihr Mitleid nicht; sie sollte ihm lieber dankbar sein. Oder glaubte sie etwa, der stämmige kleine Körper ihres neuen Sohnes sei eine Laune der Natur?

Es war kurz vor dem Nachtmahl und Colins Magen knurrte hörbar. Es war lange her, seit er dieses Geräusch von sich gegeben hatte. In den Monaten seit ihrer Ankunft im Waisenhaus hatte er sich angewöhnt, nur das Nötigste zu essen, damit seine kleinen Brüder satt wurden.

Er hatte für die beiden getan, was ihm möglich war. Nun musste er an sich selbst denken.

Unterernährt und geschwächt, mit glanzlosen, dunklen Augen wie Kohle im mageren Gesicht, vertrug Colin anfangs die größeren Essensportionen schlecht. Ältere Buben, die es sich zweimal überlegt hatten, sich mit ihm anzulegen, als er seine beiden Brüder beschützte, sahen in ihm nun eine leichte Beute. Und bald bekam er kaum mehr zu essen als in der Zeit, da er seine kleinen Brüder durchfütterte, manchmal sogar weniger.

Zehn Tage nachdem Decker abgeholt worden war, zog Colin sich einen hartnäckigen Husten zu und hielt die anderen Zöglinge in dem zugigen kalten Schlafsaal, in dem die Pritschen nur wenige Zentimeter von einander entfernt standen, mit seinen ständigen Hustenanfällen wach. Er presste sich beide Hände vor den Mund, um das Husten zu unterdrücken, doch das nützte wenig. In der dritten Nacht hatten Jamie Ferguson und John Turley sich einen Plan zurechtgelegt. Als Colin wieder zu husten begann, standen sie lautlos auf, warfen ihm eine Decke über den Kopf und schlugen mit den Fäusten auf ihn ein. In der folgenden Nacht mussten sie keine Gewalt mehr anwenden. Sie legten ihm ein Kissen übers Gesicht und hielten es fest, bis er keine Bewegung mehr machte.

Es war Mrs. Cunningtons Idee, Colin könne sich zum Schornsteinfeger eignen. Er war hoch aufgeschossen, hatte schmale Schultern und noch schmalere Hüften und würde sich mühelos in engen Kaminschächten bewegen.

Erleichtert, Colin endlich loszuwerden, ließ der Heimleiter sich nicht zweimal bitten und schickte den Jungen zu einem Schornsteinfeger in die Lehre, wo er tatsächlich geschickt und wendig durch die engen Schächte kletterte. Doch er hatte keine Ausdauer, ermüdete schnell und machte schlapp. Sein hellblondes Haar war mit einer fettigen Rußschicht überzogen. Colins fiebrig gerötete Gesichtsflecken waren unter Ruß und Asche verborgen und die Blutergüsse, die er von den regelmäßigen Prügeln seines Lehrherrn davontrug, waren von Dreck und Kohlenstaub ohnehin nicht zu unterscheiden.

Nach wenigen Wochen wurde er wieder zu den Cunningtons zurückgeschickt, da er die Voraussetzungen für eine Schornsteinfegerlehre nicht erfüllte. Mr. Cunnington versetzte ihm schallende Ohrfeigen, während seine Frau Zeter und Mordio schrie. Colin brummte zwei Tage der Schädel.

»*Mir* gefällt die Vorstellung ganz und gar nicht, ihn im Haus zu haben, bis er zwölf ist«, lamentierte Mrs. Cunnington. Sie legte ihren Stickrahmen beiseite, faltete die Hände im Schoß und sah ihren Ehemann erwartungsvoll an. »Dieser Vorwurf in seinen Augen. Ist *dir* das aufgefallen?«

Ja, es war ihm aufgefallen. Der Heimleiter fuhr fort, seine Pfeife zu reinigen.

»Als sei es *unsere* Schuld, dass seine Eltern umgekommen sind. Dabei haben wir *mehr* als unsere Pflicht getan. Das weiß *jeder.*« Mrs. Cunnington hatte die Angewohnheit, mindestens ein Wort in jedem Satz besonders hervorzuheben, um ihre Meinung deutlicher zum Ausdruck zu bringen. »*Ich* finde, die Leute hätten bessere Vorsorge für ihre Kinder treffen *müssen*. Schließlich konnten sie es sich *leisten*, das *sah* man doch auf den ersten Blick.«

Mr. Cunnington legte den Reiniger beiseite und begann die Pfeife zu stopfen. Er war genauso enttäuscht wie seine Frau. Das Heimleiterehepaar hatte sich Hoffnungen gemacht, Verwandte von Colin, Decker und Grey ausfindig zu machen. Sie hatten sogar Anzeigen in den großen Londoner Zeitungen geschaltet und aus eigener Tasche bezahlt, in denen die drei Brüder sowie die Umstände des plötzlichen Ablebens ihrer Eltern beschrieben wurden. Doch hatte sich niemand gemeldet, der Anspruch auf die Vormundschaft der Buben erhob oder irgendwelche Hinweise über lebende Verwandte der Kinder gegeben hätte.

Aus den feinen Kleidern der Kinder und Colins höflichen Umgangsformen hatten die Cunningtons den Schluss gezogen, die Kinder wären wohlhabender Herkunft. Im *Burnside Inn* an der Poststraße im Nordon von London wusste niemand etwas über die Familie zu berichten, die hier eingekehrt war und eine Mahlzeit zu sich genommen hatte. Eine halbe Stunde nachdem sie die Herberge verlassen hatten, wurde ihre Kutsche von Wegelagerern überfallen. Normalerweise endeten solche Überfälle nicht mit Mord und Totschlag, doch es gab immer Ausnahmen. Im Falle der Eltern der Knaben und ihres Kutschers machten die Banditen eine Ausnahme. Die Behörden wussten nicht, was sie mit drei verwaisten Kindern anfangen sollten und lieferten sie im Waisenhaus ab.

Die Cunningtons befragten Colin nach seiner Familie und seiner Erziehung, fanden seine Erzählungen freilich reichlich fantastisch und gelangten bald zu der Einsicht, dass ein Achtjähriger noch nicht in der Lage war, die Wahrheit zu erkennen. Die erhöhte Aufmerksamkeit der ersten Tage schwand und die drei Kinder wurden nicht besser und nicht schlechter behandelt als die anderen Insassen des Waisenhauses.

Als der Heimleiter fertig war, seine Pfeife zu stopfen,

zündete er sie an und paffte mehrmals, bis sie ordentlich zog. Dann seufzte er. »Du hast natürlich Recht«, meinte er. Die Erfahrung hatte ihn gelehrt, seiner Frau stets zuzustimmen, auch wenn er anderer Meinung war. In diesem Fall aber meinte er es ehrlich. »Er kann nicht hier bleiben. Er ist zu schwach, um zu arbeiten, und mit seiner Schwindsucht steckt er womöglich die anderen an.«

Mrs. Cunningtons Augen weiteten sich. »Schwindsucht?« Sie mussten Colin schleunigst loswerden. Der Junge durfte keinesfalls unter ihrem Dach sterben. Die anderen Kinder könnten krank werden. Auch sie und ihr Ehemann waren nicht vor Ansteckung geschützt. Das Waisenhaus könnte geschlossen werden und sie würden ihre Existenz verlieren. »Meinst du *wirklich*, er hat die Schwindsucht?«

Mr. Cunnington zuckte die Achseln und paffte Rauchwolken in die Luft.

Mrs. Cunnington war der Meinung, ihr Mann habe sich bereits einen Plan zurechtgelegt, sonst würde er nicht so gelassen reagieren. »*Erzähle* mir von deinem Plan.«

Jack Quincy sprach am nächsten Tag bei den Cunningtons vor. Er war ein Riese von einem Mann und sein Bass dröhnte tief und hohl. Arme und Beine waren dick wie Baumstämme. Sein Händedruck war kraftvoll und warm, seine Umgangsformen eher derb. Jacks Nase war mehr als einmal gebrochen und jedes Mal schief zusammengewachsen. Böse Zungen behaupteten, Jack Quincy warte auf einen Schlag, der ihm die Nase wieder zurechtrückte.

Als er in das Büro des Heimleiters stapfte, umweht vom Geruch nach frischem Wind und Salzwasser, zog Colin den Duft nach Abenteuer tief in seine Lungen ein.

Jack Quincy wartete nicht, bis der Heimleiter ihm die Hand reichte. Er packte sie, drückte zweimal zu und sagte ohne Vorankündigung: »Wo ist der Junge, von dem Sie mir erzählt haben?«

»Hinter Ihnen«, erwiderte Mr. Cunnington und schaute über Quincys Schulter zu Colin. »Wollen Sie sich setzen und über die Bedingungen sprechen?«

Quincy musterte Colin flüchtig. »An dem ist aber nicht viel dran«, bemerkte er trocken.

»Er isst nicht«, erklärte der Heimleiter. »Wenigstens nicht viel. Dadurch kommt er Sie nicht teuer.«

»Dadurch kippt er jeden Moment aus den Pantinen.« Jack verengte die Augen und stieß einen wulstigen Finger in Richtung des Heimleiters. »Selbst die Fische würden dieses Klappergestell als Köder verschmähen. Was versuchen Sie mir da anzudrehen, Cunnington?« Seine Stimme war laut geworden. »In zwei Stunden legt mein Schiff ab und Sie sagten, Sie hätten einen geeigneten Jungen für mich. Was soll ich mit dieser Bohnenstange anfangen?«

Mr. Cunnington straffte indigniert die Schultern. Die grobschlächtige Art des Yankees fand er abscheulich. »Er ist genau das, was ich Ihnen versprochen habe.«

»Er ist krank. Sie haben nichts davon gesagt, dass er krank ist.« Wie aufs Stichwort musste Colin husten. Quincy warf ihm einen Blick über die Schulter zu und musterte das abgezehrte Gesicht, die dunklen Schatten unter den Augen, die hohlen Wangen und bleichen Lippen. »Hat er die Schwindsucht?«

»Es ist nur eine harmlose Erkältung.«

Quincy trat auf Colin zu und hob ihm das Kinn. »Ist das wahr?«

Colin, der befürchtet hatte, der Riese würde ihm die Kieferknochen brechen, wunderte sich über die erstaunlich sanfte Berührung des Mannes. Seine Lungen drohten zu platzen, als er mühsam den Husten unterdrückte. »Es ist wahr, Sir«, sagte er. »Kein Doktor hat je etwas erwähnt.«

Quincy durchschaute Colins Spiel. Seine Worte waren nicht gelogen. Doch die Wahrheit war, dass kein Doktor ihn je untersucht hatte. »Willst du mit mir kommen, Junge?« Quincy hielt Colins spitzes Kinn immer noch hoch und registrierte den Mumm und die Entschlossenheit im Blick des Buben. »Na?«

»Colin, Sir«, antwortete er ernsthaft. »Ich heiße Colin Thorne. Ja, ich will mit Ihnen kommen.«

»Obwohl du weißt, dass ich dich über die Reling der *Sea Dancer* befördere, wenn du nicht arbeiten kannst?«

Colin bemühte sich, einen kräftigen Eindruck zu machen, und hielt sich kerzengerade. »Dieses Risiko gehe ich ein, Sir.«

Jack Quincy ließ Colins Kinn los. »Wie viel wollen Sie für ihn?«, fragte er den Heimleiter.

»Drei Pfund Sterling.«

»Das ist ein Vermögen«, knurrte Quincy.

Angst krallte sich um Colins Herz. Wenn Cunnington nicht mit sich handeln ließ und Quincy sich weigerte, den Preis zu bezahlen, was dann? »Wenn Sie gestatten, Sir«, meldete er sich ungefragt zu Wort. »Es wäre mir eine Ehre, Sie in voller Höhe zu entschädigen. Mit Zinsen, falls Sie es wünschen.«

Quincy blinzelte. »Bei Gott, er redet wie ein verdammter Bankier«, sagte er mehr zu sich als an Cunnington gerichtet. »Wie alt bist du, Junge?«

»Zehn«, antwortete Colin und überkreuzte heimlich zwei Finger.

»Zwölf«, sagte Cunnington gleichzeitig.

Jack Quincy knurrte übellaunig und glaubte keinem. »Zum Teufel, was soll's! Ich brauche den Jungen für diese Fahrt.« Er öffnete seinen Wollmantel, griff in seine Innentasche und holte drei Sovereigns hervor. Eine der Münzen ließ er geschickt durch seine Finger gleiten, ehe er sie alle drei auf den Schreibtisch legte. »Bedienen Sie sich.«

Mr. Cunnington beeilte sich, die Goldmünzen einzusammeln. »Hol deine Sachen, Colin, und warte auf Mr. Quincy am Haupttor.«

Colin zögerte, warf Quincy einen fragenden Blick zu und fürchtete beinahe, mit seinem Bündel vor dem Tor zu stehen, ohne dass ihn jemand mitnahm.

Jack Quincy rieb sich das Kinn, um sein Schmunzeln zu verbergen. Der kleine verhungerte Kerl hatte etwas an sich, das ihm gefiel. »Nun lauf schon, Junge. Ich lass dich nicht im Stich.«

Colin machte kehrt und verließ das Büro mit gestrafften Schultern und hoch erhobenen Hauptes.

Quincy schaute ihm nach. Als er Colin außer Hörweite wusste, wandte er sich an den Heimleiter. »Eines sage ich Ihnen, Cunnington: Wenn der Junge stirbt, bevor die *Sea Dancer* in Boston anlegt, komme ich wieder und nehme das gesamte Waisenhaus auseinander.«

»Er schafft es bis Boston. Danach allerdings ...« Seine Stimme verlor sich und er zuckte die Achseln.

»Danach ist es nicht mehr wichtig.«

Die *Sea Dancer* verließ den Hafen von London mit einer Verspätung von drei Stunden. Aus Furcht, die Cunningtons könnten ihre Meinung ändern oder Jack Quincy könne sich den Handel noch einmal überlegen, stand Colin beim Warten Höllenqualen aus.

Der Knoten in seiner Magengrube löste sich erst, als Englands Küstenlinie in der Ferne verschwand.

Eine halbe Ozeanüberquerung später traf Mr. Elliot Willoughby aus Rosefield in London ein und erkundigte sich nach dem Weg zu Cunningtons Arbeitshaus für Findlinge und Waisenkinder. Der Rechtsanwalt war allem Anschein nach daran interessiert, Auskünfte über den Verbleib von drei Kindern einzuholen, deren Familienname Thorne lautete.

Kapitel 1

London, Juni 1841

Das Grollen des Donners scheuchte ihn aus dem Bett. Colin hatte nicht tief geschlafen, nur ein wenig gedöst, dennoch hatte er keine große Lust, sich aus der Bettdecke zu schälen und den prallen Schenkel von sich zu schieben, der quer über seinen Beinen lag.

Auf bloßen Füßen tappte er zum Fenster und zog den vergilbten Vorhang zurück. Ein Netzwerk greller Blitze durchzuckte den Himmel und tauchte seinen nackten Körper für wenige Sekunden in gleißende Helligkeit. Colin legte die flache Hand gegen die Glasscheibe. Als kurz darauf der nächste Donnerschlag erdröhnte, spürte er die Vibration bis in den Arm hinauf.

Er griff nach seiner Hose, die über der Armlehne des einzigen Stuhls hing, und schlüpfte hinein. Wieder zuckte ein Blitz über den Himmel und erhellte das Zimmer. Colin schaute zum Bett und vergewisserte sich, dass die Frau schlief. Umso besser, dachte er, während er das Fenster entriegelte und aufstieß. Vielleicht würde ihm ihr Name noch einfallen.

Er zog die feuchtwarme Nachtluft tief ein, setzte sich seitlich aufs Fensterbrett, zog ein Knie an und schlang die Hände darum. Die ersten dicken Regentropfen klatschten an seine linke Schulter und liefen ihm den Arm bis zum Ellbogen entlang.

Colin lehnte den Kopf gegen den Fensterrahmen. Der nächste Donnerschlag vibrierte durch seinen ganzen Körper. Er spürte das Kribbeln in den Fußsohlen, die Beine hinauf und in seiner Brust. Er dachte an den Geruch des Meeres. Obwohl er erst seit acht Tagen an Land war, wollte er seit sechs Tagen wieder auf dem Schiff sein.

Der Regen fiel nun heftiger. Die Stiche der dicken schweren Regentropfen waren freilich harmlos im Vergleich zu dem, was Colin am Ruder der *Remington Mystic* auszuhalten hatte. Dort stach die sprühende Gischt nadelspitz auf ihn ein und die mannshohen Brecher, die über den Bug krachten, rissen selbst erfahrene Seeleute in die Tiefe der aufgewühlten See, wenn sie nicht auf der Hut waren.

Das Zimmer, in dem Colin sich in der Herberge einquartiert hatte, wies auf die Landstraße, die zu dieser Stunde menschenleer war. Colin war vor Einbruch der Nacht mit der letzten Postkutsche aus London angekommen. Er und Aubrey Jones waren die einzigen Fahrgäste. Aubrey hatte dem Mädchen, das ihnen das Abendessen servierte, schöne Augen gemacht und war kurz danach mit ihr in seinem Zimmer verschwunden. Colin erwartete die Nacht alleine zu verbringen, doch wie der Zufall es wollte, hatte das Serviermädchen eine Schwester, mit der Colin sich vergnügte.

»He du«, meldete eine verschlafene Stimme sich vom Bett. »Geh vom Fenster weg. Du holst dir den Tod und mir ist kalt.« Als Colin nicht einmal den Kopf in ihre Richtung wandte, richtete sie sich halb auf und tätschelte das leere Bett neben sich. »Sei lieb und komm zu Molly, Schätzchen.«

Molly. So hieß die Kleine. »Leg dich wieder schlafen«, entgegnete er weder freundlich noch bittend. Colin Thorne war daran gewöhnt, Befehle zu erteilen.

»Kein Grund, mich anzuschnauzen«, versetzte Molly, die nicht auf den Mund gefallen war. »Oder hast du nicht genug von unseren Spielchen und geisterst deshalb mitten in der Nacht herum? Komm, ich hab noch mehr zu bieten, wenn du nichts dagegen hast.« Sie gähnte mit offenem Mund.

Wenn sie nur nicht so viel reden würde, dachte Colin. Sein Blick löste sich von der menschenleeren Straße und wanderte durchs Zimmer, nicht etwa zu Molly, sondern zum Badezuber, der vor Stunden für ihn vorbereitet worden war, ohne dass er Gelegenheit gehabt hätte, sich ins warme Wasser zu setzen. Nun hatte er das dringende Bedürfnis zu baden. »Wenn du nichts dagegen hast«, versetzte er, »kannst du mir das Badewasser wärmen.«

Molly fuhr hoch, ohne sich die Mühe zu machen, ihre Nacktheit zu bedecken. Ihre schweren Brüste wogten, als sie ihre Entrüstung zum Ausdruck brachte. »Wirfst du Molly etwa aus deinem Bett?«

So etwas schien ihr noch nie passiert zu sein. »Du hättest dich wieder schlafen legen sollen, als ich es dir sagte«, meinte Colin gleichmütig und wandte sich ab. Aus dem Augenwinkel nahm er unten im Vorgarten eine Bewegung wahr. Die Gestalt war verschwunden, als er sich vorbeugte. Ein nächtlicher Gast? wunderte er sich. Aber er hatte weder Pferde noch Wagen bemerkt. Unten fiel die schwere Eingangstür ins Schloss und bestätigte ihm die Ankunft eines späten Gastes. Vermutlich ein Reisender, der vom Gewitter überrascht worden war. Colin hätte ihm sagen können, dass kein Grund zur Sorge bestand. Der Regen ließ bereits nach und das Gewitter zog in südöstlicher Richtung ab.

Molly hatte gute Lust, Colin aus dem offenen Fenster zu werfen, besann sich aber eines Besseren. Schließlich hatte er sie noch nicht bezahlt.

»Auf dem Nachtschränkchen«, meinte er.

»Gedanken lesen kannst du also auch.« Molly sammelte die Münzen ein, die er für sie hingelegt hatte, und sprang aus dem Bett. Mit den Geldstücken in der Faust begann sie sich anzuziehen. »Meine Schwester sagte mir, warum du und dein Freund hier seid«, erklärte sie. »Und ich dumme Gans hatte Mitleid mit einem Mann, der dem Tod ins Auge blickt. Eins kann ich dir sagen, mich kümmert es keinen Pfifferling, ob Seine Lordschaft dir eine Bleikugel in den Kopf oder ins Herz jagt.«

»Solange sie nur trifft«, ergänzte Colin trocken.

»Da hast du verdammt Recht.«

Colin sprang federnd vom Fenstersims. Er spürte Mollys zornigen Blick auf sich, als er zur Tür ging. Doch als er sich wieder umdrehte, las er Bedauern und vielleicht sogar Sehnsucht darin. Seine dunklen Augen verengten sich, als er Mollys hübsches herzförmiges Gesicht betrachtete. Hatte die Kleine sich etwa in ihn verliebt?

»Bilde dir bloß nichts darauf ein«, zischte sie.

Der Anflug eines Lächelns huschte über Colins Züge. »Wer kann denn hier Gedanken lesen?«

Molly blieb die Antwort im Halse stecken. Er hatte kein Recht, sie so anzusehen und ihr Gedanken zu verbieten, die sie noch gar nicht zu Ende gedacht hatte. Es war dieses flüchtige Lächeln, das ihr den Atem nahm. Oder auch das kurze Aufflackern von Interesse, das seine Augen noch mehr verdunkelte, Augen, die schwarz blitzten wie polierter Onyx. Es sollte ihr nur recht sein, wenn er sie hinauswarf. Würde sie die ganze Nacht mit ihm verbringen, wäre sie am nächsten Morgen krank vor Liebe.

»Hochnäsiger Mistkerl«, brummte sie in sich hinein, knöpfte den Rock zu und schlüpfte in die Bluse, ohne sie zuzubinden. Er sollte ruhig einen letzten Blick auf etwas bekommen, was sie ihm nie wieder geben würde, wenigstens nicht, wenn er nicht darum bat.

Colin war im Begriff, die Tür für sie zu öffnen, als es klopfte. Der zaghafte Versuch eines Klopfens. Colin wusste, dass es nicht Aubrey sein konnte. Sein Bootsmann hatte Fäuste wie Hämmer. Sein Klopfen hätte die Tür erzittern lassen.

Da Colin nicht reagierte, wiederholte sich das schüchterne Klopfen. Er warf Molly einen fragenden Blick zu, die verdutzt mit den Schultern zuckte. Colin legte einen Finger an die Lippen. Molly nickte stumm.

Colin bückte sich nach seinen Stiefeln neben der Tür und holte aus dem rechten einen Dolch aus dem Lederfutteral, wiegte ihn prüfend in der Hand und öffnete die Tür einen Spalt.

Die Gestalt auf dem Flur war völlig durchnässt. Von dem bodenlangen Kapuzenumhang tropfte Wasser auf die Holzdielen. Der Körper unter dem Wollumhang schlotterte.

»Was wünschen Sie?«, fragte Colin barsch. Es war zu düster, um die Gesichtszüge des Fremden zu erkennen.

»Der Wirt sagt, ich finde Captain Thorne hier.« Die Stimme klang heiser, wurde vom Aufeinanderschlagen klappernder Zähne begleitet und gehörte zweifellos einer Frau.

Colin öffnete die Tür weiter und gewährte der ungebetenen Besucherin einen Blick auf den Dolch in seiner Hand. Als sie sichtlich erschrak, wusste er, dass sie keine Bedrohung darstellte und ließ sie eintreten. An Molly gewandt sagte er: »Vielleicht solltest du dich jetzt endlich um warmes Wasser kümmern.«

»Ich bin also entlassen, wie?«, entgegnete sie schnippisch. »Und es ist auch schon für Ersatz im Bett gesorgt. Soll *sie* dir doch das verdammte Wasser heiß machen.«

Die Fremde meldete sich zu Wort. »Ich wüsste nicht, aus welchem Grund.«

Colin fing geschickt die Tür auf, die Molly hinter sich zuwerfen wollte. »Sie waren nicht gemeint«, sagte er. »Seit Stunden will ich ein heißes Bad nehmen und werde ständig unterbrochen.« Seine Besucherin wandte den Kopf zum Bett und zog vermutlich die richtigen Schlüsse. »Wie Sie sehen, sind Sie nicht die erste Unterbrechung.«

Colin erwartete eine Entgegnung. Seine Besucherin schien jedoch in den Anblick der zerwühlten Bettlaken und Kissen versunken zu sein. Colin legte ihr die flache Seite seiner Klinge unters Kinn, ließ sie das kühle Metall spüren und zog ihre Aufmerksamkeit wieder auf sich. »So ist es besser«, meinte er.

Die Dolchspitze vibrierte leicht, da die Frau immer noch vor Kälte schlotterte. Seine dunklen Augen verengten sich. Die durchnässte Kapuze hing ihr zu weit ins Gesicht, um ihre Züge zu erkennen. »Nehmen Sie den Umhang ab.«

Sein Befehlston schreckte sie aus ihrer Lethargie auf. »Ich behalte ihn lieber an, vielen Dank.«

»Das war nicht als Vorschlag gemeint.«

Sie hob die Hände und hielt in der Bewegung inne. Colin durchtrennte die Seidenschleife mit einem raschen Schnitt. Die Kapuze fiel ihr in den Rücken und der Umhang öffnete sich. »Tun Sie, was ich sage, wenn ich es sage«, meinte er ungerührt. »Dann kommen Sie mit heiler Haut und heilen Kleidern aus diesem Zimmer.«

Sie nickte knapp und wich seinem forschenden Blick aus, ohne zu erröten. Sein Blick war ihr zwar unbehaglich, doch er hatte nichts Dreistes an sich, schien eher ein sachliches

Taxieren. Sie kam sich vor wie ein exotisches Insekt unter dem Vergrößerungsglas eines Forschers.

Colin ließ das Messer sinken. Mit einer blitzschnellen Drehung des Handgelenks schleuderte er die Klinge, die durch die Luft kreiselte, ehe sie im hölzernen Kopfteil des Bettes stecken blieb. Seine ruckartige Bewegung ließ die Besucherin kaum merklich zusammenzucken, wie Colin verblüfft feststellte. »Ziehen Sie den Umhang aus.«

Diesmal gehorchte sie und ließ den Umhang von den Schultern gleiten. Statt den durchnässten Wollmantel aus der Hand zu geben, hielt sie sich krampfhaft daran fest.

Colin trat an den Stuhl, griff nach seinem Hemd, schlüpfte in die Ärmel und steckte die Hemdschöße in den Hosenbund. Die Besucherin hielt den Blick abgewandt.

»Ich nehme an, Sie sind nicht eine von Mollys Schwestern«, meinte er.

»Wer?« Dann verstand sie. »Nein. O nein. Ich kenne die Dame nicht.«

Colin nahm die restlichen Kleidungsstücke vom Stuhl, warf sie aufs Bett, setzte sich und streckte die Beine von sich. Die Fremde stand immer noch abgewandt, unschlüssig, ob sie gehen oder bleiben sollte. Colin studierte die Silhouette ihrer zierlichen Gestalt. Ihre gespannten Schultern und das gereckte Kinn wiesen auf ihre Entschlossenheit hin, ihren Auftrag – oder was immer sie zu ihm geführt hatte – auszuführen.

Ihre Zähne hörten auf zu klappern und ihre Gesichtszüge entspannten sich. Er glaubte zu erkennen, dass sie an ihrer Unterlippe nagte.

Er ließ ihr Zeit. Er war nicht müde. Colin kam mit wenig Schlaf aus. Und diese seltsame, unverhoffte Begegnung schien ihm amüsanter als die Vorstellung, dass Aubrey sich vermutlich mit Molly *und* deren Schwester vergnügte.

Colin beobachtete, wie sein ungebetener Gast tief Luft holte und langsam ausatmete. Dann hängte sie den Umhang an den Türhaken, strich ihn glatt und drückte Wasser aus dem Saum. Sie hatte also vor, eine Weile zu bleiben.

»Ich mache das Wasser für Ihr Bad heiß«, meinte sie leise.

Er wollte sagen, sein Bad könne warten, doch sie schöpfte bereits Wasser aus dem Bottich in den Kessel über dem Kaminfeuer. Dann kniete sie sich auf die Steineinfassung und legte Späne zurecht. Nach einigen erfolglosen Versuchen gelang es ihr, Feuer zu machen.

Colin verfolgte ihre Bewegungen aufmerksam. Sie war klein und zierlich gebaut, hatte dünne Arme, zarte Schultern und eine hoch angesetzte, schmale Taille. Ihr Haar hatte die Farbe bittersüßer Schokolade, wie er im Widerschein der Flammen feststellte. Im fahlen Kerzenschein hatte er es für beinahe schwarz gehalten. Nun sah er die rötlich-goldenen und kaffeebraunen Farbtupfer, die ihrem Haar diesen tiefen Glanz verliehen. Sie trug es nach hinten gekämmt zu einem lockeren Zopf geflochten, der ihr bis zur Rückenmitte reichte. Eine eher praktische Frisur als der Mode gehorchend. Viele Frauen flochten ihr Haar nachts zu Zöpfen, nachdem sie es mit den obligaten hundert Bürstenstrichen gepflegt hatten. Er sah dieser Tätigkeit gerne zu, im Bett liegend und auf die jeweilige Dame wartend, zählte die Bürstenstriche mit und sah zu, wie das Haar knisternd tanzte und flog, wenn es von der Bürste bearbeitet wurde. An den glatten hellen Wangen seiner Besucherin bebten umbrabraune Löckchen.

Sie richtete sich langsam auf, wischte sich die Hände am Rock ab und blickte unsicher in Colins Richtung. Er beobachtete sie aus verengten, prüfenden Augen. Sie räusperte sich.

»Sie werden sich fragen, wer ich bin«, erklärte sie endlich.

»Nein«, entgegnete er leichthin. »Ich denke, das weiß ich bereits, Miss Leyden.« Sie bekam große Augen, was seine Annahme bestätigte. Hatte sie blaue oder graue Augen? Im Dämmerlicht war das schwer zu erkennen. »Ich glaube sogar zu wissen, was Sie zu mir führt. Ich weiß allerdings nicht, was Sie mir für sein erbärmliches Leben bieten wollen.«

Mercedes Leyden ließ entmutigt die Arme sinken. »Woher wissen Sie?«

»Weybourne Park ist nicht weit von hier. Ich werde morgen früh dort erwartet. Den Weg zu diesem Gasthof schafft man mühelos zu Fuß. Und Sie kamen zu Fuß. Ich habe gesehen, wie Sie das Gasthaus betraten. Ich weiß außerdem, dass der Graf zwei Töchter und zwei Söhne hat. Es war mir ein Anliegen, einige Einzelheiten über den Mann zu erfahren, der mich zum Duell fordert. Da Sie nicht einer seiner Söhne sein können und Ihre Kleider zu nobel sind, um einer Bediensteten zu gehören, gehe ich davon aus, dass Sie eine seiner Töchter sind.«

»Ich bin seine Nichte.«

Colin überlegte kurz. »Aha«, meinte er gedehnt. »Ich erinnere mich. Die arme Verwandte.«

Sie zuckte ein wenig zusammen, ohne zu widersprechen. Mercedes hatte die Worte schon oft gehört, allerdings nie so unverblümt. »Die höfliche Form, diesen Umstand in ein Gespräch einzuflechten, wäre abzuwarten, bis ich den Rücken gekehrt habe. Auf diese Weise könnten Sie annehmen, ich hätte die Bemerkung nicht gehört. Obwohl höfliche Umgangsformen von Amerikanern nicht sonderlich geschätzt werden.«

Colin zog anerkennend eine Braue hoch. Seine Mundwinkel kräuselten sich unmerklich. »Das trifft jedenfalls auf mich zu«, versetzte er. »Und darüber sollten Sie froh sein. Wäre ich Engländer, würde mir der Anstand verbieten, Sie in meinem Schlafzimmer zu empfangen. Wo wären Sie dann?«

»Auf dem Flur vielleicht?«, gab sie zurück. Mercedes stellte fest, dass ihre scherzhafte Bemerkung sein Lächeln keineswegs vertiefte. Er gehörte nicht zu den Männern, denen ein sorgloses Feixen oder gar ein Lachen leicht ankam. Den Faltenkranz um seine Augen verdankte er vermutlich der Sonne und der salzigen Gischt. Seine Jugend hatte sich eigentlich nur in seinem von der Sonne gebleichten Blondhaar erhalten, das seinen Kopf wie ein goldener Helm umgab. Seine dunklen Augen standen in verblüffendem Gegensatz dazu, leuchteten tief braun und funkelten so eindringlich, dass sie das Bild seines Gegenübers reflektierten und dabei den Einblick in sein Inneres verwehrten.

Colin erhob sich. »Warum setzen Sie sich nicht, Miss Leyden? Ich kümmere mich selbst um mein Badewasser. Es sei denn, Sie fühlen sich beim offenen Feuer wohl.«

Sie würde sich erst wieder wohl fühlen, wenn sie dieses Zimmer verlassen hatte, oder vielleicht nicht einmal dann. Ein Schauer durchflog sie.

»Legen Sie sich eine Decke um die Schultern.«

Mercedes' Blick glitt zu dem Dolch, der am Kopfende des Bettes steckte. Er würde nicht zögern, sie wieder zu bedrohen. Wortlos nahm sie eine Decke vom Bett und setzte sich.

Colin stocherte im Feuer. Durch das offene Fenster wehte der Nachtwind, bauschte die Vorhänge und ließ Schatten über die nackten Wände flackern. Colin lehnte den Schürhaken an die Kamineinfassung, schloss das Fenster, lehnte sich daran und verschränkte die Arme. »Hat Weybourne Sie geschickt?«

Mit einer leichten Drehung des Oberkörpers wandte Mercedes sich ihm zu. Sie hatte das Bedürfnis, die Beine anzuziehen und die Füße unter ihrem Rock zu wärmen, da ihre Schuhe und Strümpfe völlig durchnässt waren.

»Du meine Güte.« Colin stieß sich vom Fenster ab und ging vor ihr in die Hocke. »Geben Sie mir Ihre Füße.« Sie war zu verblüfft, um zu reagieren, und Colin griff ihr ungeniert unter den Rocksaum, umfing ihre Fußknöchel, zog ihr Schuhe und Strümpfe aus und rieb ihr die nackten Füße. »Hat Weybourne Sie geschickt?«, fragte er erneut.

Demütigend, das war das Wort, das Mercedes durch den Kopf schoss. Und gleichzeitig fragte sie sich, wieso sie seine Berührung nicht als demütigend empfand. In ihrem ganzen Leben hatte sie noch niemand so intim angefasst, weder Mann noch Frau, und dennoch war sie davon nicht peinlich berührt. Ganz im Gegenteil. Wohlige Empfindungen durchströmten sie. Erst als er mit dem Rubbeln innehielt, wurde Mercedes bewusst, dass er auf Antwort wartete.

Sie entzog ihm ihre Füße, strich den Rock sittsam nach unten und fand ihre Stimme wieder. »Mein Onkel weiß nichts von meinem Besuch.«

Der Graf von Weybourne schien Colin kein besonders aufrichtiger Charakter zu sein. »Wirklich?«, fragte er skeptisch. »Ich gestehe, das verstärkt meine Neugier zu erfahren, was Sie zu mir führt.«

Mercedes beobachtete, wie der Captain sich aufrichtete und an den Kamin trat. Dieser Mann hatte eine merkwürdige Ausstrahlung. Der kühne Schwung seiner Nase, das unmerkliche Lächeln, der wachsame Blick seiner dunklen Augen, die kantige, glatt rasierte Kinnpartie, die Art, wie er den Kopf seitlich neigte, als höre er nicht nur zu, sondern horche auf eine lauernde Gefahr wie ein Raubtier auf dem Sprung, alles an ihm war ungewöhnlich.

»Ich weiß, dass Sie beabsichtigen, sich morgen früh mit meinem Onkel zu treffen.«

»Es ist nach Mitternacht«, entgegnete er. »Ich vermute, Sie sprechen von heute Morgen.«

Die Knöchel ihrer im Schoß verschränkten Hände wurden weiß im Bemühen, ihre Finger ruhig zu halten. »Ja. Sie haben natürlich Recht. Heute Morgen. Am See im Park von Weybourne. Ich glaube, Sie wählten Pistolen.«

»Wie es ...«, er suchte nach dem passenden Wort, »die Regeln vorschreiben. Ihr Onkel war es, der mich forderte.«

»Er war betrunken.«

»Verzeihen Sie«, entgegnete Colin mit einem sarkastischen Unterton. »Ich erinnere mich nicht, Sie am Dienstag vor einer Woche im Club Ihres Onkels gesehen zu haben.«

»Sie wissen, dass ich nicht dort gewesen sein kann, da Frauen nicht zugelassen sind.«

»Das weiß ich sehr wohl, frage mich aber, ob Sie es wissen.« Er steckte den Zeigefinger in den Kessel. Das Wasser war lauwarm. »Wieso behaupten Sie, er sei betrunken gewesen?«

»Weil er es mir gesagt hat.«

»Und Sie glauben ihm«, entgegnete Colin ungerührt. »Ich frage mich nur, wieso.«

Wieso nicht, dachte Mercedes. Ihr Onkel trank viel. Wallace Leyden, der sechste Graf von Weybourne, war meist sternhagelvoll, wenn er sein Schlafzimmer aufsuchte. Und

Mercedes konnte sich nicht denken, dass er einen Abend in seinem Club verbrachte, ohne eine Karaffe Brandy zu leeren. »Ich habe meine Gründe«, antwortete sie.

»Oh, ich zweifle nicht daran, dass er fast jeden Tag betrunken ist, doch letzten Dienstag war er nüchtern. Wollen Sie Beweise?«

»Nein.« Mercedes schüttelte den Kopf. Sie glaubte ihm. Es fiel ihr nicht schwer, dem Wort eines Fremden, selbst eines Amerikaners, mehr Glauben zu schenken als dem ihres Onkels. Sie kannte Graf von Weybourne durch und durch, kannte ihn vielleicht besser als seine eigenen Kinder. Und Lügen zählte zu seinen kleineren Verfehlungen. »Möglicherweise war er nüchtern«, fügte sie hinzu. »Aber er konnte nicht klar denken.«

»In diesem Punkt stimme ich Ihnen zu. Eine Reihe von Menschen, darunter auch einige, die sich seine Freunde nennen, bemühten sich, ihn von seinem Vorhaben abzubringen. Er aber wollte nicht hören.«

»Er hatte doch alles zu verlieren«, entgegnete sie beschwörend.

»Er hatte nur seinen Besitz zu verlieren«, entgegnete Colin. »Bevor er mich forderte, stand sein Leben nicht auf dem Spiel.«

Mercedes erbleichte. Die Anstrengungen der letzten Woche waren in ihren klaren grauen Augen zu lesen. Der kobaltblaue Ring, der ihre Iris umrandete, verdunkelte sich. Sie nagte wieder an ihrer Unterlippe. Nach einer Weile sagte sie bekümmert: »Dann ist es also wahr. Sie haben die Absicht, ihn zu töten.« Sie beobachtete ihn scharf, überlegte, ob er es abstreiten würde und ob sie ihm diesmal Glauben schenken konnte, wenn er verneinte. Sie hätte sich die Mühe ersparen können. Er bestritt nichts.

»Wenn er mich nicht zuvor tötet.«

Sie schloss kurz die Augen. Wo sollte sie leben, wenn es Weybourne Park nicht mehr gab? Wohin sollte sie gehen? Chloe war wenigstens bereits verlobt und Sylvia würde auch ohne Mitgift noch eine einigermaßen gute Partie machen, doch die Zwillinge blieben in ihrer Verantwortung.

Wie sollte sie die Kinder ernähren, wie ihnen ein Dach über dem Kopf geben?

Mercedes spürte, wie ihre Eingeweide sich verkrampften, als ihre Gedanken durcheinander wirbelten. Es war nicht ihre Art, die Fassung zu verlieren. Sie war praktisch und verantwortungsbewusst veranlagt und behielt stets einen kühlen Kopf. Ihre Tugenden waren Ehrgefühl, Aufrichtigkeit, Treue und Vertrauenswürdigkeit. Und wie weit war sie damit gekommen? Sie wäre besser dran, wenn sie eine Neigung zu Hinterhältigkeit und Verrat hätte. Mit diesem nächtlichen Besuch hatte sie einen guten Anfang gemacht. Ein selbstironisches Lächeln umspielte ihre Lippen.

Colin, der sie nicht aus den Augen ließ, sah, wie ihre Mundwinkel sich leicht nach oben zogen. »Finden Sie die Idee, dass Ihr Onkel mich umbringt, etwa amüsant?«

Im ersten Moment wusste sie nicht, was er damit meinte. Dann erinnerte sie sich seiner vorangegangenen Worte. »O nein«, beeilte sie sich zu versichern. »Daran habe ich nicht gedacht. Ich …«

»Ja?«

Sie schüttelte den Kopf. »Nichts.« Wie könnte sie ihm erklären, dass sie sich entgegen ihrer sonstigen Art verhielt, dass sie normalerweise Weybourne Park niemals nach Einbruch der Dunkelheit verlassen würde, schon gar nicht allein und zu Fuß? Unter keinen Umständen würde sie den Fuß über die Schwelle eines Gasthauses setzen und sie würde nicht einmal im Traum daran gedacht haben, einen Herrn, noch dazu einen wildfremden Amerikaner, auf seinem Zimmer aufzusuchen.

Colin prüfte das Wasser im Kessel erneut, das nun heiß genug war. Er zog ein Laken vom Bett, wickelte sich einen Zipfel um die rechte Hand, um sich nicht am eisernen Griff zu verbrennen, und goss das dampfende Wasser in den Bottich. Vermischt mit dem darin verbliebenen Wasser ergab es eine angenehme Badetemperatur. Nachdem er den Kessel auf dem Fußboden abgestellt hatte, machte er sich daran, sein Hemd aus der Hose zu ziehen.

»Wollen Sie etwa jetzt baden?«, fragte sie.

»Ich warte jedenfalls nicht, bis das Wasser wieder abkühlt.«

»Aber ich bin immer noch da.«

»Haben Sie vor, sich demnächst zu verabschieden?«

»Nicht ehe wir ...«

»Das dachte ich mir.« Er hatte sein Hemd ausgezogen und hakte die Daumen in den Hosenbund.

Mercedes tat etwas völlig Unerwartetes. Sie drehte sich weder in ihrem Stuhl um, noch wandte sie den Kopf ab, zuckte nicht einmal mit den Wimpern. Sie starrte ihn einfach an.

Colin begann die Hosen von den Hüften zu streifen. Sie wandte immer noch nicht den Blick. Er schob die Hose weiter nach unten. Sein flacher, bretttharter Bauch war nun entblößt und sie hatte immer noch keinen Mucks getan. Colin fluchte leise und schlug mit dem nackten Fuß gegen die Zinnwanne. Wasser schwappte über. »Na gut«, knurrte er. »Ich warte. Aber beeilen Sie sich mit dem, was Sie zu sagen haben, und verschwinden dann.«

Mercedes konnte ihren Sieg nicht genießen. Steif begann sie: »Wenn Sie darauf bestehen, morgen zur Verabredung zu erscheinen, müssen Sie einen ehrenvollen Ausweg aus dem Dilemma finden, ohne den Grafen zu töten.«

Colin setzte sich an den Bettrand und rieb sich den angestoßenen großen Zeh. »Muss ich das? Ich nehme an, Sie nennen mir einen triftigen Grund dafür.«

Mercedes beugte sich vor. »Wir werden alles verlieren. Sie können nicht nachvollziehen, was das bedeutet, sonst würden Sie nicht darauf bestehen, dass diese dumme Sache ausgetragen wird.«

Er wusste besser, als sie ahnen konnte, was es hieß, alles zu verlieren. Doch er schuldete ihr keine Erklärung, die sie ohnehin nicht verstehen würde. Also entgegnete er: »Sie nennen es eine dumme Sache? Stammt diese Bezeichnung von Ihnen oder Ihrem Onkel?«

»Er nennt es so«, gestand sie kleinlaut.

Colin hörte auf, seine Zehen zu reiben. »Der Graf von Weybourne ging eine Wette ein, die er nicht einhalten konnte. Ich hätte mich nicht darauf eingelassen, wenn ich seine Situation gekannt hätte. Doch es wäre eine Verletzung seiner Ehre gewesen und hätte gewiss nicht den Formen entsprochen, wenn ich offene Erkundigungen über seine Finanzen eingezogen hätte. Ich hingegen konnte die Wette einlösen, falls ich der Verlierer gewesen wäre. Der Graf bedauerlicherweise nicht.«

Ein eisernes Band schien Mercedes die Brust zuzuschnüren. Es war genauso schlimm, wie sie es sich vorgestellt hatte.

»Darf ich Ihnen etwas zu trinken anbieten?«, fragte Colin. Sie sah aus, als könnte sie einen Schluck vertragen. Er fürchtete sogar, sie würde jeden Moment in Ohnmacht sinken. Das einzig Gute daran wäre, dass er dann endlich sein Bad nehmen könnte, dachte Colin sarkastisch. »Wie dem auch sei«, fuhr er fort, ehe sie antworten konnte. Sie würde sein Angebot ohnehin ablehnen. »Ich schenke Ihnen ein Glas ein und Sie trinken.«

Sie nickte schwach. Es hatte keinen Sinn, ihm zuwidersprechen. Im Zusammenleben mit ihrem Onkel hatte sie gelernt, sich zu fügen, und war im Lauf der Jahre eine leidlich gute Strategin geworden.

Die Flasche Whisky auf dem Nachtschränkchen hatte Molly mitgebracht. Colin goss zwei Fingerbreit Whisky in ein Glas und reichte es Mercedes. »Auf einen Zug«, befahl er.

Mercedes schloss ihre schlanken Finger um das Glas und hob es an die Lippen. Über den Rand sah sie die durchdringenden Augen des Fremden und fürchtete, er würde ihr den Schnaps eigenhändig in die Kehle schütten, wenn sie sich weigerte zu trinken. Sie legte den Kopf in den Nacken und kippte den Inhalt in die Kehle.

»Braves Kind.« Er nahm ihr das leere Glas ab und stellte es beiseite. »Es wird Ihnen gut tun.«

Ihre Kehle und ihre Eingeweide standen in Flammen, so gut tat ihr das grässliche Zeug. Doch sie nickte lahm. Als sie wieder sprechen konnte, erkannte sie ihre eigene Stimme nicht wieder. »Erzählen Sie von der Wette.«

Colin stopfte sich ein Kissen in den Rücken, lehnte sich

zurück und fuhr sich mit der Hand durchs Haar. »Ist Ihnen Lloyds ein Begriff?«

»Die Versicherungsgesellschaft.«

»Genau. Dort werden Schiffe und Fracht seit mehr als hundert Jahren versichert. Die Gesellschaft verfügt über ein weltweites Nachrichtensystem über Abfahrt und Ankunft von Schiffen. Bei Lloyds treffen die ersten Nachrichten ein, wenn ein Schiff gesunken oder gestrandet ist, wenn Fracht im Sturm verloren geht, Seeleute über Bord gingen oder das Schiff von Piraten gekapert wurde. Mit Lloyds kann man ein Vermögen verlieren oder gewinnen, das hängt vom Schicksal des jeweiligen Schiffes ab. Die Versicherungspolicen von Lloyds sind im Grunde genommen Aktien, die an risikofreudige Investoren verkauft werden, und wenn die Schiffe unbeschadet im Zielhafen eintreffen, kassieren die Investoren hohe Gewinne. Wenn nicht ...« Colin zuckte die Schultern. »Dann eben nicht.«

Mercedes wusste, was er damit sagen wollte. Vor ihrem geistigen Auge sah sie Männer, die alles riskiert und auf eine Karte gesetzt hatten und sich im Hinterstübchen eines Kaffeehauses die Pistole an die Schläfe setzten, weil sie keinen anderen Ausweg wussten.

»Seit kurzem werden bei Lloyds noch riskantere Wetten abgeschlossen. Die Männer wetten nicht nur darauf, ob ein Schiff unbeschadet im Zielhafen ankommt, sie schließen zusätzliche Wetten ab, ob ein Schiff pünktlich eintrifft. Es winken hohe Gewinne, wenn ein Schiff mit einer wertvollen Ladung als Erstes sein Ziel erreicht, etwa eine Schiffsladung Tee aus Hongkong oder Wolle aus Melbourne. Wenn der Kapitän eines Schnellseglers es schafft, als Erster mit solcher Ladung Liverpool oder London anzulaufen, macht er für sich, seine Mannschaft und seine Reederei ein gutes Geschäft.«

»Sind Sie das?«, fragte sie. »Kapitän auf einem Schnellsegler?«

»Kapitän auf der *Remington Mystic.*«

Mercedes hörte keinen Anflug von Prahlerei oder Stolz aus seiner Antwort. Er gab lediglich eine sachliche Auskunft. »Ich glaube, ich möchte noch einen Schluck, bitte.«

Colin überlegte. Ihre Wangen hatten ein wenig Farbe bekommen. Ihre grauen Augen – mit blauen Einsprengseln, wie er jetzt sah – waren klar und ruhig. Mercedes Leyden schien ihre Fassung wiedererlangt zu haben. »Gut«, sagte er und schenkte ihr die Hälfte der vorigen Menge ein. »Diesmal sollten Sie das Zeug aber nicht hinter die Binde kippen wie ein Matrose. Nippen Sie daran.«

Sie gehorchte wortlos und diesmal lief ihr der ölige Schnaps angenehm warm in den Magen. »Ist mein Onkel eine solche Wette eingegangen?«, fragte sie. »Setzte er darauf, dass Sie rechtzeitig einlaufen?«

Colin stellte die Flasche beiseite. »Nein. Diese Art der Wette hätte nicht den Gewinn gebracht, auf den der Graf es abgesehen hatte. Die Wette ging darum, dass die *Mystic* den Zielhafen vor der geplanten Ankunftszeit erreicht.«

»Heißt das, Sie sollten einen Rekord brechen?« Mercedes vergaß Colins Rat und goss den Rest Whisky in einem Schluck hinunter. »Mein Gott«, sagte sie leise. »Was hat er sich nur dabei gedacht?«

»Vermutlich dachte Ihr Onkel, er gewinnt«, entgegnete Colin ungerührt.

»Und was hat Sie dazu veranlasst, sich auf diese Wette einzulassen? Glaubten Sie zu gewinnen?«

»Im Gegenteil. Ich hielt meine Chancen für ziemlich gering. Ihr Onkel musste lediglich die Wette eingehen und warten, ich aber musste dafür sorgen, dass das Ergebnis auch eintraf.«

Auch diesmal konnte Mercedes keine Prahlerei in seinen Worten erkennen. Er machte lediglich eine Feststellung und akzeptierte seine Rolle in dem riskanten Spiel. »Wie hoch war die Summe?«

»Eine Viertelmillion Pfund Sterling.«

Sie erbleichte. Eine unvorstellbar hohe Summe. »Die Strecke?«

»Liverpool – Boston – London.«

»Und der Rekord?«

»Sechsundzwanzig Tage und dreizehn Stunden.«

Allmählich fiel es ihr leichter zu verstehen, warum ihr

Onkel glaubte, eine sichere Wette eingegangen zu sein. Sie selbst hätte in Versuchung kommen können. Mercedes beugte sich vor und stellte das Glas auf den Fußboden. Als sie sich wieder aufrichtete, wurde sie von leichtem Schwindel befallen.

»Sechsundzwanzig Tage und vier Stunden«, sagte Colin und beantwortete ihre Frage, die sie noch gar nicht gestellt hatte. »Die *Remington Mystic* unterbot die Rekordzeit um neun Stunden.«

Mercedes starrte ihn an. »Neun Stunden«, wiederholte sie tonlos. »Meine Familie wird Weybourne Park wegen neun Stunden verlieren.«

Colin stand auf. »Sie reden, als sei das noch gar nicht geschehen. Ihre Familie hat Weybourne Park bereits verloren, nicht weil meine Mannschaft ihr Äußerstes gegeben hat, sondern weil Seine Lordschaft es auch nicht eine Sekunde lang für möglich hielt, dass wir den Rekord unterbieten könnten.«

Mercedes drückte den Rücken gegen die Stuhllehne, als Colin sich über sie beugte.

»Jede Einzelheit der Fahrt ist bei Lloyds dokumentiert«, berichtete er. »Ein neuer Rekord. Als ich die Büroräume der Gesellschaft betrat, wusste man bereits, dass Ihr Onkel die Wette verloren hatte. Ich fand ihn noch am gleichen Abend in seinem Club. Auch ich dachte, er habe getrunken, doch seine Freunde fürchteten wohl unbedachte Handlungen seinerseits und sorgten dafür, dass sein Whisky mit Wasser versetzt wurde.« Erst jetzt bemerkte Colin, dass er sich über Mercedes beugte, die sich tief in den Polstersessel drückte. Sie blickte angstvoll zu ihm auf, als erwarte sie jeden Augenblick, von ihm geschlagen zu werden. Colin richtete sich auf und nahm seine Hände von den Armlehnen.

»Ich schlage Sie nicht«, sagte er schroff. Als sie sich jedoch weiterhin in die Polster drückte, offenbar zu keiner Bewegung fähig, trat er einen Schritt zurück und schritt dann ans Fenster. Sie machte eine halbe Drehung über die Schulter, um ihn anzuschauen. Nun sah sie wenigstens nicht mehr aus wie ein verschrecktes Vögelchen im Käfig. »Vor einem halben Dutzend Zeugen zog der Graf die Richtigkeit der Aufzeichnungen der Fahrten der *Mystic* in Zweifel. Er verstieg sich sogar so weit zu behaupten, die *Mystic* habe ein zweites Schiff quasi als Doppelgänger, und unterstellte mir, ich hätte den Segler nicht auf der gesamten Fahrt befehligt.«

Mercedes bekam große Augen. Ihr Onkel befand sich in einer verzweifelten Situation, sonst hätte er sich nicht derart fahrlässig verhalten. Die Ehre eines Mannes zu bezweifeln war kein Kavaliersdelikt, sondern eine Beschuldigung mit ernsthaften Konsequenzen.

»Ich zeigte ihm die Zeitung mit dem Datum meiner Ankunft in Boston. Er aber behauptete, es sei alles nur ein sorgfältig geplanter Schwindel.« Mercedes nickte bedächtig und bat den Captain fortzufahren. »Ihr Onkel brachte noch eine Reihe anderer Anschuldigungen vor. Es wäre mein gutes Recht gewesen, ihn für jede einzelne dieser Beleidigungen zum Duell zu fordern.«

»Warum haben Sie es nicht getan?«

»Weil es keinen Sinn gehabt hätte. Mir war längst klar, dass er seine Wette nicht einlösen konnte, ohne eine Hypothek auf Weybourne Park aufzunehmen, sonst würde der Besitz auf mich übergehen. Es ist alles völlig legal, das versichere ich Ihnen.«

Daran hatte Mercedes keinen Zweifel. Colin Thorne machte den Eindruck eines Mannes, der einschätzbare Risiken einging, er schien jedoch kein Hasardeur zu sein. Unverständlich war ihr allerdings, woher er eine Viertelmillion Pfund Sterling aufbringen konnte, um sie in einer Wette einzusetzen. Wie konnte ein Schiffskapitän ein solches Vermögen anhäufen? »Was geschah, als Sie sich nicht provozieren ließen?«, fragte sie.

»Er forderte mich. Ihm blieb keine andere Wahl. Wenn er mich morgen tötet, muss er die Wette nicht einlösen. Wenn ich ihn töte …« Colin hob die Schultern. »Ist er aller Sorgen enthoben.«

Der Graf von Weybourne war kein Mensch, der sich große Sorgen machte. Das überließ er Mercedes, denn ihr war die Verwaltung von Weybourne Park, ihrem ehemaligen Elternhaus, übertragen.

Mercedes rutschte an die Stuhlkante, streifte ihre feuchten Strümpfe über und schlüpfte in die immer noch nassen Schuhe. Als sie aufstand, spürte sie, wie die Nässe durch die Nähte quietschte. Sie krümmte unbehaglich die Zehen.

Auch ihr Umhang war immer noch feucht. Sie legte ihn sich um die Schultern und zog die Kapuze über den Kopf. Einmal streifte ihr Blick Colin, der sie weiterhin mit unverändert kühlem Interesse beobachtete. Sie legte die Hand an die Klinke und suchte nach passenden Worten. Doch dann verschwand sie ebenso leise, wie sie gekommen war.

Es wurde kein Wort gesprochen.

In der Bibliothek brannte noch Licht. Ihr Onkel wartete also auf sie. Kein Bediensteter öffnete ihr die Tür, niemand nahm ihr den Umhang ab, niemand fragte, ob sie eine Tasse Tee wünschte. Seit Jahren arbeitete zu wenig Personal im Herrenhaus und die Hausangestellten, die Mercedes behalten durfte, hatten sich bereits zu ihrer wohlverdienten Ruhe im Dienstbotenflügel zurückgezogen.

Ihr Onkel erschien in der schwach erleuchteten Halle, ehe sie ihren Umhang abgelegt hatte. »Ich möchte mir eine Tasse Tee aufgießen«, sagte sie, während sie den Schrank unter der Treppe öffnete und den Umhang weghängte. Als sie einen Schritt zurücktrat, um die Tür zu schließen, stand der Graf direkt hinter ihr. Sie versteifte sich, als ihr Rücken ihn berührte. Bevor sie ausweichen konnte, hatte Weybourne ihren Zopf gepackt und ihn um die Hand gewickelt.

»Der Tee kann warten«, sagte er leise.

Sein Mund war nah an ihrem Ohr und Mercedes roch seinen Atem. Er hatte getrunken. Es war sinnlos, sich zur Wehr zu setzen, also überließ sie sich seinem groben Griff.

»Lass uns in die Bibliothek gehen.«

Das war alles andere als eine Einladung. Mercedes versuchte zu nicken, wodurch sich das schmerzhafte Ziehen noch verstärkte.

Wallace Leyden, der hochwohlgeborene Graf von Weybourne, zog seine Nichte an den Haaren in die Bibliothek. Als er sie freigab, um die schweren Flügeltüren zu schließen, glitt sie rasch außer Reichweite, was von ihm nicht unbemerkt blieb. Mit einem säuerlichen Lächeln drehte er sich zu ihr um.

Lord Leyden war von mittlerer Statur; Mercedes musste dennoch zu ihm aufblicken. Er hatte sich in den letzten Jahren so gut wie nicht verändert. Nur sein braunes Haar war an den Schläfen ergraut und die Falten um Augen und Mund hatten sich vertieft. Eine andere Veränderung war ihr an ihm nicht aufgefallen. Die vielen Jahre übermäßigen Alkoholgenusses hatten ihn weder dickleibig gemacht noch seine Nase gerötet. Wenn er gelegentlich mit dem Trinken aussetzte, zitterten seine Hände niemals. Er genoss einen geradezu legendären Ruf, ein ausgesprochen trinkfester Zechkumpan zu sein, und Mercedes war im Laufe der Jahre so manche Anekdote über seine Ausschweifungen zu Ohren gekommen.

Bei den vernachlässigten Ehefrauen und einsamen Witwen seiner Kreise war er ein gern gesehener Gesellschafter. Seine sportliche Erscheinung und sein elegantes, weltmännisches Auftreten machten ihn zu einem begehrten Kavalier, und gelegentlich hielt er sich eine Geliebte in London. Das Ausmaß seines Schuldenberges war seiner Familie und seinen Gläubigern bekannt, nicht aber den Adelskreisen, in denen er verkehrte. Er veranstaltete selten Abendgesellschaften auf Weybourne Park, und wenn zufällig Freunde vorbeischauten, oblag es Mercedes, dafür Sorge zu tragen, dass der äußere Schein gewahrt blieb.

Auch das Herrenhaus hatte sich nach außen hin kaum verändert. Die Gartenanlagen und Rasenflächen des stattlichen Anwesens waren stets makellos gepflegt, die Fassaden wurden regelmäßig ausgebessert. Nur bei näherem Hinsehen zeigte sich der Verfall: Wasserflecken an den Zimmerdecken im zweiten Stock und in den Dienstbotenkammern; fadenscheinige Teppiche in den Schlafzimmern im Nordflügel; verblichene Wandmalereien in der Galerie; verstopfte Kamine und der durchhängende Parkettboden im Salon im Erdgeschoss.

Ebenso verhielt es sich mit dem Zustand des Grafen. Auch ihm war der Verfall erst bei näherem Augenschein anzusehen. Sein beißender Witz, für den er berühmt war, wurde im Kreise der Familie zum grausam kränkenden Sarkasmus. Im betrunkenen wie im nüchternen Zustand waren seine Launen unvorhersehbar und von beängstigender Gewalttätigkeit begleitet. Er benahm sich wie ein verhätscheltes, eigensinniges Kind. Er war ungeduldig und anspruchsvoll, ohne Pflichtbewusstsein und ohne irgendwelche Konsequenzen zu tragen.

In ihrer frühen Jugend hatte Mercedes nicht begriffen, wieso er so viele Freunde hatte. Ständig erhielt er Einladungen und verbrachte kaum einen Abend im Kreise seiner Familie. Einmal hatte sie ihre Tante Georgia danach gefragt, die ihr wohlweislich die Antwort schuldig geblieben war. Mit dem Heranwachsen zog Mercedes ihre eigenen Schlüsse und begriff, dass Seine Lordschaft seine Grausamkeit und seinen Jähzorn seiner Familie vorbehielt; sie war ein Ventil, das ihm gestattete, all seinem Ärger Luft zu machen. Je länger er von zu Hause fort war, desto höher der Preis, den Ehefrau und Kinder bei seiner Rückkehr zu zahlen hatten. Und erst als ihre Tante bei der Geburt der Zwillinge starb, wurde Mercedes klar, wie oft Georgia Leyden ihre Kinder und ihre Nichte vor den Grausamkeiten des Grafen bewahrt hatte.

Wallace Leydens verhangener Blick heftete sich auf seine Nichte. Die Hände hielt er im Rücken verschränkt. »Nun?«, fragte er. »Du scheinst erstaunlich gefasst nach der Begegnung. Ich nehme an, er hat dich nicht hinausgeworfen.«

Mercedes bewegte sich langsam auf den Kamin zu, in dem das Feuer heruntergebrannt war, aber noch Wärme ausstrahlte. Im Übrigen lehnte ein Schürhaken an der Steineinfassung. Mercedes hatte es sich zur Gewohnheit gemacht, keinen Raum zu betreten, in dem ihr Onkel sich aufhielt, ohne sich umzusehen, welcher Gegenstand ihm als Waffe dienen könnte, obwohl sie meist seine Hand zu spüren bekam. »Nein, er hat mich nicht hinausgeworfen. Er war sogar erstaunlich entgegenkommend. Ich weiß nicht, ob ich unter den gegebenen Umständen so höflich gewesen wäre.«

Möglicherweise übertrieb sie ein wenig, doch ihr Onkel verdiente einen Tadel. »Du hast mich belogen.«

Die goldenen Einsprengsel in Weybournes braunen Augen sprühten Funken. Eine seiner Wangen zuckte, doch er blieb erstaunlich ruhig. »Wie kommst du darauf?«

Mercedes strich sich fahrig eine feuchte Locke aus der Stirn. »Du hast mir versichert, du seist in jener Nacht betrunken gewesen und Mr. Thorne habe sich deinen Zustand zunutze gemacht. Du sagtest, er habe dich provoziert.«

»Das ist die reine Wahrheit.«

»Lügner!«, wollte sie ihm laut und verächtlich ins Gesicht schleudern, brachte aber nur ein heiseres Flüstern hervor.

Mit drei langen Schritten war er bei ihr und hob die rechte Hand. »Du wagst es«, knurrte er drohend.

Mercedes sah sich plötzlich im Zimmer in der Herberge im Sessel sitzen, während Colin Thorne Anstalten machte, ein Bad zu nehmen. Sie hatte ihn mit ihrem Blick bezwungen. Sie hatte sich nicht abgewandt, hatte nicht geblinzelt, bis er sich geschlagen gegeben hatte.

Diese Taktik richtete bei Seiner Lordschaft freilich nichts aus. Im Gegenteil, sie schürte nur seinen Zorn. Er schlug ihr die Faust mitten ins Gesicht. Der Schlag dröhnte in ihren Ohren und die Wucht ließ sie rückwärts taumeln. Sie suchte am Schreibtisch Halt, sackte in die Knie und stieß mit der Hüfte gegen die scharfe Kante.

Er hob die Hand zum zweiten Schlag. Ihr spitzer Schrei schien ihm Genugtuung zu geben. Er ließ den Arm mit der geballten Faust sinken. »Was hat er sonst noch gesagt?«, fragte der Graf gelassen.

Tränen verschleierten ihr den Blick, die sie hastig zurückblinzelte. »Dass du ihn beschuldigt hast, er habe betrogen, um die Wette zu gewinnen.«

»Er *hat* betrogen.«

»Hast du einen Beweis dafür?«

»Gibt es einen Beweis, dass er nicht betrogen hat?«

»Er sagt, es gab eine Zeitung vom Tag seiner Ankunft im Hafen von Boston.«

Weybourne machte eine wegwerfende Handbewegung.

»Die ihm von einem anderen Schiff auf hoher See gebracht wurde. Er stellt Behauptungen auf, die jeder Grundlage entbehren. Er kann es nicht geschafft haben.«

Mercedes zog sich am Schreibtisch hoch. Da ihr Onkel keine Anstalten machte, zurückzutreten, umrundete sie den Schreibtisch, um Abstand zu gewinnen und ein Hindernis zwischen sich und ihn zu bringen. »Wie kannst du so etwas sagen? Er unterbot den Rekord um neun Stunden. Eine Minute hätte genügt, um die Wette zu gewinnen. Warum soll das nicht möglich gewesen sein?«

Der Mund des Grafen von Weybourne wurde zu einem schmalen Strich. Er starrte seine Nichte schweigend an.

»Du lieber Gott!«, stieß sie tonlos hervor. »Du hast jemanden bestochen, hab ich Recht? Wen? Einen von der Mannschaft? Einen Hafenarbeiter? Was hast du getan?«

Lord Leyden nahm die Anschuldigungen mit stoischer Miene entgegen. Alles, was er dazu sagte, war: »Er konnte es nicht schaffen.«

»Du hast Schande über uns alle gebracht.«

Einen Augenblick sah es so aus, als würde er sie erneut schlagen. »Captain Thorne ist ein Betrüger«, knirschte er dann lediglich, indem er seine Wut bezähmte. »Und ich werde es beweisen.«

»Wenn er dich nicht vorher tötet.«

»Deshalb brauche ich deine Hilfe.«

»Ich konnte ihm das Duell nicht ausreden.«

Der Graf beugte sich über den Schreibtisch und fixierte sie. »Wie sehr hast du es versucht, Mercedes?«

»Ich habe es versucht.« Selbst in ihren Ohren klang die Feststellung ziemlich lahm.

»Das habe ich mir gedacht.« Er richtete sich auf und wischte ein Stäubchen vom Ärmel seines maßgeschneiderten Gehrocks, zog seine Taschenuhr aus der Weste, klappte den goldenen Deckel auf und hielt sie Mercedes in der flachen Hand hin. »Es bleiben dir noch ein paar Stunden Zeit.«

Mercedes erbleichte. »Nein, ich kann nicht, Onkel«, wehrte sie hastig ab. »Ich kann nicht noch einmal zurück.«

Wallace Leyden ließ die Taschenuhr mit einem Achselzucken wieder in die Weste gleiten, begab sich an die Anrichte und schenkte sich ein Glas Brandy aus der Kristallkaraffe ein. Er drehte sich zu Mercedes um, hob das Glas und nickte ihr spöttisch zu. »Es ist deine Entscheidung, Mercedes. Doch ich fürchte, ich muss dir noch einmal die Konsequenzen vor Augen führen. Glaubst du denn, er wird einen von euch hier behalten? Aus welchem Grund sollte er fremden Kindern und ihrer Gouvernante ein Dach über dem Kopf geben? Chloe und Sylvia wird er verheiraten, damit er sie los ist, ohne einen Skandal heraufzubeschwören. Aber du und die Zwillinge, ihr werdet auf die Straße gesetzt.« Seine Stimme nahm einen einschmeichelnden, seidigen Klang an. »Hast du mal darüber nachgedacht, was dir blüht, wenn du auf der Straße landest?«

Über den Rand seines Glases hinweg musterte er Mercedes bedächtig von Kopf bis Fuß. Ihr volles dunkles Haar, ihre klaren grauen Augen erinnerten ihn an ihre Mutter. Mercedes schlug ganz nach Elizabeth Allen, nicht in die Leydenlinie. Sie hatte die schlanke Figur ihrer Mutter, ihre feingliedrigen Fesseln und Handgelenke. Allerdings hatte sie nicht Elizabeths störrischen Eigensinn. Den hatte die Kleine vor Jahren abgelegt und er vermisste diesen Wesenszug keineswegs. Er hatte sich Mercedes gefügig gemacht, was er bei ihrer Mutter nie geschafft hatte. Und Lord Leyden wusste, wie er seine Nichte dazu bringen konnte, ihm auch jetzt zu Willen zu sein. »Du bist eine ungewöhnliche junge Frau, Mercedes«, fuhr er mit leiser Stimme fort. »Wie oft habe ich bedauert, dass dein Vater mein Bruder war. Und wie oft habe ich in Erwägung gezogen, dich zu meiner Geliebten zu machen. Die meisten meiner Freunde würden sich weniger Zurückhaltung auferlegen.«

Mercedes zuckte innerlich zusammen, ließ sich ihr Grauen jedoch nicht anmerken.

»Ich erwähne dies nur«, fuhr er fort, »da ich mir denken kann, dass du Captain Thornes Interesse wecken könntest, wenn du dich darum bemühen würdest.«

»Nein«, entgegnete sie ruhig. »Ich bin sicher, dass du dich irrst. Er zeigte nicht das geringste Interesse an mir.«

Der Graf achtete nicht auf ihre Worte. Er neigte den Kopf seitlich. »Ich glaube, ich höre die Zwillinge.«

Mercedes' Kopf fuhr hoch. »Was?« In ihrer Stimme schwang Panik. »Nein, das kannst du nicht. Nein ...«

Er hob die Hand. »Aber ich tue es. Ich werde nach ihnen sehen. Wer wird es diesmal sein? Britton? Brendan? Vielleicht beide. Du weißt, ich habe es nicht gerne, wenn sie nachts herumgeistern. Es könnte ihnen etwas zustoßen. Auf der finsteren Hintertreppe kann man leicht stürzen.«

»O bitte.« Mercedes kam hinter dem Schreibtisch hervor und näherte sich ihm. »Bitte, lass sie in Frieden. Das alles hat nichts mit ihnen zu tun.«

Seine dunklen Brauen zogen sich zusammen. »Ich fürchte, es hat sehr wohl etwas mit ihnen zu tun. Du siehst es doch selbst.« Mit diesen Worten wandte er sich zum Gehen.

»Warte!«

Unbeirrt öffnete er die Flügeltüren und verließ den Raum.

Mercedes eilte hinter ihm her. Am Fuß der Treppe ergriff sie seinen Ärmel. »Nein«, flüsterte sie verzweifelt. »Gib mir noch eine Chance. Ich versuche es noch einmal.«

Mit hochgezogener Braue blickte er auf ihre zarten Finger an seinem Ärmel. »Ach wirklich?«

Mercedes zog hastig die Hand zurück und strich sich abwesend den Rock glatt. »Diesmal tu ich es. Ich schwöre es.«

»Hast du das Messer?«

Sie nickte. Das Messer lag in einem Futteral zwischen ihrem Korsett und Batistunterhemd.

»Gut. Benutze es diesmal.«

Kapitel 2

Als er den Lärm unten hörte, stieg Colin aus der Zinnwanne. Bestimmt hatte das Trommeln gegen die Haustür etwas mit seinen Geschäften in Weybourne Park zu tun. Wahrscheinlich war es diesmal der Graf persönlich, dachte Colin, während er sich abtrocknete. »Vermutlich behauptet er, ich hätte seine unschuldige Nichte entehrt und müsse sie nun heiraten«, murmelte er vor sich hin. »Glaubt er, das hindert mich daran, ihn zu töten?« Sein spöttisches Lächeln spiegelte sich in der dunklen Fensterscheibe. Das wäre lediglich ein weiterer Grund, ihm eine Kugel durchs Herz zu jagen. Den Grafen von Weybourne in seiner Verwandtschaft zu wissen war nicht nach seinem Geschmack.

Colin stieg in die Hose und als er dabei war, in die Hemdärmel zu fahren, war der Lärm auf dem Flur vor seiner Zimmertür angekommen. Diesmal war das Klopfen keineswegs zaghaft. Leise fluchend ging Colin zur Tür. Im Vorbeigehen fiel sein Blick auf das Messer, das noch am Kopfende des Bettes steckte. Falls es sich bei dem Besucher tatsächlich um den Grafen handeln sollte, war er gut beraten, die Waffe an sich zu nehmen. Colin zog die Klinge aus dem Holz, verbarg sie in seiner Hand und rief durch die geschlossene Tür. »Wer da?«

Die raue Stimme des Gastwirts antwortete unwirsch. »Das Mädchen ist wieder da. Ich sagte ihr, es habe keinen Sinn, wenn sie schon mal rausgeworfen wurde ...« Er stockte, als die Tür geöffnet wurde.

»Molly?«, fragte Colin, ehe er das Mädchen sah.

Der Wirt hielt sie am Kragen ihres wallenden Umhangs. Auch diesmal war ihr Gesicht zur Hälfte von der Kapuze verdeckt. »Nicht Molly ... die andere«, versetzte der Wirt, obwohl ihm klar war, dass Colin seine lästige Besucherin erkannt hatte.

»Sie können sie loslassen«, sagte Colin.

Der Wirt ließ die Hand sinken. Die Anweisung war gleichgültig gegeben worden, als sei der nächtliche Besuch völlig nebensächlich. Dies und Thornes geringschätziger Blick veranlassten den Wirt, sich aufzuplustern. »Nun hören Sie mal«, entrüstete er sich. »Sie kann hier nicht ein und aus gehen, wie es ihr gefällt. Ich muss Rücksicht auf meine anderen Gäste nehmen.«

»Ich regle die Angelegenheit morgen«, antwortete Colin knapp. Er nahm Mercedes am Ellbogen, zog sie ins Zimmer und schlug dem Wirt die Tür vor der Nase zu. Als die Besucherin zum Sprechen ansetzte, legte Colin ihr die Hand vor den Mund. Sie versteifte sich erschrocken, ihre Augen weiteten sich. Er aber ließ erst von ihr ab, als die Schritte des Wirts auf der Stiege verklungen waren.

Colin legte das Messer auf die verkratzte Kommode, ehe er Mercedes freigab, aber dicht vor ihr stehen blieb. »Der Wirt weiß wohl nicht, wer Sie sind?«

Mercedes fühlte sich von seiner Nähe halb erstickt. Sie konnte nur mühsam atmen. »Nein«, antwortete sie. »Ich war noch nie hier.«

»Das stimmt nicht ganz.«

»Ja. Abgesehen von heute Nacht ...«

»Ich weiß.«

»Dann sollten Sie nicht den Begriffsstutzigen spielen.«

»Soll das ein Vorwurf sein?«

Mercedes konnte keinen Funken Humor in seiner Stimme erkennen. Nur ein Mundwinkel zog sich zum Anflug eines Lächelns hoch.

»Ich ... ich fürchte ...«

Ohne sie aus den Augen zu lassen, trat Colin zwei Schritte zurück. »Was wollen Sie? Lauert Ihr Onkel in der Nähe, in der Hoffnung, uns in einer kompromittierenden Situation zu erwischen?«

Sie blieb ihm die Antwort schuldig und holte nur stockend Luft, als leide sie unter Atemnot.

Seine Augen verengten sich. »Was ist los mit Ihnen?« In seiner Stimme lag keine Besorgnis, nur dieses sachlich nüchterne Interesse.

«Nichts«, erwiderte sie.

Colin hatte wenig Geduld mit Menschen, die ihm die Wahrheit verschwiegen. Er zog ihr die Kapuze vom Kopf. Feuchte Haarsträhnen klebten ihr an Stirn und Wangen. Ihr dicker Zopf hatte sich fast aufgelöst und hing ihr seitlich über die Schulter. Ihr blasser Teint hatte einen fahlen Grauton angenommen und an ihrer Wange wurden die ersten Anzeichen eines Blutergusses sichtbar.

Colin hob die Hand und strich mit dem Zeigefinger über die verfärbte Stelle, ohne sie wirklich zu berühren. Dennoch riss sie den Kopf zurück, als habe er sie geschlagen. »Was ist geschehen?«, fragte er.

Als Mercedes nicht antwortete, öffnete Colin ihren Umhang und zog ihn ihr von den Schultern. Zu spät griff sie danach. Noch ehe sie den Arm vollständig ausgestreckt hatte, ließ Colin den schweren Mantel hinter sich zu Boden fallen. Resigniert ließ sie den Arm sinken und drehte den Kopf zur Seite, während er sie musterte.

Bei ihrem ersten Besuch hatte Colin nicht darauf geachtet, was sie trug, ihm war nur aufgefallen, dass Stoff und Verarbeitung ihres Kleides teuer und vornehm waren. Nun inspizierte er ihr Erscheinungsbild genauer.

Die smaragdgrüne Seide wies schmutzige Wasserflecken auf. Einer der schmalen Ärmel war halb abgerissen und gab ihre nackte Schulter frei. Das Mieder war zerfetzt und an ihrem Hals waren dunkle Fingerabdrücke zu sehen. In Höhe ihrer linken Hüfte klaffte ein breiter Riss. Auch in der Taille war die Naht aufgerissen und am Saum lugte ein Volant des Unterkleids wie eine weiße Fahne hervor.

Ohne um Erlaubnis zu fragen, hob Colin den Saum ihres Rockes weit genug, um zu sehen, dass ihre schwarzen Ziegenlederschuhe und Strümpfe nasser und schmutziger waren als bei ihrem ersten Besuch.

Er ließ den Saum fallen, richtete sich auf und wartete schweigend auf eine Erklärung.

Mercedes' Herz hämmerte hart gegen ihre Rippen. Ihr war, als würde sie nur von den Fischbeinstäbchen ihres Korsetts aufrecht gehalten. Sie wagte nicht, ihn anzusehen. »Ich habe es nicht zurück nach Weybourne Park geschafft«, stammelte sie leise. »In diesem Zustand kann ich nicht zurück ... mein Onkel ... wird ...« Sie biss sich auf die Unterlippe und platzte heraus: »Ich wusste nicht, wohin ich gehen sollte. Ich dachte, Sie würden vielleicht ...«

Colin fluchte leise. Dann legte er ihr den Zeigefinger unters Kinn und zwang sie, ihm ins Gesicht zu sehen. »Was dachten Sie? Gütiger Himmel, Mädchen! Was soll ich mit Ihnen anfangen? Man wird mich zur Rechenschaft ziehen und behaupten, ich sei Ihnen zu nahe getreten!«

»Nein! Das würde ich niemals zulassen!«

Colin gab nicht zu erkennen, ob er ihr glaubte oder nicht, er blickte sie nur weiterhin forschend an, als überlege er, was zu tun sei. Endlich trat er einen Schritt zurück. »Setzen Sie sich aufs Bett. Ich mache das Wasser noch einmal heiß. Es ist zwar nicht mehr frisch, aber besser als nichts.«

»Nein, nein«, widersprach sie heftig. »Ich will nicht ...«

Diesmal unterbrach er sie nicht mit Worten. Es war sein dunkler strenger Blick, der sie zum Schweigen brachte.

Sie sank auf die Bettkante.

Colin gab knappe Befehle. »Schuhe. Strümpfe. Auch das Kleid.« Er hielt ihr eine Bürste hin. »Frisieren Sie sich.« Während das Wasser heiß wurde, schenkte er ihr keine weitere Beachtung. Mercedes begann sich zu entkleiden, mit mechanischen Bewegungen wie eine Marionette. Nachdem sie Schuhe und Strümpfe ausgezogen und die Bürste durch das zerzauste Haar gezogen hatte, drehte sie Colin den Rücken zu und begann ihr Kleid aufzuköpfen. Nach der Hälfte der Knopfreihe hielt sie inne und ließ die Arme sinken.

»Ich kann nicht«, wisperte sie und setzte noch leiser hinzu: »Ich will nicht.«

Colin ließ ihren Einwand nicht gelten, stellte sich hinter sie und öffnete die restlichen Knöpfe. Er spürte ihren Widerstand, als er ihr das Kleid von Schultern und Armen streifte. »Wenn Sie sich wehren, zerreißen Sie es nur noch mehr und ich kann es nicht mehr flicken. Nun los, ziehen Sie es schon aus!«

Sie hatte keine andere Wahl. Das grüne Mieder und die Ärmel hingen bereits um ihre Mitte. Plötzlich schoss ihr ein abwegiger Gedanke durch den Kopf: Er bewies ein bemerkenswertes Geschick, Frauen aus den Kleidern zu schälen. Sie legte die Hand vor den Mund, um ein nervöses Kichern zu unterdrücken.

»Müssen Sie sich übergeben?«

Mercedes fiel auf, dass diese Frage mit aufrichtiger Anteilnahme gestellt wurde. Vielleicht war er doch zu menschlichen Regungen fähig. »Nein«, antwortete sie. »Wenigstens nicht ...«

»Dann setzen Sie sich«, befahl er und seine Stimme war wieder völlig teilnahmslos. Colin hob das zerrissene und verschmutzte Kleid vom Boden und legte es aufs Bett. Dann kramte er in seiner Reisetasche am Fußende des Bettes und holte ein Holzkästchen hervor. »Ich gehe nach unten und flicke Ihr Kleid, während Sie baden«, ließ er sie wissen.

Mercedes bekam große Augen.

Colin achtete nicht auf ihr verdutztes Gesicht. »Ziehen Sie sich aus und setzen Sie sich in die Wanne. Wenn Sie fertig sind, frage ich Molly, ob sie eine Salbe für Ihren Bluterguss hat. Wurden Sie vergewaltigt?«

Mercedes erbleichte unter seinem durchdringenden Blick. »Nein«, antwortete sie. »So weit ist es nicht gekommen.« Colins Blick bohrte sich forschend in ihre Augen.

»Seltsam.«

Er war verschwunden, ehe sie ihm ihre erfundene Geschichte erzählen konnte, dass sie sich gegen ihre Angreifer zur Wehr gesetzt und in die Flucht geschlagen habe. In Anbetracht seiner Skepsis und seines Scharfblicks sollte sie aus mehreren Angreifern besser einen einzigen machen. Vielleicht glaubte er ihr, einem Betrunkenen entkommen zu sein.

Mercedes schwante allmählich, dass sie ihre Geschichte nicht sorgfältig genug durchdacht hatte. Auf dem Weg von Weybourne Park war sie kaum zu einem klaren Gedanken fähig gewesen. Ihr Versprechen, Colin Thorne erneut aufzusuchen, hatte ihren Onkel nicht davon abgehalten, in Brendans Zimmer zu eilen. Dies war die sicherste Methode, wie der Graf sich ihre Unterstützung sichern konnte. Es war nicht erstaunlich, dass auch Britton da war und neben seinem Zwillingsbruder in dem breiten Baldachinbett schlief. Als die Tür aufflog und Mercedes den Kindern eine Warnung zurief, fuhren die Knaben hoch und sprangen aus dem Bett. Sie waren an derlei nächtliche Überfälle gewöhnt.

Beinahe wäre den beiden die Flucht geglückt, wäre Britton nicht über sein bodenlanges Nachthemd gestolpert und Seiner Lordschaft direkt in die Arme gelaufen. Der Faustschlag traf ihn in die Magengrube und nahm ihm die Luft.

Vorn übergesackt ging der Knabe in die Knie. Der Stiefel, der nach ihm stieß, traf ihn an der Schulter.

Mercedes warf sich zwischen den Grafen und Brendan, um wenigstens ihn vor den brutalen Schlägen zu schützen. Ihre Einmischung gab Lord Leyden Veranlassung, sie anzugreifen. Er packte sie am Mieder und schleuderte sie beiseite. Sie taumelte rückwärts, ohne ihre schützenden Arme von Brendan zu nehmen.

Chloe und Sylvia waren durch die Schreie geweckt worden und kamen aus ihren Zimmern herbeigeeilt. Verängstigt standen sie in der Tür und sahen zu, wie ihr kleiner Bruder verprügelt wurde. Als es vorbei war, schauten beide händeringend zu Mercedes und traten hastig zur Seite, als ihr Vater aus dem Zimmer stapfte. Erst dann liefen sie zu ihrem auf dem Boden liegenden Bruder, um sich um ihn zu kümmern.

Mercedes verdrängte die Horrorszene aus ihren Gedanken und nahm den Kessel vom Feuer. Überschwappendes Wasser verzischte fauchend in der Glut. Sie goss heißes Wasser in die Wanne und stellte die Kanne beiseite. Dann kniete sie sich hin und wusch sich eilig Erdklumpen und Lehm, womit sie sich beschmiert hatte, von Gesicht und Armen, ohne die Unterwäsche auszuziehen.

Als Mercedes an sich hinunter schaute, sah sie das Heft des Dolches aus dem Korsett ragen. Sie trat ans Fenster und betrachtete ihr Spiegelbild im dunklen Glas. Aus diesem Blickwinkel war die Waffe vom Unterhemd verdeckt. Mit drei Fingern griff sie zwischen ihre Brüste und schob die Klinge tiefer.

Dann flog ihr Blick zum Kopfende des Bettes. Colins Klinge steckte dort nicht mehr. Suchend schaute sie sich im Zimmer um und entdeckte den Dolch auf der Kommode. Ihr erster Gedanke war, ihn zu verstecken, sie besann sich jedoch eines Besseren. Er würde sie durchsuchen und ihre eigene Waffe finden. Damit wäre ihr Plan völlig zum Scheitern verurteilt.

Sie ließ die Waffe liegen.

Ihr Blick wanderte weiter zum Nachtschränkchen, auf

dem die Flasche Whisky und das Glas standen. Allem Anschein nach hatte er nicht getrunken, wie Mercedes erstaunt feststellte. Die Trinkgewohnheiten ihres Onkels und seiner Freunde ließen sie glauben, der Zustand der Nüchternheit bei Männern sei eine Ausnahme.

Die Reisetasche am Fuß des Bettes weckte ihre Neugier. Mercedes überlegte, ob sie es wagen durfte.

Dann stellte sie die Tasche kurz entschlossen aufs Bett. Zunächst fiel ihr auf, dass sie mit großer Sorgfalt gepackt war. Nichts war achtlos hineingeworfen. Sie hob einen Stoß Hemden hoch, daneben waren Strümpfe verstaut. Auf einer gefalteten Hose lag ein dickes Buch. Sie las den Titel: *Der Glöckner von Notre Dame.* Auch der literarische Geschmack des Amerikaners erstaunte sie. Sie hätte nie gedacht, dass ein Mann wie er einen Liebesroman lesen würde. Aber vielleicht diente das Buch auch nur dazu, seine Hosen zu glätten.

Mercedes legte das Buch beiseite und entdeckte auf dem Boden der Reisetasche ein flaches, schwarz lackiertes Behältnis. Als sie den Kasten herausnahm, spiegelte sich ihr Gesicht verschwommen in der glatten Oberfläche. Sie setzte sich auf den Bettrand, legte sich die Kassette auf den Schoß und öffnete den Deckel.

Das Gewicht ließ sie den Inhalt erahnen. Nun staunte sie über die Schönheit der Waffen.

Wie edle Schmuckstücke lagen die Pistolen auf dunkelrotem Samt gebettet. Der passende Hintergrund, um Waffen zu präsentieren, die Menschenleben ein blutiges Ende setzten.

Sie kannte sich ein wenig mit Pistolen aus. Ihr Vater hatte eine stattliche Waffensammlung besessen, die in den Besitz des jetzigen Lords übergegangen waren, ehe seine Schulden ihn zwangen, ein kostbares Stück nach dem anderen zu verkaufen.

Bei diesen Waffen handelte es sich um amerikanische Steinschlosspistolen. Die Griffe aus geöltem und poliertem Ahornholz schimmerten in einem warmen rötlichbraunen Kastanienton. Der Abzugshahn und die Beschläge am Griff waren aus blinkendem Messing, der Lauf aus blau schimmerndem Stahl. Es waren kostbare Duellpistolen, um Ehrenhändel auszutragen – bis zum blutigen Ende eines der Duellanten.

Wie oft waren sie wohl benutzt worden? Und von wem?

Übelkeit stieg in Mercedes auf. Rasch schloss sie den Deckel und stellte die Kassette wieder zurück, legte Hose und Buch darauf, dann Hemden und Strümpfe und stellte die Tasche wieder an ihren ursprünglichen Platz. Sie setzte sich wieder aufs Bett, so starr, dass sie das Zittern ihrer Hände spürte, ohne hinzusehen.

Etwa eine halbe Stunde später kehrte Colin in sein Zimmer zurück, ohne anzuklopfen oder um Erlaubnis zu fragen, eintreten zu dürfen. Seine Schritte auf dem Flur mussten ihr Warnung genug sein, fand er.

Bei seinem Eintreten rührte Mercedes sich nicht, sie hob nur eine Winzigkeit den Kopf. Zunächst dachte er, sie habe die Wanne nicht benutzt. Erst bei näherem Hinsehen stellte er fest, dass sie nicht mehr so verdreckt war wie bei ihrer Ankunft. Sie war immer noch bleich, doch die fahle Blässe war verschwunden. Der Bluterguss an ihrer linken Wange war deutlicher geworden und begann zu schwellen.

Colin zog die oberste Schublade der Kommode einen Spalt auf und hängte die gewaschenen Strümpfe darüber. Ihre geputzten Schuhe stellte er vor den Kamin. Er hielt das Kleid hoch, um ihr zu zeigen, dass er sich bemüht hatte, die Flecken zu entfernen, ehe er es ihr auf den Schoß warf.

Seine Stiche waren feiner als die einer Frau. Der halb abgerissene Ärmel war sorgfältig angenäht. Den Ausschnitt, weit schwieriger zu reparieren, da der Stoff eingerissen war, hatte er mit winzigen Stichen geflickt. Der Riss am Rock war völlig verschwunden. Auch den Rock hatte er sorgfältig an die Taille angenäht.

Aus unerklärlichen Gründen bildete sich ein schmerzhafter Klumpen in ihrer Kehle und ihre Augen brannten. Sie blinzelte die aufsteigenden Tränen zurück, schluckte mehrmals und hielt das Kleid vor sich hin. »Danke«, brachte sie hervor.

Er schien ihren Dank nicht zu hören. Stattdessen wies er

mit dem Zeigefinger auf die abgerissene Rüsche ihres Unterrocks. »Ziehen Sie ihn aus und ich flicke das auch noch.«

»Nein, nein. Sie müssen nicht …«

»Ziehen Sie ihn aus.«

»Müssen Sie mich ständig unterbrechen?«, fragte sie und endlich kam wieder Leben in sie. »Lassen Sie mich doch wenigstens einen Satz zu Ende sprechen.«

»Miss Leyden«, entgegnete er gedehnt, als sei seine Geduld auf eine harte Probe gestellt. »Wenn eine Fliege sich auf meine Nase setzt, warte ich nicht lange. Ich scheuche sie einfach weg.«

»Vergleichen Sie mich etwa mit einer …«

»Ich glaube, ich habe mich klar genug ausgedrückt.« Mercedes blieb vor Verblüffung der Mund offen stehen. »Sie gaffen, Miss Leyden. Das ist nicht sehr schmeichelhaft.«

»Ich habe nicht die Absicht, Ihnen zu schmeicheln, Sie unverschä…«

»Ich meinte, der Gesichtsausdruck schmeichelt Ihnen nicht«, entgegnete er. Mercedes klappte den Mund zu und presste die Lippen aufeinander.

»So ist es besser. Nun ziehen Sie den Unterrock aus, sonst bin ich gezwungen, es selbst tun.«

Diesmal gehorchte sie ohne Widerrede, stand auf, hielt sich das Kleid vor, schälte sich umständlich aus dem Unterrock und warf ihn ihm zu.

»Etwas mehr Höflichkeit, wenn ich bitten darf, Miss Leyden«, meinte er. »Oder ich könnte annehmen, Ihr Dank kommt nicht von Herzen.«

»Ach, fahren Sie doch …«

Diesmal brachte sie seine hochgezogene Braue zum Verstummen. »Ja?«, fragte er, als sie den Satz nicht beendete.

Mercedes' graue Augen sprühten Funken. »Zur Hölle«, fuhr sie aufbrausend fort. »Fahren Sie zur Hölle!« Sie ließ sich wieder aufs Bett fallen, erschrocken über ihren Wutausbruch.

»Gut gemacht, Miss Leyden.« Colin begab sich zum Stuhl hinter ihrem Rücken, sodass sie das zufriedene Lächeln nicht sehen konnte, das seine Mundwinkel umspielte. Es gefiel ihm, wie ihre grauen Augen blitzten, wenn sie wütend wurde. »Vielleicht ist die Fliege in Wahrheit eine Wespe«, überlegte er halblaut. »Ich könnte schwören, ich habe einen Stich verspürt.«

Mercedes durchzuckte kalter Schreck. Der Dolch zwischen ihren Brüsten fühlte sich plötzlich schwer und riesig an. Wusste er, dass sie eine Waffe trug? War seine Bemerkung ein verschleierter Hinweis darauf? Wie konnte sie …

»Keine schlagfertige Entgegung?«, fragte er leichthin.

»Müssen Sie sogar meine Gedanken unterbrechen, Captain Thorne?«

Sein Lächeln vertiefte sich. Colin beugte sich vor und klappte den Nähkasten auf. Als das Schweigen sich unerträglich in die Länge zog und sie sich endlich umdrehte, saß er über die Näharbeit gebeugt und stichelte eifrig drauflos.

Alles, was sie ihm an den Kopf werfen wollte, war vergessen. »Wieso haben Sie Nähzeug bei sich?«, fragte sie.

»Jeder Seemann hat Nähzeug bei sich, zumindest jeder, der an Land einigermaßen passabel aussehen will.«

»Sind alle Seeleute so geschickt wie Sie?«

Colin nähte die Rüsche mit langen, gleichmäßigen Stichen an. »Manche sind besser, manche schlechter«, entgegnete er gleichmütig.

»Wo haben Sie nähen gelernt?«

»Beim Segelflicken, wie jeder Seemann.« Er fädelte die Nadel wieder ein, diesmal mit einem dünneren Faden, und begann den heruntergerissenen Saum mit feinen Stichen hochzunähen. Mercedes rutschte näher, um besser sehen zu können. »Wollen Sie es denn nicht anziehen?«, fragte er.

»Was?« Dann erst wurde ihr bewusst, dass er ihr Kleid meinte, das sie immer noch schützend vor sich hielt, allerdings weniger krampfhaft. »Ach ja … ja, natürlich.«

Colin legte den Kopf etwas schief, ohne den Blick von seiner Näharbeit zu heben. »Das war nur eine Frage«, meinte er leichthin. »Kein Befehl.«

Ein Schauer durchrieselte sie. Was sagte er da? Gefiel ihm ihr halb nackter Zustand? Das war der schwierigste Teil ihres Plans. Mercedes hatte keine klare Vorstellung, wie sie einen Mann verführen sollte, noch dazu einen so kühlen Mann wie Colin Thorne. Vielleicht war der Anfang gar nicht so schlecht. »Ich warte lieber, bis Sie mit meinem Unterrock fertig sind«, versetzte sie leise. Da sie sich mehr erhofft hatte als ein gleichgültiges Schulterzucken, ließ sie die Hände, mit denen sie das Kleid hielt, eine Winzigkeit sinken. Der Träger ihres Unterhemds glitt ihr von der Schulter, doch er ließ es unbeachtet.

Er blickte hoch und seine Augen hefteten sich auf ihre geschwollene Wange. »Wie ist das passiert?«, fragte er.

Mercedes war enttäuscht. Er bemerkte nicht den Schwung ihrer nackten Schulter, nicht den Ansatz ihres Busens. Nein, seine dunklen Augen hefteten sich auf den Bluterguss. Mercedes hob eine Hand. »Er hat mich geschlagen.«

»Wer?«

Die Frage verwirrte sie. Er stellte sie so schnell, als verdächtige er sie der Lüge und wolle ihr die Wahrheit entlocken. »Woher soll ich das wissen?«

»Wie sind Sie entkommen?«

Sie hatte sich eine glaubhaftere Antwort ausgedacht als die ursprüngliche, sie habe ihren vermeintlichen Angreifer in die Flucht geschlagen. »Durch ein verdächtiges Geräusch im Gebüsch. Vermutlich ein Tier. Der Kerl erschrak und lockerte seinen Griff.«

»Und Sie konnten entwischen?«

»Genau.«

»Dann kamen Sie zu mir.«

Sie schüttelte den Kopf und mied seinen durchdringenden Blick. »Nicht gleich«, sagte sie leise, als müsse sie eine schmerzliche Erinnerung hervorholen. »Zuerst versteckte ich mich ... und rührte mich lange Zeit nicht. Er suchte mich, doch dann gab er die Suche auf. Er war einfach verschwunden. Ich hatte immer noch Angst, mein Versteck zu verlassen. Und dann wusste ich nicht, wohin ich gehen sollte, außer zu Ihnen. Sie haben keine Ahnung, wie mein Onkel reagiert hätte, wenn er mich in diesem Zustand gesehen hätte.«

»Erzählen Sie es mir«, forderte Colin.

Seine leise Bitte ließ sie zusammenzucken. Diese Erklärung war noch schwieriger, weil es nicht wirklich gelogen war. Ihr Onkel hatte ihr oft genug abscheuliche Beschuldigungen an den Kopf geworfen. »Er denkt, ich gehe zu frei mit meiner Gunst um«, sagte sie. »Er hätte mir vorgeworfen ... mich mit Männern herumgetrieben zu haben. Er hätte gesagt, ich hätte nur bekommen, was ich verdiente.«

»Und dies ist der Mann, den Sie *nicht* tot sehen wollen?«, fragte Colin.

Ihr Kopf schnellte herum. »Finden Sie das etwa komisch? Glauben Sie, ich wünsche ihm deshalb den Tod?«

»Nun, ich würde es Ihnen nicht verdenken.«

»Sie verstehen nicht«, entgegnete sie scharf. »Es ist unwichtig, was er sagt oder tut. Es zählt nur, wer er ist.«

»Er ist Ihr Onkel.«

»Er ist der Graf von Weybourne!« Ihre schrille Stimme blieb ohne sichtliche Reaktion. Sie zwang sich zur Ruhe und atmete tief durch. »Sie können nicht wissen, wie mächtig er ist.«

Colin machte die letzten Stiche, biss den Faden ab und legte die Nadel in den Nähkasten zurück. »Soweit ich weiß, hat er ein Vermögen verschleudert, Gläubiger betrogen, seine Machtposition missbraucht und seiner Nichte eingeredet, sie müsse sein Leben retten.«

Das alles entsprach der Wahrheit, war aber nicht die ganze Wahrheit. Ihre klaren grauen Augen flehten ihn an. »Es hätte Folgen, die Sie nicht ermessen können.«

»Folgen?«, fragte er. »Für mich?«

Sie schüttelte den Kopf. »Nein. Für mich.«

Er hob interessiert die Brauen. »Wie das?«

Mercedes stand erregt auf. Sein Verhör machte sie so nervös, dass sie das Kleid vergaß und neben sich legte. Noch vor wenigen Minuten wäre ihr Handeln absichtsvolle Koketterie gewesen, nun war es ihr gar nicht bewusst. »Wenn es ihn nicht mehr gibt, wird man mich zur Rechenschaft ziehen«, sagte Mercedes leise.

Sie ging um das Bett herum. Ihr Unterkleid, das ihr bis

zur Wadenmitte reichte, zeichnete die Konturen ihrer Schenkel ab. Vom Busenansatz stieg ein rosiger Farbhauch ihren Hals hinauf. Sie schluckte gegen den Knoten an, der ihr die Kehle zuschnürte, und hob trotzig das Kinn. Die Arme verschränkte sie schützend und herausfordernd zugleich vor der Brust. Colin aber sah nur ihre Hilflosigkeit und Verletzlichkeit.

Er stellte das Nähzeug auf den Fußboden, legte den geflickten Rüschenrock über die Stuhllehne und stand auf. Obwohl seine Bewegungen weder Hast noch Bedrohlichkeit verrieten, trat sie erschrocken einen Schritt zurück und stieß mit der Hüfte gegen das Nachtschränkchen, worauf sie schmerzhaft zusammenzuckte, was mit Sicherheit auf eine bereits vorhandene Verletzung deutete. Colin vergaß seine Befragung. »Wo wurden Sie sonst noch verletzt?«, erkundigte er sich stattdessen.

Sie hob abwehrend die Hand, als er sich näherte. »Es ist nicht der Rede wert.«

Er umfing ihr Handgelenk. Sie versuchte vergeblich, sich ihm zu entziehen. Er wartete ab, bis sie begriff, dass ihr Widerstand sinnlos war. »Ich will es sehen«, verlangte er.

Mercedes presste die Lippen zu einem schmalen Strich aufeinander und schwieg.

»Sie wollen es nicht anders.« Ohne weitere Warnung zog er sie an sich und hob sie mit einem Schwung in die Arme.

Mercedes versteifte sich entrüstet und biss die Zähne aufeinander, enthielt sich jedoch eines Protests, da er ohnehin nichts genützt hätte, das hatte sie unterdessen erkannt.

Colin legte sie aufs Bett. Ihren hilflosen Versuch, sich aufzurichten, vereitelte er, indem er ihre Handgelenke in Höhe ihrer Schultern auf die Matratze drückte. Als er sich über sie beugte, fiel ihm eine sonnengebleichte Locke in die Stirn und sie hatte den unsinnigen Wunsch, sie ihm aus dem Gesicht zu streichen. Mercedes hörte auf, sich zu wehren.

»So ist es besser«, sagte er leise.

Nichts war besser, dachte sie unglücklich. Sie sollte den Wunsch haben, ihn zu töten, nicht, ihn zu streicheln.

»Nun zeigen Sie mir, was Ihnen angetan wurde.«

Beinahe hätte sie vergessen, aus welchem Grund seine starken Arme sie festhielten. »Es ist nur ein blauer Fleck«, versuchte sie die Prellung herunterzuspielen. »Ich hab ihn mir angesehen, als ich mich wusch. Ich werde es überleben.«

Er achtete nicht auf ihren Einwand, schob ihr Unterkleid bis zur Hüfte hoch und den Bund ihrer Pumphosen an der linken Seite nach unten. Ihre helle, seidige Haut über dem Hüftknochen wies einen faustgroßen, beinahe schwarzen Bluterguss auf, der sich nach außen bläulich violett fortsetzte.

Colin pfiff durch die Zähne. »Der wird morgen mehr als doppelt so groß sein.«

»Sind Sie nun zufrieden?«, fragte sie bissig. »Ich sagte doch, es ist nur ein blauer Fleck.«

Er gab sich noch nicht zufrieden. Er hatte zu viele Verletzungen in seinem Leben gesehen, um nicht zu ahnen, woher dieser Bluterguss stammte. »Trug der Mann eine Waffe?«

Mercedes machte ihrer Ungeduld mit einem tiefen Stöhnen Luft.

Colin sah sie verdutzt an, ehe er sich beeilte, ihre Unterwäsche wieder zu ordnen, ohne allerdings ihre Handgelenke loszulassen. »Besser?«

Sie blieb ihm die Antwort schuldig. »Er hatte keine Waffe«, gab sie Auskunft. »Jedenfalls hat er mich nicht mit einer Waffe bedroht. Auf der Flucht bin ich gegen irgendetwas gestoßen.« Diese ausweichende Antwort hielt sie für ausreichend, um seine Neugier zu befriedigen. Sie konnte ihm ja schlecht sagen, dass die Ecke eines Schreibtischs der Grund war.

Colin sah sie nachdenklich an. »Vermutlich ein Ast«, meinte er. »Sie hatten Glück, nicht aufgespießt worden zu sein.«

»Na schön. Ich werde Gott in meinem Abendgebet dafür danken.«

Ihr bissiger Ton, der so gar nicht zu ihrer sonstigen Wohlerzogenheit passen wollte, erstaunte ihn. »Ihre spitze Zunge scheint nicht unter den heutigen Ereignissen gelitten zu haben.«

»Wegen meiner spitzen Zunge wurde ich wohl kaum

überfallen«, versetzte sie. Und dann bemerkte sie, wie Colins Augen sich noch mehr verdunkelten, als er ihr Gesicht studierte. Sein Blick wanderte bedächtig über Stirn und Augen. Er neigte den Kopf ein wenig seitlich, als sein Blick die Form ihrer Nase, die Konturen ihrer Wange, ihres Ohrs begutachtete und schließlich an ihrem Mund verweilte. Mercedes hatte bei der Musterung den Atem angehalten und öffnete nun leicht die Lippen.

Seine Augen senkten sich in die ihren. Sein Blick war nun nicht mehr kühl und distanziert, vielmehr strahlte er eine seltsame Wärme aus.

»Aus welchem Grund sind Sie zurückgekommen?«, fragte er.

Seine heiser belegte Stimme erschreckte Mercedes mehr als seine Frage. »Das sagte ich Ihnen bereits«, antwortete sie.

Sein Gesicht näherte sich eine Winzigkeit. »Ich weiß, was Sie sagten.«

Mercedes biss sich auf die Lippen. Er klang beinahe so, als habe sie nicht die Wahrheit gesagt – was ja tatsächlich der Fall war –, doch nicht so, wie er zu denken glaubte. »Dann sollten Sie besser zuhören.«

Colin schüttelte den Kopf. »Den Teufel werde ich tun.«

Sie wich seinem Kuss nicht aus. Sie war nicht sicher, ob es geschehen würde, bis sein Mund auf ihren Lippen lag. Bis zur letzten Sekunde glaubte sie, er würde sie nur necken, um sie in Verlegenheit zu bringen.

Dies war nicht ihr erster Kuss. Man hatte ihr einige geraubt, einige hatte sie freiwillig gegeben. Einmal war sie sogar im Liegen geküsst worden. Doch dieser war anders, der Vergleich mit den anderen Küssen gab ihr Gewissheit. Und zum ersten Mal bereute Mercedes ihre früheren Erfahrungen nicht.

Colins Lippen fühlten sich warm und trocken an. Die erste Berührung war zaghaft, als erwarte er ihren Widerstand. Erst als er ausblieb, verstärkte sich der Druck seines Mundes. Seine Zungenspitze drängte sich zwischen ihre Lippen.

Ein erregtes Kribbeln durchrieselte Mercedes. Ihre Fäuste lockerten sich und sie schloss die Augen.

Seine Zunge zog die Konturen ihrer Unterlippe nach, seine Zähne nagten an ihr. Colin spürte, wie sie sich unter ihm entspannte. Seine Hände um ihre Handgelenke lockerten sich.

Sein Kuss wurde fordernder und Mercedes gewährte ihm Einlass. Ihre Zunge berührte die seine zaghaft, fuhr forschend über die leichten Unebenheiten seiner Zahnreihe. Seine Hüfte berührte sie nun intimer. Seine Brust war dicht über ihr und als sie den Rücken ein wenig durchdrückte, berührte ihn ihr Busen.

Mercedes seufzte in seinen Mund, der von ihr Besitz ergriff, fordernd, drängend diesmal. Colin streckte sich neben ihr aus, sein Knie schob sich zwischen ihre Beine. Mercedes öffnete die Schenkel.

Colins Mund löste sich von ihren Lippen, hauchte ihr zarte Küsse an Wange, Kinn und Hals. Er kostete ihre Haut, benagte sie mit den Zähnen. Seine Hände glitten ihre Arme entlang nach oben.

Sie streichelte seinen Kopf, ihre Finger wühlten sich in sein Haar. Ihre Nägel kratzten ihm leicht über Nacken und Schultern und sie spürte, wie seine Muskeln unter ihren Fingerkuppen zuckten.

Colins schwielige Hand streichelte ihre nackte Schulter, die Innenseite ihres Armes nach unten, wo die Haut sich anfühlte wie Seide, dann streifte er ihre Brust. Mercedes seufzte wohlig, als sein Mund den ihren wieder umschloss.

Ihre Hände an seinen Schultern schoben ihn sanft von sich und Colin verstand ihren Wunsch, rollte sich auf den Rücken und nahm sie mit sich, bis sie auf ihm lag. Mercedes hielt seine Handgelenke in Höhe seiner Schultern, ohne Druck anzuwenden. Colin war ein williger Gefangener, der keinen Widerstand leistete und mit einem tiefen Kuss belohnt wurde.

Zögernd löste sie ihren Mund von ihm, ihre grauen Augen waren leicht verschleiert. Sie strich seine Arme entlang, bis ihre flachen Hände auf seiner Brust lagen. Ihre gespreizten Schenkel unter dem fächrig ausgebreiteten Unterkleid pressten sich an seine Hüften.

Colins große Hände umfingen ihre Mitte, wobei seine Finger sich beinahe trafen. Er beobachtete, wie sie den Kopf hob und den Oberkörper nach hinten bog. Sie entblößte ihren schlanken Hals und reckte ihm ihre prallen Brüste entgegen. Sie hob die Arme und ihre Finger strichen die Linie ihres Schlüsselbeins entlang. Ein verführerisches Lächeln umspielte ihre Lippen.

Ihr dicker Zopf fiel ihr über die Schulter weit in den Rücken, dessen Ende seinen Handrücken kitzelte. Er griff im selben Moment danach, als Mercedes den Dolch zog.

Blitzschnell wickelte er ihr Haar um seine Faust und riss sie hoch, während ihre Klinge mehrmals ins Leere stieß. Mercedes wand sich unter seinem Zugriff und stach erneut auf ihn ein. Die Dolchspitze streifte seine Schulter und zerschnitt sein Hemd. Ein dünner Streifen Blut wurde sichtbar.

Colin riss ihr mit einem Ruck den Kopf in den Nacken und schleuderte sie auf die Matratze, der Bettkante gefährlich nahe. Mercedes lag vor Schreck wie gelähmt.

Colin, der dem Frieden nicht traute, zumal sie die Waffe immer noch in der Faust hielt, schlug mit der Handkante gegen ihr Handgelenk. Der Dolch entglitt ihren Fingern. Colin packte ihn und warf ihn quer durchs Zimmer. Er landete klirrend auf der Kommode und blieb dicht neben seinem Messer liegen.

Es entstand eine lähmende Stille, nur unterbrochen von ihren keuchenden Atemzügen. Colin ließ ihr Haar los und stieß sie vom Bett. Sie stürzte auf die verletzte Hüfte. Der Schmerz, der sie durchfuhr, trieb ihr die Tränen in die Augen. Sie krümmte sich stöhnend zusammen, um sich vor dem nächsten Schlag zu schützen. Als er nicht erfolgte, blieb sie reglos liegen und biss sich auf die Unterlippe, um nicht laut zu schreien.

Colin stieg auf der anderen Seite vom Bett und streifte das zerfetzte Hemd ab. Dann griff er nach dem geflickten Unterkleid, riss die Rüsche ab, die er kurz zuvor angenäht hatte, tauchte sie in die Wanne, wrang sie aus und wischte sich damit das Blut von der Brust. Sie hatte ihm nur eine leichte Schnittwunde beigebracht. An seiner Schulter war ein tieferer Einstich. Colin ließ die Wunde ausbluten, um eine Infektion zu vermeiden. Dann drückte er den geballten nassen Stoff auf die Wunde, bis die Blutung gestillt war.

Er schritt zur anderen Seite des Bettes, die Mundwinkel zu einer verächtlichen Grimasse verzogen. Mercedes lag noch immer auf dem Fußboden. Er versetzte ihr einen Fußtritt, nicht allzu grob, nur um sie zu einer Reaktion zu zwingen. Sie rührte sich nicht. Er ging in die Hocke, legte eine Hand an ihre Hüfte und rüttelte sie. Sie rührte sich immer noch nicht.

Sie hatte das Bewusstsein verloren.

Er registrierte es kühl, nahm ein Glas vom Nachttisch, tauchte es in das kalte Badewasser und goss ihr einen Schwall ins Gesicht.

Mercedes fuhr hoch und rang mit aufgerissenen Augen prustend nach Luft. Sie schien die Orientierung verloren zu haben und am Rande einer Panik zu sein.

»Es ist nur Wasser«, meinte er ungerührt. »Daran sterben Sie nicht.«

Mit einem Zipfel ihres Unterrocks wischte sie sich über Augen und Gesicht. Als sie wieder klar sehen konnte, hielt sie den Blick auf ihre Hände gesenkt.

»Ich hoffe, Sie haben eine plausible Erklärung«, fuhr er fort. »Auf Ihre Lügen falle ich nicht mehr herein.«

»Es gibt nichts zu erklären«, versetzte sie tonlos. Hinter ihren Schläfen hatte ein dumpfes Pochen eingesetzt, das ihr in den Ohren dröhnte. Colins Stimme erreichte sie wie aus weiter Ferne.

»Da bin ich anderer Meinung.«

»Ich glaube, ich muss mich übergeben.«

Colin reagierte prompt, holte das Nachtgeschirr unter dem Bett hervor und drückte es ihr in die Hand. Mercedes erbrach sich. Das Würgen rüttelte ihren ganzen Körper und sie hielt sich krampfhaft am Nachtgeschirr fest. Colin lehnte sie mit dem Rücken gegen das Bettgestell, um ihr Halt zu geben. Unter ihren Krämpfen erbebte das ganze Bett. Sie erbrach den gesamten Mageninhalt, bis sie nur noch Schaum hervorwürgte. Als das Gefäß ihren entkräfteten Händen zu entgleiten drohte, hielt Colin es ihr vor. Mit der anderen Hand hielt er ihren Zopf im Nacken fest, damit er nicht nach vorne hing.

Irgendwann flaute ihre Übelkeit ab und sie hustete schwach. Colin stellte das Geschirr vor die Tür, goss Wasser aus dem Krug in ein Glas, gab einen Schluck Whisky dazu und befahl ihr, den Mund zu spülen.

»Ausspucken«, wiederholte er, als sie die Mischung schluckte. »Der Whisky bekommt Ihnen nicht auf leeren Magen.«

Sie nickte schwach und gehorchte, spuckte in ein anderes Glas und spülte noch zweimal, bevor er sich zufrieden gab. Mercedes legte den Kopf gegen die Matratze, während Colin auf den Flur trat und die Gläser in das Nachtgeschirr leerte. Als er zurückkam, hielt sie die Augen geschlossen und atmete flach.

»Legen Sie sich aufs Bett«, befahl er.

Sie hob den Kopf und öffnete die Augen, ließ sich willig von ihm hochziehen und aufs Bett legen. Er schob ihr ein Kissen unter den Kopf. Dabei deutete sie seine Aufmerksamkeit keineswegs als Akt der Freundlichkeit. Wenn er sich um sie kümmerte, wollte er etwas dafür, das war ihr klar.

Mercedes schloss die Augen, als er ihr das Gesicht mit einem feuchten Tuch wusch.

»Sehen Sie mich an«, befahl er und legte das Tuch weg. Seine Stimme duldete keinen Widerspruch.

Sie öffnete die Augen.

»Ich warte.«

»Ich sollte jetzt gehen«, brachte sie schwach hervor.

Er zog eine Augenbraue hoch. Seine Gesichtszüge waren hart und angespannt, sein kaltes Lächeln war ohne jedes Mitgefühl. »Vorher schulden Sie mir eine Erklärung.«

»Was wollen Sie wissen?«

»Trugen Sie den Dolch auch bei Ihrem ersten Besuch bei sich?«, fragte er.

Sie nickte.

»Aber Sie haben ihn nicht benutzt.«

»Sehen Sie? Sie brauchen gar keine Antworten. Sie können sich alles selbst zusammenreimen.«

Colin erhob sich, trat an die Kommode und untersuchte beide Klingen, ehe er sich für seinen Dolch entschied. Mercedes hatte sich aufgerichtet, als er wieder ans Bett trat.

»Was haben Sie vor?«, fragte sie bang.

»Das.« Colins Messer zerschnitt ihr Korsett.

»Was tun Sie?«

»Ich warte«, sagte er. »Auf Antworten. Lassen Sie mich nicht zu lange warten, Miss Leyden. Ihr Unterhemd hat nicht viele Bänder.«

»Sie können doch nicht einfach ...«

Er zog die Spitze des Dolchs hoch und zerschnitt das erste Band.

Mercedes' Hände flogen hoch, um den Stoff zusammenzuhalten. »Fragen Sie.«

»Gut«, meinte er zufrieden. »Sie scheinen zu begreifen. Warum haben Sie das Messer beim ersten Mal nicht benutzt?«

»Ich dachte, ich könnte es Ihnen ausreden.« Mercedes blickte gebannt auf die Dolchspitze an ihrer Brust, die sich der nächsten Verschnürung näherte. »Ich wollte Ihnen ausreden, den Grafen zu töten.« Der Dolch verharrte an der Verschnürung. »Das hielt ich anfangs für möglich. Doch dann sagten Sie Dinge, von denen ich keine Ahnung hatte, die mich verwirrten. Ich wusste nicht mehr, was ich glauben sollte.«

»Deshalb gingen Sie unverrichteter Dinge.«

»Richtig.«

»Aber Sie kamen wieder.«

»Den Grund habe ich Ihnen genannt.«

Es fiel ihm nicht schwer, das nächste Band zu zertrennen. Er tauchte die Spitze zwischen ihre gespreizten Finger und ließ die Klinge hochschnappen.

Mercedes presste den Rücken gegen das Kopfende des Bettes. »Ich wurde angegriffen«, flüsterte sie hastig. »Auf dem Heimweg.«

»Nehmen Sie die Finger weg.«

»Nein.«

»Ich schneide Sie.«

Aus Angst, er mache Ernst, spreizte sie die Finger noch mehr. Die Klinge tauchte ein und die nächste Verschnürung ging auf. Nun hatte sie Mühe, den Stoff mit beiden Händen zusammenzuhalten. Sie versuchte, die Knie hochzuziehen, was Colins Arm verhinderte.

Er beobachtete unbeteiligt, wie die Angst in ihre klaren grauen Augen stieg. »Die Wahrheit, Mercedes. Es gab keinen Überfall zwischen hier und Weybourne Park.«

Sie erbleichte. »Warum glauben Sie mir nicht?«

»Warum belügen Sie mich?«

Ihre Hände und ihre Stimme zitterten. »Ich sage die Wahrheit.«

Colin zerschnitt ihr das Hemd vollends.

Mercedes schrie auf und versuchte den dünnen Stoff mit beiden Händen zusammenzuhalten, um ihre Blößen zu bedecken. Ihr Mund war ausgetrocknet, sie konnte weder schlucken noch sprechen. Sie starrte ihn entsetzt an.

»Ich glaube, Sie sind unbehelligt in Weybourne Park eingetroffen«, erläuterte er sachlich. »Ihr Kleid war zerrissen, nicht aber Ihr Mantel. Ich glaube, der Schaden wurde Ihnen zugefügt, als Sie keinen Mantel trugen.«

»Sie haben doch selbst den Verschluss durchtrennt«, verteidigte sie sich. »Beim ersten Mal.« Ihre Kehle brannte. Ihre Stimme klang wie die einer Fremden. »Der Umhang ist mir von der Schulter gerutscht.«

»Das glaube ich nicht. Sie sagten, Sie seien geflohen und hätten sich versteckt. Sie hätten nicht gewagt zurückzugehen, um Ihren Mantel zu suchen. Ihr Angreifer hätte auf Sie warten können.«

Mercedes blieb stumm.

»Die Flecken an Ihrem Hals deuten darauf hin, dass Ihr Angreifer schmutzige Hände hatte. Doch dort, wo Ihr Kleid zerrissen war, fanden sich keine Flecken. Der glatte Riss an ihrem Rock wurde nicht von einem Ast verursacht.« Er legte eine Pause ein. »Die Wahrheit, Mercedes.«

Sie konnte nicht sprechen. Seine Hand lag an ihrer Schulter und nestelte am Träger ihres Hemdes. Die Dolchspitze lag nun an ihrer Kehle.

»Hat Ihr Onkel etwas damit zu tun?«, fragte Colin. Ihr entsetzter Blick war ihm Antwort genug. »Hat er von Ihnen verlangt, mich aufzusuchen?«

Ihre Stimme war ein verzweifeltes Krächzen. »Bitte«, wisperte sie. »Lassen Sie mich gehen.«

»Hat er Sie gezwungen?«

»Nein!« Es gab Dinge, die nicht ausgesprochen werden durften.

Colins Augen verengten sich. »Sie sagten vorhin, es gäbe Konsequenzen, wenn der Graf stirbt ... dass man Sie zur Rechenschaft ziehen würde.«

Mercedes trat der kalte Schweiß auf die Stirn. Daran wollte sie nicht denken. Sie konzentrierte sich auf die kalte Klinge unter ihrem Kinn. Ihre verkrampften Hände schmerzten, ihre Knöchel waren weiß, so sehr krallten sie sich in den Stoff ihres Hemdes. Und plötzlich wusste sie, dass er keine Sekunde ein persönliches Interesse an ihr gehabt hatte. Er hatte sie nur geküsst, um sie gefügig zu machen.

»Was haben Sie damit gemeint?«, wollte er wissen.

Mercedes begriff, dass sie ihm gar nichts sagen musste. Es war unwichtig, ob er sie nackt sah, da er kein Verlangen nach ihr verspürte. Ihr die Kleider langsam zu zerschneiden war nur eine niederträchtige Taktik, um sie aus der Fassung zu bringen. Er konnte sie nicht beschämen, wenn sie sich nicht beschämen ließ.

Und dann wurde sie sich ihrer freien Hände bewusst. Er hatte sie nicht fesseln müssen, da er das gleiche Resultat erreichte, wenn er sie zwang, ihr Hemd festzuhalten. Sie brauchte nur ihre Scham zu vergessen, um ihre Hände zu benutzen. Die Wahl fiel ihr nicht schwer.

Mercedes schlug blitzschnell nach seiner Hand. Die Klinge verfehlte ihre Kehle um Haaresbreite. Gleichzeitig versetzte sie Colin einen kräftigen Fußtritt. Er verlor das Gleichgewicht und fiel vom Bett. Mercedes floh auf die andere Seite.

Colin richtete sich auf. »Und was haben Sie jetzt vor?«

Das Bett war zwischen ihnen, doch sie stand auf der falschen Seite, um die Tür zu erreichen. Mercedes' Gedanken rasten.

»Oder haben Sie nicht so weit gedacht?« Er heftete den Blick auf ihr klaffendes Hemd. »Lassen Sie sich getrost Zeit.«

Mercedes unterdrückte den Wunsch, ihr Hemd festzuhalten. Sie hatte Wichtigeres zu tun. Ohne den Dolch in Colins Hand aus den Augen zu lassen, näherte sie sich seitwärts der Kommode.

»Versuchen Sie nicht, an das Messer zu gelangen«, warnte er.

»Ich will nur meine Strümpfe holen.« Ihre Stimme klang sachlich.

Colin wusste nicht, welche Absicht sie verfolgte. »Wollen Sie mich damit auspeitschen?«

»Nein«, entgegnete sie mit zuckersüßer Stimme. »Ich werde Sie damit fesseln. »

Der Gedanke erschien ihm absurd und er blickte immer noch fasziniert auf ihre nackten Brüste, als sie ihm die Schublade entgegenschleuderte. Eine scharfe Kante traf ihn an der Schläfe und Colin Thorne ging zu Boden wie ein gefällter Baum. Stöhnend versuchte er, den Kopf zu heben und sein Gesichtsfeld zu klären, als Mercedes ihm die Whiskyflasche über den Schädel schlug.

Sein letzter Gedanke war, dass sie gedroht hatte, ihn zu fesseln; möglicherweise würde sie ihn nicht töten.

Kapitel 3

Mercedes huschte durch den Hintereingang ins Haus, um ihrem Onkel nicht zu begegnen, und eilte die Dienstbotentreppe zu ihrem Zimmer im Nordflügel hinauf.

Ein hoher Drehspiegel im verschnörkelten Mahagonirahmen war einer der wenigen verbliebenen Einrichtungsgegenstände in ihrem Zimmer. Mercedes warf nicht einmal einen Blick hinein, denn sie hatte nicht den Wunsch zu sehen, in welch verkommenem Zustand sie war. Hastig zog sie sich aus und warf die Kleider auf den abgetretenen Teppich. Es war nicht ihre Art, achtlos mit ihren Sachen umzugehen, jetzt aber hatte sie das dringende Bedürfnis, alles, was mit dieser Nacht zu tun hatte, abzuwerfen und zu vergessen, um sich wieder rein und sauber zu fühlen.

Sein Blut klebte zwar nicht an ihr, doch sie war sich sehr wohl bewusst, was sie getan hatte.

Mercedes presste die Handballen gegen die Schläfen und kniff die Augen zusammen. Sie wollte nicht mehr daran denken. In ihrem Kopf hämmerte ein dumpfer Schmerz, sie schwankte unsicher und stöhnte leise.

Sie ließ die Arme sinken und öffnete die Augen. Es kostete sie große Willenskraft, an den Schrank im angrenzenden Ankleidezimmer zu treten, ihr Nachthemd herauszuholen und hineinzuschlüpfen. Wie eine Wolke hüllte das bodenlange, weit geschnittene Hemd sie ein. Sie band die Seidenschleife am Hals und griff nach ihrem Morgenmantel, schlüpfte hinein und zurrte den Gürtel fest.

Auf einem Stuhl neben dem Bett standen Waschschüssel, Krug, Seifenschale und ein paar andere Toilettenartikel. Früher hatte die Einrichtung ihres Schlafzimmers aus einer Wäschekommode, zwei Nachtschränkchen, einem Frisiertisch mit gepolstertem Hocker und einem zierlichen Schreibtisch bestanden. Vor dem Kamin waren zwei cremefarbene Satinsessel. Diese Möbel zierten nun ein unbewohntes Zimmer im Südflügel für gelegentliche Gäste des Grafen.

Mercedes hatte sich an die Einschränkung gewöhnt.

Sie wusch sich das Gesicht und rieb es mit dem Waschlappen, als wolle sie den Bluterguss an der Wange entfernen. Der Schmerz lenkte sie von dem Hämmern im Kopf ab. Sie setzte sich an den Bettrand, öffnete den Zopf und begann ihr Haar in langen Strichen zu bürsten, das ihr Gesicht wie ein welliger schokoladenfarbener Vorhang einrahmte.

Unter ihrem Kopfkissen zog Mercedes ein braunes Fläschchen Laudanum hervor, maß einen Teelöffel ab und nahm die Medizin mit einem Schluck Wasser. Die Flasche war ihr wohlgehütetes Geheimnis, den Gelegenheiten vorbehalten, um Schmerzen zu stillen, wenn ihr Onkel sie wieder einmal besonders grausam behandelt hatte. Diesmal griff sie zu der gefährlichen Medizin, nicht nur um körperliche Schmerzen zu lindern, sondern um die tiefe Scham zu vergessen, die sich in ihr ausgebreitet hatte.

Es fiel Mercedes schwer, noch einmal aufzustehen. Nichts wäre ihr lieber gewesen, als unter die Decke zu kriechen und Erlösung im wohltuenden Vergessen des Betäubungsmittels zu finden. Doch ihr Pflichtbewusstsein zwang sie, nach den Kindern zu sehen.

»Ich wusste, dass sie kommt«, sagte Britton, als Mercedes lautlos die Tür öffnete. »Hab ich es nicht gesagt?« Er saß im Bett, hatte sich ein Kissen in den Rücken gestopft und die Bettdecke als Wall um sich herumgelegt. Er richtete seine Worte nicht an seinen Zwillingsbruder, denn dieser schlief tief und fest, zusammengerollt am Fußende des Bettes wie ein Wachhund. Sein aufgeregtes Flüstern war an Martha Hennepin gerichtet, die gemeinsam mit ihrem Ehemann seit über vierzig Jahren auf Weybourne Park Dienst tat. Lord Leyden hatte die beiden nicht nur einmal vor die Tür gesetzt und behauptet, er brauche ihre Dienste nicht mehr. Doch das alte Ehepaar hatte sich seinen Anordnungen widersetzt und war störrisch geblieben.

»Ja, du hast es gesagt, Master Britten«, antwortete Mrs. Hennepin und klatschte leise in die Hände, um ihm Applaus zu zollen und ihre Erleichterung zum Ausdruck zu bringen. Sie erhob sich und glättete die Schürze an der Stelle, wo ihre gichtigen Finger den Stoff zerknautscht hatten. »Ich habe es mir auch gedacht, um ehrlich zu sein.« Sie winkte Mercedes zu, rasch einzutreten und die Tür zu schließen. »Wir müssen leise sein, Liebes. Bei Seiner Lordschaft weiß man nie, ob er herumgeistert und nach dem Rechten sieht.«

Mercedes nickte und schloss die Tür lautlos. »Hat Brendan Sie geholt, nachdem ich weg war?«

»Sylvia kam zu uns rübergelaufen. Sie war völlig außer sich, das arme Ding. Ich habe kaum die Hälfte verstanden von dem, was sie sagte.« Mrs. Hennepin verschränkte die Arme vor ihrem fülligen Busen. »Mr. Hennepin wollte natürlich mitkommen, aber ich sagte ihm, ich komme alleine besser zurecht.« Ihr runzliges Gesicht war von Gram erfüllt. »Er macht sich große Sorgen um die Buben.«

Britton meldete sich zu Wort. »Um mich muss er sich keine Sorgen machen«, meinte er herablassend. »Sylvia hingegen verliert wegen jeder Kleinigkeit die Nerven.«

Mercedes lächelte wehmütig. »Ich würde gern mal nachsehen«, meinte sie und sah, wie Britton sich innerlich wand. Er hasste es, bemuttert zu werden, erst recht unter diesen Umständen. Seine ernsten blauen Augen, sein tapferes kleines Gesicht machten ihr das Herz schwer. Brittons sandfarbenes Haar war zerzaust und ein Wirbel am Hinterkopf ließ ein paar Büschel kreuz und quer in alle Richtungen stehen. Sie bezähmte den Wunsch, ihm durchs Haar zu fahren. Er war erst acht Jahre alt und brauchte die zärtliche Fürsorge, die er so heldenhaft verweigerte. »Na?«, fragte sie und setzte sich neben ihn an den Bettrand. »Darf ich?«

»Wenn es sein muss«, meinte er gedehnt und schob das Nachthemd hoch, ohne den teils amüsierten, teils traurigen Blickwechsel zwischen Mercedes und der Haushälterin zu bemerken. »Siehst du? Nicht einmal eine angeknackste Rippe.«

Mercedes legte die flache Hand auf Brittons schmalen Brustkorb und tastete ihn vorsichtig ab. Er zuckte ein wenig zusammen, als sie den Bluterguss berührte, schien aber frei durchatmen zu können.

»Er hat mich nur in der Magengrube erwischt«, kam die gedämpfte Kinderstimme unter dem Nachthemd hervor. »Hast du gesehen, wie ich mich zusammengerollt hab wie ein Ball? Genau wie du es mir beigebracht hast. Das klappt prima.«

Ja, es klappte prima. Diesmal hatte er keine ernsthafte Verletzung davongetragen. Mercedes fragte sich bitter, ob es außer ihr noch eine Gouvernante gab, die gezwungen war, ihren Schützlingen beizubringen, wie sie sich vor Schlägen schützten. Sie half dem Kleinen, das Nachthemd wieder runterzuziehen, beugte sich vor und küsste ihn auf die Stirn, ehe er ausweichen konnte. »Du warst sehr schnell.«

Ein Segen, dass Britton und Brendan in wenigen Monaten ins Internat kamen. Mercedes hatte dafür gesorgt, dass die Kosten für den Schulbesuch gesichert waren. Ohne eine gute Schulbildung würden die Zwillinge ihren Platz in der Gesellschaft nicht halten können. Da die Ausbildung der Kinder weit unten auf der Prioritätenliste des Grafen stand, hatte Mercedes sie an die erste Stelle gesetzt.

Mrs. Hennepins rundliche Figur verdeckte die Lampe und warf einen langen Schatten über das Bett. »Er ließ sich die Rippen nicht bandagieren. Nur zur Sicherheit, sagte ich ihm, aber er wollte es nicht zulassen.«

»Schon gut«, meinte Mercedes beschwichtigend. »Britton weiß mittlerweile, wann eine Rippe gebrochen ist.« Sie wandte sich an den Jungen. »Du hast doch keine Schmerzen beim Atmen, stimmt's?«

Er schüttelte ernsthaft den Kopf.

»Wir wollen glauben, was er sagt. Vielen Dank, dass Sie bei ihm geblieben sind.«

Mrs. Hennepin wischte den Dank mit einer Handbewegung weg und deutete mit dem Kinn auf den schlafenden Brendan. »Der Bengel wollte einfach nicht gehen. Nicht einmal Chloe konnte ihn dazu bewegen, in seinem eigenen Bett zu schlafen.«

»Ich bring ihn rüber, wenn ich gehe.« Aus den Augenwinkeln sah Mercedes, wie Britton unmerklich zusammenzuckte. Es war eigentlich nur ein Zucken der Wimpern, das seine Angst verriet.

»Er muss in seinem Zimmer schlafen«, erklärte ihm Mercedes. »Wenn euer Vater ihn hier findet, wird es nur schlimmer für euch beide.«

»Er ist nicht unser Vater«, widersprach Britton feindselig.

»Rede nicht so«, widersprach Mercedes.

»Sogar Chloe sagt das«, behauptete er störrisch und schob das Kinn vor.

Mrs. Hennepin schnalzte missbilligend mit der Zunge. »So etwas sagt ein Kind deines Alters nicht.«

»Ich bin eben kein Kind *deines* Alters«, versetzte er.

»Er scheint wieder wohlauf zu sein«, meinte Mercedes beinahe scherzhaft.

»Auf den Mund ist er jedenfalls nicht gefallen«, pflichtete die Haushälterin ihr bei. »Ganz schön vorlaut, diese Rangen. Wenn einer mal den Mund hält, ist der andere umso frecher.« Sie fuhr ihm liebevoll durchs Haar. »Ich seh morgen früh nach euch.« Dann wandte sie sich wieder an Mercedes, deren Blässe und die blau geschwollene Wange ihr nicht entgangen waren. »Ich weiß ja nicht, was diesmal vorgefallen ist, hoffe aber, bis morgen ist alles wieder gut.«

Mercedes blieb stumm. Niemand außer ihrem Onkel und seinem Opfer brauchte zu wissen, was in dieser Nacht geschehen war.

Mrs. Hennepin seufzte. »Wahrscheinlich tu ich heute Nacht kein Auge mehr zu«, brummte sie auf dem Weg zur Tür. »Sie wissen, wo Sie mich finden.«

Als sie gegangen war, warf Mercedes einen Blick zur Uhr auf dem Kaminsims. Die Zeiger standen auf kurz nach drei. In wenigen Stunden würde der Graf wissen wollen, ob sie ihren Auftrag erledigt hatte. Dann würde er sich auf das Treffen vorbereiten, voller Zuversicht über den Ausgang der Begegnung. Sie wünschte, den Mut aufzubringen, ihn zu belügen. Zu gerne hätte sie seine Reaktion gesehen, zu gern hätte sie gewusst, ob er seine Verabredung mit Colin Thorne einhalten würde, wenn er wüsste, dass der Captain zum vereinbarten Treffpunkt erscheinen würde.

Britton studierte aufmerksam ihr Profil. Es machte ihm Angst, wenn sie so versunken und in sich gekehrt war, als habe sie ihre Umgebung völlig vergessen. Zaghaft legte er seine kleine Hand in die ihre. Zunächst schien sie es gar nicht zu bemerken und sein Herzschlag beschleunigte sich bang. Doch dann spürte er den leichten Druck ihrer Hand und ein Gefühl der Geborgenheit wärmte sein kleines Herz. Sie wandte ihm ihr Gesicht zu und lächelte.

»Du bist ein guter Junge, Britton«, sagte sie leise. »Das denkt auch Mrs. Hennepin – meistens jedenfalls.«

Britton zog den Kopf ein, denn er fürchtete wieder einen

Kuss oder ein liebevolles Streicheln durchs Haar. Er kroch tiefer unter die Decke, ohne ihre Hand loszulassen. »Hast du ihn getötet?«, fragte er mit Grabesstimme.

Das dünne Lächeln um ihre Lippen schwand. »Wovon redest du?«

Seine Enttäuschung war ihm deutlich anzusehen. Glaubte sie tatsächlich, sie könne es vor ihm und seinem Bruder verbergen? »Wieso gibst du es nicht zu? Ich glaube, diesmal wissen sogar Chloe und Sylvia Bescheid.«

Die Zwillinge waren Dingen ausgesetzt, die sie nicht sehen und hören dürften. Sie waren keine kleinen Kinder mehr, die vieles, was zwischen Erwachsenen vorging, nicht begriffen. »Worüber wisst ihr Bescheid?«, fragte sie vorsichtig.

»Der Graf hat dir befohlen, den Amerikaner aus dem Weg zu räumen«, erklärte Britton im Brustton der Überzeugung. »Du weißt schon« – sein Zeigefinger machte die Bewegung des Halsabschneidens –, »du sollst ihn um einen Kopf kürzer machen.«

»Britton!«

»Na ja, vielleicht ist das nicht der richtige Ausdruck«, lenkte er ein.

»Nichts dergleichen wurde gesagt.«

»Doch. Brendan und ich haben es gehört.« Bevor Mercedes es verhindern konnte, versetzte er seinem Bruder einen unsanften Fußtritt und weckte ihn.

Brendan hob schläfrig den Kopf. »Mmmm?«, brummte er und gähnte mit offenem Mund, ehe er in Mercedes' Richtung blinzelte. Und plötzlich war er hellwach. »Ach, du bist wieder da. Hast du ihn getötet?«

Britton kicherte. »Siehst du? Ich hab's ja gesagt.«

Brendan setzte sich auf und strich sich eine sandfarbene Locke aus der Stirn. »Was hast du gesagt?«

»Nicht dir«, entgegnete Britton. »Ich sagte Mercedes, dass wir wissen, was Seine Lordschaft von ihr verlangte.«

»Seine Lordschaft ist euer Vater«, verbesserte ihn Mercedes.

»O nein«, antwortete Brendan. »Sogar Chloe sagt, er ist es nicht.«

Mercedes seufzte. Das war auch ein Gerücht, das die Buben gehört hatten, wenn sie an Türen oder hinter Vorhängen versteckt lauschten. Es hatte keinen Sinn, sich um diese nächtliche Stunde auf eine Diskussion einzulassen. »Brendan, komm! Ich bring dich auf dein Zimmer. Wir sollten alle längst im Bett sein.«

Brendan krabbelte aus dem Bett und Mercedes nahm ihn an der Hand. An seinen Bruder gewandt meinte er seelenruhig: »Sie hat es getan. Sie würde es sagen, wenn sie es nicht getan hätte.«

Britton nickte altklug. »Ich bin ganz deiner Meinung.«

Mercedes schüttelte resigniert den Kopf. »Ich weiß nicht einmal, wovon ihr redet.« Brendan setzte zu einer Erklärung an, doch sie legte ihm die Hand vor den Mund. »Und ich will es nicht wissen.« Damit wies sie zur Tür. »Marsch ins Bett! Gute Nacht, Britton.«

»Nacht, Mercedes. Nacht, Brendan.«

»Tut mir leid, dass ich eingeschlafen bin«, sagte Brendan über die Schulter. »Aber ich wäre bestimmt aufgewacht, wenn er aufgetaucht wäre.«

»Ich weiß«, sagte Britton.

Mercedes wunderte sich nicht zum ersten Mal über das tiefe Vertrauen, das die Zwillinge verband. Vielleicht wären sie einander nicht so innig verbunden, wenn der Graf sich anders verhielte. In einer normalen Familie hätte vielleicht eine gesunde Rivalität zwischen den beiden bestanden. Doch so, wie die Dinge lagen, setzten sie alles daran, um sich selbst und den Bruder zu beschützen; da war kein Platz für Eifersucht. Britton freute sich aufrichtig über Brendans Erfolge und Brendan war stolz auf die Leistungen seines Bruders. Mercedes war überzeugt, dass die Zuneigung zwischen den Zwillingen andauern würde, wenn sie im Herbst ins Internat kamen. Ihr taten die Mitschüler jetzt schon leid, die versuchten, einen der beiden zu hänseln oder zu quälen. Die Zwillinge wussten sich zur Wehr zu setzen und würden den anderen die Zähne zeigen.

Mercedes brachte Brendan ins Bett und deckte ihn zu. »Träum was Schönes«, sagte sie.

Er lag auf der Seite, einen Arm unter dem Kopfkissen angewinkelt, genau wie sein Bruder im Nebenzimmer. »Du musst nicht meinen, dass Brit oder ich schlecht von dir denken«, meinte er tröstend. »Der Graf hätte Britton umgebracht, wenn du nicht versprochen hättest, das zu tun, was er verlangte. Wir wissen, du hast es für uns getan.«

Das entsprach nicht ganz der Wahrheit, dachte sie, als sie in ihr eigenes Bett kroch. Sie hatte es auch für sich selbst getan.

Die seltsame Gewissheit, nicht allein im Zimmer zu sein, weckte Mercedes. Die regelmäßigen Atemzüge waren nicht die ihren und das leichte Klopfgeräusch, das an ihr Ohr drang, rührte nicht vom Schlagen der Fensterläden.

Mercedes fuhr hoch, als der Graf von Weybourne sich zu ihr ans Bett setzte. Der Alkoholexzess der vergangenen Nacht hatte keine sichtbaren Spuren in seinem Gesicht hinterlassen. Seine Augen waren nicht gerötet, sein Blick war klar und um seine Mundwinkel spielte ein gewinnendes Lächeln.

Mercedes strich sich fahrig eine Locke hinters Ohr. Ihr Blick suchte den Ursprung des Klopfgeräusches: eine Reitgerte, deren geflochtenes Ende der Graf rhythmisch gegen den Bettrahmen schlug. Und sie wusste, dass er die Peitsche nicht bei sich trug, weil er ausreiten wollte; sie war als Drohung gedacht. Mercedes zwang sich, den Blick davon zu wenden.

»Ich warte«, meinte der Graf leichthin.

Mercedes' Mund war trocken. Sie brachte keinen Ton hervor.

Das Klopfen verstärkte sich. »Warum hast du mich nicht geweckt? Du wusstest doch, dass mich das Ergebnis deines Besuches interessiert.«

Mercedes fand ihre Stimme wieder. »Wann habe ich dich je enttäuscht?«, fragte sie. Fahles Licht strömte in dünnen Streifen durch die Ritzen der Fensterläden auf das zerkratzte Parkett und den fadenscheinigen Teppich. Der Morgennebel hatte sich noch nicht gelichtet.

Der Graf von Weybourne gab sich mit ihrer Antwort nicht

zufrieden. »In einer knappen Stunde bin ich mit Colin Thorne verabredet«, sagte er. »Wird er da sein?«

Das rhythmische Schlagen der Reitgerte gegen den Holzrahmen dröhnte lauter in Mercedes' Ohren. »Nein«, antwortete sie nach einer Weile. »Er wird nicht kommen.« Sie presste den Rücken gegen den Kopfteil des Bettes, ähnlich wie vor wenigen Stunden in Colin Thornes Zimmer, als sein Dolch ihre Kehle berührte. Diesmal war es der Griff von Lord Leydens Peitsche, die sie am Kinn stupste. »Nein!«, wiederholte sie mit größerem Nachdruck.

»Hast du es getan?«, fragte er und hob ihr Kinn ein wenig, um ihr in die Augen zu sehen. »Hast du dein Messer benutzt?«

»Er wird nicht da sein.« Mercedes drehte den Kopf zur Seite. Der Peitschengriff stieß gegen ihre blau geschwollene Wange. Vor Schmerz zog sie die Luft durch die Zähne. »Er wird nicht da sein«, wiederholte sie, jedes Wort einzeln betonend.

Die Peitsche glitt über ihre Wange bis hinters Ohr. Das geflochtene Ende wand sich an ihrer Schulter und ihren Hals entlang. Mercedes zwang sich, sie nicht wegzuschlagen. Diese Genugtuung gönnte sie ihrem Onkel nicht.

»Ein schlimmer Bluterguss«, stellte er mit sanfter Stimme fest. »Dabei habe ich gar nicht fest zugeschlagen. Es fällt mir immer wieder auf, wie leicht du blaue Flecken bekommst. Ein Zeichen von schwachem Gewebe. Die Jungen sind weniger empfindlich. Auch Chloe und Sylvia. Sie geben mir aber auch weniger Anlass, sie zu strafen.«

Mercedes hörte diese Feststellung nicht zum ersten Mal, die er stets im gleichen Tonfall vorbrachte, irgendwie fasziniert, leicht verwundert und ohne jedes Bedauern. Die Peitsche entfernte sich langsam.

Der Graf erhob sich. »Du weißt, welches Schicksal dich erwartet, falls du mich belügst.« Er beobachtete sie scharf, suchte nach einem winzigen Hinweis, der ihn warnen könnte, in eine Falle zu tappen. Mercedes zeigte keine Regung. »Tja, ich habe wohl keine andere Wahl«, meinte er dann. »Ich muss dir wohl glauben.«

»Du hättest es selbst tun können«, warf sie ihm mit funkelndem Blick vor. »Wenn du dich dem Duell stellen würdest.«

Lord Leyden, der mittlerweile mit der Reitgerte gegen seinen Schaftstiefel trommelte, hielt in der Bewegung inne. Die Stille im Raum war bedrohlich.

Mercedes ertrug seinen stechenden Blick nicht länger, senkte die Lider und hasste sich für ihre Schwäche. Britton und Brendan zeigten mehr Mut als sie.

»Interessant«, meinte Wallace Leyden gedehnt mit satter Genugtuung. Es bereitete ihm Vergnügen, ihre rebellischen Anwandlungen im Keim zu ersticken. Sie wäre kein halb so reizvoller Gegner, wenn sie das Feuer nie erwidern würde. »Vielleicht reden wir später darüber. Nimm inzwischen dies als Warnung.«

Es gab keinen Fluchtweg. Mercedes' Blick flog zur anderen Seite des Bettes. Selbst ihr Versuch, die Bettdecke hochzuziehen, war zu langsam und ungelenk, um sie zu schützen. Die geflochtene Ledergerte schlug klatschend gegen ihre Schulter. Nicht nur der brennende Schmerz des Peitschenhiebs nahm ihr den Atem. Es war die Gemeinheit seines Tuns, sein Spaß an der Grausamkeit, an den sie sich nie gewöhnen würde.

Sie erwartete den nächsten Schlag, der ausblieb.

Der Graf von Weybourne schenkte seiner Nichte ein freundliches Lächeln, ehe er das Zimmer ebenso lautlos verließ, wie er gekommen war.

Aubrey Jones tätschelte zwei pralle Hinterteile, ehe er aus dem Bett sprang. Molly und ihre Schwester rührten sich nicht, was ihm schmeichelte. Er schwappte sich Wasser ins Gesicht und kleidete sich hastig an, da er länger geschlafen hatte als beabsichtigt. Und das wiederum war ein Kompliment an seine Bettgenossinnen. Er hatte wunderbar geschlafen, an die Rundungen der Schwestern gekuschelt – nachdem er die beiden bis zur Erschöpfung verausgabt hatte.

Stolz auf seine Leistung freute er sich darauf, seinen Kameraden auf der *Mystic* von seinem Liebesabenteuer zu erzählen, das er gar nicht groß ausschmücken musste. Er war froh, wieder nach London zurückzukehren, sobald die Sache hier erledigt war. Er packte seinen Seesack und trug ihn den Flur entlang zum Zimmer seines Captains.

Sein erstes Klopfen blieb ohne Antwort. Das war ungewöhnlich, denn Aubrey Jones hatte gewiss nichts Zaghaftes an sich. Alles an dem Mann war groß. Sein breites Gesicht, sein kräftiger Stiernacken, Pranken wie die eines Bären. Erneut klopfte er und lachte leise bei dem Gedanken, Mollys kurzer Besuch bei Colin habe seinen Captain außer Gefecht gesetzt. Oder vielleicht war es seine spätere Besucherin, die Molly als mageres Ding und unscheinbare graue Maus bezeichnet hatte.

Als Aubrey auch auf sein zweites Klopfen keine Antwort erhielt, reichte es ihm. Er war zwar ein Hüne, aber mit einem erstaunlich sanften Gemüt ausgestattet. Es machte ihm keinen sonderlichen Spaß, die Tür mit einem Stoß seiner gewaltigen Schulter aufbrechen zu müssen.

Die Tür flog auf und hing schief in den Angeln. Aubrey stand breitbeinig auf der Schwelle und nahm die Szene in sich auf. Sein schwerer Unterkiefer sackte nach unten, dann schüttelte er den Kopf, pfiff leise durch die Zähne und grinste ebenso schief, wie die Tür in den Angeln hing. »Der Teufel soll mich holen.«

Colin lag seitlich auf dem Fußboden, verschnürt wie ein Schafbock zum Schlachten. Die Handgelenke waren ihm auf den Rücken zusammengebunden und der Strick, der aussah wie ein Damenstrumpf, war mit seinen gefesselten Fußknöcheln verknotet. Um das zu bewerkstelligen, hatte man ihm die Knie gebeugt und den Oberkörper nach hinten gebogen. Offenbar hatte er seit geraumer Zeit vergeblich versucht, die Fesseln loszuwerden, da seine Handgelenke blutige Striemen aufwiesen.

Aubrey war sich des wütend funkelnden Blicks seines Captains wohl bewusst, was ihn allerdings nicht dazu verführte, unbedacht zu handeln. Zuerst schaute er prüfend durch das Zimmer, um sich zu vergewissern, dass ihm nicht ein ähnliches Schicksal blühte. Er ließ es sich auch nicht nehmen, unter dem Bett nachzusehen, ob sich dort jemand versteckte. Erst danach befreite er seinen Captain von dem Knebel.

»Das hat lange genug gedauert«, krächzte Colin. Sein Mund war ausgedörrt und seine Stimme kratzte wie ein Reibeisen. »Hast du wirklich gedacht, da versteckt sich jemand unter dem Bett?«

»Nein, ich habe nur nachgesehen, um dich zu ärgern.« Man konnte nie wirklich sicher sein, ob Aubrey etwas ernst meinte oder nicht. »Vielleicht hätte ich dir den Knebel erst später wegnehmen sollen.« Aubrey durchschnitt den Strumpf, der Colins Füße und Hände festzurrte, dann die Fesseln an seinen Knöcheln und Handgelenken. »Da wurde aber ganze Arbeit geleistet«, meinte er anerkennend. »Und ich habe nichts gehört. Wie viele waren es denn?«

»Weniger als die Zahl deiner Bettgenossinnen, mit denen du so beschäftigt warst, dass du nichts gehört hast«, versetzte Colin mürrisch.

Aubrey kauerte sich auf die Fersen. »Ein Einziger hat das geschafft?«

Colin streckte ächzend die Glieder. »Beinahe erraten«, knirschte er. »Es war eine Frau.«

Aubrey war fassungslos. »Doch nicht das magere Ding? Die unscheinbare graue Maus?«, fragte er verdutzt. Auf Colins warnenden Blick setzte er entschuldigend hinzu: »Mollys Beschreibung. Ich hielt es nicht für nötig, nach dir zu sehen.«

»War es auch nicht«, stöhnte Colin. »Zumindest nicht beim ersten Mal.« Er setzte sich auf und rieb sich die Handgelenke, in die langsam und schmerzhaft kribbelnd das Gefühl zurückkehrte.

»Was soll das heißen: ›Nicht beim ersten Mal‹?«, fragte Aubrey und studierte die Strümpfe eingehend. »Gehören die ihr?«

»Mir gehören sie jedenfalls nicht«, knurrte Colin. »Wie spät ist es?«

»Höchste Zeit, dich fertig zu machen, wenn du rechtzeitig in Weybourne Park auftauchen willst.« Er stand auf und zog Colin auf die Füße. »Was meinst du mit ›nicht beim ersten Mal‹?«, wiederholte er seine Frage.

Colin war damit beschäftigt, seine linke Schläfe abzutasten. »Später«, meinte er und suchte Halt am Bettpfosten.

Aubrey hielt ihm drei Finger vors Gesicht. »Wie viele sind das?«

Colin schob ihm unwirsch, die Hand weg. »Nicht jetzt. Leg mir frische Sachen zurecht, während ich mich wasche. Ich glaube nicht, dass der Graf uns am vereinbarten Treffpunkt erwartet. Umso mehr Grund, uns nicht zu verspäten.«

Nachdenklichkeit hatte einen eher komischen Effekt bei Aubrey Jones. Er zog die Stirn in Falten, wobei seine rötlichbraunen Brauen hochrutschten; seine grünen Augen weiteten sich, blieben aber seltsam leer, was ihm ein leicht dümmliches Aussehen verlieh. Nach einer Weile schüttelte Aubrey resigniert den Kopf, statt eine weitere Frage zu riskieren, die ihm mit großer Wahrscheinlichkeit nicht beantwortet worden wäre. Er stellte Colins Reisetasche aufs Bett und begann seinem Captain frische Wäsche zurechtzulegen. »Du hast Blut im Gesicht«, sagte er.

Colin drehte sich von der Waschschüssel halb nach ihm um. »Was?«

Aubrey tippte sich an die Stirn. »Hier«, erklärte er. »Blut.«

»Aha.« Colin rieb mit dem feuchten Lappen darüber. »Besser?«

»Das Blut ist weg.«

Colin hob den Handspiegel und untersuchte die Beule. Die Ecke der Schublade hatte ihn hart getroffen. Die Wunde müsste mit ein paar Stichen genäht werden. »Zum Teufel mit ihr«, knurrte er.

»Was?«, fragte Aubrey.

»Nichts.« Colin stellte den Spiegel beiseite und begann sich mit weniger Sorgfalt als gewöhnlich zu rasieren, wobei er sich eine weitere Wunde am Kinn zufügte. Fluchend stillte er die Blutung mit Alaun. Aubrey kicherte.

»Prüf die Waffen«, befahl Colin.

»Gibt's einen Grund dafür?«, fragte Aubrey und nahm die Lackkassette aus der Tasche.

»Sie hat vielleicht daran rumgemacht.«

Aubrey prüfte zunächst die Kassette. »Hat sie zierliche Hände?«

Colin untersuchte die Wunde an seiner Schulter, wo ihn ihr Dolch getroffen hatte. »Ich weiß nicht, ob ich sie zierlich nennen würde«, antwortete er und zog das Hemd aus. »Geschickt vielleicht. Und verblüffend stark.« Er erinnerte sich dieser Hände, wie sie sanft seine Schultern und Arme gestreichelt hatten. Colin griff nach dem frischen Hemd. »Was soll die Frage?«

Aubrey hielt die Kassette unter das Licht der Nachttischlampe und drehte sie ein wenig. Dabei wurden Fingerabdrücke sichtbar. »Als ich deine Sachen packte, habe ich die Kassette spiegelblank poliert. Diese Fingerabrücke sind zu klein, um deine zu sein, also müssen sie von Molly oder deiner zweiten Besucherin stammen.«

»Molly gehören sie nicht.«

»Dann war die Dame mit den zarten Fingern dran.«

Colin stieg in saubere Hosen und setzte sich aufs Bett, um seine Strümpfe anzuziehen. Er warf einen Seitenblick zum Fußende des Bettes, wo Aubrey sorgfältig die Waffen überprüfte. »Die Dame mit den zarten Händen hat einen Namen«, sagte er.

Aubrey ließ sich in seinem Tun nicht unterbrechen. »Das kann ich mir denken«, meinte er. »Und ich frage mich, wann du ihn mir nennen willst.« Er nahm die zweite Pistole zur Hand und untersuchte sie ebenso sorgfältig wie die erste.

Colin zog die Stiefel an und begann seine Sachen in die Tasche zu werfen. »Mercedes Leydon«, sagte er. »Kommt dir der Name irgendwie bekannt vor?«

Aubrey schloss den Deckel der Kassette und klemmte sie sich unter den Arm. »Leyden«, meinte er gedehnt. Dann bekam er große Augen. Ein Mundwinkel zog sich hoch, als ihm der Zusammenhang dämmerte. »Ist das nicht der Name des Grafen?«

»Wallace Leyden«, sagte Colin.

»Seine Tochter?«, fragte Aubrey.

»Seine Nichte, sagte sie.«

Aubrey überlegte. »Glaubst du ihr?«

Colin schaute sich im Zimmer um, ob er etwas vergessen hatte. Dabei fiel ihm auf, dass außer den Strümpfen, mit denen Mercedes ihn gefesselt hatte, nichts darauf hinwies, dass sie in diesem Zimmer war. Ihr Dolch war verschwunden, ebenso ihre Kleider – auch die Rüschenfetzen, die er von ihrem Unterrock gerissen hatte, um die Blutung an seiner Schulterwunde zu stillen. »Sie lügt, wenn sie den Mund aufmacht«, erklärte er dem Freund. »Oder sie erzählt Märchen.«

Aubrey lachte. Colin Thorne hatte ein besonderes Talent, an solche Frauen zu geraten.

Colin warf ihm einen warnenden Blick zu. »Haben Sie etwas zu sagen, Mr. Jones?«

Aubrey räusperte sich anhaltend. »Nicht das Geringste, Sir.«

»Das dachte ich mir.« Aubrey Jones musste ihn wahrhaftig nicht an die letzte Frau erinnern, die ihn in ein Netz aus Lügen eingesponnen hatte, auch nicht an die Frau vor ihr. Colin wusste selbst, dass er mit Frauen wie Molly weit besser dran war, die ihm ehrliches Vergnügen boten und nicht Weiber mit langen Ahnentafeln, die ihn um den Finger wickeln wollten. »Lass uns gehen«, meinte Colin. »Hast du dich um Pferde gekümmert?«

»Gestern Abend. Sie warten gesattelt vor dem Stall.«

Sämtliche Bewohner von Weybourne Park waren früher auf als gewöhnlich. Auf dem Weg zum Frühstückszimmer wünschte Mercedes Mr. Hennepin, Janie Madison, Emma Leeds und Ben Fitch einen guten Morgen. Dass Mr. Hennepin so früh auf den Beinen war, verwunderte sie nicht weiter. Er kümmerte sich seit vierzig Jahren um die Instandhaltung der Gartenanlagen. Infolge des verringerten Personals oblagen ihm in den letzten Jahren auch Reparaturarbeiten am Herrenhaus und an den Wirtschaftsgebäuden. Heute Morgen wollte er in den Nordturm, um das Dach auszubessern. Mercedes wusste, dass Mr. Hennepin einen weiteren Grund hatte, aufs Dach zu klettern. Wenn der Nebel sich lichtete, hatte man vom Nordturm aus den besten Blick auf den Schauplatz des Duells.

Das heimliche Treffen des Grafen von Weybourne war der Grund, warum alle Bewohner zu so früher Stunde geschäftig ihrer Arbeit nachgingen. Janie Madison war gerufen worden, um Chloe und Sylvia beim Ankleiden zu helfen. Emma trug frisch gebackenes Brot aus der Küche, als ihr Mercedes begegnete, und Ben Fitch tippte sich an seinen zerbeulten Hut. Er war auf dem Weg zu den Stallungen.

Niemand erwähnte den Grund für die frühmorgendlichen Aktivitäten. Die Bewohner waren seit Jahren daran gewöhnt, eine Normalität vorzutäuschen, die es längst nicht mehr gab. Niemand hatte den Wunsch, darüber nachzudenken, wie sein Leben sich verändern würde, wenn der Graf von Weybourne nicht vom Duellplatz zurückkehren würde.

Im Frühstückszimmer wurde Mercedes von den Zwillingen begrüßt. Die Buben saßen einander am rechteckigen Nussbaumtisch gegenüber, schwangen kräftig mit den Beinen und versuchten, einander unter dem Tisch Fußtritte zu versetzen. Sobald Mercedes das Zimmer betrat, wurde das Spiel sanfter. Sie schenkte dem Strampeln unter dem Tisch keine Beachtung, bis einer dem anderen schließlich empfindlich gegen das Schienbein trat.

»Ihr zwei seid aber früh auf«, meinte sie und zog die schweren Draperien zurück. An einem klaren Tag wäre der Raum von der Morgensonne durchflutet. Mrs. Hennepin würde jammern, die Sonne bleiche die Möbel und Teppiche aus, und sie würde die Draperien nach dem Frühstück eilends wieder zuziehen. Doch heute musste sich die Haushälterin keine Sorgen machen. Der Nebel ließ nur milchig graues Morgenlicht durch die hohen Fenster sickern. »Ich dachte, ihr wollt ausschlafen«, meinte Mercedes. »Ich habe keine Lektionen für euch vorbereitet. Aber da ihr nun auf seid, werde ich das rasch nachholen.«

Die spitzbübischen Gesichter der Zwillinge verfinsterten sich, Enttäuschung und Entsetzen waren darin zu lesen. Der Kampf unter dem Tisch hörte vollends auf.

Mercedes hatte Mühe, sich das Lachen zu verkneifen. Als die beiden ihren Protest laut von sich gaben, hielt sie abwehrend beide Hände hoch. »Wir werden sehen«, lenkte sie ein. »Warten wir ab, welche Pläne Chloe und Sylvia heute haben.«

Britton und Brendan lehnten sich erleichtert zurück. In der Hoffnung, der Unterricht werde möglicherweise doch noch ausfallen, kehrte ihre gute Laune umgehend zurück. Brendan rutschte sogar vom Sitz und rückte Mercedes einen Stuhl zurecht.

»Wie fühlst du dich, Britton?«, fragte Mercedes. Sie entfaltete die Serviette auf ihrem Schoß und nahm die Silberhauben von den Platten. Da sie wenig Appetit auf gebratene Würstchen und Tomaten hatte, entschied sie sich für ein weich gekochtes Ei und eine Scheibe Toast. »Solltest du nicht im Bett bleiben?«

»Das kommt drauf an«, meinte er abschätzend. »Wenn wir Unterricht haben, fühle ich mich ziemlich miserabel, fürchte ich. Wenn nicht, hätte ich Lust, einen Ausflug zu machen.«

»Unehrlichkeit kann man dir weiß Gott nicht vorwerfen«, meinte Mercedes und häufte eine Portion von allem auf Brittons und Brandons Teller. Sie liebte es, mit den Zwillingen am Frühstückstisch zu sitzen, denn wenn der Graf zugegen war, mussten die Kinder ihre Mahlzeiten entweder in ihren Zimmern oder in der Küche einnehmen. Heute aber missachteten sie sein Verbot. Die Jungen glaubten wohl nicht, dass ihr Vater in seiner üblichen schlechten Laune erscheinen würde. Er würde vortäuschen, ein zweites Mal von Colin Thorne hinters Licht geführt worden zu sein, da dieser nicht zum verabredeten Duell erschienen war.

Mercedes ermunterte die Kinder zu essen. Je länger sie darüber nachdachte, desto weniger wollte sie die Kinder bei der Rückkehr des Grafen in seiner Nähe wissen.

»Das ist die Stelle.« Aubrey lenkte sein Pferd von der Straße. »Das Wäldchen. Der See. Und wir stehen am Rand der großen Wiese.« Er blickte suchend in die Runde, um zu sehen, ob es eine ähnliche Stelle in der Nähe gab. Aubrey wandte sich achselzucked an Colin. »Und dies ist die Straße nach Weybourne. Es ist alles da, mit Ausnahme des Grafen.«

Der Nebel hatte sich gelichtet. Der Himmel war zwar noch bedeckt, doch der Blick auf die Landschaft war bereits frei. Colin konnte sogar den gelben Bauch eines Finken erkennen, der sich auf einem Fichtenzweig etwa zwanzig Schritte entfernt niedergelassen hatte. In der Ferne war das graue Schieferdach von Schloss Weybourne zu sehen. Nur die beiden Türme des Gebäudes waren noch von einem Nebelschleier umwabert. In einer halben Stunde würde der Blick auf das majestätische graue Gebäude völlig frei sein.

Colin schwang sich aus dem Sattel und führte sein Pferd über die Wiese. Aubrey folgte ihm. Am Rand des Wäldchens band Colin die Tiere fest, während Aubrey die Lackschatulle aus der Satteltasche holte und einen Blick auf seine Taschenuhr warf.

»Wir sind jedenfalls pünktlich«, meinte er. Die Zeiger standen auf sechs Uhr dreißig.

Colin verglich die Zeit mit seiner Uhr. »Wie viel wollen wir ihm geben, bevor wir ihn einen Feigling nennen?«

Aubrey kratzte sich nachdenklich am Kopf. »Keine Ahnung«, meinte er dann. »Die verdammten Engländer haben dafür vielleicht keine Regel.«

Ein dünnes Lächeln umspielte Colins Mund. »Formen«, meinte er trocken.

»Wie war das?«, fragte Aubrey.

Colin machte eine wegwerfende Handbewegung. »Mir ist nur gerade was eingefallen. Nicht wichtig.«

»Nun«, meinte Aubrey gedehnt. »Ich finde, wir warten eine halbe Stunde. Wenn der Graf oder sein Sekundant bis dahin nicht aufgetaucht ist, reiten wir zum Haus und zerren ihn heraus. Vielleicht erschieße ich ihn eigenhändig. »

Colin lehnte sich gegen den Stamm einer Fichte und verschränkte die Arme vor der Brust. Im Grunde war er nicht überrascht über das Ausbleiben des Grafen. »Ich glaube, er erwartet uns gar nicht«, sagte er. »Nicht nach dem zweiten nächtlichen Besuch seiner Nichte. Vermutlich schläft er noch seelenruhig.«

»Meinst du, er weiß, was sie getan hat?«

Colin zuckte gleichmütig die Schultern. »Wir werden es herausfinden«, sagte er leise.

Aubrey gefiel Colins Ton nicht sonderlich. Immer wenn er so leise sprach, bedeutete das nichts Gutes. Doch dann nahm er eine Bewegung in der Ferne wahr. »Da. Was ist das?« Er wies mit dem Arm zur Straße. Zwei Reiter näherten sich. »Ist einer davon der Graf?«

Colin verengte die Augen und beobachtete die näher kommenden Reiter, die ihre Pferde an der Stelle zügelten, wo Aubrey und er abgesessen hatten, und den schmalen Pfad durch die Wiese zu Pferd einschlugen. »Der auf dem braunen Hengst ist Lord Marcus Severn, Viscount Fielding. Ich glaube jedenfalls, er ist ein Viscount. Ich habe ihn in Weybournes Club kennen gelernt. Er ist der Sekundant des Grafen.«

»Dann ist der andere der Graf?«, fragte Aubrey, der sich nicht viel Gedanken über Alter oder Aussehen des Grafen gemacht hatte, aber für so alt hätte er Lord Leyden nicht gehalten. »Auf den brauchst du gar nicht zu schießen«, meinte er trocken. »Den musst du nur anblasen und der Tattergreis fällt von selber um.«

»Das ist nicht Weybourne«, entgegnete Colin. »Wenn ich mich nicht irre, müsste das der Arzt sein.«

Lord Severn zügelte sein Pferd, ohne abzusteigen. Er saß kerzengerade im Sattel und hatte keine Mühe, den Hengst trotz der fremden Pferde ruhig zu halten. Er nickte knapp in Colins Richtung. Sein schmales langes Gesicht war ohne Ausdruck. »Thorne«, schnarrte er zur Begrüßung. »Das ist Dr. Barclay. Er stellt seine Dienste zur Verfügung, wenn einer der Kontrahenten ärztliche Hilfe benötigt.«

Dr. Barclay klopfte auf seine Arzttasche, die an seinem Sattel befestigt war, und blickte über den Rand seiner Brille zu Colin und Aubrey herüber. Seine wässrig-blauen Augen waren gerötet und ein wenig verschwommen. Seine Gesichtsfarbe war fleckig gerötet und deutete darauf hin, dass der Doktor gern zur Flasche griff.

Aubrey trat näher an seinen Captain. »Sei unbesorgt«, raunte er ihm zu. »Den lasse ich nicht an dich ran.«

»Ich bin gerührt.«

Marcus Severn hatte keinen Sinn für private Späße. Sein schmaler Mund und sein vorgeschobenes Kinn gaben seiner Missbilligung Ausdruck. »Wo ist Weybourne?«, fragte er.

Colin stieß sich vom Baumstamm ab. »Keine Ahnung«, antwortete er leichthin. »Wir warten schon eine Weile.«

Der Viscount war nicht gewöhnt, Erklärungen abzugeben. Der Arzt war da schon bereitwilliger. Eine Ausrede konnte nicht schaden, selbst wenn sie gelogen war. »Ich wurde in aller Herrgottsfrühe zum Vikar gerufen. Eine Geburt. Deshalb die Verspätung. So was kann man nicht beschleunigen.«

»Das reicht, Barclay«, wies Lord Severn ihn zurecht. »Wir sind ja hier.«

»Ja, das sehen wir«, meinte Aubrey freundlich und sah mit Genugtuung, wie die Lippen Seiner Lordschaft noch schmaler wurden. »Wollen Sie die Pistolen untersuchen?«, fragte er, machte sich aber nicht die Mühe, sie ihm zu reichen.

Marcus Severn blieb nichts anderes übrig, als vom Pferd zu steigen. Von mittlerem Wuchs und in den in Adelskreisen üblichen Sportarten geübt, wirkte er neben Aubreys hünenhafter Gestalt allerdings zwergenhaft. Ohne die Handschuhe abzustreifen, nahm er die Kassette entgegen, trat aus Aubreys Schatten und öffnete sie. Lord Severn kannte sich mit Schusswaffen aus und musste den beiden kostbaren Pistolen Bewunderung zollen, ob er wollte oder nicht. Er nahm beide Waffen aus ihrer Vertiefung im dunkelroten Samt und drehte sie in den Händen.

»Ist der Zustand zu Ihrer Zufriedenheit?«, fragte Aubrey mit gespielter Beflissenheit.

»In Ordnung«, entgegnete Severn knapp und legte die Waffen wieder zurück. Er beneidete Weybourne um die Gelegenheit, eine so edle Waffe zu benutzen.

Aubrey klappte den Deckel zu und klemmte sich die Kassette wieder unter die Achsel. »Wie lange warten wir?«, fragte er. »Colin und ich dachten, eine halbe Stunde müsste reichen.«

Severn blickte zum Haus hinüber. Die Herren standen in einer leichten Mulde, sodass man nicht sehen konnte, ob jemand sich vom Schloss her näherte. »Es ist nicht Weybournes Art, sich zu verspäten.« Severn war bemüht, sich seine Besorgnis nicht anmerken zu lassen. »Vermutlich hat ihn etwas im Haus aufgehalten. Vielleicht sollte ich ihm entgegenreiten ...«

Aubrey schüttelte bedächtig den Kopf. »Das denke ich nicht«, versetzte er freundlich. »Der Graf hat gewiss Bedienstete, um die Uhren in diesem großen Haus aufzuziehen.« Er warf Colin einen Blick zu, dessen feines Lächeln ihn wissen ließ, dass er Severns Unbehagen weidlich genoss. Aubrey trat näher an den Viscount heran, beugte sich ihm zu und meinte vertraulich: »Es ist vernünftiger, wenn Sie bei uns bleiben. Falls der Graf seine Verabredung absichtlich nicht einhält, sind wir *alle* Zeugen.«

Mercedes wanderte ruhelos im Salon auf und ab, blieb gelegentlich an einem der hohen Fenster stehen und blickte auf das Halbrund der Auffahrt hinaus. Außer Ben Fitch, der die Hecke schnitt, war niemand zu sehen. Sie wünschte, einen plausiblen Grund zu finden, um in den Nordturm hinaufzusteigen. Britton und Brendan waren vermutlich längst oben, obwohl sie die Zwillinge auf ihre Zimmer geschickt hatte.

Sylvia und Chloe hatten sich gleich nach dem Frühstück ins Nähzimmer im zweiten Stock zurückgezogen, da Chloe unbedingt den Saum ihres blauen Kleides mit Hilfe ihrer Schwester hochnähen wollte. Die Fenster des Nähzimmers blickten auf die große Wiese. Die beiden würden die Ankunft ihres Vaters sehen, kurz nachdem Mr. Hennepin ihn vom Turmfenster aus erspäht hatte. Mercedes wusste nicht, ob Chloe und Sylvia eine klare Vorstellung davon hatten, was der Graf von ihr verlangt hatte, vermutete aber, dass die beiden etwas ahnten. Mit Sicherheit wussten die Schwestern, dass Mercedes anfänglich seinen Befehl verweigert hatte und Britton deshalb verprügelt worden war. Mercedes erinnerte sich an Chloes furchtsamen und vorwurfsvollen Blick, als sie die Prügelszene am Vorabend von der Tür her verfolgt hatte. Chloe und ihre Schwester waren den Gewalttätigkeiten ihres Vaters ebenso hilflos ausgeliefert wie die Zwillinge. Sie zählten auf Mercedes, den Frieden im Haus zu bewahren, doch gestern Abend hatte sie auch die beiden im Stich gelassen.

In bange Grübeleien versunken, hörte Mercedes nicht, wie die Tür des Salons geöffnet wurde. Sie fuhr erschrocken herum. Ihr Herz schlug hart gegen die Rippen, als sie Mrs. Hennepin auf der Schwelle stehen sah.

Mercedes zwang sich zur Ruhe. »Was gibt's, Mrs. Hennepin?«

Die Haushälterin machte ein betrübtes Gesicht. Die Falten um ihre Mundwinkel hatten sich vertieft und zwischen ihren ergrauten Augenbrauen stand eine senkrechte Falte, die bis unter die Rüschenhaube reichte. Ihre gichtigen Hände kneteten einen Zipfel ihrer Schürze. »Wir haben Besucher, die Seine Lordschaft sprechen wollen«, sagte sie und warf einen ängstlichen Blick über die Schulter, ob ihr jemand gefolgt sei. »Ich habe die Herren in die Bibliothek geführt.«

Mercedes war überrascht. »Sie haben doch hoffentlich gesagt, dass der Graf außer Haus ist.«

»Ja, schon. Aber die Herren wollten sich nicht abweisen lassen. Ich glaube, einer von ihnen will sogar das Haus durchsuchen.«

»Kommt nicht in Frage«, wehrte Mercedes entrüstet ab.

»Das dachte ich mir.« Mrs. Hennepins Beklommenheit begann bei Mercedes' bestimmtem Ton zu weichen. »Wollen Sie mit Lord Severn sprechen?«, fragte sie. »Soll ich ihn hereinbitten?«

»Severn?« Ein Stich der Angst durchbohrte Mercedes. Was hatte der Viscount ohne ihren Onkel hier zu suchen? »Aber er soll als Sekundant Seiner Lordschaft fungieren.«

»Das habe ich auch gehört.«

»Und er kommt, um meinen Onkel zu suchen?«

Mrs. Hennepin nickte. Ihre Angst war wieder da. »Ja, das sagt er. Wollen Sie ihn empfangen?«

Mercedes fürchtete keine andere Wahl zu haben. »Wer ist bei ihm?«

»Dr. Barclay.«

Mercedes nickte. Sie hatte vergessen, dass bei einem Duell ein Arzt zugegen sein musste, für den vermutlich Severn gesorgt hatte. »Und sonst noch jemand?«

Die Haushälterin hielt zwei Finger hoch. »Zwei Herren, die nicht vorgestellt wurden«, erklärte sie. »Und die kein Wort redeten. Der größere von den beiden sieht aus, als wolle er die Möbel zertrümmern.«

Ein Frösteln durchfuhr Mercedes. »Ich spreche mit Lord Severn«, sagte sie. »Hier. Die anderen können warten.«

Mrs. Hennepin wandte sich zum Gehen und blieb erschrocken stehen, als einer der Besucher an der Tür des Salons auftauchte. Mit einem höflichen Lächeln trat er an der Haushälterin vorbei und lehnte sich gegen den Türrahmen. Seine wachsamen Augen hefteten sich kühl auf Mercedes.

»Sie sollten zunächst mich empfangen«, schlug Colin Thorne mit kühler Stimme vor. »Ich könnte mir nämlich denken, Sie wollen verhindern, dass Severn erfährt, was ich zu sagen habe.«

Kapitel 4

Mercedes starrte ihn fassungslos an. Sie war sich bewusst, dass die neben Colin Thorne stehende Mrs. Hennepin, in deren zerfurchtem Gesicht sich Besorgnis und Neugier spiegelten, auf Anweisung wartete. Mercedes aber fand keine Worte für die Haushälterin. Colin Thornes Gegenwart wirkte lähmend auf ihren Verstand.

Schließlich wurde sie vom Lärm auf der Treppe einer Antwort enthoben. Ohne hinzusehen, wusste Mercedes, wer das Getöse verursachte, hörte die hellen Kinderstimmen der Zwillinge und die etwas erwachseneren ihrer Schwestern.

Die Mädchen eilten die Treppe herab, während die Buben es vorzogen, johlend das breite Geländer herunterzurutschen, und von den Schwestern dafür getadelt wurden. Plötzlich standen alle vier im Flur vor dem Salon.

Colin warf den Störenfrieden einen flüchtigen Blick über die Schulter zu und wandte sich wieder an Mercedes. »Ich nehme an, die vier wollen Sie warnen«, meinte er. »Sie haben sich an den Fenstern die Nasen platt gedrückt.«

Chloe und Sylvia trennte ein Altersunterschied von achtzehn Monaten und das schien beinahe der einzige Unterschied zwischen den beiden zu sein. Immer wieder wurden sie für Zwillinge gehalten, zumal dann, wenn die beiden die gleiche Frisur trugen. Die jüngere Sylvia war um knappe zwei Zentimeter größer als Chloe. Beide lächelten sanft, wodurch sie einem flüchtigen Betrachter oberflächlich erscheinen mochten. Ein trügerischer Eindruck. Chloe und Sylvia hatten zwar fein geschnittene, zarte Gesichter wie Porzellanpuppen, waren aber aus härterem Holz geschnitzt, als es zunächst den Anschein hatte.

Sie erröteten zwar bei Colin Thornes wenig schmeichelhafter Bemerkung, stammelten aber weder eine Entschuldigung, noch senkten sie verlegen die Blicke. Im Gegenteil: Mercedes fragte sich, ob Colin nicht das unangenehme Gefühl verspürte, die Blicke der Mädchen bohrten ihm Löcher in den Rücken.

Britton und Brendan, die sich nicht damit zufrieden gaben, den Fremden von hinten anzustarren, drängten sich an ihren Schwestern vorbei, stürmten in den Salon und bauten sich zwischen Colin und Mercedes auf.

Der Amerikaner würdigte die Zwillinge keines weiteren Blickes und musterte über ihre Köpfe hinweg Mercedes. »Ihre Beschützer?«

Diesmal ersparte Mercedes der Auftritt von Severn eine Antwort, dessen Erscheinen ihr weder zeitlich passend noch willkommen war. Seine Lordschaft behandelte Mrs. Hennepin, als sei sie Luft, ging an Chloe und Sylvia mit einem knappen Kopfnicken vorbei und bedachte die Zwillinge mit einem kalten Blick, der sie eindeutig dazu aufforderte, den

Salon schleunigst zu verlassen. Mercedes wusste, dass er damit das Gegenteil erreichte. Britton und Brendan würden sich nicht von der Stelle rühren.

Marcus Severn durchmaß den Salon, trat an Mercedes heran, legte seine behandschuhten Finger an ihre Ellbogen und beugte sich vor, um sie auf die Wange zu küssen. »Ich möchte allein mit dir sprechen«, sagte er im Aufrichten.

Mercedes stockte der Atem, sie fürchtete, die Beine würden ihr den Dienst versagen, und blieb wie angewurzelt stehen.

Severn musterte sie scharf. Seine Augen hefteten sich auf den Bluterguss an ihrer Wange, den die dünne Puderschicht nicht zu verbergen vermochte. »Was ist geschehen?«, fragte er.

Hätte Lord Severn sie nicht an den Ellbogen gehalten, hätte Mercedes die Hand an ihre Wange gelegt, nicht aus Befangenheit, sondern um sich zu schützen. In Severns Stimme lag die nötige Nuance Mitgefühl, wie alle Anwesenden hören konnten. Nur Mercedes sah den Funken Erregung, der in seinen Augen aufloderte.

Sie wich zurück und zwang ihn, sie freizugeben, wenn er nicht wollte, dass ihr Widerwille für alle Anwesenden sichtbar wurde. »Es ist nichts«, antwortete sie kühl.

»Das war nicht meine Frage.«

Colin Thorne lehnte nun nicht mehr in gespielter Nonchalance im Türrahmen. Er stand reglos, die Schultern gestrafft. Eine bedrohliche Spannung ging von ihm aus wie von einem Raubtier kurz vor dem Sprung.

Britton verließ seinen Posten neben seinem Bruder und stellte sich neben Mercedes. »Ich hab sie mit meiner Birne am Kinn erwischt«, erklärte er, wobei er sich den Kopf rieb und sogar eine Grimasse zog, als er die vermeintliche Beule berührte, die er sich dabei zugezogen hatte. Unbekümmert von Severns finsterem Blick fuhr der Kleine fort: »Brendan und ich hatten eine kleine Rauferei und Mercedes wollte dazwischengehen. Dabei sind wir zusammengestoßen. Sie weiß, dass es mir leid tut. Stimmt's, Mercedes? Du warst nie nachtragend.«

Severns Lippen wurden noch schmaler. »Was hat dieses Kind hier zu suchen?«, fragte er schneidend.

Britton wirkte entrüstet, als Kind bezeichnet zu werden, und auch Brendan nahm dies als Kränkung.

»Sylvia, Chloe. Bringt die Zwillinge auf ihre Zimmer und sorgt dafür, dass sie oben bleiben. Mrs. Hennepin, schließen Sie bitte die Türen. Ich möchte mit den Herren ungestört sein.« Niemand war über Mercedes' Entscheidung glücklich. Sylvia und Chloe hassten es, Kindermädchen spielen zu müssen. Die Buben schmollten, weil sie aus dem Zimmer geschickt wurden. Mrs. Hennepins Neugier blieb ungestillt. Severn und Thorne hatten sich jeder eine Unterredung unter vier Augen erhofft. »Wird's bald?«, fügte sie streng hinzu.

Der Salon leerte sich rasch. Auch die maulenden Proteste vom Flur her verstummten. Mercedes blieb genügend Zeit, um ihre Gedanken zu sammeln. Sie entfernte sich von Severn und stellte sich an den Kamin.

»Wie Mrs. Hennepin mir sagt, wollen die Herren meinen Onkel sprechen«, begann sie.

Colin Thorne bewunderte ihre Contenance. Mercedes Leyden trug eine distanziert gefasste Haltung zur Schau wie eine Königin, die Hof hält. Sie ließ sich durch nichts anmerken, dass sie durch seine oder Severns Anwesenheit aus dem Konzept gebracht worden war. Mit einem raschen Blick erfasste Colin die Einrichtung des Salons, die dunkle Wandtäfelung, die Landschaftsgemälde in breiten, verschnörkelten Goldrahmen, die Nippesfiguren aus Jade und Elfenbein auf dem Kaminsims bis hin zu den kostbaren Vasen auf den polierten Tischen mit frischen Sträußen bunter Gartenblumen. Als sein Blick sich wieder auf Miss Leyden heftete, sah er sie in einem anderen Licht als zuvor, da er erkannte, wie sehr ihre stolze Haltung mit ihrer Umgebung in Einklang stand. Dieser Salon mit seinen schweren Samtportieren und dem glänzenden Parkett war in nichts mit dem ärmlich eingerichteten Zimmer im Dorfgasthaus zu vergleichen.

Und wie ein Diamant auf schwarzem Samt heller funkelt,

brachte diese Umgebung Mercedes Leydens Glanz erst richtig zum Strahlen.

Dabei war die Verwandlung nicht auf ihre äußere Erscheinung zurückzuführen. Im Gegenteil, ihr graues Tageskleid war schlichter als das elegante smaragdgrüne Seidenkleid, in dem sie ihn gestern in der Herberge aufgesucht hatte. Auch wirkte ihr sorgsam gescheiteltes, zu einem straffen Nackenknoten gebundenes Haar wesentlich strenger als der lockere Zopf vom Vorabend.

Und dennoch war die Verwandlung in ihrem Auftreten verblüffend und irgendwie geheimnisvoll.

Mercedes, die Colin Thornes Blick auf sich spürte, wandte sich an Lord Severn. »Ich verstehe nicht, was dich hierher führt. Mein Onkel verließ das Haus vor über einer Stunde, um die Herren auf der großen Wiese zu treffen.«

Severn verzog die Mundwinkel. »Es dürfte dir klar sein, dass wir ihn nicht getroffen haben.«

Mercedes zog die Brauen eine Winzigkeit hoch. »Ach?«, meinte sie verwundert. »Ich verstehe nicht, wie das passieren konnte. Bist du sicher, dass du an der richtigen Stelle warst? Weybourne Park ist ziemlich groß. Vielleicht ...«

»Ich bin mir ganz sicher«, fiel Severn ihr ins Wort. »Hat er etwas gesagt, bevor er das Haus verließ?«

Mercedes erinnerte sich genau daran, was der Graf gesagt – und getan – hatte, ehe er das Haus verließ, hütete sich jedoch, Lord Severn darüber Auskunft zu geben. Unter ihrem hochgeschlossenen Kleid zog der blutige Striemen des Peitschenhiebs eine brennende Schlangenlinie. Statt eine Antwort zu geben, wandte sie sich artig an den Amerikaner. »Verzeihung, ich glaube, Mrs. Hennepin vergaß, mir Ihren Namen zu nennen.«

Colins dünnes Lächeln kehrte zurück, als wolle er sie an ihr gefährliches Spiel erinnern. Wenn er nicht mitspielte, war sie hoffnungslos bloßgestellt. »Ich denke, ich habe ihn nicht genannt«, sagte er.

Mercedes wartete in gespielter Geduld, die ihr nicht leicht fiel. Ihre klaren grauen Augen flogen zu Severn, damit er die Vorstellung übernehme.

Der Viscount machte sich keine Mühe, seinen Unmut zu verbergen. »Der Mann ist unwichtig, Mercedes.« Mit einem Blick über die Schulter fuhr er fort: »Gehen Sie, Thorne, ich möchte mit Weybournes Nichte unter vier Augen sprechen. Sie sehen doch selbst, dass sie in Ihrem Beisein nicht bereit ist zu reden.«

Colin rührte sich nicht von der Stelle. Ohne Severn zu beachten, wandte er sich an Mercedes. »Die Hälfte wissen Sie nun ja«, meinte er leichthin. »Thorne ist mein Familienname, Colin der Vorname.«

Mercedes gab sich überrascht. »Ach, dann sind *Sie* der Herr, mit dem mein Onkel verabredet ist«, entgegnete sie, als begreife sie erst jetzt den Zusammenhang. »Der Akzent … ich hätte selbst drauf kommen müssen …«

Colin applaudierte ihr im Stillen für die schauspielerische Leistung, nickte ihr kurz zu und versetzte kühl: »Und Sie sind die arme Verwandte.«

»Um Himmels willen, Thorne«, entrüstete Severn sich.

»Lass nur«, erwiderte Mercedes, ohne Seine Lordschaft eines Blickes zu würdigen. »Ich ziehe es vor, offen beleidigt zu werden statt hinter meinem Rücken.«

Severn furchte die Stirn. »Was soll das heißen?«

Colin antwortete an ihrer Stelle. »Es heißt, dass die Lady Nachsicht mit ungehobelten Yankees übt.« An Mercedes gewandt, fuhr er fort: »Verzeihen Sie, Miss Leyden.«

Sie nickte kühl, kehrte den Besuchern den Rücken, trat ans Fenster und hob den schweren Vorhang. »Ich weiß nicht, was ich davon halten soll«, meinte sie. »Ich habe nicht wirklich gesehen, wie mein Onkel das Haus verließ, weiß aber, dass er es vorhatte, als ich mit ihm sprach. Ich kann mir nur denken, dass ein Missverständnis bezüglich des Treffpunkts vorliegt … oder dass ihm etwas zugestoßen ist.« Mercedes ließ die Portiere fallen und wandte sich den Herren zu. »Denken Sie, wir sollten eine Suche veranlassen?«

»Eine Hausdurchsuchung?«, fragte Colin.

»Ich dachte eher an den Park«, antwortete sie. »Mein Onkel ist kein Feigling. Im Haus werden Sie vergeblich nach ihm suchen. Er würde sich nicht verstecken.«

Severn nickte zufrieden über ihre Verteidigungsrede. »Genau das habe ich ihm auch gesagt.«

»Dann also eine Suche im Park?«

»Ja, natürlich.«

»Gut«, fuhr Mercedes fort. »Wenn Sie mich entschuldigen, ich spreche mit Mr. Hennepin. Er soll einen Suchtrupp zusammenstellen.« Sie zögerte, täuschte Unsicherheit vor und warf Severn einen Blick über die Schulter zu. »Ich bin mir nicht sicher, ob der alte Mann weiß, was zu tun ist. Vielleicht wäre es besser, wenn du mit ihm sprichst, Severn.«

»Selbstverständlich.« Severn war vor Mercedes an der Tür und öffnete sie, um ihr den Vortritt zu lassen, nur um festzustellen, dass sie ihm nicht folgte. Sie stand an Colin Thornes Seite. Ihr Mund umspielte ein verkrampftes Lächeln.

»Geh nur«, meinte sie. »Mrs. Hennepin wird dich begleiten. Ich komme gleich nach.«

Marcus Severn straffte die Schultern. In seinem Pferdegesicht lag eisige Missbilligung. Er blickte von Mercedes zu Colin und wieder zu ihr. »Ich warte nicht gern!«, schnarrte er.

Mercedes schwieg, bis Severn außer Hörweite war. »Lassen Sie mein Kleid los«, fauchte sie dann erbost.

Colin festigte seinen Griff und zog sie näher an sich, bis sie dicht vor ihm stand. So hielt er sie, ohne auf ihre Versuche zu achten, sich zu befreien, bis er die Tür geschlossen hatte. Dann erst gab er sie frei.

Mercedes wich zurück und strich die Falten ihres Kleides glatt, als wolle sie die Spuren von Colins Griff verwischen. »Sind Sie wahnsinnig?«, brauste sie auf. »Severn hätte Sie dafür fordern können.«

Colin wirkte eher interessiert als beunruhigt.

»Tatsächlich?«, fragte er unschuldig und lehnte sich gegen die Türfüllung. »Warum haben Sie dann nichts gesagt? Würden Sie die Gelegenheit nicht begrüßen, wenn jemand das zu Ende führt, was Sie heute Nacht begonnen haben?«

Mercedes weigerte sich, den Köder zu schlucken. »Gehen Sie zur Seite«, verlangte sie. »Sie versperren mir den Weg.«

»Mit voller Absicht.«

»Severn kommt zurück.«

»Ist das eine Drohung?«, fragte Colin. »Vielleicht wollen Sie uns zum Duell provozieren.«

»Machen Sie sich nicht lächerlich.«

»Ich wette, Sie wären erleichtert, wenn wir uns gegenseitig umbringen. Soweit ich feststellen konnte, empfinden Sie keine große Sympathie für den ehrenwerten Viscount. Und was Sie von mir halten, weiß ich bereits.«

Mercedes hob abwehrend die Hände. »Ich versuche nur zu verhindern, wonach Ihnen anscheinend der Sinn steht. Jetzt lassen Sie mich gehen und mit Mr. Hennepin sprechen. Von Severn nimmt er keine Befehle entgegen und wenn er sie noch so barsch vorbringt.«

Colin stieß sich von der Tür ab, ohne zur Seite zu treten. »Sie wollen das Theater also tatsächlich veranstalten?«

»Welches Theater?«, fragte sie sichtlich verwirrt.

»Die Suche.«

»Sie sind verrückt.«

»Möglicherweise habe ich einen bleibenden Schaden von Ihrem Schlag auf den Schädel davongetragen. Aber daran können Sie sich vermutlich nicht erinnern.«

»Natürlich erinnere ich mich daran. Ich habe die Schublade nach Ihnen geworfen.«

»Sie geben es also zu.«

»Wieso sollte ich leugnen? Wir beide wissen es.«

»Es gibt keine Zeugen.«

Mercedes' Lächeln war honigsüß und ebenso unaufrichtig. »Ganz recht.« Ihr Lächeln schwand. »Nun lassen Sie mich vorbei.«

Colin trat zur Seite. »Sie schulden mir eine Menge Antworten, Miss Leyden.«

»Verzeihen Sie«, entgegnete sie höflich. »Mir ist daran gelegen, meinen Onkel zu finden, im Gegensatz zu Ihnen.«

Colin streckte den Arm aus, als sie an ihm vorbei wollte. »Für meinen Geschmack sind Sie eine Spur zu selbstsicher«, meinte er gedehnt. »Nur weil ich Sie vor Severn nicht bloßgestellt habe, sollten Sie nicht denken, ich würde das nicht nachholen. Ich könnte mir denken, es interessiert ihn zu erfahren, dass Sie bereits in meinem Bett gelegen haben.«

Mercedes mied seinen Blick. Er durfte ihre Angst nicht sehen. Sie atmete flach und wartete bang.

Colin studierte ihr Profil und spürte ihre Anspannung. Dann ließ er die Hand sinken. »Gehen Sie«, sagte er leise. »Aber wir sind noch nicht miteinander fertig.«

Mercedes enteilte. Sie war beinahe an der Hintertreppe zur Küche, als ein Schrei von oben sie jäh aufhielt. Mercedes raffte die Röcke, rannte in die Halle zurück und die Treppe hinauf, zwei Stufen auf einmal nehmend, ohne zu bemerken, dass Colin Thorne ihr auf den Fersen war. Im ersten Stock eilte sie in den Nordflügel, den spitzen Schreien entgegen.

Die Tür zu Sylvias Zimmer stand offen. Mercedes blieb auf der Schwelle stehen und starrte auf den Tumult, der sich ihr bot. Mitten im Gewühl wehrte sich ein ihr unbekannter Mann, während die restlichen Teilnehmer des Ringkampfs ihr sehr wohl vertraut waren.

Der rothaarige Riese im Auge des Orkans überragte seine Angreifer wie ein Fels in der Brandung. Brendan hing dem Hünen im Nacken und schlug mit Fäusten auf seinen Schädel und seine Ohren ein. Statt den Buben abzuschütteln, was ihm mühelos gelungen wäre, packte er ihn wie ein lästiges Insekt und ließ ihn auf Sylvias Bett fallen. Nun ging Britton auf ihn los und versuchte, ihm den Kopf in den Magen zu rammen. Der Riese machte einen Schritt nach hinten, nicht weil er unter dem Schlag zurücktaumelte, sondern um zu verhindern, dass Britton sich bei seinem heldenhaften Ansturm selbst verletzte.

Chloe schrie gellend, als Britton am Hosenboden hochgehoben wurde und neben seinem Bruder auf dem Bett landete. Nun griff Sylvia an und warf sich dem Riesen in den Rücken, wie Brendan es vor ihr getan hatte. Sie wurde an den Händen gepackt, um ihre trommelnden Faustschläge abzuwehren. Der Riese beugte sich vor und Sylvia wurde mit einem Purzelbaum über seinen Rücken abgerollt. Ihr Protestgeschrei wurde durch wirbelnde Röcke und Rüschen gedämpft. Sie landete sicher auf den Füßen vor dem Riesen, dessen Pranken Sylvias gekreuzte Arme an den Handgelenken festhielten. In diesem Moment griff Chloe nach dem Krug auf dem Nachttisch und schleuderte ihn dem Riesen an den Kopf. Der duckte sich geschickt, wobei er Sylvia mit sich zog, und der Krug zerschmetterte vor Mercedes' Füßen.

»Wieso stehst du tatenlos rum?«, fragte der Hüne.

Zunächst dachte Mercedes, der Kerl lade sie ein, sich an dem Kampfgeschehen zu beteiligen, ehe ihr klar wurde, dass die Frage an jemand hinter ihr gerichtet war. Thorne war ihr gefolgt. Sie drehte sich nach ihm um. Ihre Augen schossen Blitze. »Kennen Sie den Mann?«, fragte sie empört.

In diesem Augenblick begriff Colin, dass seine bisherige Taktik falsch gewesen war. Mercedes Leyden war fest entschlossen, ihn und seine Fragen abzutun, wenn sie sich bedroht fühlte. Er dachte daran, wie rasch und mit welcher Bestimmtheit sie dafür gesorgt hatte, dass die Kinder den Salon räumten, als einer der Buben einen Hauch von Severns Strenge zu spüren bekommen hatte. Colin hatte den Eindruck, sie würde kämpfen wie eine Löwin, um ihre Schützlinge zu verteidigen.

Er studierte Mercedes' zornige Gesichtszüge und glaubte zu erkennen, dass dieser Zorn aus ihrer Angst herrührte, ließ sich seine Genugtuung über diese Entdeckung allerdings nicht anmerken. Dies war nicht der richtige Zeitpunkt, die Dame wissen zu lassen, dass er ihre Achillesferse entdeckt hatte.

Colin ging an Mercedes vorbei, unter seinen Sohlen knirschten die Scherben des zerbrochenen Krugs. »Ich dachte, damit wirst du alleine …« Er duckte sich und wich dem nächsten Geschoss aus. Diesmal hatte Chloe die Waschschüssel geworfen. »Na ja, vielleicht schaffst du es doch nicht alleine.« Chloes schriller Schrei tat ihm in den Ohren weh, als er einen Schritt in ihre Richtung machte. Sie blickte sich verzweifelt nach dem nächsten Geschoss um. Britton und Brendan krabbelten vom Bett und umklammerten Colins Beine mit weit größerem Erfolg als bei ihrem ersten Angriff auf den Riesen.

»Schluss damit! Hört sofort auf!« Mercedes erkannte ihre eigene Stimme kaum wieder, stellte aber fest, dass die anderen keine Schwierigkeiten damit zu haben schienen. Gleichzeitig hörte sie polternde Männerschritte auf der Treppe und fürchtete, Severn und die Männer des Suchtrupps seien nicht weit. »Chloe, leg das Buch weg. Brit und Brendan, ihr lasst augenblicklich Captain Thorne los. Und Sie ...« – damit wies sie mit dem Finger auf Aubrey – »lassen Sylvia los. Sie ist keine Akrobatin und dies ist keine Zirkusarena.«

Ihre Anweisungen waren kaum befolgt, als Severn in der Tür erschien, hinter ihm die Männer des Suchtrupps. »Was geht hier vor?«, bellte er. »Thorne, was hat Ihr Bootsmann in diesem Zimmer verloren?«

Colin zuckte mit den Schultern. »Fragen Sie ihn doch.«

Aubrey steckte sich das verrutschte Hemd in den Hosenbund. Als Sylvia sich entfernen wollte, nahm er sie bei der Hand. »Ich langweilte mich in der Gesellschaft des Doktors. Und von dieser Suche halte ich auch nicht viel. Ich wollte mich nur mal umsehen und den Graf möglicherweise im Haus aufstöbern.«

Mercedes sprach, bevor Severn das Wort ergreifen konnte. »Sei unbesorgt, Severn. Es ist kein Schaden angerichtet.«

Severn gab sich damit nicht zufrieden. »Und was sollte das Geschrei?«

Diesmal meldete Sylvia sich zu Wort. »Reine Albernheiten, Mylord«, sagte sie mit kokett zur Seite geneigtem Kopf. »Ich sah eine Maus und fing an zu schreien. Und dann stürzten alle zu meiner Rettung herbei. Ich wusste gar nicht, dass ich eine so durchdringende Stimme habe. Irgendwie faszinierend.«

Gott segne dich, dachte Mercedes und wandte sich an Severn. »Siehst du, es war nichts. Reiner Übermut, das ist alles.«

»Die reine Hysterie, würde ich sagen.« Severn blickte noch einmal streng von einem zum anderen, ehe er sich an Mercedes wandte. »Gehen wir!«

»Ja«, antwortete sie. »In einer Sekunde. Ich habe es mir

anders überlegt und Captain Thorne und seinem Begleiter erlaubt, das Haus zu durchsuchen. Die Herren wollen sich nicht mit weniger zufrieden geben.« Sie ignorierte Severns finsteren Blick und Mrs. Hennepins Händeringen und wandte sich an die Zwillinge. »Wollt ihr unsere Gäste durchs Haus führen? Sylvia und Chloe, ihr könnt ebenfalls mitkommen, wenn ihr wollt. Zeigt den Herren das ganze Haus. Und vergesst die Turmzimmer nicht.«

»Nord und Süd?«, fragten die Zwillinge einstimmig.

»Selbstverständlich.« Sie wandte sich wieder an Severn. »Ich bin bereit.«

Die gründliche Durchsuchung des Parks dauerte den ganzen Vormittag, deren fruchtloses Ende für Mercedes nur einen Schluss zuließ: Der Graf hatte die Flucht ergriffen. Severn war allerdings zu einer anderen Schlussfolgerung gekommen.

Sie bot dem Viscount in der Bibliothek etwas zu trinken an, zu erschöpft und verwirrt, um sich Gedanken über ihre Unvorsichtigkeit zu machen, allein mit ihm zu sein. »Meinst du das im Ernst?«, fragte sie, als er ihr seine Überlegungen darlegte.

Marcus Severn nickte und hob das Glas. »Ganz im Ernst«, versicherte er schneidend. »Die beiden haben ihn getötet.«

»Aber wo ist der Beweis?«

»Wir müssen nur seine Leiche finden.«

Mercedes sank auf einen Stuhl. Auch in ihrer Konfusion hatte sie noch so viel Umsicht, sich nicht aufs Sofa zu setzen, wo Severn möglicherweise neben ihr hätte Platz nehmen können. »Aber wir hätten doch etwas finden müssen«, meinte sie. »Blut oder Kampfspuren.«

»Wir werden noch einmal ganz genau suchen müssen«, meinte er. »Morgen hole ich Verstärkung vom Gut meines Vaters. Dann durchkämmen wir den Park noch einmal. Ich werde die Polizei verständigen. Der Yankee muss verhört werden.« Er nahm hinter dem Schreibtisch des Grafen Platz und drehte das Glas zwischen den Handflächen. »Wo sind die Kerle eigentlich?«, fragte er.

»Ich glaube, nach der Suche im Haus wollten sie zu Ben Fitchs Leuten am See.«

»Kein Wunder. Nicht weit vom See war der vereinbarte Treffpunkt. Wahrscheinlich wollen die Kerle nur ihre Spuren verwischen.«

»Eine vage Vermutung«, meinte Mercedes.

»Ich finde es heraus.« Mit diesen Worten stellte er das Glas ab und erhob sich. Marcus Severns eisblaue Augen ruhten nachdenklich auf Mercedes. »Weißt du, Mercedes, wenn Thorne deinen Onkel ermordet hat, erheben sich eine Menge Fragen über die Zukunft von Weybourne Park. Sollte der Amerikaner bei dem Rekord betrogen haben, kann er seine Wettschulden nicht einlösen.«

Dieser Gedanke war auch ihr durch den Kopf gegangen. »Auch das ist nur eine Vermutung«, gab sie zu bedenken.

»*Deine* Vermutung.« Severns eindringliche Musterung machte sie beklommen. Manche Frauen mochten sich von solchen Blicken geschmeichelt fühlen, Mercedes zählte nicht dazu.

Er war kein ausgesprochen schöner Mann, aber auch nicht unattraktiv. Er hatte gut geschnittene Gesichtszüge mit hohen Wangenknochen und einer schmalen, lang gezogenen Kinnpartie. Sein dunkles Haar war von Natur gelockt. Er hatte einen athletischen Körperbau, war ein ausgezeichneter Reiter und übte sich mit seinen Freunden im Boxsport. Es waren seine eng zusammenstehenden Augen, die sie frösteln machten. Mercedes wurde das Gefühl nicht los, dass er sie jedes Mal mit Blicken auszog, wenn er mit ihr alleine war.

»Es ist besser, du gehst jetzt«, forderte sie ihn nicht gerade höflich auf.

Severns Lächeln erreichte seine Augen nicht. »Vorsicht, Sadie«, meinte er gedehnt. »Ich könnte glauben, du willst mich loswerden.«

Mercedes nahm keine Notiz davon, dass er sie bei ihrem Kosenamen nannte. »Ich bin erschöpft. Das musst du verstehen. Ich bin seit dem Morgengrauen auf den Beinen. Die Suche hat nichts gebracht, abgesehen von der Bestätigung, dass mein Onkel verschwunden ist. Und nun kommst du auch noch mit deinen abwegigen Vermutungen. Ich habe genug davon, Severn.«

»Marcus«, verbesserte er sie. »Wie oft habe ich dich gebeten, mich beim Vornamen zu nennen?«

Mercedes hatte keine Lust, das Gespräch noch weiter in die Länge zu ziehen. »Na schön«, antwortete sie. »Marcus.« Damit hoffte sie, ihn endlich loszuwerden. Sie erhob sich, um zu verhindern, dass er sich über sie beugte.

»Ich möchte gerne mit Thorne und dem anderen Kerl sprechen, bevor ich gehe«, meinte er.

Sie seufzte. Marcus Severn wusste den Namen des anderen Kerls genau. Wie typisch für ihn, geringschätzig von Leuten zu sprechen, die er für unwichtig und unter seinem Stand hielt. »Bitte. Morgen ist auch noch ein Tag. Ich weiß nicht, wo die Herren sich gerade aufhalten.«

»Umso mehr Grund, sie zu suchen und ihnen zu sagen, dass sie auf keinen Fall abreisen dürfen, ehe sie ihre Aussage gemacht haben.«

»Soll das heißen, die beiden sollen hier im Haus bleiben? Ich möchte nicht, dass das Verhör hier stattfindet.«

»Einverstanden«, willigte er ein. »Das Dorfgasthaus tut es auch. Dort haben die beiden sich ohnehin einquartiert, wie ich höre.« Er umrundete den Schreibtisch, trat auf Mercedes zu und nahm ihre beiden Hände. »Sei unbesorgt, Sadie. Die Sache wird rasch geregelt. Ich werde mich persönlich darum kümmern.« Er beugte sich vor und küsste sie auf die Wange.

Seine Lippen berührten sie länger als gewöhnlich. Voller Widerwillen schloss sie die Augen und hoffte inständig, er möge endlich von ihr lassen, ohne zu ahnen, dass ihre gesenkten Lider und ihre duldsame Miene eine Einladung für ihn sein könnten. Sie hätte beinahe aufgeschrien, als sein Mund den ihren berührte.

Ihr blieb kein Ausweg, außer in den Sessel zurückzufallen, was ihn vermutlich zu weiteren Zudringlichkeiten ermuntert hätte. Also blieb sie stocksteif stehen. Sein Griff um ihre Handgelenke festigte sich merklich. Mercedes stockte vor Entsetzen der Atem.

Als Severn den Kopf hob, nahm er ihren starren Blick wahr. »Welch Vorwurf in deinem Blick«, stellte er sachlich fest und gab ihre Handgelenke frei. »Man könnte meinen, meine Zärtlichkeit habe dir missgefallen.«

Mercedes atmete flach. »Ich habe dich nicht dazu ermutigt«, stellte sie fest.

Lächelnd griff er nach seinen Handschuhen. »Das ist auch ein Punkt, über den du in Zukunft nachdenken solltest. Wenn du Weybourne Park behalten willst, müssen auch diesbezüglich Veränderungen stattfinden.« Severn sah, wie sie zusammenzuckte. Ein unmerklicher Wimpernschlag, doch er wusste, was er bedeutete. Und er war zufrieden, dass Mercedes begriff, was er meinte. »Guten Tag, Sadie.«

»Sie haben uns reingelegt, wie?«, bemerkte Aubrey.

»Es ist dir also aufgefallen.« Colin Thorne hörte jenen Satz nicht zum ersten Mal. Wenn er sich recht erinnerte, war es das fünfte Mal, dass Aubrey Jones diese Feststellung machte, seit sie im Nordturm eingesperrt waren. Colin überlegte schon, ob er die Buchstaben ins Gebälk einritzen sollte. Schließlich hatte er sein Messer bei sich. »Wieso setzt du dich nicht, Aubrey? Den Ausblick kennst du nun zur Genüge.«

Die sechs Turmfenster boten einen Rundblick über Weybourne Park. Von hier aus hatten Colin und Aubrey fast die gesamte Suche verfolgt. Und ihr anfängliches Interesse an dem herrlichen Rundblick hatte es den Zwillingen und ihren Schwestern so einfach gemacht, die beiden Amerikaner einzusperren.

Aubrey rutschte an der Wand nach unten, bis er auf den Holzdielen saß. »Der Südturm war möbliert«, stellte er fest. »Sie hätten wenigstens so viel Anstand haben können, uns dort einzusperren.«

Colin wies auf die Wasserflecken an der Decke und die modrige Stelle auf den Dielen. Von den Wänden bröckelte der Putz und wies gleichfalls auf Wasserschäden hin. »Dieses Turmzimmer ist dringend reparaturbedürftig.«

»Mussten sie denn alle Möbel rausschaffen?«, brummte Aubrey.

Colin warf dem Freund einen warnenden Blick zu. Selbst im Schneidersitz auf dem Boden kauernd war er noch ein Koloss. »Die zierlichen Möbel wären unter deinem Gewicht zusammengebrochen. Und soweit ich das beurteilen kann, sind die Möbel in der Feuchtigkeit hier oben längst verrottet und es fehlt Geld, um neue anzuschaffen.«

»Ist das der Grund, warum ich kein Fenster einschlagen darf?«

»Das wird möglicherweise noch geschehen«, entgegnete Colin, »wenn ich die Geduld verliere und dich aus dem Fenster werfe. Sei froh, dass mir mehr daran gelegen ist zu erfahren, was sie plant, statt hier auszubrechen und auf dem Dach herumzuturnen.«

Aubrey schnaubte verächtlich. »Deshalb kannst du mir nicht verbieten, mich zu erleichtern. Ich habe mit dem Doktor ein Glas oder zwei getrunken, bevor die Suche begann.«

Colin grinste schadenfroh. »Es dauert nicht mehr lange«, meinte er seelenruhig. »Du hast doch gesehen, dass der Suchtrupp auf dem Rückzug ist. Sie wird bald hier oben auftauchen.«

»Du bist also sicher, dass sie uns hier oben nicht verhungern lässt«, entgegnete Aubrey trocken. Wie auf Kommando fing sein Magen an zu knurren. »Ich könnte sie mit Haut und Haaren verschlingen«, fügte er hinzu und strich sich den Bauch. »Aber ehrlich gestanden bin ich mehr an einem der jüngeren Braten interessiert.«

Colin zog eine Braue hoch. »Wirklich? Britton oder Brendan?«

Aubrey bedachte seinen Captain mit einem säuerlichen Lächeln. Zu dumm, dass die Turmkammer leer war. Er hätte ihm gern einen Gegenstand an den Kopf geworfen. »Sylvia«, meinte er und streckte die langen Beine von sich. »Sie gefällt mir.«

»Soweit ich mich erinnere, sieht sie genauso aus wie ihre Schwester«, bemerkte Colin. »Dein Interesse an Sylvia hat doch wohl nichts damit zu tun, dass ihre Schwester mehrmals beteuerte, sie werde demnächst einen Vikar heiraten?«

»Sie sieht ganz anders aus als Chloe«, widersprach Aubrey. »Ihre Augen sind eher blau als grün. Und sie ist um ganze zwei Zentimeter größer. Ihr Grübchen am Kinn ist sehr zart, während das von Chloe aussieht, als habe ein Riese seinen Daumen hineingedrückt. Es muss dir doch aufgefallen sein, dass ...«

»Dass du ewig so weiterschwärmen könntest«, fiel Colin ihm ins Wort. »Ich verstehe und bin überzeugt, dass du sie nicht beide haben willst.«

Aubrey furchte die Stirn. »Sie sind nicht mit den Mädchen von heute Nacht zu vergleichen. Das weißt du genau.«

Colin zog die Brauen hoch. »Ich dachte, Molly und ihre Schwester haben dir gefallen.«

»Keine Frage. Und ich möchte den beiden nicht zu nahe treten, wenn ich dir widerspreche. Aber sie wären die Ersten, die dir sagen, dass zwischen ihnen und den Grafentöchtern Welten liegen.«

Colin zuckte die Schultern. »Nur von ihrer Geburt her, Aubrey, nicht im Bett. Im Bett sind alle Weiber gleich.«

Aubrey beschloss, sich nicht auf einen Streit einzulassen, schon gar nicht auf einen Streit über Frauen. Sein Captain zog es vor, keine zu enge Bindungen zum weiblichen Geschlecht einzugehen. Er hielt auch nicht viel von Männerfreundschaften. Aubrey sah sich zwar als Colins Freund, war aber nie wirklich sicher, wie Colin die Beziehung sah. Colin Thorne zog es vor, seine Meinung für sich zu behalten, und Aubrey respektierte das.

Aubrey lehnte den Kopf gegen die Wand und schloss die Augen. »Du hast deine Meinung über Frauen«, meinte er bedächtig. »Und ich habe meine eigene. Ich frage mich allerdings, wieso ich eine wunderbare Nacht mit zwei Frauen erlebt habe, während du die Nacht zusammengeschnürt auf dem kalten Fußboden verbracht hast.«

»Und jetzt sitzt du mit mir eingesperrt in einer feuchten Turmkammer«, versetzte Colin. »Und wenn ich nicht irre, war es deine entzückende Sylvia, welche die Tür zumachte und verriegelte.«

Aubrey lächelte verträumt. »Ja, aber sie hat sie leise zugemacht. Ich konnte sehen, dass es ihr irgendwie leid getan hat.«

»Na, wenn das so ist«, meinte Colin.

Aubrey kicherte über den trockenen Sarkasmus seines Captains. »Sie hat nur einen Befehl ausgeführt. Das solltest du wissen.«

Colin nickte. »Daran habe ich auch schon gedacht.«

Aubrey schwieg und meinte nach einer Weile nachdenklich: »Mit der ist nicht zu spaßen.«

»Ich nehme an, du sprichst von Mercedes.«

»Hmm. Kaum zu glauben, dass dieses kleine Persönchen es fertig brachte, dich zusammenzuschnüren wie die Weihnachtsgans meiner Tante Emmy.«

»Es macht dir richtig Spaß, immer wieder davon anzufangen, wie?«

Aubrey hob seine breiten Schultern und ließ sie wieder sinken. »Ich versuche nur, das Beste aus einer beschissenen Situation zu machen.« Er blinzelte zu Colin hinüber und glaubte, den Anflug eines kalten Lächelns um seine Mundwinkel zu bemerken. »Hast du dir überlegt, was du ihr sagst?«

»Ich bin gerade dabei.«

Der Anflug seines Lächelns hatte also nichts mit dem zu tun, was er gerade gesagt hatte, überlegte Aubrey. Arme Mercedes. Es sah nicht gut für sie aus. »Sei nicht zu streng mit ihr«, meinte er dann gutmütig. »Sie hat vermutlich selbst nur Befehle ausgeführt.«

»Aubrey«, versetzte Colin gereizt. »Sie hat versucht, mich umzubringen.«

»Sie wollte dich nur außer Gefecht setzen.«

»Ich war dabei, Aubrey. *Unter* ihrem Messer. Sie wollte mich umbringen.«

»Ich meine ja nur, sie hätte dich umbringen können, nachdem sie dich bewusstlos geschlagen hat. Aber das hat sie nicht getan. Ich frage mich, was sie tatsächlich beabsichtigte.«

»Frag sie doch selbst. Ich glaube, ich höre sie auf der Stiege.«

Aubrey hütete sich zu fragen, wieso Colin so sicher war, *ihre* Schritte zu hören. Damit hätte er sich nur wieder einen finsteren Blick eingehandelt. Und Aubrey hatte den Verdacht, sich bereits zu weit vorgewagt zu haben, was diese Mercedes betraf.

Die beiden Männer reckten die Hälse und horchten, als der Riegel zurückgeschoben wurde. Die Tür ließ sich wegen der verrosteten Scharniere, die ein unheimliches Quietschen von sich gaben, nur schwer öffnen.

Mercedes drückte die Tür so weit auf, um hindurchzuschlüpfen. Um in die Turmkammer zu gelangen, musste sie zuerst die steile Stiege hinaufklettern. Da es keinen Handlauf gab, stützte sie sich an der Mauer ab und raffte die Röcke, um nicht zu stolpern.

»Mein Gott«, entfuhr es ihr, als sie oben angekommen war und die beiden Männer auf dem Boden sitzen sah. »Sie sind tatsächlich hier.«

Colin klatschte mehrmals betont langsam in die Hände in der Gewissheit, dass sie auch diesmal Theater spielte.

Mercedes hob das Kinn. »Ich weiß zwar nicht, was das soll, Captain Thorne«, meinte sie kühl. »Aber vermutlich wollen Sie mich kränken.«

Er hörte auf zu klatschen. »Eine scharfsinnige Bemerkung.«

Sie achtete nicht weiter auf ihn und wandte sich an Aubrey. »Mr. Jones, nehme ich an?«, fragte sie. »Ich bitte vielmals um Entschuldigung. Als Sie und Captain Thorne nicht mit Ben Fitchs Suchtrupp vom See zurückkehrten, fragte ich die Zwillinge, ob sie wüssten, wohin Sie gegangen sind. Die beiden schienen sich über meine Frage zu wundern.«

»Warum wohl?«, warf Colin trocken ein.

Mercedes fuhr fort, als habe sie ihn nicht gehört.

»Sylvia und Chloe haben es mir gestanden. Ich fürchte, die Kinder waren der Überzeugung, es sei *mein* Wunsch gewesen. Das stimmt nicht. Im Gegenteil, ich komme, um Sie zu warnen.« Sie bot Aubrey die Hand, um ihm auf die Beine zu helfen.

Aubrey blickte auf ihre ausgestreckte Hand, dann in ihr

Gesicht. »Miss Leyden«, meinte er dann freimütig. »Nicht, dass ich Sie kränken möchte, aber wenn ich Ihre Hand ergreife, würde ich zwar nicht hochkommen, Sie aber würden auf meinem Schoß landen.«

Ein Lächeln erhellte ihr Gesicht. Die steile Falte zwischen ihren Brauen verschwand und ihre grauen Augen blitzten. »Ich bin stärker, als Sie denken.«

Aubrey lachte in sich hinein. »Ich will es nicht darauf ankommen lassen.«

»Klug von dir, Aubrey. Du hast sie nicht nach Waffen abgetastet.«

Mercedes' Lächeln wirkte nun verkrampft. Aubrey kam ohne ihre Hilfe auf die Füße. »Ich bitte um Verzeihung, Madam, aber der Captain verträgt es nicht, eingesperrt zu sein. Und dies ist das zweite Mal in vierundzwanzig Stunden, dass er seiner Freiheit beraubt wird.« Er klopfte sich den Staub von der Hose. »Ich vermute, ihre Cousinen wollten sich nur rächen für den Vorfall im Zimmer der anderen Miss Leyden.«

»Sie meinen Sylvia«, kam Mercedes ihm zu Hilfe.

»Ach, ist das ihr Name?«, fragte er unschuldig und sah über Mercedes' Schulter, wie Colin die Augen verdrehte. Ohne sich davon beirren zu lassen, fuhr er höflich fort: »Nun, dann meine ich wohl sie. Die beiden jungen Damen sehen sich so verblüffend ähnlich.«

»Sagen Sie ihnen das nur nicht ins Gesicht«, versetzte Mercedes schmunzelnd. Sie revidierte ihren ersten Eindruck und fand Aubrey ausgesprochen sympathisch. »Vielleicht sagen Sie mir, was wirklich geschehen ist. Es ist mir neu, dass Sylvia beim Anblick einer Maus einen hysterischen Schreikrampf bekommt.«

»Vielleicht sollten Sie Miss Sylvia selber fragen«, meinte Aubrey ausweichend.

»Oh, das habe ich bereits. Aus einem unerfindlichen Grund beharrt sie auf dieser Version. Dabei dachte ich, sie habe die Geschichte nur erfunden, um weitere Fragen von Severn zu vermeiden.«

Colin feixte. »Die ganze Familie scheint aus notorischen

Lügnern zu bestehen.« Er sah, wie Mercedes die Schultern straffte, sich aber nicht umdrehte. Aubrey machte ein gequältes Gesicht.

»Vielleicht war wirklich eine Maus da«, sagte er, um Sylvia nicht der Lüge zu bezichtigen. »Jedenfalls habe ich Miss Sylvia erschreckt, als ich ihr Zimmer betrat. Ich hörte ein Geräusch und öffnete die Tür. Ich dachte, vielleicht finde ich den Grafen. Stattdessen überraschte ich Miss Leyden. Sie hat wohl gelesen. Auf dem Fußboden neben ihrem Stuhl lag jedenfalls ein Buch.«

Mercedes dachte über seine Erklärung nach, den Kopf leicht zur Seite geneigt. »Ich fürchtete schon, Sie seien ins Zimmer geplatzt, während sie sich umkleidete«, meinte sie sinnend. »Mir fiel nämlich auf, dass ihr Kleid im Rücken offen war, als sie den Purzelbaum über Ihren Rücken schlug.«

Aubrey trat von einem Fuß auf den anderen. Die Dame war eine scharfe Beobachterin. Das war nicht einmal Colin aufgefallen. Sonst hätte er mit Sicherheit eine dumme Bemerkung darüber gemacht in den vergangenen öden Stunden in der Turmkammer. Und dann sagte er ohne zu stottern: »Davon weiß ich gar nichts.«

Colin machte dieses Verhör Spaß. »Seltsam. Ich hatte den Eindruck, du seist sehr darauf bedacht, den Rücken der jungen Dame zu verbergen, und vermutete, du wolltest höflich sein und sie vor lästigen Fragen schützen.«

Aubrey wurde einer Erklärung durch Mercedes enthoben. Sie fuhr auf dem Absatz herum und fixierte Colin eisig. »Ich erinnere mich nicht, Sie gebeten zu haben, sich an diesem Gespräch zu beteiligen. Mr. Jones und ich haben einander genau verstanden. Er weiß, dass ich keine Närrin bin, und ich weiß, dass er weit höflicher ist als sein Captain.« Damit hatte sie Colin in seine Schranken verwiesen und brachte noch einen Seitenhieb an. »Im Übrigen ist es kindisch, hinter meinem Rücken Grimassen zu schneiden.«

»Und ausgesprochen respektlos«, pflichtete Colin ihr bei.

Aubrey bekam große Augen. Verdattert fuhr er sich mit den Fingern durch die dichte rote Mähne. »Verdammt will ich sein, wenn sie nicht auch Augen im Hinterkopf hat.«

Mercedes drehte sich um. »Wenn Sie uns bitte entschuldigen wollen, Mr. Jones. Ich möchte mit Captain Thorne alleine reden.«

Colin kam auf die Beine. »Nicht hier. Ich möchte nicht wieder eingesperrt werden.«

»Sie waren nicht eingesperrt«, widersprach Mercedes. »Die Tür war zwar verriegelt, aber dort oben ist eine Luke, die aufs Dach führt.« Sie wies an die Decke der Kammer. Fast verdeckt von dem großen Wasserfleck konnte man die Umrisse einer rechteckigen Luke erkennen. »Sie hätten nur hinaufklettern und rufen müssen.«

Aubrey murmelte seufzend: »Habe ich nicht vorgeschlagen, eine Luke zu suchen?«

Colin warf ihm einen finstern Blick zu. »Hast du nicht auch etwas von einem Geschäft erwähnt, das du erledigen musst?«

Aubrey errötete verlegen und Mercedes erbarmte sich seiner. »Sie können sich in einem der Gästezimmer im Südflügel frisch machen. Nur nicht im Zimmer des Grafen. Mrs. Hennepin wird Ihnen jemanden schicken, falls Sie etwas brauchen. Sie sind eingeladen, zum Dinner zu bleiben. Allerdings fürchte ich, Sie werden nicht den Wunsch haben zu bleiben, nachdem ich mit Captain Thorne gesprochen habe.«

»Vielen Dank, Miss Leyden.« Aubrey ging die schmale Stiege hinunter.

Mercedes wartete, bis der Riese sich durch die niedrige Tür zwängte und verschwunden war. »Dieses Angebot gilt auch für Sie«, wandte sie sich an Colin. »Ich erwarte Sie in der Bibliothek. Jemand wird Ihnen den Weg zeigen.«

Colin warf einen Blick auf seine Taschenuhr. »In zwanzig Minuten.«

Sie nickte. »Ich lasse Tee und Gebäck von Mrs. Hennepin bringen.«

Eine Viertelstunde später betrat Colin die Bibliothek. Auf einem Silbertablett standen Tee und Gebäck bereit. Er lehnte ihre Einladung höflich ab, sich zu bedienen, da er nicht beabsichtigte, ihr die Unterredung zu erleichtern und sie die Rolle der höflichen Gastgeberin spielen zu lassen. Als Mercedes im lederbezogenen Ohrensessel Platz nahm, zog er es vor stehen zu bleiben und blickte sich aufmerksam im Raum um.

Die Bibliothek war einer der wenigen gut eingerichteten Räume im Haus. Kein Wunder, hier residierte schließlich der Graf. Seine Lordschaft sah keine Veranlassung, auf Luxus und Bequemlichkeit zu verzichten, die er seiner Familie vorenthielt. Die auf Hochglanz polierten Kirschholzmöbel wiesen keinen Kratzer auf. Der ausladende Schreibtisch mit glänzenden Messingbeschlägen stand in der Nähe des Kamins. Im Winter und im feuchtkalten Frühling war dies ein gemütlicher Platz. An zwei Wänden reichten verglaste Bücherschränke bis zum hohen Plafond, bestückt mit kostbaren ledergebundenen Folianten, darunter die Gesamtwerke englischer Klassiker wie Shakespeare und Benjamin Jonson.

Der Teppich war nicht wie die übrigen im Haus verblichen und fadenscheinig.

Colin schob die Hüfte halb auf eine Ecke des Schreibtischs und bemerkte, wie Mercedes an ihrer Unterlippe nagte, als er einige persönliche Dinge des Grafen beiseite schob, um sich Platz zu schaffen.

»Wollen Sie sich nicht setzen?«, fragte sie höflich.

»Nein.«

Mercedes lehnte sich zurück. Diese Unterredung verlief nicht, wie sie geplant hatte. Sie blickte ratlos auf das Silbertablett und fragte sich, ob sie ihm ein drittes Mal Tee anbieten sollte.

Colin bemerkte ihren Blick. »Und ich will auch nichts essen.«

»Aber Sie haben seit dem Frühstück nichts zu sich genommen.«

»Auch nicht zum Frühstück.« Er sah sie mit hochgezogenen Brauen an. Mercedes tat ihm den Gefallen, den Blick zu senken. »Wie ich sehe, erinnern Sie sich an den Grund.«

»Ich nehme an, Mr. Jones hat Sie befreit.«

»Richtig. Und ich nehme nicht an, dass Sie damit gerechnet haben, dass er in meiner Begleitung war. Sonst hätten Sie mich tatsächlich umgebracht.«

Mercedes wollte nicht über diese Möglichkeit nachdenken. Und sie wollte sich nicht die Frage stellen, ob sie in diesem Fall anders gehandelt hätte. »Ich bedaure jedenfalls nicht, dass Sie heil davongekommen sind«, erwiderte sie. Und das meinte sie ehrlich. Den Tod hatte sie ihm nie gewünscht.

»Sie werden verstehen, wenn ich Ihnen nicht glaube«, entgegnete Colin. »Ebenso wenig glaube ich die Geschichte, die Sie Aubrey aufgetischt haben.« Mercedes sah ihn fragend an. »Sie erzählten ihm, Ihre Cousins hätten uns aus eigener Veranlassung eingesperrt.«

»Aber das stimmt.«

»Ich erinnere mich genau, dass Sie ihnen sagten, sie sollten uns die Turmzimmer zeigen. Beide Turmzimmer.«

»Und ich erinnere mich, damit die Frage eines der Zwillinge beantwortet zu haben.«

»So können Sie es natürlich auch auslegen. Ich erinnere mich an einen deutlichen Unterton in Ihrer Stimme.«

Mercedes faltete die Hände im Schoß und sah Colin lange sinnend an. »Sie sind ein sehr misstrauischer Mann, nicht wahr?«, meinte sie dann.

»Aus Erfahrung wird man klug«, antwortete er leichthin.

»Wieso haben Sie Severn nichts von den Vorfällen im Gasthaus erzählt?«

»Ich habe auch gelernt, nicht mit der Tür ins Haus zu fallen.«

Sie furchte die Stirn. »Was wollen Sie damit sagen?«

»Damit will ich sagen, dass ich warten kann.«

»Warten worauf?«

»Einfach warten«, meinte er. »Alles geschieht zu seiner Zeit. Ich weiß, wann die Zeit gekommen ist, unser Geheimnis zu lüften.«

Mercedes' Herz schlug schneller. Captain Thorne klang beinahe so, als habe er die Absicht, Severn die Wahrheit zu erzählen. Umso mehr Grund, ihn schleunigst dazu zu bewegen, Weybourne Park zu verlassen. »Sie fragen gar nicht nach dem Verbleib meines Onkels«, sagte sie.

Colin nahm einen Brieföffner zur Hand und drehte ihn

spielerisch zwischen den Fingern. Im Silbergriff war eine Widmung eingraviert: *Für meinen geliebten Winston. Elizabeth.* »Aubrey und ich konnten von unserem Ausguck die Suche verfolgen. Nichts deutete darauf hin, dass Weybourne zurückgekehrt wäre.« Er hielt den Brieföffner hoch. »Ich dachte, der Graf heißt Wallace.«

»Richtig. Er gehörte meinem Vater.«

»Elizabeth?«

»Meine Mutter.« Sie bemerkte Colins skeptischen Blick. »Ich war nicht immer die arme Verwandte, Captain Thorne. Meine Eltern starben. Und dies ist mein Elternhaus. Ich bin hier geboren. Die Turmkammer, in der Sie angeblich eingesperrt waren, war mein Geheimversteck als Kind. Dort spielte ich mit meinen Puppen, las meine Bücher und bewahrte meine Kinderschätze auf. Ich habe meine halbe Kindheit dort oben verbracht.«

Colin ließ sich seine Bestürzung über ihre Eröffnung nicht anmerken, behielt seine teilnahmslose Miene bei und ließ den Blick durch den Raum schweifen. In Gedanken war er jedoch in den anderen Räumen des Schlosses, sah die muffigen Schlafzimmer mit den verblichenen Teppichen, den Tapeten, die an manchen Stellen von den Wänden hingen, dem bröckelnden Verputz. Als seine dunklen Augen sich wieder auf Mercedes hefteten, fragte er: »Und wieso?«

Sie begriff: »Der Grund ist simpel«, antwortete sie. »Wissen Sie über die englischen Erbfolgegesetze Bescheid?«

»Das Erbe geht vom Vater auf den Sohn über.«

»Wenn es einen Sohn gibt. Wenn nicht, geht der Besitz auf den nächsten männlichen Verwandten über. So kam mein Onkel an Titel und Besitz. Er ist der Bruder meines Vaters und mein Vater hatte keine Söhne.«

Colin legte den Brieföffner beiseite und fuhr sich mit den Fingern durchs Haar. Wieso wollte sie verhindern, dass ihr Onkel im Duell getötet wurde? Das ergab keinen Sinn. Auf diese Weise wäre zumindest der Titel auf einen der Zwillinge übergegangen. Denn der rechtmäßige Besitzer von Weybourne Park hieß ja nun Colin Thorne. Diese Gedankengänge legte er ihr dar.

Mercedes schüttelte den Kopf. »Sie begreifen nichts. Severn glaubt, Sie hätten den Grafen vor dem Duell ermordet. Demnach haben Sie keinen Anspruch auf den Besitz.«

»In diesem Fall würde einer der Zwillinge das Erbe antreten. Das müsste doch in Ihrem Sinn sein.«

»Mein Onkel hat die Zwillinge nie als seine Söhne anerkannt. Er behauptete, meine Tante Lady Georgia habe eine Affäre mit einem anderen Mann gehabt.«

»Wer erhebt dann Anspruch auf Weybourne Park?«

»Habe ich das nicht klar zum Ausdruck gebracht?«, fragte sie. »Nein, ich glaube nicht. Viscount Fielding, natürlich. Marcus Severn ist unserer nächster männlicher Verwandter.«

Kapitel 5

Sie erwartete irgendeine Entgegnung. Als Colin jedoch weiterhin gedankenverloren vor sich hin starrte, vermutete Mercedes, er habe sie nicht gehört. »Severn«, wiederholte sie lauter. »Unser nächster männlicher Verwandter ist Severn.«

Diesmal zog Colin die Brauen hoch. »Kein Grund, sich wie ein Papagei zu wiederholen«, sagte er. »Ich habe Sie beim ersten Mal verstanden.«

»Sie hätten wenigstens irgendwie reagieren können«, entgegnete sie gereizt.

»Miss Leyden«, seufzte Colin. »Wenn ich jedes Mal aufspringen würde, wenn Sie mich in Erstaunen versetzen, wäre ich längst außer Atem.«

»Das erstaunt sie also? Wussten Sie das nicht von Severn?«

»Nein. Also erzählen Sie schon. Wie sind Sie mit ihm verwandt?«, forderte er sie auf.

»Eigentlich tritt Severns Vater die Erbfolge an. Der Graf von Rosefield und mein Großvater waren Vettern.«

»Dann sind Sie und Severn also Cousins dritten Grades.«

»Ja.«

»Das heißt also, entfernt genug, um ihn zu heiraten, ohne Inzest zu begehen.«

Mercedes starrte ihn feindselig an und schwieg.

»Als Severn Sie auf die Wange küsste, nicht einmal, sondern zweimal, haben Sie ja hingebungsvoll die Augen geschlossen.« Colin lächelte, als sie wie von der Tarantel gestochen aus dem Sessel hochfuhr und den Schreibtisch umrundete.

»Meine Pflichten als Gastgeberin erfordern nicht, dass ich mich von Ihnen beleidigen lasse. Ich wollte Sie vor einer Gefahr warnen. Wenn Sie das nicht ernst nehmen wollen, kann ich ja gehen.« Sie wartete noch drei Herzschläge und versuchte, etwas in seinem Gesicht zu lesen. Seine Augen glänzten wie polierter Obsidian, gaben nichts von seinen Gedanken preis. »Nun gut«, meinte sie, als er weiterhin schwieg. »Guten Tag, Captain Thorne.« Damit drehte sie sich mit raschelnden Röcken um und wollte zur Tür, kam aber nur drei Schritte weit.

Colin nahm sie beim Ellbogen, zog sie zurück und drehte sie zu sich. Er stand mit dem Rücken an den Schreibtisch gelehnt, Mercedes zwischen seinen gespreizten Knien. Sie war zu verdutzt, um Widerstand zu leisten. Er legte beide Hände um ihre Mitte.

Mercedes starrte ihn vorwurfsvoll an, als wolle sie ihn damit zwingen, sie freizugeben.

»Mit diesem Blick erreichen Sie nichts bei mir«, meinte er. Ihre Augen verengten sich.

»Schon besser«, lobte er, ohne sich von ihrem Zorn einschüchtern zu lassen.

»Sie sind unmöglich.«

»Das hat man mir schon mal gesagt.«

Dieser Mann brachte sie noch zur Raserei. Mercedes warf einen Blick über die Schulter zur Tür.

Colin wusste, was sie vorhatte. »Ich habe abgeschlossen. Wenn Sie Schlüssel in Türen stecken lassen, sollten Sie damit rechnen, dass man sie benutzt.«

Mercedes sah, dass der Schlüssel fehlte.

»In meiner Tasche«, klärte er sie auf, als sie sich ihm wieder zuwandte. »Sie waren zu sehr damit beschäftigt, mir Tee und Gebäck anzubieten.« Seine Augen hefteten sich auf ihren Mund, als ihre Lippen sich teilten. Colin wusste nicht genau, ob sie schreien wollte oder nur verdutzt war. »Wenn Sie um Hilfe schreien, küsse ich Sie.« Ihr Mund klappte so prompt zu, dass Colin sich fragte, ob er beleidigt sein sollte. Ein dünnes Lächeln umspielte seine Lippen, während er sie weiterhin musterte. Er spürte deutlich, wie befangen sie unter seinem eindringlichen Blick wurde, doch sie weigerte sich oder war unfähig, den Blick abzuwenden. Vielleicht ein wenig von beidem, dachte er. Was erwartete sie von ihm?

Colin ließ die Hände sinken, doch der Druck seiner Schenkel festigte sich ein wenig, ohne dass sie errötete. Ihre Augen ruhten unverwandt auf ihm, schienen aber durch ihn hindurchzusehen. Ihr Blick wirkte irgendwie leer und unbeteiligt, ebenso wie ihre starre Haltung, als wünschte sie, unsichtbar zu sein. Mercedes Leyden war eine rätselhafte Frau.

»Erzählen Sie mir von der Gefahr, in der ich mich angeblich befinde«, ermunterte Colin sie.

Er stand so nah, dass Mercedes seinen Atem spürte. Frisch und angenehm. Wie ein Echo erreichten seine Worte ihr Bewusstsein mit einer kleinen Verzögerung. Sie blinzelte. Die Arme hingen an ihrer Seite, ihre Hände waren zwischen ihrem Rock und seinen Schenkeln gefangen. Sie fühlte sich entblößt und hilflos und hoffte inständig, Colin möge ihre Verzweiflung nicht ahnen. So viel Macht wollte sie ihm nicht über sie geben.

»Lord Severn glaubt, Sie und Ihr Freund hätten meinen Onkel ermordet«, sagte sie leise.

»So etwas haben Sie vorhin schon erwähnt«, meinte Colin.

»Er verständigt die Polizei. Sie sollen morgen einem Verhör unterzogen werden.«

»Ach wirklich?«

Er schien davon keineswegs beunruhigt zu sein. »Severn weiß, dass Sie im Dorfgasthof übernachtet haben. Er will Sie dort aufsuchen.«

»Warum erzählen Sie mir das?«

»Ich dachte, das sei Ihnen klar.«

Ihm war an Mercedes nichts klar. Das hätte er ihr beinahe gestanden, besann sich indes eines Besseren. Sie brauchte nicht zu wissen, wie sehr sie sein Interesse geweckt hatte. »Es ist mir nicht klar. Also reden Sie«, ermunterte er sie.

»Ich dachte, Sie würden sich seinem Besuch entziehen.«

»Das tue ich.«

»Und ich kann mir nicht vorstellen, dass Sie gern Fragen beantworten.«

»Auch das ist richtig.«

»Ja und?«

Colin schüttelte den Kopf und der Hauch eines Lächelns kehrte zurück. »Einem anderen können Sie vielleicht weismachen, mein Wohlergehen liege Ihnen am Herzen. Ich aber bin der Mann, den Sie letzte Nacht umbringen wollten. Ihr Edelmut entbehrt jeder Logik.«

»Für Sie vielleicht«, versetzte sie trocken. »Nicht für mich.«

»Ich könnte beinahe denken«, fuhr Colin sinnend fort, »das Turmzimmer diente als Krankenzimmer für eine Geistesgestörte. Ich frage mich, ob Sie richtig im Kopf sind.« Er spürte, wie ihre Finger sich krümmten, und ahnte den Grund dafür. Sie hatte große Lust, ihn zu schlagen. »Vielleicht hat der Graf Sie nur freigelassen, um mir nach dem Leben zu trachten. Oder haben Sie auf eigene Faust gehandelt?«

Mercedes fiel der Unterkiefer herunter und sie starrte ihn entgeistert an.

Colin beugte den Kopf und legte seinen Mund auf den ihren. Ihre Lippen waren warm, ihr Atem roch süß nach Tee und Anisgebäck. Er vertiefte den Kuss, fuhr mit der Zungenspitze ihre Oberlippe entlang und strich über ihre Zahnreihen.

Mercedes' Kopf schnellte nach hinten. Sie befreite ihre Hände und versuchte, ihn von sich zu stoßen. Colin ließ sich nicht beirren und Mercedes blieb in der Zange seiner Schenkel gefangen. Sie hob die Hände, um seinen Oberkörper von sich zu schieben, doch sein Blick belehrte sie eines Besseren.

Sie ließ die Arme sinken. »Warum tun Sie das?«, fragte sie. Ihrer Stimme fehlte der Tadel, den sie sich vorgenommen hatte, sie klang eher leise und unsicher.

»Ich habe Sie gewarnt. Wenn Sie versuchen zu schreien, küsse ich Sie.«

»Ich wollte nicht schreien.«

»Wie dumm von mir«, Colin zuckte die Schultern.

Mercedes presste die Lippen aufeinander. Er wusste sehr wohl, dass sie nicht um Hilfe schreien wollte. »Das haben Sie absichtlich getan«, sagte sie.

»Ganz offensichtlich.«

Obwohl er dieser Bemerkung kein Lachen folgen ließ, wusste Mercedes, dass er sie auslachte. Zu ihrem Entsetzen spürte sie einen Knoten in der Kehle und ein Brennen in den Augen, verräterische Vorboten von Tränen. Sie schluckte heftig und straffte die Schultern. Es war nicht ihre Art zu weinen, nicht einmal, wenn sie alleine war. Und sie würde mit Sicherheit nicht in Colin Thornes Gegenwart weinen. »Sie sollten gehen«, sagte sie nach einer Weile. »Wenn mein Onkel bis morgen früh nicht auftaucht, werden Sie von Severn des Mordes beschuldigt. Sie und Mr. Jones sollten schleunigst Ihr Schiff besteigen und England den Rücken kehren.«

Colins Antwort bezog sich nicht auf ihre Worte, sondern auf den Schmerz, den er in ihren Augen las, ehe sie ihn fortblinzelte. »Verzeihen Sie«, sagte er.

Sie dachte, er entschuldige sich, nicht zugehört zu haben, und setzte zur Wiederholung an, lauter diesmal.

Colin hob die Hand und unterbrach sie. »Ich sagte Ihnen schon, mein Gehör ist völlig in Ordnung. Ich wollte mich nur dafür entschuldigen ... Sie ausgelacht zu haben.«

Zutiefst verwirrt von seiner unerwarteten Reue, wandte sie den Blick und flüchtete sich in eine Erklärung. »Ich habe nicht versucht, Sie zu töten. Nicht wirklich. Auch wenn es so ausgesehen haben mag.«

Colin drehte ihr Kinn in seine Richtung. »Was wollten Sie dann?«, fragte er.

Seine Finger fühlten sich warm an. Obgleich sie keinen

Druck ausübten, konnte sie erst sprechen, als er die Hand fortnahm. »Ich wollte Sie nur verletzen«, sagte sie. »Das schien mir zu genügen.«

»Zu genügen?«

»Um Sie daran zu hindern, meinen Onkel zu töten.«

»Woher wissen Sie, dass ich ihn nicht getötet habe?«, fragte er. »Ihr Cousin scheint davon überzeugt zu sein, ich hätte es getan.«

Mercedes hasste es, Severn als ihren Cousin bezeichnet zu hören, ging aber nicht darauf ein. »Auch wenn ich meinen Onkel in Severns Beisein verteidigt habe: Der Graf ist ein Feigling. Wenn er Sie auf der Wiese gesehen haben sollte, hat er vermutlich die Flucht ergriffen, um Ihnen nicht zu begegnen.«

»Vielleicht wissen Sie das genau.«

»Wenn Sie damit andeuten wollen, der Graf habe mich ins Vertrauen gezogen, so irren Sie. Ich kenne ihn nur genau.« Mercedes beobachtete, wie er darüber nachsann, ob ihre Worte der Wahrheit entsprachen. Es schmerzte sie, dass er ihr nicht glaubte, andererseits war sein Argwohn verständlich. »Sie sollten abreisen«, wiederholte sie. »Ich werde weder Severn noch der Polizei berichten, was ich Ihnen geraten habe.«

»Um Weybournes weiße Weste nicht zu beflecken«, versetzte er spöttisch.

»Mein Onkel ist, wie er ist«, antwortete sie besonnen. »Niemand nimmt ihm wirklich übel, dass er zu viel trinkt, da der Alkohol seinen Witz schärft. Nur wenige Menschen wissen über das Ausmaß seiner Spielschulden Bescheid. Und kein Mensch würde glauben, dass er sich vor einem Duell mit Ihnen drückt. Noch dazu, da er es war, der Sie forderte.«

»Sie aber halten das für möglich.«

»Weil ich meinen Onkel kenne. Aber ich bin nur die arme Verwandte. Auf mich würde niemand hören.« Mercedes versuchte, sich einen Schritt zu entfernen, Colin aber gab sie nicht frei. »Was wollen Sie noch? Vielleicht eine schmeichelhafte Bemerkung über Ihren Charakter?«, fragte sie spitz.

»Irgendeinen Unsinn, dass ich Sie für einen ehrenwerten Mann halte, der sich keines Verbrechens schuldig machen würde, auch wenn Severn das behauptet?«

»Nun, da Sie es erwähnen«, meinte Colin gedehnt.

»Ehrlich gestanden«, fuhr sie fort, als habe er nichts gesagt, »ist das bei Gott nicht meine Meinung. Ihr Benehmen mir gegenüber war ausgesprochen ungezogen und tadelnswert.«

Colin amüsierte sich. »Trifft darauf nicht das Sprichwort zu: Wer im Glashaus sitzt, soll nicht mit Steinen werfen?«

Mercedes schenkte Colin Thorne ein strahlendes Lächeln. »Fahren Sie zur Hölle, Captain Thorne.«

Colin fragte sich, ob sie ahnte, wie gefährlich nahe sie daran war, wieder geküsst zu werden. Vermutlich nicht. Sie schien nicht zu wissen, wie schön und verführerisch ihr Mund war. Sein Blick wanderte zu ihren Augen. »Wann wird das Abendessen serviert?«

Sie stutzte. »Haben Sie nicht gehört, was ich sagte? Aber Sie haben zweimal versichert, Ihr Gehör sei in bester Ordnung.« Sie furchte die Stirn. »Es muss einen anderen Grund geben. Vielleicht Verständigungsprobleme? Spricht man in Amerika nicht Englisch?«

»Für ein Persönchen, das ich zwischen zwei Fingern zerquetschen könnte«, versetzte er im Plauderton, »sind Sie reichlich unverfroren.« Zufrieden, sie zum Schweigen gebracht zu haben, fügte er hinzu: »Ich glaube mich zu erinnern, dass Sie eine Einladung zum Dinner ausgesprochen haben. Ich sehe keinen Grund, wieso ich sie ausschlagen sollte, und fragte höflich, wann das Essen serviert wird.«

»Um sieben.«

Er zog seine Taschenuhr hervor. »Dann bleibt uns noch eine Stunde«, stellte er fest.

»Uns?«, fragte sie beklommen. »Eine Stunde wofür?«

»Ich bin mir nicht sicher, ob Sie hoffen oder bangen.« Er dachte, sie schnappe nach dem Köder, doch sie hatte hinzugelernt. Schade. »Weder für das eine noch das andere besteht Veranlassung«, fuhr er fort. »Ich wollte nur einen Abendspaziergang vorschlagen.«

Sämtliche Einwände ihrerseits, seinen Vorschlag abzulehnen, wurden abgetan. Als sie den letzten Einwand vorbrachte, hatte er sie bereits auf den mit Steinplatten belegten Gartenweg geführt, der sich durch den Garten schlängelte. Die Abendbrise war von Fliederduft erfüllt. Der Wind bauschte ihr die Röcke und Colin schien es nicht zu stören, dass der Wind sein Haar zerzauste.

Sie sah ihn am Ruder seines Segelschiffes stehen, dessen weiße Segel sich im Wind blähten. Er hielt das Ruder mit fester Hand, das Gesicht dem Meer zugewandt, die Augen leicht verengt. Das Hemd klebte ihm an der Brust, die weiten Ärmel flatterten. Strohblonde Haarsträhnen wirbelten um seine Stirn.

Mercedes warf ihm einen Seitenblick zu. Der hoch gewachsene Mann mit den breiten Schultern schlenderte in leicht wiegendem Gang neben ihr her und seine Gesichtszüge waren entspannter als sonst.

Colin seinerseits bewunderte die Kletterrosen, die sich an der Gartenmauer hochrankten. Und er verglich die Pracht der Rosen mit der weiblichen Rose an seiner Seite. Ihr Teint hielt dem Vergleich mit den rosa und pfirsichfarbenen Blütenblättern stand. Aber auch sie hatte Stacheln, spitz wie die Dornen einer Rose. »Woran denken Sie?«, fragte er unvermittelt.

Mercedes' Gedanken kehrten von Bord des Seglers in die Gegenwart zurück. »Ich frage mich, was wir tun«, antwortete sie nicht wahrheitsgetreu.

»Gefällt es Ihnen nicht, die Schönheit der Natur zu bewundern?«

»Ich staune, dass Sie Augen für die Natur haben.«

Colin wies auf die üppigen Polster der Steinnelken mit ihren roten duftenden Blütenköpfchen und filigranen silbriggrünen Blättern. *»Dianthus deltoides«*, sagte er und deutete auf eine andere Stelle, wo Maiglöckchen im Schatten eines Brunnens blühten. *»Convallaria majalis.«*

Mercedes, die an ihre Bemerkung über die zwischen ihnen herrschende Sprachbarriere dachte, zog den Kopf zwischen die Schultern. Auch wenn er sich gelegentlich absichtlich und nervtötend begriffsstutzig gab, war der Captain ein gebildeter Mann. »Verstanden«, sagte sie leise. »Sie haben mich in meine Schranken verwiesen.«

»Das lag nicht in meiner Absicht.«

Mercedes warf ihm einen skeptischen Seitenblick zu.

»Na ja, vielleicht verschafft es mir ein wenig Genugtuung.«

Sie drehte den Kopf zur Seite, um ihr Lächeln zu verbergen.

»Ich halte mich nicht gern in geschlossenen Räumen auf«, erklärte er und beantwortete damit ihre längst gestellte Frage.

Colin verlangsamte seine Schritte. »Schon gar nicht an einem Tag wie diesem.« Eine Lerche schwebte hoch über ihren Köpfen und markierte ihr luftiges Territorium mit ihrem melodischen Lied. Colin hob den Kopf und verfolgte die Flugkünste des Vogels.

Mercedes hob die Augen zu Colins Gesicht. Die strengen Linien um seine Mundwinkel hatten sich geglättet, er schien zufrieden und mit sich in Einklang zu sein. Nun erst begriff sie, wie unangenehm es für ihn gewesen sein musste, einen halben Tag in der Turmkammer eingesperrt zu sein, da er gewohnt war, den Blick über die unendlichen Weiten des Ozeans schweifen zu lassen.

Plötzlich wurde sie sich seiner Hand an ihrem Ellbogen bewusst und entzog sich seinem Griff.

Colin spürte ihren Rückzug. »Ohne eine Leiche gibt es keinen Beweis für ein Verbrechen«, stellte er unvermittelt fest, ebenso gleichgültig, als rede er vom Wetter.

Ein Frösteln durchlief Mercedes. Die Sonne stand tief und der Wind hatte sich gelegt. »Das habe ich Severn ebenfalls gesagt«, erklärte sie. »Morgen will er Hilfe vom Gut seines Vaters bringen und eine erneute Suche veranlassen.«

»Er kann mit einer ganzen Hundertschaft anrücken«, versetzte Colin seelenruhig.

»So viele Männer hat er zur Verfügung.«

»Das spielt keine Rolle«, meinte Colin. »Ich habe Weybourne nicht getötet.« Nach einer Pause fuhr er fort: »Erzählen Sie mir von Ihrem Cousin. Sagten Sie nicht, im Falle von Weybournes Tod würde sein Vater die Erbschaft antreten?«

»Ja, das ist richtig. Aber der Graf von Rosefield wird Weybourne Park auf Severn übertragen, der es schon lange darauf abgesehen hat.«

»Auf den Besitz oder auf Sie?«

Mercedes blieb ihm die Antwort schuldig, verschränkte nur schutzsuchend die Arme vor der Brust. Sie bog vom Gartenweg ab und schlug einen schmalen Pfad zur Gartenlaube ein, deren Rundbogenspaliere vom satten Grün der herzförmigen Blätter einer Clematis mit großen violetten Blüten umrankt waren.

Colin folgte ihr. Als Mercedes sich unter dem grünen und violetten Baldachin duckte, legte er ihr die Hand auf die Schulter. Mercedes zuckte mit einem Wehlaut zusammen, der nichts mit seiner sanften Berührung zu tun haben konnte.

»Rühren Sie mich nicht an«, fuhr sie ihn schneidend an. »Ich dulde nicht, dass Sie mich anfassen.«

Colin achtete nicht auf ihre Worte. Sein dunkler Blick wanderte von ihrem schmerzlich verzogenen Gesicht zu ihrer Schulter, auf die sie schützend die Hand gelegt hatte. »Ich habe Ihnen nicht wehgetan«, sagte er und gab ihr keine Gelegenheit, nach einer Ausrede zu suchen. »Zeigen Sie mir Ihre Schulter«, befahl er.

Mercedes wich in den Schutz der Laube zurück. »Lassen Sie mich zufrieden«, zischte sie. Colin betrat die Laube, seine breiten Schultern verdunkelten das restliche Tageslicht. Sie wich bis an die Spaliere zurück.

»Ich will Ihnen nicht zu nahe treten«, meinte er.

»Das tun Sie bereits.«

Colin konnte ihr diesen Eindruck nicht verdenken, ließ jedoch nicht von seinem Vorhaben ab. Sie war ihm bereits zu oft ausgewichen. »Zeigen Sie mir Ihre Schulter.«

»Es ist nichts. Nur ein blauer Fleck.«

Im Schatten des Laubes glänzten ihre unsteten Augen silbrig. Sein Entschluss, ihr Lügengespinst zu durchdringen, festigte sich. »Letzte Nacht hatten Sie keinen blauen Fleck auf der Schulter«, beharrte er. »Ich will Ihre Schulter sehen oder Sie tragen die Konsequenzen.« Er bückte sich und holte sein Messer aus dem Stiefel. »Ich habe es immer bei mir. Sie etwa auch?«

Mercedes konnte die Knöpfe am Rücken ihres Kleides kaum erreichen. Heute Morgen hatte sie sich beinahe zehn Minuten damit abgemüht und sich schließlich von Mrs. Hennepin helfen lassen.

Colin gab ihr mit einer Geste zu verstehen, sich umzudrehen. »Ich spiele die Kammerzofe.«

Seit Jahren hatte Mercedes keine Zofe. Meist war sie es, die Chloe und Sylvia beim Ankleiden und Frisieren half. Widerwillig drehte sie sich um und senkte den Kopf, ihre Finger krallten sich um eine Latte des Spaliers.

»Vom Hauptgebäude aus kann uns niemand sehen«, beruhigte der Captain sie. Seine Stimme war sehr nah und sein Atem bewegte eine Locke in ihrem Nacken. Sie hörte, wie er das Messer in den Stiefel zurücksteckte. Sie könnte sich ducken und weglaufen, dachte sie, ohne den Versuch zu wagen.

Colin öffnete fünf der winzigen stoffbezogenen Kugelknöpfe, um ihr das Kleid von der Schulter zu streifen. Im Schatten schimmerte ihre helle Haut grau und der Striemen leuchtete violett, ähnlich wie die Blütenkelche der Clematis. Der blutunterlaufende Streifen schlang sich halb um ihren Hals wie eine abgerissene Kette. Colin strich mit dem Zeigefinger knapp darüber hinweg, ohne die Haut zu berühren. Der Striemen war etwa eine halbe Elle lang und dick geschwollen.

Behutsam streifte er den Stoff wieder hoch und knöpfte das Kleid zu. Ihre Finger, die das Spalier umfingen, waren ruhiger als die seinen, stellte er fest. Colin trat einen Schritt zurück, doch Mercedes drehte sich nicht um. »Es ist vorbei, Mercedes.«

»Gehen Sie!« Ein trockenes Schluchzen erschütterte ihre Schulter ein einziges Mal. Die Abendbrise war erneut aufgekommen und bewegte raschelnd das dichte Laub. »Gehen Sie«, wiederholte sie.

Sie drehte sich um und stellte fest, dass er fort war.

Das Abendessen wurde im Speisesaal aufgetragen. Seit Jahren setzte die Köchin der Familie bescheidene Gerichte vor. Zu den seltenen Gelegenheiten, wenn der Graf Gäste empfing, ließ er den Koch aus seinem Stadthaus in London kommen.

Da der Hausherr abwesend war, nahm Mercedes am Kopfende der Tafel Platz. Britton und Brendan saßen links und rechts von ihr, danach Aubrey und Colin. Sylvia war darauf bedacht, sich von Aubrey in den Speisesaal führen zu lassen, um zwangsläufig neben ihm Platz zu nehmen. Chloe saß ihrer Schwester gegenüber zu Colins Rechten und wetteiferte mit Sylvia, sich charmant und liebenswürdig zu geben. Sogar die Zwillinge benahmen sich ausgesprochen wohlerzogen. Mercedes vermutete in dieser seltenen und bemerkenswerten Zurschaustellung guter Manieren einen Versuch der Wiedergutmachung ihres Streichs im Turmzimmer.

Mercedes war keine Zeit geblieben, sich um das Menü zu kümmern und der Köchin Anweisungen zu geben. An Rinderbraten und Kartoffeln war zwar im Grunde nichts auszusetzen, doch die Köchin neigte dazu, das Fleisch zu stark durchzubraten. Es schien jedoch allen zu schmecken, wie Mercedes erleichtert feststellte. Mr. Jones aß sogar eine doppelte Portion. Das Brot war frisch und warm, das Karottengemüse mit Zwiebeln nicht bis zur Unkenntlichkeit verkocht. Die Zwillinge jubelten begeistert, weil es Eierpudding zum Nachtisch gab.

Mercedes sprach während der Mahlzeit nur wenig. Die anderen unterhielten sich umso angeregter und sie hatte nicht das Bedürfnis, etwas beizusteuern. Sie beantwortete die an sie gerichteten Fragen, hatte aber Mühe, der Unterhaltung zu folgen. Britton und Brendan wollten wissen, was es alles auf einem Segelschiff zu tun gab. Unter glücklicheren Umständen hätte sie Aubreys farbigen Ausführungen ebenso gebannt gelauscht wie die übrige Tischrunde, doch sie war zu sehr damit beschäftigt, über die ungewisse Zukunft ihrer Vettern und Basen zu grübeln. Am nächsten Morgen musste sie sich mit Severn und seinen Forderungen auseinandersetzen, der die Suche nach dem rätselhaften Verschwinden des Grafen fortsetzen würde.

Den einzigen Lichtblick sah Mercedes in der bevorstehenden Abreise der Amerikaner. Als sie nach dem Spaziergang das Haus betrat, hatte Mrs. Hennepin ihr zugeflüstert, Mr. Jones habe Anweisung gegeben, sein Pferd satteln zu lassen. Sein Gepäck stand bereits in der Eingangshalle. Ohne die Gewissheit, dass die ungebetenen Gäste noch heute abreisten, hätte Mercedes das Dinner wohl nicht durchgestanden. Es erforderte ein hohes Maß an Selbstbeherrschung, nach der demütigenden und erzwungenen Inspizierung in der Gartenlaube mit Colin Thorne an einem Tisch zu sitzen, und sie vermied es geflissentlich, ihn anzusehen.

Nach dem Dinner bat Mercedes ihre Gäste höflich, noch ein Glas Brandy zu sich zu nehmen, während sie sich und ihre Cousins entschuldigte. Erst an der breiten Treppe in der Halle drehte sie sich zu den Kindern um und zischte im Flüsterton: »Es ist ja schön und gut, höflich zu unseren Gästen zu sein, aber habt ihr denn vergessen, warum diese Amerikaner hier sind?«

Die Zwillinge tauschten schuldbewusste Blicke mit Sylvia und Chloe, die beide erröteten.

»Ihr tut gerade so, als sei alles in bester Ordnung.« Sie schloss die Augen und rieb sich die Schläfen. Es hatte wenig Sinn, die Kinder mit ihren Sorgen zu belasten, die ihr ohnehin nicht helfen konnten. Ihre Fingerkuppen massierten gegen den Schmerz an, der hinter ihren Schläfen pochte. »Es tut mir leid«, sagte sie nach einer Weile. »Euch trifft keine Schuld. Ich werde einen Ausweg finden.«

Mercedes legte die Hand auf den Messingknauf des Geländers und wollte die Treppe hinauf. Auf der ersten Stufe wurde sie von Brittons ernster Stimme aufgehalten.

»Wir vermissen ihn nicht«, sagte er. »Falls du denkst, wir müssten deshalb traurig sein.«

Brendan meldete sich zu Wort, als Mercedes sich umdrehte, um die vier anzusehen. »Darüber haben wir schon geredet.«

Mercedes wandte sich an Chloe. »Ihr habt darüber geredet?«

»Wir haben eigentlich über nichts anderes geredet«, antwortete sie. »Und wir denken …«

»Es ist besser, dass er fort ist«, beendete Sylvia den Satz ihrer Schwester.

Nun war Britton wieder an der Reihe. »Es macht uns nichts aus, Weybourne Park an Captain Thorne zu verlieren.«

Mercedes' geschwungene Brauen zogen sich zusammen. »Es macht euch nichts aus …« Ihre Stimme verlor sich. Die Kinder hatten ja keine Ahnung, in welcher Lage sie sich befanden.

»Er hat schließlich die Wette gewonnen«, meinte Brendan altklug. »Und jetzt ist er der Besitzer. Es wäre nur schade, wenn er den Namen ändern würde. Es hat immer Weybourne Park geheißen.«

Chloe tätschelte ihrem jüngeren Bruder den Kopf, der die Schultern hochzog, um ihrer Zärtlichkeit zu entgehen. »Wir wussten ja nicht, dass der Captain uns nicht fortschickt. Aber wir dürfen bleiben. In meinem Fall wenigstens so lange, bis ich Mr. Fredrick heirate.«

»Und wir anderen können bleiben, so lange wir wollen«, ergänzte Britton.

Sylvia legte ihm die Hand auf die Schulter. »Und die Zwillinge können im Herbst ins Internat. Dafür gibt es Geld.« Errötend fuhr sie fort: »Und ich würde mich nicht wundern, wenn auch ich einen passenden Ehemann finde.«

»Nein, ich würde mich nicht wundern«, wiederholte Mercedes gedehnt. Sie kam sich vor, als treibe sie in stürmischer See, deren Wogen über ihr zusammenzuschlagen drohten. Die vier Kinder saßen im sicheren Boot und versuchten, ihr Rettungsringe zuzuwerfen, nach denen sie nicht greifen konnte. Mercedes befürchtete jeden Augenblick zu ertrinken.

»Nun muss nur noch jemand für dich gefunden werden«, meinte Chloe. »Aber du brauchst keine Angst zu haben, dass der Captain dich fortschickt und du dir eine Stellung suchen musst. Wir haben ihm gesagt, dass wir ohne dich nicht bleiben können.«

Mercedes gab ihren zitternden Knien nach und sank langsam auf die Treppe. Ihre Hand glitt an einer Säule des Geländers herab und landete auf ihrem Schoß. Diese Worte aus Chloes Mund zu hören, die bis gestern auf ihren Rat angewiesen war, war für Mercedes unbegreiflich. »Ihr habt mit ihm gesprochen?«, fragte sie fassungslos. »Ihr habt mit Captain Thorne über meine Zukunft gesprochen?«

»Über *unsere* Zukunft«, korrigierte Sylvia. »Unser aller Zukunft. Wir wissen doch genau, dass wir aufeinander angewiesen sind – am meisten sind wir auf dich angewiesen.«

Chloe nickte. Eine Locke ihres hellblonden Haars fiel ihr in die Stirn und wurde ungeduldig fortgeblasen. »Du hast doch nicht gedacht, wir würden uns artig für die Versprechungen des Captains bedanken, ohne an dich zu denken?«

»Die Versprechungen des Captains ...«, hauchte Mercedes tonlos.

Britton kicherte. »Ich muss schon sagen, Mercedes, du klingst wie der Papagei, von dem Mr. Jones uns beim Abendessen erzählt hat.«

»Ein Papagei«, wiederholte sie dumpf. Aus ihrem Gesicht war jede Farbe gewichen. Zum zweiten Mal an diesem Abend wurde sie mit einem Papagei verglichen. »Ja, vermutlich bin ich ein Papagei.« Mercedes hörte die Verzweiflung in ihrer Stimme und ahnte, welchen Eindruck sie auf die Kinder machte. Die freudige Erwartung wich aus ihren Gesichtern, als sie begriffen, dass sie ihre Begeisterung nicht teilte. Mercedes zwang sich zu einem Lächeln. »Ich finde, Ihr sollt euch auf eure Zimmer begeben. Ich spreche mit dem Captain und höre mir seine Versprechungen selbst an.« Sie sah, dass ihre Worte die Enttäuschung der vier nicht milderten.

Sylvias helle Brauen zogen sich zusammen. »Du wirst uns doch hoffentlich nicht alles verderben? Bitte sag, dass du das nicht tust.«

»Es ist ja nicht so, als sei es ein Almosen«, meinte Britton. »Na ja, kein wirkliches Almosen.«

»Du solltest nicht so halsstarrig sein«, meinte Brendan.

Mercedes bemerkte den Blick, den er Chloe zuwarf, und wusste, wo er den Ausdruck aufgeschnappt hatte. Das Quartett hatte also ausführlich über ihre Lage gesprochen. Nur wann? Mit Sicherheit nicht, ehe sie Colin Thorne in die Turmkammer gesperrt hatten. Blieb also nur die Zeitspanne, nachdem der Amerikaner sie in der Laube allein gelassen hatte.

Mercedes hatte sich absichtlich Zeit gelassen, ehe sie ins Haus zurückkehrte und sich umgehend in ihr Zimmer begab, um sich zum Dinner umzuziehen. Und wenn sie darüber nachdachte, war es verdächtig still gewesen im Nordflügel, wo die Zimmer der Kinder lagen. Und als der Gong zum Dinner ertönte, war sie die Erste im Speisesaal. Alle anderen kamen *gemeinsam* mit Aubrey Jones und Colin Thorne aus dem Gewächshaus. Sie war der Ansicht, ihre Cousins hätten dem Captain die exotischen Pflanzen gezeigt und er hätte etwas von seinem botanischen Wissen von sich gegeben. Nein, über Orchideen und andere Tropengewächse war wohl kein Wort gefallen.

»Ich rede mit dem Captain«, wiederholte sie und bemühte sich, nicht halsstarrig zu klingen.

Das mussten die Kinder zwangsläufig akzeptieren. Chloe nahm Brendan an der Hand und ging mit ihm die Treppe hinauf. Sylvia folgte mit Britton im Schlepptau. Alle vier warfen ihrer älteren Cousine flehentliche Blicke zu, die in sich gekehrt auf der Treppe sitzen blieb.

Mercedes saß immer noch auf der Treppe, als die Türen zum Speisesaal geöffnet wurden und Colin und Aubrey in der Halle erschienen.

Mercedes kam auf die Füße. »Miss Leyden«, meldete Aubrey sich zu Wort. »Wir wollten gerade im Salon nach Ihnen sehen. Ich möchte mich für Ihre Gastfreundschaft bedanken.«

Mercedes stand auf der ersten Stufe der Treppe und Aubrey überragte sie immer noch um Haupteslänge. »Wie freundlich von Ihnen, Mr. Jones, sich für meine Gastfreundschaft zu bedanken, nachdem Sie von den Rangen einen halben Tag im Turmzimmer eingesperrt waren.«

Er zuckte gutmütig mit den Schultern. »Ehrlich gestanden, Madam, gab mir das Gelegenheit, ein Nickerchen zu machen. Ich habe keine sehr ruhige Nacht im Gasthaus verbracht.«

Nicht ahnend, welche Umstände Aubrey den Schlaf geraubt hatten, murmelte Mercedes ihr aufrichtiges Bedauern, wünschte ihm eine gute Reise nach London und eine ruhige Überfahrt nach Boston.

Aubrey trat verlegen von einem Fuß auf den anderen. »Nun, wenn ich die Postkutsche noch erreichen will, sollte ich mich jetzt auf den Weg machen«, meinte er.

»Ja, natürlich. Ich möchte Ihre Abreise nicht verzögern.« Sie hatte nur so viel geredet, um Colin nicht ansehen zu müssen. Während sie grübelnd auf der Treppe saß, hatte Mercedes es sich anders überlegt. Sie wollte nicht mit dem Captain sprechen. Nicht heute Abend und an keinem anderen Abend. Es war vernünftiger, ihm einen Brief zu schreiben. Schriftlich konnte sie ihm ihre Bedenken klar darlegen, ohne befürchten zu müssen, von ihm unterbrochen und aus dem Konzept gebracht zu werden. »Guten Abend, die Herren. Und eine gute Reise.«

Erst als sie den Blickwechsel zwischen Aubrey und seinem Captain bemerkte, wusste sie, dass ein Missverständnis vorlag.

»Guten Abend«, verabschiedete Aubrey sich mit einer Verbeugung.

Colin sagte gleichzeitig: »Ich reise nicht ab.«

Aubreys treuherzige grüne Augen flogen von der Gastgeberin zu seinem Captain und er begriff, dass seine Gegenwart überflüssig war. Trotz seiner hünenhaften Gestalt gelang es ihm, sich unbemerkt zu entfernen.

Mercedes griff Halt suchend nach dem Treppengeländer. Hatte sie zu Aubrey aufblicken müssen, um ihm ins Gesicht zu sehen, so stand sie Colin nun Auge in Auge gegenüber. »Was heißt das, Sie reisen nicht ab? Wieso nicht?«, fragte sie, ohne an der Antwort interessiert zu sein. Sie wollte ihn nur loswerden.

»Wollen Sie tatsächlich hier darüber sprechen?«, fragte

Colin kühl und sein Blick flog bedeutungsvoll zum ersten Treppenabsatz.

Mercedes drehte sich über die Schulter und erhaschte gerade noch einen blonden Haarschopf. Wo einer war, konnte der andere nicht weit sein. Sie wandte sich Colin wieder zu. »In der Bibliothek vielleicht?« Wieso betonte sie ihre Worte wie eine Frage, als sei er bereits Herr im Hause?

»Einverstanden.«

Colin trat zur Seite, um Mercedes den Vortritt zu lassen. Ihr sommerlich blaues Seidenkleid schimmerte im Schein des Kristallleuchters in der Eingangshalle, als sie vor ihm zur Bibliothek ging. Auch dieses Kleid war hochgeschlossen, betonte ihren langen schlanken Hals und verbarg den blutigen Peitschenstriemen, der sich auf ihrer Haut schlängelte.

In der Bibliothek entzündete Mercedes einige Kerzen auf der schmalen Anrichte und die Petroleumlampe auf dem Schreibtisch. Sie blieb stehen, um die Unterredung nicht unnötig in die Länge zu ziehen. »Ich fasse mich kurz, damit Sie die Postkutsche nach London noch erreichen«, begann sie.

Irgendwann zwischen der breiten Freitreppe und der Bibliothek hatte Mercedes Leyden ihre Stimme wieder gefunden, stellte Colin fest und nickte ihr aufmunternd zu.

»Ich kann nur vermuten, welchen Unsinn Sie meinen Vettern und Basen erzählt haben«, fuhr sie fort. »Die vier sind jedenfalls einhellig der Meinung, Sie hätten die Wette um Weybourne Park gewonnen und wollten tatsächlich Anspruch darauf erheben. Die Abwesenheit des Grafen scheint die Kinder nicht im Geringsten zu stören und keines scheint Severns Ansicht über das Verschwinden ihres Vaters zu teilen. Die Kinder erwähnten außerdem, Sie beabsichtigten, für ihren Lebensunterhalt aufzukommen, bis sie in der Lage sind, auf eigenen Beinen zu stehen. Im Falle der Zwillinge würde das eine Verpflichtung von mindestens zehn Jahren bedeuten, was den beiden natürlich nicht klar ist.«

Colin, der es sich im Lehnstuhl hinter dem Schreibtisch bequem gemacht hatte, drehte den Brieföffner zwischen den Fingern, während er Mercedes zuhörte. Als sie eine Pause einlegte, um Atem zu holen, blickte er nachdenklich zu ihr auf. »Sind Sie fertig?«, fragte er.

»Nein.«

Er nickte »Fahren Sie fort.«

»Es steht noch gar nicht fest, ob Sie in Abwesenheit des Grafen die Wettschuld eintreiben können. Und da wären noch Severns Anschuldigungen. Es wird eine Menge bürokratische Hindernisse geben, ehe Ihr Anspruch auf den Besitz rechtskräftig ist. Falls Ihnen das tatsächlich gelingt, sollten Sie sich sehr genau überlegen, ob Sie in der Lage sind, ein so großes Gut zu verwalten. Ihr Versprechen, meine Cousins und Basen finanziell zu unterstützen, in allen Ehren, aber verfügen Sie eigentlich über ausreichende Mittel? Weybourne Park zu erhalten verschlingt Unsummen, und falls Sie hoffen, Profit daraus zu schlagen, was bei euch Yankees ja im Vordergrund steht, sollten Sie Ihre Entscheidung genau überdenken, da vorher enorme Investitionen nötig sind. Im Übrigen brauchen Sie einen tüchtigen Verwalter, der mit den Pächtern umzugehen weiß und nicht in die eigene Tasche arbeitet.«

Colin studierte sie aufmerksam und fragte sich, wie lange ihr Vortrag noch dauern würde. »Fertig?«

»Nein«, entgegnete sie mit Bestimmtheit. »Grundbesitzer, die sich um nichts kümmern, sind eine Plage in diesem Land. Es gibt zu viele Männer wie meinen Onkel, die nicht nur glauben, das Gut trage sich ohne ihr Zutun, sondern zudem nur ständig Geld entnehmen, ohne zu investieren. Die Pächter werden nicht beaufsichtigt, das Land wird ausgebeutet. Für Missernten werden schlechtes Wetter, Schädlingsplagen oder die Bauern verantwortlich gemacht. Niemand fragt danach, ob von den Pächtern zu hohe Abgaben verlangt und die Landarbeiter zu schlecht bezahlt werden. Was wissen Sie eigentlich von englischer Politik? Und wie wollen Sie auf die Geschicke des Gutes und der Menschen, die hier Brot und Arbeit finden, Einfluss nehmen, wenn Sie mit Ihrem Segelschiff im Chinesischen Meer kreuzen? Sie haben hier keine Wurzeln. Sie interessiert an Weybourne Park doch nichts als die Tatsache, dass Sie den Landbesitz bei einer Wette gewonnen haben. Was wird aus den Menschen, die hier leben, wenn Sie eines Tages das Interesse an dem Spielzeug verlieren und es loswerden wollen?«

Mercedes hatte sich in Rage geredet und ihre Wangen waren rosig überzogen. Ihr Blick wanderte zur Uhr auf dem Kaminsims. »Sie erreichen die Postkutsche nach London noch, wenn Sie sich beeilen, Captain Thorne. Es ist besser, Sie gehen. Niemand will Sie hier haben.«

Colin ließ eine ausgedehnte Pause verstreichen. »Sind Sie mit Ihrer Rede fertig?«

Mercedes stellte enttäuscht fest, dass er nicht die Absicht zu haben schien, zur Tür zu eilen. Sie nickte stumm.

»Dann setzen Sie sich, Mercedes«, forderte er sie auf. »Mein Nacken wird steif, wenn ich ständig zu Ihnen aufschauen muss.«

Ihr war klar, dass er sie nur beim Vornamen nannte, um sie zu demütigen und sie an eine Vertraulichkeit zu erinnern, die sie gerne vergessen würde. »Ich stehe lieber.«

»Das war kein Vorschlag.«

Mercedes setzte sich, als würde der Teppich unter ihr weggezogen, blieb aber auf der äußersten Kante des Stuhls sitzen, mit durchgedrücktem Rücken und straffen Schultern, die Hände im Schoß verschränkt.

Colins Ellbogen ruhten auf den Armlehnen, die Finger waren locker über seiner Mitte verschränkt, die Daumen klopften rhythmisch gegeneinander. Sein Kopf lag leicht nach hinten an die Lederpolsterung gelehnt, seine Augen waren verhangener als sonst. Er blickte sie über seine kühn geschwungene Adlernase an.

»Ein respektabler Vortrag«, meinte er endlich. Ohne Vorwarnung kam er federnd auf die Füße und schüttelte seine bisherige Trägheit ab wie einen lästigen Umhang, trat um den Schreibtisch herum und lehnte eine Hüfte gegen die Tischplatte, wie er es bei der ersten Unterredung getan hatte, in einer teils entspannten, teils sprungbereiten Haltung, die für ihn typisch war. »Ich möchte zu einigen Punkten Stellung nehmen, wenn Sie gestatten.«

Mercedes nickte huldvoll, als gebe sie ihm die Erlaubnis,

sich zu ihrer Rede zu äußern, wobei ihr klar war, dass sie ihn nicht hätte aufhalten können.

»Aubrey ist nach London unterwegs, nicht um an Bord der *Mystic* zu gehen, wie Sie vielleicht annehmen, sondern um meinen Rechtsanwalt zu verständigen. Ich bin mir bewusst, dass es einige Zeit dauern wird, bis ich meinen Anspruch auf Weybourne Park durchsetzen kann, doch ich habe keinen Zweifel am Erfolg meiner Bemühungen. Für mich ist das Verschwinden Ihres Onkels nichts weiter als eine lästige Komplikation. Interessanterweise sehen seine Kinder das ähnlich wie ich.« Colin bemerkte, wie Mercedes zu einer Zwischenbemerkung ansetzte, und hob abwehrend die Hand. »Ich habe Sie ausreden lassen«, meinte er. »Nun bin ich an der Reihe.«

Sie schluckte ihre Entgegnung hinunter und schwieg. Zufrieden fuhr er fort: »Sie erheben Einwände dagegen, dass ich das Ruder auf Weybourne Park übernehme. Können Sie ehrlichen Gewissens behaupten, die Dinge wären besser, wenn Severn das Kommando übernimmt? Als ich Chloe diese Frage stellte, schüttelte sie den Kopf und Sylvia erschauerte förmlich, obwohl sie vielleicht ein wenig zur Theatralik neigt. Die Zwillinge zogen lange Gesichter, was ich als klares Nein auffasste.«

Mercedes blickte geradeaus, die grauen Augen auf den Bücherschrank gerichtet. Mit Sicherheit waren ihr die Buchtitel gleichgültig, sie wollte nur vermeiden, ihn anzusehen. Ihre Miene war ohne Ausdruck, die Stirn geglättet, die dunklen Wimpern beschatteten ihre Augen. Sie hielt das Kinn stolz erhoben, der Schwung ihrer vollen Lippen war unterbrochen, weil ihre Zähne leicht an ihrer Unterlippe nagten. Der strenge Nackenknoten hatte sich im Laufe des Tages ein wenig gelockert und einzelne schokoladebraune Kringel umrahmten Stirn und Wangen.

Seine Augen wanderten zu ihrem Hals. Als fühle sie seinen Blick, fuhr sie sich mit einer schmalen Hand an die Halsbeuge, eine winzige schützende Geste.

»Was meine finanziellen Mittel anlangt«, fuhr er fort, »so kann ich Sie beruhigen. Ich bin ein wohlhabender Mann. Ich wurde für meine Risikobereitschaft sehr gut entlohnt und gelegentlich hatte ich in Geldangelegenheiten auch verdammtes Glück.« Mehr brauchte sie über seine finanziellen Verhältnisse nicht zu wissen. »Ich habe mich ein wenig in Weybourne Park umgesehen und weiß, das Anwesen verschlingt eine Menge Geld, ehe es wieder seeklar ist.«

Auf Mercedes' verdutztes Gesicht hin erklärte er: »Ein Seemannsausdruck, der bedeutet, das Schiff wieder auf Vordermann zu bringen.«

Für Mercedes waren seine Worte lediglich eine Bestätigung der Hindernisse, die ihn erwarteten. Weybourne Park war kein Schiff. Und Colin Thorne redete von Haus und Grundbesitz wie von einer Frau.

Colin fuhr fort und hakte die Punkte an den Fingern ab. »Der Park und die Gartenanlagen sind gut gepflegt. Ich bezweifle aber, dass Wirtschaftsgebäude und Ländereien ähnlich in Schuss sind. Das Haus braucht dringend ein neues Dach. Viele Räume haben erhebliche Wasserschäden erlitten. Teppiche und Parkettböden müssen teilweise erneuert werden. Dabei habe ich noch nicht alle Räume und die Stallungen gesehen.«

Am Ende seiner Aufzählung sah er, wie Mercedes einmal mit den Wimpern zuckte – das einzige Zeichen ihres Schmerzes.

»Was den Verwalter betrifft, so habe ich bereits einen ins Auge gefasst. Ich bin überzeugt, diese Person erfüllt alle nötigen Voraussetzungen. Ich habe guten Grund anzunehmen, dass mein Verwalter sich bei Dorfbewohnern und Pächtern Respekt zu verschaffen weiß und Weybourne Park wieder in das Schmuckstück verwandelt, das es mit Sicherheit einst war.«

Mercedes zuckte bei seinen Worten zusammen. Weybourne Park war kein Schmuckstück. *Es war ihr Elternhaus.*

»Nun zum abwesenden Besitzer«, fuhr Colin fort. »Darüber muss ich noch eine Entscheidung treffen. Ich habe die Absicht, mich über die Fortschritte auf dem Gut unterrichten zu lassen. Ich werde häufig zu Besuch kommen und so lange wie möglich bleiben.«

Sie hätte gerne gewusst, was er unter ›häufig‹ und ›lange‹ verstand, ohne die Frage zu stellen. Ihr dürfte es egal sein, da sie dann nicht mehr auf Weybourne Park sein würde.

»Was die Wurzeln anbelangt«, führte er weiter aus, »meine Wurzeln wurden im zarten Alter von acht Jahren ausgerissen. In den einundzwanzig Jahren, die seither vergangen sind, war ich darauf bedacht, dass so etwas nicht wieder passieren kann.«

Das Meer war seine Heimat, das wusste Mercedes. Etwas, das keine Wurzeln geschlagen hatte, konnte nicht entwurzelt werden. Doch dann überraschte er sie.

»Weybourne Park kommt dem ziemlich nahe, was mir einst zugestanden hätte. Ich nehme den Besitz nicht auf die leichte Schulter, wie Sie vermuten. Und er fiel mir nicht durch eine Laune des Schicksals in den Schoß. Nur durch *meine* Anstrengungen und die Bemühungen aller Männer, die unter *meinem* Kommando stehen, wurde dies möglich. Ich bin nicht der Graf von Weybourne und ich trachte nicht nach diesem Titel. Den kann Severn gern für sich in Anspruch nehmen. Ich betrachte Weybourne Park nicht als belangloses Spielzeug. Ich bin ein erwachsener Mann, kein Kind; meine Absichten sind dauerhaft und keine flüchtige Laune. Niemand auf dem Gut muss befürchten, ich würde dem Besitz eine ähnliche Missachtung entgegenbringen, wie Ihr Onkel dies bislang getan hat. Wenn Pächter, Bauern und Hausangestellte in meinen Diensten ehrliche Arbeit leisten, werden sie gut dafür entlohnt. Nichts anderes haben sie verdient.«

Colin ließ seine Ausführungen auf sie wirken, ehe er zum letzten Punkt ansetzte. »Und Sie irren, wenn Sie denken, ich wolle lediglich das Gut in meinen Besitz bringen.«

Mercedes hatte genug gehört. »Tatsächlich?«, fragte sie kühl. »Und was wollen Sie außerdem, wenn man fragen darf?«

Der Anflug eines Lächelns umspielte seine Mundwinkel. Er sagte nur ein Wort. »Sie.«

Kapitel 6

Mercedes hatte allen Grund zu hoffen, bald einschlafen zu können. Die Ereignisse der letzten sechsunddreißig Stunden hatten sie ausgelaugt, zumal sie in der Nacht zuvor kaum Schlaf gefunden hatte. Noch dazu war sie gezwungen, das heiße Wasser für ihr Bad eigenhändig auf ihr Zimmer zu schleppen. Endlich lag sie in der Zinnwanne und streckte die müden Glieder, bis das Wasser abkühlte. Erst als sie im Begriff war, unter die Decke ihres breiten Bettes zu schlüpfen, wusste sie, dass sie keinen Schlaf finden würde, da ihr die Gedanken wild durch den Kopf schwirrten.

Colin Thornes Stimme ließ sich nicht zum Schweigen bringen. Seine verblüffende Ankündigung hallte in ihr nach und die Wiederholungen machten das Echo nicht leiser, nicht weniger beunruhigend. Sie hörte ihre eigene leise Stimme: *Und was wollen Sie außerdem, wenn man fragen darf?* Und seine Antwort hallte klar und deutlich: *Sie. Sie. Sie.*

Danach hatte er sich entschuldigt und war gegangen. Dabei glaubte Mercedes, noch Glück gehabt zu haben, dass ihr sein Kuss erspart geblieben war. Sie hatte ihn mit offenem Mund angestarrt, was er schon einmal als Einladung aufgefasst hatte. Hätte ihre Stimme nicht versagt, hätte sie laut geschrien.

Der Gedanke, beinahe einen hysterischen Anfall erlitten zu haben, beunruhigte sie sehr. Es war nicht ihre Art, Aufmerksamkeit auf sich zu lenken, wenn sie die Fassung verlor. Und es lag gewiss nicht in ihrer Absicht, sich ausgerechnet vor Colin Thorne gehen zu lassen.

Mercedes beschloss, keine Erklärung von ihm zu fordern und so zu tun, als habe diese Unterredung nicht stattgefunden. Das abendliche Ritual vor dem Zubettgehen der Zwillinge verschaffte ihr eine willkommene Ablenkung, und wenn sie ihre Inspektion gewaschener Ohren und sauberer Fingernägel mit größerer Sorgfalt vornahm als gewöhnlich, so verloren die Kinder kein Wort darüber. Die beiden Brüder waren freilich einhellig der Meinung, ihre Gutenachtgeschichte sei an diesem Abend besonders spannend gewesen.

Nachdem Britton und Brendan endlich im Bett lagen, suchte sie Chloe und Sylvia auf, die ihr Erstaunen verbargen, Mercedes um diese Stunde zu sehen, doch die Freude über ihr Erscheinen war bei beiden aufrichtig. Das Gespräch drehte sich um Chloes Hochzeit. Obgleich Mercedes wusste, dass die Pläne ihrer Cousine – ausgelöst durch Colin Thornes Versprechungen – unerfüllbare Träume waren, verdrängte sie ihre Bedenken und beteiligte sich an der Unterhaltung.

Während sie ihr Nachthemd überstreifte, fragte Mercedes sich, wieso sie sich dazu hatte hinreißen lassen, und ihr Gewissen nagte an ihr. Sie setzte sich auf die Bettkante und starrte die Wand an. Es war schlimm genug, Chloe hochfliegende Pläne schmieden zu lassen, sich auch noch daran zu beteiligen und eigene Vorschläge zu machen, war unverantwortlich.

Mercedes drehte die Nachttischlampe herunter und legte sich aufs Bett. Es war müßig, Colin Thorne die Schuld daran zu geben, denn das Problem lag nicht in seinen Versprechungen, es bestand darin, dass alle daran glauben wollten.

Alle.

Einschließlich sie selbst.

Weybourne Park im alten Glanz wieder hergestellt. Ein Schwindel erregender Gedanke. Sich den Anweisungen eines Gutsverwalters fügen zu müssen schien ihr zweitrangig bei der Aussicht, Haus und Gutsbetrieb wieder in Ordnung zu wissen und ihr Elternhaus nicht zu verlieren.

Plötzlich durchrieselte sie ein Frösteln. *Sie. Sie. Sie …* hallte Colins Stimme wieder in ihrem Kopf. Zu welchem Preis, fragte sie sich, würde sie in Weybourne Park bleiben dürfen? War sie bereit, jeden Preis zu bezahlen?

Die zweite Frage machte ihr mehr Angst als die erste.

Sie öffnete den Schrank und schlüpfte in Morgenmantel und Ziegenlederpantoffeln, ohne damit ihrem Frösteln Einhalt gebieten zu können, das nichts mit der nächtlichen Kühle zu tun hatte.

Mercedes zündete eine Kerze in dem Zinnhalter an und begab sich damit in die Bibliothek. Ihre Suche nach einer passenden Lektüre war bestenfalls halbherzig, die sie schließlich aufgab. Kein Buch weckte ihr Interesse.

Im Flur zögerte sie und fand den Gedanken tröstlich, eine Tasse warme Milch zu trinken in der Hoffnung, dadurch die nötige Bettschwere zu finden. Entschlossen steuerte sie die Küche an.

Später überlegte Mercedes, warum sie letztlich doch nicht in die Küche gegangen war. Lag es daran, weil sie Milch eigentlich nicht mochte, weder warm noch kalt? Wie dem auch sei, sie lenkte ihre Schritte weiter den Flur entlang. Das Haus war totenstill, kein Geräusch erregte ihre Aufmerksamkeit. Und abgesehen von ihrem eigenen Schatten an der Wand bewegte sich nichts. Es gab keinen Grund, in den Garten zu gehen, und dennoch lenkte sie ihre Schritte wie unter Zwang auf die Terrasse und versuchte sich einzureden, frische Luft zu brauchen.

Den letzten Menschen, den sie dort anzutreffen wünschte, war Colin Thorne.

Er saß auf der breiten Steinbalustrade, ein Bein angezogen, das andere ausgestreckt auf der Mauer. Sein rechter Arm ruhte auf dem Knie, der linke diente ihm als Nackenstütze, als er den Nachthimmel studierte.

Sein Haar schimmerte silbern im Mondlicht. Die Linien seines kühnen Profils hoben sich hell vom dunklen Himmel ab. Er saß reglos und Mercedes scheute sich, seinen Frieden zu stören. Er hatte ihr den Eindruck vermittelt, ein Mann zu sein, dem es nicht leicht fiel, Frieden zu finden.

Statt unbemerkt wieder ins Haus zu huschen, wie es ihre Absicht gewesen war, wurde ihr Blick himmelwärts gelenkt. Sie blies die Kerze aus und wartete, bis ihre Augen sich an die Dunkelheit gewöhnt hatten. Bald erkannte sie einzelne Sternbilder im blauschwarzen Himmelsgewölbe. Der blinkende Nebel der Milchstraße wurde sichtbar. Auch das Sternbild des Schützen konnte sie erkennen und darüber die fünf hellen Punkte von Kassiopeia.

»Kennen Sie die Sterne?«

Seine Stimme drang wie aus weiter Ferne an ihr Ohr, dennoch klar und deutlich wie über Wasser getragen. Sie richtete den Blick auf ihn. Er hatte sich nicht bewegt, nicht einmal den Kopf gedreht. Es war die Kerze, die sie verraten hatte, vermutete sie.

»Tut mir leid«, entschuldigte sie sich leise. »Ich wollte nicht …«

Er ließ sie nicht zu Ende sprechen. »Ich fragte, ob Sie die Sterne kennen.«

»Ein paar.«

Immer noch den Blick zum Himmel gewandt, nickte er. »Der Polarstern.« Sein Arm wies schräg nach oben. »Der Nordstern, er ist der wichtigste.«

»Den finde ich meist nicht.«

Er winkte sie zu sich. »Kommen Sie. Ich zeige Ihnen, wie Sie ihn finden.«

Es war unschicklich, sich in diesem Aufzug mit einem fremden Mann zu unterhalten, auch wenn ihr hochgeschlossenes Nachthemd und der bodenlange Morgenmantel sie sittsam verhüllten. Und es hatte auch nichts zu sagen, dass sie in der vergangenen Nacht halb nackt auf seinem Bett gelegen hatte. Dafür hatte es einen triftigen Grund gegeben, da sie nur die Befehle ihres Onkels ausgeführt hatte. Das war zwar keine wirkliche Entschuldigung, half ihr jedoch, Abstand zu ihrem Handeln zu gewinnen.

Alles nur lächerliche Ausflüchte. Sitte und Anstand geboten ihr, sich zurückzuziehen. Das Problem aber war, dass sie in Colin Thornes Gegenwart nicht so recht zu wissen schien, was Sitte und Anstand von ihr verlangten.

Sie schwankte immer noch, als er den Kopf wandte und seine dunklen Augen sie so lange fixierten, bis sie sich in Bewegung setzte.

Mercedes schnürte den Gürtel ihres Morgenmantels enger, als sie neben ihn trat. Ihre beschützende, fahrige Geste blieb Colin nicht verborgen, der das Gesicht abwandte, um sein Lächeln zu verbergen. Er deutete zum Großen Bären hinauf und zeigte ihr, wie sie den Polarstern finden konnte. »Er bildet die Spitze der Deichsel des Kleinen Bären«, erklärte er.

»Ich hatte ihn mir immer heller vorgestellt«, sagte sie. »Es wird ihm so große Bedeutung beigemessen, dass man denkt, er müsse strahlender leuchten als alle anderen Sterne.«

»Er ist nicht wegen seiner Größe wichtig«, erläuterte Colin, »sondern wegen der Genauigkeit seines Standorts. Deshalb ist er für die Seefahrt so bedeutsam.«

Mercedes fand, dass diese Beschreibung auch auf sie zutreffen könnte. In Weybourne Park war sie kaum ein strahlender Stern, doch alle Bewohner verließen sich auf ihren Rat und ihre Hilfe. »Woher hat er seine Standfestigkeit?«

Colins Augen verengten sich, als er ihr Profil studierte. Ihre Augen waren immer noch himmelwärts gerichtet, wahrscheinlich war ihr gar nicht bewusst, dass sie laut gesprochen hatte. Ein leichtes Frösteln durchrieselte sie, das Colins Meinung nach von innen kam. Er konnte ein Lied singen von den Dämonen, die ihm den Schlaf raubten und eisige Kälte in ihm verbreiteten.

»Das ist der Drache.« Sein Finger deutete etwas tiefer. »Sein Schweif liegt zwischen dem Großen und dem Kleinen Bären.«

Sie nickte. »Ich sehe ihn.« Es erschien ihr natürlich, näher zu rücken, um den gleichen Blickwinkel zu haben wie er, als könne sie den Himmel deutlicher sehen, wenn sie ihn mit seinen Augen sah.

Colin nahm ihr den Kerzenhalter aus der Hand und stellte ihn auf die Steinbalustrade. »Hier drüben ist das Sternbild der Zwillinge. Seine hellsten Sterne sind Castor und Pollux.«

»Die Zwillingssöhne des Zeus.«

»Richtig.«

»Welcher strahlt heller?«

»Pollux.«

Sie nickte zustimmend. »Mein Vater beobachtete die Sterne oft«, sagte sie nach einer Weile. »Er verbrachte manche Nacht mit seinem Teleskop hier auf der Terrasse. Manchmal durfte ich bei ihm sitzen, doch meist wurde ich gleich wieder ins Bett gebracht und ich konnte von meinem Fenster sehen, wenn meine Mutter zu ihm trat. Ich glaube, ich war ein wenig eifersüchtig.« Mercedes wunderte sich über ihre

Freimütigkeit. Sie senkte den Kopf und blickte auf ihre Füße. »Daran habe ich seit Jahren nicht mehr gedacht«, meinte sie leise.

Dies war eine dieser Nächte, überlegte Colin, in denen man an Dinge dachte, die man aus dem Gedächtnis verdrängt wähnte. Etwas in der unendlichen Weite des blauschwarzen Himmels und der ungewöhnlichen Klarheit der Sterne lud den Geist zur Wanderschaft ein.

»Sie waren wohl noch sehr klein, als Ihre Eltern starben«, sagte er.

Seine Worte brachten Mercedes in die Gegenwart zurück. »Vier.«

Colins Vermutung war damit bestätigt: Mercedes und Decker waren im gleichen Alter. Er kannte seinen Bruder nur als kleines Kind, sah ihn, wie er damals vom Waisenhaus fortgebracht worden war. »Haben Sie noch deutliche Erinnerungen an sie?«

»Was meinen Sie damit?«

»Erinnern Sie sich daran, wie Ihre Eltern ausgesehen haben? Was sie getan haben?«

Solche Fragen hatte sie nicht erwartet, da nie über den Tod ihrer Eltern gesprochen wurde. Und wenn die Rede darauf kam, so meist hinter ihrem Rücken, um zu erklären, warum sie die arme Verwandte war. »Ich habe ihre Portraits in der Galerie als Gedächtnisstütze.« Sie hatte erbittert darum gekämpft, dass ihr Onkel sie nicht verkaufte. Ihrer Meinung nach hatte er sich nur nicht davon getrennt, weil es ihm peinlich war, mit Außenstehenden über Familienporträts zu feilschen. »Nächstes Jahr bin ich so alt wie meine Mutter, als sie starb. Es kommt mir erst jetzt deutlich zu Bewusstsein, wie jung sie war.«

»Und Ihr Vater?«

»Neunundzwanzig.«

»So alt wie ich«, sagte er leise. »Das ändert die Sichtweise, nicht wahr?«

Sie nickte. »Ich weiß nicht, was ich von ihnen erzählen könnte. Dass mein Vater gern die Sterne beobachtete, sagte ich schon. Daran habe ich bis heute nicht gedacht … oder dass ich schmollte, wenn ich ins Bett musste.« Sie schwieg. »Ich weiß nur, dass meine Eltern sehr beliebt waren. Das sagte mir Tante Georgia. Und ich weiß, dass sie mehr Zeit hier in Weybourne Park verbrachten als in London, selbst während der Ballsaison.«

»Und Sie? Durften Sie Ihre Eltern nach London begleiten?«

»Nein, ich glaube nicht. Ich erinnere mich jedenfalls nicht daran. An meinem dritten Geburtstag setzte mein Vater mich auf ein Pony. Ich sehe noch, wie meine Mutter an der Koppel stand, sich die Augen zuhielt und durch die Finger blinzelte.« Mercedes lachte leise. »Arme Mama. Sie hatte wohl große Angst, ich könne jeden Augenblick runterfallen. Doch Papa bestand darauf, dass ich reiten lerne.«

»Haben Sie es gelernt?«

»Ich denke schon. Ich kann mir nicht vorstellen, dass ich meinen Vater enttäuscht hätte. Aber ich reite nicht mehr.«

»Warum nicht?«

»Ich habe Angst vor Pferden«, gestand sie. »Aber denken Sie nur nicht, mein Vater wäre ein Unmensch gewesen, der mich zwang, mich auf ein Pony zu setzen. Ich bin ganz sicher, dass ich damals noch keine Angst hatte.«

»Was ist geschehen?«

Sie blickte ihn von der Seite an und zuckte die Achseln.

»Ich weiß nicht. Es gibt sogar Momente, in denen ich mir einbilde, ausreiten zu wollen. Ich nehme all meinen Mut zusammen und komme bis zum Stall, dann mache ich schleunigst kehrt und laufe davon.«

Obwohl sie diese Erklärung im Plauderton gab, hatte Colin den Verdacht, dass die Wirklichkeit weit dramatischer war. Allein die Tatsache, dass sie dieses Geständnis machte, beeindruckte ihn. In der kurzen Zeit seiner Bekanntschaft mit Mercedes Leyden wusste er eines mit Sicherheit: sie war keine Frau, die zur Hysterie neigte. Wenn sie gestand, Angst vor Pferden zu haben, war ihre Angst vermutlich auf ein schreckliches Erlebnis zurückzuführen.

»Wie sind Ihre Eltern gestorben?«, fragte er.

Mercedes hatte die Frage erwartet. Es gab verschiedene

Möglichkeiten, darauf zu antworten, und jede Antwort rief eine unterschiedliche Reaktion hervor. Sie wählte die Antwort mit der deutlichsten Reaktion, auf die Menschen verwirrt Entschuldigungen stammelten. »Sie wurden ermordet.«

Colin neigte den Kopf seitlich und studierte sie ernsthaft. Nach einer Weile fragte er: »Wurde der Mörder gefasst?«

Sie hätte sich denken können, dass er sich nicht scheute, das Thema weiter zu verfolgen. »Zwei Männer wurden gefasst, verurteilt und gehängt«, antwortete sie.

»Waren sie schuldig?«

»Was soll die Frage?«

»Reine Neugier. Oder irre ich in der Annahme, welche Absicht Severn mit seinen Anschuldigungen verfolgt? Hofft er nicht, mich an den Galgen zu bringen?«

Mercedes erschrak über seine Worte, ahnte aber, worauf er hinauswollte. »Die Mörder meiner Eltern wurden betrunken in einer Taverne aufgegriffen, keine fünf Meilen vom Ort des Verbrechens entfernt. Außer meinen Eltern wurde auch noch der Kutscher getötet. Die beiden Wegelagerer hatten Schmuckstücke meiner Mutter bei sich. Das reichte, um sie schuldig zu sprechen.«

»Haben die Männer gestanden?«

»Meine Eltern waren die beiden letzten Opfer in einer Serie von Raubmorden auf diesem Straßenabschnitt. Erst sechs Monate zuvor ereilte ein anderes Ehepaar das gleiche Schicksal. Dieses Ehepaar reiste noch dazu mit seinen drei Kindern.«

»Was ist aus den Kindern geworden?«

Mercedes furchte die Stirn. »Ich weiß nicht, ob ich das jemals erfahren habe«, antwortete sie. »Ich habe lange nicht daran gedacht. Mrs. Hennepin sagt, Wegelagerer gestehen ihre Verbrechen nie.«

»Mag sein.« Colin lehnte den Kopf gegen die Steinsäule und studierte wieder den Sternenhimmel.

Mercedes drehte sich ein wenig, um ihn besser sehen zu können. Sein Schweigen war viel sagend. »Sie glauben mir nicht«, stellte sie vorwurfsvoll fest.

»Das habe ich nicht gesagt.«

»Das ist gar nicht nötig. Sie haben eine Art, nichts zu sagen, mit der Sie alles sagen.«

Er warf ihr einen Blick zu. »Wie war das?«

Mercedes' Mundwinkel zogen sich zu einem dünnen Lächeln hoch. »Ich glaube, das krieg ich nicht mehr so hin«, entgegnete sie. »Sie wissen genau, was ich meine.«

»Ja.«

Da er seiner knappen Antwort keine weitere Erklärung folgen ließ, drängte Mercedes ihn nicht. Sein Argwohn war ihr bereits aufgefallen, und diese Reaktion war nur eine Bestätigung. »Was ist mit Ihrer Familie?«, fragte sie.

Auf sein Verhör musste er ähnliche Fragen erwarten, was nicht bedeutete, dass ihm das lieb war. »Was ist damit?«

»Haben Sie Familie?«

»Nein.«

»Keinen Menschen?« Das erschien ihr unwahrscheinlich. Selbst sie hatte Vettern und Cousinen. »Wie kann das sein?«

»Weil es niemanden gibt.« Ihr nachdenkliches Stirnrunzeln stimmte ihn milder. »Keine Familie, jedenfalls nicht in dem Sinn.«

Mercedes musste sich wohl oder übel damit zufrieden geben, auch wenn sie seine Einsilbigkeit nicht verstand. Und plötzlich musste sie herzhaft gähnen. Endlich schien der Schlaf sie zu übermannen. Sie nahm den Kerzenhalter und unterdrückte ein weiteres Gähnen. »Gute Nacht, Captain Thorne.«

Er ließ sie den halben Weg zur Terrassentür gehen, ehe er sagte: »Verriegeln Sie Ihre Tür, Mercedes.«

In ihrem Traum legte sie die Hände an die Ohren, um das Klatschen der unablässig gegen die Felsen schlagenden Wellen nicht hören zu müssen. Doch als der schlagende Rhythmus weder leiser wurde noch aufhörte, wachte Mercedes schließlich auf. Murrend drehte sie sich zur Seite und schlug blinzelnd die Augen auf. Nun konnte sie das Schlagen und Klopfen endlich orten. Es kam von der Tür.

Dass jemand an ihre Tür klopfte, war an sich ungewöhnlich. Die Zwillinge hielten nichts von solcher Höflichkeit, so oft sie die Buben auch darauf hingewiesen hatte. Sylvia und Chloe kamen nicht häufig in ihr Schlafzimmer und Mrs. Hennepin und die Dienstmädchen machten sich eher durch Kratzen an der Tür bemerkbar. Das Tempo der Schläge beschleunigte sich zu einem Trommelwirbel und ließ den Schluss zu, dass nicht nur zwei Fäuste den Lärm verursachten.

»Komm rein, Britton!«, rief sie verschlafen. »Und du auch, Brendan. Aber bitte leise.« Sie legte sich ins Kissen zurück und wartete auf den Ansturm. Es blieb beim Rütteln an der Türklinke. Erst als Brendan sich beschwerte, es sei abgeschlossen, erinnerte sie sich an Colins Worte am Abend zuvor, die sie sich zu Herzen genommen hatte. »Moment.«

Mercedes schlüpfte aus dem Bett und in den Morgenmantel und ließ die Buben herein.

»Wieso hast du abgeschlossen?«, wollte Britton wissen und blickte sich suchend im Zimmer um, als könne sich jemand versteckt haben.

Brendan stellte die Frage, die sein Bruder nur dachte. »Ist es der Graf? Ist er zurückgekommen, um uns die Hölle heiß zu machen?«

Mercedes stutzte. »Der Graf?«, fragte sie benommen. »Meint Ihr nicht Captain Thorne?«

Brittons misstrauisches Gesicht hellte sich auf. »Oh«, meinte er munter. »Dann ist also der Captain hier? Severn sucht euch nämlich beide.«

»Ist Severn schon da?« Mercedes legte die Hand an die Stirn, während die Buben aufs Bett sprangen, um den vermeintlich unter den Decken versteckten Colin Thorne aufzustöbern. »Dort findet ihr niemand«, meinte Mercedes lachend und warf einen Blick zur Kaminuhr. Schon nach zehn. Sie lehnte sich an die Türfüllung und rieb sich die Stirn. Es war, als würden sich die Schläge der Buben an der Tür in ihrem Kopf fortsetzen. Das Herumhopsen auf dem Bett machte alles nur schlimmer. Sie hob abwehrend die Hand und das Gehopse wurde eingestellt, allerdings mit einem abschließenden Plumps auf die Matratze, der das Bettgestell zum Wackeln brachte.

»Habt ihr gefrühstückt?«, fragte Mercedes.

»Vor Stunden«, antwortete Brendan.

»Vor Stunden und Stunden«, bekräftigte sein Bruder.

»Sylvia und Chloe?«

»Sie haben mit uns gefrühstückt«, erklärte Britton.

Brendan nickte. »Und nun unterhalten sie Severn im Salon. Er hat uns weggeschickt, aber wir wären ohnehin gegangen.«

»Das habt ihr gut gemacht«, lobte sie. »Sagt ihm bitte, ich komme gleich, und leistet euren Schwestern Gesellschaft, bis ich unten bin.«

Brendan verzog das Gesicht und die Miene seines Bruders war ein Spiegelbild seiner Empfindungen. »Er hat uns nicht gern in seiner Nähe«, meinte Brendan.

Mercedes lächelte. »Als könnte euch das beeindrucken.« Im Gegenteil: Severn zu ärgern gehörte zu den Lieblingsbeschäftigungen der Bengel. »Nun geht.« Mercedes öffnete die Tür.

Beide sprangen vom Bett und grinsten sie frech an, als sie an ihr vorbei in den Flur stürmten.

Es blieb keine Zeit, um Severn zu bedauern, selbst wenn ihr danach zumute gewesen wäre. Mercedes beeilte sich mit ihrer Morgentoilette und wählte ein Sommerkleid mit Blumenmuster, das beim besten Willen nicht als Trauerkleidung bezeichnet werden konnte. Sie bürstete sich das Haar, flocht es zu einem Zopf im Nacken, den sie mit einer grünen Seidenschleife band, kniff sich in die Wangen, um etwas Farbe zu bekommen, und nagte an den Lippen, bis sie rosig schimmerten. Vor dem Salon setzte sie ein gewinnendes Lächeln auf.

»Severn«, grüßte sie beim Eintreten. »Verzeihung, dass ich dich warten ließ. Chloe? Hast du Seiner Lordschaft Tee angeboten?«

Chloe nickte. Sie saß auf der Kante des Sofas und machte keinen Hehl daraus, dass sie wünschte, woanders zu sein. Sylvia saß in ähnlicher Haltung und mit gequälter Miene neben ihr. Die Augen der beiden Mädchen wanderten viel sagend zu den schweren Portieren an den Fenstern.

Der Blick war so eindeutig, dass Mercedes sich wunderte, wieso Severn nichts daran auffiel. Vermutlich aber hatte ihr Eintreten seine Aufmerksamkeit von den Mädchen abgelenkt und dafür war sie dankbar. Es wäre unverzeihlich gewesen, wenn Chloe und Sylvia den Zwillingen den Spaß verdorben hätten. Die vier blank geputzten Schuhspitzen, die unter den Vorhängen hervorlugten, machten deutlich, welchen Streich sie Severn diesmal spielen wollten.

Eine Brise, die durchs offene Fenster wehte und die Vorhänge bauschte, war das Zeichen zum Angriff. Mit einem wilden Indianergeheul stürmten die Buben durch den Salon und zur Tür hinaus. Selbst Mercedes, die vorgewarnt war, zuckte bei dem Gejohle erschrocken zusammen. Chloe und Sylvia stimmten kichernd ein, während Severn mit einem Wutschrei aus seinem Stuhl hochfuhr. Als ihm dämmerte, dass er die Zielscheibe des hinterhältigen Überfalls war, überzog sich sein Gesicht mit Zornesröte und seine Lippen wurden schmal.

Mercedes gab den Mädchen ein Zeichen zu verschwinden und schloss die Tür, dann blieb sie daran gelehnt stehen, um zu verhindern, dass Severn die Zwillinge verfolgte. »Ich werde die Kinder bestrafen, Severn. Ich bat sie, dir Bescheid zu sagen, dass ich bald herunterkomme. Kinder sind eben immer zu Streichen aufgelegt.«

»Sie sind verzogen«, entgegnete Severn knapp.

»Sie sind nur übermütig.«

»Ein paar ordentliche Schläge mit dem Rohrstock würden ihnen nicht schaden.«

Mercedes fuhr zusammen. Schläge mit dem Rohrstock waren eine beliebte Erziehungsmethode des Grafen. Die Zwillinge hatten bereits Narben auf ihren Hinterbacken. Mercedes war jedes Mal erleichtert, wenn der Graf zu wenig Geduld hatte und mit der Hand oder der Faust zuschlug, ehe er den gefürchteten Rohrstock suchte. »Ich kümmere mich um die Buben«, wiederholte sie.

»Du verhätschelst die Flegel. Das sagt auch Weybourne.«

Mercedes griff das Stichwort auf. »Du sprichst in der Gegenwart«, hakte sie rasch nach. »Hast du meinen Onkel gesehen?«

»Aus Gewohnheit, weiter nichts.« Severn bedeutete Mercedes, sich zu setzen, und schloss das Fenster, um zu verhindern, dass die lästigen Bengel ihm noch einen Streich spielten. »Ich habe vierzig Männer mitgebracht, die das Land durchkämmen.«

»Und du beteiligst dich nicht an der Suche?«

»Meine Zeit ist besser genutzt, wenn ich sie mit dir verbringe. Ich hoffe, dir den Grund begreiflich zu machen.«

Mercedes blieb erstaunlich ruhig. Seine herablassende Art brachte sie meist in Rage. »Ach, tatsächlich?«, fragte sie unschuldig.

Severn wanderte gemessenen Schrittes durch den Salon. »Vermutlich nimmst du an, hier in Weybourne Park bleiben zu können«, meinte er. »Hast du dich gefragt, in welcher Funktion?«

Sie sah ihm unverwandt ins Gesicht und ihre grauen Augen weiteten sich nur eine Winzigkeit.

»Du wärst besser beraten, mit mir zu kommen«, fuhr Severn fort. »Ich sorge dafür, dass die Zwillinge in einem Internat untergebracht werden und die Mädchen eine ordentliche Mitgift bekommen. Ich stelle dir ein Haus in London zur Verfügung oder das Gästehaus in Rosefield, was immer du vorziehst. Du kannst das Haus nach deinen Wünschen einrichten, es soll dir auch nicht an Personal fehlen. Du wirst von der Last befreit sein, dich um Finanzen, um schlechte oder gute Ernten und Pächter kümmern zu müssen und ... alle sonstigen Pflichten, mit denen du in Weybourne Park betraut warst.«

Mercedes lächelte höflich. »Aus deinem Mund klingt das geradezu verlockend, Severn.«

»Mein Angebot ist verlockend.«

Mercedes fuhr unbeirrt fort: »Aber mir ist nicht klar, womit ich mich beschäftigen soll, wenn ich meiner bisherigen Pflichten enthoben bin.«

Severn hielt in seiner Wanderung inne und fixierte Mercedes, um die Aufrichtigkeit ihrer Worte zu prüfen. Seine hohlen Wangen überzogen sich mit Röte, als ihm klar wurde, dass sie sich über ihn lustig machte. Sein Mund wurde schmal und seine Gesichtszüge verhärteten sich. Er maß sie mit kaltem Blick. »Wie ich sehe, wünschst du eine klare Definition«, antwortete er. »Nun, Mercedes, du wirst ausreichend Beschäftigung in meinem Bett finden.«

»In deinem Bett? Ich dachte, das Haus gehört mir. Demnach wäre es *mein* Bett und gäbe mir das Recht zu entscheiden, mit wem ich dieses Bett teile. Ist das dein Vorschlag, Severn? Du sorgst dafür, dass die Zwillinge ins Internat kommen, und stattest die Mädchen mit einer anständigen Mitgift aus – und als Entgelt mache ich die Beine für dich breit?«

Severns Augen verengten sich. »Weybourne hat dich nicht oft genug verprügelt.«

Seine schneidende Stimme war eine kaum verhohlene Drohung. Dieses Versäumnis wollte er mit Sicherheit nachholen. Ein Schauder durchlief sie.

Severn zog mit sichtlicher Genugtuung eine Braue hoch. »Wie ich sehe, verstehen wir uns«, schnarrte er.

Mercedes beobachtete schweigend, wie er an den grün geäderten Marmorkamin trat, den Ellbogen auf den Sims legte und eine einstudiert lässige Haltung einnahm, die seine durchtrainierte Figur zur Geltung brachte und ihn gelöster erscheinen ließ, als er in Wahrheit war.

Severn fixierte sie. »Bist du so sehr erpicht darauf, ins Bett dieses Yankees zu schlüpfen?«

»Ich bin nicht darum gebeten worden«, antwortete sie gelassen. Als Severn die Faust ballte, zogen sich ihre Eingeweide zusammen. Mit beinahe sachlicher Neugier, als sei sie nicht sein auserwähltes Opfer, überlegte sie, welche Verletzungen diese Faust anrichten würde. Mercedes wusste, dass er sich im Boxsport übte. War er dadurch geschickter im Zuschlagen als der Graf? »Ist das deine Methode, mich zur Vernunft zu bringen?«, fragte sie. »Um mich zu überzeugen, dein Angebot anzunehmen und nicht das von Captain Thorne, das er mir allerdings nicht unterbreitet hat? Erspare dir die Antwort. Ich sehe, dass es so ist. Ich bin nur etwas irritiert, was dich zu der Annahme verleitet, ich könnte dein Angebot akzeptieren.«

»Hast du eine andere Wahl?«, fragte er. »Eine Stellung als Gouvernante? Was soll aus den Zwillingen werden? Du findest vielleicht eine Stellung, doch niemand nimmt die ungezogenen Bengel zu sich. Ich übernehme die Verantwortung für dein Wohlergehen, da wir entfernte Verwandte sind. Thorne mag Anspruch auf den Besitz erheben, den Titel bekommt er nie. Der wird eines Tages auf mich übergehen.«

Zwischen Mercedes' Brauen bildete sich eine steile Falte. »Das klingt, als hättest du bereits mit dem Captain gesprochen.«

»Selbstverständlich habe ich mit ihm gesprochen«, gab Severn ungeduldig Auskunft. »Vor einer knappen Stunde im Dorfgasthaus.«

»Im Dorfgasthaus«, wiederholte Mercedes leise. Sie hätte es wissen müssen. Colin hatte die Nacht nicht in Weybourne Park verbracht. Sein Rat, ihre Zimmertür zu verriegeln, war nur ein dummer Scherz gewesen. »Ja«, fuhr sie fort. »Ich vergaß. Du hast ihn also befragt?«

»Ich war in Begleitung des Inspektors, der die Fragen stellte.«

»Und?«

»Thorne hatte einen Rechtsanwalt bei sich, der ihn bei der Beantwortung der Fragen beriet.« Severns Stimme nahm nun einen vorwurfsvollen Tonfall an. »Du hast ihm wohl mehr anvertraut, als nötig gewesen wäre. Er war auf das Verhör gut vorbereitet. Er hatte sogar seinen Begleiter nach London geschickt, um seinen Rechtsbeistand zu holen.«

»Irgendetwas musste ich ihm ja sagen«, verteidigte Mercedes sich. »Du wolltest doch nicht, dass er abreist.«

Severn tat ihre Worte mit einer unwirschen Geste ab. »Allem Anschein nach konnte Thorne beweisen, wie er die Nacht vor dem Duell verbracht hatte. Der Wirt bestätigte seine Geschichte, dass er eine Frau auf dem Zimmer hatte. Auch die Hure hat seine Aussage bestätigt.« Wäre Severn nicht durch eine Bewegung vor dem Fenster abgelenkt gewesen, hätte er bemerkt, wie Mercedes erbleichte. »Verdammt«, fluchte er leise. »Er kommt.«

Mercedes drehte den Kopf und folgte Severns Blick. »Captain Thorne? Ist er hier?«

Severn verzog spöttisch die Mundwinkel. »Das klingt ja geradezu begeistert, Mercedes.«

Sie erhob sich. »Ich bin zwar nicht begeistert«, versetzte sie. »Aber du willst ihm schließlich ein Verbrechen anhängen. Ehrlich gestanden bin ich erleichtert, dass dir das nicht gelungen ist. Wenn ich wirklich glauben würde, mein Onkel sei ermordet worden, würde ich anders reagieren. Anscheinend hält auch der Polizeichef nichts von deiner absurden Theorie.«

Severn schwieg. Vom Flur her war Mrs. Hennepins Stimme zu hören, die Colin begrüßte und ihm sagte, wo er Mercedes und den Viscount finden würde. Dann öffneten sich die Flügeltüren.

»Miss Leyden«, grüßte Colin mit einem höflichen Kopfnicken in Mercedes' Richtung. Die Begrüßung ihres Besuchers fiel merklich kühler aus. »Severn. Es überrascht mich eigentlich nicht, Sie hier zu finden. Aber sollten Sie nicht den Weiher nach der Leiche des Grafen absuchen, statt mit seiner Nichte zu plaudern?«

Mercedes ergriff das Wort, um einer Antwort Severns zuvorzukommen, der Colin mit einem Blick maß, als sei der Captain ein lästiges Insekt, das er gerne quälen würde, ehe er es zertrat. »Seine Lordschaft berichtet mir soeben, Sie hatten Ihren Rechtsbeistand bei sich, als der Polizeichef Ihnen im Gasthaus Fragen stellte. Aber ich weiß immer noch nicht, was bei dieser Besprechung herausgekommen ist.«

»Dann komme ich ja rechtzeitig«, meinte Colin. »Ist es nicht besser, sie erfährt es von mir, Severn? Wenn Sie Zweifel an meiner Aufrichtigkeit haben, können Sie gern bleiben und sich meine Ausführungen anhören.«

Severn entfernte sich vom Kamin. »Wenn Sie mich entschuldigen«, meinte er steif. »Mercedes, zähle auf mich, wenn etwas von dem, was dir zu Gehör gebracht wird, dein Missfallen erregt.« Mit einer knappen Verbeugung verließ er den Salon, ohne Colin eines weiteren Blickes zu würdigen.

Als die Tür hinter dem Viscount ins Schloss gefallen war, meinte der Amerikaner: »Ein unangenehmer Zeitgenosse, finden Sie nicht?« Und dann: »Hat er Ihnen ein Angebot gemacht?«

Mercedes wünschte, Mrs. Hennepin würde mit einem Tablett mit Tee und Gebäck im Salon erscheinen. Ihre Kehle war so ausgetrocknet, dass sie kaum schlucken konnte. Eine Tasse hätte wenigstens ihre Hände beschäftigt, die nervös an den Falten ihres Rockes nestelten. »Ja«, antwortete sie. »Severn machte mir ein Angebot.«

Colin zog eine Braue hoch. »Und?«

»Das ist eine Sache zwischen Severn und mir.«

Er lächelte dünn. »Dann haben Sie ihm also keine Antwort gegeben.« Im Vertrauen darauf, Recht zu haben, fuhr Colin fort. »Und Sie sind bereit, sich meinen Vorschlag anzuhören.«

»Damit will ich nur sagen, meine Antwort hat Sie nicht zu interessieren.«

Statt Betroffenheit bemerkte Mercedes in Colins Miene einen Anflug von Anerkennung, was sie etwas milder stimmte. »Ich bin bereit, Ihnen zuzuhören. Da Sie sich als freier Mann bewegen, gehe ich davon aus, dass Sie nicht mit einer Anklage zu rechnen haben.«

Er nickte. »Sehr zum Ärger Ihres Cousins. Der Polizeichef kann keine Anklage gegen mich erheben ohne den Beweis, dass der Graf tatsächlich tot ist. Deshalb rückte Severn mit seinen Leuten an. Er glaubt immer noch, die Leiche zu finden. Mr. Patterson zeigte Verständnis für Severns Besorgnis und versuchte nicht, das Verschwinden des Grafen als Hirngespinst abzutun, will aber Nachforschungen anstellen. Er scheint mir ein tüchtiger Mann zu sein. Ich stehe unter Verdacht.« Er rieb sich die Kehle. »Der Strick um meinen Hals muss nur noch zugezogen werden.«

Mercedes erbleichte bei dieser Vorstellung. Sie setzte sich langsam und faltete die Hände. »Aber ohne offizielle Anklage dürfen Sie sich frei bewegen, oder?«

»Nicht ganz. Mein Rechtsanwalt Mr. Abernathy sagt, ich könne bei Gericht Einspruch gegen den Beschluss erheben, doch das halte ich für überflüssig. Ich habe der Anweisung von Mr. Patterson bereits zugestimmt.«

Sie legte die Stirn in Falten. »Dann können Sie sich also nicht frei bewegen?«

»Ich habe mich bereit erklärt, in den nächsten sechs Wochen ein gefügiger Gefangener Ihres Landes zu sein.«

»Sechs Wochen«, flüsterte sie tonlos. »Wie wollen Sie das aushalten? Was ist mit Ihrem Schiff ... Ihrer Mannschaft?«

In seinem Lächeln lag ein Anflug von Geringschätzung. Er setzte sich in den Sessel, den Severn frei gemacht hatte. »Ihre Besorgnis um mein Wohlergehen ist geradezu rührend«, meinte er. »Verausgaben Sie sich nicht allzu sehr. Vielleicht schlägt Ihr Wohlwollen um, wenn Sie den Rest meiner Rede gehört haben.«

Mercedes hob das Kinn, erbost über seine Zweifel an ihrer Aufrichtigkeit. »Ich nehme zurück, was ich gesagt habe«, entgegnete sie gekränkt. »Fahren Sie zur Hölle.«

»Schon besser«, meinte er anerkennend. »Es wird sich herausstellen, ob Weybourne Park mit der Hölle gleichzusetzen ist. Denn dieses Haus wird mein Gefängnis sein.«

Mercedes japste nach Luft. »Hier? Heißt das, Sie wollen bleiben? In Weybourne Park?« Ein Schwindelgefühl bemächtigte sich ihrer angesichts dieser Vorstellung. »Ich kann nicht glauben, dass Severn das zulässt. Sind Sie sicher, dass Sie Mr. Patterson richtig verstanden haben?«

»Soll ich nach Tee klingeln?«, fragte Colin mit ausgesuchter Höflichkeit. »Nein? Etwas Stärkeres? Vielleicht lieber nicht. Sie sehen aus, als wollten Sie mir eine Flasche an den Kopf werfen.«

Mercedes war doppelt erzürnt, dass er auch noch ihre Gedanken zu lesen schien, bemühte sich aber um Selbstbeherrschung. »Wie kam es dazu?«

Colin lehnte sich bequem zurück. »Sie haben völlig Recht. Severn gefiel diese Lösung ganz und gar nicht«, erläuterte er. »Doch er hatte wenig zu melden. Mr. Abernathy hatte alle Dokumente bei sich, in denen die Wettbedingungen schriftlich festgelegt und die von Weybourne und mir unterzeichnet wurden. Dazu schriftliche Zeugenaussagen seiner Gläubiger sowie Bankauskünfte, aus denen eindeutig hervorgeht, dass der Graf die Wette gar nicht eingehen konnte, ohne den Landsitz als Sicherheit einzusetzen.«

»Eine beachtliche Leistung in so kurzer Zeit«, stellte Mercedes kühl fest.

»Mein Anwalt hat sich umgehend darum bemüht, nachdem Weybourne mich zum Duell forderte. Ich bereite mich gern auf alle Eventualitäten vor.«

»Finden Sie es nicht ein wenig verdächtig? Man könnte meinen, Sie wollten die Dinge in Ordnung bringen, da Sie eine derartige Entwicklung vorausahnten, möglicherweise sogar der Architekt dieses Planes waren.«

Colin warf ihr einen hochmütigen Blick zu. »Das sind genau Severns Worte«, entgegnete er in dem Wissen, dass sie ungern in einem Atemzug mit Severn genannt wurde. Ihr Bemühen, sich ihren Widerwillen nicht anmerken zu lassen, erheiterte ihn. »Sobald Abernathy dem Inspektor den Beweis erbracht hatte, dass alles seine Richtigkeit hat, blieb Mr. Patterson nichts anderes übrig, als zuzustimmen, dass ich mich vorübergehend in Weybourne Park einquartiere. Zugegeben, ein Kompromiss, doch für sechs Wochen eine leidlich annehmbare Lösung.«

Leidlich annehmbar für wen, hätte Mercedes gerne gewusst, biss sich aber lieber auf die Zunge, als die Frage zu stellen.

»Ich bleibe in England, um den Behörden jederzeit für Verhöre und eventuelle Nachfragen verfügbar zu sein, während die Suche nach Ihrem Onkel fortgesetzt wird. Gleichzeitig wird mir die Möglichkeit geboten, Weybourne Park rechtmäßig auf mich überschreiben zu lassen. Sollte nach Ablauf von sechs Wochen der Aufenthaltsort Ihres Onkels immer noch unbekannt sein, wird mein Anspruch auf den Besitz von einem Gericht überprüft und bestätigt werden.«

»Dann sind Sie also noch nicht der rechtmäßige Besitzer«, sagte sie.

»Nein. Ebenso wenig wie Sie.« Ihre Schultern sackten eine Winzigkeit ein. »Und Sie verfügen nicht über die Mittel, den Besitz zu erwerben.«

»Es macht Ihnen wohl Spaß, das Messer in meiner Brust auch noch umzudrehen.«

»Nein, das tut es nicht.«

Seine Miene war undurchdringlich.

»Und was ist mit Severns Anspruch auf Weybourne Park?«

»Wie Sie bereits gestern ausführten, hat bestenfalls sein Vater Anspruch auf den Besitz. Ich habe allerdings den Eindruck, der Graf von Rosefield ist gar nicht begeistert davon, wenn sein Sohn das Gut erhält, obwohl keine diesbezügliche Bemerkung fiel. Lediglich Severns Verhalten veranlasste mich zu dieser Schlussfolgerung.«

»Wie gesagt, das Gut stellt eine hohe finanzielle Belastung dar. Der Graf ist ein vernünftiger Mann und vorausschauender als sein Sohn.«

»Vielleicht kennt Severns Vater nicht *alle* Vorteile von Weybourne Park.«

Bei allen guten Vorsätzen, ihre Fassung zu bewahren, fuhr Mercedes auf. »Was wollen Sie damit sagen?«

»Das wissen Sie genau. Sie sagten doch, Severn machte Ihnen ein Angebot. Ein klarer Hinweis darauf, dass er Sie will.«

»Daran ließ Severn keinen Zweifel.«

»Ich habe Ihnen auch ein Angebot zu unterbreiten.«

Mercedes straffte die Schultern. »Nun, Captain Thorne?«

Colin studierte sie mit dunklem, sinnendem Blick. Ihre Frisur gefiel ihm. Durch das straff nach hinten gebundene Haar wirkten ihre Augen ein wenig schräg und katzenhaft. Ihre Gesichtszüge waren beherrscht, obgleich er spürte, welche Mühe es sie kostete, gelassen zu wirken. Ihr Teint war glatt und bleich. Ihre langen Wimpern lagen wie ein dunkler Schatten über ihren grauen Augen. Es gelang ihr sogar, nicht an ihrer Lippe zu nagen, eine Angewohnheit, die gewöhnlich darauf hinwies, dass sie besorgt oder in Gedanken versunken war.

Sie sah ihm direkt ins Gesicht. Sein Blick verweilte kurz an ihren gestrafften Schultern und dem schlanken Hals, ehe er zu ihren Augen wanderte.

»Wie Sie wissen«, begann er, »hatte ich gestern vor dem Dinner ein Gespräch mit Ihren Cousinen und den Zwillingen. Vermutlich haben sie Ihnen davon erzählt. Das ist die einzige Erklärung für Ihren Vortrag, nachdem Aubrey nach London abgereist war.«

Mercedes lächelte dünn. »Bitte«, meinte Sie, »kommen Sie zur Sache.«

Colin nickte. »Ich sorge dafür, dass Britton und Brendon in einem Internat Ihrer Wahl erzogen werden, und ich statte Chloe und Sylvia mit einer Mitgift aus, vorausgesetzt, Sie sind mit der Wahl des jeweiligen Bräutigams einverstanden.«

Hatte er sich mit Severn abgesprochen? Obgleich Colin prahlerisch zusagte, sie in seinen Entscheidungen zu Rate zu ziehen, klangen die Angebote verdächtig ähnlich. Mercedes konnte nicht widerstehen, das Wort zu ergreifen. »Und als Gegenleistung, Captain Thorne? Vielleicht ein Haus für mich in London komplett eingerichtet, mit Personal und allen Annehmlichkeiten? Oder dachten Sie daran, mich hier auf Weybourne Park zu behalten und mein Bett aufzusuchen, wann immer Ihnen der Sinn danach steht? Das wäre weniger kostenaufwendig und eine leidlich angenehme Lösung für beide.« Sie rieb den Zeigefinger an ihrer Stirn, als dächte sie angestrengt nach. »Vielleicht willigen Sie sogar ein, mir eine Apanage für Kleider und Schmuck zu bezahlen? Darin würden Sie sich auf angenehme Weise von Severn unterscheiden. Er sprach nämlich nicht von einer Apanage. Wir waren uns nicht einig, wessen Bett es sein würde, meins oder seins. Im Falle eines Hauses in London werden Sie mir zustimmen, dass es sich um mein Bett handeln würde. Doch auch hier könnte es Missverständnisse geben.« In gespielter Ratlosigkeit legte sie eine Pause ein. Dann hellte sich ihr Gesicht auf. »Ich hab die Lösung. An geraden Tagen komme ich in Ihr Schlafzimmer und an ungeraden suchen Sie mich auf. Das wäre eine gerechte Lösung, nicht wahr?«

Colin musste nicht lange überlegen. »Sehr vernünftig«, antwortete er freundlich. »Ich hatte zwar die Absicht, Ihnen die Verwaltung von Weybourne Park zu übertragen und Ihnen ein Salär zu bezahlen, wenn Sie mein Angebot annehmen, doch wenn Sie bereit sind, sich mit meinen Leistungen im Bett vergüten zu lassen, finde ich das annehmbar.«

Mercedes' Lider flatterten.

Ihre Reaktion war entzückend. Sie sah aus wie eine junge Eule, die zum ersten Mal die Augen aufschlägt. Colin musste laut lachen, ein tiefes, melodisches, herzhaftes Lachen. Obwohl er selten lachte, war nichts Verkrampftes daran. Eine hellblonde Locke fiel ihm in die Stirn, die er zurückstrich.

Mercedes senkte den Blick auf ihre gefalteten Hände und wartete, bis er sich beruhigt hatte. »Sie hätten mich nicht weitersprechen lassen dürfen«, sagte sie leise. »Sie zögern doch sonst nicht, mich zu unterbrechen.«

Sie wollte vermutlich nicht hören, dass sie nie zuvor amüsanter gewesen war. »Verzeihung«, sagte Colin. »Sie haben Recht. Ich hätte Sie unterbrechen sollen.«

Mercedes fragte nicht, warum er es nicht getan hatte. Ihre freimütige Rede hatte ihm vielleicht die Stimme verschlagen.

Colins Blick heftete sich auf ihren gesenkten Scheitel. »Ich nehme an, Severns Angebot war kein Heiratsantrag.«

Die Sanftheit seiner Stimme lullte sie ein. Sie schüttelte stumm den Kopf.

»Das wusste ich nicht«, murmelte er. »Ich habe darüber nachgedacht und heute ... nun ... heute dachte ich, er wolle Sie heiraten. Über Ihre Antwort war ich mir nicht so sicher.«

»Ich habe sein Angebot abgelehnt.« Sie hob zögernd den Kopf und ihr Blick heftete sich auf einen Punkt hinter Colins Schultern. »Es ist mir nicht schwer gefallen.«

»Und wenn es ein Heiratsantrag gewesen wäre?«

»Dann wäre meine Antwort auch Nein gewesen. Severn und ich passen nicht zusammen.«

»Ich verstehe.«

»Das bezweifle ich«, widersprach sie. »Severn ist zwar ein junger Mann, aber er ist der Freund meines Onkels. Das macht ihn mir und meinen Cousins nicht sympathisch. Die

Zwillinge können ihn nicht ausstehen und die Mädchen dulden lediglich seine Gegenwart. Er ist kein häufiger Gast auf Weybourne Park. Es gab nie häufige Gäste im Haus, der Graf wollte es nicht anders. Severn kann keinen von uns leiden. Er sprach zwar davon, die Zwillinge ins Internat zu schicken und ihre Schwestern mit einer Mitgift zu versorgen, doch das tut er nur, um sie aus dem Weg zu schaffen.«

»Und um die Kinder Ihrem Einfluss zu entziehen«, bemerkte Colin.

Mercedes staunte. »Sie scheinen zu begreifen.« Sie strich sich eine widerspenstige Locke hinters Ohr. »Severn ist nur darauf bedacht, Macht auf mich auszuüben. Wenn die Kinder in der Schule und die Mädchen unter der Haube sind, glaubt er, mich gefügig machen zu können.«

»Gefügig?«

»Mich seinem Willen zu beugen.« Colins abwartendes Schweigen bewog sie, weiterhin offen zu sprechen. »Ich weiß, was von einer Mätresse erwartet wird«, fuhr sie fort. »Aber ich habe gehört, dass Severns Gepflogenheiten ...«

Colin hob die Hand. »Ich habe Ähnliches gehört.«

»Tatsächlich?«

Er nickte, ohne eine nähere Erklärung abzugeben. Molly und ihre Schwester waren bestens im Bilde. Vor seinem Treffen mit Severn und dem Inspektor hatte Colin mit den beiden Frauen gesprochen. Als sie erfuhren, dass der Viscount Anschuldigungen gegen Colin erhob, hatten sie ihrerseits einige Beschwerden vorzubringen. Allem Anschein nach neigte Severn zu abartigen und gewalttätigen Praktiken während des Liebesspiels. »Da wäre noch mein Angebot«, meinte Colin nach kurzem Schweigen.

»Sie wollen mir die Verwaltung von Weybourne Park übertragen?«

»Das meinte ich damit, als ich davon sprach, Severns Vater wisse nicht um *alle* Vorteile auf Weybourne Park Bescheid.«

Mercedes presste die Lippen aufeinander in der Erinnerung, wie sie auf seine Worte reagiert hatte.

»Sie hätten bei der Verwaltung freie Hand«, erläuterte er.

»Von größeren Ausgaben möchte ich selbstverständlich unterrichtet werden, ich denke aber, in den meisten Dingen kann ich mich auf Ihr Urteil verlassen. Während meines Aufenthalts in den nächsten Wochen erwarte ich, dass Sie mich in die Verwaltung einweisen. Ich möchte die Bilanzen einsehen, möchte die Pächter kennen lernen, will wissen, welche Steuern zu bezahlen sind, et cetera, et cetera. Gemeinsam werden wir eine Liste der nötigen Reparaturarbeiten aufstellen und entscheiden, welche vorrangig zu erledigen sind.«

Mercedes war überzeugt, er müsse ihren Herzschlag hören. Das Dröhnen in ihren Ohren übertönte beinahe seine Worte. Er wollte sie nicht aus Weybourne Park verjagen und verlangte nicht, das Bett mit ihm zu teilen, wenn sie bleiben durfte. Er bot ihr genau das an, was sie sich immer ersehnt hatte.

»Nun, Mercedes?«

Er wartete auf ihre Antwort. Sie sah den erwartungsvollen Blick in seinen dunklen Augen, obwohl ihr Gesichtsfeld getrübt war. Sie sah, wie sein Mund sich bewegte, doch seine Stimme wurde vom Rauschen in ihren Ohren übertönt. Um ihrer Antwort Nachdruck zu verleihen, kam Mercedes auf die Beine.

Und fiel um wie ein Stein.

Colin betrachtete ihre schlanke Gestalt, die ohnmächtig halb über dem Sofa hing. Er schüttelte den Kopf und bückte sich, um sie hochzuheben. »Ich hoffe, dies ist als Ja gemeint.«

Kapitel 7

Mercedes erlangte das Bewusstsein in Colin Thornes Armen wieder. Es blieb keine Zeit, sich dagegen zu wehren oder sich zu fragen, ob es ihr gefiel, in seinen Armen zu liegen. Sekunden nachdem sie die Augen aufschlug, wurde sie auf ihr Bett gelegt.

Auf dem Flur vor ihrem Zimmer hatte sich eine stattliche Versammlung eingefunden. Mr. und Mrs. Hennepin waren da, die Zwillinge, zwei der Stubenmädchen und die pummelige Küchenhilfe und natürlich Chloe und Sylvia. Mercedes versuchte, sich halb aufzurichten.

Colin legte ihr die Hand auf die Schulter und zwang sie, sich wieder hinzulegen. Der sanfte Druck, den er ausübte, stieß auf wenig Widerstand. Ihren kleinen Seufzer deutete er als Dankbarkeit, der Versammlung keine Erklärung abgeben zu müssen.

»Sie ruhen sich aus«, sagte er. Das klang wie ein Befehl, nicht wie ein besorgter Rat. Colin hatte sich zu häufig um Kranke und Verletzte in seiner Mannschaft gekümmert, als dass es anders hätte sein können. Er hatte aber bereits genügend Zeit mit Mercedes verbracht, um zu wissen, dass sie nicht wie einer seiner Seeleute reagierte. Es war nur ihrer Erschöpfung zuzuschreiben, dass sie keinen Protest erhob.

Die Gruppe der Schaulustigen auf dem Flur teilte sich, als er das Zimmer verließ und die Tür hinter sich schloss. »Miss Leyden wird den Tag in ihrem Zimmer verbringen«, sagte er. »Mrs. Hennepin, sorgen Sie bitte dafür, dass sie ein leichtes Frühstück zu sich nimmt. Ansonsten bitte ich alle, sie in Ruhe zu lassen.«

Das schien den Versammelten als Erklärung nicht zu genügen. Sie tauschten bedeutsame Blicke. Keiner rührte sich von der Stelle.

Meuterei, selbst eine so zaghafte wie diese, war für Colin eine neue Erfahrung. Er forschte in ihren Gesichtern nach einem möglichen Motiv. Als er den Grund zu ahnen begann, verdunkelten sich seine Augen. »Ich habe sie nicht geschlagen«, sagte er gepresst. Colin wartete nicht ab, um sich davon zu überzeugen, ob man ihm glaubte. Er machte kehrt und ging.

Mercedes war entsetzt, als ihr die Geschichte erzählt wurde, erst von den Zwillingen, dann von Mrs. Hennepin und später von Chloe mit atemlosen Zwischenbemerkungen von Sylvia. Nun, da sie wussten, dass Mercedes unversehrt war,

war allen die Frage peinlich, die der Captain aus ihren Mienen erraten hatte. Und einhellig schilderten sie Colin Thornes zornige Miene, die ihnen mehr Angst einjagte als die des Grafen.

Mercedes mied es, das Thema mit ihrem neuen Arbeitgeber zu erörtern. Das hätte nur zu weiteren Fragen seinerseits geführt, die sie nicht beantworten wollte. Es war demütigend genug, dass er den Peitschenstriemen ihres Onkels gesehen hatte. Es wäre ihr schwer gefallen, über weitere Gewalttaten zu sprechen, die sie durch den Grafen erlitten hatte. Weit Besorgnis erregender war für Mercedes ohnehin die Tatsache, dass es ihr nicht gelungen war, andere vor seinen Wutausbrüchen zu schützen. Wenn der Amerikaner sie für willensschwach und hilflos hielt, wie konnte er ihr die Verwaltung von Weybourne Park übertragen? Für Mercedes gab es darauf nur eine Antwort: Sie musste den Beweis erbringen, dass sie in der Lage war, diese Aufgabe zu bewältigen.

Ihre Kraft kehrte nach einem Ruhetag doppelt und dreifach zurück. Der Grund für ihren Tatendrang lag in ihrem selbstgesteckten Ziel, Colin Thorne zu zeigen, dass sie tüchtig und fähig und stark genug war, ihm zu beweisen, dass seine Entscheidung, die Verantwortung auf ihre schmalen Schultern zu legen, nicht falsch war.

Weybourne Park umfasste achthundert Hektar fruchtbares Ackerland. Von der Ferne wirkten die Felder wie ein Flickenteppich wohlbestellter Äcker. Erst bei näherem Hinsehen wurde der wahre Zustand sichtbar. Der Boden eignete sich hervorragend zum Anbau von Weizen, Hafer und Gerste, doch immer wieder lagen unbestellte Felder dazwischen, von Unkraut und Gestrüpp überwuchert. Es gab zu wenige Lohnbauern, um die Feldarbeit zu verrichten, und viele Saaten wurden durch Vögel und Wildverbiss vernichtet. Einige der strohgedeckten Steinhäuser waren verlassen, andere wirkten baufällig und reparaturbedürftig. Wie beim Herrenhaus mussten Dächer neu gedeckt und Mauerwerk ausgebessert werden. Die Bauernfamilien hatten zwar ausreichend Gemüse und Kartoffeln für den Eigenbedarf, die sie in kleinen Gärten hinter den Häusern anbauten, doch Fleisch fehlte fast ganz auf ihrem Speisezettel.

Dieser Umstand erstaunte Colin, da genügend Weideland für Schafe und Kühe vorhanden war. Dazu gab es ausgedehnte Wälder, in denen es einen Überfluss an Rotwild, Hasen und Fasanen gab, so viel, dass die Tiere erhebliche Schäden an Ernten und an Bäumen anrichteten.

Die Antwort lag im strikten Jagdverbot, das der Graf für Pächter und Landarbeiter ausgesprochen hatte. Nur ihm und seinen Freunden war das Jagdrecht vorbehalten. Mercedes berichtete Colin in gequälter Aufrichtigkeit, dass ihr Onkel seine Untergebenen zwang, sich heimlich als Wilddiebe zu betätigen und seine Nichte in die schwierige Lage versetzte, die Gesetzesverstöße seiner Bauern und Pächter zu decken.

Jeder Tag brachte für Colin eine neue Entdeckung über den Grafen von Weybourne, ohne von Mercedes direkt darauf hingewiesen zu werden. Der Graf vernachlässigte seine Familie und Untergebenen sträflich, ging nur seinen Vergnügungen nach und ließ das Gut verkommen. Dass der Verfall nicht längst zum völligen Niedergang geführt hatte, war nicht ihm zu verdanken. Wäre es nach dem Willen des Grafen gegangen, wäre Weybourne Park längst eine Ruine und das Land völlig verwildert. Es war ausschließlich Mercedes Leydens Umsicht zuzuschreiben, dass der Niedergang hinausgezögert wurde.

Davon konnte Colin sich immer wieder überzeugen. Ob sie ihm die Felder und Weiden zeigte oder mit ihm durch die Wälder streifte, er hatte guten Grund, von Mercedes' Kenntnissen über Land- und Forstwirtschaft beeindruckt zu sein. Sie wusste genau, was erforderlich war, um das Land ertragreicher zu machen. Die verbliebenen Pachtbauern hielten ihr die Treue, und jene, die ihre Häuser und das Land aufgaben, hatten es widerwillig getan und waren in vielen Fällen vom Grafen dazu gezwungen worden.

Kurz nachdem Wallace Leyden Titel und Grundbesitz übernommen hatte, mussten auch die Bediensteten im Haus erkennen, dass die Verhältnisse sich für sie geändert hatten.

Für ältere Dienstboten, welche die Brüder von Kindheit an kannten, war die Entdeckung nicht weiter erstaunlich, und viele, die nicht seit Jahren im Herrenhaus gearbeitet hatten, sahen sich nach einer neuen Stellung um. Andere blieben aus Furcht, keine andere Stellung zu finden, die meisten aber, die blieben, taten es aus Treue für das auf tragische Weise umgekommene gräfliche Paar und für ihre Tochter.

Als Kind mochte Mercedes dieser Vertrauensbeweis in den Schoß gefallen sein, doch später setzte sie alles daran, um sich das Vertrauen der Untergebenen zu verdienen. Als ihre Tante bei der Geburt der Zwillinge starb, war Mercedes sechzehn. Die Verantwortung, die sie sich bislang mit Georgia geteilt hatte, lag nun ausschließlich auf ihren Schultern.

Diese Zusammenhänge erfuhr Colin nicht von Mercedes, sondern von Mrs. Hennepin und anderen Bediensteten. Während er mit Mercedes das Haus und das umliegende Land inspizierte und sie Listen der anfallenden Arbeiten und deren Kosten aufstellte, redete Mercedes kaum von anderen Dingen als von den Sorgen, die Weybourne Park betrafen. Sie führte ihn durchs Haus und erklärte ihm, für welche Zwecke die Räumlichkeiten einst genutzt worden waren, ohne ihm Einblick in ihre Gedanken zu geben.

Colin erfuhr, dass die Dienerschaft fest umrissene Aufgaben hatte: Reinigen und Instandhalten der Lampen, Schuhe putzen, Wäsche waschen, Bügeln, Flicken, Silberputzen und die verschiedenen Aufgaben in der Küche. Wie Ameisen in ihrem Bau verrichteten die dienstbaren Geister ihre verschiedenen Arbeiten in den weitläufigen Kellerräumen des Hauses.

Die oberen Etagen waren den Familienmitgliedern vorbehalten. Man konnte einen beschaulichen Nachmittag in der Galerie verbringen und die Bilder bewundern oder sich in den Gewächshäusern ergehen. Es gab zwei Speisesäle und einen riesigen Bankettsaal, der nur zu großen gesellschaftlichen Anlässen genutzt wurde, die längst nicht mehr stattfanden. Es gab eine Bibliothek, ein Musikzimmer sowie drei Salons, um Gäste zu empfangen. In den oberen Stockwerken gab es zu jedem Schlafzimmer ein Ankleidezimmer; Leseräume standen zur Verfügung, wenn man nicht die Bibliothek aufsuchen wollte. Für die Zwillinge gab es ein Klassenzimmer und ein Kinderzimmer, das seit geraumer Zeit nicht mehr benutzt wurde. Dann waren da noch die beiden Turmkammern, wovon eine eingerichtet, die andere leer war.

Colins höfliche Weigerung, sich lange in einer der Kammern aufzuhalten, zauberte ein Lächeln in Mercedes' schöne Gesichtszüge. Ihm war der Ernst nicht entgangen, mit dem sie ihn herumführte, auch nicht ihr Bemühen, ihm ihre Tüchtigkeit zu beweisen. Er wunderte sich nur, warum sie solchen Eifer an den Tag legte.

»Möchten Sie am Nachmittag ausreiten?«, fragte sie auf der schmalen Wendeltreppe vom Turm.

Er war sich ihrer kleinen Aufmerksamkeiten bewusst. Sie sorgte dafür, dass er nicht den ganzen Tag im Haus verbringen musste, und bot ihm Abwechslung. Der Inspektion einiger Räume folgte ein Spaziergang zum südlichen Teil des Anwesens. Sie setzte sich geduldig ans Bachufer und sah ihm beim Angeln zu. Sie hatte nicht das Bedürfnis, die Stille der Natur zu stören. Doch Colin stellte häufig Fragen, weil er ihr gerne zuhörte. Ihre weiche, etwas rauchige Stimme übte eine beruhigende Wirkung auf ihn aus. Auch bei der beschaulichen Tätigkeit des Angelns war sie eine angenehme Begleitung. Es störte sie auch nicht, Köder an den Haken zu befestigen, wozu Colin wenig Geduld aufbrachte.

Das Angeln war nicht die einzige Beschäftigung in der Natur, die sie ihm zudachte. Mit dem Hinweis, er könne sich über den finanziellen Zustand des Gutes auf der Terrasse informieren, ließ sie von Mrs. Hennepin Tee und Kuchen bringen, während die beiden in der Nachmittagssonne die Geschäftsbücher studierten.

Manchmal ritt er mit den Zwillingen im gestreckten Galopp über die Wiesen, während Mercedes auf einem sanften Hügel im Schatten einer ausladenden Eiche ein Picknick auspackte und die drei mit ängstlich sehnsüchtigen Blicken verfolgte, wie sie eine Schafherde auf einem Hügel auseinander trieben. Wenn sie dann ankamen, atemlos und mit erhitzten Gesichtern, freute sie sich über die rosigen Wangen und blitzenden Augen der Zwillinge. Dass Colin die Gesellschaft der übermütigen Buben zu genießen schien, erfüllte sie mit unerwarteter Freude.

Chloe und Sylvia begleiteten Colin gerne ins Dorf. Mit ähnlicher Begeisterung, mit der ihre Brüder durch eine auseinander stiebende Schafherde jagten, suchten die Mädchen im Kolonialwarenladen bunte Bänder aus. Zu diesen Ausflügen ins Dorf begleitete Mercedes die drei nicht, versäumte aber nie, die Mädchen zu ermahnen, dem Captain mit ihren Wünschen nicht auf die Nerven zu gehen, mit dem Ergebnis, dass die beiden jedes Mal mit neuem modischen Zierrat für ihre Sommerhüte heimkehrten. Mercedes wünschte sich, mehr Durchsetzungskraft bei ihren Cousinen zu besitzen und weniger nachgiebig zu sein.

Diese Gedanken gingen ihr nun durch den Kopf, als sie den schmalen Weg zum Haus der Thayers entlangschlenderte. Sie trug einen Korb mit frischen Tüchern, Salben und Babysachen für Mrs. Thayers Neugeborenes, dazu eine Flasche Brandy für Mr. Thayer. Kurz vor der Geburt des fünften Kindes hatte Mercedes den Captain mit der Familie bekannt gemacht. Bei dieser Gelegenheit war ihr aufgefallen, wie mühelos es Colin gelang, Mrs. Thayers Argwohn zu zerstreuen, als er sich nach ihrem Befinden erkundigte und sich mit den vier Kindern unterhielt. Der wortkarge Mr. Thayer ließ sich sogar zu ganzen Sätzen hinreißen, als Colin ihn über die Molkerei befragte. Mercedes wusste genau, dass der Captain dieses Entgegenkommen nicht erreicht hätte, wäre sein Interesse nicht ehrlich gemeint gewesen. Mr. Thayer hatte schlechte Erfahrungen mit dem Grafen gemacht und hätte sein Misstrauen gegen den Fremden nicht ohne weiteres abgelegt.

Bei seinem zweiten Besuch einen Tag nach der Geburt wurde Colin mit beinahe ebensolcher Herzlichkeit begrüßt wie Mercedes. Mr. Thayer verkündete sogar stolz, sie wollten ihr neugeborenes Töchterchen Colleen taufen. Mercedes verbarg ihr Lächeln, als Colins verschlossene Gesichtszüge sich merklich aufhellten.

In Gedanken versunken, die ihr das Herz erwärmten, bemerkte Mercedes nicht, dass sich ihrem Schatten ein zweiter zugesellte, bis es zu spät war, um zu reagieren. Behandschuhte Finger legten sich von hinten um ihren Mund und sie wurde in eine verlassene Bauernkate gezerrt, an der sie gerade vorbeigegangen war. Die Abenddämmerung draußen verwandelte sich in pechschwarze Nacht, als sie ins Innere gestoßen und die Tür zugemacht wurde, ohne dass der Griff um ihr Gesicht sich lockerte. Der Lederhandschuh roch nach Pferdemist und Schweiß und die Hand presste sich so stark auf ihren Mund, dass ihre Zähne sich in ihre Lippen gruben. Sie schmeckte Blut.

»Ich rate dir, nicht zu schreien«, raunte eine Stimme an ihrem Ohr. »Es könnte schlimme Folgen für dich haben.«

Die heiser geflüsterte Drohung hätte jedem anderen Opfer Entsetzen eingejagt, aber die Stimme war Mercedes zu vertraut, um diese Wirkung auf sie zu haben. Sie gehörte ihrem Onkel und Mercedes wusste, dass Entsetzen ihre Sinne gelähmt hätte. Sie zwang sich zur Ruhe, um ihm keinen Grund zu geben, seinen brutalen Griff zu verstärken, und schaffte es zu nicken.

Seine Lordschaft spürte ihr Nicken, womit sie ihm ihr Einverständnis signalisierte. Etwas anderes hatte er auch nicht erwartet. Er lockerte seinen Griff, ohne die Hand fortzunehmen. »Hör mir zu«, sagte er leise.

Sie nickte wieder und diesmal nahm er die Hand weg. Mercedes taumelte nach hinten und stürzte auf dem unebenen Lehmboden. In einem entfernten Winkel ihres Verstandes registrierte sie verwundert, dass ihr Onkel es fertig brachte vorzutreten, um ihr aufzuhelfen, als sei es das Selbstverständlichste von der Welt. Diese Fähigkeit, widersinnig zu handeln, war der Teil seines Charakters, der ihr das größte Grauen einflößte. Mercedes verschmähte die Hand nicht, die er ihr hilfreich bot. Die Erfahrung hatte sie gelehrt, dass ihr diese trotzige Geste der Verweigerung nur noch mehr Misshandlungen einbringen würde.

Ihre Augen gewöhnten sich allmählich an die Dunkelheit. Sie konnte die Umrisse des Grafen vor dem Hintergrund der dunklen Tür erkennen. Er trug einen langen Umhang. Seine braunen Augen blitzten im dunklen Gesicht. Er hatte sich seit seinem Verschwinden nicht rasiert. Einem Mann, der peinlich auf sein Äußeres achtete, war dies mit Sicherheit nicht leicht gefallen.

»Wie erbärmlich leicht du zu durchschauen bist«, höhnte er verächtlich und deutete auf den Korb, den sie immer noch an sich gedrückt hielt. »Ein Korb mit Geschenken für den neuesten Zuwachs im Dorf. Etwas zu Essen?«

Mercedes glaubte, Hoffnung aus seiner Frage herauszuhören. Quälte ihn etwa Hunger? Sie hatte keine Sekunde daran gedacht, wie er sich auf seiner Flucht durchgebracht hatte. Hätte sie einen Gedanken daran verschwendet, hätte sie angenommen, er habe einen Freund gezwungen, ihm zu helfen und Stillschweigen darüber zu bewahren. Nun kam ihr der Gedanke, dass der Graf möglicherweise keine Freunde aufzuweisen hatte, die ihm Hilfe *und* Verschwiegenheit anbieten würden.

Lord Leyden riss seiner Nichte den Korb aus den Händen. Achtlos warf er die sauberen Tücher auf den Boden und fand die Flasche Brandy. Den Korb stieß er ihr wieder in die Arme und während sie sich bückte, um die weggeworfenen Sachen einzusammeln, entkorkte er die Flasche und trank gierig. »Noch besser als Essen«, keuchte er nach einer Weile. »Ist es ein Junge oder diesmal ein Mädchen?«

»Die Thayers haben ein Mädchen bekommen«, antwortete Mercedes und hütete sich, ihm den Namen zu nennen. Ihr Onkel würde möglicherweise den Zusammenhang erraten und in Zorn geraten.

Der Graf knurrte verächtlich. »Sobald ich das Balg schreien hörte, wusste ich, dass du bald auftauchen wirst. Ich wusste nur nicht, ob du diesmal allein kommst.« Er hörte, wie sie erschrocken aufjapste. »Ja, ich habe dich beobachtet. Ich verstehe nur nicht, wieso dich das überrascht. Niemand scheint um mich zu trauern, also gehe ich davon aus, dass ihr mich am Leben wähnt.«

»Severn versuchte uns einzureden, du seist tot.«

Er überhörte ihre Zwischenbemerkung. »Du wirst doch gewusst haben, dass ich mich nicht weit von Weybourne Park entferne, nicht bevor ich alles habe, was ich brauche.«

»Du hast dich die ganze Zeit hier versteckt?« Wie war ihm das gelungen? Die ganze Gegend war durchsucht worden. Andererseits hatten die Suchtrupps nach einer Leiche Ausschau gehalten, nicht nach einem Mann, der sich verbergen konnte. Der Graf, ein erfahrener Jäger, hatte es vermutlich lächerlich leicht gefunden, den Männern zu entkommen. »Warum versteckst du dich?«

Lord Leyden nahm wieder einen tiefen Schluck aus der Flasche und fand es nicht nötig, ihre Frage zu beantworten. »Ich brauche ein paar Sachen«, sagte er, »die du mir beschaffen wirst. Ich brauche Kleider zum Wechseln. Du gehst in mein Zimmer und packst zwei Koffer. Mach sie nicht zu voll, damit sie nicht zu schwer zu tragen sind.«

Dabei war er kaum besorgt, dass die Koffer für sie zu schwer sein könnten, dachte Mercedes und drückte den Korb an sich, wie um sich vor weiteren Forderungen ihres Onkels zu schützen.

»Packe in jeden Koffer auch etwas Essen. Brot und Speck, mehr brauche ich nicht.« Und als würde es ihm nachträglich einfallen, fügte er hinzu: »Eine Flasche Brandy wäre auch nicht schlecht.«

Er wollte noch mehr, das wusste Mercedes. So leicht würde sie nicht davonkommen.

»Pack meine Pistolen ein«, fuhr er fort. »Die in der Mahagonikassette.« Und nach einer Pause: »Selbstverständlich brauche ich auch Geld.«

Mercedes' Magen krampfte sich zusammen. Sein Verlangen nach den Duellpistolen war eine Kleinigkeit im Vergleich zu seiner Geldforderung. »Geld? Wir haben kein Geld. Mein Schmuck vielleicht ...«

»Dummes Zeug«, fiel er ihr gereizt ins Wort. »Ich lenke doch nicht die Aufmerksamkeit auf mich und bringe Schmuck ins Leihhaus, noch dazu dein wertloses Zeug.«

Die Grausamkeit seiner letzten Bemerkung versetzte ihr einen schmerzhaften Stich. Die kostbarsten Stücke, das Erbe ihrer Mutter, waren längst verkauft, lange bevor Mercedes ihren materiellen Wert zu schätzen wusste. Für Mercedes ging es um den ideellen Wert, den die Ohrgehänge und

Halsketten darstellten. Sie hatten am schlanken Hals ihrer Mutter geglitzert und ihre Ohren geschmückt. Sie erinnerte sich an diamantenbesetzte Schmuckkämme, ein ziseliertes Goldmedaillon, ein funkelndes Rubinarmband und ein eng anliegendes Smaragdhalsband, das wie ein Ring aus grünen Eiskristallen um ihren schlanken Hals lag.

Einige Stücke hatte Mercedes ganz besonders geliebt: Elfenbeinkämme, eine Perlenkette und einen Saphirring in einem Kranz aus Diamaten. Diese Schmuckstücke hatte ihre Mutter an jenem Abend getragen, als sie ermordet wurde. Einiges davon war bei den Banditen gefunden worden. Vier Jahre später waren die Juwelen endgültig verloren, diesmal, weil der Graf eine Wette verloren hatte. Es ging um eine Rekordzeit, in der seine beiden Grauschimmel die Strecke von London nach Land's End reiten sollte. Tante Georgia hatte bis zum Abend damit gewartet, um sie von der Torheit des Grafen und deren Folgen zu unterrichten. Die damals achtjährige Mercedes war untröstlich gewesen.

Der maßlose Zorn, den sie damals empfunden hatte, wallte wieder in ihr hoch. Sie wankte und war froh um die Dunkelheit, die ihren Schwächeanfall vor dem Grafen verbarg. »Wenn du keinen Schmuck willst«, brachte sie endlich hervor, »was dann? Es ist kein Geld da.« Es gab noch das Geld, das sie für die Ausbildung der Zwillinge beiseite geschafft hatte. Selbst wenn der Graf davon wüsste, würde er nicht daran kommen. Dafür hatte sie Sorge getragen, da sie befürchtet hatte, der Tag würde kommen, an dem er sie unter Druck zu setzen versuchte. »Ich weiß nicht, was ich für dich tun kann.«

Sie spürte seinen bohrenden Blick und dann wusste sie Bescheid. »Nein«, stieß sie hervor und wich entsetzt zurück, bis ihre Kniekehlen gegen einen wackligen Stuhl stießen. Den Korb mit beiden Armen an sich gedrückt, sackte Mercedes auf die Sitzfläche. »Du kannst nicht von mir verlangen …«

Der Graf unterbrach sie barsch: »Ich erwarte von dir, dass du dir Geld von Captain Thorne beschaffst.«

»Dass ich ihm Geld stehle, willst du wohl sagen.«

»*Beschaffen*«, korrigierte er. »Wie du es anstellst, ist deine

Sache. Vergiss nicht, ich habe dich mit dem Captain gesehen … wie ihr durch den Garten spaziert seid … beim Picknick auf der Wiese … vielleicht genügt es, ihn darum zu bitten. Er scheint Gefallen an dir zu finden.«

»Du irrst. Captain Thorne findet keinen Gefallen an mir.«

»Du unterschätzt deine Ausstrahlung. Das hast du immer getan.«

Ein Frösteln durchrieselte Mercedes. Sie nahm die Worte des Grafen nicht als Kompliment, nicht von ihm und nicht in diesem gedehnten Tonfall. »Ich kann ihn nicht um Geld bitten«, entgegnete sie. »Jede Ausgabe dient einem bestimmten Zweck. Er würde herausfinden, wenn ich Geld für etwas anderes verwenden würde.«

»Na und? Bis dahin bin ich längst über alle Berge.«

»Er stellt Wechsel aus«, erklärte sie. »Wechsel, die bei seiner Londoner Bank einzulösen sind. Es ist kein Bargeld im Haus.«

Der Graf ließ sich nicht beirren. »Noch besser«, meinte er. »Du bringst mir einen Wechsel ausgestellt auf … Ashbrook und Deakins.«

»Deine Schneider?«

»Eine Handelsfirma. Wie dem auch sei. Durch deine Tätigkeit für Thorne hast du mit vielen Firmen zu tun. Denk dir was aus, um seinen Verdacht zu zerstreuen.«

»Aber er muss die Wechsel unterzeichnen. »

»Nicht, wenn du seine Unterschrift fälschst.«

»Das kann ich nicht!«

»Es bleibt dir keine andere Wahl, Mercedes.« Er legte eine Pause ein. »Du fragst dich vielleicht, was ich tun kann, wenn du mir deine Hilfe verweigerst. Du solltest dir besser überlegen, was ich *nicht* tun könnte. Damit würdest du weniger Zeit vergeuden. Ich sehe die Zwillinge kommen und gehen. Gemeinsam oder getrennt geben sie ein leichtes Ziel ab, für eine Entführung oder für einen gezielten Schuss. Wie lange glaubst du sie einsperren zu können?«

Mercedes hörte auf zu atmen und starrte ihn fassungslos an.

»Willst du dem Captain diese Geschichte etwa erzählen?«, fragte er liebenswürdig. »Wer soll euch vor einem Überfall schützen? Thorne jedenfalls nicht. Er wird irgendwann wieder an Bord seines Schiffes sein. Selbst dein ehrenwerter Captain kann nicht an zwei Orten zugleich sein. Du wirst nicht zur Ruhe kommen, Mercedes, wirst immer ängstliche Blicke über die Schulter werfen. Kannst du dir dieses erbärmliche Leben vorstellen?« Er ließ das nachfolgende Schweigen für sich selbst sprechen. »Du hast also verstanden«, sagte er schließlich.

»Wie viel?«, fragte sie tonlos.

»Zweitausend Pfund Sterling.«

Mercedes hatte nicht die Kraft, um über die Summe zu erschrecken. Sie war wie betäubt. »Und was erkaufe ich mir dafür?«, fragte sie.

»Deine Freiheit«, antwortete er achselzuckend. »Meine Freiheit. Das hängt vom jeweiligen Blickwinkel hab.« Er lachte in sich hinein, stolz auf seine Fähigkeit zu philosophischen Betrachtungen in einer heiklen Situation. »Ich habe vor, England zu verlassen. Sei versichert, mein Glück erwartet mich an fernen Küsten.«

Hoffnung stieg in ihr auf. »Ist das dein Ernst?«

»Dein Eifer ist nicht eben schmeichelhaft«, entgegnete er trocken. »Doch du wirst deine Gründe haben. Ja, es ist mein Ernst. Mein Bestimmungsort bleibt allerdings mein Geheimnis. Möglicherweise würdest du den Wunsch verspüren, mich bei deinem Captain anzuschwärzen, wenn ich fort bin. Ich habe keine Lust, ständig über *meine* Schulter schauen zu müssen.«

Von der Gegenwart ihres Onkels befreit zu sein wäre es wert, jedes Geheimnis zu wahren, dachte Mercedes, ohne den Gedanken laut auszusprechen. Zweitausend Pfund erschienen ihr plötzlich eine lumpige Summe. Sie wäre bereit, Colin Thornes Unterschrift auf einem Wechsel über die doppelte Summe zu fälschen und hätte die Strafe für dieses Verbrechen ohne Murren auf sich genommen. »Hast du mit Severn gesprochen?«, fragte sie. »Weiß er von deinem Plan?«

Der Graf wischte ihre Frage unwirsch beiseite. »Ich brauche alles bis zum Morgen. Vor Tagesanbruch. Und glaube nur nicht, du könntest mir eine Falle stellen. Ich weiß, ob du allein kommst oder in Begleitung.«

Sie wollte ihm keine Falle stellen, sie wollte ihn nur loswerden. Ihr sehnlichster Wunsch war, ein für alle Mal von seiner Gegenwart befreit zu sein. Und dennoch glaubte Mercedes, sie könne ihm eine Bedingung stellen. »Erkenne Britton und Brendan als deine Söhne an«, sagte sie mit fester Stimme.

Leyden blinzelte verdutzt. Er hatte die Flasche angesetzt und ließ sie langsam sinken, ohne zu trinken. »Was?«

»Erkenne die Zwillinge als deine rechtmäßigen Erben an«, wiederholte sie. »Was kann es dir schon ausmachen? Du verlässt das Land. Der Besitz geht auf Captain Thorne über. Was kümmert es dich, ob Britton den Titel erbt? Oder willst du, dass Severn ihn erhält? Du weißt genau, dass die Zwillinge deine Söhne sind. Tante Georgia hat dich niemals betrogen. Du hast sie nur gehasst, weil du meine Mutter nicht bekommen hast.«

Mercedes hatte sich zu weit vorgewagt. Der Schutz der Dunkelheit hatte sie unvorsichtig gemacht, ihr ein törichtes Maß an Mut gegeben. Plötzlich flog die Flasche durch die Luft und traf sie an der Schläfe. Ein stechender Schmerz durchfuhr sie; sie schwankte und hielt sich am Stuhl fest, ehe sie vornüber auf den Lehmboden sackte.

Als sie wieder zu Bewusstsein kam, war es auch vor der verlassenen Bauernkate pechschwarz und sie war allein.

Mrs. Hennepin nahm Mercedes Hut und Schultertuch ab. »Wie haben Sie es nur geschafft, die Schleife so zu zerdrücken?«, fragte sie und drehte den Hut missbilligend zwischen den Fingern. »Und das Tuch sieht aus, als hätten Sie es hinter sich hergeschleift. Sind Sie gestürzt?«

Mercedes klopfte sich den Staub vom Kleid. »Der vollen Länge nach«, antwortete sie. Es kostete sie Mühe, im Plauderton zu sprechen. »Ich muss ein erbärmliches Bild abgegeben haben.«

Die Haushälterin schüttelte den Kopf und schnalzte tadelnd mit der Zunge. »Sie sollten in Zukunft achtsamer sein, Kind.«

Mercedes senkte schuldbewusst den Kopf. »Wie spät ist es?«

»Sie wollten längst zurück sein. Es ist bereits nach zehn. Die Buben liegen seit einer Stunde im Bett. Chloe hat nach Ihnen gefragt. Die Mädchen wollen Ihnen zeigen, was sie eingekauft haben.«

»Das muss bis morgen warten. Ich sehne mich nach einem erholsamen Bad. Würden Sie dafür sorgen, dass man mir ein Bad zubereitet?«

»Natürlich.«

»Hat der Captain sich schon zurückgezogen?«

»Nein. Ich glaube, der Mann schläft nie. So etwas ist mir noch nicht untergekommen. Ich bin ihm schon vor Tagesanbruch begegnet und er ist noch nicht zu Bett gegangen.«

Mercedes bemühte sich um Geduld. Auch ihr war aufgefallen, dass Colin mit wenig Schlaf auszukommen schien, doch darüber wollte sie jetzt nicht reden. »Finde ich ihn in der Bibliothek?«

Mrs. Hennepin nickte. »Ich habe ihm heiße Schokolade gebracht. Er fragte nach Ihnen. Wären Sie jetzt nicht aufgetaucht, hätte er sich wahrscheinlich auf die Suche nach Ihnen gemacht.«

Eine gute Nachricht für Mercedes, denn sie verhieß, dass er sich noch einige Zeit in der Bibliothek aufhalten würde, wenn sie ihn wissen ließ, dass sie zu Hause war. Seine Gewohnheit, erst zu später Stunde sein Schlafzimmer aufzusuchen, kam ihr sehr gelegen. »Ich sehe nach ihm«, erklärte sie der Haushälterin.

»Ja, tun Sie das.«

Mercedes wartete, bis Mrs. Hennepin in den Flur zur Küche eingebogen war, ehe sie sich der Bibliothek näherte. Sie brauchte ein paar Sekunden, um sich zu sammeln und ihren Entschluss zu bekräftigen. Dann öffnete sie leise die Doppeltüren und blieb an der Schwelle stehen. »Darf man eintreten?«

Colin hatte sein Buch bereits sinken lassen. Nun klappte er es zu und legte es neben sich. »Aber gern.«

Sie schloss die Tür, trat drei Schritte vor und gab ihm damit zu verstehen, dass sie nicht die Absicht hatte, lange zu bleiben. »Mrs. Hennepin meint, Sie wollten bereits nach mir suchen. Ich will mich nur zurückmelden.«

»Gut. Ziemlich unvernünftig, so lange auszubleiben, finde ich.«

Er wollte es ihr also nicht leicht machen. »Tut mir leid.«

»Wo waren Sie?«

Ihre Überraschung war nicht gespielt. »Ich sagte Ihnen doch, dass ich zu den Thayers mit dem Korb für das Baby will. Haben Sie das vergessen?«

»So lange?«

»Die Zeit verging wie im Flug bei den Thayers.« Sie hatte den Korb mit allen guten Wünschen übergeben, die Einladung, zum Tee zu bleiben, aber höflich abgelehnt. Sie sei spät dran, hatte sie gesagt und die Thayers hatten Verständnis gezeigt. »Mrs. Thayer hat sich riesig über die Geschenke gefreut. Sie hofft, dass Sie der Familie die Ehre erweisen und zur Taufe der kleinen Colleen kommen.« Das war die reine Wahrheit.

»Und Mr. Thayer? Hat er sich über die Flasche Brandy gefreut?«

Unwillkürlich rieb Mercedes sich die Schläfe, wo die Flasche sie gestreift hatte. Der Graf hatte seine Waffe nicht zurückgelassen, wie Mercedes nach einigem Suchen festgestellt hatte. »O ja, sehr«, antwortete sie. »Er will sie besonderen Gelegenheiten vorbehalten.« Mercedes fragte sich, wieso sie ihre Lügen auch noch ausschmückte. Wenn Colin an der Taufe des Kindes teilnahm, würde er sich vermutlich wundern, warum Mr. Thayer die Flasche nicht auf den Tisch stellte. Nun musste sie dem Captain entweder ausreden, zur Taufe zu gehen, oder Mr. Thayer in irgendeiner Form dazu bringen, ihre Lügengeschichte zu decken. Ihre Füße waren plötzlich sehr schwer, als würde sie durch Sumpf waten.

»Tatsächlich«, meinte Colin freundlich.

Mercedes wusste, dass ein schlechtes Gewissen keinen Ankläger braucht. Zwar ließ nichts in Colins Miene erkennen, dass er ihrer Geschichte misstraute, dennoch hatte sie den Verdacht, dass er ihr nicht glaubte. Sie sah seine skeptisch hochgezogene Braue, seine Mundwinkel kräuselten sich zu einem spöttischen Lächeln und das einzige Wort, das er sprach, schien er merkwürdig in die Länge zu ziehen.

Er betrachtete sie geduldig und mit Nachsicht. Spürte er ihre Verzweiflung? Mercedes wünschte, er würde ihr einen Rettungsring zuwerfen.

»Trinken Sie eine Tasse heiße Schokolade?«, fragte er. »Ich fürchte, Mrs. Hennepin hat es sich in den Kopf gesetzt, dass ich das Zeug gerne trinke.«

Mercedes' Atemzüge beruhigten sich. Ihre Füße schienen nicht mehr so tief im Morast einzusinken. Sie hoffte, die Bibliothek jetzt verlassen zu können. »Gern. Ich nehme sie mit auf mein Zimmer«, sagte sie. »Mrs. Hennepin lässt mir ein Bad zubereiten.« Diesmal zogen sich seine beiden Brauen hoch und sie hatte keinen Zweifel, ein dunkles Verlangen in seinem Blick zu erkennen. Mercedes senkte den Blick, um nicht zu erröten.

Colin hielt ihr die Tasse Schokolade hin. »Hier«, meinte er. »Wohl bekomm's. Ein Bad wird Ihnen auch nicht schaden. Sie sehen aus, als seien Sie in eine Pfütze gefallen.«

In ihrem Zimmer trat Mercedes an den hohen Standspiegel. Ein Blick genügte, um zu wissen, warum Mrs. Hennepin und Colin sich tadelnd über ihr Aussehen geäußert hatten. Nicht nur ihr Kleid war mit Lehm befleckt von ihrem Sturz in der verfallenen Kate, an ihrer Stirn waren zudem schmutzige Fingerabdrücke, als sie nach der Beule getastet hatte. Das Haar hing ihr wirr ins Gesicht, die zerzausten Strähnen in der Farbe bittersüßer Schokolade ließen sich nicht mit den Händen glätten. Und in ihr sagte eine lästige Stimme, sie habe Ähnlichkeit mit dem Haupt der Medusa.

Und dann fiel ihr ein, wie sie auf Colins letzten Blick reagiert hatte. Was sie irrtümlich für Verlangen nach ihr gehalten hatte, war nichts weiter als kaum verhohlener Spott. Diesmal überzog sich ihr Gesicht mit tiefer Schamröte, die ihr bis unter die Haarwurzeln reichte.

Ungeduldig wandte sie sich vom Spiegel ab und entkleidete sich hastig. Sie war bereits im Morgenmantel, als zwei Mägde heißes Wasser brachten und in die Wanne füllten.

Ehe der Bottich halb voll war, entließ Mercedes die Mädchen. Statt in die Wanne zu steigen, wusch sie sich Gesicht und Hände in der Schüssel neben dem Bett, bürstete ihr Haar, bis es wieder gezähmt war, und band es im Nacken mit einer roten Schleife zusammen. Sie schlüpfte in ein ärmelloses weißes Baumwollnachthemd und wandte sich wieder dem Spiegel zu. Sie war zufrieden mit ihrer Wahl. Das schlichte Hemd und das rote Band im Haar als einziger Schmuck schmeichelten ihrem jugendlichen Aussehen.

Sie ließ den Morgenmantel am Fuß des Bettes liegen und machte sich nur im Nachthemd und mit bloßen Füßen auf den Weg.

Im Nordflügel war es totenstill. Alle Türen waren geschlossen. Lautlos huschte Mercedes durch den breiten Korridor, der von Lampen in kleinen Wandnischen schwach erhellt war, in deren Schein ihr Schatten sich verzerrte. Sie zählte die Türen wie die Meilensteine auf der Straße von Weybourne nach London und der Weg erschien ihr ebenso lang.

An der Empore der breiten Freitreppe, welche die beiden Flügel miteinander verband, verharrte Mercedes und horchte angestrengt auf ein Geräusch aus der Bibliothek. Doch alles, was sie hören konnte, war das rauschende Pochen ihres Herzschlags im Ohr.

Es gab kein Zurück. Mercedes war fest entschlossen, ihren Auftrag auszuführen. Der Köder, den der Graf ihr hingeworfen hatte, ihre Freiheit von seiner verhassten Gegenwart und seinen Quälereien, war zu verlockend. Sie durfte die Gelegenheit nicht verstreichen lassen. Sie eilte an der Empore vorbei und huschte den dämmrigen Flur des Südflügels entlang.

Dort war Colin einquartiert worden, eine für alle Bewohner günstige Lösung. Hier war er ungestört und vor unerwünschten Überfällen der Zwillinge geschützt. Auch von den Mädchen wurde er nicht belästigt, die ihm mit ihrem Backfischgeplappere möglicherweise auf die Nerven gehen würden, und Mercedes war froh, ihm nicht auf Schritt und Tritt zu begegnen. Der Nordflügel mit seinem Glockenturm war stets ihr Zufluchtsort gewesen. Colins Anwesenheit dort hätte sie als Eindringen in ihre Privatsphäre angesehen.

Mercedes hatte den Eindruck, dass auch er mit dieser Lösung zufrieden war und es begrüßte, ein paar Stunden des Tages von den Streichen der Zwillinge verschont zu bleiben, sich nicht Chloes Ängste über die bevorstehende Hochzeit oder Sylvias ständiges Kichern anhören zu müssen. Nicht zuletzt blieb er hier auch zeitweise von ihrer Gegenwart verschont, dachte Mercedes. Von seinem Leben an Bord war er an männliche Umgebung gewohnt und mit Sicherheit froh, gelegentlich weiblicher Gesellschaft zu entrinnen.

Vor Colins Räumlichkeiten legte sie das Ohr an die Tür und horchte gespannt. Als sie nichts hörte, atmete sie tief durch, um sich zur Ruhe zu zwingen, und trat ein. Die Tür schloss sie mit einem leisen Klicken hinter sich.

Auf dem Nachttisch brannte eine Öllampe, deren Docht heruntergedreht war und nur einen schwachen Schein verbreitete. Mehr Licht brauchte Mercedes nicht.

Sie wusste, wo er seine Bankunterlagen aufbewahrte. Mehr als einmal war sie es, die seine Bücher aus seinem Zimmer holte und ihm in die Bibliothek brachte. Früher oder später würde er herausfinden, dass sie sein Vertrauen missbraucht hatte. Mercedes verdrängte diese schmerzlichen Überlegungen und suchte Trost in dem Gedanken, dass diese Erkenntnis nur seinen anfänglichen Argwohn bestätigen würde.

Außer einem breiten Baldachinbett und einer Wäschekommode bestand die Einrichtung in Colins Schlafzimmer aus einem Sekretär und einem bequemen Lehnstuhl. Unter dem Schreibtisch stand ein gepolsterter Fußschemel, den Colin gern benutzte, um seine langen Beine darauf auszustrecken, wenn er seine Korrespondenz erledigte. Seit er sich in Weybourne Park aufhielt, hatte er einige Briefe geschrieben, die Mercedes zur Post gebracht hatte. Einer war an seinen Rechtsanwalt Mr. Abernathy in London gerichtet, ein zweiter an seine Bank. Bemerkenswerter fand sie die Briefe, die an eine Miss Jonna Remington in Boston adressiert waren. Der Name ging ihr nicht aus dem Kopf, bis sie sich daran erinnerte, dass der Segler, auf dem Colin Thorne das Kommando führte, den Namen *Remington Mystic* trug. Die Empfängerin war vermutlich die Tochter seines Arbeitgebers. Offenbar handelte es sich um intime Botschaften an die Dame, die er Aubrey Jones nicht anvertrauen wollte.

Mercedes furchte die Stirn. Sie hatte kein Recht, derlei Überlegungen anzustellen. Vorsichtig öffnete sie den Sekretär und ließ die Platte herunter.

In einer Ecke lag ein Stapel cremefarbenes Briefpapier, daneben ein paar zerknüllte beschriebene Blätter, die darauf schließen ließen, wie schwer es Colin gefallen war, Worte zu Papier zu bringen. In der anderen Ecke des Fachs lagen die Wechselformulare und die Kontenbelege seiner Bank, die sie flüchtig durchblätterte, wobei sie feststellte, dass er eine Summe von zweitausend Pfund Sterling an ihren Onkel ohne weiteres entbehren konnte. Sie legte die Bankbelege wieder an ihren Platz zurück und entnahm vorsichtig ein mit Wasserzeichen versehenes Formular aus der Mitte des Wechselstapels, das sie mit zwei Fingern hielt, während sie einen der zerknüllten Briefbogen an sich nahm, den sie brauchte, um seine Handschrift zu studieren.

Mit schweißnassen Händen schloss sie den Sekretär. Die Platte entglitt ihren bebenden Fingern und klappte geräuschvoll zu. Der Knall hallte wie ein Pistolenschuss in dem totenstillen Zimmer. Vor Schreck ließ sie die Papiere fallen. Das Wechselformular flatterte durch die Luft und wurde von einem Windhauch hochgehoben, doch als sie hektisch danach greifen wollte, segelte es unter Colins Bett. Der zusammengeknüllte Brief war gleichfalls unters Bett gerollt.

Mercedes seufzte.

Im Begriff, sich auf den Boden zu kauern, nahm sie eine Bewegung an der Tür wahr. Verstört blickte sie auf und sah Colin Thorne auf der Schwelle stehen.

Mercedes fuhr mit einem Ruck hoch. Wie lange stand er schon da? Was hatte er gesehen? Hatte er den Knall gehört, mit dem der Deckel zugefallen war? Wie sollte sie ihm ihre Anwesenheit erklären? Fragen über Fragen schwirrten ihr durch den Kopf und keine einzige Antwort.

Colin machte einen Schritt ins Zimmer und stieß die Tür mit dem Stiefelabsatz zu. »Welche Überraschung«, sagte er leise.

Mercedes flehte um innere Ruhe und fand sie wie durch ein Wunder. »Wirklich?«

Er lächelte dünn. »Vielleicht auch nicht. All die Nächte, in denen Sie Ihre Tür verriegelten, war meine stets offen.«

Woher wusste er das? War er tatsächlich an ihrer Tür gewesen? Ihre ausdrucksvollen grauen Augen verrieten ihre Gedanken, als habe sie laut gesprochen.

»Nein«, lenkte Colin ein. »Ich war nie an Ihrer Tür. Ich habe Ihnen geraten, Ihre Tür zu verriegeln, und wusste, Sie sind so vernünftig, es zu tun.«

Mercedes konnte nicht klar denken, sie war vollauf damit beschäftigt, sich zu zwingen, ihm direkt in die Augen zu schauen, wie um ihn zu hypnotisieren, damit er nicht unter dem Bett nachsah und den Beweis ihres Betrugs entdeckte.

»Nun scheint sich manches zu ändern«, sagte er. Und als sie ihn weiterhin gebannt anstarrte, meinte er aufmunternd: »Nicht wahr?«

Mercedes nickte. Diese winzige Bewegung kostete sie große Anstrengung. Ihr Kopf war unendlich schwer auf ihrem schlanken Hals. Sie öffnete den Mund, um zu sprechen, und brachte keinen Ton heraus. Colin machte es ihr nicht leicht. Er wartete auf ihre Erklärung. Sie hatte gewusst, dass so etwas passieren könnte. Sie hatte sich darauf vorbereitet, deshalb hatte sie sich im dünnen Nachthemd in sein Zimmer geschlichen. Nur die Worte hatte sie sich nicht überlegt. Mercedes hatte immer noch keine Ahnung, was sie sagen würde, als sie den Mund wieder öffnete. »Ich denke an Sie.«

»Ach?«

Er zog eine Braue hoch. Mercedes konnte nicht erkennen, ob er nur neugierig war oder sich über sie lustig machte. »Oft«, hauchte sie. Und nach einer lastenden Pause: »Ständig.« Es fiel ihr unendlich schwer, einfach dazustehen, ohne die Hände zu ringen. Seine dunklen Augen wurden schmal und senkten sich in die ihren.

Colins Blick blieb auf ihrem Gesicht haften, nahm aber

ihre ganze Gestalt wahr. Ihr Haar, nur von einem roten Ripsband gehalten, umschmeichelte ihr Gesicht. Der rote Farbtupfer stand in starkem Kontrast zum jungfräulichen Weiß ihres schlichten Nachthemds. Der dünne Stoff umspielte die Konturen ihres Körpers, nicht durchsichtig und dennoch unendlich verlockend. Ihre Brustspitzen zeichneten sich wie Rosenknospen ab, während ihr Busen sich unter ihren hastigen Atemzügen hob und senkte.

Sie trug keine Schuhe. Ein nackter Fuß berührte den anderen, eine hilflos scheue, kleine Bewegung, als wolle sie in der nächsten Sekunde zu ihm laufen.

»Komm zu mir, Mercedes«, raunte er.

In ihren Ohren klang es wie ein Befehl. Die Entfernung, die sie voneinander trennte, erschien ihr unüberwindlich. Er streckte ihr die Hand entgegen und sie bewegte sich wie in Trance auf ihn zu. Sie wurde in seine Arme gezogen von einem Sog, über den sie keine Macht hatte, dann auf die Zehenspitzen gehoben und an seinen Körper gepresst.

Sein Mund drückte sich hart auf ihre Lippen. Fordernd. Suchend. Beinahe gewaltsam. Erst als sie ihren Widerstand aufgab, wurden seine Lippen weich. Er kostete ihren Mund, seine Zungenspitze strich die empfindsame Unterseite ihrer Lippen entlang, über die kleinen Unebenheiten ihrer Zahnreihe. Sie öffnete sich seinem sinnlichen Überfall und schmiegte sich an ihn.

Ihre Brüste drängten sich an Colins breite, harte Brust. Die Goldknöpfe seiner Weste drückten sich in ihre Haut. Mercedes schlang die Arme um seinen Hals und reckte sich ihm entgegen. Seine Hände umfingen ihre Mitte.

»Du stehst auf meinen Zehen.«

Sie spürte seine Worte kribbelnd an ihren Lippen. »Was?«

Colins Hände festigten sich um ihre Mitte und hoben sie hoch. »Meine Zehen«, raunte er. »Du stehst auf meinen Zehen.«

Sie stand zu eng an ihn geschmiegt, um nachzusehen. »Ich tu es nicht wieder.« Ein atemloses Versprechen.

Er stellte sie auf seinen Stiefelspitzen ab. »Es macht mir nichts aus.«

Er küsste sie erneut und spürte, wie ihre Zehen auf seinen Stiefeln Halt suchten. Sie schmolz unter seinem Kuss, fühlte sich leicht und biegsam an wie eine Weide.

Er umfing ihre prallen Gesäßbacken, presste sie enger an sich, bis ihr heißer Schoß ihn berührte. Ihre Finger krallten sich in seine Schultern, als seine harte Männlichkeit sich zwischen ihre Schenkel drängte. Ihr schwaches Japsen wurde von seinem Mund erstickt. Seine gewölbten Hände hoben sie hoch, rieben ihren Schoß an seinem Schaft, senkten sie wieder. Diesmal reckte sie sich ihm entgegen und als er sie wieder hob, japste sie nicht. Ihr wohliges Stöhnen kribbelte an seinen Lippen und jagte einen fiebrigen Schauer in seine Lenden.

Mercedes' Finger gruben sich in Colins Haar, das selbst im schwachen Schein der Lampe noch golden leuchtete. Seidige Locken kringelten sich um ihre Finger. Ihre Nägel kratzten über seinen Nacken und der Schauer, der ihn durchrieselte, jagte eine Hitzewelle in ihre Mitte. Zu Beginn hatte sie sich in der Rolle der Spinne gesehen und ihn als die in ihrem Netz gefangene Fliege. Nun wusste sie nicht, wer in wessen Netz gefangen war, ob das überhaupt noch zählte. Sie waren beide im Netz ihres gemeinsamen Verlangens gefangen.

Colin löste seine Lippen. Mercedes lehnte die Stirn an seine Schulter. Er hörte ihre flachen Atemzüge, spürte ihren rasenden Herzschlag. Sie drehte das Gesicht zur Seite und barg die Wange am Revers seines Gehrocks. Sein Mund berührte ihren Scheitel. Er hielt sie nun locker umfangen, um seine Gefühle, seine Gedanken zu ordnen.

War es vorbei?, fragte sie sich. Sie fühlte sich zittrig, benommen und rastlos. Seine Küsse hatten sie beinahe verschlungen und nun ... Mercedes hob das Gesicht, ohne zu wissen, dass ihre Augen die Farbe von Rauch angenommen, ihre Pupillen sich geweitet hatten und so schwarz waren wie seine Augen, die sich darin spiegelten. Als sie ihm ihre Lippen entgegen hob, dachte Mercedes nicht an die Papiere unter Colins Bett, die sie verraten würden, wenn sie versagte. Es waren andere Gründe, selbstsüchtig und begehrlich, die sie verleiteten.

Colin erwiderte ihren Kuss nur leicht.

Sie sah ihm verdutzt in die Augen. »Stehe ich wieder auf den Zehen?«

Er schüttelte den Kopf. »Wenn du mich weiter so zärtlich berührst, fahre ich aus der Haut.« Ihre Augen weiteten sich erschrocken. Trotz ihrer Verführungskünste war sie unschuldig wie ein Kind. »Das ist ein Kompliment«, erklärte er.

Es war nur ein Hauch, der seine Lippen berührte, der allerdings den letzten Damm seiner Willenskraft brach. »Mein Gott«, raunte er. Es gab kein Halten mehr, er hob Mercedes in die Arme und legte sie aufs Bett.

Mercedes erschrak. Als sie auf seinen Zehen stand, hatte sie das Gefühl, ihm gewachsen zu sein. Neben ihr liegend wirkte er wie eine Bedrohung. Sie spürte das Gewicht seiner Schenkel auf ihren Beinen. Ihre Handgelenke lagen von seinen Händen umfangen auf dem Kissen. So leicht der Druck auch war, es gab kein Entrinnen mehr, als wäre sie an Eisenketten geschmiedet.

Er barg sein Gesicht an ihrer Schulter. Der Striemen war zu einem dünnen Strich vernarbt. Die feuchte Spur, die Colins Zunge hinterließ, brannte glühender auf ihrer Haut als die Erinnerung an den Peitschenhieb. Sie schrie auf, bäumte sich unter der süßen Qual, die seine Zärtlichkeit in ihr auslöste. »Colin«, stöhnte sie.

Seine Lippen strichen über ihren Mund. »Sag es noch einmal.«

Sie zögerte nicht. »Colin.«

Sein Mund wanderte zu ihrer Halsbeuge. Seine Zähne fanden ein Ende des Ripsbandes und lösten die Schleife. Colin gab ihre Handgelenke frei, wühlte in ihrem Haar und sog den Lavendelduft ein, der ihm entströmte.

Mercedes hielt den Atem an, als seine Fingerkuppen in einer beinahe ehrfürchtigen Berührung über ihre Schläfen und Wangen strichen. Er ließ ihr Haar durch die Finger rieseln, hob die schwere Lockenfülle und wand sie sich spielerisch um das Handgelenk.

Auf einen Ellbogen gestützt, schob er ihr das Nachthemd

sanft von den Schultern. Seine Hand strich ihr Schlüsselbein entlang. Er beugte sich über sie und küsste die Vertiefung an ihrem Hals.

Das Nachthemd wurde nur noch von den Hügeln ihrer Brüste gehalten, bis er sie davon befreite.

Mercedes sah benommen, wie sein Mund sich ihren Brustknospen näherte. Doch seine Worte ließen jedes Gefühl in ihr zu Eis erstarren.

»Wie viel kostet es mich, zwischen deinen Schenkeln zu liegen?«

Kapitel 8

Mercedes stemmte sich gegen seine Schultern, während sein Mund über ihre Brustknospen strich. Sie wand sich unter ihm und versuchte, das Gewicht seines Schenkels abzuschütteln, der ihre Beine gefangen hielt. Er festigte seinen Griff, hob den Kopf und sah ihr ins Gesicht. »Warum sagen Sie das?«, flüsterte sie.

Er antwortete nicht, studierte nur ihr Gesicht, das halb im Schatten lag. Sie hatte das Kinn gehoben, bot ihm schutzlos ihren schlanken Hals. Er könnte sie würgen oder küssen. Colin entschied sich für den Kuss.

Sein Mund berührte ihre Halsbeuge und seine Zunge tauchte in die Vertiefung ein. Er spürte ihren winzigen Laut, als ihr Kehlkopf an seinen Lippen vibrierte. Ihre Finger flatterten über seine Schultern, kraftlos versuchte sie, ihn von sich zu schieben. Seine Küsse wanderten ihr Schlüsselbein entlang zu ihrer Brust. Sein Mund umfing ihre Brustknospe und saugte sich daran fest.

Mercedes stockte der Atem. Eine Welle der Erregung durchflutete sie.

Erst als sie sich wieder unter ihm aufbäumte, löste er seinen Mund. »Du hast meine Frage nicht beantwortet«, sagte er.

Erneut versteifte sie sich, ehe ihre Fäuste gegen seine

Brust und Schultern hämmerten. Er hielt ihre Handgelenke fest. Mercedes bohrte die Fersen in die Matratze bei dem Versuch, sich aufzubäumen und ihn abzuschütteln. Sie wand sich erbittert, um sich zu befreien.

Colin brauchte nur abzuwarten. Schließlich gab sie ihren Widerstand auf, nicht weil sie sich fügte, sondern weil sie keine Kraft mehr hatte, gegen ihn zu kämpfen. Ihr keuchender Atem kam stoßweise. Eine senkrechte Stirnfalte war das einzige Zeichen ihrer Verzweiflung, ansonsten war ihr Gesicht gefasst, ihre klaren grauen Augen wachsam.

»Beleidige mich nicht«, raunte er.

»Was meinen Sie damit?«

Colins Griff um ihre Handgelenke festigte sich, was er erst bemerkte, als sie schmerzlich zusammenzuckte. Er lockerte den Griff, ohne sie freizugeben. »Tu das nicht, Mercedes. Sag es mir.«

Ihre Kehle war zugeschnürt von aufsteigenden Tränen. Sie hätte nichts sagen können, selbst wenn sie den Wunsch gehabt hätte.

Er nahm ihr Schweigen als Weigerung, ihren starren Blick als Eigensinn und fluchte leise. »Musst du immer mit dem Rücken zur Wand kämpfen?«, fragte er zähneknirschend. »Ich habe gesehen, wie du das Bankbuch zurückgelegt hast, und alles, was danach folgte.«

Mercedes wandte das Gesicht zur Seite. Ein verzweifelter Laut entrang sich ihrer Brust.

»Fällt es dir so leichter zu gestehen?« Er ließ ihre Handgelenke los und drehte sich zur Seite. Seine Hand legte sich an ihre Wange. Mit sanftem Druck zwang er sie, ihn anzusehen. Sein Daumen strich ihre Unterlippe entlang. Colins Stimme klang heiser: »Es hat sich nur eines geändert: Du weißt, dass ich weiß.«

Sie nagte an ihrer Unterlippe. Sein Mund hinderte sie daran. Er küsste sie fordernd, suchte die Hingabe, die sie ihm zuvor gewährt hatte. Dann öffneten sich ihre Lippen und wurden weich. Ihre Zungenspitze betastete die seine, ehe Colin den Kopf hob.

»Mercedes?« Er raunte ihren Namen fragend, ohne ein

weiteres Wort daran zu knüpfen. Sie wusste, was er damit zum Ausdruck bringen wollte.

»Zweitausend Pfund«, presste sie hervor, sah ihm gebannt ins Gesicht, wartete auf eine Reaktion: einen Aufschrei, einen Fluch. Irgendetwas. Es kam nichts. Colin zuckte nicht einmal mit der Wimper.

»Nun gut.« Damit löste er sich von ihr und rutschte an die Bettkante. Im Aufstehen hob er das Wechselformular und den zerknüllten Brief auf, trat an den Schreibtisch und öffnete ihn, entnahm ihm das Bankbuch und machte eine Eintragung über zweitausend Pfund. »Soll ich den Wechsel auf dich ausschreiben?«, fragte er.

Mercedes hatte sich aufgesetzt und die Träger ihres Nachthemds hochgeschoben. Das reichte ihr nicht aus, um ihre Blößen zu bedecken, also hielt sie die Bettdecke mit verkrampften Fingern hoch. »Ashbrook und Deakins.«

Colin beendete die Eintragung, klappte das Buch zu und legte es an seinen Platz zurück. Er tauchte die Feder ins Tintenfass und begann den Wechsel auszufüllen. Seine Hand flog rasch und sicher über das Papier, seine Handschrift war klar und kühn, ohne überflüssige Schnörkel und Verzierungen. »Und diese Herren sind ...?« Er ließ den Satz unvollendet.

Mercedes fand den Vorschlag ihres Onkels, eine Handelsfirma als Begünstigte einzutragen, nicht klug. Welche Anschaffung hätte sie für zweitausend Pfund machen können? »Eine Anwaltskanzlei«, antwortete sie. Das war sicherer. Anwälte waren teuer und produzierten außer Unmengen von Papierkram keine Waren.

Colin nickte und notierte. »Die Adresse der Kanzlei?«

Mercedes nannte ihm die Londoner Adresse ihres Onkels.

Colin unterzeichnete das Formular und drehte sich zu ihr um. »Möchtest du ihn sehen?«, fragte er.

Sie schüttelte den Kopf. »Ich vertraue Ihnen«, sagte sie. Bei seinem verächtlichen Lächeln zog sie die Schultern hoch.

»Ich wollte, das könnte ich von dir sagen.«

Er klang eher resigniert als zornig – beinahe traurig. Sie

erforschte sein Gesicht, doch seine dunklen Augen waren undurchdringlich. Sie musste sich verhört haben. Mercedes rutschte an den Bettrand. »Ich gehe jetzt«, sagte sie leise.

»Nein.« Colin zog die Jacke aus und hängte sie über die Stuhllehne.

»Nein? »

Er begann die Weste aufzuknöpfen und blieb dicht vor ihr stehen. Sie hob ihm ihr Gesicht entgegen. »Du hättest mich um das Geld bitten können«, sagte er. »Ich weiß nicht, was ich dir geantwortet hätte, aber du hättest fragen können. Das hast du nicht getan. Du wolltest es lieber stehlen.«

Sie hatte nichts zu ihrer Verteidigung vorzubringen. Nur Colins Erscheinen hatte sie daran gehindert, den Diebstahl zu begehen. Ihre Finger, die sich um die Bettdecke krallten, zeigten weiß verfärbte Knöchel.

Er berührte ihr Gesicht. Seine Fingerkuppen zeichneten ihre bleichen Wangen nach. »Du hast dich mir lieber an den Hals geworfen, um deinen Betrug zu vertuschen.«

Mercedes konnte sich dem Bann seines Blickes nicht entziehen.

»Du warst bereit, mit mir das Bett zu teilen, um dein Verbrechen zu vertuschen.« Er machte eine Pause. Seine gespreizten Finger schoben sich in ihre Haarfülle. »Ich bin bereit, dein Vergehen zu vergessen, wenn du bereit bist, das Bett mit mir zu teilen.«

Sie entzog sich ihm nicht. Seine Finger lagen ohne Druck in ihrem Nacken. Ihre Stimme klang ernst, ihre grauen Augen blickten aufmerksam. »Dann bin ich eine Hure.«

»Huren nimmt man für eine Nacht«, entgegnete Colin. »Zweitausend Pfund sind eine Menge Geld. Dafür wirst du meine Geliebte.«

Ein Schauer durchrieselte Mercedes. Nicht wegen seiner Worte; sie erschauerte, weil sein Daumen an der Unterseite ihres Kiefers entlangstrich. »Ich ...«

Mit einer seitlichen Drehung gab er ihr den Blick zum Sekretär frei, auf dem der unterschriebene Wechsel lag. Ihre Augen flogen in die Richtung. Es war unnötig, die Drohung auszusprechen; sie hätte zu hässlich geklungen.

Mercedes wandte sich Colin wieder zu. Ihre Lippen teilten sich, doch sie fand ihre Stimme nicht.

Er setzte sich neben sie auf die Bettkante und drehte ihr Kinn mit zartem Druck seiner Finger zu sich, bis sie ihn ansah. Er spürte den jagenden Puls ihrer Halsschlagader, küsste sie sanft, kostete ihre warmen, weichen Lippen. »Soll ich dir sagen, was wirklich anders ist?«, raunte er an ihrem Mund.

Mercedes wusste nicht, ob sie es hören wollte. Sie wurde wieder aufs Bett gelegt. Von seinen Händen gehalten, fühlte sie sich schwerelos. Ein Gefühl der Losgelöstheit umfing sie, als geschehe es einer anderen, als sei sie eine unbeteiligte Zuschauerin, die beobachtete, wie ihr Mund geküsst wurde, wie seine Finger begannen, sie aus dem Nachthemd zu schälen.

»Was anders ist«, sagte er leise, »ist die Tatsache, dass es keine Täuschungen und Lügen mehr gibt. Du kannst dir nicht einreden, dass du aus einem anderen Grund in meinem Bett liegst. Du kannst dir nicht vormachen, dass ich nicht weiß, warum du hier bist. Du kannst dir nicht einreden, dass meine Küsse bedeuten, ich sei auch nur halbwegs in dich verliebt.«

Seine Worte stachen tiefer, als ein Dolch es vermocht hätte. Mercedes stöhnte gequält. Einen Augenblick später stöhnte sie erneut, diesmal, weil sein Mund ihre Brustspitze umfing. Und wo der Stich seiner Worte ihr Herz durchbohrt hatte, benetzte sie seine warme Zunge und leckte ihre Wunden.

»Es hat dir nichts ausgemacht«, raunte er heiser, »mich zu betrügen. Es hat dir nichts ausgemacht, mir vorzuspielen, dass du mich wirklich begehrst. Wenn ich dumm genug wäre, dir zu glauben, du würdest mich begehren, besser noch, mich lieben, würde dir das Spiel mehr Vergnügen bereiten.«

»Nein.« Es war ein verzweifelter Laut, der von seinem Mund erstickt wurde.

Er küsste sie drängend, gewaltsam. Sein Kuss war eine Kriegserklärung. Und Mercedes nahm sie an, stellte sich seinem Kampf. Sein Verlangen erregte sie, seine zornige Leidenschaft wurde von ihr aufgenommen und zurückgegeben. Sie bäumte sich unter ihm auf, diesmal nicht, um sich vom Gewicht seines Körpers zu befreien, sondern um ihn näher zu spüren an Brüsten, Hüften und Schenkeln.

Im Schein der Lampe schimmerte ihre nackte Schulter golden. Sie senkte die Augen nicht schamhaft, sondern um Colin zuzusehen, dessen Lippen ihre Brüste liebkosten. Er knabberte an ihrer Haut, bevor sein heißer Mund an ihrer Brustspitze saugte. Ihre Finger wühlten sich in sein blondes Haar und als ihre Fersen sich diesmal in die Matratze bohrten, hob sie ihm ihren Schoß entgegen.

Colins Hand glitt ihre Flanke nach unten zur Hüfte, strich über ihren flachen Bauch. Ihre empfindsame Haut zuckte unter seinen schwieligen Fingerkuppen. Als seine Hand zwischen ihre Schenkel glitt, entlockte er ihr einen kehligen Lustschrei.

Auf den Ellbogen gestützt betrachtete Colin ihr Gesicht, in dem sich ihre Empfindungen spiegelten, während seine Finger ihre Erkundung fortsetzten. »Sieh mich an«, raunte er, als sie sich abwenden wollte. »Ich will dein Gesicht sehen.«

Mercedes' Schamgefühl befahl ihr, sich seiner Liebkosung zu entziehen, stattdessen hob sie sich seinem Liebesspiel entgegen. Sein Finger tauchte in ihre fiebrige Hitze und sie spürte die Nässe, mit dem ihr Schoß ihn empfing. Sie unterdrückte den Schrei, der sich ihr entringen wollte, und der Schmerz in ihrer Brust vertiefte sich.

»Du kannst es sagen«, flüsterte er. Der Rhythmus seiner kreisenden Finger beschleunigte sich, wurde drängender, zielstrebiger. »Du kannst alles sagen.«

Nicht alles, dachte sie benommen. »Ich könntc lernen, Sie zu hassen«, hauchte sie.

Er lächelte sein dünnes, rätselhaftes Lächeln, das alles und nichts bedeuten konnte. Dann betrachtete er sie wieder aufmerksam, während sein Finger tiefer in ihre nasse Öffnung glitt, sie erkundete und sich zurückzog, ihre harte Perle umtanzte, bis sie unter dem Spiel seiner Finger verging.

Ihre Finger krallten sich in die Bettlaken. Ihre geschwollenen Brustspitzen sehnten sich schmerzhaft nach seinem Mund. Sie bäumte sich unter ihm auf wie ein zum Zerreißen gespannter Bogen, wölbte ihm ihren Schoß entgegen in unerträglicher Erwartung, bis seltsame Fieberschauer in ihr aufwallten wie flatterndes Übereinanderzüngeln sanfter Flammen, bis alles in ihr schmolz und zerfloss.

Als es vorüber war, lag sie sehr still. Sie fühlte sich schwer wie Blei, zu träge, um eine Bewegung zu machen, zu benommen von den berauschenden Wonnen, die er in ihr ausgelöst hatte. Und dann war der Schmerz wieder da, diesmal nicht in ihrer Brust, sondern in ihrer Kehle. Es fiel ihr schwer, die Worte auszusprechen. »Sind Sie fertig mit mir?«

Colin lachte trocken. »Wohl kaum.«

Er küsste sie sanft, seine Liebkosung war beinahe ein Necken, ein flüchtiges Reizen. Seine Lippen berührten ihre geschlossenen Lider, ihre Wangen, ihre Ohrläppchen, zogen eine prickelnde Spur ihren Hals entlang. Seine Zunge tauchte nass in das Grübchen an ihrem Hals, bevor sein Mund den ihren wieder in Besitz nahm.

Erst als er spürte, wie sie sich unter ihm zu regen begann, ließ er von ihr ab, richtete sich auf und entledigte sich seiner Kleider.

Nackt streckte er sich neben ihr aus. Ihre Hüfte berührte seine Lenden, sein harter Schaft zuckte an ihrer zarten Haut. Mercedes schloss die Augen, ohne sich ihm zu entziehen.

»Tu es nicht«, sagte er und seine Lippen strichen über die Wölbung ihrer Schulter. »Spiel nicht das Opfer. Es geschieht nicht gegen deinen Willen.«

Sie hätte ihm gern widersprochen, doch er hatte Recht. Sie hatte ihren Preis genannt und er hatte bezahlt. Sie schuldete ihm ihre Gegenleistung. Noch vor wenigen Stunden war sie bereit, alles zu tun, um sich von ihrem Onkel zu befreien. Was sie mit Bitterkeit erfüllte, war die Tatsache, dass sie ihre Freiheit von einem Mann erlangte, nur um in die Gewalt eines anderen zu geraten. Mercedes schlug die Augen auf. Colin sah sie aufmerksam an. »Nein«, sagte sie schließlich leise. »Es geschieht nicht gegen meinen Willen.«

Sie hob die Arme und legte ihm die Hände auf die Schultern. Ihre Finger tasteten seinen Nacken, seine Haut war fest und glatt und warm. Sie zog ihn zu sich herab und öffnete die Lippen für seinen Kuss.

Ihre Finger spielten mit den weichen Locken in seinem Nacken und sie ließ ihre gespreizten Hände über die sehnigen Schultern gleiten. Seine Haut schimmerte honigfarben. Wochen und Monate an Bord der *Remington Mystic*, halb nackt der Sonne und salziger Gischt ausgesetzt, hatten seine Haut tief gebräunt, eine Farbe, die nicht einmal ein englischer Sommer verblassen ließ. Ihre Hand lag bleich, schmal und zerbrechlich auf seinen Schultern und muskelbepackten Armen.

Sie krümmte die Finger und kratzte leicht über die Wölbungen seiner Brust. Sein Bauch war bretthart und flach, seine Hüften schmal. Sie berührte zaghaft die Hinterseiten seiner Schenkel, zog sich zurück und wölbte ihre Hände um seine festen Hinterbacken. Stöhnend presste er sich an sie.

Seine sehnigen Beine waren mit flachshellen Kringellöckchen bedeckt, die sich seidig und drahtig zugleich anfühlten. Sie rieb ihre Fußsohle an seiner Wade und genoss den Schauer, der ihn durchrieselte und sich auf sie übertrug.

Colin spreizte ihre Schenkel mit dem Knie. Seine Atemzüge waren nun keuchender, doch seine Bewegungen waren ohne Hast. Als er sich von ihr hob, fehlte ihr seine Wärme. Ihre Knie wurden hochgehoben, während er sich in Position brachte. Sie klammerte sich an seinen Armen fest und er drang in sie.

Der erste Stoß war schmerzhaft. Beim zweiten spürte sie nur seine berstende Fülle, fürchtete, er würde sie zerreißen. Colin verharrte, bis sie sich an ihn gewöhnt hatte. Sie war eng, umfing ihn wie ein feuchtwarmes Futteral. Ihre innere Muskulatur zog sich zusammen, löste sich, gewöhnte sich an ihn, und als er sich zurückzog, saugte sie sich an ihm fest und machte ihm das Zurückziehen zum atemlosen Genuss.

Mit dem Rhythmus war sie bereits durch das Spiel seiner Hände und Finger vertraut. Sie bewegte sich mit ihm, wenn er tief in sie drang, sich zurückzog und von ihren Schenkeln umfangen wurde. Sein heißer Atem hauchte an ihre Brust, noch heißer war seine Zungenspitze, die ihre hochgereckten Brustspitzen umflatterte.

Er trieb sich in gleichmäßigen langen Stößen in sie, bis der Rausch seiner Sinne ihn zu übermannen drohte. Der Rhythmus seiner Stöße wurde schneller, heftiger, ekstatischer. Er schwoll noch einmal in ihr, ehe er zerbarst und seinen Samen in sie pumpte.

Er bewegte sich zuerst, glitt vom Bett und ging ins Ankleidezimmer, um sich zu waschen. Nach einer Weile kam er mit einer Schüssel und einem Handtuch zurück. Mercedes hatte sich mit dem Laken bedeckt, das er ihr wortlos wegzog. Sie versuchte, ihm auszuweichen. Er ließ es nicht zu. In seinem Gesicht war keine Regung zu lesen, als er das Handtuch eintauchte und es zwischen ihre Schenkel schob. Als er es wegnahm, war es mit ihrem Blut befleckt wie sein Penis zuvor.

»Du warst unberührt«, sagte er ohne Gefühlsregung. »Ich war mir nicht sicher.«

Ein weiterer Hieb, dachte sie. Auch diesmal trafen seine Worte sie schmerzhafter als alles, was er ihr bisher angetan hatte. Sie legte den gebeugten Arm über die Augen, während er sie wusch, als wolle sie sich unsichtbar machen. Als er fertig war, fragte sie: »Kann ich mein Nachthemd haben?«

Er reichte es ihr und sie schlüpfte hinein, doch als sie aufstehen wollte, legte er ihr die Hand auf die Schulter.

»Ich will in mein Zimmer gehen«, sagte sie.

»Nein.« Es folgte keine weitere Erklärung. Schweigend stellte er die Schüssel auf den Fußboden und schlüpfte wieder ins Bett. Mit einfachen Anweisungen – eine Berührung am Knie, eine an ihrer Schulter – brachte er sie dazu, ihren Körper nach seinem auszurichten, bis sie aneinander geschmiegt lagen wie zwei Löffel in einer mit Samt ausgeschlagenen Schublade.

Colin hatte einen leichten Schlaf. Daran hatte sich seit seiner frühen Kindheit im Waisenhaus nichts geändert. Damals hatte er erlebt, wie ältere Jungen sich nachts an jüngere ranmachten und etwas von ihnen wollten. Er hatte sich erfolgreich gegen die Zudringlichkeiten gewehrt, auch wenn er nicht wusste, was sie von ihm wollten. Diese Antworten erhielt er erst später, als Jack Quincy ihn an Bord der *Sea Dancer* nahm. Die bevorzugte Behandlung des Kapitäns und Quincys wachsamer Blick reichten nicht aus, um ihn zu schützen. Es gab Kerle in der Mannschaft, die darin eine sportliche Herausforderung sahen. Sie waren noch nicht lange auf hoher See, als Colin eines Nachts gegen die Wand der Kajüte gedrückt wurde und zusehen musste, wie ein anderer Schiffsjunge vergewaltigt wurde. Seine beiden Peiniger befriedigten sich an ihrem Opfer und ließen Colin laufen. Die Drohung, dass sie sich in gleicher Weise an ihm vergehen würden, wurde nie laut ausgesprochen. Doch schon damals war dem kleinen Colin klar, dass die beiden Kerle an diesem Katz-und-Maus-Spiel ein perverses Vergnügen fanden.

Es kam zu keinen weiteren Belästigungen. Ein Mann ging in einem Sturm im Nordatlantik über Bord. Der andere starb an einer Fleischvergiftung. Nicht einmal die Opfer hätten Colin eines Verbrechens verdächtigt, schon gar nicht ein Außenstehender.

Colin hatte keinen Grund anzunehmen, dass er in dieser Nacht gut schlafen würde. Der Gedanke, an Mercedes geschmiegt zu liegen, gab ihm seltsamerweise ein tröstliches Gefühl. Er wollte sie im Schlaf beobachten und auf ihre leichten Atemzüge lauschen. Nie hätte er erwartet, dass es genau andersherum kommen würde.

Die Öllampe war erloschen, ehe Mercedes sich aus Colins leichter Umarmung befreite. Sie hatte ihn im Schlaf beobachtet und sich gewundert, wie kindlich entspannt seine Gesichtszüge wirkten. Das bittere, rätselhafte Lächeln war weggewischt, ebenso die spöttisch hochgezogene Braue. Seine kantige Kinnpartie war entspannt, die Lippen leicht geöffnet. Eine Locke war ihm ins Gesicht gefallen, die sie vergeblich versuchte wegzuwischen. Seine Wimpern lagen wie zarte Gespinste an seinen Wangen.

Am Schreibtisch stehend warf sie einen letzten Blick über die Schulter. Seine regelmäßigen Atemzüge ließen sie wissen, dass er tief und fest schlief. Sie nahm den Wechsel an sich, eilte zur Tür und huschte unbemerkt in den Flur.

Seit dem Verschwinden des Grafen waren seine Privatgemächer nicht mehr betreten worden. Mercedes zog zwei Koffer aus dem Schrank und packte sie eilends mit den gewünschten Kleidungsstücken. Statt in ihr Zimmer zurückzukehren, um sich anzuziehen, stieg sie in eine Hose des Grafen und zurrte sie mit einem Schal um die Mitte fest. Die Ärmel des Gehrocks krempelte sie zweimal um. Dann band sie ihr Haar zusammen und steckte es unter einen Hut. Niemand würde sie mit dem Grafen von Weybourne verwechseln, aber aus der Ferne hoffte Mercedes für eine männliche Gestalt gehalten zu werden.

Sie klemmte sich ein Paar seiner Stiefel unter den Arm und schlich mit den Koffern die Hintertreppe zur Speisekammer hinunter. Mit ihren kleinen Füßen in den Männerstiefeln hätte sie auf der Holztreppe einen Lärm gemacht wie ein galoppierender Ackergaul. Erst nachdem sie Brot, Käse und Speck in die Koffer getan hatte, stieg sie in die schweren Stiefel. Sie hatte von Anfang an nicht vorgehabt, ihm eine Flasche Schnaps zu bringen. Diese winzige Geste der Rebellion erfüllte sie mit tiefer Genugtuung. Dem Waffenschrank entnahm sie die Kassette mit seinen Duellpistolen, prüfte eine dritte Pistole und steckte sie geladen und gesichert in ihren Hosenbund.

Sie fuhr erschrocken zusammen, als drei Schläge der hohen Standuhr in der Halle durchs Haus dröhnten. Sie hatte nicht gedacht, dass es schon so spät sei, und fürchtete, in Colins Armen eingedöst zu sein. An die Folgen, wenn sie fest eingeschlafen wäre, wollte sie gar nicht erst denken.

Entschlossen nahm Mercedes die Koffer hoch und machte sich durch die Hintertür auf den Weg. Zu Pferd hätte sie die Strecke in zehn Minuten bewältigt. Behindert durch das Gewicht der Koffer und die viel zu großen Stiefel war sie nach einer halben Stunde immer noch nicht am Ziel.

Die Kate war leer, als sie den knarzenden Verschlag vorsichtig aufdrückte. Dennoch spähte Mercedes angstvoll ins Innere, da sie befürchtete, der Graf könne ihr auflauern. Sie verlor keine Zeit, faltete den Wechsel zweimal und legte ihn auf einen Laib Brot in einen der Koffer.

Als sie ins Haus zurückkehrte, hatte sie Blasen an Fersen und Zehen. Sie würde noch tagelang humpeln, wenn sie sich nicht gleich darum kümmerte.

Endlich wieder in ihrem Zimmer, entledigte sie sich hastig der Männersachen und steckte sie zuunterst in ihren Schrank. Die Pistole versenkte sie in einem Stiefelschaft und schob die klobigen Dinger unter die Kleider. In einem unbeobachteten Augenblick würde sie alles ins Zimmer des Grafen zurückbringen. Ihr Badewasser war längst kalt geworden, dennoch warf Mercedes das Nachthemd ab und setzte sich ins Wasser. Nicht nur ihre geschundenen Füße brannten, auch die Innenseiten ihrer Schenkel waren von dem rauen Stoff der weiten Männerhosen wundgescheuert. In ihrem Innern aber brannte ein Schmerz, den das Wasser nicht kühlen oder lindern konnte, ein Schmerz, der ihr zum Bewusstsein brachte, dass sie von einem kaltherzigen Mann genommen worden war, der sie wieder nehmen würde.

Colin Thorne.

Mercedes lehnte sich in der Wanne zurück und schloss die Augen. Erst als sie das Klicken der Tür hörte, wurde ihr klar, dass sie vergessen hatte, den Schlüssel umzudrehen. Der Mann, um den soeben noch ihre wirren Gedanken gekreist waren, stand im Türrahmen.

»Versuchst du die Spuren meiner Berührungen wegzuwaschen?«, fragte er.

Mercedes schüttelte den Kopf. Colin hatte die Frage in einem sachlichen Tonfall gestellt, doch sie glaubte einen zornigen Funken in seinen dunklen Augen aufglühen zu sehen. Sie richtete sich auf und zog die Knie an.

Colin betrat das Zimmer, ohne die Tür zu schließen, kauerte sich neben die Wanne und tauchte die Hand ins Wasser. »Dein Wunsch zu baden muss groß sein. Das Wasser ist eiskalt.«

»Bitte«, sagte sie leise. »Gehen Sie.«

Er schöpfte Wasser in die hohle Hand und hob sie an ihre Schulter. »Es wird dir nichts nützen«, raunte er. »Ich werde dich wieder berühren.« Er ließ das Wasser über ihre Schulter laufen.

Mercedes fröstelte unter dem Rieseln des kalten Wassers und unter seinen Worten.

»Steh auf«, befahl er.

»Die Tür ist offen. Wenn jemand …«

»Außer uns beiden schlafen alle.«

»Drehen Sie wenigstens das Licht herunter.«

Colin richtete sich auf, trat an den Stuhl neben dem Bett und dämpfte das Licht. Dann wiederholte er seinen Befehl. Diesmal stand Mercedes auf. Außer dem Plätschern des Wassers war es totenstill im Zimmer. Sie machte keine Anstalten, aus der Wanne zu steigen. Sie stand einfach da, an allen Gliedmaßen schlotternd.

Colin reichte ihr die Hand und wunderte sich über ihren festen Griff, als brauche sie seinen Halt, um den nächsten Schritt zu tun. Als er ihr das Nachthemd reichte, hob sie die Arme in stummer Aufforderung, es ihr überzustreifen. Dort, wo der dünne Stoff ihre nasse Haut berührte, klebte er wie eine zweite Haut an ihr.

Mercedes ließ die Arme sinken und schwankte leicht auf ihren wunden Füßen. Colin konnte nicht wissen, dass die Bewegung nicht als Einladung gedacht war, und als er sie als Einladung nahm, wehrte Mercedes sich nicht dagegen. Sie ließ sich in seine Arme heben und lehnte sich an seine Brust. Einen Arm legte sie um seinen Hals und barg den Kopf an seiner Schulter. So trug er sie aus dem Zimmer. Im Flur war es Mercedes, welche die Tür zuklappte.

Colin trug sie in den Südflügel, ohne seine Schritte zu verlangsamen oder in Atemnot zu geraten. In seinem Zimmer ließ er sich mit ihr aufs Bett nieder.

Seine Hände hielten ihr Gesicht umfangen, seine Finger gruben sich in ihre Haarfülle. »Tu das nicht wieder«, flüsterte er an ihrem Mund.

»Was?« Ihre Lippen berührten seinen Mund.

»Mich verlassen.« Die Antwort kam nicht freiwillig, sie schien ihm heiser aus der Kehle zu dringen. Dann nahm sein Mund sie in Besitz.

Sein Kuss begann als Strafe, nicht als Liebkosung. Seine Lippen drückten sich hart auf ihren Mund, nahmen ihr den Atem. Seine Zunge drängte sich zwischen ihre Zahnreihen und stieß tief in ihre Mundhöhle. Obwohl Mercedes sich nicht zur Wehr setzte, umfingen seine Hände ihr Gesicht und hielten sie gefangen.

Sie war es, die eine Veränderung erzwang. Ihre Lippen wurden weich. Ihre Arme schlangen sich um seinen Nacken, ihre Finger liebkosten seine seidigen Locken. Dann kratzten ihre Nägel seinen nackten Rücken entlang, ihre Finger schlüpften in seinen Hosenbund und versuchten, seine Mitte zu umfangen.

Colin sog den Atem scharf ein und beendete den Kuss. Sein Keuchen zerschnitt die Stille. Sein Griff lockerte sich, er gab ihr Gesicht frei und grub seine Hände in ihr seidiges Haar. Es war zu dunkel im Zimmer, um ihre Gesichtszüge zu erkennen, doch er spürte ihre Hingabe in ihrer Anschmiegsamkeit.

»Mercedes?«

Es war die zögernde Frage, die er in ihren Namen legte, ohne ein Wort hinzuzufügen, auf die Mercedes reagierte. Und mit einem einzigen Wort sagte sie ihm alles, was er zu hören wünschte. »Ja.«

Mercedes war nicht mutig genug, um Colin aus seinen Hosen zu helfen, doch sie richtete sich auf und schob ihr Hemd bis zu den Hüften hoch, bevor er es ihr über den Kopf zog. Danach flatterte es neben seine Hose auf den Teppich.

Sie sank in seine Arme. Ihre geschwollenen, erregten Knospen drückten sich an seine harte Brust. Zwischen ihnen schmiegte sich die harte Länge seines Schafts an ihren flachen Bauch. Er wölbte die Hände um ihr Gesäß, hob sie hoch und presste sich noch enger an sie. Ihre Schenkel schlangen sich um seine Hüften, ihre Arme umfingen seine Schultern. Colin legte sie zurück, sein Mund umfing den ihren, während er in sie drang.

Sie japste in seinen Mund und als er sich in ihr bewegte, nahm er ihre Stöhnlaute in sich auf. Er küsste ihren Hals, den Schwung ihrer Schultern. Seine Lippen weideten an ihren Brüsten und seine Zunge umflatterte ihre geröteten, harten Brustspitzen. Sie lag weich und biegsam in seinen Armen, bewegte sich mit ihm, hob und senkte sich mit den Stößen seiner Hüften. Er war in ihr und sie war ihm unter die Haut gegangen. Er hatte keine Worte, um ihr oder sich selbst zu gestehen, dass sie eine Notwendigkeit für ihn geworden war. Nichts zählte mehr, nur seine Lippen, die von ihr tranken, und seine Männlichkeit, die in ihren Tiefen versank.

Mercedes rang keuchend nach Atem, während sie sich im Einklang mit ihm wiegte. Den Kopf in den Nacken geworfen, bot sie ihm ihren sanft geschwungenen Hals, ihre zarte Kehle. Ihre gewölbten Hände glitten über Colins Schultern, sehnige Muskeln spannten sich unter ihren Fingern. Die prickelnde Hitze zwischen ihren Schenkeln loderte bei jedem seiner Stöße flammend auf und flaute ab, um beim nächsten Stoß noch glühender aufzuflammen, bis die Spannung in ihr zerriss und sie zerbarst, ihre Säfte wie heiße Lava flossen, ihr Fleisch sich zuckend an seinem prallen Schaft festsaugte.

Colin verharrte, ihre Ekstase mit jeder Faser seines Seins auskostend, ehe er sich dem Strudel seiner Ekstase überließ. Die Zuckungen, die sie durchliefen, setzten sich in ihm fort. Er bäumte sich auf und trieb sich ein letztes Mal tief in sie, bevor er sich bebend in ihr entlud.

Wenige Augenblicke danach, noch immer benommen vom Rausch der Sinne, zog Colin sich zurück und rollte zur Seite. Er zog die Decke hoch und diesmal brauchte Mercedes keine Anleitung, wie sie sich an die Kurven seines Körpers zu schmiegen hatte. »Ich wecke dich vor Tagesanbruch«, murmelte er und schlief mit einer Hand an ihrer Hüfte ein.

Mercedes saß am Frühstückstisch, als er das nächste Mal das Wort an sie richtete. Sie war nicht allein. Britton, Brendan und Sylvia frühstückten mit ihr. Nur Chloe hatte sich noch mehr verspätet als er. Colin nahm ein weiches Ei, frisches Brot und einige Tomatenscheiben von der Anrichte, ehe er sich setzte. »Guten Morgen«, grüßte er in die Runde, doch seine Augen ruhten auf Mercedes.

Es war nicht Mercedes, die antwortete, sondern Britton. »Morgen, Captain«, krähte er fröhlich, tauchte einen Brotstreifen in das Eigelb und steckte ihn in den Mund. Ohne abzuwarten, bis er geschluckt hatte, redete er weiter. »Beinahe hätten Sie uns verpasst«, nuschelte er mit vollem Mund. Auf Mercedes tadelnden Blick hin schluckte er eilig.

Brendan wartete nicht, bis sein Bruder wieder zum Reden kam. »Was er sagen will«, erklärte er wichtigtuerisch, »wenn Sie noch später heruntergekommen wären, wären wir alle schon weg gewesen.«

»Oh?« Colin schlug mit dem Löffel gegen die Eierschale, deren Platzen seinen fragenden Gesichtsausdruck begleitete. Er sah, wie Mercedes unter dem Geräusch zusammenzuckte, den Blick jedoch gesenkt hielt, als sei sie ausschließlich an ihrem Frühstück interessiert.

Sylvia wandte sich mit einem strahlenden Lächeln an Colin. »Mercedes hat beschlossen, dass wir alle Chloe nach Glen Eden begleiten. Erinnern Sie sich? Chloe ist von Mr. Fredricks Tante eingeladen worden, sie ein paar Wochen zu besuchen.« Als sie von Colin keine Antwort erhielt, half sie nach. »Chloes Verlobter? Der Vikar?«

»Ja«, antwortete er schließlich gedehnt. »Ich erinnere mich. Ich wusste nur nicht, dass der Ausflug für heute geplant ist.« Das erklärte auch Chloes Abwesenheit. Sie wählte die Kleider für die Reise aus und überwachte das Packen der Koffer. Er war also tatsächlich der Letzte beim Frühstück. »Ich wusste nicht, dass es ein Ausflug für uns alle sein soll.« Diesmal blickte er so unverwandt in Mercedes' Richtung, dass niemand zu antworten wagte.

Erst das lange Schweigen veranlasste sie, den Kopf zu heben und seinem steten dunklen Blick zu begegnen. »Die Zwillinge freuen sich auf einen Reitausflug und Sylvia will ihre Schwester begleiten. Ben hat die Kutsche angespannt und Henry fährt uns. Wir wollen nach dem Frühstück aufbrechen. Britton wollte nur sagen, dass Sie sich beinahe verspätet hätten.«

»Bin ich denn eingeladen?«

»Na klar«, riefen Britton und Brendan im Chor.

»O ja, gern«, strahlte Sylvia.

»Wenn Sie wünschen«, lautete Mercedes' gleichmütige Antwort, ehe sie sich wieder ihrem Frühstück widmete.

Den ganzen Tag begegnete sie ihm mit ausgesuchter und kühler Höflichkeit. Ansonsten vermochte Colin keine Veränderung an ihr festzustellen. Wenn er neben der Kutsche ritt, warf er gelegentliche Blicke auf ihr Profil. Sie war eine bemerkenswert hübsche Frau und wenn sie lächelte, erblühte sie zur Schönheit.

Chloes Verlobter begrüßte die Gäste herzlich im Haus seiner Tante im Nachbardorf Glen Eden. Der Mittagstisch war im Garten gedeckt und nach dem Essen machte die ganze Gesellschaft einen Verdauungsspaziergang zum nahe gelegenen Gutshaus. Mercedes und Sylvia plauderten angeregt mit Mrs. Fredrick, während Colin mit den Zwillingen vorausging. Chloe und der sympathische Vikar folgten der Gruppe in einigem Abstand. Beim Gehen berührten sich ihre Hände wie zufällig und beide lächelten selig.

Es war bereits dunkel, als sie nach Weybourne Park zurückkehrten. Sylvia hatte jetzt schon Sehnsucht nach ihrer Schwester und zog sich umgehend auf ihr Zimmer zurück. Die Zwillinge, die den ganzen Tag herumgetollt hatten, gähnten ausgiebig und erhoben keine Widerrede, als Mercedes sie zu Bett schickte, und schleppten sich müde die Treppe hinauf. Mercedes schaute ihnen nach, bis sie auf der Empore um die Ecke verschwunden waren. Sie stand mit Colin allein am Fuß der Treppe und wandte sich an ihn.

»Wollen Sie mich heute Abend bei sich haben?«, fragte sie.

Er antwortete nicht sofort. Die Frage stellte sie mit ähnlichem Interesse, als frage sie, ob er Zucker in den Tee wolle. Colin hob die Hand, um ihr eine Haarsträhne zurückzustreichen, die ihr in die Wange gefallen war. Sie wich zurück.

»Nicht hier«, wehrte sie ab. »Niemals hier.«

Er ließ die Hand langsam sinken. »Was geht dir durch den Kopf, Mercedes?«

»Ich weiß nicht, was Sie damit sagen wollen.«

Sie meinte es vielleicht sogar ehrlich, dachte er. »Ja«, sagte er dann. »Ich will dich heute Abend haben.«

Mercedes wartete auf ihn, als er von der Bibliothek heraufkam. Der Abend war kühl und sie hatte Feuer gemacht. Sie kauerte mit angezogenen Knien im Lehnstuhl vor dem Kamin und schaute in die Flammen. Das Haar trug sie locker mit einem schwarzen Seidenband gebunden. Den Ausschnitt ihres weißen Baumwollnachthemds zierte ein Spitzenbesatz.

Bei seinem Eintreten wollte sie aufstehen, doch er winkte ab. Ihre nackten Zehen lugten unter dem Saum hervor. Er sah, wie sie die Füße versteckte, als er aus dem Gehrock schlüpfte. Sein Hemd wirkte sehr weiß unter der dunkelgrauen Weste. »Wartest du schon lange?«, fragte er.

»Nein, ich glaube nicht.« Ein paar Minuten oder Stunden, sie waren ihr wie eine Ewigkeit erschienen. Ihr Blick folgte ihm, als er das Zimmer durchquerte und das Jackett über eine Stuhllehne hängte.

Colin entfernte die goldenen Manschettenknöpfe und legte sie in eine blaue Wedgwoodschale auf dem Tisch. Er rollte die Ärmel hoch und nahm den Schürhaken zur Hand. Aus den Augenwinkeln sah er, wie Mercedes zusammenzuckte. Er blickte auf den Schürhaken, dann zu ihr. »Mein Gott!«, murmelte er. »Er hat dich damit geschlagen.«

Beschämt zog Mercedes den Kopf zwischen die Schultern und blickte auf ihre Hände.

Colin drängte nicht weiter in sie. Heftig stocherte er die Glut auf, ein Funkenregen sprühte in den Rauchfang, die Buchenscheite knisterten. Als sein Zorn abgeflaut war, stellte er den Schürhaken in den Eisenständer zurück und blieb am Kamin stehen, den Ellbogen auf den Sims gestützt. »Sieh mich an, Mercedes.«

Sie schaute bedächtig auf.

»Denkst du, ich würde dich schlagen?«, fragte er.

Sie schüttelte den Kopf.

»Oder dir die Peitsche überziehen?«

Unwillkürlich hob sie die Hand an den Hals. »Nein«,

hauchte sie tonlos. »Ich glaube nicht, dass Sie das tun würden.«

Colin war nicht sicher, ob sie ehrlich war. Sie hatte sich tief in den Sessel verkrochen, als er den Schürhaken zur Hand genommen hatte. »Es ist mein Ernst«, sagte er. »Ich würde dir nie wehtun.«

In Mercedes' Ohren hörte sich der Satz anders an. *Ich würde dir nie auf diese Weise wehtun.* In ihrer Wahrnehmung machte der Zusatz Sinn. Er hatte bereits Dinge zu ihr gesagt, die schmerzhafter waren als körperliche Züchtigung.

Colin sah sie forschend an, musste sich aber mit ihrem Schweigen zufrieden geben. Mit einer fahrigen Geste strich er sich das Haar aus der Stirn. »Geh zu Bett, Mercedes«, sagte er leise. Und als sie ihn groß und verwirrt ansah, wusste er, dass sie ihn missverstanden hatte. »In mein Bett.«

Ohne sich weiter zu kümmern, ob sie gehorchte, verschwand Colin im angrenzenden Ankleidezimmer. Er beeilte sich nicht mit seinem Ritual vor dem Zubettgehen und gab ihr genügend Zeit einzuschlafen, ohne zu ahnen, dass ihr das Warten eine Qual war.

Colin spürte, wie sie sich versteifte, als er neben sie ins Bett kroch. Ihr Atem ging flach und gehetzt, sie konnte nicht vortäuschen, eingeschlafen zu sein. Auf einen Ellbogen gestützt, berührte er ihre Schulter und drehte sie sanft zu sich. Sein Rücken verdeckte den Schein des Feuers, sodass ihr Gesicht im Schatten lag, dennoch las er Furcht in ihren großen grauen Augen.

Ihr ganzer Körper schien vor Spannung zu vibrieren. Colin beugte sich über sie und küsste sie sanft auf den Mund. »Ich will dich heute Nacht nur neben mir liegen haben«, raunte er. »Ich fasse dich nicht an.«

Mercedes misstraute seinen Worten, ihre Augen flogen unstet über seine Gesichtszüge, suchten nach der Lüge.

»Ich hätte dich letzte Nacht nicht zweimal nehmen dürfen.« Er spürte die Unsicherheit in ihrem Blick und fuhr fort, ehe sie fragen konnte: »Ich sah, wie du heute Nachmittag Mrs. Fredricks Arm genommen hast, und mir fiel auf, dass die alte Dame weniger unsicher auf den Beinen war als du.«

Mercedes wandte sich brüsk ab und presste die Faust an den Mund. Tränen schossen ihr in die Augen und ihre Schultern bebten. Sie spürte seine Hand auf ihrem Arm und entzog sich heftig. Ihre Erleichterung, dass er keinen zweiten Versuch machte, sie anzufassen, war so groß, dass ihr ein Stoßseufzer entfuhr.

Nicht um alles in der Welt wollte sie ihn wissen lassen, dass ihr Schluchzen auf einen Lachkrampf zurückzuführen war.

Sehr viel später, als sie seine regelmäßigen Atemzüge hörte, wagte sie, sich wieder umzudrehen. Er hätte ihren Lachanfall weder verstanden noch akzeptiert. Mercedes hob die rechte Hand und berührte zart seine Schläfe. Sein helles Haar war weich wie Flaum und unter ihrer Fingerkuppe spürte sie seinen Pulsschlag.

Er hatte ihren unsicheren Gang von seiner männlichen Warte aus beurteilt und sie konnte ihm deshalb nicht böse sein, fand seine Fürsorge geradezu rührend. Er hatte so menschlich gewirkt, schuldbewusst und zaudernd, aber auch einen Hauch von Mannesstolz auf seine Leistung hatte sie darin gespürt. Er führte ihr Unbehagen auf seine starken Proportionen zurück und wäre enttäuscht gewesen – vielleicht sogar gekränkt –, wenn sie ihm gestanden hätte, dass ihr unsicherer Gang von den Blasen an ihren Füßen herrührte.

Sie biss sich auf die Lippen, um nicht wieder zu kichern. Zugegeben, sie hatte auch Schmerzen zwischen den Schenkeln gehabt, doch die waren alles andere als unerträglich. Ganz im Gegenteil, sie fand Gefallen daran, dadurch an die Wonnen der Nacht erinnert zu werden.

Mercedes' Zeigefinger fuhr seine Wange bis zum Kinn entlang, dann legte sie ihre Hand an seinen Hals. Sie rückte vorsichtig näher, um ihn nicht zu wecken. Ihre Finger krochen unter den Kragen seines Hemds. Er rührte sich nicht, als sie seine Haut streichelte. Abermals fiel ihr auf, wie entspannt er im Schlaf wirkte. Das gab ihr Mut.

Mercedes hauchte einen Kuss an seinen Hals, schob die Knie vor und stieß gegen seine Kniekehlen. Erschrocken hielt sie den Atem an und wartete gespannt, ob er sich bewegte. Der Rhythmus seiner Atemzüge veränderte sich nicht.

Behutsam schmiegte Mercedes ein Bein an ihn. Der Saum seines Nachthemds war bis zu den Schenkeln hochgerutscht und seine Haut fühlte sich angenehm warm an. So blieb sie eine Weile liegen, atmete seinen männlichen Duft ein und genoss es, seinen sehnigen Körper zu spüren.

Sie legte die Hand an seinen Schenkel, ließ die Finger unter den Saum seines Hemds gleiten, tastete sich nach oben bis zur Rundung seiner Gesäßbacken und nach vorne.

Nun spürte sie, wie Colin sich bewegte und zwar nur mit dem Körperteil, der ihn mit ihr vereint hatte. Ihr erster Impuls gebot ihr, sich zurückzuziehen, doch dann siegte die Neugier über ihre Vernunft. Ihre Finger krochen langsam vorwärts und umfingen die dicke, harte Länge seines Glieds. Sie spürte seinen Pulsschlag, der Blutfluss machte seinen Schaft heiß und schwer, der sich nach oben reckte, als suche er Kontakt.

Mercedes spürte ein süßes Ziehen in ihrem Leib. Die Reaktionen ihres Körpers erschreckten sie. Bis zu diesem Augenblick war sie ehrlich davon überzeugt, nur aus Neugier zu handeln, nicht aus begehrlicher Fleischeslust. Nun war sie sich ihrer geschwollenen Brüste bewusst und ihrer harten Knospen, die sich nach der Liebkosung seines Mundes sehnten. Sie spürte Nässe zwischen ihren Schenkeln und wusste, dass ihr Körper sich auf seine Männlichkeit vorbereitete. Und sie hörte ihre flachen Atemzüge neben seinem tiefen gleichmäßigen Atmen.

Ihr schlechtes Gewissen verdrängte ihre Erregung. Rasch zog sie die Hand zurück, drehte sich zur anderen Seite und hielt das Kissen an die Brust gedrückt.

Es kostete Colin große Mühe, sich nicht zu rühren. Als Mercedes ihre ersten zaghaften Erkundungen begann, hatte er geschlafen. Als sie ihren Mund an seinen Hals drückte, war er bereits hellwach. Zunächst war er über ihre Liebkosungen erheitert, dann gerührt und schließlich nahe daran, die Beherrschung zu verlieren. Wäre sie weniger naiv gewesen, hätte sie gewusst, dass er sich schlafend stellte und nur mit eisernem Willen zurückhielt. Am liebsten hätte er sich auf sie geworfen, ihr die Schenkel gespreizt und seine Lust in der Zwischenwelt zwischen Schlaf und Wachsein an ihr gestillt.

Er wartete, bis sie eingeschlafen war, ehe er den Arm um ihre Mitte legte und sie an sich zog. Erst dann fand Colin den ersehnten Schlaf.

Am nächsten Tag ließ Mercedes sich überreden, zu einer Pferdeauktion ins Tattersall mitzukommen. Sie hatte den Verdacht, Colin habe die Zwillinge vorgeschickt, da er wusste, dass sie ihn nicht nach London begleitet hätte.

Sie hatten zwar über die Notwendigkeit gesprochen, neue Pferde zu kaufen, doch dieser Punkt stand weit unten auf Mercedes' Liste. Ein guter Hengst und gesunde Stuten waren in Anschaffung und Unterhalt teuer. Als sie eine Bemerkung machte, ob er sich die kostspieligen Ausgaben leisten könne, fragte er sie mit einem Seitenblick, ob sie andere Pläne für sein Geld habe.

Das war kein günstiger Beginn für den Ausflug, doch Britton und Brendan gelang es, die gereizte Stimmung mit ihren Scherzen und ihrer guten Laune zu vertreiben. Mercedes war bald der Meinung, Sylvia habe keine kluge Entscheidung getroffen, zu Hause zu bleiben.

Auf dem Pferdemarkt beschloss Mercedes allerdings, in der Kutsche zu bleiben. Die Bitten der Zwillinge konnten sie nicht erweichen und als Colin einsah, dass alle Mühe vergebens war, schickte er die Jungen voraus.

»Soll Henry Sie irgendwo hinfahren, während ich hier beschäftigt bin?«, fragte Colin. Er stand neben der Kutsche und zögerte, sie allein zu lassen. Es waren nur wenige Damen auf dem Pferdemarkt und er hatte nicht überlegt, welchen Eindruck es machen würde, wenn Mercedes in seiner Begleitung gesehen wurde, auch wenn ihre kleinen Cousins mit von der Partie waren.

»Nein«, antwortete Mercedes. »Ich bleibe lieber hier und beobachte die Leute. Ich möchte mich nicht ins Gewühl stürzen.« Mercedes beugte sich vor und blickte aus dem Fenster. »Henry will sich sicher auch die Pferde ansehen. Sie machen keinen Fehler, wenn Sie auf seinen Rat hören. Er kennt sich sehr gut mit Pferden aus.«

Colin nickte und wandte sich zum Gehen, dann trat er noch einmal an die Kutsche. »Ich wollte nicht, dass dieser Ausflug für Sie so etwas wie eine Strafe dargestellt«, sagte er leise. »Ich dachte, wenn ich Sie überreden kann, mich zu begleiten, werden Sie sehen, dass Sie nichts zu befürchten haben.« Ehe sie antworten konnte, hatte Colin sich abgewandt und überquerte den Platz mit langen Schritten. Er rief den Zwillingen etwas zu, die ungeduldig auf ihn warteten und dann neben ihm her zu den Pferdeboxen hüpften.

Mercedes sah den dreien nach, bis sie in der Menge untergetaucht waren. Die Kutsche schwankte leicht, als Henry vom Bock stieg und hinterher eilte. Sie schalt sich wegen ihrer Feigheit. War es nicht an der Zeit, sich ihrer Angst zu stellen, da Colin ihr seinen Schutz bot? Ein reumütiges Lächeln umspielte ihre Lippen, als ihre Hand sich zögernd an den Türgriff legte. Er konnte ja nicht wissen, dass seine Gegenwart beinahe ebenso beunruhigend auf sie wirkte wie die Gegenwart der Pferde.

Entschlossen, sich der Herausforderung zu stellen, öffnete Mercedes die Tür und setzte einen Fuß auf das Trittbrett, als sie von zwei Händen um die Taille grob gefasst und zurück in die Kutsche geworfen wurde.

Marcus Severn stieg hinter ihr ein, schloss den Wagenschlag und klopfte mit dem Spazierstock gegen das Wagendach. Die Kutschte schwankte wieder, als ein Mann auf den Kutschbock stieg und die Zügel ergriff. Mercedes wurde gegen die Lederpolster gedrückt, als die Peitsche knallte und die Pferde ruckartig anzogen.

Mercedes wollte zur Tür, doch Severns Hand hielt sie zurück. Er umfing ihren Oberarm und riss sie an sich. Mercedes fiel über seine Schenkel, zwischen seinem Körper und der Kutschenwand gefangen. Sie hob schutzsuchend die Arme. Hätte er die Absicht gehabt, sie zu schlagen, hätte ihr die Geste nichts genutzt.

Severn beobachtete lächelnd ihre Gesichtszüge. »Ich weiß nicht, ob du wütend oder ängstlich bist«, meinte er nachdenklich, jedoch ohne weitere Gemütsregung. »Egal. Bis zum Ende dieses Tages gebe ich dir guten Grund, beides zu sein.«

Kapitel 9

Marcus Severn wusste indes, dass er nicht den ganzen Tag Zeit hatte. Schade, dachte er, als Mercedes das Kinn hob. Sie war so unvernünftig, ihm ihren Trotz zu zeigen. Hätte er mehr Zeit gehabt, hätte er die Herausforderung gern angenommen.

»Wohin bringst du mich?«, fragte Mercedes.

Statt einer Antwort zog Severn die Vorhänge zu, um ihr die Sicht nach draußen zu versperren. Es wurde dämmrig in der Kutsche, die über Kopfsteinpflaster ratterte. Severn verzog einen Mundwinkel, als er ihr die Wange tätschelte wie einem Kind. Sein Lächeln vertiefte sich, als sie eine Hand an die Stelle legte, wo er sie berührt hatte. Der Gedanke gefiel ihm, dass seine Berührung ihr wie ein Schlag vorkam.

»Wir machen einen kleinen Ausflug«, antwortete er endlich. »Mehr nicht. Hattest du dir mehr erhofft?«

Mercedes' Unterschenkel lagen quer über seinem Schoß. Der weite Rock war ihr bis zu den Knien hochgerutscht und Severns Hand lag über ihren Beinen, ohne sich zu bewegen. Nur seine Augen wanderten von ihren schlanken Fesseln bis zu den Knien. Mercedes rieselte es kalt den Rücken hinunter.

»Du bist erstaunlich ruhig«, meinte er leichthin. »Dabei vermute ich, dass du von meiner Gegenwart ebenso überrascht bist wie ich von deiner. Im Tattersall hätte ich dich wahrlich nicht vermutet. Weiß der Captain nichts von deiner Angst vor Pferden oder kümmert es ihn nicht?« Severn blickte ihr in die Augen. »Nun ja, es ist nicht wichtig.«

Mercedes schob den Rock nach unten, stand mit einem

Ruck auf, drängte sich an Severn vorbei und setzte sich auf die gegenüberliegende Bank. Ihre Augen flogen zum Wagenschlag und wieder zu ihm zurück.

»Es hätte wenig Sinn, aus der fahrenden Kutsche zu springen«, meinte der Viscount amüsiert. »Oder willst du etwa mich hinauswerfen? Was auch immer, es würde Aufmerksamkeit erregen. Willst du das?«

»Bring mich zum Tattersall zurück«, verlangte sie.

Er nickte. »Ich halte dich nicht lange auf. Ich habe nicht die Absicht, dich dem Captain wegzunehmen, obschon mir der Gedanke in den Sinn kam, als ich ihn neben der Kutsche sah. Ihr beide habt die Köpfe so vertraut zusammengesteckt.« Severn zog eine Braue hoch. Wie üblich verstand er es, seine Gefühle hinter einer Fassade milden Interesses zu verbergen. »Ich frage mich ... ob er nachts zwischen deine Beine kriecht.«

Mercedes erbleichte und schwieg.

»Er bleibt nur noch drei Wochen«, fuhr Severn fort. »Wie soll es nur weitergehen, wenn er weg ist? Wenn Weybournes Leiche nicht gefunden wird oder er nicht lebend auftaucht, werde ich die Vormundschaft für die Zwillinge beantragen. Sie sind schließlich meine Cousins. Auch wenn unsere Verwandtschaft etwas entfernt ist, halte ich es für meine Pflicht, mich ihrer anzunehmen.«

»Das würdest du nicht tun«, entgegnete Mercedes aufgebracht. Ihre Stimme klang schrill. Sie atmete tief durch, um sich zu beruhigen, und wiederholte den Satz, diesmal ruhiger. »Das würdest du nicht tun. Ich bekomme die Vormundschaft. Ich habe sie schließlich groß gezogen, das weiß alle Welt.«

»Vielleicht weiß bald auch alle Weit, was für eine Schlampe du bist.« Er sah zufrieden, wie ihre Finger sich in die Falten ihres Kleides krallten und ihre Schultern eine Winzigkeit nach vorne sackten.

»Worauf willst du hinaus, Severn?«, fragte sie tonlos.

»Sage mir, wo Weybourne sich aufhält.«

Mercedes hob ruckartig den Kopf. Diese Frage hatte sie am allerwenigsten erwartet. »Ich denke, du hältst ihn für tot.«

»Das war vor drei Wochen. Da seine Leiche nicht gefunden wurde, beginne ich andere Möglichkeiten in Erwägung zu ziehen. Wenn er noch lebt, muss er sich an einen von uns um Hilfe gewandt haben. An mich ist er nicht herangetreten, also hat er mit dir Kontakt aufgenommen.«

»Du irrst dich«, entgegnete sie mit Bestimmtheit. »Mich würde er um nichts bitten, da er weiß, dass ich die Polizei verständigen würde.«

»Tatsächlich?«, fragte Severn und musterte sie prüfend. »Ich glaube eher ...«

»Glaub, was du willst«, unterbrach sie ihn. »Ich kann dir jedenfalls nicht helfen. Selbst auf die Gefahr hin, dass du meinen Ruf in den Schmutz ziehst.«

Severn wirkte nachdenklich. Ein Muskelstrang arbeitete in seinem hohlwangigen Gesicht. »Auch auf die Gefahr hin, dass du die Zwillinge verlierst?«, fragte er nach einer Weile.

Mercedes antwortete nicht sofort. Eine voreilige Reaktion wäre verräterisch. Severn musste glauben, dass sie die Wahrheit sprach. »Selbst dann«, entgegnete sie schließlich düster, als müsse sie sich zu dieser Antwort durchringen. »Ich kann dir nicht helfen.«

Severn sah sie lange an. Seine Augen verdunkelten sich in mühsam bezähmter Wut, dann kochte sie über. Ohne Vorwarnung schnellte seine Hand vor, seine Finger umklammerten ihr Handgelenk, ehe sie sich wehren konnte. Er riss Mercedes zu sich auf die Bank, drückte sie in die Wagenecke und beugte sich über sie, bis sein Mund dem ihren sehr nahe war. »Die Sache ist damit nicht erledigt«, presste er zwischen den Zähne hervor.

Mercedes hütete sich zurückzuweichen. »Warum ist dir das so wichtig?«

»Errätst du das nicht?« Er berührte ihre Wange mit dem Handrücken. Seine Augen erforschten ihr Gesicht.

»Um mich geht es dir jedenfalls nicht«, sagte sie.

»Du scheinst keine allzu hohe Meinung von dir zu haben.«

Mercedes überhörte seine Bemerkung. »Und es geht nicht um das Anwesen.«

»Sei dir nicht so sicher, dass ich das Anwesen nicht haben will«, entgegnete er.

»Und ich glaube nicht, dass mein Onkel ein so guter Freund ist«, fuhr Mercedes fort. Dem Flackern in Severns Augen entnahm sie, dass sie endlich einen wunden Punkt getroffen hatte. »Hat er dich betrogen? Willst du deshalb wissen, wo er sich aufhält? Damit du dir einen Teil von dem, was er dir schuldet, zurückholen kannst?«

Severns Hand schloss sich um ihre Kehle und drückte zu. Als sie sich ihm zu entwinden suchte, drückte er fester zu. »Ich rate dir, solchen Unsinn für dich zu behalten«, warnte er.

Mercedes hatte Mühe zu sprechen. »Deine Würgemale werden an meinem Hals zu sehen sein.«

»Hast du Angst, der Captain könnte sie sehen?«

»*Du* solltest Angst davor haben.«

Er schüttelte den Kopf, doch sein Griff lockerte sich eine Winzigkeit. »Er ist der Letzte, vor dem ich Angst hätte. Verwechsle mich nicht mit Weybourne.«

Mercedes ahnte, dass Severn sich liebend gern Colin Thornes entledigen und die Gelegenheit begrüßen würde, ihn zu fordern. Als Severn sie auf dem Pferdemarkt entdeckte, ergriff er die Chance, dies in die Wege zu leiten. Er wollte ihr absichtlich seine Würgemale aufdrücken und er wollte, dass Colin wusste, dass sie von ihm stammten. Marcus Severn war sicher, im Zweikampf mit dem Yankee als Sieger hervorzugehen.

Severn drückte noch einmal zu, ehe er seine Hand langsam fortnahm, über ihren Busen streifte und seine Handfläche auf ihre verkrampften Finger auf ihrem Schoß legte. »Ich frage mich, wie er wohl darüber denkt«, meinte er sinnend.

Er klopfte mit seinem Spazierstock gegen das Wagendach und wies den Kutscher an, zum Tattersall zurückzufahren. »Vielleicht hat er dich noch gar nicht vermisst«, meinte er. »Und die Würgemale werden erst auf der Heimfahrt sichtbar.«

Mercedes schwieg, um ihm nicht erneut Grund zu geben,

sie anzufassen. Als sie den Pferdemarkt erreichten, zog Severn die Vorhänge zu und drehte am Türgriff. Ehe er ausstieg, wandte er sich Mercedes noch einmal zu und küsste sie auf die Wange.

»Ich freue mich, von deinem Captain zu hören«, sagte er mit einem gewinnenden Lächeln. »Guten Tag, Sadie.«

Im Inneren der Kutsche war es warm. Dennoch durchlief Mercedes ein Frösteln.

Auf der Heimfahrt schliefen die Zwillinge. Ihre hellen Wuschelköpfe lehnten links und rechts an Colins Armen und sie sahen aus wie zwei schlafende Engel.

Nachdem Colin seine Geschäfte auf dem Pferdemarkt abgeschlossen hatte, schlug er eine Besichtigungstour auf der *Remington Siren* vor, einem Segelschiff derselben Schifffahrtslinie wie seine *Mystic*. Brendan und Britton waren begeistert und durften das Schiff nach Herzenslust erkunden. Mercedes' ängstlicher Protest, die Kinder könnten sich verletzen, stieß auf taube Ohren. Colin kletterte mit jedem der Buben in die Takelage, während Mercedes händeringend zusah und versuchte, Schreckensbilder von zerschmetterten Kinderkörpern auf den Schiffsplanken zu verdrängen.

Brittons Wissensdurst war unersättlich und Brendan hatte immer noch eine Frage hinzuzufügen. Colin erklärte die Gerätschaften und Arbeiten, die an Bord verrichtet wurden, in einfachen Worten, sodass auch Mercedes, die noch weniger Ahnung hatte als die Kinder, einige Zusammenhänge begriff. Da gab es Klüver und Fallleinen, Topsegel, Stagsegel und Hauptsegel. Es gab Masten und Taue für alle Segel und Querbäume, die Gaffel, Rah und Barring hießen. Eine verwirrende Fülle mechanischer Vorrichtungen, Tau- und Takelwerk, Rudergestänge und Räderwerk, die das riesige Segelschiff im harmonischen Zusammenspiel mit Wind und Wellen unter der Führung eines erfahrenen Kapitäns durch die Wellen des Ozeans gleiten ließ.

Mercedes' Blick ruhte auf einem solchen Kapitän. Er saß in die Polster der Kutsche zurückgelehnt, das gehobene

Kinn entblößte seinen sehnigen Hals. Er hielt die Augen geschlossen, doch er schlief nicht. Seine Gesichtszüge waren nicht entspannt und kindlich wie in der Nacht, als sie ihn im Schlaf beobachtet hatte.

Sie hatten kaum miteinander gesprochen. Colin hatte den ganzen Tag den Lehrer gespielt und die Fragen der Buben beantwortet. Auch während des Mittagessens, das Colin aus einem Gasthaus am Hafen kommen und in der Kapitänskabine der *Siren* servieren ließ, richtete er kaum ein Wort an sie. Mercedes fragte sich, wann ihm die Male von Severns Fingern an ihrem Hals aufgefallen waren und welchen Reim er sich darauf machte.

Brendans Kopf fiel schwer nach vorn und er seufzte leise im Schlaf. Colin legte die Beine des Jungen bequemer auf die Bank und bettete seinen Kopf an seine Schenkel.

»Sie verstehen sich gut mit den Kindern«, meinte Mercedes. Das war ihr in den vergangenen Wochen bereits aufgefallen, besonders aber heute. Die Zwillinge würden ihren Ausflug nach London so schnell nicht vergessen. »Die beiden sind glücklich, dass Sie ihnen so viel Aufmerksamkeit schenken. Ich hoffe nur ...« Sie stockte. Colin sah sie erwartungsvoll an. »Ja?«, meinte er gedehnt.

Da er ohnehin zu ahnen schien, was sie sagen wollte, konnte sie ihre Gedanken getrost laut aussprechen. »Ich hoffe, Sie benutzen die Kinder nicht als Vorwand, um sich Vorteile bei mir zu verschaffen. »

»Offen gestanden, kam mir dieser Gedanke in den Sinn«, antwortete er. »Zu Beginn.«

»Und jetzt?«, fragte sie leise.

Colin zuckte die Achseln. »Jetzt sind mir die Buben mehr ans Herz gewachsen als Sie.«

Sein Blick durchbohrte sie. Mercedes hatte das Gefühl, von seinen schwarzen Augen in die Lederpolster gedrückt zu werden. »Ich verstehe«, sagte sie leise.

»Das bezweifle ich.« Colins Hand fuhr durch Brendans Haarschopf. Der Junge rührte sich nicht. »Ich hatte Brüder, keine Zwillinge wie die beiden hier, aber zwei Brüder.«

»Sie sagten, Sie hätten keine Familie.«

»Das stimmt auch«, meinte er. »Ich weiß nicht, wo sie sind. Ich habe sie vor zwanzig Jahren zum letzten Mal gesehen.«

»Vor zwanzig Jahren«, flüsterte sie stirnrunzelnd. »Damals waren Sie so alt wie die Zwillinge jetzt.«

»Ungefähr. Decker war damals vier und Greydon ein Säugling, der noch nicht krabbeln konnte. Vermutlich leben beide nicht mehr.« Seine Stimme klang gepresst. »Es ist lange her.«

Nicht lange genug, um zu vergessen, dachte Mercedes. Seine Miene verschloss sich, seine schwarz glänzenden Augen gewährten keinen Einblick in sein Inneres. »Tut mir leid«, sagte sie aufrichtig.

Colin blickte auf die beiden schlafenden Kinder. »Mir auch«, fügte er hinzu.

Er blickte aus dem Fenster und Mercedes wusste, dass das Thema für ihn abgeschlossen war. Diese knappe Information über seine Vergangenheit war das einzig Persönliche, was er je von sich gegeben hatte, und das schien er bereits zu bedauern. Sie hätte ihm gerne Fragen nach seinen Eltern gestellt und wieso er von seinen Brüdern getrennt worden war, doch er schien nicht bereit, ihr weitere Auskünfte zu geben.

Mercedes löste die Schleife ihres Hutes, setzte ihn ab, legte ihn auf den Schoß und streifte die hellrosa Bänder zwischen Daumen und Zeigefinger glatt. »Ich habe Severn im Tattersall getroffen«, erklärte sie.

Colins Augen blieben ohne Ausdruck. »Ich weiß. Er kam während der Auktion zu mir und berichtete mir davon.«

Ihre Finger verharrten. »Warum haben *Sie* nichts davon erwähnt?«

»Warum haben *Sie* nichts davon erwähnt?«

»Ich wollte den Kindern den Tag nicht verderben«, antwortete sie.

»Ist das der einzige Grund?«

»Ich wusste nicht, wie Sie darauf reagieren würden.«

»Ich?«, fragte er. »Wieso sollte ich darauf reagieren?« Sein Blick heftete sich an ihren Hals und Mercedes' Hand hob sich und bedeckte die Würgemale.

»Ach, Sie meinen, weil Severn versuchte, Sie zu würgen. Sagten Sie ihm, ich würde ihn deshalb fordern? Haben Sie es deshalb zugelassen?« Colin lächelte dünn. »Severn ist ein ausgezeichneter Pistolenschütze, wie ich weiß, da Weybourne ihn zum Sekundanten nahm. Es gibt einfachere Methoden, mich loszuwerden, Mercedes. Sie wissen, wo ich meinen Dolch aufbewahre. Sie könnten ihn benutzen. Es sei denn, der Mut hat Sie verlassen.«

Mercedes furchte die Stirn. »Was reden Sie da?«, fragte sie ungläubig. »Glauben Sie tatsächlich, ich hätte mit Severn einen Plan ausgeheckt, um Sie zu provozieren, sich mit ihm zu duellieren?«

»Ist es nicht so?«

Schweigen senkte sich zwischen die beiden, während Mercedes sich eine Antwort überlegte. Welchen Sinn hätte es, Colin davon überzeugen zu wollen, ihr zu glauben? Damit würde sie genau das erreichen, was Severn sich wünschte und was sie zu vermeiden suchte. Nach einer langen Pause seufzte sie. Sie hatte einen Entschluss gefasst. Schuldbewusst wandte sie den Blick aus dem Fenster.

Die Dämmerung senkte sich über das Land. Lärchen und Rotbuchen, die den Straßenrand säumten, warfen lange graublaue Schatten. Aus den kleinen Fensterhöhlen der niedrigen Katen hinter den Bäumen schimmerte schwacher Lichtschein. Mercedes überlegte traurig, welches Schicksal ihr beschieden wäre, wenn sie in einer dieser Bauernkaten lebte, wenn sie nicht die Tochter eines Grafen wäre, die verzweifelt versuchte, an ihrem Geburtsrecht festzuhalten, das kein Mensch und kein Gesetz anerkennen wollte.

»Allem Anschein nach ist ihr Zynismus wieder einmal gerechtfertigt«, sagte sie schließlich und warf einen Blick in Colins Richtung, ohne ihm in die Augen zu sehen. »Waren meine Gedanken so leicht zu lesen?«

»Nicht schwieriger als sonst.« In Colins Stimme lag weder Spott noch Bitterkeit. Sie glaubte nur, einen Hauch von Resignation herauszuhören. »Ich weiß, dass Sie Severn keine Zuneigung entgegenbringen. Ihre Bereitschaft, sich mit ihm zu verbünden, zeigt mir nur, mit welchem Eifer Sie mich loswerden wollen.« Er strich sich das Haar zurück. »Ich habe Sie mit Severn gesehen. Er hat seine Hände um Ihren Hals gelegt und Sie haben es zugelassen. Ich weiß sehr wohl, dass Sie in der Lage sind, sich zu verteidigen oder um Hilfe zu rufen.«

»Hat Severn Ihnen gesagt, was er getan hat?«, fragte sie.

»Er machte eine Andeutung, dass etwas zwischen Ihnen vorgefallen ist. Er wollte mir zu verstehen geben, es sei zu Intimitäten gekommen.« Sein Blick senkte sich wieder auf die Würgemale an Mercedes' Hals. »Vielleicht stimmt es ja. Ich habe gehört, Würgen soll sinnliche Wonnen steigern.« Colin sah ihr in die Augen. »Stimmt das?«

Mercedes senkte die Lider und blickte auf ihre Hände. Ihre Finger nestelten an den Hutbändern.

»Stimmt das?«, wiederholte er.

In ihren Augen war ein Brennen, das sich nicht fortblinzeln ließ. »Fahren Sie zur Hölle.«

»Das tue ich vielleicht.«

Mercedes hörte auf, an den Hutbändern zu spielen. »Ich dachte nicht, dass Severns Plan Erfolg haben würde.«

»Severns Plan?«, fragte Colin. »Ich war der Meinung, der Plan trägt Ihre Handschrift.«

»Ich hätte einen anderen Plan ins Auge gefasst. Severn aber hat mir die Chance genommen.«

»Ach?«

»Mein Plan hätte Erfolg gehabt, wenn es Sie empört hätte, was er mir angetan hat. Mir schien es nicht sehr wahrscheinlich, dass Sie dazu fähig wären.«

»Dennoch haben Sie sich darauf eingelassen.«

Mercedes zuckte die Achseln. Der Druck in ihrer Brust ließ ein wenig nach. Es dürfte sie nicht stören, was er von ihr dachte, doch das eiserne Band, das ihr das Herz abzuschnüren drohte, war der Beweis des Gegenteils.

»Wie Sie bereits sagten«, erklärte sie und sah ihm zum ersten Mal in die Augen, »geht es mir einzig und allein darum, Sie loszuwerden.«

Colin trug die Zwillinge die Treppe hinauf und half Mercedes, sie zu Bett zu bringen. Verschlafen bedankten die Kinder sich für den Ausflug nach London, ehe sie einschlummerten. Mrs. Hennepin begegnete Mercedes und Colin auf dem Flur und fragte, ob sie noch einen leichten Imbiss anrichten solle. Beide lehnten dankend ab und Mercedes begab sich auf ihr Zimmer.

Auf der Anrichte in der Bibliothek standen drei Kristallkaraffen mit Whisky, Brandy und Portwein. Colin goss drei Fingerbreit von jeder Sorte ein, stellte die drei Gläser vor sich auf den Schreibtisch und machte es sich in Weybournes Ledersessel bequem. Er hob das erste Glas zu einem Trinkspruch, als säße Mercedes ihm gegenüber. »Das nächste Mal«, murmelte er, »nimm den verdammten Dolch.«

Mercedes traf ihre abendlichen Vorbereitungen vor dem Schlafengehen. Das einzig Gute an der Begegnung mit Severn war, dachte sie bitter, dass ihr in dieser Nacht erspart blieb, Colins Bett zu teilen. So schien es ihr zumindest, bis sie unter die Decke schlüpfte. War ihr Baldachinbett schon immer so riesig gewesen?

Sie legte sich auf die linke Seite und zog die Decke über die Ohren. Nach einer Weile versuchte sie es mit der rechten Seite. Sie zog die Beine an, nahm ein Kopfkissen in den Arm und kuschelte sich daran. Dann schüttelte sie es auf und stopfte es sich unter den Kopf. Sie legte sich auf den Rücken, starrte an die Zimmerdecke und versuchte die Stuckverzierungen zu erkennen, drehte sich wieder zur Seite und legte sich ein Kissen aufs Ohr. Schließlich gab sie sich geschlagen, setzte sich auf, zündete die Petroleumlampe an und nahm das Buch zur Hand, das sie schon manchen Abend in den Schlaf gelangweilt hatte. Erst als sie dieselbe Seite dreimal gelesen hatte, ohne ein Wort zu verstehen und ohne ein einziges Mal zu gähnen, klappte sie das Buch wieder zu.

Mercedes schlüpfte in ihren Morgenmantel, zurrte den Gürtel fest und tappte auf bloßen Füßen zur Tür. Heiße Milch war die Lösung. Wieso hatte sie nicht gleich daran gedacht?

Durch die Ritze unter der Tür zur Bibliothek fiel ein schwacher Lichtschein auf den dunklen Flur. Mercedes überlegte, ob Colin noch auf war oder vergessen hatte, das Licht zu löschen. Sie legte die Hand an den Türgriff, besann sich eines Besseren, setzte ihren Weg zur Küche fort und redete sich ein, die Antwort interessiere sie nicht.

Mercedes fachte die Glut im großen Herd an und stellte einen Topf mit Milch aufs Feuer. Dann setzte sie sich auf den alten Eichentisch, stellte die Füße auf einen Küchenstuhl und wartete, bis die Milch heiß war.

»Ob ich auch einen Schluck bekomme?«

Mercedes fuhr ruckartig herum und wäre beinahe vom Tisch gefallen. Mit einer Hand hielt sie sich an der Tischplatte fest, während die andere sich um ihre Brust krallte. Colin stand an den Türrahmen gelehnt. Erst auf den zweiten Blick erkannte Mercedes, dass ihr nächtlicher Besucher nicht salopp an der Tür lehnte, sondern Halt suchte, um aufrecht stehen zu bleiben. Sein blondes Haar sah aus, als sei ein Sturm hindurchgefegt. Der sonst so scharfe Blick seiner dunklen Augen wirkte glasig verschwommen. Auch das dünne Lächeln war verschwunden. Die hochgezogenen Mundwinkel gaben ihm einen etwas einfältigen Ausdruck. Verwirrt schaute er sich in der Küche um, ehe er sich wieder auf Mercedes zu konzentrieren versuchte.

»Sie sind betrunken«, stellte sie ohne Gefühlsregung fest.

Colin dachte über ihre Bemerkung nach. Sein Kopf war benebelt, seine Zunge lag ihm schwer im Mund. »Ich glaube, Sie haben Recht«, sagte er dann freundlich.

»Natürlich habe ich Recht«, versetzte Mercedes. »Diesen Zustand hab ich oft genug gesehen.« Sie rutschte vom Tisch und rückte ihm einen Stuhl zurecht. »Setzen Sie sich, bevor Sie umfallen.«

Colin studierte aufmerksam den Türrahmen, an dem er lehnte. »Der schwankt zwar ein wenig, aber er wird mich schon halten.«

Mercedes rückte ihm den Stuhl näher. »Setzen Sie sich!«

Colin näherte sich dem Stuhl auf schwankenden Beinen, drehte ihn um und ließ sich rittlings darauf plumpsen.

»Von warmer Milch wird Ihnen nur übel«, sagte sie und trat an den Herd. »Wie viel haben Sie getrunken?«

Colin hielt drei Finger hoch.

»Mehr nicht?« Der Graf ließ sich nach einer ganzen Karaffe weniger anmerken als Colin nach einem einzigen Glas. Seufzend schwenkte sie den Topf und die Milch schwappte zischend hoch.

»Vielleicht sollte ich besser fragen, was Sie getrunken haben.«

»Ich glaube, als Erstes Brandy.

»Als Erstes?«

»Dann Whisky.«

Nun begann Mercedes zu verstehen. »Sie haben auch Whisky getrunken? »

»Und Portwein als krönenden Abschluss.«

»Portwein?« Sie verzog das Gesicht. »Erst Brandy und Whisky? Und dann noch Portwein?«

Colin hatte die verschränkten Arme auf die Stuhllehne gelegt und das Kinn darauf gestützt. Er lächelte einfältig. »Halten Sie das für dumm?«

»Sie sind zu betrunken, um zu wissen, wie dumm das war«, antwortete sie und konnte ein schadenfrohes Lächeln nicht unterdrücken. »Morgen früh wissen Sie es. Ein schwerer Kopf wird die geringste Ihrer Sorgen sein.« Sie nahm den Topf vom Herd und goss heiße Milch in einen Becher, trank in kleinen Schlucken und beobachtete Colin über den Becherrand durch den aufsteigenden Dampf. Seine Lider wurden schwer und seine Gesichtszüge verzogen sich zu einer komischen Grimasse, als er versuchte, ein Gähnen zu unterdrücken. Ich sollte ihn hier sitzen lassen, überlegte sie. Dann kämen morgen zu seinen rasenden Kopfschmerzen noch ein steifes Genick.

Mercedes seufzte. »Kommen Sie! Ich helfe Ihnen, Ihr Zimmer zu finden.«

Kein leichtes Unterfangen. Colins Arm lag schwer auf ihren Schultern und sie stemmte die Hüfte gegen seine Schenkel, um ihn aufrecht zu halten. So schwankte das Pärchen mehr schlecht als recht durch den Flur, schrammte gelegentlich an der Wand entlang und erreichte die breite Treppe – eine schier unüberwindliche Herausforderung. Auf halbem Wege beschloss Colin, sich zu setzen. Diesen Wunsch teilte er Mercedes auf elementare Weise mit: Er klappte zusammen wie ein Taschenmesser und sackte auf die Stufe. Mercedes konnte sich in letzter Sekunde unter seinem Arm ducken und seitlich ausweichen, sonst wäre sie unter ihm gelandet.

»O nein«, seufzte sie und blickte streng auf seinen zerzausten Blondschopf. »Hier können Sie sich nicht ausruhen.«

Colin hob den Kopf. Um seinen Mund spielte ein spitzbübisches Lächeln. Er griff nach ihrer Hand und zog einmal daran. Mercedes landete auf der Stufe neben ihm. »Ich ruh mich nicht aus«, flüsterte er ihr vertraulich zu. »Manchmal setze ich mich einfach hin.«

Mercedes erhob keinen Einwand. Auch als er sich bei ihr unterhakte, protestierte sie nicht. Es dauerte eine Weile, bis ihr klar wurde, dass sie ihn nicht länger stützte, sondern ihre Schulter an seiner lehnte. Sie versuchte, sich ihm zu entziehen.

Mit leichtem Druck zwang er sie, sich wieder anzulehnen. »Wenn ich sitzen kann«, sagte er, »können Sie sich anlehnen.«

»Na gut«, sagte sie nach einer Weile. »So lange Sie nicht einschlafen.«

Er lächelte schief und nickte. Sein Gesichtsausdruck wurde nachdenklich, als grüble er über ein tief schürfendes Problem nach. Und als er wieder sprach, lag ein Hauch Traurigkeit in seiner Stimme. »Ich werde morgen fürchterliche Kopfschmerzen haben, stimmt's?«

Mercedes schmunzelte. Das war also das tief schürfende Problem. »Ja«, sagte sie. »Ich glaube, das erwähnte ich bereits. »

»Aha. Daher weiß ich es also.«

Ihr Lächeln vertiefte sich. »Sie trinken wohl nicht oft, wie?«

»Nein. Nicht so wie heute Abend. Ich halte nicht viel davon.«

»Und warum heute Abend?«

»Heute hielt ich viel davon.«

Um ihre Beklommenheit zu verbergen, strich Mercedes den Stoff ihres Morgenmantels über den Knien glatt und blickte über die Schulter die Treppe hinauf. »Wir sollten gehen.« Als sie den Kopf wieder drehte, war Colins Mund ihr sehr nah. Seine dunklen Augen senkten sich in die ihren. Beim Sprechen hätten ihre Lippen seinen Mund berührt. Mercedes wagte nicht zu atmen, bis ihre Lungen schmerzten. Ihre Finger krallten sich ineinander.

Colin hob den Kopf und der magische Moment war vorbei. Er lächelte wehmütig. Dann stand er auf, zog Mercedes auf die Füße und suchte schwankend bei ihr Halt. Mercedes legte sich seinen Arm um die Schultern und hielt seine Hand nahe an ihrem Busen fest. Colin überlegte benommen, ob es ihr Spaß machte, ihm süße Foltern aufzuerlegen. Doch als sie ihr Gesicht hob, sah er in ihren grauen Augen nur Aufmerksamkeit, keine Spur von Koketterie, und er wurde sich wieder bewusst, dass sie keine Ahnung von ihrer erotischen Ausstrahlung hatte.

»Sind Sie sicher, dass Sie es schaffen?«, fragte sie.

»Ganz sicher«, versicherte er.

So gelangten sie schließlich in Colins Zimmer, wo er es allerdings nur bis zum Lehnstuhl schaffte, in den er sich fallen ließ.

»Ich finde nicht, dass Sie hier schlafen sollten«, meinte Mercedes.

»Ich schon.« Er machte es sich bequem, streckte die langen Beine von sich, verschränkte die Arme vor der Brust und schloss die Augen.

Mercedes betrachtete ihn eine Weile. Wenn er in dieser Stellung einschlief, würde er am Morgen bereuen, ihren Rat nicht befolgt zu haben. Andererseits könnte sie gehen, ohne sich einen Vorwurf machen zu müssen. Sie hatte schließlich versucht, ihn zur Vernunft zu bringen.

Bereits zum Gehen gewandt, besann sie sich eines Besseren. Würde er ihr am nächsten Morgen Vorwürfe machen? Wenn der Graf unter den Folgen seiner Trinkgelage litt, war

Mercedes stets die Zielscheibe seiner schlechten Laune. Obwohl sie sich bemühte, ihn von seinen Exzessen abzuhalten, war sie es, die hinterher dafür bestraft wurde.

War Captain Thorne ihrem Onkel ähnlich?

Mercedes kniete sich vor ihn hin und begann ihm die Stiefel auszuziehen.

»Was tun Sie da?«

»Ich versuche, es Ihnen etwas bequemer zu machen.«

Er knurrte ungeduldig. »Ich kann meine Stiefel alleine ausziehen.«

Sie kauerte sich auf die Fersen und wartete ab.

Colin versuchte, das angewinkelte rechte Bein quer über das linke Knie zu legen, rutschte jedoch ab. Sein Fuß stampfte auf den Boden. »Später«, murmelte er und schloss die Augen wieder.

Als Mercedes ihm diesmal den Fuß hob, protestierte er nicht. Sie zog ihm die Stiefel aus und breitete eine Wolldecke über ihn. Er murmelte etwas Unverständliches, ohne die Augen zu öffnen. Sie zog den Fußschemel heran, stellte ihm die Füße darauf und wandte sich endgültig zum Gehen.

Er hielt sie am Handgelenk fest.

»Gehen Sie nicht«, sagte er.

Er hielt die Augen immer noch geschlossen. »Aber ich …«

Colin schob ihr den Schemel mit der Ferse zu. »Setzen Sie sich.«

Mercedes sah auf den Schemel, dann in sein Gesicht. Er blinzelte schlaftrunken. »Bitte.«

Sie setzte sich. Mit dem Rücken gegen den Polstersessel gelehnt, die Schulter an seinem Bein, kauerte sie mit angezogenen Knien auf dem Schemel. Nachthemd und Morgenmantel bauschten sich auf dem Teppich wie ein Blütenkelch. Mercedes versteifte sich, als Colin ihr die Hand auf die Schulter legte. Sein Daumen strich über ihren Hals, wo Marcus Severns Würgemale ihre helle Haut befleckten.

»Finden Sie es richtig, Versprechungen zu halten?«, fragte er unvermittelt.

Seine Hand an ihrem Hals irritierte sie. »Ich glaube, ich habe Sie nicht verstanden«, meinte sie vorsichtig.

»Ist es richtig, Versprechungen zu halten?«, wiederholte er.

Auch beim zweiten Mal war ihr die Frage nicht klarer. »Nun ja«, antwortete sie ratlos. »Es ist eine Frage der Ehre, finde ich.« Sie versuchte den Kopf zu drehen, um ihn anzusehen, doch seine Hand zwang sie, nach vorn zu schauen.

Colin nickte ernsthaft. »Das dachte ich mir.« Seine Hand grub sich in ihr Haar. Die Haarnadeln lösten sich unter seinem sanften Drängen. Er ließ ein paar Strähnen durch seine Finger gleiten.

Mercedes verkrampfte sich. Ihre Atemzüge wurden flach, während sie bang darauf wartete, dass er die Faust ballte und sie gewaltsam an den Haaren zog. Nach ihrer Erfahrung war sanftes Streicheln der Vorbote von Schmerz. Und das bange Warten auf den Schmerz war oft grausamer als der Schmerz selbst.

»Und Versprechungen sich selbst gegenüber?«, fragte er. Seine Finger glitten in ihren Nacken. »Was halten Sie davon?«

Ihre Kehle schnürte sich zusammen. Sie hatte Mühe zu sprechen. »Ich ... ich weiß nicht, was Sie meinen«, stammelte sie. Ein Schauer rieselte ihr über den Rücken, als seine schwieligen Fingerkuppen ihre zarte Haut streichelten.

»Ist es auch eine Frage der Ehre, ein Versprechen sich selbst gegenüber einzuhalten?« Seine Hand wühlte wieder in ihrem Haar. Die Locken in der Farbe bittersüßer Schokolade glitten durch seine gespreizten Finger.

Es war, als führe er ein Selbstgespräch, dachte Mercedes, als stelle er die Fragen nur laut, um richtige Antworten zu finden. »Ehre beginnt bei sich selbst«, antwortete sie leise. Seine Hand verharrte an ihrem Hinterkopf. Mercedes spannte sich an und zog die Schultern hoch in Erwartung des ziehenden Schmerzes, der nun folgen würde.

Colin seufzte. »Ich dachte, wir wären uns in diesem Punkt einig.« Er ließ die Hand sinken.

Mercedes wartete. Ihre Schultern taten weh von der Anspannung, ihr Nacken war steif, ihr Herz pochte hart gegen die Rippen. Sie drehte langsam den Kopf. Seine Stirn war glatt und auch die Falten um seine Mundwinkel hatten sich geglättet. Er wirkte entspannt wie im Schlaf, doch an seinen Atemzügen erkannte Mercedes, dass er nicht schlief. Als sie versuchte, sich ihm zu entziehen, flogen seine Augen auf.

»Sie sind sehr nervös«, stellte er fest und betrachtete sie prüfend. »Werden Sie irgendwo erwartet?«

»Ich … nein.« Sie bereute ihr kleines Zögern, da er sie nur noch intensiver musterte. »Das heißt«, korrigierte sie sich, »ich möchte gern zu Bett gehen.«

Dafür hatte Colin Verständnis. »Natürlich.« Er kam auf die Füße, zog Mercedes hoch und drehte sie zum Bett.

»Ich dachte an mein Bett«, sagte sie.

»Ich nicht.«

Mercedes warf ihm einen unsicheren Blick über die Schulter zu. »Wie Sie wünschen.« Sie begann den Gürtel zu lösen und streifte den Morgenmantel von den Schultern. Colin nahm ihn ihr ab und legte ihn sorgfältig über die Stuhllehne. Dann sah er ihr zu, wie sie die Decke zurückschlug. Statt unter die Decke zu schlüpfen, setzte sie sich auf die Bettkante. So betrunken war er nun wieder nicht, dass ihm ihre angespannten Gesichtszüge nicht aufgefallen wären.

Sein unverwandter Blick ging ihr auf die Nerven. »Bringen Sie es endlich hinter sich«, fuhr sie ihn gereizt an.

Colins Brauen zogen sich zusammen und sein Blick war leer und verständnislos. »Was soll ich hinter mich bringen?«, fragte er.

Sie hob hilflos die Hände und suchte nach Worten. »Das, was Sie mit mir vorhaben.«

»Ich gehe mich umziehen.«

Mercedes ließ die Arme sinken, ihre linke Hand fiel auf das Kopfkissen. Ihr Impuls war schneller als ihre Absicht. Plötzlich krallten sich ihre Finger um das Kissen und im nächsten Augenblick flog es in Colins Richtung.

Die verhängnisvolle Alkoholmischung und seine Überraschung ließen Colin einen Schritt rückwärts taumeln. Er fing das Kissen auf, ehe es seine Magengrube traf, und warf es ihr vor die Füße. »Was soll das?«, fragte er verdutzt. »Versuchst du, mich zu provozieren?« Dabei konnte er sich die Frage selbst beantworten. »Natürlich willst du das.« Colin legte den Kopf ein wenig schief, als er Mercedes' große Augen in ihrem bleichen Gesicht fixierte. »Warum, Mercedes? Was willst du?«

Ihre Finger krallten sich in die Bettkante. Sie stieß die Antwort abgehackt hervor. »Ich will es hinter mich bringen.«

Colin wusste, dass der Alkohol ihm den Kopf mehr benebelt hatte, als er wahrhaben wollte. »Ich tu dir nicht weh«, sagte er leise. »Das hast du erwartet, wie? Dass ich dich bestrafe für das, was du mit Severn heute Nachmittag ausgeheckt hast.«

»Ist es nicht so?«, fragte Mercedes zweifelnd.

»Ich sagte dir schon einmal, dass ich dir nie wehtun werde. Hast du Grund anzunehmen, ich hätte meine Meinung geändert?«

In ihrer Kehle bildete sich wieder ein Knoten, der ihr das Sprechen schwer machte. Ihre Augen brannten und in ihren Schläfen setzte ein pochender Schmerz ein. Hastig blinzelte sie die Tränen zurück und schluckte hart gegen den Kloß im Hals an. »Was hatte das Gerede von Versprechungen sonst zu bedeuten?«, fragte sie. »Sind Sie ein Mann, der seine Versprechungen hält oder bricht?«

Die Frage traf Colin wie ein Faustschlag. »Ich meinte andere Versprechungen«, antwortete er. »Das hatte nichts mit dir zu tun.«

»Natürlich hatte es mit mir zu tun«, widersprach sie heftig. »Warum sonst sollten Sie in meiner Gegenwart darüber sprechen? Sie wollten doch nur, dass ich mir Gedanken über Ihre Absichten mache. Wenn Sie sich fragen, ob Versprechungen einzuhalten sind, wieso betrifft es mich nicht, ob Sie die Versprechungen einhalten, die Sie mir machten?«

Colin sah sie lange schweigend an. Er ahnte, dass es sie Mühe gekostet hatte, so offen zu reden. Die Knöchel ihrer Finger waren weiß geworden. Ihre grauen Augen glänzten hinter einem Schleier zurückgehaltener Tränen. Das Beben ihrer gestrafften Schultern setzte sich in einem leichten Zittern ihrer Haarfülle fort.

Ihre Worte bezichtigten ihn der Grausamkeit. Er hatte sie gebeten, sich neben ihn zu setzen, da sie eine beruhigende Wirkung auf ihn ausübte, wie es sonst nur das weite Meer tat. Er dachte daran, wie seine Hand auf ihrer Schulter lag, wie er ihren Hals und ihr Haar berührte. Ihre Haut fühlte sich so weich an, ihr Haar wie gesponnene Seide. Er genoss ihre Gegenwart, während sie angstvoll auf seinen Schlag wartete. Sie musste Höllenqualen ausgestanden haben.

»Du irrst dich in mir«, sagte er schließlich, dann machte er auf dem Absatz kehrt und verschwand im Ankleidezimmer.

Mercedes hob das Kissen vom Boden auf und hielt es an sich gedrückt. Er war nicht laut geworden. Er hatte nicht gedroht. Er hatte die Hand nicht gegen sie erhoben. Dennoch war ihr, als sei sie geschlagen worden, diesmal von der Last ihres Verdachts und Misstrauens.

Mercedes warf einen Blick zur Tür. Sie könnte gehen. Er würde ihr nicht folgen – nicht, nachdem sie ihm vorgeworfen hatte, absichtlich mit ihren Ängsten gespielt zu haben. Wollte sie gehen? Sie weigerte sich, eine Antwort auf diese Frage zu geben.

Sie horchte auf die Geräusche aus dem Nebenzimmer, wie er sich wusch, den Mund spülte, seine Kleider ablegte. Sie hörte sein leises Fluchen, als er sich den Fuß an einem Möbel stieß.

Mercedes lag mit dem Gesicht zur Wand, als Colin das Schlafzimmer wieder betrat. Er trug Leinenhosen, die ihm fast bis zum Knie reichten, sonst nichts. Nachdem er die Nachttischlampe gelöscht hatte, schlüpfte er unter die Decke, legte sich auf den Rücken und schob den Arm unter den Kopf. Er horchte auf ihre Atemzüge und wusste, dass sie auf ihn gewartet hatte.

»Es tut mir leid«, sagte sie.

»Du musst nicht bleiben«, sagte er.

Sie hatten beide gleichzeitig gesprochen.

Mercedes drehte sich zu ihm um. »Es tut mir leid«, wiederholte sie.

»Ich sagte, du musst nicht ...«

»Ich habe gehört, was Sie sagten. Es tut mir leid, dass ich Ihre Absicht falsch eingeschätzt habe.« Sie schwieg und Colin wartete. »Sie wissen nicht, wie das Leben mit meinem Onkel ist«, sagte sie.

»Nein, aber ich erfahre jeden Tag ein bisschen mehr darüber. »

»Ich will Ihr Mitleid nicht.«

»Das erwarte ich auch nicht. Wie ich dich einschätze, würdest du mir keinen Hinweis auf die dunkle Seite seines Wesens geben, wenn du dich gegen ihn zur Wehr setzen könntest.« Colin lachte trocken. »Ich spreche von seiner dunklen Seite, als gäbe es auch eine helle Seite an ihm. Soweit ich beobachten konnte, ist der Graf von Weybourne allerdings ein ausgemachter Bastard.«

Mercedes' Lippen umspielte ein dünnes Lächeln. »Bastard wäre eine zu schmeichelhafte Bezeichnung für ihn.«

»Du verteidigst deinen Onkel ja gar nicht«, versetzte Colin in gespielter Verwunderung.

»Nicht immer«, erklärte sie gelassen. »Ich hasse ihn in letzter Zeit nur noch mehr. Immer wenn ich denke, ich hätte ihn aus meinem Leben verbannt, stößt mir etwas auf, was er getan hat.

»Wie heute Abend.«

Sie nickte. »Ihr betrunkener Zustand ... ich wusste nicht, was ...«

»Und als ich dich bat zu bleiben ...

»Sie haben mich nicht darum gebeten«, korrigierte sie ihn.

»Nein, habe ich nicht, oder?« Colin blickte an die Zimmerdecke. »Das wollte ich sagen, als ich zurückkam. Ich wollte dir sagen, dass du nicht bleiben musst.«

»Ich weiß.«

»Dann bist du hier, weil du hier sein willst.«

»Das habe ich nicht gesagt«, widersprach sie.

Colin wandte sich ihr zu. Selbst in der Dunkelheit sah er

ihre klaren Gesichtszüge, aber auch etwas anderes, etwas, das sie vor ihm verbarg. Sie senkte die Lider und mied seinen Blick. »Warum dann?«

Nun sah sie ihn unverwandt an. »Ich bin hier, weil ich weiß, dass Sie mich hier haben wollen.«

Colin stützte sich auf einen Ellbogen. »Ich bin nicht sicher ...«

»Ich aber.« Sie hob die Hand und legte ihm zwei Finger auf den Mund. »Sagen Sie nichts. Akzeptieren Sie es einfach. So wie ich.« Ihre Hand streichelte seine Wange, ihr Daumen strich über seine Unterlippe. Sie sah ihn immer noch unverwandt an, zog ihn mit ihrem Blick und mit ihren halb geöffneten Lippen zu sich.

Colin beugte sich über sie. Mercedes aber war es, die ihn küsste. Sie legte ihren Mund auf seinen, nagte zart an seiner Operlippe und strich mit der Zunge sanft die empfindsame Unterseite entlang. Leise stöhnend rollte Colin sie auf den Rücken. Ihre Finger gruben sich in sein Nackenhaar, ihre Fingernägel kratzten seine Kopfhau. Colin durchlief ein wohliger Schauer.

Mercedes vertiefte ihren Kuss, drängte ihre Zunge in seinen Mund, schmeckte die Süße des Alkohols. Ihre Hände bewegten sich seine breiten Schultern entlang, ihre Nägel kratzten über seine Arme und wieder durchrieselte ihn ein Schauer. Mercedes fühlte, wie ihre Brüste schwollen, ihre Knospen sich verhärteten. Sie drängte sich an Colins Nacktheit, ließ ihn ihre Erregung spüren.

Sie zog das Bein an, wobei ihr Nachthemd einen Schenkel freigab. Colins warme Handfläche wanderte von ihrem Knie zur Hüfte und wieder zurück. Sie hob sich ihm entgegen, sehnte sich nach der intimen Berührung seiner Hand. Gleichzeitig schob sie ihre Finger in den Bund seiner Leinenhose und versuchte sie nach unten zu ziehen.

Das Nachthemd wurde ihr von den Schultern gestreift, Colins Lippen berührten ihren Hals, liebkosten ihre Kehle. Sie wimmerte leise und bäumte sich unter ihm auf. Seine Lippen fanden ihre Brustspitzen und saugten durch den dünnen Batiststoff daran. Die Berührung entrang ihr einen kehligen Laut. Sein Mund kehrte zu ihrem zurück. Seine Hüften pressten sich an sie, wiegten sich mit ihr, nur durch dünnen Stoff getrennt.

Mercedes zerrte ihm die Hose nach unten. Er schob ihr Nachthemd hoch. Ihre Hände drängten sich zwischen ihre Körper, umfingen sein Glied und führten es in ihren Schoß. Als sie sich vereinten, schlang Mercedes die Arme um seinen Hals.

Colin verharrte reglos und blickte ihr in die Augen. Ihre Pupillen hatten sich vor Verlangen dunkel geweitet. Ihre Lippen waren weich geschwollen, feucht und geöffnet, ihre Wangen rosig angehaucht.

Colin hielt sich mühsam zurück, seine Stimme klang heiser. »Sag mir, dass dies geschieht, weil du es willst«, stieß er hervor.

Mercedes streichelte seinen Rücken und spürte sein Zucken in ihrem Schoß. Ihre Muskeln saugten sich an ihm fest und als sie die Wirkung spürte, spannte sie die Muskeln wieder an.

Ihre Liebkosung brachte ihn halb um den Verstand, er zügelte sein Verlangen nur mühsam. »Sag es mir«, drängte er.

Mercedes bewegte sich unter ihm, bäumte ihre Hüften auf und forderte das, was er sich und ihr verweigern wollte. Als er seinen Kopf an ihrem Hals barg, flüsterte sie an seinem Ohr: »Ich will, was du willst.«

Das war nicht die Antwort, die er hören wollte, doch zu einem weiteren Zugeständnis war sie nicht bereit. Er musste es wohl oder übel akzeptieren.

Mercedes schlang die Schenkel um seine Hüften und wiegte sich mit ihm. Diese Frau schaffte es, ihn um den Verstand zu bringen. Er klammerte sich an ihr fest wie an einen Rettungsanker, um sich nicht in ihr zu verlieren.

Sie löste die Arme von ihm und krallte ihre Hände ins Bettlaken. Die Vereinigung jagte heiße Wellen durch sie hindurch, die in ihre Mitte flossen, sie fiebern ließen.

»Ich will dich nicht bestrafen«, keuchte er an ihrem Mund. »Niemals.«

Mercedes japste. »So habe ich es nicht ...«

Er erstickte ihre Lüge mit einem harten Kuss. »O doch, das hast du«, flüsterte er. »Genau das denkst du.« Colin verharrte wieder reglos, und nun klang Mercedes' Stimme heiser, als sie seinen Namen flüsterte. Colin küsste sie wieder, sanft diesmal, und dann raunte er: »Ich tue dir nichts an, Mercedes. Ich tue es *für* dich.«

Kapitel 10

Mercedes fand keinen Schlaf. Nach dem Liebesakt waren ihre Glieder matt, ihre Lider bleischwer. Sie fühlte sich köstlich befriedigt, warm und wohlig durchblutet. Colin war neben ihr eingeschlafen, eine Hand um ihre Mitte gelegt, ein Bein an ihres geschmiegt. Seine tiefen Atemzüge wirkten beruhigend wie das Ticken einer Uhr.

Bei aller körperlichen Entspannung aber war ihr Geist in Aufruhr, ihre Gedanken wirr wie ein verwickeltes Wollknäuel, das sie nie entwirren zu können glaubte.

Colins Stimme hallte in ihr nach, weich und eindringlich zugleich: *Ich tue dir nichts an, Mercedes, ich tue es für dich.* Sie hatte sich unter ihm angespannt, als sie schlagartig erkannte, dass der Akt, den sie bislang als selbstsüchtig bezeichnet hätte, auch als Akt des Gebens gesehen werden konnte. Er hatte ihr allerdings keine Zeit gegeben, länger darüber nachzudenken. Sein Mund umfing den ihren erneut und seine rhythmischen Stöße füllten sie bis zum Bersten. Sie schmiegte sich an ihn in dem Wunsch, die Vereinigung möge nie enden. Ihre Brüste reagierten schmerzhaft empfindlich auf seine Berührung und sie bog sich ihm entgegen, um noch tiefer mit ihm vereint zu sein.

Die Hitze zwischen ihnen züngelte ihre Gliedmaßen entlang. Sie rang nach Atem, die Spannung straffte ihren Körper wie eine Bogensehne, ehe sie sich entlud und ihre Lustschreie zu unterdrücken suchte. Colins Mund saugte an ihrer Brustknospe und dann war es um sie geschehen. Ihre Lustschreie brachen ungehindert aus ihr heraus.

Ihre Hingabe beflügelte ihn. Sein Rhythmus beschleunigte sich und ihre Zuckungen raubten ihm die Sinne. Er barg sein Gesicht in ihrer Halsbeuge, atmete den Lavendelduft ihres Haars und ihrer Haut ein. Als er sein Gewicht von ihr nehmen wollte, hielt sie ihn fest umklammert, um das Einssein mit ihm noch länger zu genießen.

Sie sprachen kein Wort. Allmählich beruhigten sich ihre Herzschläge und ihr Keuchen. Nur ihre Atemzüge waren zu hören und die Stille lag wie eine Decke über dem erschöpften Paar.

Colin war eingeschlafen. Mercedes aber blieb wach.

Sanft schob sie Colins Bein von sich, nahm seine Hand von ihrer Hüfte und setzte sich auf. Sie lehnte die Schulter ans Kopfende des Bettes und betrachtete Colin, studierte die Konturen seines Profils, die im Schlaf entspannten Linien. Sie fuhr mit den Fingerkuppen über seine Stirn und strich eine goldblonde Locke zurück.

Er war ein sehr gut aussehender Mann. Seine Gesichtszüge waren nicht klassisch verfeinert wie bei Severn, sondern kantig und kraftvoll.

Mercedes' Finger strichen sanft über seine Wangen und legten sich an seinen Hals. Sie spürte seinen Puls schwach und regelmäßig. Ihre Finger wanderten über seine Schulter, befühlten die warme weiche Haut, blieben auf seiner Brust liegen.

Colin wachte erst auf, als er Mercedes nicht mehr neben sich spürte. Für gewöhnlich war sein Schlaf leicht und wenige Stunden waren ausreichend für ihn. Dieses Auftauchen aus tiefer, ohnmachtsähnlicher Versenkung war ihm neu. Er öffnete die Augen einen Spalt, gerade weit genug, um zu beobachten, wie Mercedes zum Lehnstuhl ging, sich in die Polster kuschelte und die Beine hochzog. In ihrem zarten Batistnachthemd wirkte sie überirdisch. Sie bewegte sich lautlos und geschmeidig wie eine Nebelgestalt.

»Willst du im Stuhl schlafen?«, fragte er.

Mercedes zuckte zusammen. Seine Stimme war tief und ein wenig rau. Mit der gleichen Stimme hatte er ihr während des Liebesaktes ins Ohr geflüstert. Die Erinnerung war plötzlich so übermächtig, dass sie meinte, ihn in sich zu spüren, wie er inne hielt, während sein Mund und seine Hände Antwort von ihr forderten. Ein Wonneschauer durchrieselte sie.

Colin hob die Decke. »Komm zu mir«, sagte er. »Du frierst.«

Sie widersprach nicht. Wie hätte sie ihm den prickelnden Funkenregen erklären können, der sie durchrieselte und eine feurige Spur auf ihrer Haut hinterließ? Wortlos stand sie auf und glitt durchs Zimmer, ohne sich der Anmut ihrer Bewegungen bewusst zu sein, und schlüpfte unter die Decke.

Erst als sie neben ihm lag, befiel ihn der Gedanke, sie wolle vielleicht gar nicht bei ihm sein. »Du kannst in dein Zimmer gehen«, meinte er und stützte sich auf einen Ellbogen. »Wenn du willst.«

Sein Angebot ließ sie schmunzeln. »Nein. Es ist noch Zeit. Vor Tagesanbruch gehe ich in mein Zimmer.«

Er strich ihr eine schokoladenfarbene Locke hinters Ohr und fragte leise: »Hast du gar nicht geschlafen?«

»Ein wenig, denke ich.« Aber sie hatte nur gedöst. »Ich wollte dich nicht wecken. Ich war unruhig, deshalb bin ich aufgestanden.«

Er kannte die innere Unruhe, die einen Menschen nachts stundenlang wach hielt. Ehe Mercedes in seinem Bett schlief, wusste er nicht, dass er eine Nacht durchschlafen könnte. »Kann ich dir etwas bringen?«, fragte er und dachte an ihren nächtlichen Gang in die Küche. »Einen Becher heiße Milch?«

Mercedes schüttelte den Kopf. »Nein. Mir geht's gut.« Sie zögerte, ihre Augen flogen über sein Gesicht.

»Was ist los?«, fragte Colin.

»Nichts«, entgegnete sie, und nach einem Zögern: »Es ist nur … ach nichts.«

Colin zog die Brauen hoch und sah sie fragend an.

»Na ja, ich habe mich gefragt, was du damit gemeint hast, als du von Versprechungen geredet hast … dass man sie halten müsse.« Mercedes stellte eine Veränderung in ihm fest, sein Gesicht wurde hart, sein Blick wachsam. Die Falten um seine Augen vertieften sich und an den Stellen, wo sein Körper sie berührte, spürte sie seine Anspannung. »Ich glaube nicht, dass du wirklich mit mir darüber reden wolltest«, sagte sie.

»Ich hatte zu viel getrunken.«

Enttäuscht nickte sie. »Ja, das vermutete ich auch.«

Colin seufzte. »Es hat nichts mit dir zu tun.«

»Ich weiß. Ich glaube dir.« Sie sah ihn wieder an, mit dunklen unsteten Augen. »Wenn es nichts mit mir zu tun hat, frage ich mich, mit wem es dann zu tun haben mag.«

Colin lag auf dem Rücken. Er hatte nicht erwartet, dass Mercedes näher an ihn heranrücken und ihren Kopf an seine Schulter betten würde. Ihr Arm lag leicht auf seiner Brust und der dünne Stoff ihres Nachthemds fühlte sich weich auf seiner Haut an. Sie war warm und entspannt. Sie schwieg, ohne etwas zu erwarten.

»Das Baby wurde zuerst abgeholt«, sagte Colin endlich. Er wusste, dass sie ihm aufmerksam zuhörte. Mit leiser Stimme, ohne Gefühle preiszugeben, erzählte er Mercedes von Decker und Grey und von Cunningtons Arbeitshaus. Einige Einzelheiten behielt er für sich – die gedankenlose Grausamkeit der älteren Jungen, die Misshandlungen, deren Zeuge er war und denen er beinahe selbst zum Opfer gefallen wäre. Er ließ auch unerwähnt, dass er sich beinahe zu Tode gehungert hatte, damit seine kleinen Brüder sich halbwegs satt essen konnten. Mercedes konnte sich das elende Leben in einem Waisenhaus vorstellen, das bewies sie mit den wenigen Fragen, die sie stellte.

Colin beendete seinen Bericht, wie er ihn begonnen hatte, gelassen und ohne Gefühlsregung, als beträfen die Vorfälle weder das einstige Kind noch den Mann, der aus ihm geworden war. »Ich habe das Versprechen eigentlich nicht meinen Brüdern gegeben; sie waren noch zu klein, um es zu begreifen. Ich habe es mir selbst gegeben. Ich versprach, sie zu finden und mit ihnen zusammenzuleben. Mir war natürlich nicht klar, welche Aufgabe ich mir damit gestellt hatte. Als Greydons neue Mutter sagte, sein Name gefalle ihr nicht, bedeutete mir das nichts. Erst nach zehnjähriger vergeblicher Suche muss ich davon ausgehen, dass sie ihn geändert hat.«

»Und Decker?«

»Ich vermute, er wurde von einem französischen Missionarsehepaar adoptiert, aber ich kann es nicht beweisen. Ich habe viele Häfen im Südpazifik angelaufen und Nachforschungen bei französischen Missionen angestellt. Ich habe Passagierlisten und Frachtverzeichnisse von Schiffen eingesehen, die etwa um die Zeit, als Decker abgeholt wurde, gesunken waren. Aber alle Bemühungen waren vergeblich. Ich habe nie eine Spur von ihm entdeckt.«

Mercedes schwieg. Sie hatte keine Worte, um ihr Mitgefühl zum Ausdruck zu bringen, keine Worte, die seinen Schmerz hätten lindern können.

Die erste Träne auf Colins Haut war wie ein heißer Regentropfen. Kurz darauf folgte ein zweiter. Erst beim dritten Tropfen reagierte er. »Mercedes?«

Sie hob weder den Kopf, noch gab sie einen Laut von sich.

»Du weinst.« Er hatte sie nie weinen gesehen. Selbst wenn er der Ansicht war, sie habe allen Grund dazu, schien sie Kränkungen und Tränen hinunterzuschlucken. Er hatte ihre grauen Augen glitzern gesehen im Schmerz und im Zorn, doch ihre Tränen hatte sie ihm nie gezeigt.

Nun weinte sie um seinetwillen. Colin war tief bewegt, denn er sah darin ein Geschenk, so wie er ein Geschenk in ihrem seltenen, bezaubernden Lächeln sah. Seine Finger gruben sich in ihr Haar, dem Lavendelduft und ein Hauch Moschus entströmte. Er beugte sich über sie und legte die Lippen auf ihren Scheitel. »Ich gab jedem meiner Brüder einen Ohrring meiner Mutter mit«, fuhr er leise fort. »Sie hatte mir die Schmuckstücke wenige Minuten vor ihrem Tod anvertraut. Die Ohrringe waren sehr alt und wertvoll, ein Geschenk meines Vaters, Schmuckstücke, die sich seit Generationen im Familienbesitz befanden, eine Dankesbezeigung der Königin.«

Mercedes wischte sich heimlich die Augen. Sie war froh,

dass Colin keine weitere Bemerkung über ihre Tränen verlor. »Die Königin?«, fragte sie mit belegter Stimme. »Sprichst du von Ann oder Mary? Dann wären sie über hundert Jahre alt.«

»Die Ohrringe sind mehr als doppelt so alt«, sagte Colin. »Ich spreche von *der* Königin. Elizabeth. Ich glaube, sie wurden anlässlich ihrer Thronbesteigung angefertigt. Wenn mein Gedächtnis mich nicht trügt, wurde sie 1558 gekrönt.« Er sah mit Vergnügen, wie Mercedes auf diese Eröffnung reagierte. Sie setzte sich auf, streckte den Arm nach der Nachttischlampe aus und drehte den Docht höher. Dann nahm sie die Lampe hoch und sah ihn an, als habe sie ihn nie zuvor gesehen.

Mercedes zog die Stirn kraus. »Du besitzt Ohrringe, die einem deiner Vorfahren von Königin Elizabeth geschenkt wurden?«, fragte sie skeptisch.

»Besaß«, korrigierte er. »Ich *besaß* die Ohrringe. Nun haben Grey und Decker sie. Die Königin schenkte sie meinem Ur-Ur-Ur-Großvater aus Dankbarkeit für besondere Verdienste.«

Mercedes stellte die Lampe auf den Nachttisch zurück. »Dann bist du also Engländer«, meinte sie gedehnt.

Colin lachte. »Das waren die meisten Amerikaner«, entgegnete er. »Irgendwann einmal. Doch darum machen wir nicht viel Aufhebens.«

»Nein«, beharrte sie. »Ich meine, du *bist* Engländer.«

»Nicht mehr.«

»Aber du bist in England *geboren*.«

»Ich dachte, das wüsstest du.«

»Woher soll ich das wissen?«

»Die meisten Menschen erkennen es an meinem Akzent.«

»Du sprichst wie ein Yankee.«

»Für Yankees rede ich wie ein verdammter Brite.« Colin stützte das Kinn in die Hand und beobachtete Mercedes. »Ist das so wichtig?«, fragte er.

»Nein«, antwortete sie hastig. Und dann: »Nun ja, eigentlich schon.« Sie senkte den Blick auf ihre Hände und suchte nach Worten. Dann hob sie den Kopf wieder. »Es geht mir um Weybourne Park, verstehst du? Ich dachte immer, es mache mir nichts aus, dass ein Amerikaner der neue Besitzer ist. Ich dachte nicht, dass ich so engstirnig darüber denke, doch offenbar tue ich es, denn jetzt, da ich weiß, dass du Engländer bist … empfinde ich das irgendwie als Erleichterung.«

»Und es ist kein Nachteil, dass ich Ohrringe besaß, die einst von der Königin von England getragen wurden.«

Er machte sich über sie lustig und Mercedes ging darauf ein. »Beziehungen zum Königshaus sind nie von Nachteil«, versetzte sie schnippisch. »Die Leydens standen bei Königin Elizabeth in hoher Gunst. Es wurde sogar gemunkelt, ein Graf von Weybourne sei ihr Liebhaber gewesen.«

»Aha. Schenkte sie ihm auch ein Paar Ohrringe?«

»Besser noch«, entgegnete Mercedes mit belustigt blitzenden Augen. »Sie schenkte ihm seinen Kopf.«

Colins melodisches Lachen rollte tief in seiner Brust. Er zog sie an sich und küsste ihren lächelnden Mund, und es wäre zu weiteren Zärtlichkeiten gekommen, wenn ihre Neugier nicht geweckt gewesen wäre.

Mercedes lag bäuchlings neben ihm, auf die Ellbogen gestützt und ein Kissen unter die Brust geschoben. Ihr schokoladenbraunes Haar umrahmte ihr Gesicht und wallte über ihre Schultern. Sie strahlte eine madonnenhafte Unschuld aus. Ihre Gesichtszüge waren ernst, ihre großen grauen Augen blickten Colin unverwandt an, zwischen ihren Brauen hatte sich eine steile Falte gebildet.

»Erzähl mir mehr von den Ohrringen«, bat sie. »Es müssen außergewöhnlich schöne Schmuckstücke sein, wenn sie für die Königin angefertigt wurden.«

»Jeder Ohrring besteht aus einer in Gold gefassten Perle, an der ein dicker goldener Tropfen hängt, in den die Buchstaben ER eingraviert sind. Die Perle wird von einem goldenen Krönchen geschmückt. Ich würde sie sofort wieder erkennen.«

»Elizabeth Regina«, hauchte Mercedes ehrfürchtig. »Wie ist es dir gelungen, sie deinen Brüdern mitzugeben?«

»Als ich den kleinen Grey zum letzten Mal in den Armen hielt, drehte ich den Anwesenden den Rücken zu und verbarg einen Ohrring zwischen seinem Hemdchen und der Decke, in die er gewickelt war. Den zweiten steckte ich Decker in die Tasche, als er von seinen neuen Eltern abgeholt wurde. Ich bin sicher, dass Decker den Ohrring als Schmuckstück seiner Mutter erkannte. Ich habe keine Ahnung, was das Ehepaar, das Grey abholte, damit machte, als sie den Ohrring in seiner Decke fanden oder ob sie ihn überhaupt fanden.« Colin holte tief Luft und atmete langsam aus. »Irgendwie muss ich als Achtjähriger geahnt haben, dass ich meine Brüder nicht wiedererkennen würde. Die Ohrringe sind unser einziges Erkennungszeichen.« Er lachte wehmütig. »Ich glaube allerdings nicht, dass ich einem meiner Brüder begegnen werde, der einen Ohrring der Königin trägt.«

Mercedes, der ein ähnlicher Gedanke durch den Kopf geschossen war, scheute sich, ihn auszusprechen. »Denkst du wirklich, du brichst dein Versprechen, wenn du die Suche nach ihnen einstellst?«

Colin antwortete nicht sofort. Er beobachtete das Spiel von Licht und Schatten der flackernden Nachttischlampe an der Zimmerdecke. »Es bedeutet aufzugeben«, sagte er endlich. »Es ist das Eingeständnis, in der einzigen Aufgabe versagt zu haben, die ich mir im Leben gestellt habe.«

»Versagt?«, fragte Mercedes. »In der einzigen Aufgabe? Was ist mit all den Rekorden, die du mit deinen Schnellseglern aufgestellt hast, den Wetten, die du gewonnen hast? Du hast das Kommando über eine ganze Schiffsflotte und deren Besatzung. Weybourne Park ist in deinem Besitz. Wie kannst du sagen, du hast dir als einzige Aufgabe im Leben gestellt, deine Brüder zu finden?«

In Colins Schweigen erhielt Mercedes schließlich die Antwort. »Es ging dir nie um die Seefahrt«, sagte sie leise. »Die Schiffe ... deine Karriere ... die Remington Schifffahrtslinie ... es ging dir immer nur darum, Decker und Grey zu finden.«

Wie wenig hatte sie bisher von ihm gewusst, wie wenig

verstand sie ihn. Mercedes hatte geglaubt, die See sei sein Leben, die Schiffe seine Liebe, und nun erkannte sie, dass dies alles nur Mittel zum Zweck waren.

»Ich wäre mit jedem mitgegangen«, fuhr Colin in seinem Bericht fort. Sein Blick suchte ihre grauen Augen. »Nur um von den Cunningtons wegzukommen, wäre ich auch mit dem Teufel gegangen. Ich hatte Glück. Jack Quincy war die bessere Lösung. Er räumte mir zwar wenig Chancen ein, dass ich die erste Fahrt lebend überstehe. Später erzählte er mir, er habe deshalb ein wachsames Auge auf mich gehabt, um zu verhindern, dass ich schlappmachte und über Bord ging. Ich glaube, er wollte meine Leiche den Cunningtons zurückbringen und sein Geld wiederhaben.«

Mercedes bekam große Augen. »Das ist nicht dein Ernst.«

Colin zog schweigend eine Braue hoch.

»Ich glaube, der Mann *war* der Teufel«, fügte sie entsetzt hinzu.

»Jack dachte nur praktisch. Er arbeitete hart und hätte es nicht so weit gebracht, wenn er sein Geld verschleudert hätte. Ich fuhr nicht auf einem schnittigen Segler von London nach Boston. In jenen Tagen war es ein Schoner mit drei Masten, der schwerfällig durch die Wellen pflügte. Wir waren voll beladen und hatten keine Passagiere an Bord. Der Kapitän der *Sea Dancer* war John Remington höchstpersönlich. Auf der Überfahrt nach London hatte ihn ein Fieber gepackt, die gleiche Krankheit, die seinen jungen Kabinensteward dahinraffte. Jack kam ins Waisenhaus und suchte nach Ersatz.«

»Und er nahm dich.«

Colin nickte. »Ich versprach ihm, das Geld, das er Cunnington für mich hinblätterte, mit Zinsen zurückzuzahlen.«

»Das hat ihm wohl gefallen.«

»Ich denke, ja. »

»Du hast die Fahrt überlebt.«

»Ja, ich habe überlebt.« Er verschwieg ihr, wie er überlebt hatte, dass andere ihr Leben lassen mussten, um sein Leben zu retten. »Quincy passte auf mich auf und Remington fasste Zuneigung zu mir. Das Überleben war leichter, als ich anfangs dachte. Das Essen war besser und reichlicher als im Waisenhaus. Ich stählte meinen Körper mit harter Arbeit an der frischen Luft.«

»Und du musstest ein Versprechen halten.«

Colin lächelte dünn und strich ihr eine schimmernde Locke aus dem Gesicht. »Mit Sicherheit spielte meine Zielstrebigkeit eine Rolle dabei.« Er ließ die Hand sinken. »Als wir in Boston anlegten, stand Mrs. Remington am Pier, um ihren Gemahl zu empfangen. Sie hielt ihre neugeborene Tochter in den Armen. Der Kapitän hatte sein Kind noch nicht gesehen. Du kannst dir vorstellen, welche Aufregung am Kai herrschte. Niemand wusste wirklich, was dann genau passierte – es gab so viele verschiedene Versionen des Hergangs, wie es Zeugen gab. Jedenfalls geriet Mrs. Remington auf der Gangway ins Stolpern und stürzte mit ihrem Säugling in den Armen ins Hafenbecken von Boston. Der Kapitän zögerte keine Sekunde und sprang hinterher. Die weiten Röcke zogen die Frau schnell in die Tiefe. Man kann sich kaum vorstellen, mit welcher Geschwindigkeit so etwas geschieht, wenn man es nicht selbst erlebt hat.«

Mercedes schüttelte den Kopf. »Und das Baby?«

»Captain Remington kam mit seiner Ehefrau und den Decken des Säuglings wieder an die Wasseroberfläche. Aber ohne das Kind. Ich denke, ich war der Erste, der das begriff. Und ich sprang. Jack sagte später, er vermisste mich, ehe jemand das Baby vermisste, und fragte sich, wo ich abgeblieben war. Als es ihm klar wurde, tauchte ich mit Jonna wieder auf.«

»Jonna«, flüsterte Mercedes mehr zu sich selbst als zu Colin. »Jonna Remington. Du schreibst ihr. Ich habe deine Briefe zur Post gebracht. »

»Ich *arbeite für* sie«, verbesserte Colin sie.

Mercedes blinzelte. »Heißt das, sie ist die Eigentümerin der Schifffahrtsgesellschaft?«

»Genau das heißt es.«

»Aber sie kann nicht älter sein als Chloe.«

»Ein Jahr älter.«

»Aber das schafft sie doch gar nicht«, wandte Mercedes ein.

Colins Mundwinkel verzogen sich zu einem schiefen Lächeln. »Ehrlich gestanden, erstaunen mich deine Zweifel. Wie lange verwaltest du Weybourne Park?«

»Das ist nicht damit zu vergleichen.«

»O doch. Mit dem Unterschied, dass Jonna mehr Unterstützung hatte als du. Sie musste nie um ihr Erbe kämpfen. Die Reederei ging beim Tod ihres Vaters auf sie über. Damals war sie fünfzehn.«

»Und ihre Mutter?«

»Sie starb wie deine Tante Georgia bei der Geburt ihres zweiten Kindes, als Jonna sechs war.«

»Ich hätte nie für möglich gehalten, dass du für eine Frau arbeitest«, meinte Mercedes gedehnt.

Colin lachte herzhaft. »Dein ganzes *Land* dient einer Frau und sie ist jünger als du.«

»Nur um ein knappes Jahr«, verbesserte sie ihn. »Und Königin Victoria kannst du kaum mit Jonna Remington vergleichen.«

»Richtig. Jonna muss sich nicht mit dem Parlament herumärgern.« Er hörte Mercedes seufzen. »Du bist tatsächlich verblüfft, wie?«

»Ja, ich gestehe, ich bin verblüfft. Eine Frau an der Spitze eines Handelsunternehmens ... das ist einfach nicht üblich.«

»Diese Denkweisen tragen Schuld am ungerechten englischen Erbfolgerecht und sind der Grund, warum du Weybourne Park verloren hast«, entgegnete er ungerührt. »England hält an zu vielen alten Zöpfen fest, die längst abgeschafft werden müssten.«

»Du bist kein Engländer«, sagte sie nach einer Weile. »Du bist ein waschechter Yankee.«

Colin feixte spitzbübisch, ohne zu ahnen, welche Wirkung er damit auf Mercedes hatte, die vergaß, Atem zu holen. »Durch und durch«, pflichtete er ihr bei. »Seit dem Tag, an dem ich Jonna aus dem Hafenbecken von Boston fischte.«

»Haben die Remingtons dich zu sich genommen?«

»Nicht wirklich. Ich wohnte nicht in ihrem Haus, wenn

du das meinst.« Mercedes hatte den Eindruck, dies sei Colins eigene Entscheidung gewesen. Sie stellte ihn sich als achtjährigen Jungen vor, abgemagert und knochig, mit großen dunklen Augen im abgezehrten Gesicht. *Sie* hätte ihn aufgenommen. Einen Jungen, der ihr Baby rettete, hätte sie wie ihren eigenen Sohn aufgezogen.

»Die Remingtons zeigten mir ihre Dankbarkeit auf andere Weise«, fuhr Colin fort. »Mrs. Remington sorgte dafür, dass ich Unterricht bekam. Ich war der Einzige in der Mannschaft, der einen Lehrer hatte. Ich war zwar nicht immer begeistert von ihrer Art, sich erkenntlich zu zeigen, doch sie war eine Frau, der man keine Bitte abschlug. Jonna hat ihren Eigensinn und stählernen Willen ihrer Mutter zu verdanken.«

»Was haben die Remingtons sonst noch für dich getan?«, fragte Mercedes.

»Mir fehlte es nie an Kleidung oder an Büchern. Ich verdiente gutes Geld für meine Arbeit, aber es wurde auch regelmäßig etwas davon für mich auf die Seite gelegt. Ich hatte keine Ahnung, wie viel, bis Captain Remington starb. Er hatte Geld in meinem Namen in seinem Unternehmen angelegt.«

»Wenn die Geschäfte also gut gingen …«

»Ging es mir *sehr* gut«, beendete er den Satz für sie. »Jack gab das Kommando seines Schiffes auf, um Jonna in der Leitung der Reederei zu helfen, und ich wurde Kapitän auf meinem ersten Schiff, der *Liberty*. Als Jonna ihren ersten Schnellsegler bauen ließ, wurde ich der Kapitän.«

»Auf der *Mystic*?«

»Nein, mein erstes Schiff war die *Charlotte Reid*, nach ihrer Mutter. Ich war zwei Jahre ihr Kapitän und durchkreuzte drei Ozeane. Ich gab sie nur auf, weil Jonna und Jack mir ein schnelleres Schiff anvertrauten. Danach kamen zwei weitere Segler. Auf der *Mystic* bin ich erst seit acht Monaten Kapitän.«

»Jedes war schneller als das vorhergehende.«

»Das musste ich jedes Mal unter Beweis stellen.«

»Und deshalb schließt du Wetten ab und brichst Geschwindigkeitsrekorde.«

»Ich breche Rekorde, weil es immer wieder Leute gibt, die das nicht glauben wollen. Ich schließe Wetten ab, weil immer jemand dafür bezahlt, um mich als Verlierer zu sehen.«

»Du hast ein Vermögen verdient, stimmt's?«, fragte sie.

»Manche würden es so nennen.«

»Und wie würdest du es nennen?«

Colins dunkle Augen verengten sich, während er sie scharf musterte, um den Grund ihres Interesses zu erfahren. »Hast du vor, noch einen Bankwechsel zu fälschen?«, fragte er.

Mercedes mied es, ihn anzusehen, setzte sich auf, beugte sich vor und drehte die Lampe herunter. Das Licht flackerte noch einmal auf, ehe es erlosch. Sie war froh um die Dunkelheit, da sie ihr bleiches Gesicht und ihren wehmütigen Blick verbarg. »Ich weiß, dass ich es nicht anders verdiene, aber ich wünschte, du würdest nicht mehr davon sprechen. Du vergisst, dass meine Anwesenheit in diesem Zimmer die Bezahlung dafür ist, die du von mir gefordert hast. Es kostet zusätzlich, wenn du mir das Fleisch von den Knochen reißen willst.«

»Mercedes.«

Sie hatte ihre Rede mit Würde vorgetragen, drohte jedoch die Fassung zu verlieren, als er ihren Namen flüsterte. »Und behandle mich nicht so gönnerhaft.« Sie war dankbar, dass er nichts darauf erwiderte. Als sie sicher war, das Thema beendet zu haben, legte sie sich wieder hin, rollte sich zusammen und zog die Knie an die Brust. Mercedes zählte fünf Schläge der Standuhr in der Eingangshalle. »Schon so spät?«, flüsterte sie. »Ich muss in mein Zimmer.« Aber sie machte keine Anstalten, das Bett zu verlassen. Sie fühlte sich wohl in seiner Nähe. »Seltsam«, murmelte sie, »du hast mit keinem Wort erwähnt, welche Umstände dazu führten, dass du und deine Brüder im Waisenhaus der Cunningtons landeten. Was ist mit deinen Eltern geschehen?«

Sie erhielt keine Antwort.

»Colin?« Mercedes hob den Kopf und spähte in der Dunkelheit in sein Gesicht. »Captain Thorne?« Seufzend sank sie wieder ins Kissen zurück, rückte näher an ihn heran, legte ihren Arm auf seine Brust und spürte seinen regelmäßigen Herzschlag. »Wie gut, dass wenigstens einer von uns schlafen kann«, murmelte sie und kuschelte sich an ihn.

Mercedes war die Letzte, die im Frühstückszimmer erschien. Die Zwillinge und Sylvia waren fast fertig, Colin stand an der Anrichte und lud sich eine zweite Portion auf.

»Tut mir leid«, entschuldigte sie sich, während sie die Doppeltüren schloss, ohne einen der Anwesenden direkt anzusehen. »Ich habe verschlafen.«

Sylvia blickte sehnsüchtig auf den gefüllten Teller, den Colin auf den Tisch stellte. Es kostete sie Überwindung, die Gabel aus der Hand zu legen und sich mit der Serviette den Mund abzuwischen. »Captain Thorne meinte, du würdest den Vormittag im Bett verbringen.«

Bemerkenswert daran war, dachte Mercedes, dass sie in ihrem eigenen Bett lag. Sie hatte nicht die leiseste Ahnung, wie Colin es geschafft hatte, sie in ihr Zimmer zu bringen, ohne sie zu wecken – sie hatte keine Erinnerung daran, dass sie überhaupt eingeschlafen war. Als sie die Augen aufschlug, lag sie jedenfalls in ihrem Bett. »Ach, tatsächlich?«, meinte sie kühl.

»Du hattest gestern einen anstrengenden Tag«, meinte Sylvia mitfühlend. »Ich an deiner Stelle hätte mir das Frühstück ans Bett bringen lassen.«

Mercedes stellte mit einem flüchtigen Blick fest, dass Colin in aller Ruhe aß und sich nicht genüsslich an ihrem Unbehagen weidete. »Das wäre auch dein gutes Recht«, entgegnete Mercedes freundlich, begab sich an die Anrichte und bediente sich. Sie wählte eine große Portion Rühreier mit Tomaten, drei Scheiben Toast und ein halbes Dutzend Orangenscheiben.

Britton rückte ihr den Stuhl zurecht und zwinkerte seinem Bruder zu. »Brendan, hol doch die Schubkarre von Mr. Hennepin, damit Mercedes ihre Frühstücksportion leichter transportieren kann.«

Mercedes warf den lachenden Zwillingen strafende Blicke zu und setzte sich. »Gegen einen gesunden Appetit ist nichts einzuwenden«, sagte sie.

Britton, der wieder Platz genommen hatte, wollte zu einer weiteren frechen Bemerkung ansetzen, wurde jedoch von einem warnenden Blick Colins zur Ordnung gerufen. Brav faltete er daraufhin die Hände im Schoß und schwieg.

Mercedes war der Blickwechsel zwischen Colin und Britton entgangen, sie wunderte sich nur, wieso der Junge plötzlich verstummte. »Fühlst du dich wohl, Britton?«

»Ja.«

Die knappe Antwort vermochte Mercedes' Besorgnis nicht zu zerstreuen. »Bist du sicher?« Sie legte die Gabel beiseite und beugte sich zu ihm.

»Ihm fehlt nichts«, erklärte Sylvia kichernd. »Captain Thorne hat ihm nur einen warnenden Blick zugeworfen, der ihn vor Angst erzittern ließ, hab ich Recht, Brit?«

Brendan lachte schadenfroh und deutete mit dem Finger auf seinen Bruder. »Feigling! Feigling!«

Britton schnitt ihm eine Fratze, blieb aber stumm.

»Du meine Güte«, meinte Mercedes belustigt. »Heißt das etwa, ein Blick des Captains genügt und du sitzt still auf deinem Stuhl?«

»*Und* er hält die Klappe«, ergänzte Brendan. Für diese Bemerkung erntete er ebenfalls einen strafenden Blick des Captains, worauf er schuldbewusst den Kopf zwischen die Schultern zog und den Blick senkte.

Diesmal entging Mercedes der Blickwechsel nicht. »Verstehe«, meinte sie gedehnt. »Ich werde Captain Thorne bitten, mir das Geheimnis seiner Erziehungsmethoden zu verraten.«

Colin, der die Kaffeetasse zum Mund führte, hielt inne. »Es ist hilfreich, mit ihnen zu verhandeln.«

»Bestechung«, warf Sylvia wieder ein. »Darum geht es nämlich. Er versprach den Zwillingen, mit ihnen ein Boot zu bauen, mit dem sie auf dem Weiher segeln können. Aber ich glaube, er verlangt von ihnen, sich manierlich zu benehmen.«

Mercedes blickte von einem Zwilling zum anderen. »Abmachungen oder Bestechung«, schmunzelte sie, »Hauptsache ist der Erfolg.«

Britton grinste. »Mir ist es jedenfalls lieber als ein Faustschlag zwischen die Rippen.«

Mercedes erbleichte.

Brendan versetzte seinem Bruder unter dem Tisch einen Fußtritt. »Wieso musst du das jetzt sagen?«

Britton verzog schmerzhaft das Gesicht, als ihn die Stiefelspitze seines Bruders am Schienbein traf. »Aber es stimmt doch«, verteidigte er sich. »Und das weißt du auch. Wir sind uns doch einig, dass alles besser geworden ist, seit der Captain hier ist. Wieso darf ich das nicht sagen?«

Mercedes legte Britton die Hand auf die Schulter. Sie spürte aller Augen auf sich, einschließlich Colins. »Du hast völlig Recht«, meinte sie leise. »Es gibt keinen Grund, nicht darüber zu sprechen.« Mercedes legte die Serviette beiseite und erhob sich. »Entschuldigt mich bitte«, murmelte sie und eilte zur Tür.

Britton blickte verständnislos in die Runde. »Was hab ich falsch gemacht?«

Brendan verdrehte die Augen und Sylvia seufzte. Colin beantwortete seine Frage. »Mercedes nimmt ihre Aufgabe, euch zu beschützen und für euch zu sorgen, sehr ernst. Du hast sie gerade daran erinnert, dass sie darin nicht immer Erfolg hatte.«

Brittons Mundwinkel zogen sich nach unten. Tränen schossen ihm in die Augen. »Aber ich wollte ihr doch nicht wehtun. Ich würde nie …«

»Das weiß sie«, unterbrach Colin ihn und stand auf. »Wenn ihr fertig gefrühstückt habt, könnt ihr Mr. Hennepin um Holzbretter und Werkzeug fragen. Sylvia, haben Sie ein Stück Stoff, das wir als Segel benutzen können?«

Sie lächelte beglückt und stolz, um Hilfe bei dem Vorhaben gebeten zu werden. »Ja, natürlich.«

»Gut. In einer halben Stunde bin ich drüben im Stall. Dort richten wir unsere Werkstatt ein.«

Colin fand Mercedes im Garten. Als er den Weg entlangschlenderte, schimmerte ihr hellrosafarbenes Kleid durch das dichte Grün der Laube.

»Sie hätten mir nicht nach draußen folgen müssen«, sagte sie, während sie neben ihm her spazierte. Es wehte eine sanfte Brise und die Luft war erfüllt vom frischen Duft der Sommerblumen, den sie tief einatmete. »Ich brauche keine …« Mercedes blieb stehen, furchte die Stirn und schnupperte. »Riechen Sie das?«, fragte sie. »Es riecht nach …«

»Rauch.« Colin drehte sich langsam im Kreis und hielt Ausschau nach einer Rauchfahne. »Ich sehe nichts.« Der Himmel über dem Herrenhaus und den Baumkronen wölbte sich strahlend blau. Aus den Kaminen stiegen keine Rauchschwaden. Von den Stallungen her waren keine Alarmrufe zu hören, kein Feuer züngelte aus dem Dach. Nichts störte die friedliche Sommeridylle. »Der Geruch schwächt sich ab«, stellte Colin fest. »Jetzt rieche ich kaum noch etwas.«

Sie nickte. Die fächelnde Morgenbrise war wieder erfüllt von Sommerduft, der Rauchgeruch war verweht. »Seltsam«, meinte sie und ging weiter.

Colin passte seine langen Schritten den ihren an. »Britton ist ganz unglücklich«, sagte er.

»Das tut mir leid. Er hat nur die Wahrheit gesagt.«

»Sie konnten ihn nicht immer vor dem Grafen beschützen.«

Ihre Kehle war wie zugeschnürt, sie zuckte wortlos die Schultern.

»Mercedes, Sie haben mehr für die Kinder getan, als man von Ihnen erwarten konnte.«

Sie sah ihn an. »Ich habe mehr erwartet«, stieß sie gepresst hervor und schluckte. »Ich habe meiner Tante mehr versprochen.« Sie bückte sich und pflückte eine Margerite am Wegrand und drehte den dünnen Blütenstängel zwischen den Fingern. »Wie dem auch sei, es ist jedenfalls alles besser geworden, seit Sie nach Weybourne Park gekommen sind.«

»Britton wollte nur sagen, dass der Graf seit meiner Ankunft verschwunden ist. Das ist der Grund, warum alles besser geworden sind.«

Mercedes blieb erneut stehen und blickte ihm unverwandt ins Gesicht. »Nein, das meinte er nicht. Der Graf war häufig abwesend, doch es war nie wie jetzt. Wir haben immer in Angst vor seiner bevorstehenden Rückkehr gelebt.«

»Er könnte auch diesmal zurückkommen.«

»Nein.« Sie schüttelte den Kopf. »Diesmal nicht.«

»Sie scheinen sehr sicher zu sein.«

»Ich kann den Gedanken an seine Rückkehr nicht ertragen.« Mercedes setzte sich wieder in Bewegung. »Und meine Cousins auch nicht.«

»Sie wissen, ich würde nicht zulassen ...«

Mercedes hob abwehrend die Hand und lächelte schmerzlich. »Ich weiß nur, dass Sie nicht immer da sein werden. Ich ziehe es vor, daran zu glauben, dass er nicht zurückkommt, statt mich auf Ihren Schutz zu verlassen.«

Colin setzte zu einem Widerspruch an, besann sich jedoch eines Besseren und schwieg.

Mercedes wechselte das Thema. »Es ist gut, dass Sie so viel Zeit mit den Kindern verbringen.«

»Ich habe viel Zeit«, antwortete er. »Schließlich habe ich eine tüchtige Verwalterin.«

Diesmal war ihr Lächeln heiter. »Ja, die haben Sie. Und sie hat sich zu lange in Selbstmitleid gesuhlt. Es wird Zeit, dass ich ...« Mercedes' Lächeln schwand, als sie ihren Namen rufen hörte, schrill und durchdringend. Sie und Colin drehten sich gemeinsam in die Richtung, aus der die Rufe kamen.

Die Zwillinge stürmten in wilder Jagd vom Haus heran und blieben atemlos vor den beiden stehen. »Mr. Thayer will dich sprechen«, keuchte Britton.

»Und Mr. Patterson«, ergänzte Brendan. »Der Inspektor.«

»Ich weiß, wer Mr. Patterson ist«, meinte Mercedes, die sich keinen Reim darauf machen konnte, wieso die Buben so aufgeregt waren. Ein Besuch der Herren war zwar ungewöhnlich, aber auch keine Sensation. »Gut, ich werde die beiden empfangen.«

Brendan versperrte ihr den Weg, als sie sich in Bewegung

setzen wollte. »Da ist noch etwas«, ereiferte er sich. »Sie sind miteinander gekommen. Es hat einen Unfall gegeben.«

»Was denn, um Himmels willen?«, fragte sie und blickte zu Colin, der ebenso verblüfft war wie sie. »Ist einem der Kinder etwas zugestoßen?«

»Zu Mrs. Hennepin sagten sie etwas von einem Feuer«, erklärte Britton.

Colin zog die Zwillinge am Kragen zur Seite und Mercedes stürmte los. »Das Schiff wird leider warten müssen, aber ihr könnt euch trotzdem schon mal um Bretter kümmern.«

»In Ordnung«, meinte Britton schicksalsergeben. »Das ist ja auch spannend.« Damit erntete er einen weiteren strafenden Blick von Colin. »Komm, Brendan. Wir suchen uns Schiffsplanken zusammen.«

Colin schaute den Buben nach, die zu den Stallungen rannten. »Du hast deine Sache sehr gut gemacht, Mercedes«, sagte er leise zu sich selbst. »Sogar besser, als ihre Mutter es erwartet hätte.«

Colin fand Mercedes in der Bibliothek mit ihrem Pächter und dem Polizeiinspektor. Er begrüßte die beiden Herren höflich und wandte sich mit fragendem Blick an Mercedes.

»Die Kinder sind wohlauf«, erklärte sie mit verschränkten Händen und das einzige Zeichen ihres inneren Aufruhrs waren ihre weißen Fingerknöchel. »In der Kate neben den Thayers ist ein Feuer ausgebrochen. Sie steht seit Jahren leer. Deshalb …« Sie stockte und wandte sich an Mr. Thayer. »Bitte erklären Sie, was geschehen ist.«

Der Pächter, ein einfacher Bauer und nicht daran gewohnt, im Mittelpunkt der Aufmerksamkeit zu stehen, drehte seinen Hut verlegen zwischen den Fingern und trat von einem Fuß auf den anderen. »Also meine Frau ist aufgestanden, um das Kind zu stillen«, begann er. »Das muss um Mitternacht gewesen sein. Sie hat Feuer aus den Fenstern der Kate schlagen gesehen und hat mich gerufen. Ich hab die Kinder geweckt und wir haben versucht, mit Wassereimern zu löschen. Aber es war nichts mehr zu retten. Wir haben nur noch darauf geachtet, dass das Feuer nicht auf unsere Hütte übergreift oder die Felder niederbrennt.« Sein

Blick wurde unstet und er äugte schuldbewusst zu Mercedes hinüber.

»Ich bin sicher, Sie haben Ihr Möglichstes getan«, beruhigte sie ihn.

Diese kleine Aufmunterung half ihm fortzufahren. »Ich hab mit meiner Frau darüber gesprochen und wir wollten Sie nicht mitten in der Nacht wecken. Sie hätten auch nichts tun können. Die Hütte steht ja leer und überhaupt ...« Er blickte verlegen auf den Fußboden. »Und heute Morgen hab ich mir überlegt, wieso das Feuer ausgebrochen ist. Ich hab mir Sorgen gemacht wegen der Kinder. Die spielen manchmal in der alten Hütte.« Erneut warf er Mercedes einen hastigen Blick zu. »Ich verbiete es ihnen immer wieder, aber ...«

»Ja«, meinte Mercedes, »wir wissen, wie Kinder sind.«

Er nickte. »Ich wollte sichergehen, dass die Gören nichts damit zu tun haben – sonst hätte ich sie zu Ihnen geschickt, um zu beichten. Also bin ich rüber und hab ein wenig herumgestochert, ob ich irgendwas finde. Die Glut war noch heiß, aber ich hab ein paar Holzbalken drüber gelegt.« Mr. Thayer schaute nun Colin unverwandt ins Gesicht. »Ich hab eine Leiche gefunden, Sir. Deshalb bin ich zu Mr. Patterson gegangen und hab es gemeldet.«

»Die Herren vermuten, es handle sich um den Grafen«, sagte Mercedes gefasst. »Die Leiche ist verkohlt ...« Sie setzte sich auf die Kante des Stuhls hinter ihr.

Colin trat an die Anrichte, auf der die Karaffen standen, goss einen Fingerbreit Whisky in ein Glas und reichte es ihr. »Trinken Sie«, befahl er, als sie zögerte. »Die Herren werden deshalb nicht schlecht von Ihnen denken.« Er bot auch Patterson und Thayer ein Glas an und beide akzeptierten. »Wenn die Leiche so stark verkohlt ist«, fragte er an den Inspektor gewandt, »was bringt Sie auf die Idee, es könnte sich um Weybourne handeln?«

Randall Patterson war mit Anfang Fünfzig im Alter des Grafen, wenn auch aus einer anderen Gesellschaftsschicht. Seinen Posten als Bezirksinspektor verdankte er Mercedes' Vater. Der Gleichgültigkeit des jetzigen Grafen von Weybourne an Gemeindepolitik war es zu verdanken, dass er diesen Posten behielt, nachdem Besitz- und Machtverhältnisse auf Weybourne sich drastisch verändert hatten. Patterson war ein hagerer Mann mit grauem Haarwuchs an Schläfen und im Nacken, dessen Schädel von einer spiegelblanken Glatze gekrönt war. Seine buschigen grauen Brauen waren beim Sprechen stets leicht hochgezogen. »Neben der Leiche fanden wir einen Gegenstand, der möglicherweise zur Aufklärung des Falles beiträgt«, sagte er. »Ich hoffe, Miss Leyden kann ihn identifizieren.«

Patterson stellte sein Glas ab und holte aus seiner Manteltasche einen Gegenstand, den er Mercedes zeigte.

In seiner flachen Hand lag eine rußgeschwärzte silberne Taschenflasche mit hellen Fingerabdrücken, wo Mr. Thayer und der Inspektor sie angefasst hatten. Der Verschluss war bis zum Flaschenhals weggeschmolzen. Dennoch erkannte Mercedes mühelos den Gegenstand und wusste, wo sie ihn zum letzten Mal gesehen hatte. Sie starrte das Beweisstück an, unfähig zu sprechen.

Colin holte ein Taschentuch hervor. »Darf ich?«, fragte er Patterson.

»Aber gern.« Er reichte Colin die Flasche.

Colin begutachtete die Flasche und wischte den Ruß vom Flaschenboden, der mit einem goldenen Band eingefasst war. Es waren keine Initialen eingraviert, welche die Flasche als sein Eigentum ausgewiesen hätten, doch er erkannte die kleine Delle in der Goldeinfassung, die von einer verirrten Faust in einer Wirtshausschlägerei stammte. Es war kaum möglich, dass eine zweite Flasche dieser Art existierte. Stirnrunzelnd blickte Colin zu Mr. Thayer. Der Pächter wich seinem Blick aus.

Er wollte die Flasche an Patterson zurückgeben, doch Mercedes war aufgestanden und nahm sie ihm ab. »Ich denke, Sie sehen, dass sie …«

»Ja«, unterbrach sie Colin. »Ich sehe. Sie gehört dem Grafen.« Sie nahm die Flasche im Taschentuch an sich. »Natürlich erkenne ich sie.« Ihre Hände zitterten, als sie die Flasche umdrehte. »Ist das alles?«, fragte sie. »Mehr haben Sie nicht gefunden?«

Patterson und Thayer nickten gemeinsam. »Wenn Sie sicher sind, dass sie Ihrem Onkel gehörte«, meinte Patterson, »können wir davon ausgehen, dass es sich bei der verkohlten Leiche in der Hütte um die sterblichen Überreste des Grafen handelt.«

Colins Augen flogen von Mercedes zu Thayer und wieder zurück. Er wollte schon nachhaken und fragen, ob sie sich ihre Antwort wirklich genau überlegt habe, doch Patterson kam ihm zuvor.

»Es wäre uns eine Hilfe, wenn Sie sich tatsächlich erinnern würden, Ihren Onkel mit dieser Flasche gesehen zu haben«, meinte der Wachtmeister.

Mercedes lächelte wehmütig. »Es würde mir schwerer fallen, mich zu erinnern, wann ich ihn ohne die Flasche gesehen habe«, antwortete sie. »Tut mir leid«, entschuldigte sie sich. »Ich hätte nicht ...« Sie blickte den Inspektor unverwandt an. »Aber ja, ich weiß, dass er sie bei sich hatte, als er fortging, um sich mit Captain Thorne zu treffen. An jenem Morgen habe ich ihn zum letzten Mal gesehen.«

Patterson nickte und streckte die Hand nach dem Beweisstück aus.

»Ich würde sie gern behalten«, sagte Mercedes. »Sie hat meinem Onkel gehört.«

»Ich fürchte, das ist im Augenblick nicht möglich. Ich brauche sie als Beweisstück.«

»Beweisstück?«, fragte Mercedes. »Wieso das? Ich habe sie doch wiedererkannt.«

Patterson nahm ihr die Flasche ab, wickelte sie diesmal in sein eigenes Taschentuch und steckte sie ein. »Man weiß nie, was bei der Untersuchung eines Mordfalls alles gebraucht wird.«

Mercedes blinzelte. »Mord? Denken Sie etwa, das Feuer wurde absichtlich gelegt?«

Der Inspektor rieb sich das spitze Kinn. Sein Blick wanderte von Mercedes zu Thayer, dann zu den Bücherschränken und blieb schließlich an Colin hängen. »Ich denke, diese Frage kann ich mit ziemlicher Sicherheit bejahen. Was meinen Sie, Captain Thorne?«

Colin hielt dem nachdenklichen Blick des Polizisten stand. »Ich kenne die Zusammenhänge zu wenig, um das beurteilen zu können.«

»Durch das Feuer ist nicht festzustellen, wie lange der Graf bereits tot ist.«

»Das begreife ich nicht«, meinte Mercedes zweifelnd. »Ich denke, mein Onkel ist in den Flammen umgekommen?«

Patterson schüttelte bedächtig den Kopf. Er beantwortete ihre Frage, ohne den Blick von Colin zu wenden. »In diesem Fall wäre er nicht erschossen worden.« Er fuhr in die andere Manteltasche und hielt eine Bleikugel zwischen Daumen und Zeigefinger hoch. »Verzeihen Sie, dass ich das erst jetzt erwähne, Miss Leyden, doch dies ist der zweite Gegenstand, den wir am Brandort gefunden haben.«

Mercedes zerknüllte das Taschentuch zwischen den Fingern. »Was sagen Sie da? Der Graf wurde erschossen?«

Colins Lächeln war kalt. »Genau das sagt er. Und ich nehme an, er sieht in mir den Verdächtigen. Habe ich Recht, Mr. Patterson?«

»Ich fürchte, ja.«

»Stehe ich unter Arrest?«

»Nein.« Er machte eine Pause. »Noch nicht.«

Mercedes trat einen Schritt vor. »Sie irren, Mr. Patterson. Captain Thorne hat nichts mit dem Tod meines Onkels zu tun. Die Hütte wurde am Morgen des vereinbarten Duells durchsucht und am nächsten Tag ein zweites Mal. Mr. Thayer sagt, seine Kinder spielen gelegentlich dort und sie haben meinen Onkel nicht gesehen. Sie hätten doch sofort ihrem Vater erzählt, wenn sie eine Leiche gefunden hätten.« Sie blickte Hilfe suchend zu ihrem Pächter.

Mr. Thayer nickte. »Das stimmt. Von uns hat keiner was gesehen.«

»Oder gehört«, ergänzte Mercedes.

»Nicht das Geringste«, bekräftigte der Pächter.

Der Bezirksinspektor hörte geduldig zu. »Ich behaupte ja nicht, dass der Mord in der Hütte geschehen ist. Dort wurde nur die Leiche gefunden.«

Mercedes' Herz hämmerte in ihrer Brust. »Sie irren sich«, widersprach sie schneidend. »Captain Thorne war seit seiner Ankunft immer mit einem von uns zusammen.«

Patterson räusperte sich und deutete eine entschuldigende Verbeugung an. »Ihre Verteidigung des Captains in allen Ehren, Miss Leyden. Das ist eine wichtige Zeugenaussage, da es sich bei dem Mordopfer um Ihren Onkel handelt. Doch Sie können vermutlich keinen Nachweis über Captain Thornes Aufenthalt bei Tag *und* bei Nacht erbringen. Er betrachtete sie aufmerksam. »Oder etwa doch?«

Verzweiflung stand in Mercedes' Augen. Sie warf Colin einen hilflosen Blick zu.

Colin schaute nicht in ihre Richtung. Sein Mund war schmal geworden. In seiner Wange zuckte ein Muskelstrang. Seine dunklen kalten Augen bohrten sich in die des Inspektors. »Natürlich kann sie das nicht«, entgegnete er ätzend. »Und ein Gentleman würde eine solche Frage nicht stellen. Sie werden die Dame *nicht* ein zweites Mal beleidigen.«

Patterson schrak nicht vor Colins Zurechtweisung zurück, er verneigte sich nur kurz vor Mercedes. »Ich bitte um Vergebung. Ich wollte nicht unhöflich sein. Mir geht es nur um eine klare Aussage.«

»Wenden Sie sich an mich, wenn Sie eine Aussage wollen«, erwiderte Colin eisig.

Mr. Patterson straffte die Schultern. »Wie Sie wünschen.«

»Ich möchte die Leiche sehen«, sagte Colin.

»Sie liegt in der Hütte. Wir haben sie noch nicht entfernt.« An Mercedes gewandt fuhr der Inspektor fort: »Vielleicht sollten Sie jemanden schicken, um den Leichnam des Grafen ins Haus zu schaffen.«

»Ich gehe selbst«, antwortete sie.

Alle drei Herren antworteten gleichzeitig. »Nein!«

Mercedes erschrak über den barschen Ton, dem sich sogar Mr. Thayer angeschlossen hatte.

»Das ist kein Platz für Sie«, fügte Colin hinzu. »Schicken Sie Mr. Hennepin und Fitch. Die Männer sollen rasch einen Sarg zimmern. Sie entscheiden, was mit den sterblichen

Überresten geschehen soll, sobald sie hierher gebracht sind.«

Mercedes sah die Vergeblichkeit ihrer Bemühungen ein. Alle hielten sie für verrückt, zum Schauplatz des Grauens zu gehen. Sie nickte bedächtig. »Ich rufe die Dienstboten zusammen ... und die Kinder.« Es fiel ihr schwer, klar zu denken. »Chloe ist zu Besuch beim Vikar. Man muss ihr Bescheid sagen ... die Hochzeit ...«

Colin nahm Mercedes am Ellbogen und zwang sie mit sanftem Druck, sich zu setzen, ehe er nach Mrs. Hennepin klingelte. »Wenn die Herren in der Halle warten wollen, ich bin gleich bei Ihnen.«

Mr. Thayer war im Nu an der Tür. Mr. Patterson folgte ihm zögernder, warf noch einen Blick über die Schulter und sah, wie Colin Miss Leyden fürsorglich das Glas in die Hand drückte. Ihre Fingerspitzen berührten einander, eine Berührung, die länger als nötig anhielt, wie dem Inspektor schien, ehe er gedankenverloren den Raum verließ.

Colin setzte Mercedes das Glas an die Lippen und sie nippte daran, ehe er es abstellte. Dann richtete er sich auf und blickte auf sie herab. »Sie haben ja ein grandioses Theater abgezogen. Ich würde mich nicht wundern, wenn die Polizei nun felsenfest von Ihrer Unschuld überzeugt ist.« Er nahm ihr Kinn in die Hand und zwang sie, ihn anzusehen. »Aber verdammt will ich sein, wenn Sie mir damit den Strick um den Hals nicht noch enger zugezogen haben.«

Kapitel 11

Wallace Leyden, der Ehrenwerte Graf von Weybourne, wurde zwei Tage später zu Grabe getragen. Die Nachricht seines Todes hatte sich in London verbreitet, noch ehe die *Times* den Nachruf gedruckt hatte. Seit den frühen Morgenstunden begannen Trauergäste auf Weybourne Park einzutreffen. Am schmerzlichsten war der Verlust für Weybournes Gläubiger und Freunde, die ihm Geld geborgt hatten. Marcus Severn und sein Vater waren unter den Trauergästen. Der alte Graf stützte sich auf seinen Stock und den Arm seines Sohnes, der sich fürsorglich um ihn kümmerte. Mr. Patterson stand während der Trauerfeier im Hintergrund und beobachtete unauffällig die Versammelten.

Die Pächter und Bauern machten ihre Aufwartung, schlurften an Mercedes und Weybournes Kindern vorbei und murmelten ihr Beileid. Keiner stellte eine Frage nach der Zukunft von Weybourne Park.

Colins Rechtsberater war angereist, ohne gerufen worden zu sein. Nachdem er vom Ableben des Grafen erfuhr, entschloss er sich zu dieser Reise in Erwartung juristischer Komplikationen. Mr. Lawrence Abernathy hielt sich während des anschließenden Empfangs diskret im Hintergrund und flüsterte mit Colin, von Mr. Pattersons wachsamen und Severns argwöhnischen Blicken begleitet.

Es wurde nicht offiziell von Mord gesprochen, doch das Gerücht sprach sich in den Kreisen des Hochadels mit der Geschwindigkeit eines Lauffeuers herum. Mercedes hatte kaum Zweifel daran, wer die Gerüchteküche anheizte. Sie musste nur Severn beobachten, der durch die Reihen der Trauergäste schlenderte und gelegentlich das Wort an eine kleine Gruppe richtete, ohne Beschuldigungen auszusprechen oder ein Urteil zu fällen. Wenn er aber weiter schlenderte, bemerkte sie verstohlene Blicke in Colins Richtung.

Colin hatte sie in den vergangenen Tagen kaum gesehen. Nachdem er von der ausgebrannten Kate zurückkehrte, bot er an, Chloe mit der Kutsche in Glen Eden abzuholen. Sylvia begleitete ihn und Mercedes blieb mit den Zwillingen allein im Haus. Britton und Brendan nahmen die Nachricht vom Tod ihres Vaters gefasst auf, tauschten verlegene Blicke, wussten nicht recht, was sie sagen sollten, und dann sprachen sie *ihr* das Beileid aus. Mercedes drohte das Herz zu zerreißen.

Sylvia vergoss ein paar stille Tränen und noch einmal mit Chloe in Glen Eden. Doch als die Schwestern in Weybourne ankamen, war nicht mehr viel von ihrer Trauer zu spüren. Bei der Begrüßung der Gäste wahrten die Mädchen die

Form und nahmen in ernster Haltung und mit gedämpftem Flüstern Beileidsbekundungen entgegen.

Mercedes bewegte sich wie eine an Schnüren gezogene Marionette. Sie hörte nur die Hälfte dessen, was die Menschen ihr sagten, und davon verwarf sie wieder die Hälfte. Mehrmals versuchte sie, Colin alleine zu sprechen, um ihm zu erklären, dass sie nie die Absicht hatte, ihn zu belasten. Nach wiederholten, anfänglich versteckten, später deutlichen Bemühungen, ihn unter vier Augen zu sprechen, wurde ihr klar, dass er ihr absichtlich aus dem Weg ging.

Was ihm nicht schwer fiel. Die Belange von Weybourne Park beschäftigten ihn mit dem Rechtsanwalt, den Rest der Zeit widmete er sich Chloe, Sylvia und den Zwillingen. Er führte eine lange Unterredung mit Mr. Patterson und Mercedes wusste, dass er dem Inspektor die Lackkassette mit seinen Duellpistolen zur Untersuchung ausgehändigt hatte. Colin schwieg über das Ergebnis des Gesprächs. Nachts schlief sie allein.

Am Nachmittag nach dem Begräbnis fand die Verlesung des Testaments statt. Mr. Gordon, ein untersetzter, drahtiger Mann mit durchdringender Stimme, hatte sich dreißig Jahre um Graf Weybournes persönliche Angelegenheiten gekümmert. Er rief die Personen, die im Letzten Willen des Grafen namentlich genannt waren, in die Bibliothek. Im Salon warteten Colin, sein Rechtsanwalt und Mr. Patterson.

Mr. Gordon hatte hinter dem Schreibtisch des Grafen Aufstellung genommen und glättete das Dokument, das vor ihm lag. Marcus Severn und sein Vater saßen wegen der Schwerhörigkeit des Greises in der ersten Reihe. Chloe und Sylvia hielten je einen Zwilling an der Hand und saßen auf zwei schmalen Sofas, die aus dem Salon herbeigeschafft worden waren. Mercedes hatte bleich und gefasst im hohen Lehnstuhl im Hintergrund Platz genommen.

Die Testamentseröffnung war eine reine Formsache, egal, welches Vermächtnis Weybourne wem zugesprochen hatte. Es gab nichts zu vererben. Vermutlich konnten nicht einmal seine Gläubiger zufrieden gestellt werden und dann gab es auch noch Colins Anspruch auf den Besitz. Im Grunde ging es nur darum, wer den Grafentitel erbte. Mercedes vermutete, Severn hatte seinen Vater mitgebracht, damit er mit eigenen Ohren hörte, dass der Titel auf seine Familie übergehe.

»Ich möchte gleich zum Kern der Sache kommen«, verkündete Gordon schnarrend. »Mir liegt ein Dokument vor, rechtmäßig unterzeichnet und beglaubigt, das mir vor fünf Tagen zugestellt wurde. Ich selbst habe dieses Dokument nicht verfasst, hege jedoch keinen Zweifel an seiner Echtheit und der Absicht des verstorbenen Grafen. Es handelt sich um einen Nachtrag zum Testament, wodurch der Letzte Wille des Grafen früheren Datums ungültig ist.« Er legte eine Pause ein und ließ den Blick über die Familie schweifen.

Mercedes sah, wie Severn sich in seinem Stuhl umdrehte und ihr einen durchdringenden Blick zuwarf, als suche er bei ihr nach einer Erklärung. Sie behielt ihre gefasste Miene bei, obgleich sie keine Ahnung hatte, was sie von Mr. Gordons Einleitung halten sollte. Als auch die Mädchen sich ängstlich zu ihr umdrehen, lächelte sie ihnen aufmunternd zu.

»Nun«, fuhr Gordon schließlich fort, »wenn niemand ein weiteres Dokument vorweist, um das mir vorliegende außer Kraft zu setzen, fahre ich fort.« Er glättete das Papier erneut, rückte die Brille zurecht und verlas den Inhalt.

Als er geendet hatte, herrschte tiefes Schweigen.

Severns Vater war der Erste, der sprach. Er erhob sich mühsam, stützte sich schwer auf seinen Stock und sagte: »Das wär's dann. Weybourne hat sich schließlich doch noch zu seiner Familie bekannt. Dachte nicht, dass ich das noch erlebe.« Er zupfte Marcus am Ärmel. »Gehen wir, Sohn. Hier stehen wir nur im Weg herum.«

Marcus was ebenfalls aufgestanden und blickte zu Mercedes hinüber. »Vielleicht legt Mercedes Wert auf meinen Rat«, meinte er. »Wallace würde es gutheißen, wenn ich der Familie zur Seite stehe.«

Der Graf machte eine halbe Drehung, um Mercedes besser sehen zu können, die völlig verdutzt von der neuen Entwicklung wirkte. »Hat Marcus Recht? Legen Sie Wert auf seinen Rat? Er ist in manchen Dingen ziemlich beschlagen.«

Mercedes sah, wie Marcus über das unerwartete Lob seines Vaters errötete. Ein nervöses Kichern stieg in ihr auf, das sie nur mühsam unterdrücken konnte. »Vielen Dank für das Angebot«, entgegnete sie liebenswürdig. »Mr. Gordon wird uns zur Seite stehen. Ich würde es begrüßen, wenn Marcus Sie nach Rosefield zurückbringt, Mylord.«

Der Graf nickte, streckte die Hand nach dem Arm seines Sohnes aus und schlurfte zur Tür. Auf halbem Wege schüttelte er Marcus' Hilfe ab und ging auf Mercedes zu. Sie eilte ihm entgegen und küsste ihn zum Abschied auf die Wange. »Sie sind ein tapferes Mädchen, Mercedes. Das wusste ich immer. Hoffentlich wendet sich alles zum Guten für euch. Um ehrlich zu sein, ich hab mich nie um Weybourne Park gerissen.«

»Verstehe«, antwortete sie. »Vielen Dank. Es hat mich sehr gefreut, dass Sie gekommen sind.« Sie führte den Greis zu Marcus und öffnete den beiden die Tür. Nachdem sie den alten Herrn und Severn in die Obhut von Mrs. Hennepin gegeben hatte, kehrte Mercedes in die Bibliothek zurück.

»Was heißt das?«, wollte Britton wissen, sobald sie die Tür hinter sich geschlossen hatte. »Sylvia sagt, ich soll Graf werden.«

»Das stimmt«, bestätigte Mercedes.

Britton verzog den Mund und verschränkte die Arme. »Ich glaube nicht, dass ich das will. Was ist mit Brendan? Wird er auch Graf?«

»Nein. Du bist der erstgeborene Sohn, also geht der Titel auf dich über.«

Chloe seufzte. »Wir versuchen schon die ganze Zeit, ihm das zu erklären.«

»Britton, darüber haben wir doch schon öfter gesprochen und du hast es längst begriffen. Nun stell dich nicht so an.«

»Na ja, alle sagen, dass er nicht unser Vater war – und jetzt ist er es plötzlich doch. Oder er war es, weil er ja tot ist.«

Mercedes legte ihm die Hand auf die schmale Schulter.

»Ach, Kinder«, meinte sie sanft. »Im Augenblick stürmt eine Menge auf euch ein.«

»Ja, da hast du Recht.«

Brittons ernstes Kindergesicht ließ Mercedes schmunzeln. »Mr. Gordon, Sie sagten, dieser Zusatz zum letzten Willen meines Onkels erreichte Sie vor fünf Tagen.«

»Das ist richtig«, antwortete er steif.

»Ist das Schreiben datiert?«

»Selbstverständlich. Es trägt das Datum des Vortages.«

»Und Sie haben die Personen ausfindig gemacht, die den Wunsch meines Onkels, seine Söhne als rechtmäßige Erben einzusetzen, bezeugten?«

»So ist es.« Gordon räusperte sich. »Das war nicht einfach, das kann ich Ihnen versichern. Etwas merkwürdige Leute, aber sie machten einen glaubwürdigen Eindruck.«

»Wer sind diese Leute?«

»Ein gewisser Mr. Ashbrook und ein Mr. Deakins«, antwortete er. Mercedes wurde schwarz vor Augen. Mr. Gordon umrundete den Schreibtisch. »Fühlen Sie sich nicht wohl?«

»Nein ... ich meine ja ... es ist nichts.« Sie spürte die besorgten Blicke der Kinder auf sich. »Wenn Sie nichts dagegen haben, möchte ich mich setzen.« Britton bot ihr eilig seinen Platz an. »Können Sie mir etwas über Ashbrook und Deakins sagen?«, fragte Mercedes, nachdem sie sich wieder gefasst hatte. »Was meinten Sie damit, die Zeugen seien etwas merkwürdig?«

»Nun, damit wollte ich nur sagen, sie gehörten nicht zum Freundeskreis Ihres Onkels. Mr. Ashbrook ist der Besitzer einer Taverne am Fluss und Mr. Deakins bucht Schiffspassagen für die Garnetlinie.«

»Erscheint Ihnen das nicht seltsam?«, fragte sie. »Warum ließ mein Onkel die Testamentsänderung ausgerechnet von diesen Herren bezeugen?«

Gordons Blicke flogen zu den anderen Familienmitgliedern und kehrten wieder zu Mercedes zurück. Seine ohnehin steife Haltung versteifte sich noch mehr. »Sind Sie sicher ...«

»Oh, sprechen Sie getrost«, antwortete sie. »Es sind schließlich seine Kinder.«

»Nun«, begann er, »ich vermute, Graf Weybourne hatte die Absicht, das Land zu verlassen.«

Mercedes nickte. »Das ist auch meine Vermutung, Mr. Gordon. Mir ist daran gelegen, dass Captain Thorne, sein Rechtsanwalt und unser Polizeiinspektor Mr. Patterson an diesem Gespräch teilnehmen. Sylvia. Chloe.« Die Mädchen waren auf den Beinen, ehe Mercedes zu Ende gesprochen hatte, nahmen die Zwillinge bei der Hand und verließen die Bibliothek. »Wenn Sie bitte so freundlich sind, Mr. Gordon, die Herren hereinzubitten.«

Als die Gruppe versammelt war, gab Mercedes eine kurze Einführung. »Es wird Sie interessieren, was Mr. Gordon zu sagen hat – vor allem Sie, Mr. Patterson.«

Der Inspektor nickte ernsthaft.

»Bitte, Mr. Gordon. Wiederholen Sie, was Sie uns soeben eröffnet haben.«

Der Rechtsanwalt schob die Brille bis zur Nasenwurzel hoch und begann den Zusatz des Testaments noch einmal zu verlesen.

Colins Aufmerksamkeit war weder bei Mr. Gordon noch beim Inhalt des Dokuments. Er saß bequem zurückgelehnt im Ohrensessel, in dem Mercedes vorhin gesessen hatte, und studierte sie unter verhangenen Lidern.

Sie hatte auf dem Sofa Platz genommen und hielt die Hände gefaltet. Die Spannung, die er in den letzten Tagen an ihr beobachtet hatte, schien gewichen. Ihre grauen Augen waren wieder klar. Ihre Stirn war geglättet und sie hatte aufgehört, an ihrer Unterlippe zu nagen. Die wächserne Blässe seit der Nachricht vom Tode des Grafen hatte einem rosigen Hauch auf ihren Wangen Platz gemacht.

Die Trauerkleidung verlieh ihr eine ernsthafte Würde, die ihr auffallend schmeichelte. Die schwarze Fülle des weiten Rocks unterstrich ihre schlanke Gestalt und Colin musste ständig an ihre seidige Nacktheit darunter denken, die er liebkost hatte.

Er war ihr absichtlich aus dem Weg gegangen, was ihm

wesentlich leichter fiel, als seine Gedanken von ihr loszureißen. Er hatte vorgetäuscht, nicht zu bemerken, dass sie mit ihm reden wollte. Sie suchte dringend eine Gelegenheit, ihm eine Erklärung zu geben, an der er kein Interesse hatte. Als sein Zorn allmählich abflaute, blieb nur das Gefühl von Verrat … und Verlust.

Sie hatte in den letzten Tagen in bewundernswerter Weise Haltung bewahrt, sich um die Formalitäten des Begräbnisses gekümmert, war bemüht, die Ängste und Besorgnisse der Bediensteten zu zerstreuen, und hatte unermüdlich und geduldig Fragen ihrer Vettern und Basen nach ihrem weiteren Lebensweg beantwortet. Obwohl sie keine Gewissheit über ihre eigene Zukunft und die der Kinder haben konnte, lag nie ein Zweifel in ihrer Stimme. Sie sprach über Chloes Hochzeit, über den Internatsbesuch der Zwillinge und über Sylvias Einführung in die Gesellschaft, als habe sich nichts verändert.

Und Colin fragte sich, welche Vorstellung sie davon hatte, wie er seine Zusagen einhalten sollte, wenn er am Galgen baumelte.

Es war ihm nicht gelungen, den Verdacht des Inspektors zu zerstreuen, der allerdings noch keine Anklage gegen ihn erhoben hatte. Die Tatwaffe war immer noch nicht gefunden und der Zeitpunkt des Todes nicht genau festzustellen. Colin hatte einen ziemlich lückenlosen Bericht abgegeben, wo er sich wann aufgehalten hatte, und konnte seine Angaben von verschiedenen Zeugen bestätigen lassen. Da der genaue Zeitpunkt des Todes jedoch nicht festzustellen war, hatten die Angaben des Captains kein großes Gewicht.

Als er Mercedes nun beobachtete, staunte er über ihre Gefasstheit. Der plötzliche Sinneswandel ihres Onkels schien sie kaum zu verwundern. Vielleicht war seine Anerkennung der Zwillinge gar kein so plötzlicher Entschluss, zumindest keine Überraschung für Mercedes. Vielleicht hatte sie sogar meisterlich einen Plan eingefädelt. Sobald Colin des Mordes an Weybourne schuldig gesprochen war, würde er seinen Anspruch auf das Anwesen verlieren und der gesamte Besitz auf Britton übergehen. Bis zu dessen Volljährigkeit würde die Verwaltung in Mercedes' tüchtigen – wenn auch blutbesudelten – Händen liegen.

Sie war ausgesprochen listenreich. Das musste er ihr neidlos zugestehen.

Colin streckte die langen Beine von sich, während Gordon mit Stentorstimme den Inhalt des Testamentzusatzes verlas. Mercedes' Profil war bezaubernd schön. Colin zeichnete mit den Augen die Konturen vom Haaransatz bis zum Hals nach. Als spüre sie seinen Blick, wandte sie sich ihm zu.

Er sah sie unverwandt an und stellte fest, dass sie nicht einmal errötete. Sie errötete nie. Nur eine Spannung durchlief sie, die mit ihrer Kopfwendung begann und sich mit dem Heben des Kinns und dem Straffen ihrer Schultern fortsetzte. Mercedes atmete tief ein. Ihr Oberkörper richtete sich kerzengerade auf und ihre im Schoß verschränkten Hände krampften sich ineinander. Und ehe sie sich wieder abwandte, las er Stolz in ihrem Blick, der ihre grauen Augen erkalten ließ und Colin frösteln machte.

Der Gedanke schoss ihm durch den Kopf, wie die Anwesenden wohl reagieren würden, wenn er den Raum durchqueren, Mercedes hochziehen und ihr einen leidenschaftlichen Kuss geben würde. Denn genau dieser Wunsch drängte sich ihm jetzt absurderweise auf.

Colin fuhr sich mit der Hand durchs Haar und hörte Mr. Gordon wieder zu. Der Rechtsanwalt kam zum Ende und blickte erwartungsvoll in die Runde.

»Vielen Dank, Mr. Gordon«, sagte Mercedes höflich. »Sie haben den Inhalt des Nachtrags genau erklärt. Ich würde die Daten der Testamentsänderung gern noch einmal hören.«

Mr. Gordon nickte. »Wie ich der Familie bereits erklärte«, begann er von neuem, »machte der Graf diese Änderungen erst vor wenigen Tagen. Ich erhielt dieses Schreiben vor fünf Tagen, das vom Vortag datiert ist.«

Mercedes meldete sich wieder zu Wort. »Die Leiche meines Onkels wurde vor drei Tagen im Morgengrauen in der Kate gefunden, in der kurz nach Mitternacht ein Feuer ausgebrochen war. Mr. Gordon liefert den Beweis, dass er achtundvierzig Stunden vor dem Brand noch am Leben war. Das schränkt den Zeitpunkt seines Todes erheblich ein, nicht wahr?«

Mr. Pattersons Brauen zogen sich über den tief liegenden Augen zusammen. »Ja, das tut es allem Anschein nach«, meinte er zögernd. »Ich nehme an, das Dokument wurde von Zeugen beglaubigt«, fuhr er an Mr. Gordon gerichtet fort.

Die Lippen des Anwalts wurden schmal. »Gewiss«, entgegnete er kühl. »Ich hätte das Dokument kaum der Familie vorgelegt, ohne die Richtigkeit der Angaben überprüft zu haben. Es ist mir unter erheblichem Aufwand an Zeit und Kosten gelungen, die Zeugen ausfindig zu machen. Ich kann ohne jeden Zweifel sagen, dass ich die Herren für absolut glaubwürdig halte.«

»Ihre Namen?«, fragte Patterson.

»Ashbrook und Deakins.«

Mercedes blickte wieder in Colins Richtung. Nur ein winziges Verengen seiner Augen ließ darauf schließen, dass er die Namen schon einmal gehört hatte.

»Und Sie kennen die Adressen der Zeugen«, sagte der Inspektor an Gordon gerichtet.

»Selbstverständlich. Obwohl ich nicht verstehe, warum Sie die Adressen brauchen. Ich versichere …«

»Niemand bezweifelt, dass Sie sorgfältige Nachforschungen angestellt haben«, fiel Mercedes dem Anwalt ins Wort. »Es gibt einige Fragen im Zusammenhang mit dem Tod meines Onkels, die der Klärung bedürfen. Ich glaube, Mr. Patterson hält es für sinnvoll, mit Mr. Ashbrook und Mr. Deakins zu sprechen.« Sie nickte dem Inspektor zu. »Und wenn Sie, Mr. Patterson, zu der Überzeugung gelangen, dass mein Onkel vor fünf Tagen tatsächlich noch am Leben war, besteht kein Grund, Captain Thorne weiterhin zu verdächtigen. Der Nachweis, wo er sich in diesen achtundvierzig Stunden aufgehalten hat, kann lückenlos erbracht werden.«

Mercedes stand auf. Auch die Herren erhoben sich. Obgleich sie nicht in Colin Thornes Richtung blickte, war sie sich seiner bedrohlichen Gegenwart bewusst. »Ich spreche von den gesamten achtundvierzig Stunden«, erklärte sie an Patterson gerichtet. »Tag *und* Nacht.«

Nach diesen Worten rauschte Mercedes aus der Bibliothek und überließ es den Herren, Mutmaßungen über ihren bislang unbescholtenen Ruf anzustellen.

Colin musste warten, bis Patterson, Abernathy und Gordon sich verabschiedet hatten. Er musste warten, bis Chloe, Sylvia und die Zwillinge zu Bett gegangen waren. Nach ihrer schockierenden Eröffnung in der Bibliothek hatte Mercedes sich auf ihr Zimmer begeben und jedem den Zutritt verwehrt. Nur das Hausmädchen durfte ihr einen Imbiss aufs Zimmer bringen. Colin hatte ein Briefchen auf das Tablett gelegt, ohne Antwort darauf zu erhalten. Einen weiteren Versuch unternahm er erst später.

Colin war sich klar darüber, dass der Nordflügel nicht nur von Mercedes bewohnt war, als er an ihre Tür klopfte.

»Ich weiß, dass Sie mich hören, Mercedes«, sagte er mit gedämpfter Stimme an der verschlossenen Tür. Er hörte, wie sie sich im Zimmer bewegte, aber nicht antwortete. »Ich habe keine Lust, mich länger durch die Tür mit Ihnen zu unterhalten. Das heißt jedoch nicht, dass ich aufgebe. Wenn Sie wissen, was ich meine.«

»Wagen Sie nicht, mir zu drohen«, fauchte sie aufgebracht.

Colins Hand lag flach an der Tür. Er spürte, wie sie sich von innen dagegenlehnte. »Öffnen Sie oder treten Sie beiseite.«

»Fahren Sie zur Hölle!«

Er lächelte. Allem Anschein nach war es ihr ernst damit. »Nun gut. Ich habe Sie gewarnt.«

Mercedes glaubte nicht, dass er es wagen würde, die Tür einzutreten, nicht auf die Gefahr hin, die Kinder zu wecken. Dennoch lehnte sie sich mit dem Rücken gegen die Türfüllung, stemmte die nackten Füße auf den Parkettboden und wartete auf Colins Ansturm.

Colin aber zog einen Schlüssel aus der Westentasche,

steckte ihn ins Schloss, drehte um und öffnete. Mercedes wurde unsanft ins Zimmer geschoben.

Sie wich so plötzlich zur Seite, dass Colin ins Zimmer gefallen wäre, wenn er nicht auf ihre List vorbereitet gewesen wäre. Mercedes wandte sich entrüstet um. »Sie haben einen Schlüssel!«

Er ließ ihn vor ihrer Nase baumeln, ehe er ihn in die Tasche schob. »Haben Sie geglaubt, ich trete die Tür ein?«, fragte er mit einem gewinnenden Lächeln.

Mercedes starrte ihn erbost an und zurrte den Gürtel ihres Morgenmantels fester. Das offene Haar fiel ihr über die Schultern. Mit einer fahrigen Handbewegung strich sie die Locken zur Seite, flocht sie zu einem dicken Zopf, band ihn fest und warf ihn über den Rücken. »Was wollen Sie?«, fragte sie schroff.

»Zweifeln Sie daran, dass ich mit Ihnen sprechen will?«, erwiderte er. Sie bedachte ihn mit einem vernichtenden Blick. »Das Problem ist«, fuhr er fort, »dass Sie mir aus dem Weg gehen.«

»Ich wollte seit drei Tagen mit Ihnen sprechen. Sie sind es doch, der mir aus dem Weg geht.« Mercedes machte kehrt und nahm ein Buch zur Hand. Erst als sie seine Hand an ihrer Schulter spürte, wusste sie, dass er ihr gefolgt war. Sie schnellte herum und schlug ihm die harte Kante des Buchrückens in die Magengrube.

Er trat verdutzt einen Schritt zurück und ließ ihre Schulter los. Mercedes griff erneut an, schlug wieder mit dem Buch zu, härter diesmal, legte ihren aufgestauten Zorn in jeden Schlag. »Verlassen – Sie – mein – Zimmer! – Augenblicklich!«, fauchte sie und schlug in jeder Pause erneut zu.

Colin holte Luft, duckte sich, wich ihrem letzten Schlag aus und packte ihre Handgelenke mit festem Griff. Das Buch entglitt ihrer Hand und schlug dumpf auf das Parkett. Colin stieß es mit dem Fuß beiseite und der Lederband schlitterte unters Bett. »Wenn Ihr Wutanfall verraucht ist«, meinte er leise, »lasse ich Sie los.«

Mercedes fühlte sich wie ein Kind behandelt und benahm sich dementsprechend. Verbissen versuchte sie, sich seinem Griff zu entwinden, obwohl ihr die Vergeblichkeit ihres Kampfes klar war. Sein Griff festigte sich nur noch mehr.

»Mercedes«, sagte er weich. »Reden Sie mit mir.«

»Ich hasse Sie.«

Er nickte. »Ich an Ihrer Stelle …«

»Sie dachten, ich versuche absichtlich den Verdacht auf Sie zu lenken. Geben Sie es zu!«, fuhr sie ihn an. »Sie dachten, ich hätte einen Plan, um Sie loszuwerden.« Ihre Stimme war laut geworden.

»Das haben Sie doch selbst zugegeben«, erinnerte er sie. »Sie schmiedeten ein Komplott mit Severn.«

Mercedes stampfte wütend mit dem nackten Fuß auf, da ihre Lügen nun auf sie zurückfielen. »Glauben Sie doch, was Sie wollen«, entgegnete sie kalt. »Ich will nichts mit Ihnen zu …«

Colin rüttelte sie unsanft. »Beruhigen Sie sich, Mercedes. Sie wecken die Kinder.«

»Das ist mir egal«, entgegnete sie schneidend. »Wie lange, glauben Sie, bleibt den Kindern noch verborgen, dass ich Ihre Hure war?« Sie sah, wie er unter ihrer Bezichtigung zusammenzuckte. »Oder wollen Sie behaupten, die Herren in der Bibliothek hätten meine Worte missverstanden?«

Colin ließ ihre Handgelenke los, fuhr sich durchs Haar und schüttelte den Kopf. »Ich glaube nicht, dass man Sie missverstanden hat. Und ich glaube, die Herren behandeln die Angelegenheit vertraulich. Mr. Abernathy und Mr. Gordon würden sich vermutlich eher die Zunge abbeißen, als Ihr Geständnis auszuplaudern. Wenn die Kinder und das Hauspersonal von unserer …«, er suchte nach dem richtigen Wort, »unserer *Beziehung* erfahren, dann nur, weil Sie sich wie eine Marktschreierin aufführen.« Er ließ seine Worte einwirken. Wenn sie beschämt war, so verstand sie es ausgezeichnet, ihre Scham zu verbergen.

Mercedes blickte ihn kalt an. »Ich vermute, Sie schlagen mir einen Ort vor, wo wir ungestört reden können«, sagte sie.

»Mein Zimmer.«

»Wer hätte das gedacht?«

»Haben Sie einen anderen Vorschlag?«

»Unten. In einem Salon oder in der Bibliothek.«

»Nein. Im Nordturm.«

»Ich sagte, unten.«

»Und ich sage, im Turmzimmer sind wir ungestört und niemand kann uns belauschen.« Seine Wahl erstaunte sie. Sie hätte eine förmliche Umgebung vorgezogen, sogar die Galerie wäre ihr lieber gewesen oder der Wintergarten mit seinen Grünpflanzen statt die vertraute Umgebung ihrer Kindheit. »Es ist nicht möbliert.«

»Sonst noch Einwände?«

»Nein ... einverstanden.« Vielleicht war seine Wahl sogar besser, dachte sie. Im leeren Turmzimmer musste sie sich wenigstens nicht seiner Zudringlichkeiten erwehren. Das Schlimmste, was ihr dort passieren konnte, wäre, aus dem Fenster geworfen zu werden.

Colin bemerkte den Anflug eines Lächelns um ihre Mundwinkel. »Was erheitert Sie?«

»Nichts.« Sie rauschte an ihm vorbei und schlüpfte in ihre Pantoffeln. Dann siegte ihre Neugier. Mit einem Blick über die Schulter fragte sie: »Wenn eine Frau von einem Schiff fällt, rufen die Seeleute dann auch ›Mann über Bord‹?«

»Ja«, antwortete er und öffnete die Tür. »Mercedes, Sie sollten mich nicht ständig reizen.«

Als sie den Nordturm erreichten, überkam Mercedes ein Gefühl der Geborgenheit. Beim Betreten der Zufluchtsstätte ihrer Kindheit hielt sie die Petroleumlampe hoch und stieg leichtfüßig die schmale Stiege hinauf. Oben angekommen stellte sie fest, dass die Lampe nicht nötig war. Der silberne Schein des Vollmonds erhellte die Kammer.

Mercedes löschte das Licht. Colin, der immer noch auf der Stiege stand, beschwerte sich über die plötzliche Dunkelheit. Doch Mercedes hörte ihn kaum. Sie drehte sich langsam im Kreis und ließ den Blick aus den Turmfenstern auf sich wirken, als bewundere sie Gemälde in einer Kunstgalerie. Die große Wiese mit dem Teich, die Gartenanlagen, der Wald, die Felder, die Bauernhütten in der Ferne; das Landschaftspanorama lag in blau schimmerndes Mondlicht getaucht, eine überirdisch schöne, atemberaubende Märchenwelt.

Als sie den Kreis langsam vollendete, stand ihr Colin auf der obersten Stufe gegenüber, reglos, ohne Ausdruck. Und Mercedes wusste, dass er keinen Blick aus den Fenstern geworfen hatte. Er hatte nur Augen für sie.

Seine schweigende Musterung machte sie verlegen, sein Eindringen in ihre Märchenwelt erzürnte sie und gleichzeitig ärgerte sie sich, vergessen zu haben – wenn auch nur für wenige Augenblicke –, warum sie in die Turmkammer gestiegen war. Mercedes spürte, wie sich ihre Nackenhaare sträubten. »Sagen Sie, was Sie zu sagen haben«, verlangte sie schroff.

Colin trat einen Schritt vor und Mercedes bezwang ihren Wunsch zurückzuweichen. »Geben Sie her«, sagte er und streckte die Hand nach der erloschenen Lampe aus. »Bevor Sie das Ding fallen lassen.« Das leise Klirren des Glasschirms war der einzige hörbare Beweis ihrer zum Zerreißen gespannten Nerven.

Mercedes ließ sich die Lampe abnehmen. Als Colin sich abwandte, um sie auf dem schmalen Fenstersims abzustellen, trat sie eilig ein paar Schritte zurück, um Abstand zu gewinnen.

»Bedauern Sie, hierher gekommen zu sein?«, fragte er und wandte sich ihr wieder zu. Colin stellte fest, dass sie zurückgewichen war, ohne ein Wort darüber zu verlieren. »Mit mir?«

»Nein.« Sie fragte sich, ob er ihre Lüge durchschaute. »Aber ich würde es begrüßen, wenn Sie auf den Punkt kommen. Meine Gefühle sind nicht von Bedeutung.«

»Genauso wenig wie meine. Darin sind wir uns also einig«, entgegnete er und sah, dass seine Bemerkung sie aus der Fassung brachte. Er trat an ein Fenster, hielt ihr den Rücken zugewandt und blickte lange in die mondhelle Nacht. Das ausgedehnte Schweigen zerrte an Mercedes' Nerven und erschütterte ihre Selbstbeherrschung. »Ich denke, Sie sollten mit der Flasche beginnen«, sagte er endlich.

»Warum sagten Sie Patterson und Thayer, sie gehöre Ihrem Onkel?«

»Nicht aus den Gründen, die Sie vermuten«, antwortete sie kühl. »Es lag nie in meiner Absicht, den Anschein zu erwecken, Sie hätten etwas mit dem Tod meines Onkels zu tun. Ganz im Gegenteil.«

Colin drehte sich um, seine Augen verengten sich. Er schwieg und spürte, dass Mercedes seinen Verdacht durchschaute. Ihre Schultern versteiften sich, sie bereitete sich auf seine Anklage vor.

»Kam Ihnen nicht in den Sinn, dass der Verdacht auf Sie gefallen wäre, wenn Sie sich als Eigentümer der Flasche zu erkennen gegeben hätten?«

»Nein«, entgegnete er. »Und wissen Sie, warum?« Er machte eine kurze Pause, ehe er die Frage selbst beantwortete. »Weil *ich* nicht der Letzte war, in dessen Besitz die Flasche sich befand. Ich hätte mir keine so große Mühe gegeben wie Sie, den armen Mr. Thayer zu schützen, hätte ihn jedoch auch nicht ohne weiteres der Polizei ausgeliefert.«

Mercedes blinzelte. »Mr. Thayer?«, flüsterte sie erschrocken über Colins Schlussfolgerung. »Was hat er damit zu …«

»Ich verstehe«, fuhr Colin ungerührt fort, »dass Sie eine Gelegenheit sahen, Ihren Onkel loszuwerden, als Ihnen die Flasche gezeigt wurde. Sie wussten bereits, dass er das Land verlassen hatte. Vorher hat er Sie vermutlich schwören lassen, Stillschweigen darüber zu bewahren. Die Flasche als Eigentum Weybournes zu bezeichnen kam einer Identifizierung seiner Leiche gleich. Jedenfalls gab Patterson sich damit zufrieden. Nachdem Weybourne für tot erklärt wurde, konnten Sie seinen Letzten Willen verlesen lassen. Sie waren die einzige Person, die *nicht* überrascht war, vom Zusatz Ihres Onkels zu erfahren. Vermutlich haben Sie lange und erbittert mit ihm verhandelt, Mercedes.«

Sie schüttelte verständnislos den Kopf. »Ich weiß nicht, wovon Sie reden.«

»Ich bitte Sie! Halten Sie mich tatsächlich für einen solchen Narren? Sie bezahlten dafür mit meinem Geld. Ashbrook und Deakins, erinnern Sie sich? Das Einzige, was ich nicht weiß, ist die Identität des Mannes, den Mr. Thayer um die Ecke brachte. Ich habe die Leiche gesehen, Mercedes. Diese verkohlten Knochen konnten irgendwem gehören, nur nicht Ihrem Onkel. Ich bin sicher, er lässt es sich irgendwo auf meine Kosten gut gehen.«

Mercedes bedauerte, nicht darauf bestanden zu haben, diese Unterredung in einem anderen Raum zu führen, in dem es wenigstens ein paar Stühle gab. Sie hatte das starke Bedürfnis, ihm irgendetwas an den Kopf zu werfen. »Das haben Sie sich fein ausgedacht«, versetzte sie voller Bitterkeit. »Natürlich. Sie weigerten sich ja seit Tagen, mit mir zu reden. Ich hätte vielleicht eine Erklärung gehabt, die sich nicht mit Ihren Fantasien deckt. Offen gestanden bin ich überrascht, dass Sie überhaupt mit mir sprechen. Ich glaube kaum, dass Sie den Wunsch haben, sich eine andere Version anzuhören.«

Colin zog die Brauen hoch. »Bitte, nur zu! Ich höre.«

Mercedes hob das Kinn. »Sie behaupten, zuletzt sei Mr. Thayer im Besitz der Taschenflasche gewesen, da ich Ihnen sagte, ich hätte sie ihm gegeben. In Wahrheit habe ich sie meinem Onkel gegeben. Er lauerte mir auf dem Weg zu den Thayers auf und leerte die Flasche. Er verlangte Geld, um das Land zu verlassen. Ich aber kenne meinen Onkel. Er wäre wiedergekommen und hätte mehr verlangt, sobald das Geld aufgebraucht war. Mit seiner Spielleidenschaft hätte er es vermutlich nicht bis zum nächsten Hafen geschafft. Also wäre er nach Weybourne Park zurückgekommen und hätte mehr verlangt.« Ihre Stimme klang resigniert. »Er wollte immer mehr.«

Mercedes verschränkte schützend die Arme. »Ich ging auf seine Forderung von zweitausend Pfund ein. Sie wissen, wie ich mir das Geld beschaffte und welchen Preis ich dafür bezahlte. Ich zeigte ihm den Wechsel, bevor ich ihn tötete. Er war so sehr damit beschäftigt, den Betrag zu studieren, dass er die Pistole in meiner Hand nicht bemerkte. Es war alles schnell vorbei. Ich hätte ihn gern leiden lassen, brachte aber den Mut nicht auf. Ich versteckte die Leiche, um zu verhindern, dass er zu früh gefunden wurde.«

»Das Testament«, warf Colin ein.

Sie nickte zufrieden. »Genau. Das war wesentlich einfacher, als Sie denken. Mr. Gordon wäre entsetzt zu erfahren, dass die Unterschrift, die er als die Unterschrift meines Onkels erkannt zu haben glaubte, von mir gefälscht war. Ein Geschick, das ich mir aneignete, um Weybourne Park in Abwesenheit meines Onkels verwalten zu können. Ein Geschick, das sich letztlich als wertvoller erwies, als ich je erwarten konnte.«

»Ashbrook und Deakins?«

»Die Herren sind genau so, wie Mr. Gordon sie geschildert hat, wenn auch weniger glaubwürdig und ehrlich, als es den Anschein haben mag. Mein Onkel schuldete beiden Geld, Mr. Ashbrook für seine Trinkgelage und Mr. Deakins für seine Schiffspassage. Keiner der beiden sträubte sich, das Dokument zu unterzeichnen, das ich ihnen vorlegte, als ich ihnen stattliche Zinsen zur geschuldeten Summe anbot.«

»Aber die beiden leben in London. Wie konnten Sie ...« Er beendete den Satz nicht, da er die Antwort erriet.

»Tattersall«, sagte er leise. »Dort verschwanden Sie mit Severn.«

»Ich hatte ja keine Gelegenheit, alleine nach London zu fahren.«

»Dann weiß Severn also Bescheid.«

»Wohl kaum. Er hätte seine Zustimmung verweigert. Er hatte es selbst auf den Titel abgesehen, wie Sie wissen.«

»Wie haben Sie es in seiner Anwesenheit geschafft, die beiden aufzusuchen?«

Mercedes blickte Colin direkt in die Augen. »Ich habe festgestellt, dass ein Mann, der einer Frau nachstellt, nicht darauf achtet, wohin sein Weg ihn führt.«

Colin lächelte dünn, doch seine dunklen Augen blieben kalt.

Mercedes' eisiger Blick begegnete seinem. Sie fuhr in ihrer Geschichte fort. »Sobald die Testamentsänderung bezeugt war, musste ich nur noch dafür Sorge tragen, dass die Leiche gefunden wird. In jener Nacht bot sich mir eine günstige Gelegenheit, da ich feststellte, dass Sie keinen leichten Schlaf haben, nachdem Ihre Lust gestillt war.« Zufrieden sah sie, wie Colin bei dieser Feststellung zusammenzuckte. »Ich schlich mich aus dem Haus, lief zur verlassenen Kate, in der die Leiche lag, und setzte die Hütte in Brand. Ich hatte nicht damit gerechnet, dass der Leichnam bis zur Unkenntlichkeit verkohlen würde, doch die Flasche lieferte den Beweis. Mein Plan wäre ruiniert gewesen, wenn ich Patterson nicht überzeugt hätte, dass es sich bei dem Ermordeten um den Grafen von Weybourne handelte.«

Mercedes sammelte ihre Gedanken und beobachtete Colin scharf. »Nun erbt Britton den Titel und Ihnen gehört das Anwesen. Mein Cousin wird Ihnen den Besitz nicht streitig machen. Ich kann weiterhin die Verwaltung von Weybourne Park übernehmen, ohne die Einmischung meines Onkels befürchten zu müssen. Ich finde, es ist eine zufrieden stellende Lösung. Wir haben alle bekommen, was wir wollten. Heute Nachmittag scheint es mir gelungen zu sein, den Verdacht von Ihnen abzulenken, und Sie ernten die Früchte meiner Bemühungen.«

Mercedes machte eine ausladende Geste. »Es gehört alles Ihnen«, sagte sie leise. Sie ließ den Arm sinken und stand vor ihm in einer Haltung, die wie eine Einladung wirkte. »Alles.«

Es gab keinen Zweifel, was sie ihm anbot. Colins dunkle Augen wanderten über die mondhelle Landschaft von Weybourne Park und kehrten zu Mercedes' silbrig schimmerndem Gesicht zurück. Er konnte beides haben. Beides gehörte ihm.

Colin schüttelte den Kopf. »Nein«, sagte er. »Ich will nichts davon.« Sie versteifte sich, als habe er sie geschlagen. »Es gehört Ihnen. Der Preis, den Sie bezahlten, ist mir zu hoch.«

»Welcher Preis?«, fragte sie. »Das Leben meines Onkels?« Ihr kurzes Lachen klang freudlos. »Sie waren doch bereit, ihn zu töten.«

»Ich wurde zum Duell gefordert«, entgegnete er.

»Ist das eine Kritik an der richtigen Form?«

»Nein«, antwortete er müde. »Kritik lag nicht in meiner Absicht.« Colin strich sich zerstreut das Haar aus der Stirn. »Ich wollte von einer anderen Erklärung überzeugt werden«, sagte er schließlich. »Diese Version wollte ich nicht hören.«

»Selbst wenn die Version eine Bestätigung Ihres Verdachts ist?«, forderte sie trotzig. »Und die Neuigkeiten von heute Nachmittag? Ist es nicht eine Genugtuung, im Recht zu sein?«

»Nein, diesmal nicht.«

Ihre Hände ballten sich zu Fäusten. »Sie haben keine Ahnung, wie sehr ich Sie verachte«, sagte sie kalt. Auf dem Absatz machte sie kehrt und wollte die Stiege hinunter.

Colin war an der ersten Stufe und verstellte ihr den Weg. Mercedes duckte sich, drängte sich an ihm vorbei und rannte die Stufen hinunter. Die letzten drei Stufen nahm sie im Sprung. Sie war vor Colin an der Tür und wollte sie aufreißen.

Die Tür bewegte sich nicht. In die Enge getrieben, drehte sie sich um, als Colin die unterste Stufe erreichte. »Schließen Sie auf«, keuchte sie atemlos. »Schließen Sie auf oder ich schreie.«

»Das würde Ihnen auch nichts helfen«, presste er zwischen den Zähnen hervor und streckte den Arm aus. Sie wich entsetzt zur Seite. »Ich versuche nur, die Tür aufzumachen, verdammt noch mal!« Er rüttelte heftig am Türgriff. Nichts rührte sich.

»Nehmen Sie den Schlüssel.«

Colin warf ihr einen wütenden Blick zu, der wenig Wirkung zeigte, da es im Stiegenhaus stockfinster war. »Ich habe keinen Schlüssel«, erklärte er. »Ich habe die Tür nicht abgesperrt.«

Mercedes stieß seine Hand weg und versuchte es selbst noch einmal. »Sie klemmt«, sagte sie. »Das muss es sein.« Sie warf sich mit der Schulter dagegen mit dem Ergebnis, dass sie sich einen blauen Fleck holte.

Colin legte die Hände um ihre Taille, hob sie hoch und stellte sie auf die Stufe hinter sich. »Bleiben Sie stehen!«, befahl er. »Ich versuche es noch mal. Wenn Sie einen Schritt machen, benutze ich Sie als Rammbock, das schwöre ich Ihnen.«

Mercedes blieb stocksteif stehen. Colin warf sich gegen die Tür, zog und riss daran. Ohne Ergebnis. »Die Tür klemmt nicht«, sagte er schließlich. »Sie ist abgesperrt.«

»Wie konnten Sie nur!« Ihre Stimme war voller Vorwurf und Verzweiflung.

Colin warf ihr einen Blick über die Schulter zu. »Das war ich nicht. Wieso sollte ich das tun?«

»Um mich zu quälen.«

»Vor einer Minute haben Sie sich mir angeboten. Der Einzige, der in dieser Situation leidet, bin ich.«

Mercedes war froh um die Dunkelheit in dem engen Stiegenhaus. Dadurch konnte er nicht erkennen, wie tief seine letzte Bemerkung sie getroffen hatte. »Was tun wir jetzt?«

»Vielleicht hilft Schreien.«

»Niemand kann uns hören«, versetzte sie verächtlich.

»Dann war das vorhin also eine leere Drohung.«

»Nicht ganz«, antwortete sie honigsüß. »Ich hätte Sie damit quälen können.« Ohne auf seine Entgegnung zu warten, kletterte Mercedes die Stiege wieder hinauf. Sie konnte nur versuchen, Abstand zu gewinnen und auf Rettung zu warten. Mercedes hörte, wie Colin ihr folgte, ohne darauf zu achten. »Wenn das ein Streich der Zwillinge ist, zwingt sie ihr schlechtes Gewissen bald, uns zu befreien.«

»Das denke ich auch.«

Mercedes nickte. Plötzlich schoss ihr ein Gedanke durch den Kopf, an den sie bisher nicht gedacht hatte. »Gütiger Himmel, die Kinder haben uns belauscht. Wie viel haben sie gehört?«

Dieser Gedanke war auch Colin in den Sinn gekommen. »Alles. Oder einen Teil davon. Oder gar nichts.«

»Vielen Dank. Sehr tröstlich.« Sie seufzte. »Ob sie mir glauben?«

»Es war ein überzeugendes Geständnis.«

»Aber *Sie* wissen, dass es nicht wahr ist.«

»Jetzt weiß ich es.«

Mercedes schwieg und sah ihn unverwandt an. »Es ist Ihnen leicht gefallen, das Schlimmste von mir zu denken.«

»Sie erzählten eine glaubwürdige Geschichte.«

»Nein. Ich erzählte Ihnen nur, was Sie von mir hören wollten.« Sie seufzte wieder. »Auch wenn Sie die Geschichte nicht hören wollten, fiel es Ihnen keineswegs schwer, sie zu glauben.«

»Richtig, es fiel mir nicht schwer.« Er setzte sich ihr gegenüber auf den Boden und zog die Knie an, ähnlich wie damals, als er mit Aubrey, seinem Steuermann, in dieser Kammer eingesperrt war. »Aber es fällt mir schwer, eine stichhaltige Rechtfertigung anzubringen«, fuhr er fort. »Ich kann nur sagen, dass *ich* niemanden getötet habe. Und wenn ich nicht ...«

»Dann musste zwangsläufig ich es getan haben.«

»Ich dachte eher an Mr. Thayer«, erinnerte er sie.

»Damit haben Sie Ihre Fähigkeiten, Schlussfolgerungen zu ziehen, stark strapaziert«, erwiderte sie ätzend. »Da ich eindeutig die Hauptverdächtige bin.«

Colin lehnte es ab, sich provozieren zu lassen. »Wenn ich diese Auseinandersetzungen nicht mit einer Entschuldigung beenden kann, könnten Sie vielleicht mit der Wahrheit herausrücken.«

»Ich habe keine Entschuldigung gehört«, erwiderte sie. Es folgte ein langes Schweigen, das sich wie eine schwere Last auf ihre Brust legte. Aber sie wollte auf keinen Fall die Erste sein, die das Schweigen brach. Colin war eindeutig nicht daran gewöhnt, sich für irgendetwas zu entschuldigen.

»Ich hätte Sie nicht provozieren dürfen«, sagte er endlich. »Als ich Sie aufforderte, Ihre Version zu erzählen, sahen Sie darin eine Herausforderung, mir eine erfundene Geschichte aufzutischen. Ich bedauere zutiefst, Sie dazu veranlasst zu haben. Warum ich Ihre Geschichte geglaubt habe, weiß ich nicht. Aber ich habe Sie nicht verurteilt. Ich hatte Verständnis für Ihre Gründe. Ihr Geständnis wäre bei mir so sicher gewesen wie im Beichtstuhl.«

»Sie haben das Anwesen abgelehnt«, sagte sie. »Und Sie haben mich abgelehnt.«

»Weil Sie sich mein Schweigen erkaufen wollten«, entgegnete er. »Es war ein Bestechungsversuch. Sie hofften, ich nehme Ihr Angebot an, nur um mir Ihre Vorwürfe ins Gesicht zu schleudern.«

Mercedes schüttelte den Kopf. »Ich habe die Geschichte erfunden, wie sie mir in den Sinn kam. Ich wusste gar nicht recht, was ich sagte.«

»Sie wussten es genau.«

Mercedes konnte seinem dunklen Blick nicht länger standhalten und wandte das Gesicht zur Seite. Er hatte den Nagel auf den Kopf getroffen und nun war es an ihr, sich zu entschuldigen. Sie hatte sich von Berechnung und Engstirnigkeit leiten lassen. »Sie haben Recht«, sagte sie. »Es tut mir leid.«

Colin lächelte dünn. Sie hielt das Gesicht immer noch abgewandt. Ihre Finger nestelten am Stoff ihres Kleides. Er sah, wie ihre Zehen sich in den dünnen Seidenpantoffeln krümmten. Der hastig geflochtene Zopf hing ihr über die linke Schulter, das gelockte Ende lag auf ihrer Brust. »Mercedes?«

Ihr Blick flog in seine Richtung. »Ja?«

»Ich liebe dich.«

Sie starrte ihn an.

»Hast du mich gehört?«

Sie nickte.

»Hast du mich verstanden?«

Sie nickte abermals.

»Gut.« Colin erwartete nichts. Er neigte den Kopf in Richtung Stiege. Es gab keinerlei Anzeichen auf eine nahende Rettung. »Nun würde ich gern die Wahrheit hören. Nicht, was ich deiner Meinung nach glaube oder deiner Meinung nach zu hören wünsche. Nur die Wahrheit. Deine Wahrheit.«

Mercedes brauchte eine Weile, um ihre Gedanken zu ordnen. Zunächst dachte sie, er wolle die Wahrheit über ihre Empfindungen für ihn wissen. Als ihr klar wurde, dass er nur nach den Umständen des Verschwindens ihres Onkels fragte, war sie sichtlich erleichtert. Mercedes sah, wie seine

Mundwinkel sich zu einem amüsierten Lächeln hochzogen, als könne er ihre Gedanken lesen.

»Das, was ich weiß, wird Sie kaum zufrieden stellen«, sagte sie. »Auf meinem Weg zu den Thayers ist mir mein Onkel tatsächlich begegnet. Er nahm die Flasche aus dem Korb und gab sie mir nicht wieder. Er verlangte Geld und ich versprach es ihm. Er war es, der Ashbrook und Deakins vorschlug. Ich dachte, er habe die Namen nur erfunden. Ich hatte keine Ahnung, dass die Männer tatsächlich existieren. Ich bat ihn, die Zwillinge als seine rechtmäßigen Erben anzuerkennen, woraufhin er mich für meine Unverschämtheit schlug.«

Colin hörte weder Selbstmitleid noch Bitterkeit in ihrer Stimme. Sie gab lediglich einen sachlichen Bericht.

»In derselben Nacht habe ich den von Ihnen unterzeichneten Wechsel in die Kate gebracht.«

Colin erinnerte sich, in dieser Nacht allein aufgewacht zu sein. Er hatte Mercedes in ihrem Zimmer in der Badewanne vorgefunden. »Hast du deinen Onkel in der Kate getroffen?«

»Nein. Ich habe ihn nicht wieder gesehen. Er wollte das Land verlassen, sagte er, ohne mir zu verraten, wohin. Er fürchtete, Sie würden ihn verfolgen, und er hätte keine Lust, ständig über die Schulter zu schauen, wie er sich ausdrückte.« Colin schwieg zwar, doch Mercedes entnahm seiner grimmigen Miene, dass der Verdacht des Grafen nicht unbegründet war. »Ich ahnte erst, dass ihm etwas zugestoßen sein musste, als Mr. Patterson das Beweisstück vorlegte.«

»Du glaubst also, dass dein Onkel tot ist?«

»Ja.« Seine Frage verwunderte sie. »Natürlich. Er hatte die Flasche.«

»Vielleicht hat er sie nur zurückgelassen. Die Flasche ist kein stichhaltiger Beweis.«

»Meiner Meinung nach schon. Die Flasche war verschwunden, als ich später noch einmal in der Kate war. Ich suchte danach, weil ich sie wieder auffüllen und Mr. Thayer bringen wollte. Eines Tages hätten Sie ihn vermutlich gefragt, wie ihm der Brandy geschmeckt hat.«

»Und er hätte mich verständnislos angesehen.«

Mercedes lächelte. »Was sich nicht sonderlich von seinem sonstigen Gesichtsausdruck unterscheiden würde. Doch Sie hätten Verdacht geschöpft.«

»Er hätte dich nie im Leben verraten.«

»Ich weiß, aber ich hatte ein schlechtes Gewissen.« Sie wickelte sich das Ende ihres Zopfes spielerisch um den Finger. »Sie dachten, ich wolle ihn decken.«

»Dieses Verhalten erwarte ich mittlerweile von dir. Du trittst für andere ein, die sich nicht verteidigen können. Ich war der Meinung, du glaubtest, ich sei selbst in der Lage, den Verdacht von mir abzuwälzen.«

»Ich wollte Ihnen alles erklären«, sagte sie leise. »Aber Sie wollten nichts hören.«

»Ich war verärgert.«

»Sie haben mir nicht vertraut.«

»Ich dachte, ich hätte dir zu sehr vertraut.«

Sie begann zu begreifen, wie ihm zumute war, als er sich von ihr verraten glaubte. Trotzdem hatte Colin sie nicht reden lassen, als sie ihm bei Mr. Patterson ein Alibi verschaffen wollte. Er hatte den Inspektor getadelt, ihr zu unterstellen, sie könne nachweisen, wo er sich nachts aufgehalten habe. Und Mercedes vermutete, er hätte an diesem Nachmittag ähnlich gehandelt, wenn er geahnt hätte, dass sie sich als seine Geliebte zu erkennen geben würde.

»Erzähle mir etwas von Ashbrook und Deakins«, verlangte Colin.

»Ich erfuhr erst, wer die beiden sind, als Mr. Gordon den Zusatz zum Testament verlas. Ich forderte Ihre Anwesenheit, die Ihres Rechtsanwalts und die von Mr. Patterson, sobald mir die Bedeutung klar wurde.«

»Du hättest nicht sagen müssen, dass du meine Geliebte bist.«

»Da bin ich anderer Meinung. Es hat Ihren Ruf wieder hergestellt, stimmt's?«

»Und deinen Ruf ruiniert.«

Sie zuckte die Achseln.

»Warum hast du das getan, Mercedes?«

Sie ließ seine Frage unbeantwortet und stellte ihrerseits

eine Frage. »Was Sie vorhin sagten ... Haben Sie das ernst gemeint?«

Er hatte vorhin eine Menge gesagt. Doch Colin wusste, worauf sie hinauswollte.

Mercedes hatte wenig Geduld. »Haben Sie es nur gesagt, weil Sie dachten, ich wollte es hören?«

»*Wolltest* du es hören?«

»Ich ...« Ihre Stimme verlor sich.

Colin wollte sie nicht länger quälen. »Ich sagte, ich liebe dich, weil es die Wahrheit ist.«

Sie nickte bedächtig und schwieg.

»Woran denkst du?«

Mercedes wagte nicht, ihm direkt in die Augen zu sehen. »Ich denke, es gibt einen besseren Zeitvertreib als zu reden.«

Kapitel 12

Kurz nach Tagesanbruch wurden sie befreit. Mr. Hennepin entdeckte die beiden auf seinem Weg zu den Stallungen. »Wie zwei Turteltäubchen«, erzählte er seiner Frau später. »Die beiden hockten Arm in Arm oben auf dem Dach. Ihr Kopf lag an seiner Schulter. Ich glaube, sie haben nicht einmal miteinander geredet.«

Mrs. Hennepin hatte ihren Mann nachsichtig angelächelt. »Und was sagten sie, was sie da oben tun?«

»Sterne gucken.«

Zwei Stunden später summte Mrs. Hennepin vergnügt vor sich hin, während sie die heißen Schüsseln auf die Anrichte stellte.

Colin und Mercedes waren die ersten im Frühstückszimmer. Beide bemerkten die verstohlenen Blicke der Haushälterin in ihre Richtung und das wissende Lächeln in ihrem breiten, gütigen Gesicht. Als Mrs. Hennepin ging, sahen die beiden sich über die Länge des Tisches in die Augen und Mercedes' zufriedenes Lächeln spiegelte sich im Lächeln ihres Gegenübers.

Die Zwillinge drängelten sich schubsend ins Zimmer, ehe sie die Erwachsenen bemerkten. Sogleich verwandelten sich die beiden in Musterknaben und schritten gemessen und mit ernsten Mienen zu ihren Stühlen.

Während Britton Platz nahm, flog sein Blick zwischen Colin und Mercedes hin und her. »Wollt ihr uns euer Geheimnis nicht verraten? Es ist unfair, uns auszuschließen.«

»Nein«, antwortete Colin. »Wir verraten euch nichts.«

Brendan stellte fest, dass sich das Lächeln seiner Cousine vertiefte. Er suchte den Blick des Bruders, nickte flüchtig in Mercedes' Richtung und teilte ihm wortlos seine Gedanken mit. Die Tatsache, dass die stumme Verständigung von Mercedes nicht bemerkt wurde, der solche Heimlichkeiten normalerweise nicht entgingen, bestätigte den Verdacht der Zwillinge, dass etwas im Busch war.

Kurz darauf betraten die Schwestern verschlafen den Frühstücksraum und konnten nur mühsam ein Gähnen unterdrücken. Bald fiel auch den Mädchen auf, dass zwischen dem Kopfende und dem Fußende des Tisches etwas Ungewöhnliches vor sich ging. Chloe und Sylvia senkten die Köpfe, um ihr zufriedenes Lächeln zu verbergen, und verständigten sich unter dem Tisch mit Knüffen, die sich nur wenig von den Fußtritten zwischen Britton und Brendan unterschieden.

Mercedes glättete die Serviette auf dem Schoß. »Ihr scheint heute Morgen etwas unruhig zu sein«, sagte sie in die Runde. »Habt ihr schlecht geschlafen?«

Ihre Bemerkung wurde verblüfft aufgenommen, nur Colin blieb gelassen und musterte die vier der Reihe nach scharf. Alle hörten auf, auf den Stühlen herumzurutschen und einander verstohlene Blicke zuzuwerfen.

Colin lehnte sich bequem zurück, hielt den Kopf seitlich geneigt und sah Mercedes an, die seinen Blick erwiderte.

»Vielleicht sind sie alle schuldig«, sagte sie.

»Der Gedanke kam mir auch.«

Das Quartett reagierte betroffen. »Schuldig? Warum?«, wollte Sylvia wissen. »Ich habe mir nichts zuschulden kommen lassen«, verteidigte Chloe sich. »Wenn ich ungehorsam war, tut es mir leid«, versicherte Britton beflissen. Brendan verzog das Gesicht. »Die anderen haben alles gesagt, was ich auch sagen wollte«, meinte er schmollend.

Mercedes, von den allgemeinen Unschuldsbeteuerungen nicht überzeugt, neigte zu der Annahme, dass alle vier an dem Streich beteiligt waren. »Was denken Sie, Captain Thorne?«

»Die Bande hält felsenfest zusammen. Vielleicht müssen wir zur Folter greifen.«

Chloe richtete sich kerzengerade auf. »Folter! Was meint er mit Folter?«, brauste sie auf.

Sylvia bedachte die Zwillinge mit einem strengen Blick. »Was habt ihr ausgefressen?«

»Wir? Vielleicht meint er euch«, antwortete Britton.

»Genau«, pflichtete Brendan ihm bei. »Er meint sicher euch.«

Colin klopfte mit dem Silberlöffel gegen sein Saftglas, um sich Gehör zu verschaffen. »Mercedes und ich wurden letzte Nacht im Nordturm eingesperrt«, erklärte er. »Dieser Streich wurde mir zum zweiten Mal gespielt. Ihr werdet verstehen, dass ich euren Beteuerungen Zweifel entgegenbringe.«

Vier entgeisterte Augenpaare wandten sich dem Captain zu.

»Sie sind unschuldig«, verkündete Colin.

Mercedes schmunzelte. »Und was ist mit Folter?«

»Dazu sehe ich keine Veranlassung.«

Nun wandten sich die verwirrten Blicke Mercedes zu. »Na gut, wenn Sie meinen«, sagte sie.

Ein kollektiver Stoßseufzer der Erleichterung war die Antwort.

»Aber ich bin längst nicht von ihrer Unschuld überzeugt«, setzte sie hinzu und bedachte alle der Reihe nach mit einem strengen Blick. »Ich kenne euch besser als der Captain.« Mercedes stellte enttäuscht fest, dass keiner der Beschuldigten darauf sonderlich schuldbewusst dreinschaute.

Erst Stunden später hatte Mercedes Gelegenheit, mit Colin allein zu sprechen. Den Vormittag hatte sie mit Chloe verbracht, um mit ihr die veränderten Hochzeitspläne zu besprechen. Die angemessene Trauerzeit musste eingehalten werden, obwohl alle im Herzen anders fühlten. Mit Sylvia aß sie zu Mittag, deren Verschlossenheit ihr seit Wochen aufgefallen war. Es bedurfte keiner großen Beobachtungsgabe, um den Schluss zu ziehen, dass das junge Mädchen sich vor Sehnsucht nach Aubrey Jones verzehrte. Mercedes hütete sich, Sylvia darauf aufmerksam zu machen, dass Aubrey ein Fremder sei und keine Wurzeln in England habe. Sie hörte ihr nur zu, ohne ein Urteil abzugeben, dennoch wirkte Sylvia nach der Unterredung ermutigt und etwas fröhlicher. Am Nachmittag unterrichtete Mercedes die Zwillinge in Mathematik und Geografie. Später prüfte sie die Geschäftsbücher und sprach mit einigen Pächtern. Auf dem Rückweg vom Dorf sah sie Colin, der mit einer Angelrute über die Wiese dem Wald zustrebte. Sie bog vom Weg ab und folgte ihm.

Als sie das Bachufer erreichte, stand Colin mit bloßen Füßen im Wasser, die Hose bis zu den Knien hochgekrempelt. Er schwang die Angelrute wie eine Peitsche über dem Kopf und warf die Schnur weit aus. Das plätschernde Wasser spritzte seine Hose nass. Gehrock, Stiefel und Strümpfe hatte er am Ufer abgelegt, trug aber noch die Weste über dem weißen Hemd. Der von Silberfäden durchwirkte blaugraue Stoff glitzerte im Sonnenlicht beinahe wie das Wasser im Bach.

Sein Haar schimmerte wie ein goldener Helm. Colin blinzelte gegen die grellen Sonnenreflexe auf den Wellen an, während er die Angelschnur im Auge behielt. Aus einem für Mercedes unerfindlichen Grund umspielte ein Lächeln seine Mundwinkel.

Als sie seinen Namen rief, drehte er sich um. Sein Lächeln vertiefte sich. »Ich habe an dich gedacht«, sagte er.

Ihr wurde warm ums Herz. Sie setzte sich ans Ufer, zog Schuhe und Strümpfe aus und hielt die Füße ins Wasser. »Verrätst du mir deine Gedanken?«, fragte sie nach einer Weile.

»Nein«, antwortete er und warf die Schnur erneut aus. »Die behalte ich lieber für mich.«

Sein Geheimnis störte sie wenig. Mercedes lehnte sich

zurück und stützte sich auf die Ellbogen. »Hast du etwas dagegen, mit mir über die Kinder zu sprechen?«

»Ich denke nicht, dass sie uns eingeschlossen haben, Mercedes.«

»Ich weiß nicht, was ich denken soll. Ich war den ganzen Tag mit ihnen zusammen. Sie sind nicht wie du, Colin. Keines der vier kann lange ein Geheimnis bewahren.«

»Und es ist dir nicht gelungen, ihnen die Wahrheit zu entlocken?«

»Das war nicht der eigentliche Grund, warum ich mit ihnen zusammen war, aber ich glaube, irgendwann wäre einem der vier ein Wort entschlüpft.« Sie schüttelte den Kopf, immer noch verwundert über das einmütige Schweigen der Kinder. »Nichts. Kein Wort. Ich fürchte, ich muss dir Recht geben.«

»Das ist wahrhaftig ein Grund, sich zu fürchten«, entgegnete er trocken.

»Du weißt, wie ich es meine.«

Colin holte die Angelschnur ein und watete ans Ufer. Dann legte er die Rute ins Gras und setzte sich neben Mercedes, die entspannt im Gras ruhte und den schönen Sommertag genoss. Er beugte sich vor und küsste sie.

Ihre Lippen waren warm und feucht. Sie kam seinem Kuss in süßer Hingabe entgegen. Lippen und Zungen erkundeten einander bedächtig. Ihre Zunge glitt an der Innenseite seiner Oberlippe entlang, ehe sie seinen Mundwinkel küsste.

Colin legte ihr die Hand an den Busen und konnte unter dem Stoff spüren, wie ihr Fleisch schwoll. Sie bog sich ihm entgegen, ihre Brust schmiegte sich in die Wölbung seiner Hand. Sein Mund berührte sie knapp unter dem Ohr. Sie bot ihm den Schwung ihres schlanken Halses. Er küsste die Kontur ihres Kiefers, den Pulsschlag an ihrem Hals.

Der Duft des feuchten Grases mischte sich mit dem Duft ihres Haars. Sie ließ sich endgültig ins Gras sinken und schlang die Arme um seinen Hals.

»Ich dachte, heute Nacht wäre dir danach zumute gewesen«, raunte er an ihrem Mund.

Sie lächelte selig. »Ich weiß.« In ihren Augen blitzte der Schalk. »Du aber wolltest lieber die Sterne betrachten.«

»Der Mond war zu hell.«

»Wir hatten einen herrlichen Blick.«

»Wir saßen auf dem Dach.«

»Es war wie auf dem Ausguck eines Schiffs.«

»Ein Ausguck hängt nicht im Fünfundvierzig-Grad-Winkel, es sei denn bei Windstärke zwölf.«

»Es war wunderschön.«

»*Du* warst wunderschön.«

Mercedes spürte, wie ihr die Hitze in die Wangen stieg. Sie umfing seinen Mund, der sich auf ihre Lippen legte. Es war ein langer Kuss, ohne Hast, aber nicht ohne Hunger. Schließlich war Colin es, der sich von ihr löste und sich aufsetzte. Mercedes blieb liegen und wartete, bis ihr Atem sich beruhigte, dann streichelte sie ihm den Rücken.

»Kommst du heute Nacht in mein Zimmer?«, fragte er.

Sie nickte. »Natürlich.«

»Weil du weißt, das ich dich bei mir haben will, oder weil du bei mir sein willst?« Mercedes' Hand auf seinem Rücken verharrte. Sie hob den Kopf und horchte auf ein Geräusch im Gestrüpp. Auch Colin hörte es. Er zog Mercedes hoch, half ihr, die Röcke glatt zu streichen, und zupfte ein paar Grashalme aus ihrem Haar. Er nahm die Angel auf und warf die Schnur wieder aus. Als Brendan auf die Lichtung stürmte, bot das Paar einen unschuldig sittsamen Eindruck.

Es dauerte nur eine Sekunde, ehe Mercedes feststellte, dass Brendan allein war. »Wo ist dein Bruder?«, fragte sie und ging ihm ein paar Schritte entgegen. »Was ist passiert?«

»Britton geht es gut.« Er blieb in einiger Entfernung stehen. »Ich komme, um dich zu warnen.«

Colin drehte sich um. »Mich warnen? Weswegen?«

Brendan schüttelte den Kopf und schnappte nach Luft. Sein kleines Gesicht war vor Anstrengung rot erhitzt. »Nicht Sie. Mercedes. Severn ist mit dem Inspektor gekommen. Die beiden suchen nach Mercedes.«

Mercedes reagierte erleichtert. »Es ist gewiss nichts Schlimmes«, sagte sie. »Vermutlich will Mr. Patterson noch ein paar Fragen stellen. Und Severn ist schließlich ein Verwandter. Es ist nichts Ungewöhnliches, wenn er uns einen Besuch abstattet.« Auf Colins und Brendans skeptischen Blick fügte sie beschwichtigend hinzu: »Das heißt nicht, dass er mir sonderlich willkommen ist.«

Colin wandte sich wieder an Brendan. Der Junge schien von Mercedes' Sorglosigkeit nicht beschwichtigt zu sein. »Was noch, Brendan?«

»Ich weiß nicht, Sir. Irgendetwas stimmt nicht. Severn ist ... na ja, wie Severn eben ist. Nur schlimmer. Und Mr. Patterson geht ständig auf und ab. Er macht sich wegen irgendetwas Sorgen.«

»Haben sie dich geschickt, um uns zu holen?«

»Nein. Severn hat Mr. Hennepin losgeschickt, um Mercedes zu suchen. Er ist ins Dorf gegangen, weil er nicht weiß, dass sie mit Ihnen zusammen ist.«

»Das gefällt mir nicht«, meinte Colin. »Ich möchte mit Mr. Patterson sprechen, bevor du ins Haus zurückkehrst.«

»Das ist doch lächerlich.« Mercedes wischte seinen Vorschlag ungeduldig beiseite. »Es geht um den Letzten Willen meines Onkels, weiter nichts. Vermutlich ist Mr. Patterson gekommen, um uns wissen zu lassen, dass du nicht länger unter Verdacht stehst.«

Davon war Colin keineswegs überzeugt. »Mir wäre lieber, du wartest hier.«

»Das ist doch unsinnig«, widersprach sie. »Schließlich ist er nicht hinter mir her.«

Mercedes hatte nicht bedacht, wie schnell sich das ändern konnte. Als sie Severn und Patterson in der Bibliothek begrüßte und den Herren Erfrischungen anbot, konnte sie nicht ahnen, was folgen würde.

Sie erbleichte, als sie die gegen sie vorgebrachte Beschuldigung hörte. Ihr Mund war ausgetrocknet, sie konnte nicht antworten.

Colin stand mit ausdrucksloser Miene vor dem Kamin. Er beobachtete Mr. Patterson. Der Inspektor glaubte tatsächlich, was er sagte, was wiederum für Severns Überzeugungskunst sprach. Severn selbst schwieg. Er ließ das Gesetz für sich sprechen und blickte Mercedes und Colin ohne Scheu direkt ins Gesicht.

Colin wartete, bis Mr. Patterson zu Ende gesprochen hatte. Brendan hatte Recht gehabt. Der Inspektor war sehr beunruhigt. Kein Wunder, dachte Colin, es geschah ja nicht jeden Tag, dass er ein Mitglied einer der ältesten Familien Englands des Mordes beschuldigte.

»Ihr ausführlicher Bericht hat nur einen Haken«, wandte Colin sich an Mr. Patterson. »Nichts von alledem entspricht der Wahrheit.« Er sah, wie Mercedes den Kopf hob, was die Hilflosigkeit und das Schuldbewusstsein in ihren Augen freilich nicht minderte. Nur Colin wusste, dass ihr schlechtes Gewissen sich auf ihre Lügengeschichte bezog, die sie ihm in der Turmkammer erzählt hatte, und ihr Bedauern auf die Tatsache, dass sie belauscht worden war. »Ja, Mercedes hat all das erzählt, was Severn Ihnen hinterbracht hat. Doch er blieb nicht lange genug, um sich anzuhören, dass sie mir eine Lügengeschichte aufgetischt hat, nur um mich zu ärgern.«

»Warum sollte sie so etwas tun?«

»Sie war wütend auf mich, weil ich wütend auf sie war. Wie warfen uns Dinge an den Kopf, die wir nicht so meinten. Der Mord an Graf Weybourne hat uns alle durcheinander gebracht und zu wilden Spekulationen hinreißen lassen.«

Patterson rieb sich nachdenklich das Kinn. »Sie machen auf mich nicht den Eindruck, ein Mann zu sein, der spricht, ehe er denkt.«

Colin zuckte die Achseln. »Ich bin eben nicht daran gewöhnt, mit den unlogischen Denkweisen einer Frau umzugehen.« Einen Moment lang glaubte er, Mercedes würde aufspringen und ihm an die Kehle gehen. Im Stillen zollte er ihr Anerkennung für die Selbstbeherrschung, zu der sie sich zwang. Sie blieb sitzen und schwieg. »Sie haben gewiss Erfahrung in diesen Dingen, nehme ich an.«

Der Inspektor nickte. »Ich bin seit einundzwanzig Jahren verheiratet.«

»Genauso lange, wie ich zur See fahre. Deshalb verhalte ich mich Damen gegenüber etwas ungeschickt und scheine es immer wieder zu schaffen, eine Frau so wütend zu machen, dass sie allen möglichen Unsinn erzählt, nur um mich ins Unrecht zu setzen.« Sein Blick glitt zu Severn. »Ich frage mich, was Sie zu dieser nächtlichen Stunde nach Weybourne Park führte und aus welchem Grund Sie glauben, sich im ganzen Haus frei bewegen zu können. Im Übrigen sind Sie es, der sich von diesen absurden Anschuldigungen einen Gewinn verspricht.« Er wandte sich wieder an Patterson. »Ich nehme an, Sie haben diese Erwägungen in Betracht gezogen. Severn wird den Titel erben und sich den Besitz aneignen, falls der Letzte Wille des Grafen sich als Fälschung erweist.«

»Ja, das habe ich in Betracht gezogen. Sonst wäre ich bereits heute Morgen gekommen. Ich habe den Vormittag in London verbracht, um mit Ashbrook und Deakins zu sprechen. Was den Besuch Seiner Lordschaft von gestern Abend angeht, so erklärte er mir, die Sorge um die Familie habe ihn zu einem nochmaligen Besuch veranlasst. Er wollte seine Unterstützung anbieten.«

Nun meldete Mercedes sich zu Wort. »Dieses Angebot machte er bereits gestern Nachmittag, das ich dankend ablehnte.«

»Ich dachte, du wolltest nur höflich sein«, entgegnete Severn aalglatt. »In deiner Bescheidenheit willst du niemand zur Last fallen. Und du weißt natürlich auch, dass ich seit jeher freien Zugang zum Haus habe.«

Mercedes spürte Colins fragenden Blick auf sich. Sie nickte. »Er hat einen Schlüssel zu einem der Seiteneingänge. Severn brachte meinen Onkel häufig nach Hause.«

»Der Graf war meist zu betrunken, um die vordere Treppe zu nehmen«, erklärte Severn. »Wenn er den Seiteneingang benutzte, verursachte er weniger Lärm.« Kühl fuhr er fort: »Selbstverständlich hatte ich die Absicht, mich anzumelden. Als ich jedoch den Nordflügel erreichte, war Mercedes verschwunden. Auch Captain Thornes Zimmer war leer. In den unteren Räumen hielt sich ebenfalls niemand auf. Ich weiß selbst nicht, warum ich an den Nordturm dachte. Ein dummer Zufall. Du musst mir glauben, Mercedes. Ich wollte gewiss nicht hören, was ich erfuhr. Doch welche Wahl blieb mir?

Ich sah mich gezwungen, dich einzuschließen, um Mr. Patterson verständigen zu können. Er war nicht bereit, sogleich Schritte zu unternehmen, und wollte zunächst weitere Nachforschungen anstellen. Ich aber wäre dem Grafen ein schlechter Freund, wenn ich seine Mörderin ungestraft laufen ließe.«

»Du warst in deinem Leben keines Menschen Freund«, entgegnete Mercedes und wandte sich an den Inspektor. »Sie sprachen mit Ashbrook und Deakins, sagten Sie. Wenn das der Fall ist, sollten Sie wissen, dass alles, was Severn belauscht hat, reine Erfindung war. Ich bin diesen Herren niemals begegnet. Ganz zu schweigen davon, dass ich ihnen mit Severn einen Besuch abgestattet habe, auch wenn er das Gegenteil behauptet.«

»Waren Sie nicht im Tattersall?«, fragte Patterson.

»Ja. Aber ich habe die Kutsche nicht verlassen. Severn entdeckte mich und setzte sich zu mir in den Wagen. Wir fuhren …«

»Sie fuhren also in seiner Begleitung.«

»Ja, aber …«

Der Inspektor hob die Hand und schüttelte den Kopf. »Es reicht, Miss Leyden. Ich habe tatsächlich mit Mr. Ashbrook und Mr. Deakins gesprochen. Beide Herren sind bereit auszusagen, von Ihnen bezahlt worden zu sein, um das fragliche Dokument gegenzuzeichnen. Sie beschrieben Ihre Kutsche und beide erinnern sich, dass Sie erwähnt haben, jemand warte im Wagen auf Sie. Mr. Deakins sagte weiterhin aus, er habe Lord Severn am Kutschenfenster gesehen und gab mir eine genaue Personenbeschreibung.«

»Er lügt«, entgegnete Mercedes empört.

Colin trat neben sie und legte ihr beschwichtigend die Hand auf die Schulter. Mercedes zwang sich zur Ruhe. »Severn hat die beiden bestochen«, sagte Colin.

»Dafür fehlt jeder Beweis«, entgegnete Patterson. »Aber es existiert ein anderer Beweis und zwar ein von Ihnen ausgestellter Wechsel auf Ihre Bank in London über zweitausend Pfund Sterling. Begünstigt sind Ashbrook und Deakins, was der Aussage der beiden Herren erhebliches Gewicht verleiht.«

»Mr. Gordon haben die Herren allerdings eine andere Geschichte erzählt«, erinnerte Colin den Inspektor.

»Sie wiederholten bei Mr. Gordon die Aussage, die Miss Leyden ihnen vorgegeben hat. Beide Herren sagten aus, dem Grafen von Weybourne niemals begegnet zu sein. Aber seine Nichte konnten sie genau beschreiben.« Der Inspektor holte tief Luft und zupfte an einer seiner buschigen Augenbrauen. Die ganze Angelegenheit war ihm sichtlich unangenehm. »Mit Ihrer Erlaubnis möchte ich gerne Ihr Zimmer durchsuchen, Miss Leyden.«

Mercedes zog die Brauen hoch. »Mein Zimmer durchsuchen? Aus welchem Grund?«

Colin antwortete statt des Inspektors. »Er sucht die Tatwaffe. Die vorgelegten Beweise lassen auf Betrug und arglistige Täuschung schließen. Was den Mord betrifft, so hat Mr. Patterson nur Severns Aussage, der angeblich gehört hat, dass Sie mir den Mord gestanden haben.«

»Ja, ich *habe* das alles gesagt«, antwortete sie. »Aber es war gelogen.«

»Mercedes«, wies Colin sie scharf zurecht. Sie legte sich die Schlinge selbst um den Hals. »Sagen Sie bitte nichts mehr.« Er wandte sich an Patterson. »Nein, Sie bekommen keine Erlaubnis.«

»Die Anklagepunkte sind schwerwiegend genug, um eine Durchsuchung ohne die Erlaubnis von Miss Leyden durchzuführen«, beharrte Mr. Patterson.

»Wie Sie wünschen. Die Durchsuchung geschieht jedoch ohne Einverständnis der Beschuldigten.«

»So sei es.« Der Inspektor erhob sich.

»Ich begleite Sie«, sagte Colin.

»Wie Sie wünschen. Lord Severn?«

Marcus Severn schüttelte den Kopf. »Ich bleibe bei Mercedes.«

»Lieber schmore ich in der Hölle, als das zuzulassen.« Sie stand auf und ging zur Tür. »Ich bin bei meinen Cousins im Salon.« Ohne abzuwarten, ob Mr. Patterson damit einverstanden war, rauschte sie aus dem Zimmer.

Colin verbarg seine Bewunderung für ihr mutiges Auftreten nicht, als er dem Inspektor die Tür aufhielt. »Wollen wir?«

Die Durchsuchung verlief mit einer Sorgfalt, der Colin unter anderen Umständen Anerkennung gezollt hätte. Der Inspektor hob die Matratze hoch, öffnete sämtliche Schubladen und schaute unter dem Bett nach. Er klopfte jedes einzelne von Mercedes' Kleidern im Schrank ab und ging in die Hocke, um tief in die untere Ablage zu greifen. Colin wusste genau, wann die Sache ernst wurde. Der Inspektor furchte die Stirn. Seine ohnehin dünnen Lippen wurden zu einem schmalen Strich. Nur seine Augen ließen darauf schließen, dass ihm die Entdeckung unangenehm war.

»Was ist?«, fragte Colin und trat näher.

Mr. Patterson kauerte auf den Fersen. Im Arm hielt er ein Kleiderbündel. Hosen. Halstuch. Hemd und Gehrock. Stiefel. Kurzum: Männerkleidung. Der Inspektor stand auf und breitete den Gehrock aus, teils um ihn zu zeigen, teils um ihn mit Colins Kleidergröße zu vergleichen. Es war unschwer festzustellen, dass die Jacke dem Captain nicht passte. »Die Sachen des Grafen«, knurrte Patterson. Der Inspektor untersuchte die einzelnen Kleidungsstücke und faltete sie sorgsam, bevor er die Stiefel hochhob. Einer war erheblich leichter als der andere. Er ließ den leichten fallen und griff in den schweren. Die Besorgnis in seinen Augen war echt, als er eine Pistole herauszog.

Colin starrte auf die Waffe. »Ist sie geladen?«

Der Inspektor untersuchte die Pistole. »Ja.«

»Dann wurde sie nicht abgefeuert.«

»Jedenfalls nicht, seit sie zum letzten Mal geladen wurde. Das wird Miss Leyden nicht viel helfen.«

»Sie glauben doch nicht wirklich, dass sie ihren Onkel ermordet hat?«

»Was ich glaube, tut nichts zur Sache. Meine Aufgabe besteht nur darin, Beweise zu sammeln. Richter und Geschworene besorgen den Rest.«

»Dafür gibt es eine Erklärung.«

Mr. Patterson nickte. »Ich sollte das nicht sagen, Captain Thorne, aber ich habe Miss Leydens Vater bewundert.

Manchmal ertappe ich mich bei dem Gedanken, dass Sie ihm in mancher Hinsicht ähneln. Seine Tochter steckt bis zum Hals in Schwierigkeiten. Sie aber stehen ebenfalls unter Verdacht. Sie haben den Wechsel unterzeichnet, mit dem die Testamentsfälschung ermöglicht wurde, und Sie haben sich Miss Leydens Geständnis angehört, ohne es der Polizei zu melden.«

Colin wiederholte nicht noch einmal, dass dieses Geständnis eine Lüge war. Der Lauf der Dinge ließ nicht länger zu, dass seiner Aussage Glauben geschenkt wurde.

»Ihre beiden Alibis sind anzuzweifeln, da offenbar einer den anderen schützen will. Um zu verhindern, dass Sie gezwungen werden, gegen sie auszusagen – oder umgekehrt –, gibt es nur einen Ausweg.« Mr. Patterson nahm das Kleiderbündel, Stiefel und Waffe an sich und trug sie aus dem Zimmer. »Vielleicht sollten Sie darüber nachdenken«, sagte er im Gehen. »Nur darüber nachdenken.«

Mercedes wurde im Beisein Colins und ihrer Familie offiziell beschuldigt und verhaftet. Chloe und Sylvia weinten stumm vor sich hin. Die Zwillinge stürzten sich auf Mr. Patterson und schlugen auf den unglücklichen Mann ein, bis Colin sie wegzerrte und Mercedes sie ausschalt. Sie durfte einen Koffer mit einigen persönlichen Dingen und Kleidern zum Wechseln mitnehmen. Colin begleitete sie zur Kutsche des Inspektors. Severn bestieg sein Pferd.

»Schicken Sie ihn weg«, bat Colin den Inspektor. »Sie brauchen keine Hilfe, um Mercedes ins Gefängnis zu begleiten.«

Patterson nickte, ging zu Severn und sprach kurz mit ihm.

Marcus zuckte die Achseln. Das Lächeln, das er in Colins Richtung warf, ließ keinen Zweifel daran, dass nichts zwischen ihnen bereinigt war.

Colin schaute ihm nach, als er die Auffahrt entlangritt, dann beugte er sich in die Kutsche, um mit Mercedes zu sprechen. Ihr Gesicht war bleich und auch ihre Lippen hatten jede Farbe verloren. Er umfing ihre verschränkten Hände, die sich eiskalt anfühlten. »Ich lasse nicht zu, dass dir etwas angetan wird«, sagte er leise. Mercedes starrte blicklos vor sich hin. Er rüttelte sie leicht. »Sag, dass du mir glaubst.« Seine Stimme klang eindringlich.

Es wurde ihr bereits etwas angetan und Mercedes fragte sich, was er jetzt noch dagegen tun könnte. »Ich glaube dir«, antwortete sie, weil sie wusste, dass ihm diese Worte wichtig waren. In ihren Augen glitzerten Tränen. Sie wandte den Blick. »Ich habe es nicht getan«, sagte sie tonlos. »Sorge dafür, dass sie das wissen.«

Colin warf einen Blick zu der Gruppe, die sich auf den Steinstufen versammelt hatte. Die Zwillinge klammerten sich an Mrs. Hennepin fest, dennoch war schwer zu erkennen, wer wen stützte. Chloe und Sylvia standen dicht beieinander. Mr. Hennepin und Ben Fitch drehten ihre Hüte in den schwieligen Fingern. Die Hausmädchen rangen die Hände über ihren Schürzen. In allen Gesichtern waren Sorge, Zorn und Angst zu lesen. In keinem Gesicht stand eine Spur von Anklage.

»Sie wissen es«, sagte Colin und drückte Mercedes die Hand, als Mr. Patterson auf den Kutschbock kletterte. »Ich hole dich wieder raus, Mercedes.«

Sie nickte abwesend. »Ja. Tu das.«

»Glaube mir. Ich ...« Colin musste zurücktreten und den Wagenschlag schließen, als die Kutsche anfuhr. »Ich liebe dich.«

Er glaubte nicht, dass sie seine letzten Worte gehört hatte.

Das Gefängnis, in das Mercedes gebracht wurde, war ein düsterer Steinbau am Rande des Dorfes. Ihre beiden Mitgefangenen waren ein Taschendieb, der auf dem Jahrmarkt erwischt worden war, und ein Trunkenbold, der wegen Erregung öffentlichen Ärgernisses eingesperrt worden war. Der Trunkenbold wurde zum Taschendieb in eine Zelle gesteckt und die Zelle neben dem Büro des Inspektors für Mercedes freigemacht.

Mr. Patterson entschuldigte sich für den primitiven Zustand ihrer Unterkunft, an dem er freilich nichts ändern konnte. Der Geruch des Trunkenbolds hing auch noch in der Zelle, nachdem der Strohsack auf der schmalen Pritsche gewendet und das Nachtgeschirr geleert worden war. Frische Luft drang nur durch einen schmalen Schlitz in der nackten Steinmauer. Die Öffnung war zu hoch angebracht, um hinausschauen zu können, sie ließ aber einen dünnen Streifen Tageslicht einfallen.

Mr. Patterson überließ dem Gefangenenwärter das, was er nicht übers Herz brachte, nämlich die schwere Eichentür zu verriegeln. In einer Schublade seines Schreibtischs lag die Flasche Rum des Trunkenbolds, die der Inspektor nun hervorholte und zu leeren begann.

Die nächste Sitzung des Schwurgerichts sollte in drei Wochen stattfinden. Während Mercedes in ihrer Zelle saß und über ihre düstere Zukunft grübelte, ergriff Colin die Initiative.

Sein erster Weg führte ihn nach London, wo er sich mit seinem Rechtsberater traf, der ihm einen Anwalt nannte, der Mercedes vor dem Schwurgericht verteidigen sollte. Mr. Richard Roundstone hatte einen ausgezeichneten Ruf und Colin gefiel die bedächtige Art, mit der er sich den Bericht über Mercedes' Lage anhörte. Der Anwalt wollte sie am nächsten Tag im Gefängnis aufsuchen und sich umgehend auf den Prozess vorbereiten.

Colin nahm eine Mahlzeit und einen Krug Bier in dem Gasthaus am Hafen zu sich, dessen Besitzer Mr. Ashbrook war. Er beobachtete den Wirt bei seiner Tätigkeit, ohne sich zu erkennen zu geben. Colins Meinung nach wurde dem gesprochenen Wort meist zu viel Bedeutung beigemessen, er hingegen zog es vor, Menschen zu beobachten, um sich ein Bild zu machen. Bei Mr. Deakins war die Sache etwas schwieriger. Der Agent der Garnet Schifffahrtsgesellschaft war ein gutmütiger Typ, freundlich und geschwätzig, der sich ausführlich über Boston unterhalten wollte, als Colin zwei Passagen buchte. Auch diese Begegnung war aufschlussreich.

Colins Aktivitäten in London nahmen den ganzen Tag in Anspruch. Auf dem Rückweg machte er noch einen Abstecher nach Glen Eden. Es war bereits dunkel, als er das Dorf erreichte, wo er sich im Gasthaus einquartierte und erst am nächsten Morgen bei der Familie von Chloes Verlobtem vorsprach. Mr. Fredricks Tante empfing ihn in ihrem kleinen Cottage und unterhielt sich angeregt mit ihm, bis der Vikar von einem Krankenbesuch heimkehrte. Colin hatte keine Ahnung, wie Mr. Fredrick auf die neuen Ereignisse reagieren würde, die er ihm zu überbringen hatte, ebenso wenig auf die Bitte, die er an ihn herantragen wollte. Der junge Mann hatte jedes Recht, seinen Antrag noch einmal zu überdenken. Mercedes' Verhaftung war ein Skandal und schadete dem Ruf ihrer Familie, wovon der Vikar gleichfalls betroffen war.

Colin war sehr erleichtert, als Mr. Fredrick lediglich fragte, in welcher Weise er helfen könne.

Nach seiner Rückkehr in Weybourne Park besprach Colin seine Absichten mit der Familie. Alle hörten ihm in gespanntem Schweigen zu, um hinterher umso lauter und aufgeregter darüber zu reden, wobei kein Familienmitglied einen Einwand erhob.

Mercedes hatte freilich umso mehr Einwände vorzubringen.

»Wie kannst du es wagen«, sagte sie leise, unter dem schmalen Fensterschlitz ihrer Zelle stehend, das Gesicht zu der Öffnung erhoben, was ihr eine würdevolle Haltung verlieh. Ihre schützend vor der Brust verschränkten Arme waren der einzige Hinweis ihrer Verletzlichkeit. »Du hattest kein Recht, dies ohne mein Einverständnis zu tun.«

»Ich bitte dich jetzt um dein Einverständnis«, sagte Colin. Er wollte sich ihr nähern, doch als sie sich versteifte, setzte er sich stattdessen auf die schmale Pritsche. »Alle sind sich darin einig, dass es eine gute Lösung ist.«

»Ich freue mich, dass alle eine Meinung haben«, versetzte sie ätzend. »Verzeih, wenn ich denke, dass meine Meinung die Einzige ist, die zählt.«

Colin schwieg. Vom Gefängniswärter wusste er, dass Mr. Roundstone sie bereits aufgesucht und eine lange Unterredung mit Mercedes geführt hatte. Dennoch wirkte sie eher entmutigt als hoffnungsvoll. Colin ließ den Blick durch die Zelle schweifen. Auf einem Hocker stand eine angeschlagene Emailschüssel, über deren Rand ein nasser Lappen hing.

Auf dem schmutzigen Steinboden stand ein Krug Wasser. In eine Ecke war frisches Stroh gestreut, das Nachtgeschirr war unter die Pritsche geschoben worden. Abgesehen von dem schmalen Streifen Tageslicht, das durch die Maueröffnung fiel, war die Zelle ohne Licht. Die in die Wand eingeritzten Zeichnungen und Kritzeleien kündeten von der Langeweile und dem ohnmächtigen Zorn früherer Gefangener.

Colin hatte nicht bedacht, wie ihr zumute war, Besuch in dieser Umgebung zu empfangen. Ihn störte das alles nicht sonderlich, deshalb hatte er sich keine Gedanken gemacht, wie unangenehm und demütigend Mercedes die Situation empfand. Er wusste nur, dass sie sich geweigert hatte, Mrs. Hennepin zu sehen, die ihr einen Korb mit Essen bringen wollte. Colin hatte nicht verstanden, was hinter ihrer Weigerung stecken mochte. Nun begriff er.

Ihre Trauerkleidung passte zu ihrer Niedergeschlagenheit und der trostlosen Umgebung.

Mercedes wandte sich um und begegnete Colins Blick. Befangen senkte sie die Lider. »Marcus hat mich heute besucht«, sagte sie.

»Du schweifst vom Thema ab«, bemerkte Colin.

Nun sah sie ihn unvermittelt an. »Ja«, antwortete sie herausfordernd.

Colin lächelte dünn. »Gut. Erzähl mir von Severn. Du hast dich geweigert, ihn zu sehen, nehme ich an.«

»Ja. Severn machte ein schreckliches Theater, doch Mr. Patterson bat ihn, meinen Wunsch zu respektieren.« Sie zögerte. »Kannst du dir denken, was er wollte?«

»Nein.« Colin wartete. Sein Anliegen duldete keinen langen Aufschub, da es nicht viel anderes zu bereden gab.

»Warum?«, fragte sie schließlich. »Warum willst du es tun?«

»Ich dachte, das hätte ich dir erklärt.«

Sie machte eine wegwerfende Handbewegung. »Ich weiß, was du gesagt hast.«

»Aber du glaubst mir nicht.« Colin sah ein, dass er falsch vorgegangen war. Er hätte ihren Sinn fürs Praktische ansprechen müssen. »Ich verstehe deine Bedenken«, fuhr er nach einer Pause fort. »Wenn du mich nicht aus Liebe heiraten kannst, solltest du überlegen, was unsere Eheschließung für deine Zukunft bedeuten kann. Mr. Patterson war der Erste, der darauf hinwies, dass ich als dein Ehemann nicht gezwungen werden kann, gegen dich auszusagen. Das gibt dir einen gewissen Schutz. Du kannst dir doch denken, dass sich nach deiner Verhaftung einige Leute bei der Polizei melden werden.«

Ja, Mercedes hatte solche Überlegungen angestellt. »Du meinst vermutlich Molly. Und den Wirt vom Dorfgasthaus.«

Colin nickte. »Es wird eine Zeichnung von dir in der *Gazette* veröffentlicht. Wenn Molly und der Wirt dich erkennen, werden sie mit Sicherheit etwas zu sagen haben. Dein nächtlicher Besuch vor meinem verabredeten Duell mit dem Grafen gibt einigen Aufschluss über deinen Charakter. Und dein Verhalten in jener Nacht lässt Schlüsse auf deine Bereitschaft ...«

Mercedes hielt sich die Ohren zu. »Hör auf! Ich will nichts davon hören.«

Colin fuhr gnadenlos fort. »... auf deine Bereitschaft zu, Probleme mit Gewalt zu lösen. Wie werden die Richter und Geschworenen wohl solche Hinweise bewerten? Hast du Mr. Roundstone davon erzählt? Wenn bekannt wird, dass du die Absicht hattest, mich zu töten, wird man dich auch für fähig halten, deinen Onkel ermordet zu haben.«

Mercedes ließ die Arme sinken. »Willst du mir drohen?«, fragte sie und ballte die Fäuste. »Verbreitest du diese Geschichte, wenn ich mich weigere, dich zu heiraten?«

»Es ist keine Geschichte und ich drohe dir nicht. Wenn ich im Zeugenstand stehe und gefragt werde, muss ich die Wahrheit sagen.« Er legte eine Pause ein, um ihr Zeit zu geben, seine Worte zu verdauen. »Ich habe dir gesagt, warum ich dich heiraten will, Mercedes. Du aber willst eine andere Erklärung hören. Was fällt dir eigentlich schwerer zu glauben? Dass ich zur Liebe fähig bin? Oder dass ich dich liebe?«

Zum ersten Mal hörte sie Unsicherheit in seiner Stimme. Eine heiße Welle der Reue erfüllte ihr Herz, ihr Blick wurde weich. Ihre Hände lösten sich und sie trat einen Schritt auf ihn zu. »Ich habe gesehen, wie du mit meinen Cousins umgehst«, sagte sie. »Britton und Brendan folgen dir wie zwei junge Hunde und du warst nie ungeduldig mit ihnen. Chloe und Sylvia suchen deinen Rat und du nimmst dir Zeit für sie und hörst ihnen zu. Ich weiß nicht, wann die Kinder aufgehört haben, dich als Gast auf Weybourne Park zu behandeln und begannen, dich als Familienmitglied zu sehen, ich weiß nur, dass es so ist. Und ich glaube nicht, dass du eine bestimmte Absicht verfolgt hast. Ich denke, du hast in Weybourne ein Heim gefunden, weil du die Fähigkeit besitzt, andere zu lieben. Was aber deine Liebe zu mir betrifft«, fuhr Mercedes mit einem traurigen Lächeln fort, »so denke ich, du beurteilst deine Gefühle falsch.«

»Verstehe«, antwortete Colin. »Du hingegen weißt, wie es in meinem Herzen aussieht.«

Sie achtete nicht auf den Sarkasmus in seiner Stimme. »Du hast dich als großzügig und gütig und nachsichtig erwiesen und verwechselst ...«

»Diese Eigenschaften passen nicht zu mir«, fiel er ihr schneidend ins Wort, als empfinde er ihre Beschreibung seines Charakters als Beleidigung, und sprang erregt auf. »Großzügig? Es ist die Großzügigkeit eines selbstsüchtigen Mannes, der zu seinem eigenen Vergnügen gibt und sich am Vergnügen anderer erfreut. Gerade du solltest wissen, dass ich nicht gütig bin. Ein gütiger Mann würde dich nicht herausfordern und provozieren, nur um deine Augen blitzen zu sehen, wenn du in Rage gerätst. Und nachsichtig? Was haben deine Cousins, was hast du mir je angetan, weswegen ich Nachsicht üben sollte?«

»Ich habe versucht, mit dem Dolch auf dich loszugehen.«

»Du *bist* mit dem Dolch auf mich losgegangen«, korrigierte er sie. »Die Wunde ist verheilt.«

»Ich habe dir eine Schublade an den Kopf geworfen.«

»Der Kratzer ist auch verheilt.«

»Ich habe die Zwillinge dazu angestiftet, dich im Turmzimmer einzusperren.«

»Aha, du gibst es also endlich zu.« Er lächelte, als sie ihren Fehler erkannte und schuldbewusst von einem Fuß auf den anderen trat. »Einerlei. Du hast uns befreit.«

»Ich habe dir zweitausend Pfund gestohlen.«

»Ich habe dir einen Wechsel über diese Summe ausgestellt.«

»Ich habe wegen der Flasche gelogen.«

»Du wolltest mir nur helfen.«

»Du hast gesagt, ich lege dir die Schlinge um den Hals.«

»Und du hast mich eines Besseren belehrt und dir selbst die Schlinge um den Hals gelegt.« Er sah das Zittern, das ihre schlanke Gestalt durchlief. Als er sich ihr diesmal näherte, wich sie nicht zurück, und als er sie in die Arme schloss, schmiegte Mercedes sich an ihn, als suche ihr Körper Schutz und Geborgenheit bei ihm, was ihr Geist ihr verweigerte. »Lass es mich für dich tun, Mercedes, weil ich mein Leben mit dir teilen will.«

Der zärtliche Moment wurde jäh von zwei rauen Stimmen gestört. »HEIRATE IHN!«

Eine Sekunde dachte Colin, die Zwillinge würden wieder einmal heimlich lauschen, verwarf den Gedanken jedoch rasch wieder, da es sich um tiefe, krächzende Männerstimmen handelte und Britton und Brendan sich in Weybourne Park aufhielten. Mercedes war erschrocken zurückgewichen und Colin machte keine Anstalten, sie daran zu hindern.

»Was, zum Teufel, war das?«, knurrte er und blickte sich in der Zelle um. »Woher kam das?«

Das kratzende Geräusch von Stein auf Stein war zu hören. Dann rieselte Mörtel und Sand in Augenhöhe von der Wand zur Nachbarzelle. Colin trat näher und beugte sich vor, um durch ein Mauerloch zu äugen.

»Guten Tag.«

Colin war wenig erfreut über den Anblick eines blauen Auges, das so freundlich blitzte, dass es für zwei Augen gereicht hätte. »Sind Sie der Dieb oder der Trunkenbold?«, fragte er.

Das blaue Auge strahlte unvermindert heiter, Colin konnte sogar den Faltenkranz im äußeren Augenwinkel erkennen. »Der Dieb, fürchte ich. Der Trunkenbold ist zwar ausgenüchtert, aber kein sonderlich guter Unterhalter. Ich langweile mich.«

»Vielleicht sollten Sie versuchen, sich einen Gang nach draußen zu graben, um sich die Langeweile zu vertreiben«, schlug Colin vor.

»Das hab ich versucht, konnte aber keinen einzigen Stein lösen. Also hab ich es mit der Zwischenwand versucht.«

»Wie lange hören Sie schon zu?«

Das blaue Auge blickte unverwandt durch das Guckloch. »Schon den ganzen Vormittag. Hab alles gehört, was die Dame ihrem Rechtsanwalt erzählt hat. Sieht nicht gut für sie aus, wenn Sie meine Meinung hören wollen.«

»Will ich aber nicht.«

»Ich an Ihrer Stelle würde sie hier rausholen. Soweit ich mitgekriegt habe, sind Sie so etwas wie ein Schiffskapitän. Sie könnten sie heimlich befreien, bevor der Prozess beginnt. Machen Sie eine Weltreise mit ihr!«

»Keine schlechte Idee«, versetzte Colin, ohne zu erwähnen, dass er diese Überlegung längst angestellt hatte.

»Ich würde es jedenfalls tun.« Blau-Auge drückte sich näher an die Öffnung. »Würden Sie einen Schritt zur Seite treten?«, fragte er. »Ich möchte gern einen Blick auf die Dame werfen.«

»Ich denke nicht ...«

»Ist sie so hübsch wie ihre Stimme?«

Es waren die Jugend und Sehnsucht der körperlosen Stimme, die Colins Aufmerksamkeit weckten. Er warf Mercedes einen Blick über die Schulter zu. Ein verlegenes Lächeln umspielte ihre Lippen. »Noch hübscher«, antwortete Colin dem Zellennachbarn.

»Das habe ich befürchtet«, seufzte Blau-Auge.

Colin trat beiseite. Mercedes lächelte unsicher in die Richtung der Maueröffnung und hob die Hand zum zaghaften Gruß. Colin zählte bis drei, ehe er die Sicht wieder versperrte.

»Wunderschön«, hauchte Blau-Auge ehrfürchtig.

»Genau.«

»Ich an Ihrer Stelle wäre auch selbstsüchtig.«

Colin ging nicht darauf ein. »Wie viel können Sie hören, wenn das Loch verstopft ist?«

»Ein bisschen. Eigentlich ziemlich viel. Aber undeutlich.«

»Und wenn es offen ist?«

»So, als wäre ich bei Ihnen in der Zelle.«

»Das ist interessant.«

»Und könnte nützlich sein«, bot Blau-Auge ihm an.

Colin holte sein Taschentuch hervor. »Ich werd's mir merken.« Er begann das Loch mit dem Taschentuch zu verstopfen. Als Blau-Auge sich räusperte, hielt Colin inne.

»Nur noch eine Sache«, meinte der Dieb.

»Und die wäre?«

»Die Dame liebt Sie.«

»Hat sie Ihnen das erzählt?«

»Mehr oder weniger«, antwortete Blau-Auge schmunzelnd. »Sie hat darüber nachgedacht, seit sie hier eingeliefert wurde. Meist laut.«

Colin warf wieder einen Blick über die Schulter. Diesmal vermied Mercedes, ihn anzuschauen. »Sie führt also Selbstgespräche, wie?«

Das Auge des Diebs funkelte spitzbübisch. »Auf jeden Fall.«

»Vielen Dank.« Colin stopfte das Taschentuch nun endgültig in das Mauerloch.

»Stets zu Diensten«, war der letzte gedämpfte Satz des Nachbarn.

Colin lehnte sich gegen die Wand und richtete seinen dunklen Blick auf Mercedes. »Das war interessant.«

»Ich glaube, das sagtest du bereits«, erinnerte Mercedes ihn.

»Ja, zu dem Taschendieb. Jetzt sage ich es zu dir.« Sein Lächeln war kühl und etwas arrogant. »Du führst also Selbstgespräche? Das wusste ich nicht.«

»Siehst du, du weißt eben nichts von mir«, versetzte sie.

Als Colin wieder sprach, klang seine Stimme ernst, beinahe feierlich. »Ich weiß nur so viel: Du bist unvorhersehbar wie das Wetter und stark und eigensinnig wie die See. Du stellst dich schützend vor deine Familie, wie ein Segel sich vor den Wind stellt, und hältst tapfer den Kurs, den du dir vorgenommen hast. Und wenn ich dich in meinen Armen halte, schmiegst du dich an mich, wie ein Schiff sich in den Seegang schmiegt. Ich habe das Gefühl, dich mein ganzes Leben zu kennen.«

Mercedes stand stumm und reglos, tief berührt von dem Bild, das er sich von ihr gemacht hatte. »Ich liebe dich, das weißt du auch«, sagte sie leise.

»Dieses Gerücht habe ich schon von deinem Nachbarn gehört.« Er zog sie an sich, schloss sie in die Arme und legte seine Wange an ihren Scheitel. »Wie schön, es aus deinem Mund zu hören.« Er hielt sie lange in den Armen und spürte, wie sie sich entspannte. Dann legte er den Kopf in den Nacken und sah ihr ins Gesicht. »Mein Anwalt hat eine Sondergenehmigung beantragt und Mr. Fredrick wird die Trauung vornehmen. In drei Tagen können wir verheiratet sein. Mr. Patterson hat keine Einwände und deine Vettern und Basen sind von der Idee begeistert.«

»Du hast an alles gedacht.«

»Nicht an alles. Ich dachte nicht, dass du Nein sagen könntest.«

»Jetzt sage ich Ja.«

Colins Herz schlug wie ein Hammer gegen seinen Brustkorb, doch er gestattete sich nicht, seinen Triumph auszukosten. Es drängte ihn, weitere Punkte zu besprechen. »Ich habe mich noch um andere Dinge gekümmert, als ich gestern in London war, nicht nur um die Genehmigung und um einen Verteidiger für dich.«

»Ach ja?« Etwas in seiner Stimme warnte sie, dass sie das, was er vorbringen wollte, nicht gerne hören würde. »Sprich«, forderte sie ihn auf.

»Ich habe in Mr. Ashbrooks Gasthaus gegessen. Er ist fleißig und führt sein Geschäft mit strenger Hand. Das war deutlich zu sehen. Weniger auffällig ist, dass Mr. Ashbrook seine Getränke verwässert und seine Gäste mit dem Wechselgeld betrügt. Das Erstaunliche daran ist, dass niemand es zu bemerken schien. Ich kann mir vorstellen, dass dein Onkel mit ihm Geschäfte machte und dass Severn leichtes Spiel hatte, ihn zu bestechen.«

»Und Mr. Deakins? Ich nehme an, du hast auch ihn aufgesucht.«

»Ja, das habe ich. Ich buchte zwei Passagen nach Boston.« Er sah die Fragen und Einwände in ihren ausdrucksvollen Augen. »Sag jetzt nichts, Mercedes. Wir reisen, wenn es unvermeidlich ist. Ich hoffe, es wird nicht nötig sein.«

»Ich fürchte, ich muss erst lernen, Vertrauen in andere Menschen zu haben«, sagte Mercedes nach einer Weile.

»Das wäre ein guter Anfang.«

»Erzähl mir von Deakins.«

»Ein geschwätziger Kerl. Es interessierte ihn, dass ich eine Überfahrt nach Boston buchte. Die Garnet Linie hat ihren Sitz in Boston. Er erwähnte, dass er erst vor einer Woche einem Herrn eine Überfahrt nach Boston verkauft habe, und meinte, das sei ziemlich ungewöhnlich. Die meisten Londoner wollen nach New York, besonders die feinen Pinkel, wie er sich ausdrückte.«

»Denkst du, er sprach von meinem Onkel?«

»Könnte sein.« Colin zuckte die Schultern. »Vielleicht auch nicht.«

»Du denkst also, er war es nicht?«

Colin schüttelte den Kopf. »Nein. Wir alle vermuten, dass Weybourne die Absicht hatte, das Land zu verlassen. Aber warum Boston? Was könnte er dort wollen?«

»Und du vermutest, ich kenne die Antwort?«

»Möglicherweise. Denk nach, was er dir erzählt hat, Mercedes. Ist dir eine Bemerkung aufgefallen? Etwas, das dir ...« Er beendete den Satz nicht, als etwas in ihren Augen aufleuchtete wie eine Erkenntnis.

In ihrem Gesicht begann sich ein Lächeln auszubreiten, sehr langsam und beinahe ungläubig. »Er war hinter dir hier«, sagte sie.

»Hinter mir? Ich bin hier in England. Er hatte in Weybourne Park Gelegenheit, mir ...«

Sie schüttelte heftig den Kopf. »Nein, nein, darum geht es nicht.« Ihre Stimme wurde vor Aufregung lauter. Einmal sagte er mir …« Sie furchte die Stirn. »Warte, ich kann mich nicht an den genauen Wortlaut erinnern, aber es ging darum, was du getan hast … wie du die Wette gewonnen hast … du *konntest* sie nicht gewinnen, sagte er. Ich vermute, er wollte beweisen, dass du betrogen hast. Wo sonst könnte er den Beweis dafür erbringen als in Boston?«

»Das klingt plausibel.«

Mercedes setzte sich auf die Pritsche. »Leider nützt uns das nichts. Er ist tot. Die Kenntnis seiner Absichten nimmt den Verdacht nicht von mir und hilft uns nicht, seinen Mörder zu finden.«

Colin fuhr sich mit der Hand durchs Haar. »Vielleicht doch«, meinte er nachdenklich und blickte Mercedes in die Augen. »Wärst du bereit, Marcus Severn zu empfangen, wenn er dich das nächste Mal besucht?«

Ihre Lippen wurden schmal. »Ich habe Mr. Patterson gebeten, ihn abzuweisen. Ich möchte nicht, dass er mich noch einmal belästigt.«

»Das wird ihn nicht davon abhalten«, entgegnete Colin. »Nicht, wenn er erfährt, dass wir heiraten.«

Mercedes bezweifelte, dass Severn noch einmal auftauchen würde, und hatte keine klare Vorstellung, was Colin sich von Severns Besuch versprach. Auf ihre Frage, ob er Severn für den Mörder ihres Onkels halte, war seine Antwort ein glattes Nein.

Den Rest von Colins Besuch verbrachten die beiden damit, nebeneinander auf der Pritsche zu sitzen. Mercedes' Kopf lehnte an seiner Schulter und seine Hand war mit ihrer verschränkt. Der weite Rock ihres schwarzen Kleids bauschte sich wie eine Glocke um sie. Es schien beiden nicht wichtig zu sprechen.

Nun wünschte Mercedes, Colin um Rat gefragt zu haben. Der Inspektor hatte angekündigt, Marcus Severn wolle in einer Stunde vorsprechen, und ihre Unruhe stieg von Minute zu Minute. Nach außen wirkte sie wie versteinert, ihr Herz aber hämmerte wild und ihr Magen krampfte sich zusammen.

Seit Colin sich verabschiedet und sein Taschentuch aus der winzigen Öffnung entfernt hatte, machte der blauäugige Dieb mehrere Ansätze, ein Gespräch mit Mercedes anzuknüpfen, was sie mit ihrer Wortkargheit im Keim erstickte.

Nun, da Severns Besuch kurz bevorstand, näherte Mercedes ihren Mund der Maueröffnung. »Sind Sie da?«

Blau-Auge war zur Stelle. »Für Sie immer.«

»Haben Sie schon über den Galgen nachgedacht?«, fragte sie.

Blau-Auge blinzelte. »Sie kommen schnell zur Sache.«

»Haben Sie darüber nachgedacht?«

»Eigentlich nicht.«

»Weil Sie unschuldig sind?«

»Sie wissen, dass ich schuldig bin. Aber ich bin nicht in vollem Umfang schuldig.«

Sie spähte durch das Guckloch. Das blaue Auge blitzte in einem lächelnden Gesicht, das sie nicht sehen konnte. »Glauben Sie, man hängt Sie nicht?«

»Ich werde nicht gehängt. Aber nicht, weil man mich freisprechen wird.«

»Warum dann?«

»Weil ich die Absicht habe zu fliehen.«

Mehr hörte Mercedes nicht von ihrem Nachbarn. Ihre Aufmerksamkeit wandte sich zur Tür, als der Schlüssel umgedreht wurde. »Er ist da«, hauchte sie. Zum ersten Mal erhielt sie von Blau-Auge keine Antwort.

Kapitel 13

Marcus Severn trat ein und hob ein parfümiertes Taschentuch an die Nase gegen den Gestank, der immer noch in der Zelle hing. Als der Schlüssel sich wieder drehte, hielt er Mercedes das Tuch hin.

»Nein, danke«, lehnte sie höflich ab.

»Sag bloß, dich stört der Gestank nicht. Gütiger Himmel, Sadie, höchste Zeit, dich hier rauszuholen.«

»Ach? Siehst du denn eine Möglichkeit?«

»Ich war es schließlich, der dich hierher gebracht hat, stimmt's?« In seiner Stimme war keine Spur von Bedauern. »Hast du nicht genug?«

»Wieso sollte dich das interessieren? Deine Lügen haben mich ins Gefängnis gebracht.«

Er lächelte. »Ich glaube nicht, dass ich mich so ausgedrückt habe.«

Mercedes zuckte scheinbar gleichgültig die Schultern, während ihr ein kaltes Frösteln über den Rücken rieselte. Sie hatte sich in Severns Gegenwart immer unbehaglich gefühlt, doch diesmal sträubten sich ihr die Nackenhaare. »Bitte, setz dich«, sagte sie und wies auf die Pritsche.

»Stets höflich«, antwortete er amüsiert. »Selbst in dieser grässlichen Umgebung. Setzt du dich neben mich?«

Ihr Blick flog zur Pritsche. »Nein. Ich sitze den ganzen Tag.«

Severn blieb stehen.

Mercedes vergrößerte den Abstand zu ihm und versuchte, nicht den Eindruck zu erwecken, sich vor Abscheu von ihm zurückzuziehen. Sie trat an die schmale Maueröffnung unter den dünnen Streifen Sonnenlicht. »Ich bin erstaunt, dich hier zu sehen«, sagte sie. »Vor zwei Tagen habe ich meinen Wunsch Mr. Patterson gegenüber deutlich zum Ausdruck gebracht.«

»Und er hat ihn mir korrekt übermittelt. Dennoch bist du bereit, mich zu empfangen. Die Mühe hat sich also gelohnt.«

»Und wozu die Mühe?«

Severn ließ den Blick bedächtig durch die Zelle schweifen, ehe er sie wieder ansah. »Glaubst du denn, ich denke, du verdienst es, hier zu sein?« Er erwartete keine Antwort. »Genauso wenig glaube ich, dass du zu ihm gehörst. Denkst du tatsächlich, Thorne zu heiraten wäre eine Lösung? Ja, ich habe bereits davon gehört. Zunächst war ich skeptisch. Ich konnte nicht fassen, dass du dich auf diesen Unsinn einlassen würdest. Doch dann hörte ich die Geschichte von mehreren Seiten. Die ganze Grafschaft ist in Aufregung.« Seine Mundwinkel zogen sich zu einem dünnen Lächeln hoch, doch seine Augen und seine Stimme blieben kalt. »In noch größerer Aufregung als bei deiner Verhaftung.«

»Die Menschen finden eben Gefallen an Hochzeiten«, versetzte Mercedes gespielt liebenswürdig. »Die Tatsache, dass wir so kurz nach dem Tod des Grafen heiraten ...« Sie beendete den Satz nicht, weil Severn sie ansah, als wolle er sie erwürgen. Beim Gedanken, von ihm angefasst zu werden, versagte ihr die Stimme.

»Sprich weiter, Mercedes. Welchen Zweck verfolgst du damit?«

Sie furchte die Stirn. »Ich verstehe nicht, was du meinst. Ich heirate ihn, weil ich ihn liebe.«

»Ich glaube dir nicht.«

»Ich habe nicht die Absicht, dich zu überzeugen.«

Severn ging nicht auf ihre spitze Bemerkung ein. »Ich glaube eher, du denkst, damit deinen Hals aus der Schlinge zu ziehen. Hat er dir das versprochen?« Er hob die Hand, um sie am Sprechen zu hindern. »Leugne nicht. Ich weiß, dass es so ist. Er sagte dir, wenn ihr verheiratet seid, müsse er nicht gegen dich aussagen. Ich hoffe, du hast einen guten Rechtsbeistand, Mercedes, denn Thorne sagt dir nicht die ganze Wahrheit.«

»Es ist unwichtig. Nichts, was Colin sagt oder nicht sagt, ist von Bedeutung. Ich bin unschuldig und habe seinen Heiratsantrag nicht angenommen, weil ich seinen Schutz brauche.«

»Mein Gott, bist du naiv«, versetzte Severn herablassend und schüttelte den Kopf. »Es war richtig, dass ich gekommen bin, um dich vor dir selbst zu beschützen. Reicht es dir nicht, Mercedes? Du gehörst nicht hierher. Ist dir nicht klar, wie sehr es deinem Ruf schadet, im Gefängnis zu sitzen?«

»Du hast mich hierher gebracht«, antwortete sie leise.

»Und ich kann dich wieder rausholen.«

Mercedes schwieg. Sie wusste, dass Severns Preis für ihre Freiheit sehr hoch war.

»Heirate mich«, sagte er.

Mercedes stockte der Atem. Der Gedanke, an Marcus Severn gebunden zu sein, verursachte ihr Übelkeit. »Bisher wolltest du mich nur als deine Geliebte.«

»Ich weiß, was ich will.«

»Wenn ich zustimme, deine Frau zu werden ...«

»Dir bleibt gar keine andere Wahl.«

»Nimmst du deine Aussage zurück?«

»Ich sorge für deine Freilassung.«

»Wie stellst du dir das vor?«, fragte Mercedes fassungslos. »Dir glaubt doch niemand. Schon gar nicht, wenn wir verheiratet sind. In meinen Augen bist du jedenfalls völlig unglaubwürdig. Nichts, was du zu meinen Gunsten aussagst, könnte mir helfen.«

»Selbst wenn ich sage, ich habe immer gewusst, dass dein Geständnis dem Captain gegenüber eine erfundene Geschichte war?«

Mercedes hatte Mühe, gelassen zu erscheinen, obgleich ihr Pulsschlag raste. »Auch dann.«

»Ich habe es nur getan, um dir eine Lehre zu erteilen, Mercedes.« Severn hob die Hand, berührte ihre Wange mit den Fingerkuppen und lächelte nachsichtig. »Das hast du doch sicher geahnt. Erstaunt es dich wirklich, dass ich eifersüchtig bin? Ich bin es tatsächlich. Weybourne hat dich mir wie eine Karotte vor die Nase gehalten. Jahrelang. Und ich habe mich in Geduld geübt. Erst als Weybourne verschwand, wurde mein Werben um dich deutlicher. Ich dachte, du erweist dich dankbar für meinen Schutz. Stattdessen hast du mich zurückgewiesen und Thornes Antrag angenommen. Ist es ein Wunder, dass ich mich gezwungen sah, Maßnahmen zu ergreifen?«

Mercedes wich vor seiner Berührung zurück und presste den Rücken gegen die feuchte Mauer. »Ist das ein Grund, mich eines Mordes zu beschuldigen?« Sie vermochte ihr Entsetzen nicht länger zu verbergen.

»Du hast dich selbst beschuldigt, Mercedes.« Er trat einen Schritt näher. Die Angst in ihren Augen gefiel ihm, er genoss ihre Hilflosigkeit, wie sie an die Wand gepresst stand. Als er sie diesmal berührte, strich seine Hand über ihre Wange und ihren Hals, wanderte über Schulter und

Brust und legte sich schließlich um ihre Mitte. »Das weißt du genau. Ich bot dir nach der Testamentseröffnung meine Hilfe an, doch du hast sie abgelehnt. Ich kam zurück, weil mir klar wurde, welchen Einfluss Thorne auf dich ausübt. Du musst die Meinung eines Dritten hören, dem die Zukunft von Weybourne Park am Herzen liegt.«

»Bitte geh«, brachte sie tonlos über die Lippen. Seine Hand an ihrer Hüfte schien einen zentnerschweren Druck auszuüben. »Dein Besuch ist zwecklos. Ich sehe nicht, wie du mir helfen könntest. Nichts von dem, was du sagst, ändert etwas an meiner Lage.«

Severn rüttelte sie leicht. »Hör mir zu, ehe du ein Urteil fällst. Ich bin nach Weybourne Park zurückgekehrt, um dich zur Vernunft zu bringen. Dann fand ich dich mit Thorne im Turmzimmer in einem absurden Streitgespräch über den Tod des Grafen. Und er *glaubte* tatsächlich, dass du den Mord begangen hast. So etwas wäre mir nie in den Sinn gekommen, Mercedes. Nicht eine Sekunde. Wie kannst du einen Mann heiraten, der deine Unschuld in Frage stellt, und einen Mann zurückweisen, der nie an dir gezweifelt hat?«

»Du bist doch derjene, der andere von meiner Schuld überzeugt hat.«

»Ich sah mich dazu gezwungen«, antwortete er. »Was hätte ich sonst tun können, damit du mir gehörst?«

Mercedes entwand sich seinem Griff und flüchtete sich zur Pritsche. Am Fußende stehend, hoffte sie eine Schranke zwischen sich und ihn zu bringen. »Ich gehöre dir nicht«, widersprach sie. »Nichts von dem, was du mir erzählst, ändert etwas daran. Du hast dir große Mühe gegeben, deine Beschuldigungen gegen mich zu untermauern.«

Severn seufzte, blieb jedoch gelassen. »Du sprichst von Ashbrook und Deakins.«

»Zwei Namen, von denen ich wünschte, ich hätte sie nie gehört.«

»Mr. Patterson wäre sehr daran interessiert zu hören, dass die beiden dir nie begegnet sind.«

»Bis du sie bestochen hast, gegen mich auszusagen.«

Mercedes stieg die Zornesröte in die Wangen. »Wie konntest du nur?«

»Wieso hätte ich es nicht tun sollen? Die Gelegenheit war günstig und ich ergriff sie. Mr. Ashbrook und Mr. Deakins werden ihre Aussage zurücknehmen, wenn die Bezahlung stimmt. Kein Mensch braucht je zu erfahren, dass sie für ihre Lügen bezahlt wurden. Sie wurden bezahlt, um sich zu erinnern, und werden bezahlt, um zu vergessen.«

Mercedes schloss die Augen und schlang die Arme um sich. »Gütiger Himmel«, seufzte sie verzweifelt. »Mein Onkel hatte den Wunsch, dass der Titel auf einen seiner Söhne übergeht«, sagte sie beschwörend, um ihn zur Vernunft zu bringen. »Du hast es darauf angelegt, seinen Wunsch zu untergraben. Wie kannst du nur eine Sekunde glauben, ich würde dich heiraten?«

»Liegt dir nichts an deiner Freiheit?«

»Mir liegt sehr viel an meiner Freiheit«, entgegnete sie mit fester Stimme. »Aber in dieser Zelle habe ich mehr Freiheit, als ich je an deiner Seite hätte.«

Mercedes hatte nicht erwartet, dass er so blitzschnell zuschlagen würde. Von seiner Hand getroffen, taumelte sie gegen die Wand, ehe sie begriff, wie ihr geschah. Sie schmeckte Blut, wo sie sich auf die Lippen gebissen hatte. Sie richtete sich auf und straffte die Schultern. »Und du wunderst dich, wieso ich nichts mit dir zu tun haben will«, sagte sie leise.

Severn starrte auf den Abdruck seiner fünf Finger an ihrer Wange. Ihr Gesicht rötete sich, ehe jede Farbe daraus wich, nur der Abdruck seiner Finger blieb sichtbar. »Du wirst hängen«, sagte er.

Ihre grauen Augen füllten sich mit Tränen, die sie hastig zurückdrängte. »Für einen Mord, den du begangen hast.«

Severn schien verdutzt. »Denkst du etwa, ich hätte Weybourne getötet?«, fragte er mit einem dünnen Lächeln.

»Wieso nicht? Du wolltest den Titel. Du wolltest mich. Durch den Tod meines Onkels kannst du Captain Thorne den Anspruch auf den Besitz streitig machen. Ich vermute, du hattest dich bereits mit meinem Onkel getroffen, als du mich im Tattersall in meiner Kutsche festgehalten hast. Du kanntest seinen Aufenthaltsort und wusstest, dass er das Land verlassen wollte. Vermutlich erzählte er dir von dem Zusatz und das hat dich in Wut gebracht.«

»Also habe ich ihn getötet.«

»Dieser Verdacht ist nicht unbegründet. Mr. Roundstone wird Nachforschungen anstellen.«

Severn zuckte gleichmütig die Schultern. »Dein Anwalt soll getrost tun, was er nicht lassen kann. Mir kann er kein Verbrechen in die Schuhe schieben.«

»Du hast wissentlich eine Falschaussage gemacht!«

»Ich habe nur ausgesagt, was ich gehört habe.«

»Dinge, von denen du gewusst hast, dass sie nicht stimmen! Du hast zwei Männer bestochen, mich zu beschuldigen!«

Severn lächelte zufrieden über ihre wachsende Wut. Ihre Augen blitzten und in ihre Wangen kehrte Farbe zurück. »Eine Kleinigkeit, die rasch aus der Welt geschafft ist, wenn du Vernunft annimmst. Du hast dir alles selbst zuzuschreiben. Dein eigenes Verhalten hat dich in Schwierigkeiten gebracht, nicht ich. Ich hatte nichts zu tun mit der Waffe, die in deinem Zimmer gefunden wurde, auch nicht mit der Kleidung deines Onkels in deinem Schrank. Es gibt einen Beleg über zweitausend Pfund, die an Ashbrook und Deakins bezahlt wurden, und dieser Beleg trägt nicht meine Unterschrift. Du warst eine Närrin, diesem Thorne Vertrauen zu schenken. Er kann dir nicht helfen, Mercedes. Nur ich kann dir helfen.«

»Dann hilf mir doch«, forderte sie. »Sag Mr. Patterson, dass du gelogen hast.«

»Aber ich habe nicht gelogen. Begreifst du das nicht? Das ist doch der Witz an der Sache. Ich habe nicht gelogen. Ich bezahlte andere, um für uns zu lügen.«

Seine Argumentation verschlug ihr die Sprache. »Du hast nichts für *uns* getan. Du hast alles nur für dich getan.« Sie presste eine Hand an die schmerzende Schläfe. »Nichts von dem, was du sagst, ändert meine Meinung. Geh, Severn! Geh endlich, bevor ich den Wärter rufe.« Als Severn sich nicht von der Stelle rührte, eilte Mercedes zur Tür.

Severn packte sie am Ellbogen. »Ich komme nicht zurück, Mercedes. Dies ist deine letzte Chance.«

»Ich will keine Chance von dir«, entgegnete sie schneidend und versuchte sich zu befreien, doch sein Griff festigte sich. »Es war Colins Vorschlag, mit dir zu reden. Ich bedaure, auf ihn gehört zu haben.« Mercedes zuckte zusammen, als der Griff an ihrem Ellbogen sich festigte. Als sie ihm ins Gesicht sah, bemerkte sie, dass sein Blick entrückt war. Er wusste nicht, was er tat. »Lass mich los, Severn. Du tust mir weh.«

Severns Blick wurde wieder klar. Er blickte auf seine Hand an ihrem Arm. Sein Lächeln war nun traurig, enttäuscht. »Ach, Sadie, was hast du getan?«

Seine Worte erstaunten sie, noch mehr freilich das Geräusch des Schlüssels in der Eichentür. »Ich habe Sie nicht gerufen«, sagte sie zu dem Wärter, als er die Tür aufstieß. Ihre Augen weiteten sich, als sie den Inspektor hinter dem Wärter entdeckte.

»Nein, aber Sie waren im Begriff, mich zu rufen«, meinte der Wärter.

»Lassen Sie Miss Leyden los, Severn!«, befahl Mr. Patterson. »Madam, Sie können die Zelle verlassen. Lord Severn und ich haben etwas zu besprechen.«

Mercedes spürte, wie Marcus ihren Arm freigab. In seinen Augen las sie Hass und Bosheit. Sie wich zurück und brachte sich auf dem Flur in Sicherheit. »Ich verstehe das nicht«, murmelte sie an den Inspektor gerichtet.

Patterson wies in sein Büro. »Captain Thorne wird Ihnen alles erklären. Gehen Sie bitte.«

»Colin ist hier?« Die Männer traten einen Schritt beiseite, um sie vorbeizulassen, als sie den Korridor entlangeilte.

Ihr erster Gedanke beim Betreten des Büros war, dass ihr erneut ein übler Streich gespielt wurde. Colin war nirgends zu sehen. Mercedes rief nach dem Wärter, zunächst um zu fragen, was los sei, dann rief sie um Hilfe, als sie Colin hinter dem Schreibtisch auf dem Boden liegen sah. Sie kniete neben ihm nieder, hob ihm den Kopf und bettete ihn auf ihren Schoß. Vorsichtig strich sie ihm durchs Haar und entdeckte eine Beule am Hinterkopf. An ihren Fingern klebte Blut, als sie die Hand zurückzog.

Auf ihren Hilferuf kam der Inspektor herbeigeeilt. Mit einem Blick erfasste er die Situation und rief donnernd den Wärter. »Die Gefangenen sind geflohen«, erklärte er. »Aneinandergekettet kommen sie nicht weit. Verfolgen Sie Douglas und den Taschendieb und bringen Sie die beiden zurück.«

Der Wärter warf Mr. Patterson den Schlüsselring zu und rannte zur Tür hinaus. Der Inspektor rief ihm nach, einen Arzt vorbeizuschicken.

»Was für ein jämmerlicher Anblick«, bemerkte Severn von der Tür her.

Patterson seufzte schwer. Er musste seinen Assistenten zur Rede stellen. Severn sollte in der Zelle eingesperrt sein. »Mit Ihnen bin ich noch nicht fertig.«

»Im Moment schon.« Severn wartete auf Widerspruch. Als er ausblieb, verließ er den Gefängnisbau und trat ins helle Sonnenlicht.

Der Inspektor schüttelte hilflos den Kopf und kauerte sich neben Mercedes auf den Boden. »Wie schlimm ist es?«

»Nicht besonders schlimm, denke ich. Er hat einen harten Schädel. Dafür bin ich ausnahmsweise dankbar.«

Colin öffnete ein Auge. Sein Blick war verschwommen, doch Mercedes' süßes Gesicht konnte er erkennen. »Das merke ich mir.« Das Lid fiel wieder zu. Colin versuchte stöhnend den Kopf zu heben.

Mercedes strich ihm übers Haar. »Bleib liegen. Mr. Patterson hat einen Arzt rufen lassen.«

Colin musste sich eingestehen, dass er ihrer Bitte nur zu gerne nachkam. Ohne den argwöhnischen Blick des Inspektors hätte er sich in Mercedes' Schoß sehr wohl gefühlt.

»Was ist passiert?«, wollte Patterson wissen.

»Ich wurde gestoßen«, erklärte Colin ächzend. »Ich saß auf der Kante Ihres Schreibtischs, als die beiden plötzlich hereinstürmten.«

»Waren die Kerle aneinander gefesselt?«

Colin nickte. »Einer hat mir mit der Kette einen Schlag auf den Hinterkopf versetzt. Ich war wohl abgelenkt, als Sie und der Wärter die Zelle der beiden verließen und zu Mercedes hinübergingen. Die Kerle haben die günstige Gelegenheit beim Schopf gepackt.«

Mercedes hatte den Eindruck, Colin bedauere die Flucht der Sträflinge nicht sonderlich, und fragte sich, ob Mr. Patterson diesen Eindruck teilte.

Der Inspektor öffnete eine Schublade seines Schreibtischs. Als erstes fiel ihm auf, dass der Schlüssel für die Handschellen fehlte. Das war nicht weiter erstaunlich. Erst als er in einem Seitenfach kramte, fluchte er leise.

Colin richtete sich mühsam auf, obwohl Mercedes ihn daran hindern wollte. »Was ist los?«, fragte er.

»Die Beweise.« Der Inspektor knallte das Fach wutentbrannt zu und schlug zum Nachdruck noch mit der Faust darauf, dass der Schreibtisch wackelte. »Der Kerl hat alles gestohlen.«

Mercedes nahm an, Mr. Patterson bezog sich auf den Taschendieb. Es erschien ihr nicht angebracht, den Hüter des Gesetzes darauf aufmerksam zu machen, dass Diebstahl schließlich sein Beruf war. Oder hatte der Inspektor etwa angenommen, ein paar Wochen hinter Gittern und die Drohung mit dem Galgen würden genügen, um Blau-Auges Gewohnheiten zu ändern? Mercedes zog es vor zu schweigen.

»Alles?«, fragte Colin.

Patterson ging wütend auf und ab. »Verdammt!«, knurrte er und begann an den Fingern abzuzählen. »Die Geldbörsen, die er auf dem Jahrmarkt gestohlen hat, Miss Callahans Perlenkette, Mrs. Lynchs juwelenbesetzten Münzbeutel, den Ohrring, den noch niemand vermisst. Gütiger Himmel, wie soll ich das nur den Bestohlenen erklären? Mrs. Lynch wird mit einer Schimpftirade über mich herfallen. Und Miss Callahan ... sie war ohnehin dagegen, dass ich die Beweise behalte. Ich sagte ihr, dass ich die Kette nur bis zum Gerichtstermin in Verwahrung nehme.«

Colin schien von der Aufzählung nicht beeindruckt zu sein. »Hat er alles gestohlen?«, fragte er noch einmal.

»Ja.« Mr. Patterson hielt in seiner Wanderung inne. »Habe ich das nicht bereits gesagt?«

Colin stand auf, half Mercedes hoch und lehnte sich benommen an den Schreibtisch. »Die Pistole des Grafen?«, fragte er. »Seine Kleidung?«

»Alles«, knurrte der Inspektor mit finsterem Blick zur offenen Tür. »Auch die Silberflasche. Obwohl ich denke, die kriegen wir wieder, wenn wir Douglas aufgreifen. Der kann die Finger nicht vom Schnaps lassen.«

Mercedes ließ sich langsam in den Stuhl des Inspektors sinken und sah Patterson fragend an. »Was hat das zu bedeuten?«

Er drehte sich um, grub die Hände in die Hosentaschen und seufzte. »Es bedeutet, dass keine Anklage gegen Sie erhoben wird. Ihre Unterredung mit Severn hat das Blatt erheblich zu Ihren Gunsten gewendet.«

»Haben Sie heimlich gehorcht?«, fragte sie ungläubig.

»Captain Thornes Idee«, meinte der Inspektor und zog die buschigen Brauen hoch. »Wie sich herausstellte, ein guter Vorschlag. Mein Assistent und ich haben Sie belauscht, ähnlich wie Severn Sie und den Captain belauscht hat.«

»Wieso hat mir niemand etwas davon gesagt?«

»Das wollte ich nicht riskieren«, antwortete Colin.

»Hättest du gewusst, dass Mr. Patterson horcht, wärst du vielleicht zu verkrampft gewesen und Severn hätte Verdacht geschöpft.« Er wandte sich an Patterson. »Ich nehme an, Sie haben genug gehört.«

»Ja, das habe ich.«

»Haben Sie ihn schon vernommen?«

»Dafür blieb keine Zeit. Durch Ihre Unaufmerksamkeit sind meine beiden anderen Gefangenen entwischt und Severn konnte seelenruhig das Polizeigebäude verlassen.«

Colin nahm den Vorwurf schweigend entgegen.

Patterson rieb sich das Kinn und fluchte leise. Er durfte die Wendung der Dinge nicht hinnehmen. »Ich muss eine Suchmannschaft zusammenstellen, um die Verbrecher zu verfolgen.« Er beäugte Colin argwöhnisch. »Ich nehme an, Sie haben nicht den Wunsch, sich dem Suchtrupp anzuschließen.«

Colin verzog das Gesicht, betastete die Beule im Nacken und schüttelte den Kopf. »Offen gestanden, nein«, antwortete er zerknirscht. »Sie verstehen … unter diesen Umständen.«

Mr. Patterson verstand weit mehr, als Colin ahnte. »Das dachte ich mir«, brummte er und blickte von Mercedes zu Colin. »Ich an Ihrer Stelle würde mich auch nicht daran beteiligen.« Er zuckte die Achseln. »Wenn Sie mich bitte entschuldigen.« Er nahm seinen Hut vom Wandhaken neben der Tür und schwenkte ihn höflich in Mercedes' Richtung. »Sie sind frei, Miss Leyden.« Damit war er aus der Tür und steuerte das nächste Wirtshaus an in der Hoffnung, dort eine Suchmannschaft auf die Beine stellen zu können.

Mercedes blickte dem Inspektor mit großen Augen nach und blinzelte mehrmals.

Colin klopfte die Taschen seines Gehrocks ab, griff in die Brusttasche seiner Weste und zog die leere Hand wieder heraus.

Mercedes drehte sich langsam um und blickte zu ihm auf. »Denkst du, die beiden schaffen es?«

Colin schwieg.

»Wohin werden sie wohl fliehen?«

»Nach Boston.« Daran schien Colin keinen Zweifel zu haben.

»Boston? Wieso in aller Welt …« Mercedes stockte. In Colins Gesicht breitete sich ein schelmisches Grinsen aus, das seinen Zügen eine charmante Jungenhaftigkeit verlieh. Mercedes begriff. »Die Schiffspassagen nach Boston …«

Sein Grinsen wurde noch breiter. »Sie wurden mir gestohlen.«

Mercedes konnte es kaum fassen, wieder auf Weybourne Park zu sein. Sie erhoffte sich Entspannung im Bad, das man ihr bereitete, wagte indes nicht, die Augen zu schließen aus Furcht, es sei alles nur ein schöner Traum und sie wäre zurück in der Zelle, wenn sie die Augen wieder aufschlug.

Sie begann sich von Kopf bis Fuß einzuseifen und mit der Wurzelbürste zu schrubben. Der Gestank der Zelle hing in ihrem Haar, schien ihr bis unter die Haut gedrungen zu sein, stieg ihr noch immer in die Nase, als sie längst sauber geschrubbt war.

Mercedes stieg aus der Wanne, wickelte sich in das bereitgelegte Badetuch und zog an der Klingelschnur. Ein zweites Vollbad besorgte das, was das erste nicht vermocht hatte. Sie lehnte sich im heißen Wasser zurück, das ihre Haut rötete, legte den Kopf an den Wannenrand und konnte endlich die Augen schließen. Der Lavendelduft, der dem dampfenden Wasser entstieg, ließ sie endlich die Erinnerung an die übel riechende, modrig feuchte Gefängniszelle vergessen.

Sie schlief ein. Hätte man sie gefragt, ob sie müde sei, hätte sie verneint. Als sie aber in ihrem Bett aufwachte, zwischen kühlen Laken unter der rosa-weiß gestreiften, wattierten Decke, hatte sie keinerlei Erinnerung daran, wie sie ins Bett gekommen war.

Langsam setzte Mercedes sich auf. Draußen war die Abenddämmerung hereingebrochen. Die beiden Fensterflügel standen offen. Eine leichte Brise wehte ins Zimmer und blähte die Vorhänge wie Segel.

»Willst du etwas essen?«

Mercedes erschrak so sehr, dass sie mit dem Kopf gegen die Holzwand des Bettes schlug. Sie verzog schmerzlich das Gesicht und rieb sich den Hinterkopf. »Ich denke, jetzt hab ich auch eine Beule.«

Colin erhob sich aus dem Stuhl neben dem Kamin und trat ans Bett. »Ich wollte dich nicht erschrecken. Ich dachte, du weißt, dass ich bei dir bin.«

Sie lächelte reumütig. »Ich weiß ja kaum, dass *ich* hier bin.«

Er strich ihr eine feuchte Locke aus der Stirn. »Verstehe. Du hattest einen schweren Tag.«

»Ob man das so sagen kann?« Mercedes blickte sich im Zimmer um. »Wissen die anderen, dass du hier bist?«, fragte sie argwöhnisch.

»Das nehme ich an. Ich sagte Mrs. Hennepin, dass ich mich zu dir setze, und sie erhob keine Einwände.«

»Bist du sicher?«

»Sogar Mrs. Hennepin kann Zugeständnisse machen. Wir heiraten morgen, erinnerst du dich? Ich habe die Genehmigung.«

Mercedes' letzte Zweifel über die Gründe seines Heiratsantrages waren längst verschwunden. »Was die Hochzeit betrifft …«, meinte sie sinnend.

Colin versteifte sich. Seine Augen suchten forschend in ihrem Gesicht.

»… so überlege ich, ob die Trauung im Garten stattfinden könnte.«

Colin beugte sich vor und legte seinen Mund auf den ihren. Vermutlich ahnte sie, dass ihm beinahe das Herz stehen geblieben war. Er glaubte sogar zu spüren, dass sie sich über seinen Schreck amüsierte. Seinen Kuss schien sie jedenfalls sehr zu genießen. Sie schlang die Arme um seine Schultern, wühlte die Finger in sein Haar, öffnete den Mund und ließ ihn von ihrer Süße kosten.

Colin löste sich von ihr und setzte sich an die Bettkante. Ihre Hände ruhten an seinen Schultern und ließen ihn nur zögernd los. Ihr Gesicht war ihm zugewandt, ihre klaren grauen Augen waren unschuldig und vertrauensvoll auf ihn gerichtet. Colin empfand ihr Vertrauen als Geschenk, aber auch als Belastung. Er hatte sie darum gebeten und Mercedes hatte ihm ihr Vertrauen geschenkt, ohne Zusammenhänge zu kennen, die ihm ihr Vertrauen wieder entziehen konnten. Diese Ungewissheit machte ihn befangen.

Er küsste sie flüchtig und erhob sich. »Du hast noch nicht gesagt, ob ich nach dem Essen läuten soll.«

Mercedes, die keine Ahnung hatte, welchen Weg Colins Gedanken eingeschlagen hatten, glaubte, er sei nur um ihr leibliches Wohl besorgt. »Ja, bitte«, sagte sie. »Ich bin hungrig. Ist es schon so spät?«

»Nach sieben. Du warst völlig erschöpft und hast ein paar Stunden Schlaf gebraucht.« Er zog an dem breiten Brokatband neben der Tür. »Hast du in den letzten Nächten überhaupt geschlafen?«

Mercedes schüttelte den Kopf. Unwillkürlich winkelte sie die Beine an und zog die Decke bis zum Kinn. »Gelegentlich bin ich wohl eingenickt. Ich wollte nicht einschlafen, das erschien mir zu bedrohlich.«

Colin zwang sich, sie nicht wieder in die Arme zu schließen.

»Es war mir ein Trost, wenigstens mit Blau-Auge sprechen zu können«, sagte sie.

»Blau-Auge? Du meinst Ponty.«

»Ponty? Ist das der Name des Taschendiebs?«

Colin nickte. »Ponty Pine.«

»Seltsam, findest du nicht?«

»So hat er sich mir wenigstens vorgestellt.«

Mercedes machte eine abwehrende Handbewegung. »Nein, ich meine, dass ich ihn nicht nach seinem Namen gefragt habe. Er fragte mich auch nicht nach meinem. Ich denke, die Anonymität war ihm lieber.«

»Ich denke eher, er wusste genau, wer du bist.«

Sie zuckte die Schultern. »Ich hätte ihm nichts erzählen können, wenn ich es gewusst hätte.«

»Was denn?«, fragte Colin interessiert.

Mercedes schüttelte den Kopf. Ein Lächeln umspielte ihre Lippen. »Das sage ich nicht.«

»Glaub bloß nicht, dass er deine Geheimnisse bewahren wird«, sagte er. »Wenn du dich erinnerst, war es Ponty, der mir sagte, dass du mich liebst.«

»Ich behaupte ja nicht, dass ich ihm Geheimnisse anvertraut habe. Wie dem auch sei, ich nehme an, wir werden nie wieder von Mr. Pine hören.«

Colin griff erneut in die Brusttasche seiner Weste, um sich noch einmal zu vergewissern, dass die Schiffskarten nach Boston fort waren. »Wahrscheinlich hast du Recht«, meinte er. »Ich wünsche ihm Gottes Segen. Wenn er dir Trost spenden konnte, verdient er eine Glückssträhne.«

Mercedes empfand ähnlich, doch Colins Großmut ließ Argwohn in ihr aufkeimen. »Du hast doch nicht zufällig etwas mit dieser Glückssträhne zu tun, oder?«

»Wie meinst du das?«

»Ich meine, ob du ihm vielleicht zur Flucht verholfen hast.«

Colins Hand betastete die dicke Beule an seinem Hinterkopf. Der pochende Schmerz war noch nicht abgeklungen. »Aber ja«, meinte er trocken. »Ich habe ihn aufgefordert, mich zu beklauen, habe ihm den Rücken zugewandt und ihm die Stelle gezeigt, wo er hinschlagen soll, um die größte Wirkung und den geringsten Schaden anzurichten.«

Mercedes blickte ihn nachdenklich an. »Genau das würde ich dir zutrauen.«

Colin wurde von Sylvia einer Entgegnung enthoben, die mit einem Essenstablett das Zimmer betrat und es abstellte. Den Schüsseln entströmte ein köstlicher Duft nach gebratener Hühnerbrust, Kartoffelpüree und grünen Erbsen. Mercedes setzte sich auf und schnupperte genießerisch. Ihr Appetit war ein gutes Zeichen. Im Gefängnis hatte sie nicht nur den Schlaf verweigert. Mrs. Hennepin war sehr besorgt, da Mercedes nichts von den Speisen angerührt hatte, die sie ihr gebracht hatte.

Sylvia stopfte ihr zwei Kopfkissen in den Rücken und stellte ihr das Tablett auf den Schoß. Nicht daran gewöhnt, verhätschelt zu werden, protestierte Mercedes und meinte, sie sei weder krank noch gebrechlich. Man schenkte ihr keine Beachtung und redete über ihren Kopf hinweg, als habe ihre Bettlägerigkeit sie auch taub gemacht.

Sylvia wandte sich an Colin. »Mrs. Hennepin sagt, Sie seien nun lange genug allein hier oben gewesen. Falls Sie nicht gehen, muss ich die Anstandsdame spielen.« Sylvia wackelte mit dem Finger vor Colins Nase. »Und Mrs. Hennepin sagt auch, sie lässt es sich kein zweites Mal bieten, von Ihnen einfach aus dem Zimmer geschoben zu werden.«

Colin seufzte leise und mied Mercedes' Blick. »Verräterin«, knurrte er in Sylvias Richtung. Dann breitete er ergeben die Hände aus. »Gut, dann gehe ich eben.« Er küsste Mercedes, ehe sie das Gesicht abwenden konnte. Sylvia kicherte über ihre verschämt errötende Cousine. Colin verließ eilends das Zimmer und schloss die Tür, während Mercedes ihm nachrief, er sei ein ungehobelter Flegel. Aus ihrem Tonfall glaubte er freilich ein gewisses Maß an Zuneigung herauszuhören.

Ein heftiger Regenguss verhinderte die Trauung unter freiem Himmel, die in die Kapelle von Weybourne verlegt wurde. Mr. Fredrick war noch nervöser als das Brautpaar, obwohl alle Anwesenden später versicherten, er habe die Zeremonie mit großem Ernst und entsprechender Würde vollzogen. Allen voran spendete Chloe ihrem Zukünftigen Lob für seine bravouröse Leistung.

Mrs. Hennepin weinte haltlos und auch Sylvia vergoss ein paar Tränen und dachte bang, ob auch sie einst am Arm eines geliebten Mannes vor den Altar treten würde. Die Zwillinge rümpften kichernd die Nase über all das Getue, obwohl sie fanden, dass Captain Thorne schneidig aussah im schwarzen Frack mit der weißen seidenen Halsbinde.

Die versammelten Hochzeitsgäste mussten die Ohren spitzen, um zu hören, wie Mercedes die Trauungsformel wiederholte, während Colin das Gelöbnis mit lauter und fester Stimme ablegte. Und dann traf beide die Erkenntnis, Mann und Frau zu sein, mit gleicher Wucht. Beide waren beklommen in ihrer Ungewissheit, was die Zukunft bringen würde. Mercedes drehte den Goldreif an ihrem Finger und fragte sich unsicher, was sie getan hatte. Und Colin wunderte sich, dass sie es getan hatte.

Die stumme und gespannte Erwartung der Versammelten veranlasste Colin, sich vorzubeugen und Mercedes zu zwingen, ihm ihr Gesicht entgegenzuheben. Ihr klarer grauer Blick begegnete seinen dunklen Augen. In seinen war die Frage zu lesen, in ihren Augen die Antwort.

Sein Mund legte sich weich auf ihre Lippen. Es war ein keuscher, züchtiger Kuss. Zurückhaltend und ehrfürchtig. Ohne fordernd zu sein, barg er eine Verheißung.

Als sie sich zu den Hochzeitsgästen umdrehten, begegnete dem frisch getrauten Paar ein noch tieferes Schweigen als vor dem Kuss. Selbst die Zwillinge standen wie Säulen mit staunenden Gesichtern da.

Colin warf Mercedes einen schalkhaften Blick zu, mit

dem er andeuten wollte, er hätte sie längst in der Öffentlichkeit geküsst, wenn er gewusst hätte, welch durchschlagenden Erfolg er damit bei den Bewohnern von Weybourne Park erzielen konnte.

Das Schweigen dauerte nicht lange und bald wurde das Brautpaar von fröhlichen Gratulanten umringt. Brendan sprang an Colin hoch und umarmte ihn so stürmisch, dass der Bräutigam Mühe hatte, sich auf den Beinen zu halten. Auch Britton klammerte sich an ihm fest. Mercedes' Augen wurden feucht, nicht so sehr wegen des stürmischen Überfalls der Zwillinge, sondern wegen Colins rührend hilfloser Reaktion.

Im großen Speisesaal wurde das Hochzeitsmahl im Kreise der Familie aufgetragen. Die Bediensteten wurden in der Küche festlich bewirtet. Dank Colins Umsicht gab es sogar Champagner für alle.

Mercedes lauschte glücklich den angeregten Tischgesprächen. Es störte sie nicht, dass die Zeremonie nicht im Freien stattfinden konnte, es störte sie auch nicht, dass die Braut Schwarz anstelle von festlichem Weiß trug, dass die Hochzeit im kleinen Familienkreis gefeiert wurde und die Stimmung eher ausgelassen als feierlich war. Das alles war nebensächlich, wichtig war nur Colins Blick. Mercedes fragte sich, wieso sie seine dunklen Augen je als undurchdringlich empfunden hatte, denn nun las sie in ihnen wie in einem offenen Buch. Und hätte Mercedes dazu geneigt zu erröten, hätte ihr Gesicht wie ein Signalfeuer geleuchtet.

In vielerlei Hinsicht verlief dieser Tag wie jeder andere. Mercedes wollte ihre Zeit im Gefängnis möglichst rasch vergessen und versenkte sich in das Studium der Geschäftsbücher, als habe sie diese Aufgaben monatelang vernachlässigt. Colin brachte Mr. Fredrick in Begleitung von Chloe und Sylvia wieder nach Glen Eden und das Trio kehrte erst gegen Abend zurück. Colin wurde umgehend von den Zwillingen in Beschlag genommen. Die Abendstunden verbrachte er mit den Buben beim Kartenspiel und schlug beide haushoch beim Whist, obwohl die Rangen feixend gestanden, fürchterlich geschwindelt zu haben. Erst als Mrs. Hennepin ein Machtwort sprach und die Buben unter lautem Protest zu Bett brachte, waren Colin und Mercedes endlich allein.

Er spähte zunächst in jeden Winkel der Bibliothek, um sich zu vergewissern, dass weder Chloe noch Sylvia sich irgendwo hinter einem Vorhang versteckten, ehe er sich seiner Braut näherte, die mit einem Buch im Lehnstuhl saß, ohne wirklich zu lesen, da ihr Blick ständig zu den Spielern am Kartentisch gewandert war.

Der morgendliche Platzregen hatte sich in einen anhaltenden Dauerregen verwandelt. In den Wohnräumen des Herrenhauses war Feuer in den Kaminen angezündet worden, um die feuchte Kühle zu vertreiben. Colin nahm Mercedes das Buch ab und legte es auf den Tisch. Und als er ihr die Hand entgegenstreckte, griff sie danach und erhob sich.

Für die Fahrt nach Glen Eden hatte Colin den feierlichen Hochzeitsfrack abgelegt, in dem er ihr beinahe fremd erschienen war. Nun trug er braune Reithosen und Stiefel sowie eine dunkelbraune Weste über dem weißen Leinenhemd.

Colin, der seine Braut an den Kamin führte und sie einlud, es sich auf dem Teppich bequem zu machen, erntete einen amüsiert fragenden Blick, ehe Mercedes seiner Bitte nachkam. Er schürte die Glut, legte ein dickes Scheit nach, goss Wein ein und setzte sich zu ihr. Mercedes nahm ihr Glas, rückte näher an Colin heran und lehnte sich an ihn. Das prasselnde Feuer übte eine magische Anziehungskraft auf sie aus. Die rötlich-gelben Flammen züngelten an den Holzscheiten hoch und Funken stieben knisternd auf. Der Widerschein brachte verborgene Nuancen in Mercedes' Haar zum Vorschein. Kastanienrote und kupferfarbene Glanzlichter leuchteten in ihren braunen Locken auf und das Spiel von Licht und Schatten auf ihrem Antlitz faszinierte Colin mehr als der Blick ins Feuer.

Er stieß sein Glas leise klirrend an das ihre und lenkte ihre Aufmerksamkeit auf sich. »Mrs. Thorne.«

Seine rauchige Stimme beschleunigte Mercedes' Puls. »Ja?«

Seine Augen funkelten belustigt. »Nichts. Ich wollte nur hören, wie es klingt. Mercedes Leyden Thorne. Gefällt mir.«

Auch sie fand Gefallen daran. Lächelnd nahm sie einen Schluck. Colin hatte den Wunsch, den Wein von ihren Lippen zu trinken. Er nahm ihr das Glas ab, stellte es auf die Marmoreinfassung und sein Glas daneben.

Colin hatte sich nicht vorgenommen, sie zu verführen. Vor dem knisternden Kaminfeuer geschah es irgendwie von selbst. Er streichelte ihre Wange, die sich nicht nur von der Hitze des Feuers warm und weich anfühlte. Der Atem stockte ihr bei seinem langen innigen Kuss, der das Versprechen einlöste, das sein keuscher Kuss vor dem Altar verheißen hatte. Er hielt ihr Gesicht in beiden Händen, während sein Mund und seine Zunge sie in Besitz nahmen. Mercedes spürte, wie ihre Brüste schwollen und ihre Brustknospen sich gegen das enge Mieder drängten. Ein Wonneschauer rieselte ihr den Rücken herab, Hitze sammelte sich in ihrem Leib und floss in ihren Schoß.

Ihre Arme umfingen seine Schultern, sie schmiegte sich an ihn, kam auf die Knie und saß plötzlich mit gespreizten Schenkeln auf ihm, ohne eigentlich zu wissen, wie es dazu gekommen war. Ihre bauschenden Röcke bedeckten sittsam Beine und Schenkel, doch darunter presste sich ihr Schoß an Colins Lenden und überließ sich den Liebkosungen seiner Hände. Mercedes legte den Kopf in den Nacken, bot ihm ihre Kehle, und Colins Lippen zogen eine heiße Spur ihren Hals bis zum Schlüsselbein entlang. Er öffnete die Knöpfe ihres Kleids im Rücken und entblößte ihre Schultern. Ihre helle Haut hob sich schimmernd wie Alabaster von der schwarzen Seide ihres Trauerkleids ab.

Er schälte sie aus Korsett und Unterhemd, bis sie mit nacktem Oberkörper vor ihm kniete. Seine vor Verlangen verdunkelten Augen verschlangen ihr Bild. Mit pochendem Herzen legte sie seine Hände an ihre Brüste, ließ seine gewölbten Handflächen über ihre harten Brustknospen streichen, hob sich seinem heißen, nassen Mund entgegen.

Als seine Lippen eine Brustspitze umfingen, stöhnte Mercedes leise. Colins Zunge tanzte um die empfindsam erregte Knospe. Seine Hände schlüpften unter ihr Kleid, umfingen ihre Hüften und drückten sie an seine Lenden. Mercedes rieb sich an ihm, zerrte an seiner Weste, seinem Hemd, hauchte Küsse an sein Gesicht, seinen Hals, seine Schultern. Ihre Hände tasteten sich unter sein Hemd. Colin hielt den Atem an, seine Muskeln an Brust und Bauch verhärteten sich. Die Erwartung ihrer Liebkosung war beinahe so erregend wie die Berührung selbst.

Colin nestelte an ihrer Unterwäsche und sie öffnete seine Hose. Dann hob er sie erneut hoch, um sie auf seine hochgereckte Erektion zu setzen. Ihre Augen verdunkelten sich, als er sie ausfüllte. Ihre schmalen Finger krallten sich in seine Schultern, dann beugte sie sich mit schräg geneigtem Kopf vor und küsste ihn mit einer Leidenschaft, die ihm den Verstand raubte.

Langsam hob sie sich, ihr weibliches Fleisch saugte sich an ihm fest, hob sich höher, bis nur ihre Schamlippen ihn umfangen hielten, um sich ganz langsam wieder auf ihn zu senken. Diesmal bestimmte sie den Rhythmus des Liebesspiels und Colin genoss die süße Folter.

Mercedes hielt die Augen geschlossen, Colin aber blieb in ihren Anblick versunken. Nichts hatte ihn auf das Geschenk ihrer Hingabe vorbereitet. Sie löste Empfindungen in ihm aus, die alle Wonnen überstiegen, die ihre streichelnden Hände in seinem Haar, die Liebkosungen ihrer Lippen auf seiner Haut, ihre gemeinsame körperliche Vereinigung in ihm auslösten. Sie bot ihm die fiebernde Leidenschaft ihres Herzens, das sie bislang verschlossen gehalten hatte.

Sie heilte ihn mit ihrer Liebe und erfuhr dadurch ihre Heilung.

Mercedes war völlig entrückt in den lustvollen Wonnen, die sie durchfluteten. Ihr Rücken wurde vom Kaminfeuer erwärmt, dessen Hitze sich in ihren Brüsten fortsetzte, die Colins Lippen und Zunge verwöhnten. Seine Finger lösten ihr Haar, das wie eine schimmernde rötlich-braune Kaskade über ihre Schultern wallte.

Colin ließ eine Hand zwischen ihre Schenkel gleiten und

streichelte die Innenseiten entlang. Mercedes spannte sich unter der sanften, beinahe neckenden Liebkosung seiner Finger, die sich der Stelle ihrer Vereinigung näherten, sich zurückzogen, um sich erneut flüchtig zu nähern, bis eine Fingerkuppe endlich die nasse Perle ihrer Lust erreichte und sie flatternd umkreiste, bis Mercedes sich unter der Berührung jäh aufbäumte und Colins Lippen ihren kehligen Schrei dämpften, den sie in seine Mundhöhle stöhnte.

Colins Brust schwoll, die Haut über seinen Muskeln an Rücken und Schultern spannte sich. Mercedes' rhythmische Bewegungen beschleunigten sich. Er bäumte sich auf und drehte sich gleichzeitig mit ihr, bis sie unter ihm lag. Dann stieß er kraftvoll zu und wieder entrang sich ein Lustschrei ihrer Kehle.

Er wurde von Schauern durchzuckt, die sich auf sie übertrugen, und beide zerbarsten in ihrer ins Unerträgliche gewachsenen Spannung in einem tosenden Wirbel des Empfindens, der sie alles vergessen ließ, bis der Sturm abflaute und die Liebenden in zufriedener Mattigkeit zurückblieben. Keiner hatte den Wunsch zu sprechen oder sich zu bewegen.

Sie wären noch lange so gelegen, hätte das prasselnde Feuer nicht Funken gesprüht, die Mercedes' wallende Haarfülle zu versengen drohten. Sie richtete sich auf, um ihr Haar in Ordnung zu bringen.

Colin beobachtete die anmutigen Bewegungen ihrer Arme, das Wogen ihrer Brüste. Er seufzte, als sie die Seidenträger ihres Hemds über die Schultern hob, wobei einer sich verweigerte und ihr wieder von der Schulter glitt, als sie sich über Colin beugte, der sich darüber freute.

»Warum lächelst du?«, flüsterte sie.

»Das scheint eine rhetorische Frage zu sein.«

Sie küsste ihn flüchtig. »Kluger Mann.« Mercedes' Blick wanderte zur Tür. »Hast du abgeschlossen?«

»Eine etwas verspätete Frage. Bist du sicher, dass du die Antwort hören willst?«

Im Nu war Mercedes auf den Beinen, eilte zur Tür und drückte die Klinke. Abgesperrt. Sie wandte sich um und legte die Hände an die Hüften. »Das hättest du gleich sagen können«, schalt sie, »statt mir einen Schreck einzujagen.«

Er setzte sich auf. »Du schnappst so wunderbar nach dem Köder.«

»Ich habe gesehen, wie du Forellen an Land gezogen hast«, versetzte sie spitz. »Ich empfinde es nicht als Kompliment, mit einem schnappenden Fisch verglichen zu werden.«

Colin stand auf. »Ich bemühe mich, mir in Zukunft schmeichelhaftere Komplimente auszudenken. Zufrieden?«

Mercedes lächelte wie eine Katze am Sahnetopf »Mehr als zufrieden«, schnurrte sie.

Sein Blick senkte sich auf ihren Mund. Sie sah wahrhaft zufrieden aus. Colin nahm die Gläser mit einer Hand hoch, mit der anderen griff er nach der Flasche. »Ich denke, Mrs. Hennepin hat das Zimmer mittlerweile herrichten lassen«, meinte er. »Gehen wir nach oben?«

Mercedes blickte noch einmal zum Kamin, wo sie sich auf dem Teppich geliebt hatten. »Nichts an diesem Tag scheint so zu verlaufen, wie ich es mir vorgestellt hatte«, flüsterte sie.

Bevor Colin fragen konnte, was sie mit dieser Bemerkung meinte, hatte sie die Tür geöffnet und ging zur breiten Treppe voraus.

Colins Schlafzimmer war mit duftenden Blumensträußen auf Kaminsims und Nachttisch geschmückt. Rosenblüten waren auf dem Bett verstreut. Mercedes bemerkte einige ihrer Toilettenartikel auf dem Frisiertisch. Vermutlich hing ihre Garderobe im Ankleidezimmer. Colin stieß die Tür mit dem Stiefelabsatz zu, als Mercedes sich ihm zuwandte.

»War das deine Idee?«, fragte sie.

»Die Blumen?« Er stellte Gläser und Flasche auf dem runden Tisch zwischen den Ohrensesseln ab. »Sieht mir mehr nach Sylvia oder Chloe aus.«

»Nein.« Mercedes schüttelte den Kopf. »War es deine Idee, dass wir ein gemeinsames Schlafzimmer haben?«

Colin reagierte verdutzt. »Wir sind verheiratet«, meinte er. »Natürlich haben wir ein gemeinsames Zimmer.«

»Wieso hast du mich nicht gefragt? Das ist nicht üblich. Nicht in einem Haus wie Weybourne, in dem Dutzende Schlafzimmer leer stehen. Wir können zwei angrenzende Zimmer im Südflügel haben oder im Nordflügel, wenn dich die Nähe der Kinder nicht stört.«

Colin setzte sich auf die Bettkante und zog die Stiefel aus. »Mercedes«, versetzte er geduldig. »Wir haben viele Nächte in diesem Zimmer verbracht. Ich sehe nicht ein, welchen Unterschied ...«

»Das war etwas anderes. Vorher konnte ich mich zurückziehen. Ich hatte mein eigenes Zimmer. Hier kann ich nicht bleiben ... nicht die ganze Zeit.«

»Du bist meine Ehefrau, Mercedes.«

Sie drehte nervös den Ring an ihrem Finger. »Als deine Geliebte hatte ich mehr Freiheit.«

Colin straffte die Schultern und musterte sie kühl. »Um kalte Füße zu bekommen, ist es etwas spät. Aber du hast ja bereits erwähnt, dass nichts an diesem Tag so verlaufen ist, wie du dir vorgestellt hast. Erweitere ruhig die Liste deiner Beschwerden.«

»Ich beschwere mich nicht«, widersprach sie mit erhobener Stimme. »Ich dachte nur nicht, dass du ein gemeinsames Schlafzimmer willst.«

»Und ich dachte nicht, dass du getrennt schlafen willst.«

Mercedes blinzelte erschrocken. Ihr Ärger flaute ab. Sie schüttelte den Kopf und lächelte beschämt. »Ich sagte nicht, dass ich getrennt schlafen will«, verteidigte sie sich. »Nur, dass ich ein eigenes Zimmer möchte. Das sind zwei verschiedene Dinge.« Sie näherte sich dem Bett. Colin spreizte die Beine und sie trat nahe an ihn heran. »Und was meine Bemerkung angeht, dass nichts an diesem Tag so verlief, wie ich mir vorgestellt hatte, so dachte ich daran, dass ich immer fürchtete, eines Tages an einen Freund meines Onkels verheiratet zu werden. Er hat mir oft genug damit gedroht. Wäre er nicht auf meine Hilfe angewiesen gewesen, Weybourne Park zu erhalten oder seine Kinder groß zu ziehen, hätte der Graf mich längst an irgendein Scheusal verschachert.«

Colin spürte, wie sein Magen sich verkrampfte. »Dann bist du nicht enttäuscht?«

»Wieso enttäuscht?«, fragte sie.

»Du wolltest eine Trauung im Garten.«

»Sie hätte auch im Gefängnis stattfinden können«, erinnerte sie ihn. »Außerdem hast du die Kapelle mit Blumen schmücken lassen. Es war wunderschön.«

»Wir haben den Tag nicht gemeinsam verbracht.«

»Dafür war der Abend umso schöner.«

»Wir haben unsere Ehe in der Bibliothek vollzogen.«

»Du kannst es auch so sehen: Wir haben damit eine Meinungsverschiedenheit hinausgezögert.« Mercedes erwartete ein Lachen von ihm, wenigstens ein Lächeln. Colin aber blieb ernst, stattdessen erforschte er ihr Gesicht. Die Wehmut in seinen Augen machte sie beklommen.

»Was ist?«, fragte sie. »Du hast etwas auf dem Herzen. Sag es mir.«

Es verstrich eine lange Pause, ehe er sie sanft von sich schob und aufstand. Er schenkte sich Wein ein. Als er ihr Glas nachfüllen wollte, lehnte sie ab. Er spürte ihre fragenden Blicke auf sich, als er Aufschub zu gewinnen suchte. »Ja, es gibt etwas«, sagte er endlich. »Etwas, von dem du nichts weißt.«

Mercedes verschränkte die Arme vor der Brust, eine schützende Geste, die ihr üblicherweise half, ihre innere Unruhe zu bezähmen. Diesmal war sie nutzlos.

Colin wusste nicht, dass er es sagen würde, bis er es ausgesprochen hatte. »Ich habe dir nie von meinen Eltern erzählt.«

Sie hatte keine klare Vorstellung von dem, was er ihr eröffnen würde, daran hatte sie jedenfalls nicht gedacht. Verwirrt atmete Mercedes tief ein. »Sprich weiter«, ermunterte sie ihn.

Es gab keine sanfte Umschreibung für das, was er ihr zu sagen hatte. »Meine Eltern wurden ermordet«, fuhr er fort. »Wie deine.«

Ihre erste Reaktion war, ihm ihr Beileid auszusprechen, doch sie zögerte, da er offensichtlich weitersprechen wollte.

»*Genau* wie deine Eltern.«

Nun furchte Mercedes die Stirn. »Ich verstehe nicht.«

»Sechs Monate vor dem Mord an deinen Eltern wurde auf demselben Straßenabschnitt ein anderer Raubüberfall begangen. Erinnerst du dich? Du hast am Abend meiner Ankunft darüber gesprochen.«

»Ja, ich erinnere mich«, sagte sie. »Der Kutscher wurde erschossen. Die Eltern von drei Kindern wurden ermordet.«

Er wartete, bis sie den Zusammenhang selbst herstellte. Mercedes kannte die Geschichte seit so vielen Jahren, dass sie ohne Anteilnahme war. Der Vorfall war Bestandteil ihrer eigenen Tragödie, die Kulisse des Dramas, dem ihre Eltern zum Opfer gefallen waren.

Ihr Kopf fuhr hoch, ihre geschwungenen Brauen trafen sich. »Drei Buben«, hauchte sie. »Du, Decker und Grey.«

»Genau.«

Sie fand keine Worte der Anteilnahme. »Warum hast du so lange geschwiegen?«

»Weil ich glaubte, du würdest mich nicht heiraten, wenn du weißt, dass ich den Verdacht hege, dein Onkel habe sie ermordet.«

Kapitel 14

Ermordet ... ermordet ... ermordet ...

Mercedes schüttelte mechanisch den Kopf, ungläubig und fassungslos. »Du musst dich irren«, hauchte sie tonlos, zu erschüttert, um Kraft in ihre Worte zu legen. »Hattest du es deshalb auf den Grafen abgesehen?«

»Er hatte es auf mich abgesehen«, versetzte Colin und beobachtete sie scharf. Mercedes wirkte wie zu Eis erstarrt. Der Schein des Feuers vermochte ihre Leichenblässe nicht zu mildern. »Bevor ich nach Weybourne kam, hatte ich keinen Verdacht. Ich war völlig ahnungslos.«

»Bis du mit mir gesprochen hattest.«

»Und *du* mit *mir*«, fügte er hinzu. Colin nippte am Glas.

Er hatte seine Geschichte nicht oft erzählt. Die Cunningtons hatten dem Achtjährigen nicht geglaubt. Das veranlasste ihn, vier Jahre zu schweigen, bis er sie Jack Quincy erzählte. Später erzählte er sie Mrs. Remington und vor nicht allzu langer Zeit Aubrey Jones.

Es lag nicht daran, dass es Colin sonderlich schwer fiel, darüber zu sprechen. Es war nur so lange her, dass er manchmal glaubte, die Tragödie sei einem anderen zugestoßen. Er schwieg, weil die Geschichte mit jeder Wiederholung unwahrscheinlicher klang und er fürchtete, die Verbindung zu seiner Vergangenheit zu verlieren. Je älter er wurde, desto besser verstand er, warum die Cunningtons ihm nicht glauben wollten.

»Ich habe die Mörder meiner Eltern gesehen«, fuhr er sachlich fort. »Ich sah den Kutscher vom Bock stürzen, kaum dass die Kutsche zum Halten gekommen war. Es gab keinen Warnruf, keinen Befehl abzusteigen. Der Mann war unbewaffnet, deshalb konnte er keine Waffe ziehen. Er wurde umgebracht, weil die Verbrecher von Anfang an die Absicht hatten, die Morde zu begehen.«

Mercedes sah ihn stumm an, ihre Gesichtszüge waren wie versteinert. Colin wusste nicht einmal, ob sie hörte, was er sagte, dennoch sprach er weiter.

»Mein Vater wurde aus dem Wagen gezerrt. Er bot ihnen Geld und den Schmuck meiner Mutter. Die kurze Verhandlung gab meiner Mutter Zeit, mir ihre Ohrringe in die Hand zu drücken und mir mit Gesten zu bedeuten, mich schlafend zu stellen. Ich schmiegte mich an Decker.« Wenn Colin es zuließ, konnte er noch heute den zitternden Körper seines kleinen Bruders spüren. Er hatte sich über ihn geworfen, um zu verhindern, dass die Verbrecher sein Zittern bemerkten, verzweifelt bemüht, sich seine eigene Todesangst nicht anmerken zu lassen. Wenn er manchmal nachts aus dem Schlaf hochschreckte, spürte er wieder den metallischen Geschmack des Grauens im Mund. Nie erinnerte er sich an den Albtraum, nur an den Geschmack im Mund, der die Erinnerung an die Nacht des Schreckens in ihm wachrief.

»Mein Vater lebte noch, als meine Mutter aus dem Wagen

gezerrt wurde. Der Kerl entriss ihr das Baby und warf es mir in die Arme, dann schlug er die Tür zu.« Colin leerte das Glas. »Ich drückte Decker den Säugling in die Arme. Grey war aufgewacht und weinte. Ich bedeutete Decker, ihm die Decke vor den Mund zu halten, damit sie sein Schreien nicht hörten. Ich fürchtete, sie würden Grey töten, weil er solchen Lärm machte.« Colin zuckte die Achseln. »Sie hatten bereits aus nichtigeren Gründen gemordet.«

Mercedes' Gesichtsfarbe hatte einen wächsernen Schimmer angenommen. Sie verharrte reglos.

»Ich kroch zum Fenster. Die Vorhänge waren zugezogen, aber ich konnte durch einen Spalt hinausspähen. Die Lampen an der Kutsche waren gelöscht. Es war eine klare mondhelle Nacht und ich konnte Umrisse erkennen. Es waren drei Männer. Zwei waren von den Pferden gestiegen. Der dritte saß im Sattel. Er war eindeutig ihr Anführer, obwohl er wenig sprach. Alle drei trugen Hüte und hatten Tücher um den unteren Teil des Gesichts gebunden. Sie nahmen meinem Vater die Geldbörse ab und rissen meiner Mutter Ringe und Halsschmuck ab.«

Er machte eine Pause und wandte das Gesicht zur Seite. »Wir waren nicht sehr wohlhabend«, fuhr er fort. »Die Ohrringe, die meine Mutter mir gab, waren ihr kostbarster Besitz. Unsere Kutsche war gemietet. Der Kutscher war mir fremd. Wir wollten den Vater meines Vaters besuchen – einen Mann, den ich nie gesehen hatte. Mein Vater hatte erst wenige Tage zuvor den Entschluss gefasst, die Reise zu unternehmen. Kurz zuvor hatten wir in einem Gasthaus Halt gemacht. Ich erinnere mich, dass mein Vater davon sprach, ob es wirklich klug war, die Reise zu unternehmen, ohne dabei an eine drohende Gefahr zu denken. Er zögerte, sich mit seinem Vater auszusöhnen, das ließ ihn am Sinn der Reise zweifeln. Doch meine Mutter drängte ihn, die Reise fortzusetzen.«

Colins dünnes Lächeln stand in krassem Gegensatz zur Düsternis in seinen Augen. »Er konnte ihr keinen Wunsch abschlagen und meine Mutter sagte ihm, es sei an der Zeit, dass seine Söhne ihren Großvater kennen lernten.«

Colin trat an den Kamin. Mercedes fröstelte, war jedoch unfähig, sich zu bewegen. Colin stocherte im Feuer. Die Flammen schlugen höher, spendeten mehr Licht und mehr Wärme. »In der Gaststube saßen mehrere Leute, von denen ich wenig Notiz nahm.«

Das war der Grund, warum ihm seither nichts entging, dachte Mercedes. Warum er so wachsam, so argwöhnisch war, warum er die Menschen seiner Umgebung so scharf musterte. Diese Lektion hatte der kleine Junge gelernt und sich zu Herzen genommen: sei stets wachsam. Nichts ist ohne Bedeutung.

»Die Räuber waren in dem Gasthaus«, sagte Mercedes.

Colin erschrak über ihre Stimme, die hohl und dumpf klang. »Ja«, bestätigte er. »Das vermute ich. Dort haben sie uns als Zielscheibe ausgesucht.«

»Und sind euch gefolgt.«

Colin nickte. »Das Gasthaus war abgelegen. Sie konnten sicher sein, dass uns so schnell niemand folgte.« Colin stellte den Schürhaken beiseite. Die Wärme des Feuers vermochte Mercedes nicht zu erreichen. »Es nützte nichts, dass mein Vater ihnen alles bot, was er bei sich hatte. Die Banditen hatten von Anfang an geplant, ihn zu töten. Sie schossen ihn in den Rücken, als hätte er versucht zu fliehen. Er aber hatte sich nur auf meine Mutter geworfen, um sie zu beschützen. Die beiden Männer konnten ihn nur mit Mühe von ihr wegziehen. Meine Mutter stürzte sich auf die Banditen, schlug auf sie ein, schrie, kratzte und biss wie eine Wilde um sich. Sie wusste, dass auch sie sterben musste, und wollte den Tod zu ihren Bedingungen. Die Männer anzugreifen bewahrte sie davor, vergewaltigt zu werden. Der Anführer, der nicht auf meinen Vater geschossen hatte, erschoss sie.«

Colin hatte sie fallen gesehen, mit ausgestreckten Armen, dem Vater entgegen. Sie lag sehr nah an ihm, berührte ihn beinahe. Colin verdrängte das Schreckensbild. »Die beiden Banditen boten dem im Sattel sitzenden Mann seinen Anteil an der Beute, die er verweigerte. Er schien sogar ...« Bislang hatte Colin nie die richtige Bezeichnung für die Reaktion des dritten gefunden. Nun fand er das passende Wort. »Er schien sogar zu schaudern, als empfinde er das Angebot der beiden als Beleidigung. ›Ihr habt bewiesen, dass ihr dazu fähig seid‹, waren seine Worte. ›Behaltet eure Erinnerungsstücke.‹ Er griff in die Tasche seiner Jacke und holte einen Beutel hervor, in dem Münzen klirrten, als er ihn den beiden zuwarf. Der Kerl, der den Beutel auffing, wollte wissen, was mit den Kindern geschehen solle. Der Mann im Sattel schaute zur Kutsche herüber. Einen Augenblick glaubte ich, er habe mich am Fenster entdeckt und wüsste, was ich gesehen hatte. Dann schüttelte der Reiter den Kopf. Wir waren ihm unwichtig. Er wandte sein Pferd, wartete, bis die beiden anderen in den Sattel gestiegen waren, und dann verschwanden die drei.«

Erst als die Männer verschwunden waren, fand Colin seinen Mut wieder und rannte hinter ihnen her, bis seine Lungen stachen und er vor Tränen und Zorn nichts mehr sehen konnte. Keuchend und verzweifelt kehrte er zur Kutsche zurück. Decker kauerte immer noch im hintersten Winkel der Kutsche und hielt den Säugling fest an sich gedrückt. Colin legte den kleinen Grey auf den Boden und half Decker aus der Kutsche. Gemeinsam hielten sie Totenwache bei ihren Eltern, bis sie von Reisenden aufgefunden wurden.

Mercedes trat ans Fenster. Das rötliche Licht des Kaminfeuers reflektierte ihr Spiegelbild in den schwarzen Fensterscheiben. Hinter ihrer gespensterhaften Erscheinung entdeckte sie Colin, der sie beobachtete.

»Es gibt Ähnlichkeiten«, sagte sie nach einer Weile. »Ich wusste immer, dass es andere Raubüberfälle gab. Aber ich begreife nicht, wieso du denkst, sie könnten etwas mit meinem Onkel zu tun haben.«

»Ich habe mit Mr. und Mrs. Hennepin und anderen Leuten aus der Umgebung gesprochen, die sich an die Tragödie erinnern«, erklärte Colin. »Ja, es gab weitere Raubüberfälle, aber nur zwei endeten mit Mord. In den Schilderungen der Überfälle vor der Ermordung meiner Eltern war stets nur von zwei Banditen die Rede.«

»Und nur zwei Banditen wurden für den Mord an meinen Eltern bestraft«, versetzte Mercedes.

»Ich habe drei Männer gesehen«, meinte Colin unbeirrt. »Und du ebenfalls.«

Mercedes wirbelte herum. Ihre weiten Röcke wippten rauschend um ihre Beine. »Ich war nicht dabei.«

Er achtete nicht auf ihren Einwand. »Zwei Wegelagerer auf der Poststraße nach London«, berichtete er sachlich, »die ziemlich geschickt vorgingen und den Häschern der Polizei immer wieder entkamen. Auf diese zwei Banditen wird ein junger Mann aufmerksam, der jüngere Sohn eines Grafen. Er ist eifersüchtig auf seinen älteren Bruder, der alles bekommt, was er sich wünschte. Der Ältere erbt Land, Adelstitel und den Sitz im Oberhaus. Obendrein hat er eine schöne Gemahlin, eine Frau, auf die es der jüngere Bruder abgesehen hatte. Der Alleinerbe hat eine Tochter, aber keinen Sohn. Daher hegt der jüngere Bruder immer noch die Hoffnung, an den Besitz des Bruders zu gelangen, möglicherweise sogar an seine Gemahlin. Doch die Zeit eilt. Wenn das nächste Kind des Grafen ein Sohn ist, verliert der jüngere Bruder jede Chance, dass sein Wunsch in Erfüllung gehen könnte.«

Mercedes schloss die Augen, wollte nicht länger zuhören. Ihre Finger krallten sich in den Stoff ihres Kleids. »Das kannst du nicht wissen«, stieß sie gepresst hervor. »Es gibt keinen Beweis.«

Auch diesmal achtete Colin nicht auf ihren Einwand. »Dieser junge Mann wendet sich an die Straßenräuber. Diesmal geht es nicht nur um Raub, sondern um Mord. Zuvor aber will er sich Gewissheit verschaffen, dass die beiden fähig sind, die Tat zu begehen. Er stellt sie auf die Probe. Er trifft sich mit ihnen in einem Gasthaus, in dem Reisende häufig Rast machen, wo sie unter den anderen Gästen nicht auffallen. Er sucht sich eine Familie aus.« Colin zuckte die Achseln. »Vielleicht tun das auch die beiden Banditen. Mitreisende Kinder sind wichtig, da der Auftraggeber weiß, dass sein Bruder selten ohne Gemahlin und Tochter verreist. Nun sollen die Banditen beweisen, dass sie für die Aufgabe geeignet sind.«

Colin trat einen Schritt auf Mercedes zu, die wie angewurzelt stehen blieb. »Und sie erbrachten den Beweis. Sie durften ihre Beute behalten und der junge Mann gab ihnen obendrein noch einen guten Lohn. Ihm ging es nicht um die Beute.«

Colin nahm Mercedes' Hände, die sich kalt anfühlten. Als er ihre Finger öffnete, spürte er ihre klammen Handflächen. »Sechs Monate später«, fuhr er mit ruhiger Stimme fort, »wurde ein ähnlicher Überfall verübt. Die Straßenräuber wussten vermutlich nicht, wer ihre Opfer waren, sonst hätten sie ihren Erfolg wohl kaum in einer Taverne fünf Meilen vom Wohnort der Familie entfernt gefeiert. Sie mussten sich ihrer Sache sehr sicher gewesen sein.«

Mercedes schüttelte den Kopf. »Sie hätten etwas gesagt, ehe man sie hängte. Sie hätten den Anstifter verraten.«

»Nicht, wenn sie seinen Namen nicht kannten. Vermutlich ahnten sie nichts über dessen Motive. Vielleicht gaben sie auch Hinweise auf einen dritten Banditen und niemand glaubte ihnen. Vielleicht fand die Polizei auch keinerlei Hinweise auf einen Komplizen. Die Einzigen, die von einem weiteren Komplizen sprechen konnten, waren Kinder. Grey war ein Säugling. Decker wurde bald aus dem Waisenhaus geholt und ich war auf dem Weg nach Boston. Du warst ein stummes vierjähriges Mädchen. Niemand wollte etwas von uns wissen.«

Mercedes schüttelte wieder den Kopf und versuchte, sich aus Colins Griff zu entwinden. »Ich war nicht dabei!«, stieß sie hervor.

»Du warst dabei. Frag Mrs. Hennepin! *Ich* habe sie gefragt. Sie kann dir alles erzählen. Sie hält es für einen Segen Gottes, dass du dich nicht erinnern kannst, was in jener Nacht geschah.«

»Dein Hochmut grenzt an Blasphemie. Wie kannst du Gottes Namen in diesem Zusammenhang erwähnen?«, schnappte Mercedes.

Colin fuhr unbeirrt fort. »Du hast ein ganzes Jahr geschwiegen. Deine Tante Georgia zog Ärzte zu Rate, die dich untersuchten und keine Störung feststellen konnten oder aber meinten, du seist eine Gefahr für Chloe und Sylvia und solltest von ihnen fern gehalten werden. Mrs. Hennepin sagt, du hast die meiste Zeit im Nordturm verbracht und man ließ dich gewähren. Dein Onkel war offensichtlich anderer Meinung. Eines Tages folgte er dir. Niemand weiß, was im Turmzimmer vorging, doch als du wieder nach unten kamst, war es, als habe das vergangene Jahr nicht existiert.«

Mercedes versuchte wieder, sich ihm zu entwinden, Colin aber ließ ihre Hände nicht los. »Deine Tante Georgia sah deine plötzliche Veränderung mit Bestürzung, doch Mrs. Hennepin wollte glauben, dass nun alles wieder gut sei. Nur deine Angst vor Pferden war geblieben, die du früher nie hattest, wie Mrs. Hennepin mir glaubhaft versicherte. Und deine gelegentlichen Absencen waren Besorgnis erregend, Zustände, in denen du alles um dich herum zu vergessen schienst.«

Als Mercedes sich diesmal entwand, ließ er sie gewähren.

»Warum lässt du die Vergangenheit nicht ruhen? Welchen Sinn hat es, mir das alles zu erzählen? Mein Onkel ist tot. Er kann sich nicht verteidigen.«

»Was macht das schon?«, fragte Colin sarkastisch. »In dir scheint er eine glänzende Verteidigerin zu haben.«

Mercedes schlug ihn mitten ins Gesicht. »O mein Gott!«, entfuhr es ihr. Sie barg das Gesicht in den Händen, nicht weil sie fürchtete, Colin würde zurückschlagen, sondern aus Scham, ihn geschlagen zu haben.

Colin blickte auf ihren gesenkten Kopf. »Ich habe dir das alles nicht vor der Hochzeit gesagt«, fuhr er mit leiser Stimme fort, »weil ich fürchtete, du würdest mich nicht heiraten. Dein ganzes Leben hast du Verantwortung für andere getragen. Du hast deine Vettern und Basen, die Bediensteten und sogar den Besitz vor deinem Onkel beschützt. Du hast sogar deinen Onkel beschützt und einen Weg gefunden, dir selbst die Schuld zu geben. Ich hatte keinen Grund anzunehmen, dass sich daran etwas geändert haben könnte. Und ich habe Recht behalten.«

»Ich beschütze ihn nicht«, stieß sie hervor und ließ die Hände sinken. Ihre grauen Augen verdunkelten sich gequält. Sie starrte auf einen Punkt hinter Colins Schultern. »Ich glaube dir nur nicht.«

»Es ist unwichtig, ob du mir glaubst«, erwiderte er. »Ich wollte dich nur wissen lassen, was *ich* glaube.«

»Hast du vor, es den Kindern zu sagen?«, fragte sie bang. »So grausam kannst du nicht sein.«

Colins Herz zog sich schmerzhaft zusammen. »Nein, ich sage es ihnen nicht. Und das, was ich dir berichtet habe, hat nichts mit Grausamkeit zu tun.«

Sie lachte trocken. »Verzeih, wenn ich anderer Meinung bin. Du bezeichnest meinen Onkel als Mörder. Schlimmer noch, du behauptest, er habe meine Eltern ermordet und ich hätte es all die Jahre gewusst. Wenn das nichts mit Grausamkeit zu tun haben soll, dann bete ich zu Gott, niemals deiner Grausamkeit ausgesetzt zu sein.«

Mercedes' Blick flog zur Tür. Es gab kein Entrinnen. In dem riesigen Haus gab es keine Zuflucht für sie. Sie eilte ins angrenzende Ankleidezimmer, beugte sich über die Waschschüssel und würgte.

Colin folgte ihr bis zur Schwelle, ohne näher zu treten. »Du hättest mir Fragen nach meinen Eltern gestellt«, erläuterte er mit ruhiger Stimme. »Eines Tages hättest du mich nach den Umständen ihres Todes gefragt. Dann hätte ich dich entweder belügen oder dir die Wahrheit sagen müssen. Eine Lüge wäre eine Respektlosigkeit dir gegenüber gewesen. Die Wahrheit hätte zu weiteren Fragen geführt und schließlich wären wir da angelangt, wo wir jetzt sind. Es hätte nur länger gedauert, wenn ich dir die Wahrheit nach und nach erzählt hätte. Aber wir wären genau an diesen Punkt gekommen. Mit dem Unterschied, dass du sehr verletzt gewesen wärst, weil ich dir das alles nicht früher erzählt habe.«

Mercedes schwieg.

Colin zog die Tür zu und ließ Mercedes allein.

Es dauerte eine halbe Stunde, ehe sie das Schlafzimmer wieder betrat. Sie hatte das Nachthemd angezogen und ihr

Haar gebürstet. Barfuß trat sie ans Bett. Colin hob die Decke und sie legte sich neben ihn. Den Kissen entströmte der Duft der verstreuten Rosenblätter.

Mercedes lag auf dem Rücken, ohne Colin zu berühren, jedoch nahe genug, um seine Wärme zu spüren. Er redete nicht, doch sie wusste, dass er sie beobachtete. Es störte sie nicht mehr. »Was hast du gemeint, als du sagtest, eine Lüge wäre eine Respektlosigkeit mir gegenüber?«

Colin wartete einen Moment, ehe er antwortete. »Lügen hätte bedeutet, dass ich nicht an dich glaube, dass ich dich für schwach halte oder für unfähig, selbstständig zu denken. Da ich nicht so von dir denke, wäre eine Lüge die falsche Entscheidung gewesen.«

Sie dachte über seine Worte nach. »War das ein Kompliment?«

Er lächelte im Dunkeln. »Ja«, sagte er. »Das war ein Kompliment.«

Mercedes drehte sich auf die Seite. »Ich brauche Zeit, um darüber nachzudenken«, meinte sie. »Es wäre vielleicht anders, wenn ich selbst darauf gekommen wäre, aber damit konfrontiert zu werden ...«

»Ich verstehe.«

»Und du hast keinen Beweis.«

»Nein.«

»Aber ich glaube dir.«

»Ja.«

Mercedes zog die Knie an. Der Schein des Feuers tanzte über ihre Schulter und flackerte auf ihrem Gesicht. Sie berührte die Stelle an seiner Wange, wo sie ihn geschlagen hatte. »Es tut mir leid«, flüsterte sie. »Wenn ich etwas an dem heutigen Tag ändern könnte, würde ich das zurücknehmen.«

Er legte seine Hand auf die ihre und hielt sie an seiner Wange fest. »Warum bist du jetzt bei mir?«, fragte er.

Hätte sie ihm noch gegrollt, hätte sie geantwortet, weil sie kein eigenes Zimmer habe. Stattdessen sagte sie die Wahrheit. »Weil ich bei dir sein will.«

Colin legte ihre Hand an seinen Mund und drückte die

Lippen in ihre Handfläche. Erleichterung stieg in ihm hoch. Irgendwie hatten sie das Schlimmste überstanden, das wusste er. Sie hatte ihn aussprechen lassen, sich dagegen aufgelehnt und ihn schließlich darum gebeten, ihr Zeit zum Nachdenken zu geben.

Mercedes entzog ihm ihre Hand und drehte ihm den Rücken zu. Er rückte nicht näher, bis sie nach hinten griff, nach seinem Arm tastete, ihn um ihre Mitte legte und sich an ihn kuschelte. Das Feuer war beinahe erloschen, als sie wieder sprach. »Was immer er getan oder nicht getan hat, es hat nichts mit mir zu tun. Es ist nicht meine Schuld.«

»Nein, Mercedes.« Colins Atem fächelte an ihre Schläfe. »Es ist nicht deine Schuld.«

Mercedes lag auf einer Decke am Ufer des Forellenbachs. Die Sonnenstrahlen, die durch die Baumkronen sickerten, zeichneten flirrende Kringel aus Licht und Schatten auf ihr Gesicht. Sie schloss die Augen und legte den Unterarm über die Augen. Sie hörte, wie die Zwillinge kichernd im Wasser plantschten und Colin beim Angeln störten, der heute vermutlich keinen Fisch an Land ziehen würde.

Und dann fuhr Mercedes erschrocken hoch, als ihr Wasser ins Gesicht und in den Ausschnitt gespritzt wurde. Sie blinzelte in Erwartung, die Zwillinge vor sich stehen zu sehen. Doch es war Colin, der sie mit Wasser bespritzte. Er warf die Angelrute ins Gras und ließ sich neben ihr nieder. Mercedes schnitt eine Grimasse.

Colin streckte sich neben ihr aus, stützte sich auf die Ellbogen und beobachtete Britton und Brendan, die über moosbewachsene Steine hüpften, um ans andere Ufer zu gelangen. In wenigen Wochen mussten die beiden ins Internat. Es war kaum zu glauben, dass der Sommer bereits zu Ende ging, doch die Anzeichen waren überall zu sehen.

Auf den Feldern stand das Getreide hoch und goldgelb. Bald würde die Ernte eingebracht werden. Die Tage waren zwar sengend heiß, doch die Abende kühlten bereits merklich ab. Immer öfter stiegen Rauchsäulen aus den Kaminen des Herrenhauses, wenn die Wohnräume geheizt wurden.

Die welkenden Blumen im Garten hatten es nicht mehr so eilig, frische Blüten zu treiben.

Seit dem Begräbnis des Grafen waren fünf Wochen vergangen und ein Monat seit der Hochzeit. Vor drei Tagen war Aubrey Jones zurückgekehrt. Colins Blick wanderte zu Mercedes. Sie beobachtete die Buben und ein leichtes Lächeln umspielte ihre Lippen. Ihr Lächeln war selten geworden in den letzten Tagen seit Aubreys Ankunft. Und immer, wenn Colin auf den Grund seines Besuchs zu sprechen kam, verstand Mercedes es geschickt, das Thema zu wechseln.

Die Locke ihres langen Zopfes hing ihr weit über den Rücken. Colin zupfte daran. Mercedes warf ihm einen Blick über die Schulter zu und ihr Lächeln schwand. Er ließ ihr Haar los.

»Wir müssen irgendwann darüber reden«, sagte er.

»Ich habe nichts dazu zu sagen«, meinte Mercedes achselzuckend. »Ob du bleibst oder gehst, es ist deine Entscheidung. Ich weiß nur, dass Mr. Jones von dir erwartet, mit der *Mystic* nach China zu segeln.«

»Woher weißt du das?«

»Von Sylvia. Und du kannst dir denken, von wem sie es hat.«

»Ich kann es bis Hongkong und zurück in weniger als zweihundert Tagen schaffen.«

Sie nickte und wandte den Blick wieder den spielenden Kindern zu. »Ich halte dich nicht davon ab.«

Colin ließ es dabei bewenden. Das Zusammensein mit ihr war ihm wichtiger, als die Zeit mit Streiten zu verbringen.

»Ich denke, ich sollte einen Besuch bei Mr. Patterson machen«, meinte sie nach einer Weile im Plauderton.

»Warum?« Colins Haltung war nun nicht mehr entspannt. »Hast du etwas von Marcus gehört?«

Sie schüttelte den Kopf. »Ich denke nicht, dass er so schnell zurückkehrt.« Wenigstens nicht, solange Colin sich in Weybourne aufhielt, dachte sie. Die Frage, ob Severn lange fortblieb, sobald er erfuhr, dass sie alleine war, hätte sie nicht beantworten können. Diese Besorgnis wollte sie ihrem Gemahl allerdings nicht mitteilen. Nicht, weil sie sich töricht vorgekommen wäre, ihm ihre Angst zu gestehen, sondern weil sie glaubte, es würde einer Bitte gleichkommen, er möge bleiben.

Wenige Tage nach ihrer Vermählung hatte Marcus Severn sich überraschend entschlossen, den Kontinent zu bereisen. Mercedes konnte sich nicht erinnern, dass Marcus je eine Neigung zum Reisen gehabt hätte. Seine überstürzte Abreise hatte wohl eher etwas mit den Fragen zu tun, die Mr. Patterson ihm zu stellen wünschte.

»Sein Verschwinden wirft kein gutes Licht auf ihn«, sinnierte Colin. »Er wäre besser beraten gewesen, zu bleiben und einige Sachverhalte zu klären. Mr. Patterson glaubt nicht ernsthaft, dass Marcus den Grafen getötet hat.« Colin zog sie wieder am Zopf. »Wenn du den Inspektor nicht wegen Severn aufsuchen willst, warum dann?«

»Wegen Ponty Pine«, erklärte sie.

»Dem Taschendieb?«

»Genau. Colin, bitte! Du glaubst doch nicht, dass es einen zweiten Ponty Pine auf der Welt gibt.«

Er zog sie kräftiger am Zopf und zwang sie, sich neben ihn zu legen. Sie kicherte in seinen Mund, als er sie küsste. Ihr Kichern versiegte und er kostete ihr Verlangen. Und dann hörte er, wie die Zwillinge johlend durchs Wasser planschten. Zum ersten Mal, seit er sich in Weybourne aufhielt, war ihm die Gegenwart der Kinder lästig, die schreiend zu Mercedes' Hilfe angelaufen kamen. Glaubten die Rangen etwa, er kämpfe mit ihr? Ja, vermutlich waren sie genau der Meinung, stellte Colin lachend fest.

Ponty Pine war in dem folgenden Gerangel schnell vergessen. Colin packte Britton, der ihm seinen Schädel in den Magen rammen wollte, an den Ellbogen und warf ihn über seinen Kopf hinweg ins Gras, wo er einen Purzelbaum schlug. Mercedes brachte sich kriechend in Sicherheit und stellte dabei Brendan ein Bein, der bäuchlings auf Colin landete und gnadenlos gekitzelt wurde.

Mercedes sah der Balgerei mit blitzenden grauen Augen zu. Ihren Mund umspielte ein sanftes Lächeln und der Gedanke schoss ihr durch den Kopf, wie Colin mit eigenen

Kindern umgehen würde. Sie hatten nie darüber gesprochen, doch manchmal nach dem Liebesakt legte er seine Hand auf ihren flachen Bauch und streichelte sie sanft. Vermutlich war er sich dieser Geste nicht bewusst und ahnte nicht, wie beruhigend sie auf Mercedes wirkte.

Wenn sie noch kein Kind unter dem Herzen trug, lag es nicht daran, dass das Paar sich nicht darum bemühte. Colin hatte darauf bestanden, zwei angrenzende Schlafzimmer im Südflügel zu beziehen. Nun hatte Mercedes ein eigenes Schlafzimmer, das sie allerdings nicht benutzte.

Die Nächte mit Colin zu verbringen war ihr eine große Wohltat. Er schlief in ihren Armen und seine regelmäßigen Atemzüge wirkten beruhigend auf sie. Mercedes schlief tief und erholsam. Geborgen. Getröstet. Vorbei waren die Nächte, in denen sie auf jedes Knarzen der Dielen im Flur gehorcht hatte in banger Furcht, der Graf könne sich ihrem Zimmer nähern.

Manchmal, in den frühen Morgenstunden, wenn das erste Ahnen des Tageslichts ins Zimmer kroch, wachte Mercedes in den Armen ihres Gemahls auf, ohne zu wissen, wer mit den Liebkosungen und Küssen begonnen hatte, die zur Vereinigung führten. Der Gedanke gefiel ihr, dass ihr gegenseitiges Verlangen die Leidenschaft weckte, die in einem Gefühl tiefen Friedens endete.

Und dieser Frieden legte sich nun über sie, während sie zusah, wie Colin sich mit den Zwillingen balgte und sie so lange kitzelte, bis sie lachend und quietschend um Gnade flehten. Ihre Augen brannten, ein Knoten schnürte ihr die Kehle zu. Diesmal drängte sie die aufsteigenden Tränen nicht zurück und schluckte den Knoten nicht hinunter. Sie ließ ihren Empfindungen freien Lauf.

Mercedes merkte gar nicht, wie still es auf der Lichtung geworden war.

Brendan war zuerst bei ihr. »Sag mal, Mercedes, fühlst du dich nicht wohl?«

Britton kauerte sich neben seinen Bruder und legte ihr die kleine Hand auf den Arm. »Es war nur ein Spiel«, sagte er. »Siehst du, es hat nicht wehgetan. Es war nicht wie sonst.«

Die Buben schauten sich an, dann verstört und erschrocken zu Colin. Mercedes' Tränen flossen heftiger. Colin streckte Mercedes die Hand entgegen und sie ließ sich von ihm hochziehen. Sie barg ihr Gesicht an seiner Brust, ihre Finger klammerten sich an seinem Hemd fest. Colin wandte sich über ihre Schulter an die Zwillinge. »Es geht ihr gut. Ich glaube, sie ist sogar sehr glücklich.«

Britton und Brendan tauschten verwirrte Blicke.

»Glaubt mir, sie ist glücklich«, versicherte Colin.

Ohne abzuwarten, bis sie fortgeschickt wurden, trollten die beiden Buben sich wie zwei gehorsame Hündchen und trabten zum Haus zurück.

Colin flüsterte nah an Mercedes' Ohr. »Du bist doch glücklich, oder?«

Sie nickte schniefend, das nasse Gesicht immer noch an seiner Brust geborgen. Colin drückte ihr ein Taschentusch in die Hand. »Ich wollte mir die Nase nicht an deinem Hemd putzen«, flüsterte sie mit erstickter Stimme.

»Tu es jetzt«, befahl er zärtlich.

Sie gehorchte. In ihren Wimpern hingen Tränen, die ihr über die Wangen liefen, als sie die Augen schloss.

Colin nahm ihr das Taschentuch aus der Hand und wischte ihr damit sanft über die Wangen. Er küsste ihre Lider, ihre feuchten Lippen. »Mercedes«, raunte er. In seiner Stimme klang Respekt und Bewunderung.

Sie schluckte. »Liebe mich«, wisperte sie.

Und er liebte sie. Das plätschernde Wasser übertönte ihre Lustschreie und seine heisere Stimme. Sie rissen sich gegenseitig in fiebernder Hast die Kleider vom Leib, um ihren Hunger aneinander zu stillen, sich einander hinzugeben, Erfüllung im anderen zu finden.

Ihre Hände verschränkten sich. Ihre Lippen verschmolzen. Sie knieten voreinander, berührten einander noch nicht, spürten die gegenseitige Hitze der fast unerträglichen Erwartung.

Ihre Zunge tanzte über seine Schulter. Sie schmeckte seinen salzigen Schweiß, kostete seinen Geruch, seinen Geschmack. Ihre Zunge wanderte tiefer. Sie spürte, wie er die

Muskeln spannte und den Atem anhielt. Sie nahm ihn in den Mund und seine Finger wühlten in ihrem Haar. Er schloss die Augen, gab sich der nassen Hitze ihrer Lippen, ihrer flatternden Zunge, ihrer saugenden Mundhöhle hin.

Ihre Körper waren ineinander verschlungen. Halb auf der Decke, halb im Gras lag Mercedes plötzlich unter ihm, ihre Schenkel umfingen seine Hüften. Sie führte ihn in ihren Schoß. Nach dem ersten Drängen verharrte er reglos in ihr.

Ihre Augen fieberten. Er sah, wie die Pupillen sich verdunkelten und weiteten. Ihr Mund öffnete sich und die Zungenspitze wurde sichtbar. Ihr Fleisch saugte sich an ihm fest und übte einen quälend süßen Druck auf ihn aus. Colin küsste sie grob und es war keine Strafe. Sie jauchzte vor Wonne, als er sich in ihr zu bewegen begann.

Und dann war nur das Rauschen des Bachs und das Rascheln des Laubs in den Bäumen hören. Die Atemzüge der Liebenden hatten sich beruhigt, ihre Herzen schlugen im Gleichklang. Das Sonnenlicht ließ ihre nackten Schultern aufleuchten und hob die Konturen seiner kantigen Gesichtszüge hervor.

»Ich habe keine Angst mehr«, sagte Mercedes leise und beinahe verwundert. Sie hob den Kopf, um Colin in die Augen zu sehen. »Ich habe so viele Jahre in betäubender Angst gelebt. Die Angst hat jedes andere Gefühl in mir abgestumpft.« Sie suchte in seinen Augen nach einem Zeichen, dass er begriff. »In mir war kein Platz für andere Empfindungen.«

Der Anflug eines Lächelns umspielte Colins Mund. Er hatte immer gewusst, dass sie etwas zurückhielt, hatte immer die Reserve gespürt, die sie von ihm fern hielt, selbst wenn sie glaubte, ihm alles zu geben. »Und jetzt?«, fragte er.

»Ich liebe dich«, antwortete sie. Sie sprach die Worte mit Hingabe und voller Glück. Sie wiederholte sie, als spreche sie die drei Worte zum ersten Mal aus, horchte auf ihren Klang und begriff ihre Bedeutung. Ihr Herz spiegelte sich in ihren Augen.

Nach dem Abendessen kam es zum Streit.

»Das ist doch blanker Unsinn«, sagte sie und legte das geschlossene Buch beiseite. »Ich dachte, es macht dir Spaß. Hast du mir nicht erst heute Nachmittag erzählt, du kannst in weniger als zweihundert Tagen nach China und zurück segeln?«

»Ja.«

»Und?«

Colin goss einen Schuss Cognac in den bauchigen Kristallschwenker, hob das Glas und ließ die ölige Flüssigkeit kreisen, ohne zu trinken. »Ich habe Aubrey bereits von meinem Vorhaben in Kenntnis gesetzt, mich als Kapitän der *Mystic* zurückzuziehen. Er wird Miss Remington mein Rücktrittsgesuch überbringen. Jonna wird ihm das Kommando übergeben und Aubrey wird die Fahrt machen. Vielleicht ist er zwei, drei Tage länger unterwegs, doch das spielt keine Rolle. Ich muss nicht am Steuer des Schiffs stehen.«

»Warum tust du das?«, fragte sie. »Ich war so sicher, dass du wieder zur See fahren willst.«

»Aber du hast mich nie danach gefragt, wie?«, entgegnete Colin mit leisem Vorwurf. »Du wolltest nicht darüber reden. Ich aber wollte darüber reden, mehr nicht.«

Mercedes senkte schuldbewusst den Kopf. »Ich habe dir gesagt, dass ich Angst hatte. Ich hatte immer Angst. Angst, dich zu verlieren, dich zu behalten. Angst, dich fortzuschicken oder dir das Gefühl zu geben, du seist an mich gebunden.« Sie warf ihm einen verstohlenen Blick zu. »Ich will nicht, dass du deine Entscheidung zu bleiben in zwei, drei Monaten bereust und mir deswegen Vorwürfe machst.«

Colin beugte sich vor und stützte die Ellbogen auf die Knie. Der Cognacschwenker kreiste zwischen seinen Handflächen. »Warum sollte ich es bereuen? Es ist mein Wunsch, hier zu sein, Mercedes. Ich dachte, das weißt du.«

»Ich wollte es glauben«, versetzte sie weich. »Das ist nicht dasselbe, wie es zu wissen.«

Colin schwieg. Er bedachte die Wahl seiner Worte sehr sorgfältig, fürchtete, es würde ihm schwer fallen, seine Gedanken auszusprechen. Und dann war es plötzlich ganz leicht. Mercedes war nicht die Einzige, die ihre Angst besiegt hatte. »Ich weiß nicht, ob ich meine Brüder je wieder sehen werde. Ich weiß nicht, wie sie aussehen, wie sie heißen, was aus ihnen geworden ist. Die Suche nach ihnen, die Angst zu *versagen*, hat mich einerseits am Leben erhalten und mich andererseits gehindert, am Leben teilzunehmen. Die Suche nach meinen Brüdern wurde zur Flucht vor dem Leben. Ich *bin* an dich gebunden, Mercedes, und ich will es sein. Es ist meine Entscheidung, die ich nie bereuen werde.« In seinen Augen leuchtete das Lächeln, das von seinen Lippen aufstieg. »Das Zusammensein mit dir gibt mir mehr Freiheit, als die offene See mir je geboten hat. Ich weiß nicht, ob du das verstehst, aber für mich ist das die reine und einzige Wahrheit.«

Mercedes' Augen hatten sich verdunkelt. »Oh, Colin«, flüsterte sie. »Das kann nicht dein Ernst sein.«

»Es ist mein Ernst.« Er studierte ihr Gesicht, die Verwirrung in ihren Augen. »Macht es dir Angst, dass ich dich so sehr liebe?«

Sie schüttelte heftig den Kopf. »Nein«, sagte sie rasch. »Jetzt nicht mehr. Vorher ...«

Colin stellte das Glas ab, ohne getrunken zu haben, streckte die Arme nach Mercedes aus und setzte sie sich auf den Schoß. Sie leistete keinen Widerstand. »Vorher?«, fragte er.

»Vorher dachte ich, ich verdiene dich nicht. Ich dachte, du kannst in mein Herz blicken und weißt, was für ein Angsthase ich bin, der sich ständig verkriecht, vor einer streichelnden Hand zurückschreckt. Vorher dachte ich, du würdest sehen, dass ich nicht halb so mutig und selbstbewusst bin, wie ich mich gab. Vorher wollte ich nicht, dass du mir nahe genug bist, um die Wahrheit herauszufinden.«

Colin drückte einen Kuss in ihr Haar. »Hast du vergessen, wie wir uns kennen lernten?«, fragte er. »Das war kein Angsthase in der Herberge.«

»Lügner. Du weißt genau, welche Angst ich ausgestanden habe.«

»Du warst bezaubernd.«

Sie sah ihn misstrauisch an. »Damals hast du ganz anders empfunden.«

»Ich habe meine Meinung geändert.«

Sie nahm sein Gesicht in beide Hände. »Ich hoffe, du gibst die Suche nach deinen Brüdern nicht wegen mir auf«, sagte sie.

»Ich gebe sie nicht auf«, entgegnete er. »Ich werde nur sesshaft.«

»Bist du sicher?«

»Ich bleibe hier«, erklärte er. »Aubrey weiß es länger als ich. Er sagt es dir selbst, wenn du mit ihm redest.«

Mercedes war sich bewusst, dass sie ihren Gast vernachlässigt hatte. Sie hatte ihn höflich, aber kühl behandelt, nicht nur wegen Colin. »Welche Absichten hat er mit Sylvia?«, fragte sie. »Hat er mit dir darüber gesprochen? Sie ist in ihn verliebt und ich möchte nicht, dass sie seinetwegen leidet.«

Das wollte auch Colin nicht. »Wir müssen darauf vertrauen, dass die beiden sich aussprechen.«

»So wie wir?«

»Ich weiß nicht, ob ich den beiden *das* wünsche.«

Mercedes versetzte ihm einen Rippenstoß und entschlüpfte ihm. Mit aufreizendem Hüftschwung durchquerte sie den Raum und musste keinen Blick über die Schultern werfen, um zu wissen, dass er ihr mit den Augen folgte.

»Nehmen Sie mich mit«, bat Sylvia, errötend über ihre Unverblümtheit, hielt aber den Blick standhaft in Aubreys Augen gesenkt.

Und Aubrey fühlte, wie ihm die Hitze trotz der kühlen Abendbrise in die Wangen stieg. »Das kann ich nicht.«

»Sie meinen, Sie wollen nicht.«

Aubrey vergrub seine großen Hände in den Taschen, um sie nicht um Sylvias Hals zu legen, der so schlank, so zerbrechlich war. Er hätte ihn mit einer Hand umfangen können. Dabei war das Erdrosseln nicht sein vordringlichster Wunsch. »Also gut«, sagte er. »Ich will nicht.«

»Nun stimmen Sie mir zu, nur weil Sie Streit vermeiden wollen.«

»Ja.«

»Es ist nicht gut, sich einer Auseinandersetzung zu verweigern. Empfinden Sie denn keine Leidenschaft?«

Der Abend war kühl, doch nach Aubreys Meinung längst nicht kühl genug. Sylvias blondes Haar glänzte im Mondlicht silbern. Sie lehnte an der Steinbalustrade der hinteren Terrasse, hielt die zarten Hände sittsam gefaltet, ihr Gesicht erwartungsvoll erhoben. Der Schal um ihre Schultern flatterte im Wind, doch sie machte keine Anstalten, ihn enger zu ziehen.

Aubreys Blick wanderte die Fassade nach oben. Im zweiten Stock waren alle Lichter gelöscht. In den Unterkünften der Dienstboten und im Erdgeschoss brannte noch Licht. Sylvias Schwester und ihre Brüder waren bereits zu Bett gegangen. Auch Aubrey war im Begriff gewesen, sein Zimmer aufzusuchen, als Sylvia ihn auf dem Treppenabsatz abpasste. Auf ihr Drängen und gegen sein besseres Wissen war er ihr auf die Terrasse gefolgt.

Aubrey Jones fühlte sich in Gesellschaft draller Schankmädchen und Frauen aus dem Hafenviertel wohl. Es störte ihn nicht, wenn sie Bemerkungen über seine breiten Schultern und den Umfang seiner Oberarme machten oder laut Mutmaßungen über die Proportionen anderer, verborgener Körperteile anstellten. In Sylvia Leydens Gesellschaft fühlte Aubrey sich tollpatschig, einsilbig und unbeholfen. Seine Füße waren zu groß, sein Brustkasten zu breit, seine Schenkel ähnelten Baumstämmen.

»Es wäre besser, Sie würden wieder ins Haus gehen«, meinte er, ohne auf ihre letzte Bemerkung einzugehen. Wenn sie nur einen Bruchteil der Erfahrung eines Schankmädchens gehabt hätte, dann hätte sie den Beweis seiner Leidenschaft längst bemerkt. »Bitte, Sylvia. Colin vertraut mir. Mercedes vertraut Ihnen.«

Sylvia wusste nicht genau, was er damit meinte. »Natürlich vertrauen sie uns. Warum auch nicht? Sie haben mich ja noch nicht einmal geküsst. Obwohl ich denke, dass Sie den Wunsch haben, mich zu küssen. Ich jedenfalls wünsche es mir sehr.«

»Sie wissen doch gar nicht, was Sie sich wünschen«, versetzte er beinahe schroff. Sie war so zierlich wie eine zerbrechliche Porzellanfigur, kostbar und wunderschön und unersetzlich, wenn ihr ein Leid geschehen würde. Aubrey blickte an sich herunter und trat verlegen von einem Fuß auf den anderen. Er würde ihr wehtun. Er würde sie zerbrechen, wenn er sie nur anfasste.

»Es ist schrecklich, so etwas zu sagen.« Sylvias Blondhaar schimmerte silbern, als sie den Kopf schüttelte.

Aubrey übte sich in Geduld und fuhr sich durch die rote Haarmähne. »Sie werden in der Wintersaison in die Londoner Gesellschaft eingeführt«, erklärte er eindringlich, als spreche er zu einem Kind. »Sie werden viele Herren mit Geld und Adelstiteln und ellenlangen Stammbäumen kennen lernen. Ich bin nicht der Richtige für Sie. Sie sollten sich an Ihresgleichen halten.«

Von ihrem Schlafzimmerfenster, verborgen von der Dunkelheit, beobachtete Mercedes die beiden Gestalten unten auf der Terrasse. Selbst aus der Ferne, ohne ein Wort des Zwiegesprächs zu hören, wusste sie, dass sie Zeuge einer Auseinandersetzung wurde, vielleicht sogar eines Streits.

»Komm zu Bett«, brummte Colin schläfrig, tätschelte die Matratze neben sich und hob einladend die Bettdecke.

»Gleich, Liebling.« Mercedes drehte das Glas Wasser in ihren Händen. Durst war der Grund gewesen, warum sie aufgestanden war. Mit dem ersten Blick aus dem Fenster hatte sie ihren Durst vergessen.

Nein, sie blickte nicht in den Sternenhimmel, dafür war ihre Blickrichtung zu tief. »Was interessiert dich dort unten?«

»Sylvia und Aubrey.«

Colin richtete sich auf. Es war noch nicht lange her, als er mit Mercedes nachts auf der Terrasse gestanden hatte. Damals hatte er sich nicht um Sitte und Anstand gekümmert. Ebenso wenig wie Mercedes. Dieser Gedanke konnte ihn freilich nicht besänftigen, als er an Sylvia und seinen Steuermann dachte. Colin grinste schief über sein plötzliches moralisches Gewissen. »Muss ich jetzt von meinem besten

Freund Satisfaktion verlangen?«, fragte er und tappte auf bloßen Füßen zum Fenster.

»Sie streiten«, sagte Mercedes leise, als könne ein lautes Wort die beiden auf sie aufmerksam machen. »Sieh dir Sylvia an. Sie spricht auf ihn ein und Aubrey scheint vor ihr zurückzuweichen.«

Colin empfand plötzlich Mitleid für Aubrey. Er hatte sich in einer ähnlichen Lage befunden. »Sie kann sich selbst behaupten.«

»Natürlich. Sie ist ja auch auf Weybourne Park aufgewachsen.«

Colin nahm Mercedes das Glas aus der Hand und stellte es auf die Kommode. »Willst du, dass ich nach unten gehe?«

Mercedes schmiegte sich an ihn, als er den Arm um ihre Mitte legte. »Nein, ich denke nicht. Aubrey scheint die Situation nicht auszunutzen. Aber ich muss ein ernstes Wort mit Sylvia reden. Sie ist diejene, die sich Freiheiten herauszunehmen scheint.«

Noch ehe Mercedes zu Ende gesprochen hatte, warf Sylvia sich an Aubreys Brust, der, auf den Überfall nicht gefasst, ins Wanken geriet – trotz Sylvias Leichtgewicht. Er umfing ihre Mitte, um sie von sich zu schieben, doch sie schlang ihre Arme um seinen Hals und presste die Lippen auf seinen Mund.

Colin spürte, wie Mercedes sich neben ihm versteifte. »Ich gehe«, sagte er.

»Nein. Sieh nur! Er versucht, sich von ihr zu lösen.« Das war gar nicht so einfach, denn Sylvia hatte sich wie eine Muschel an einen Schiffsrumpf an Aubrey festgeklammert.

»In vier Tagen sticht die *Mystic* in See«, bemerkte Colin. »Willst du, dass ich Aubrey bitte, die Anker einen Tag früher zu lichten?«

»Ist das möglich?«

Colin nickte. »Einen Tag früher Segel zu setzen wird die Mannschaft nicht überfordern.«

Mercedes dachte darüber nach, während Aubrey Sylvia den Rücken kehrte und seine Schritte ins Haus lenkte. Sylvia schaute ihm hinterher. Weder in ihren Gesichtszügen noch in ihrer Haltung lag Mutlosigkeit oder Kränkung über seine Zurückweisung. »Ein Tag mehr oder weniger«, meinte Mercedes gedehnt, »wird nichts an der Sache ändern, fürchte ich. Hat Aubrey Verständnis dafür, wenn du ihn bittest, in London Quartier zu nehmen?«

»Er versteht es. Er wird dir sogar für den Vorschlag dankbar sein. Ich glaube nicht, dass er weiß, wie er mit Sylvia umgehen soll. Aubrey ist lieber in Gesellschaft von …«

Mercedes hob abwehrend die Hand. »Du musst mir nichts erklären. Und du hast kein Recht, Steine zu werfen. Ich erinnere mich noch sehr gut an Molly.«

Ohne Vorwarnung hob Colin sie in die Arme. »Ich weiß nicht, was du damit sagen willst.« Er achtete nicht auf ihren erschrockenen Aufschrei und ihren lachenden Protest, trug sie zum Bett und ließ sie fallen. Mercedes' schlanker Körper wurde von der Matratze mehrmals hochgefedert. Sie erwartete kichernd, dass er sich auf sie werfe, er aber reichte ihr mit Unschuldsmiene das Glas Wasser.

»Danke.« Sie setzte sich auf und trank. »Danke auch für dein Verständnis wegen Aubrey. Es wäre mir peinlich, ihn zu bitten, das Haus zu verlassen. Es ist nur …«

Colin setzte sich an den Bettrand. »Du musst dich nicht entschuldigen und mir nichts erklären. Ich fürchte, aus mir ist ein Moralapostel geworden: ein bekehrter Lebemann.«

Mercedes warf ihm einen argwöhnischen Seitenblick zu. »Ist das wahr?«

»Worauf bezieht sich deine Frage? Auf den Moralapostel oder auf den Lebemann?«

Sie reichte ihm das leere Glas. Ihr Blick unter der hochgezogenen Braue war ausgesprochen skeptisch. »Auf beides, fürchte ich.«

»Ich erkläre mich bereit, meinen besten Freund zu bitten, Weybourne Park zu verlassen, um Sylvia vor sich selbst zu schützen«, entgegnete er in gespielter Entrüstung. »Und du zweifelst an mir. Was den Lebemann betrifft …« Er unterbrach seine Rede, um Mercedes leidenschaftlich zu küssen, und löste seinen Mund erst von ihr, als sie außer Atem geriet. »Ich war nie ein Lebemann.« Er legte seine Stirn an die ihre und flüsterte: »Was ich über die Liebe weiß, habe ich von dir gelernt.«

Ihr skeptischer Blick war längst gewichen. Mercedes glaubte ihm und fühlte sich geschmeichelt. Sie zog ihn an sich, um ihn zu lehren, was sie sonst noch über die Liebe wusste.

Aubrey Jones verabschiedete sich am nächsten Morgen ohne Groll gegen Colin oder Mercedes. Er hatte bereits beschlossen, das Haus zu verlassen, und seine Sachen gepackt, als Colin sein Zimmer betrat.

»Sie soll ihre erste Ballsaison in London genießen«, sagte Aubrey und steckte seine Hemden in die Reisetasche. »Wenn sie dort niemanden kennen lernt, der ihr gefällt ...« Er zuckte die Achseln und stopfte die Wäsche tiefer in die Tasche, so fest, dass die doppelte Menge Platz gehabt hätte.

Colin enthielt sich eines Kommentars. »Ich habe Jonna einen Brief geschrieben.«

»Ja«, antwortete Aubrey düster. »Miss Remington erwartet sicher eine Erklärung von dir. Als ich ihr von der Dame deines Herzens erzählte ... Na ja, ich denke, sie ist darauf vorbereitet. Quincy wollte, dass ich dich hier weghole, doch das wollte sie nicht zulassen.«

»Dann machst du also die Fahrt nach China.«

»Und ich unterbiete deinen Rekord.«

Daran zweifelte Colin nicht. Aubrey Jones hatte allen Grund, auf schnellstem Wege zurückzukehren. Sylvia Leyden würde auf ihn warten. Eine Ballsaison in London würde sie kaum von ihrem Ziel abbringen. »Ich zähle die Tage«, meinte Colin. »Ich habe Geld auf dich gesetzt.«

Für Aubrey Jones ging es um mehr als um Geld. »Auch ich zähle die Tage.« Er nahm Colins ausgestreckte Hand und drückte sie. »Viel Glück, Captain. Du hast dein Glück gefunden.«

Er war aus der Tür, ehe Colin etwas sagen konnte.

Beim Frühstück erfuhr Sylvia von Aubreys Abreise. Sie zog sich in ihr Zimmer zurück und weder die Bitten ihrer

Schwester noch die ihrer Cousine konnten sie dazu bewegen, die Tür zu öffnen. Colin war froh, nicht um Hilfe gebeten zu werden. Er hätte es vorgezogen, einem Wintersturm mitten auf dem Atlantik zu trotzen, als den Zorn der jungen Dame über sich ergehen zu lassen. Mit Sturm und Eis konnte er besser umgehen, als mit einer kratzbürstigen Sylvia.

»Reg dich nicht auf«, riet er Mercedes später. »Der Sturm wird sich legen und sie wird es überstehen.«

Sein Rat schien den erwünschten Erfolg zu haben. Mercedes war beruhigt und tätschelte ihm lächelnd die Hand. Colin wechselte das Thema. »Hast du nicht gestern gesagt, du wolltest Mr. Patterson einen Besuch abstatten?«

»Was?« Mercedes wurde aus ihren Gedanken gerissen, die bei Sylvia waren. »Ach so. Mr. Patterson. Ja, ich denke, das sollte ich tun. Gestern blieb keine Zeit. Aber da Sylvia mich nicht sehen will, werde ich ihn heute besuchen.«

»Wieso interessierst du dich für den Taschendieb?«

Mercedes zuckte die Schultern. »Ich weiß es selbst nicht recht. Vielleicht will ich nur wissen, ob er wirklich entkommen konnte. Mir ist wohler, wenn ich vom Inspektor höre, dass nicht noch mehr Klagen gegen Mr. Pine vorliegen.«

Colin lachte. »Mr. Pine ist mit Sicherheit nicht der einzige Langfinger in der Gegend.«

»Ja, aber Pontys Spezialität scheint Damenschmuck zu sein. Nicht, dass er Geldbörsen verschmäht hätte, aber Schmuck schien es ihm besonders angetan zu haben. Erinnerst du dich? Die Perlenkette. Die Zierkämme. Ohrringe.«

»Ein Ohrring«, korrigierte Colin sie. »Ponty muss es wohl sehr eilig gehabt haben, sich nur einen Ohrring gegriffen zu haben.«

»Sieht er gut aus?«, fragte Mercedes unvermittelt. »Ich könnte mir vorstellen dass er ein hübscher Mann ist. Ich meine, hübsch genug, um Gefallen bei den Damen zu finden, die er bestohlen hat.«

»Weißt du das nicht?«

»Ich sah nur ein Auge. Der Rest war meiner Fantasie überlassen.«

Colin zog eine Braue hoch. »Lass deiner Fantasie nicht allzu freien Lauf. Abgesehen von seinen strahlend blauen Augen ist er hässlich wie die Nacht.«

Mercedes hob erstaunt den Kopf. »Du lügst«, stellte sie vorwurfsvoll fest.

»Ja, ich lüge«, gestand er ohne Reue.

»Bist du etwa eifersüchtig auf Ponty Pine?« Mercedes klatschte in die Hände und strahlte übers ganze Gesicht. »Du bist eifersüchtig! Wie wunderbar!«, lachte sie. »Dann sieht er also tatsächlich gut aus, wie?«

Colin seufzte. »Wenn er noch hübscher wäre, würden die Damen ihm ihren gesamten Schmuck zu Füßen legen. Und wenn er die gestohlenen Wertsachen zurückbringt und sich entschuldigt, verzeiht ihm jede unter Tränen.«

»Irgendwie habe ich das vermutet«, meinte sie zufrieden. »Und deshalb würde ich gern wissen, ob er es geschafft hat, das Land zu verlassen.«

Damit war ihr Interesse an Ponty Pine gestillt. Ihr Lächeln schwand und ihre Gedanken kehrten wieder zu Sylvia zurück. »Gib ihr Zeit«, riet Colin. »In ein paar Tagen ist Aubrey auf hoher See und Sylvia wird ihren eigenen Weg gehen.«

Colin hatte keine Ahnung, wie viel Wahrheit in seinen Worten lag.

In vier Tagen sollte die *Mystic* Segel setzen und Sylvia hatte sich auf den Weg nach London gemacht.

Kapitel 15

»Du wirst sie finden.«

Colin schlüpfte in die Ärmel seines Gehrocks, ehe er Mercedes' eiskalte Hände nahm und sie beruhigend drückte. »Natürlich finde ich sie.«

»Und du bringst sie zurück.«

»Ja, ich bringe sie zurück.« Er warf einen Blick über die Schulter zu Chloe, die auf der Schwelle stand. Die Zwillinge waren bereits zu den Stallungen gerannt, um nachzusehen, ob sein Pferd gesattelt war. »Weißt du, wie viel Gepäck deine Schwester mitgenommen hat?«, fragte er.

Chloes Augen waren feucht, ihr Gesicht beinahe noch bleicher als das ihrer Cousine. »Es fehlt nur eine Reisetasche. Sie hat wenig eingepackt.« Sie biss sich auf die Unterlippe, um ihr Schluchzen zu unterdrücken. »Was hat sie sich nur dabei gedacht?«

Colin wusste nicht recht, ob Chloe damit die nächtliche Flucht ihrer Schwester meinte oder die Tatsache, dass sie so wenig Wert auf passende Garderobe legte. »Was könnte sie wohl für die Reise angezogen haben?«

Chloe schüttelte den Kopf und wischte sich die Augen. Dann straffte sie die Schultern. »Ich könnte in ihrem Schrank nachsehen, welche Kleider fehlen«, bot sie eifrig an. »Dann wissen wir mehr.«

»Gute Idee.«

Chloe lächelte dankbar und eilte in den Nordflügel, froh und erleichtert, Hilfe anbieten zu können und nicht nur die Überbringerin schlechter Nachrichten zu sein.

Colin zog Mercedes an sich, streichelte ihr den Rücken und küsste ihren Scheitel. »Es wird alles gut«, sagte er. »Mach dir keine Sorgen.«

Mercedes schloss die Augen. »Wie kann sie nur so unüberlegt handeln?«, flüsterte sie.

»Du darfst dir keine Schuld daran geben.«

Sie löste sich von ihm und hob den Kopf. Ihr Lächeln war unsicher und schuldbewusst. »Wie gut du mich kennst. Ich wollte Mr. Jones die Schuld zuweisen, um meine eigene Nachlässigkeit zu vertuschen, doch das schaffe ich nicht. Er wird sie nach Hause schicken, nicht wahr? Ich meine, er ist ein vernünftiger Mann. Er muss wissen, welche Sorgen wir uns alle machen. Er würde sie nicht mit aufs Schiff nehmen, oder?«

Colin war sich Aubreys Handlungsweise völlig sicher. »Er wird Sylvia persönlich in Weybourne Park abliefern«, sagte er. »*Wenn* er weiß, dass sie sich auf dem Schiff befindet.«

Mercedes furchte die Stirn. »Was meinst du damit? Wie soll er das nicht wissen? Sylvia wird ihn doch aufsuchen.«

»Es sei denn, sie fürchtet, Aubrey schickt sie nach Hause. Vielleicht wartet sie, bis die *Mystic* auf hoher See ist.«

»Meinst du, sie versteckt sich auf dem Schiff?« Mercedes blickte Colin mit großen erschrockenen Augen an. An diese Möglichkeit hatte sie bisher nicht gedacht.

Er nickte. »Sich zu verstecken ist weniger kompliziert, als du vielleicht denkst.« Besonders dann, wenn Sylvia, wie er vermutete, Männerkleidung trug.

»Aber ...«

»Ich bringe sie zurück«, sagte er. »Auch wenn das Schiff bereits Segel gesetzt hat. Ich bringe sie zurück.«

Mercedes glaubte ihm, befürchtete aber, seine Rückkehr nicht erwarten zu können. »Ich will dich begleiten.« Ihre Worte waren weniger eine Bitte als ein Befehl.

»Nein.«

Mercedes' Kopf schnellte hoch. Seine schroffe Ablehnung hatte sie nicht erwartet. »Aber ich kann dir helfen. Zwei Paar Augen sehen mehr.«

»Nein«, wiederholte er mit Bestimmtheit. »Ich reise nicht mit der Kutsche und du kannst nicht reiten.« Er sah, wie ihre Schultern einsackten. »Ich bin wesentlich schneller, wenn ich reite.«

Mercedes sah ein, dass eine weitere Diskussion seine Abreise nur hinauszögern würde. »Ich hasse das Gefühl, nutzlos zu sein«, gestand sie leise.

»Hier zu bleiben, wo ich dich in Sicherheit weiß, ist nicht nutzlos. Ich hätte keine ruhige Minute, wenn ich wüsste, dass du etwas auf eigene Faust unternimmst. Versprich mir, dass du nicht eigenmächtig handelst.«

Mercedes nickte ergeben. »Ich verspreche es.« Damit stellte sie sich auf die Zehenspitzen und küsste ihn auf den Mund. »Bring sie wohlbehalten zurück, Colin. Und mache ihr keine Vorwürfe. Sie ist verliebt. Und dieser Zustand verleitet uns alle gelegentlich zu törichten Handlungen.«

Sylvia fand sich in London nur schwer zurecht. Alles war ihr fremd, die Straßen, die vielen Menschen, das hektische Getriebe, die Gerüche und der Lärm der Großstadt. Kurzum, dies war das aufregendste Abenteuer ihres jungen Lebens.

Eine weniger sorgfältig vorbereitete junge Dame hätte ihren Plan längst aufgegeben. Sylvia erreichte den Hafen an der Themse, da sie Aubreys Schilderungen aufmerksam gelauscht hatte. Sie hatte ihm Fragen gestellt, die zu gegebener Zeit unschuldig und unverfänglich klangen, sich nun aber als hilfreich erwiesen. Sie ritt durch die engen Gassen und fragte nur dann nach dem Weg, wenn sie keinen Punkt erkannte, an dem sie sich orientieren konnte.

Die Bürger Londons wirkten freundlich, wenn sie ihr überhaupt Beachtung schenkten. Ihr Weg führte sie über den Wochenmarkt, wo sie von allen Seiten aufgefordert wurde, Kuchen und Brot zu kaufen. Auch Würste, Tomaten und Obst, Fisch und frische Blumen wurden ihr angeboten. Sylvia reagierte auf die Marktschreier in gleich bleibender Weise, tippte mit dem Finger an ihre Hutkrempe und ritt weiter. Sie vermied Augenkontakte und hütete sich, ihre Umgebung allzu aufmerksam zu mustern.

Da sie den größten Teil der Reise von Weybourne Park nach London im Dunkel der Nacht zurückgelegt hatte, konnte sie den Erfolg ihrer Verkleidung erst prüfen, als sie die Randbezirke der Stadt erreichte. Sylvia wusste, dass sie niemanden in die Irre führen konnte, der sie genauer betrachtete, und war daher darauf bedacht, so wenig Aufmerksamkeit wie möglich auf sich zu ziehen. Die Veränderungen, die sie in aller Eile an der Kleidung ihres Vaters vorgenommen hatte, waren unzureichend, um einer genauen Betrachtung standzuhalten. Bei näherem Hinsehen würde jeder sie als verkleidete Frau erkennen. Der Hut war noch das Beste an ihrer Kostümierung, der ihre Haarfülle und die Stirn verbarg. Die Morgenkühle gab ihr guten Grund, den breiten Schal bis zum Kinn hochzuziehen. Trotz dieser Vorsichtsmaßnahmen verriet sie ihre Körpergröße. Ihre schmalen Hände verbarg sie zwar unter Lederhandschuhen, doch ihre zarte Figur im Sattel der Stute wirkte kindlich und weiblich.

Zwei Stunden nach Tagesanbruch erreichte Sylvia unbehelligt die Hafenanlagen. Einerseits im Hochgefühl, eine stolze Leistung vollbracht zu haben, begannen erste Anzeichen von Furcht und Unsicherheit an ihr zu nagen, doch als sie die unübersehbare Menge der Handelsschiffe im Hafenbecken sah, stieg Panik in ihr auf und sie umklammerte die Zügel fester. Sie hatte geglaubt, die *Mystic* zu finden wäre ein Leichtes. Nun sah sie Hunderte von Masten in den grauen Himmel ragen. Dazu kam, dass sie ihre Ankunft möglichst nahe an die Abfahrt des Seglers gelegt hatte. Plötzlich befiel sie eine namenlose Angst, zu spät zu kommen.

Mit einem Schenkeldruck setzte sie die Stute in Trab und ritt die Kaimauer entlang.

Es herrschte ein verwirrendes Treiben von Matrosen und Hafenarbeitern, die ihrer Arbeit nachgingen. Schiffe wurden gelöscht und beladen. Fässer, Kisten und Ballen wurden auf Karren aus Lagerhäusern zum Kai gefahren und die Laufplanken der Schiffe hinaufgerollt, Kisten und Säcke in Netzen aus dicken Tauen mit Flaschenzügen in die Laderäume der Schiffe gehievt oder aus den Frachträumen auf den Kai entladen. Bei all dem Lärm und Geschrei, Gewirr und Gedränge schien jeder Hafenarbeiter genau zu wissen, was er zu tun hatte, jeder Handgriff erfüllte seinen exakt vorgegebenen Zweck. Alles schien nach einer einstudierten Ordnung abzulaufen und gab dem Gesamtbild der verwirrenden Betriebsamkeit eine choreografische, beinahe mathematisch genaue Ordnung.

So konnte es nicht ausbleiben, dass Sylvia, deren Augenmerk auf den Mastenwald im Hafenbecken gerichtet war, den geschäftig hin und her eilenden Arbeitern in die Quere kam.

»He, Bürschchen!«, schrie ihr ein ruppiger Geselle zu. »Pass gefälligst auf, sonst landest du im Hafenbecken.«

Sylvia zog die Zügel straff und brachte die nervös tänzelnde Stute zum Stehen, um nicht mit einem Lastkarren zusammenzustoßen.

Ein zweiter Arbeiter hielt seinen Karren an. »Wenn du deinen Gaul nicht ruhig halten kannst, steig ab und führ ihn am Zügel.«

»Was hast du überhaupt hier verloren, Bursche?«, schrie ein dritter.

Ein feister Kerl lachte schallend. »Wenn du nach Weibern Ausschau hältst, bist du hier am falschen Ort.«

Sylvias angstvolle Blicke flogen durch das Gedränge auf der Suche nach Beistand oder einer Fluchtmöglichkeit. Vergeblich. Was sie jedoch entdeckte, steigerte ihre Angst zum Grauen. Entsetzt drückte sie dem Pferd die Absätze in die Flanken und die ohnehin unruhige Stute preschte los. Männer ließen ihre Karren stehen, um sich in Sicherheit zu bringen, und schimpften zornig hinter dem Reiter her. Die Stute setzte auf ihrer Flucht über Kisten und Karren hinweg, doch Sylvia achtete auf nichts mehr. Sie hielt verzweifelt Ausschau nach der *Mystic*, konnte an nichts anderes mehr denken.

Und dann entdeckte sie das Schiff. Es sah genau so aus, wie Aubrey es beschrieben hatte, und Sylvia fragte sich, wieso sie den Segler nicht sofort unter den anderen Schiffen herausgefunden hatte. Ein stolzes, elegantes Schiff, dessen Masten die anderen um einiges überragten.

Sylvia sprang aus dem Sattel, machte das Pferd fest, drängte sich durch die Schlange der Passagiere, die darauf warteten, an Bord gehen zu dürfen, und stürmte die Gangway hinauf.

Ehe sie an Deck springen konnte, wurde sie von einem Matrosen aufgehalten, der ein Frachtverzeichnis bei sich trug.

»Nicht so eilig«, knurrte er und versperrte dem Bürschchen den Weg. »Passagiere warten, bis wir geladen haben.«

Sylvia starrte ihn eisig an. »Ich wünsche Ihren Kapitän zu sprechen«, sagte sie barsch. »Mr. Jones.«

»Sir?«, fragte der Matrose verdutzt. Seine Augen verengten sich, er wurde unsicher. »Madam?«

»Ich bin Lady Sylvia Leyden«, erklärte sie hochmütig. »Mr. Jones wird Ihnen eine Rüge erteilen, wenn Sie mich warten lassen.« Der Matrose zögerte, ließ den Arm ein wenig sinken und gab Sylvia dadurch Gelegenheit, an Deck zu springen. »Sagen Sie mir, wo ich ihn finde.«

Der Matrose klemmte sich das Brett mit der Ladeliste unter den Arm. »Es tut mir leid, aber Mr. Jones ist noch nicht an Bord.«

»Dann sagen Sie mir, wo ich ihn finde.«

»Ich fürchte, damit kann ich nicht dienen. Er sagte nicht, wohin er wollte, nur dass er in Kürze wieder an Bord kommt.«

Sylvia trat eilig zur Seite, als mehrere Koffer neben ihr abgestellt wurden. »Ich warte«, entschied sie mit einer Bestimmtheit, die keinen Widerspruch duldete, stellte sich an die Reling und hielt sich daran fest. Allein ihre Haltung gab dem Matrosen zu verstehen, dass sie nicht die Absicht hatte, sich von der Stelle zu rühren. Aus dem Augenwinkel sah Sylvia, wie der junge Mann einen Schritt auf sie zu machte, sich dann aber eines Besseren besann. Er nahm sich die Ladeliste wieder vor und hakte weiterhin Frachtstücke ab, die an Bord gebracht wurden.

Das Warten zog sich endlos lange hin. Sylvia hatte keinen Blick für die Betriebsamkeit auf dem Kai. Das kalte Grauen, das sie gepackt hatte, kurz bevor sie die *Mystic* fand, hatte sie immer noch im Griff. Ihre Augen flogen bang den Pier entlang auf der Suche nach Aubreys rotem Haarschopf.

Als die letzten Frachtstücke verladen waren, durften die Passagiere an Bord. Sylvia spürte vereinzelte Blicke in ihre Richtung, denen sie keine Beachtung schenkte. Wären die Dinge anders verlaufen, hätte Sylvia die Reisenden auf der *Mystic* kennen gelernt. Nun aber wusste sie, dass sie nicht mitreisen würde.

Dann entdeckte sie Aubrey. Es war verzeihlich, dass er den kleinen Derwisch nicht gleich erkannte, der die Gangway heruntersauste, ihm entgegenrannte, sich ihm in die Arme warf und sich an ihm festklammerte. Aubrey erkannte den Unterschied zwischen ihrer Umarmung vor wenigen Tagen auf der nächtlichen Terrasse. Die erste Umarmung war aus Leidenschaft erfolgt, diese erfolgte aus Angst.

Ungeachtet der zotigen Zurufe seiner Männer, die sich über die Reling beugten, hielt Aubrey Sylvia eng an sich gedrückt. Als sie ihm ihr Gesicht entgegenhob, rutschte ihr der

Hut vom Kopf. Das hoch gesteckte Blondhaar fiel ihr in einer Lockenkaskade über Schultern und Rücken. Und plötzlich verstummten die Spötteleien an Bord. »Sie müssen mir eine Menge erklären, Sylvia.«

Sie zitterte am ganzen Körner, ohne es zu bemerken. Aubrey löste sich sanft aus ihrer Umklammerung und steuerte sie die Gangway hinauf. An Deck befahl er seinen Leuten, wieder an die Arbeit zu gehen, und führte Sylvia zu seiner Kabine.

Aubrey schloss die Tür hinter sich, doch bevor er ein Wort sagen konnte, hob Sylvia abwehrend die Hand.

»Es ist keine Zeit, mir Vorwürfe zu machen«, stieß sie hastig hervor. »Sie müssen mich sofort nach Weybourne Park zurückbringen.«

»Genau das habe ich vor.«

Sie sprach weiter, als habe er nichts gesagt. »Ich habe ihn gesehen, Aubrey. Er ist in London. Das bedeutet, dass er beabsichtigt, nach Weybourne zu kommen. Ich weiß nicht, wann, aber ich weiß, dass er kommt. Captain Thorne ist in Gefahr, wenn wir ihn nicht warnen.«

Aubrey fuhr sich mit einer großen Hand durchs Haar und legte die Stirn in Falten.

»Wen haben Sie gesehen?«

»Meinen Vater natürlich.«

Aubrey starrte sie fassungslos an. Seine liebe, allerliebste Sylvia hatte den Verstand verloren.

»Ich bin nicht verrückt«, fauchte sie. »Und es ist nicht schön, das von mir zu denken. Ich sage Ihnen, ich habe ihn gesehen. Er spazierte den Kai entlang, zusammen mit Severn und noch einem Mann, den ich nicht kenne. Severn und mein Vater redeten miteinander. Er war es. Ich schwöre es.«

Aubreys Kabine an Bord der *Mystic* war eine wenig geräumige Unterkunft. Außer Bett und Schrank gab es einen Schreibtisch und einen Stuhl. Über dem Schreibtisch hing ein Wandschrank, der Bücher und eine Flasche Schnaps enthielt. Aubrey goss Whisky in ein Wasserglas und reichte es Sylvia.

»Ich brauche keinen Schnaps«, lehnte sie ab. »Ich habe mir nicht den Magen verdorben. Ich habe Angst. Sie müssen verstehen, dass ich sofort nach Hause muss.«

Mit einem tiefen Seufzer leerte Aubrey das Glas selbst. »Sylvia«, begann er nachsichtig. »Ich weiß, Sie glauben, was Sie da sagen, aber Sie müssen auch einsehen, dass es etwas fragwürdig klingt.« Sie war wütend auf ihn, das begriff er jetzt. Ihr zartes Gesicht war mit Röte übergossen, ihre hellblauen Augen blitzten eisig. Dennoch fuhr Aubrey unbeirrt fort: »Selbstverständlich bringe ich Sie nach Weybourne Park zurück. Sie müssen sich nicht eine fantastische Geschichte ausdenken. Jeder kann sehen, dass Sie Ihre Meinung geändert haben. Obschon es besser gewesen wäre, früher zur Vernunft zu kommen. Und nun suchen Sie nach einer Ausrede für Ihr unbesonnenes Handeln.«

Sylvia blieb die Luft weg. »Aha, jeder kann es also sehen? Sogar Sie?« Mit fahrigen Fingern steckte sie sich das Haar wieder hoch mit Klammern und Kämmen, die sie aus der Jackentasche holte. »Verzeihen Sie, wenn ich Ihnen Unannehmlichkeiten bereitet habe«, fuhr sie hochnäsig fort. »Hätte ich nicht meinen Vater und Severn gesehen, würde ich meinen Entschluss tatsächlich bereuen. Ich habe offensichtlich Ihre Gefühle für mich missverstanden.«

»Sylvia, bitte.«

Sein herablassender Ton empörte sie und sie stocherte mit dem Zeigefinger in seine Richtung. »Sparen Sie sich jedes weitere Wort, Mr. Jones.« Sylvia schaute sich suchend nach ihrem Hut um, ehe sie sich daran erinnerte, dass sie ihn auf dem Kai verloren hatte, und wickelte sich stattdessen den Schal fester um den Hals. »Meine Stute ist zu zierlich, um uns beide zu tragen. Sie sollten sich ein Pferd besorgen.« Damit wandte sie Aubrey den Rücken zu und verließ die Kabine.

Unterwegs versuchte Aubrey mehrmals, ein Gespräch mit ihr anzuknüpfen. Sylvia schwieg beharrlich und hielt das Gesicht abgewandt, um ihre Tränen vor ihm zu verbergen. Sie wusste, dass er sich entschuldigen würde, wenn sie es zugelassen hätte, doch sie wollte nichts hören, da er glaubte, sie hätte eine Geschichte erfunden, nur um ihr Gesicht zu wahren.

Auf einer Hügelkuppe zügelte Aubrey sein Pferd. Zu Füßen der Reiter erstreckte sich ein sanftes grünes Tal. Äcker und Felder säumten die Straße wie ein lang gezogener Flickenteppich.

Sylvia ritt langsamer und warf einen Blick über die Schulter. »Wieso halten Sie an?«, fragte sie. »Wir haben noch nicht einmal die Hälfte des Weges hinter uns.«

Aubrey streckte den Arm aus und deutete auf den Hügel in der Ferne, an dem sich das schmale Band der Landstraße schlängelte. »Dort drüben reitet Colin«, sagte er mit verblüffender Selbstverständlichkeit. »Er kommt, um Sie zu holen.«

Sylvia beschattete mit den behandschuhten Fingern die Augen und folgte Aubreys Blick. In der Ferne konnte sie einen einzelnen Reiter erkennen, der in ihre Richtung ritt, hätte in ihm jedoch nie und nimmer Captain Thorne erkannt. »Dummes Gerede«, murrte sie und setzte die Stute wieder in Bewegung.

Als Colin die beiden erreichte, hatte Aubrey die Güte, mit keinem Wort darauf hinzuweisen, dass er ihn bereits von weitem erkannt hatte.

»Haben Sie die beiden gesehen?«, fragte Sylvia anstelle eines Grußes. »Sie müssten Ihnen begegnet sein.«

Colin musterte Sylvias Männerverkleidung. »Das dachte ich mir«, murmelte er kopfschüttelnd. Dann wandte er sich an Aubrey. »Wegen Sylvias Eskapade verlierst du vermutlich einen Tag.«

»Zumindest ein paar Stunden«, antwortete er. »Jetzt kannst du ihre Begleitung übernehmen. Sylvia legt ohnehin keinen Wert auf meine Gesellschaft.«

»Wieso redet ihr *beide* über meinen Kopf hinweg, als sei ich gar nicht vorhanden?«, verlangte sie zu wissen. »Ich weiß, dass Sie verärgert sind, doch das ist noch lange kein Grund zur Unhöflichkeit.« Sylvia lenkte ihr Pferd neben Colins Braunen, ohne Aubrey zu beachten. »Haben Sie Severn gesehen?«, fragte sie.

Colin zog die Brauen hoch. »Severn? Er bereist den Kontinent.«

»Sylvia ist anderer Meinung«, meldete Aubrey sich zu Wort. »Sie glaubt, ihn in London gesehen zu haben.« Und nach einer kurzen Pause: »Zusammen mit dem Grafen.«

»Severn ist mit seinem Vater in London?«, fragte Colin.

»Nein, verflixt!«, schimpfte Sylvia. »Mit *meinem* Vater.«

Aubrey war nicht sicher, welche Reaktion er von Colin erwartete. Einen bedeutsamen Seitenblick vielleicht; den Versuch, Sylvia zur Vernunft zu bringen; ein Räuspern, um sein Lachen zu verbergen. Nichts von alledem geschah. Colin nahm Sylvia völlig ernst.

»Wo?«, fragte er.

»Sie glauben mir also?«, fragte sie verdutzt. Sylvia hatte sich auf eine umständliche Erklärung vorbereitet, dass sie bei klarem Verstand und ihr Augenlicht nicht getrübt sei. Da Aubrey ihr nicht glauben wollte, vermutete sie, dass auch kein anderer sie ernst nehmen würde. Der Grund ihres Schweigens auf dem Heimritt war nur teilweise als Strafe für Aubrey gedacht. Wichtiger war ihr, sich eine vernünftige und glaubhafte Erklärung zurechtzulegen. Plötzlich wurde ihr bewusst, wie ihre Überraschung klingen musste. »Es ist wahr«, versicherte sie hastig. »Ich schwöre es, Captain Thorne. Aubrey denkt, ich hätte eine Geschichte erfunden, weil ich meine Meinung geändert habe und nicht mit ihm nach Boston reisen will. Doch das ist nicht wahr. Ich habe zwar meine Meinung geändert, aber ich habe keine Geschichte erfunden. Ich hätte ihn gar nicht bemerkt in dem hektischen Getriebe im Hafen. Doch plötzlich lief mir ein Mann mit einem Karren über den Weg und meine Stute wurde unruhig. Die Männer fluchten und beschimpften mich. Ich bekam Angst und schaute mich Hilfe suchend um. Und da hab ich ihn gesehen.«

»Severn?«, fragte Colin. Bei Sylvias atemlos gehetztem Bericht war er seltsam ruhig geblieben. Sein Blick glitt zu seinem Freund. Diesmal hörte Aubrey ihr zu, ohne die Geduld zu verlieren.

»Nein«, antwortete sie. »Meinen Vater. Ihn sah ich zuerst.

Zunächst dachte ich, es sei eine Verwechslung, doch dann sah ich Severn und wusste, dass ich mich nicht irre.«

»Erinnern Sie sich, wo Sie die beiden gesehen haben?«

Sylvia schloss die Augen und versuchte sich an die Umgebung zu erinnern. »In der Nähe war ein Gasthaus«, sagte sie. »Das Schild hing schief an einer rostigen Kette. Es war verblichen. Ich konnte den Namen nicht lesen.« Sie legte die Stirn in Falten. »Daneben war ein Lagerhaus. Von dort wurden die Karren herausgeschoben.« Sie öffnete die Augen. »Gaylords Handelskontor.« Sylvia sah Colin hoffnungsvoll an. »An mehr kann ich mich nicht erinnern. Reicht es, damit Sie mir glauben?«

»Ich glaube Ihnen«, sagte Colin und wandte sich an Aubrey. »Erinnerst du dich, dass ich dir von Mr. Ashbrook erzählt habe?«

Aubrey nickte. »Der Wirt, den Severn für seine Aussage bestochen hat.«

Colin half seinem Gedächtnis auf die Sprünge. »Sein Gasthaus ...«

»... liegt direkt neben dem Handelskontor«, führte Aubrey den Satz zu Ende. Sylvias Geschichte war nun auch für ihn glaubhaft geworden. Aubrey wollte sich entschuldigen, doch als er zum Sprechen ansetzte, hob sie abwehrend Hand.

»Sie können ebenso gut zu meiner Hand sprechen, Mr. Jones, um Ihre Entschuldigung anzubringen.« Damit wandte sie sich an Colin. »Ich bin froh, Sie mit heiler Haut hier zu sehen«, sagte sie. »Ich glaubte in erster Linie Sie in Gefahr. Es war ein ganz starkes Gefühl, als ich die beiden zusammen sah, obwohl ich keine Erklärung dafür habe. Sie waren in ein Gespräch vertieft, als sie den Kai entlang spazierten. Aber sie machten keinen ausgesprochen finsteren Eindruck. Mein erster Gedanke war, Aubrey zu finden, nach Hause zu reiten und Sie zu warnen.«

Sylvia sprach weiter, mit leiser Stimme, mehr zu sich selbst, als zu ihren Begleitern. »Ich empfand keine Sekunde Freude, ihn am Leben zu wissen. Ist das nicht seltsam? Keinen Funken Freude. Nur Angst.« Sie hob den Kopf und sah

Colin traurig an. »Ich will nach Hause«, sagte sie. »Ich will bei Mercedes, Chloe und den Zwillingen sein. Ich muss es ihnen sagen. Ich fürchte, sie empfinden ähnlich wie ich.«

Colin nickte. »Reiten Sie ein Stück voraus, Sylvia. Aubrey und ich kommen gleich nach.«

»Sie wollen vermutlich über Dinge sprechen, die ich nicht hören soll.«

»Richtig.«

»Nun gut«, versetzte sie. »Ich schätze Ihre Aufrichtigkeit.« Mit einem leichten Schenkeldruck setzte sie die Stute in leichten Trab und ritt voraus.

Auch Aubrey setzte sein Pferd in Bewegung. »Du denkst also, sie sagt die Wahrheit.« Das war weniger eine Frage als eine Feststellung.

»Ja, das denke ich.«

»Aber der Graf ist tot. Sie haben seine Leiche gefunden. Es gab ein Begräbnis. Zum Teufel, Colin, Mercedes saß unter Mordverdacht im Gefängnis.«

»Und Severn soll den Kontinent bereisen. Das alles ergibt keinen Sinn.«

»Sylvia sagte, ein dritter Mann sei bei ihnen gewesen, den sie nicht kennt.«

»Vielleicht Mr. Ashbrook.« Colin machte ein bedenkliches Gesicht und ritt schneller, um Sylvia einzuholen. Die Sonne strahlte vom wolkenlosen Himmel auf die üppig grüne Sommerlandschaft. Colin indes hatte keinen Blick für die Schönheiten der Natur. Für ihn hätte die Welt auch grau sein können.

»Du scheinst gar nicht überrascht zu sein«, ließ Aubrey sich neben ihm vernehmen.

»Nein«, gestand Colin. »Bin ich nicht. Ich wünschte, ich hätte mich geirrt. Der Gedanke, dass Wallace Leyden tatsächlich tot ist, war mir irgendwie ein Trost, aber wirklich daran geglaubt habe ich nie.«

Aubrey fluchte leise. »Das hättest du mir sagen sollen.«

»Ich hatte keinen Beweis.«

»Nur dein Gefühl«, sagte Aubrey. »Und darauf ist mehr Verlass als auf eine verkohlte Leiche.«

Colin feixte. »Ich wünschte, ich wäre so sicher gewesen.«

»Was haben die beiden vor? Es ist ja wohl offensichtlich, dass Severn und der Graf unter einer Decke stecken.«

»Keine Ahnung. Vermutlich ist Sylvias Annahme richtig, dass der Graf nach Weybourne Park will.«

»Aus welchem Grund?«

»Mercedes sagte einmal, er wollte beweisen, dass das, was ich erreicht habe, nicht möglich ist.«

»Was meinte er damit?«

»Er sprach von der Wette. Er glaubt wohl, ich habe betrogen, um die Wette zu gewinnen.«

Aubrey lachte schallend. Die vorausreitende Sylvia warf einen flüchten Blick über die Schulter. Er würde noch lange zu Kreuze kriechen müssen, ehe er bei ihr wieder in Gnaden aufgenommen wurde. Bei diesem Gedanken blieb Aubrey das Lachen im Halse stecken. »Weybourne hat keine Ahnung, wer du bist«, knurrte er.

»Nein. Aber vielleicht hat er einen Weg gefunden, um mich in Misskredit zu bringen. Das wäre eine Erklärung für sein plötzliches Wiederauftauchen.«

»Und Severn?«

Colins Blick war auf die sonnigen Hügel in der Ferne gerichtet. Hinter der letzten bewaldeten Kuppe vermutete er die Türme und Dächer von Weybourne Park und wünschte, bereits dort zu sein. »Ich weiß nicht«, sagte er leise. »Ich weiß es einfach nicht.«

Mercedes war gezwungen, neben Severn im offenen Zweispänner zu sitzen. In einer geschlossenen Kutsche wie damals vor dem Tattersall wäre ihr seine Gegenwart noch unangenehmer gewesen. Auf der Fahrt von Weybourne Park zu Severns Landsitz Rosefield von Passanten gesehen zu werden gab ihr ein gewisses Gefühl der Sicherheit. Auch dass Chloe, Mrs. Hennepin und die Zwillinge wussten, wohin sie mit ihm fuhr, war ihr eine Beruhigung.

Sie warf Severn einen Seitenblick zu. Er war ein guter Fahrer und hielt die Zügel des Gespanns mit leichter Hand, fuhr jedoch für die schlechten Straßenverhältnisse erheblich zu schnell. Mercedes enthielt sich klugerweise einer Bemerkung. Sie konnte ihn nicht bitten, langsamer zu fahren, und gleichzeitig den Wunsch hegen, so schnell wie möglich von seiner Nähe befreit zu werden.

Er hatte wenig gesprochen, seit er ihr in die Kutsche geholfen hatte. Möglicherweise war ihm ihre Gesellschaft nicht weniger unliebsam wie ihr die seine. Er war gezwungen, seine Europareise abzubrechen und ans Sterbebett seines Vaters zu eilen, und dann verlangte der Graf auch noch, sie zu sehen. Ein Umstand, der ihren Eindruck zu bestätigen schien, dass Severn eine gewisse Enttäuschung für seinen Vater darstellte. Das war jedoch keine Erklärung dafür, warum der Graf es sich in den Kopf gesetzt hatte, sie zu sehen.

»Weiß dein Vater, dass ich verheiratet bin?«, fragte Mercedes als logische Ergänzung ihres letzten Gedankens und wurde sich eigentlich erst bewusst, dass sie ihn laut ausgesprochen hatte, als Severn antwortete.

»Ja, das weiß er«, erwiderte er. »Besser gesagt, er wusste es. Sein Gedächtnis lässt ihn zuweilen im Stich. Vielleicht hat er es auch vergessen. Warum fragst du?«

Mercedes band die Schleife ihres Hütchens neu. »Vielleicht ist das eine Erklärung dafür, warum er mich sehen will. Ich glaube, er hätte eine Heirat zwischen uns gern gesehen.«

»Tatsächlich?«, erwiderte Severn trocken.

Mercedes bedauerte, das Thema angeschnitten zu haben, da sie Severns Antrag in ausgesprochen unangenehmer Erinnerung hatte. Doch zu ihrer Verwunderung ging Severn nicht näher darauf an, vielmehr schien er in Gedanken versunken. Mercedes hatte Gewissensbisse, ihn für so gefühlskalt zu halten, dass ihn der nahe Tod seines Vaters nicht berührte.

In Grübeleien versunken, bemerkte Mercedes nicht gleich, dass Severn eine wenig befahrene Abzweigung genommen hatte.

»Wieso, in aller Welt, kann sie zu Severn in die Kutsche steigen?«, fragte Colin.

Die Zwillinge tauschten Blicke, wandten sich dann an Chloe. Alle drei wussten die Antwort, aber keiner wollte damit herausrücken, um nicht vom mühsam im Zaum gehaltenen Zorn des Captains getroffen zu werden.

Die Freude über Sylvias Rückkehr war von kurzer Dauer gewesen. Nun saß sie kerzengerade auf dem Sofa und warf unruhige Blicke zwischen Colin und Aubrey hin und her. Jeder spürte, dass sie etwas zu sagen hatte, sich aber ungewöhnlich schweigsam verhielt.

Schließlich übernahm Chloe die Aufgabe, Colin aufzuklären. »Mercedes wollte die Bitte des Grafen nicht ablehnen«, sagte sie. Die verständnislosen Blicke der beiden Männer zwang sie, hastig weiterzusprechen. »Severns Vater liegt im Sterben. Diese Nachricht erreichte ihn auf seiner Europareise, die er sofort abbrach. Sein Vater will Mercedes sehen, deshalb kam Severn, um sie zu holen. Der Graf hat sie gern, das sagte er jedes Mal, wenn er sie sah. Ich glaube, er bewunderte meinen Onkel, Mercedes' Vater. Die beiden teilten ihre Liebe zur Astronomie.« Sie machte eine Pause. »Das erzählte mir jedenfalls Mercedes.«

Während Chloes Erklärung war Colin ans Fenster getreten und starrte blicklos hinaus.

Aubreys Lippen waren zu einem schmalen Strich geworden. »Glaubst du das, Colin? Glaubst du, Severn will nur den Wunsch seines Vaters erfüllen?«

Colin wandte sich zögernd vom Fenster ab. Seine dunklen Augen waren verhangen, wirkten entrückt, beinahe gleichgültig. »Meiner Meinung nach hat Severn den einzig erfolgreichen Trick angewendet, um Mercedes zu veranlassen, ihn zu begleiten«, sagte er ohne sichtliche Gemütsbewegung. »Er hat ihr Mitgefühl für andere gegen sie ausgespielt.«

Niemand antwortete. Alle hielten Severn dafür fähig. Sylvia stand auf und setzte sich auf die Armlehne von Chloes Stuhl, die leise zu weinen begonnen hatte. Die Zwillinge rückten näher zusammen.

»Er wird ihr nichts antun«, sagte Aubrey. »Das wagt er nicht.«

Colin durchquerte den Raum. »Davon überzeuge ich mich selbst.«

Aubrey öffnete ihm die Tür. »Ich begleite dich. Ich kümmere mich sofort um frische Pferde.«

»Nein.« Colins Stimme duldete keinen Widerspruch. »Bleib bei der Familie.« Er senkte die Stimme, um von den anderen nicht gehört zu werden. »Er weiß, dass ich sie hole. Ich halte es für besser, dass ich ihn allein treffe.«

Colin war fort, ehe Aubrey ihn fragen konnte, ob er von Marcus Severn oder dem Grafen von Weybourne sprach.

Mercedes kannte das Jagdhaus nur aus Erzählungen ihres Onkels. Während der Jagdsaison wohnte Weybourne lieber hier als auf Schloss Rosefield und Severn überließ ihm die Bleibe auch ohne besondere Einladung.

Das Anwesen war aus Naturstein im Stil eines Bauernhauses erbaut, allerdings von der Größe eines adeligen Landsitzes. Mitten im Wald gelegen, an allen Seiten von hohen Bäumen umgeben, erreichte es kaum je ein Sonnenstrahl und wirkte düster und abweisend. Selbst jetzt, da Licht in allen Fenstern brannte und Rauch aus dem Kamin aufstieg, wurde dieser Eindruck nicht gemildert.

Sobald Mercedes begriff, dass Severn sie nicht zum Herrenhaus brachte, begann sie Fluchtpläne zu schmieden, wusste aber, dass sie keine voreiligen Schritte wagen durfte. Sie musste sich in Geduld üben, da Severn nur darauf lauerte, dass sie zu entkommen versuchte. Wenn sie vorgab, sich in ihr Schicksal zu fügen, würde er vielleicht weniger wachsam sein.

Severn sprang aus dem leichten Wagen und band die Pferde fest, ehe er ihr beim Aussteigen helfen wollte.

Sie achtete nicht auf seine ausgestreckte Hand und stieg ohne seine Hilfe aus. Ein schmaler, mit Steinplatten belegter Weg führte zum Haus. Severn bedeutete ihr mit einer knappen Armbewegung voranzugehen. »Ich weiß zwar nicht, welche Absicht du verfolgst, Severn, aber ich warne dich. Dein Handeln wird böse Folgen für dich haben. Ich bin lediglich erleichtert, dass dein Vater nicht im Sterben liegt.«

Severn wiederholte seine stumme Geste diesmal ungeduldiger. »Mir fiel kein anderer Vorwand ein, unter dem ich dich aus dem Haus locken konnte.«

»Verstehe«, sagte sie und strebte dem Haus zu. »Wusstest du, dass mein Gemahl sich nicht im Haus aufhielt?« Severns Lippen wurden schmal. Er reagierte jedes Mal gereizt, wenn sie Colin als ihren Gemahl bezeichnete. Es kostete ihn Mühe, nicht handgreiflich zu werden. Dieses Vergnügen musste noch ein wenig warten. Er wünschte, die Vorfreude darauf genießen zu können. »Ja, ich wusste es«, antwortete er. »Ich habe den Gärtner gefragt.«

»Und wenn mein Gemahl im Haus gewesen wäre?«

»Dann hätte ich noch einen Tag gewartet.«

Severn hatte also auf eine günstige Gelegenheit gelauert. Sylvias Verschwinden kam ihm sehr gelegen.

Severn öffnete die Tür und ließ Mercedes den Vortritt. Die beiden Männer, die vor dem Kamin saßen, standen auf und drehten sich zu ihr um.

»Deinen Onkel muss ich dir ja wohl nicht vorstellen«, meinte Severn mit triefender Süffisanz. »Der andere Herr ist Mr. Epine. Er hat dir eine Geschichte zu erzählen.«

Mercedes begriff plötzlich, was es bedeutete, wenn einem der Boden unter den Füßen weggezogen wurde. Es war keine Redensart mehr, sondern eine Tatsache. Die Knie versagten ihr den Dienst, ihre Blicke flogen zwischen den beiden Männern hin und her. Wie aus weiter Ferne sah sie die Gestalten auf sich zukommen. Ihr Blickfeld war eingeengt und sie hatte Mühe, einen klaren Gedanken zu fassen. Erst Severns Hand an ihrem Ellbogen brachte sie wieder in die Wirklichkeit zurück.

Angewidert entzog sie sich seiner Berührung und taumelte gegen eine Kommode. Die Tür neben ihr war immer noch offen. Ohne ihre Absicht zu erkennen zu geben, raffte sie die Röcke, rannte aus dem Haus und den Weg entlang.

»Sie scheint nicht sonderlich erfreut, mich zu sehen«, meinte Wallace Leyden trocken. »Dabei sollte sie froh sein, die Trauerkleidung ablegen zu können. Schwarz steht ihr nicht sonderlich, finden Sie nicht auch?« Er wandte sich an seinen stummen Begleiter. »Mr. Epine, hätten Sie die Güte, meine Nichte zurückzubringen?«

»Ich hole sie«, warf Severn hastig ein.

»Ich helfe Ihnen«, bot Mr. Epine an. Sein Angebot wurde weder angenommen noch abgelehnt, da Severn sich bereits auf die Verfolgung seiner Beute gemacht hatte. Mr. Epine, der ihm nacheilte, glaubte, das leise hämische Lachen des Grafen zu hören. Und er fragte sich nicht zum ersten Mal, in was er da hineingeraten war.

Dornengestrüpp und Unterholz behinderten Mercedes' Flucht. Sie war flink und leichtfüßig, Severns Kraft und Ausdauer war sie freilich nicht gewachsen. Ohne einen Blick über die Schulter zu werfen, wusste Mercedes, dass er rasch aufholte. Er stolperte zwar über einen abgebrochenen Ast, dem sie geschickt ausgewichen war, doch das half ihr wenig.

Mercedes stürzte der Länge nach auf den Waldboden, als Severn sie von hinten ansprang. Dabei wurde ihr der Hut vom Kopf gerissen, der ihr im Rücken hing, nur von den Seidenbändern gehalten. Sie versuchte, auf die Füße zu kommen, doch Severn lag schwer auf ihr. Mercedes schloss die Augen.

»Lassen Sie die Dame los«, forderte Mr. Epine und legte Severn die Hand auf die Schulter. »Sie tun ihr weh.«

Severn hob seinen Oberkörper, blieb aber mit gespreizten Beinen auf ihr sitzen. »Halten Sie sich da raus, Epine. Sie sind Leydens Freund, nicht meiner.« Severn riss Mercedes den Hut endgültig weg und drehte sie auf den Rücken. Sie hatte aufgehört, sich zu wehren, dennoch beugte er sich vor und packte sie grob an den Handgelenken. »Es gibt keinen Grund, vor mir wegzulaufen, Mercedes«, sagte er leise. »Das solltest du dir abgewöhnen. Wohin wolltest du denn?«

Mercedes hörte nicht zu und sah ihn auch nicht an. Ihr verstörter Blick erfasste Mr. Epine. Der gut aussehende Freund ihres Onkels stand über Severn gebeugt, seine blauen Augen aber fixierten sie. Er legte einen Finger an die Lippen und zwinkerte ihr zu.

Blau-Auge. Ponty Pine.

Der Taschendieb richtete sich auf und zielte nach Severns gebeugtem Kopf mit der einzigen Waffe, die er besaß: seiner Faust. Ein Schlag hätte Severn für eine Weile kampfunfähig gemacht. Doch der Arm wurde hastig zurückgezogen, als Weybournes Stimme sich vernehmen ließ.

»Ihr habt sie also erwischt«, meinte der Graf gelassen. »Sie hat es weiter geschafft, als ich annahm«, fügte er anerkennend hinzu.

Ponty Pine schüttelte den Ärmel aus, als sei er ihm hochgerutscht. Es würde sich noch herausstellen, ob seine Geste glaubhaft war. Weybourne jedenfalls gab nicht zu erkennen, ob er Verdacht schöpfte. Seine kantigen Gesichtszüge waren ausdruckslos.

»Lass sie los, Severn«, meinte der Graf gelangweilt. »Du kannst es wohl kaum erwarten, sie unter dir liegen zu haben. Aber nicht in aller Öffentlichkeit, das ist geschmacklos.«

Severns zusammengekniffene Augen fixierten Mercedes. Seine Finger umklammerten ihre Handgelenke, bis er sah, wie sie zusammenzuckte. Erst dann gab er sie frei, blieb mit gespreizten Beinen über ihr stehen und wischte sich die Jacke ab. Welkes Laub, Tannennadeln und Erde rieselten auf Mercedes herab. Gemächlich stieg er über sie hinweg und bot ihr die Hand.

Mercedes richtete sich auf, übersah Severn und ergriff Ponty Pines Hand.

Weybourne Lächeln erreichte seine Augen nicht. »Allem Anschein nach hast du einen neuen Rivalen, Severn. Kommt ins Haus! Ich brauche etwas zu trinken.«

Die Haushälterin verrichtete seit fünfundzwanzig Jahren Dienst auf Rosefield und als Colin sie fragte, ob sie ganz sicher sei, dass der Graf und sein Sohn nicht anwesend seien, reagierte sie sichtlich gekränkt und schürzte missbilligend die Lippen.

»Ganz sicher«, antwortete sie. »Seine Lordschaft hält sich seit über einem Monat in London auf.«

»Und sein Gesundheitszustand?«, fragte Colin scharf.

»Er ist gesund und wohlauf, nicht anders als vor einem Monat«, entgegnete sie. »Wir in Rosefield haben nichts Gegenteiliges erfahren.«

»Und wo ist Viscount Fielding?«

Die Haushälterin bereute es, dem Fremden Zutritt in die Eingangshalle gewährt zu haben, dessen Blick zum wiederholten Mal zur breiten Treppe flog, als habe er die Absicht, selbst in den oberen Räumen nachzusehen. »Der junge Herr kehrte erst vor wenigen Tagen von einer Auslandsreise zurück«, erklärte sie. »Gestern reiste er allerdings nach London.«

»Erwarten Sie ihn heute?«

Die Haushälterin verschränkte die Hände. »Über die Pläne von Lord Severn bin ich nicht unterrichtet«, antwortete sie spitz und Colin vermutete einen wunden Punkt.

»Wissen Sie, welche Geschäfte ihn nach London führten?«

»Auch das entzieht sich meiner Kenntnis«, antwortete sie. »Ein reitender Bote überbrachte ihm eine Nachricht, worauf der junge Herr überstürzt abreiste.«

Colin spürte, wie unangenehm ihr seine Fragen waren, setzte sein Verhör jedoch ungerührt fort. »Hatte die Nachricht vielleicht etwas mit dem Gesundheitszustand des Grafen zu tun?«

»Gewiss nicht. Eine solche Meldung würde mir persönlich überbracht werden, um das Haus auf seine Ankunft vorzubereiten. Im Falle einer Krankheit würde Seine Lordschaft Himmel und Hölle in Bewegung setzen, um nach Rosefield zurückzukehren. In diesem Punkt hat er eiserne Prinzipien.«

Colin schloss aus ihren Worten, dass der greise Graf auf Rosefield sterben wollte und nirgendwo sonst.

»Im Übrigen«, fuhr sie fort, »glaube ich nicht, dass er von der Rückkehr seines Sohnes unterrichtet war.« Sie ließ die Hände sinken, als ihr klar wurde, dass sie mehr preisgegeben hatte als beabsichtigt. »Wenn das alles ist …« Ihr Blick flog hoffnungsvoll zum offenen Portal.

»Nur noch eine Bitte«, sagte Colin. »Ich brauche die Londoner Adressen des Grafen und seines Sohnes.«

Die Haushälterin zögerte nur eine Winzigkeit. Colins abwartendes Schweigen hatte mehr Erfolg, als weitere Erklärungen gehabt hätten. Sie entschuldigte sich kurz, schrieb die Adressen auf und reichte ihm den Zettel.

Colin warf einen flüchtigen Blick darauf und steckte ihn ein. »Falls Lord Severn zurückkehrt, sagen Sie ihm bitte, ich sei hier gewesen. Sagen Sie ihm bitte auch, dass ich auf der Suche nach ihm bin und ihn finden werde.«

Die Haushälterin nickte, ehe sie eigentlich begriff, was er von ihr verlangte. Erst als Colin die Auffahrt entlangritt, dämmerte ihr, dass sie eingewilligt hatte, eine Botschaft weiterzureichen, die einen Menschen das Leben kosten konnte.

Mercedes sah zu, wie ihr Onkel sich ein Glas einschenkte. Seine bedächtigen Bewegungen waren die eines Mannes, der seinen Zustand der Trunkenheit zu verbergen suchte.

Mercedes wurde angewiesen, in einem Stuhl vor dem Kamin Platz zu nehmen. Es war mit Sicherheit kein Zufall, dass Marcus sie anwies, sich mit dem Rücken zum Fenster zu setzen.

Die Anwesenheit des Taschendiebs war ihr ein Rätsel. Sein Umgangston mit ihrem Onkel war unbefangen und mit Severn nur eine Spur förmlicher, obwohl beide ihn herablassend behandelten. Mercedes war sicher, dass Ponty versucht hatte, ihr im Wald zu helfen, doch nun schien er sich mit den beiden Herren glänzend zu verstehen. Sie suchte immer wieder seinen Blick, doch er war darauf bedacht, nicht allzu häufig in ihre Richtung zu sehen.

»Glaub nur nicht, dass du eine zweite Gelegenheit zur Flucht bekommst«, warnte Severn. Er hatte das Zimmer für kurze Zeit verlassen und kehrte mit einem Seidentuch zurück, das er in eine Schüssel Wasser tauchte und auswrang, ehe er sich damit Mercedes näherte.

Sie hörte das leise Lachen ihres Onkels, als sie die Hände schützend an ihren Hals legte.

»Auf deinen Hals hat er es nicht abgesehen, Nichte«,

meinte der Graf belustigt und hob das Glas an die Lippen. »Noch nicht. Gib ihm deine Hände.«

Mercedes wandte das Gesicht zur Seite und hob zögernd die Hände. Die nasse Seide fühlte sich kalt an. Severn schlang das Tuch in Form einer Acht um ihre Handgelenke, zurrte es fest und machte einen Doppelknoten. Mercedes wusste, dass der Druck sich erhöhte, wenn die Seide trocken war. Ihre Schmerzen kümmerten Severn wenig, im Gegenteil, er schien wie ihr Onkel Freude daran zu haben, anderen Leiden zuzufügen. Mercedes verzog nicht die geringste Miene, um ihm keine Genugtuung zu gönnen.

Zufrieden wollte Severn sich setzen, nur um festzustellen, dass der Stuhl Mercedes gegenüber besetzt war. Als Weybournes ungehobelter Freund keine Anstalten machte aufzustehen, lächelte er kühl und nahm auf dem Sofa Platz.

Die kleine Szene erheiterte den Grafen. »Du musst nachsichtig mit Mr. Epine sein, Marcus. Er ist nicht daran gewöhnt, sich Höhergestellten gegenüber ehrerbietig zu erweisen. Das könnte lästig werden, im Augenblick finde ich ihn allerdings ausgesprochen unterhaltsam.« Er blieb an die Anrichte gelehnt stehen und widmete sich seinem Getränk. »Nun, Mercedes? Hast du nichts zu sagen? Dein Schweigen versetzt mich in Erstaunen. Hat die Ehe dein loses Mundwerk bereits gezähmt?« Aus dem Augenwinkel sah er, wie Severn eine verächtliche Grimasse schnitt. Marcus wurde nicht gerne daran erinnert, dass Mercedes verheiratet war. »Oder ist dir nicht an einer Unterhaltung mit uns gelegen?«

Mercedes starrte stumm auf ihre gefesselten Hände.

Severn wurde ungeduldig. Seine Hand fuhr durch die Luft. »Genug, Weybourne! Sag ihr lieber, was ich dir erzählt habe, als du mich nach London zitiert hast.«

Der Graf zog die Brauen hoch. »Zitiert?«, fragte er spöttisch. »Ist das nicht ein wenig übertrieben? Ich ließ dich nur wissen, dass ich am Leben bin und die Absicht habe zurückzukehren. Und ich teilte dir mit, wo ich Quartier bezogen habe, aber ich habe dich nicht nach London zitiert.« Er prostete ihm zu, sichtlich erfreut über Severns brodelnde Wut.

»Du solltest weniger gehemmt sein, Marcus. Zumindest solltest du dir deine Unsicherheit nicht anmerken lassen. Es vergehen noch ein paar Stunden, ehe der Captain uns hier findet. Es war doch dein Vorschlag, es ihm möglichst schwer zu machen, damit er nicht gleich bemerkt, dass wir ihm eine Falle stellen.«

Mercedes schloss die Augen. Die Fesseln, die ihre Handgelenke einschnürten, schmerzten nicht halb so stark wie der Druck, der ihr das Herz zuschnürte. Colin hatte keine Ahnung, dass ihr Onkel lebte. Und wenn er sie fand, würde er vermuten, dass er es mit Severn allein zu tun hatte.

»Sag es ihr«, befahl Severn kalt.

»Nun gut.« Der Whisky floss bernsteinfarben in Weybournes Glas. »Als wir uns das letzte Mal unterhielten, Mercedes, hatte ich die Absicht, ins Ausland zu gehen. Das habe ich auch getan. Ich kann dir sagen, Boston lohnt die Reise nicht. Die Leute tun zwar ungemein vornehm, aber im Grunde ist es ein gottverlassenes Provinznest.«

In der Befürchtung, Weybourne ergehe sich in einem ausführlichen Reisebericht über die Stadt, unterbrach Severn ihn. »Hör auf, Vorträge zu halten, Wallace. Erzähl ihr, was sie wissen muss.«

Weybourne seufzte. »Du musst Nachsicht mit ihm haben, Mercedes«, fuhr er fort. »Severn glaubt, du würdest ihn in einem günstigeren Licht sehen, wenn du meine Geschichte kennst. Ich sagte ihm zwar, dass alles nichts nützen würde. Auch wenn ihm plötzlich ein Heiligenschein wüchse, würdest du keine sonderlichen Sympathien für ihn empfinden, doch der arme Junge macht sich immer noch Hoffnungen.« Er zuckte gleichmütig die Achseln. »Tja, auf die Liebe ist eben kein Verlass.«

Mercedes erschrak, als Severn aufsprang, bebend vor unterdrücktem Zorn, was ihn umso bedrohlicher machte. Niemals aber hätte sie erwartet, dass ihr Onkel vor Severn erschrecken würde. Das Glas in seiner Hand schwappte über und ein Rinnsal Whisky lief ihm über den Handrücken. Zum ersten Mal stieg eine Ahnung in ihr hoch, die beiden Männer könne etwas anderes als Freundschaft verbinden.

Severn setzte sich wortlos.

Weybourne stellte das Glas ab, zog ein Taschentuch hervor und betupfte seinen Handrücken. Ungeachtet von Severns stummer Drohung ließ er sich Zeit, ehe er seine Rede fortsetzte. »Der Grund meiner Reise war folgender: In Boston wollte ich jemanden ausfindig machen, der sich bereit erklärte, mir die Wahrheit über Captain Thornes letzte Rekordfahrt auf der *Mystic* zu berichten. Ich stellte sehr bald fest, dass der Captain dort so etwas wie ein Lokalheld ist. Es war schwieriger, als ich mir vorgestellt hatte, einen Mann ausfindig zu machen, der bereit war, gegen ihn auszusagen.«

Mercedes ergriff zum ersten Mal das Wort. »Ihn zu verleumden, meinst du«, wandte sie ein.

Weybourne zuckte gleichmütig die Achseln. »Wie sich herausstellte, war das gar nicht nötig. Mr. Epine meldete sich und ist bereit, den Sieg deines Herrn Gemahls zu bestreiten. Er fuhr nämlich als Matrose auf der *Mystic*.«

Mercedes' Augen flogen zu Ponty. Das war völlig unmöglich. Ponty Pine hatte im Gefängnis gestanden, genau zu der Zeit in Bath gewesen zu sein und Schmuck aus den Schlafzimmern reicher Damen entwendet zu haben. Beinahe wäre Mercedes damit herausgeplatzt, doch ein kurzer Blick von Ponty ließ sie schweigen.

»Seltsam, dass du nur einen Mann ausfindig machen konntest, der bereit war, gegen meinen Gemahl auszusagen«, erklärte sie gepresst. »Vielleicht hat Mr. Epine seine Gründe, Lügen zu verbreiten. Gründe, von denen du nichts weißt. Hab ich Recht, Mr. Epine? Soweit ich unterrichtet bin, wurde die Mannschaft der *Mystic* großzügig für die Rekordfahrt belohnt. Sind Sie dabei möglicherweise zu kurz gekommen?«

Ponty Pine war weniger gelassen, als er sich den Anschein gab. Er saß bequem zurückgelehnt in dem Ohrensessel, seine Ellbogen ruhten auf den ledergepolsterten Armlehnen, die Beine hielt er übereinander geschlagen, den Kopf leicht zur Seite geneigt. Wieder bemerkte sie eine gewisse Entrücktheit in seinen blauen Augen, ein Blick, der als nachdenklich oder gelangweilt gedeutet werden konnte. »Zu kurz gekommen?«, meinte er nach einer Weile. »Nein. So würde ich es nicht nennen. Betrug ist der richtige Ausdruck. Ich heuerte in London auf der *Mystic* an, weil ich nach Boston wollte. Es geschah eigentlich aus einer Laune heraus, da ich mich in London langweilte.«

Mercedes hörte mit ausdrucksloser Miene zu. Sie spürte Severns Ungeduld über Pontys lange Vorrede und hatte den Eindruck, der Taschendieb zog seinen Bericht absichtlich in die Länge.

»Das Dumme daran war«, fuhr Ponty fort, »dass die *Mystic* Boston nie anlief. Ich habe keine Ahnung, wo wir uns befanden – ich kenne mich mit Längen- und Breitengraden nicht aus. Doch die Männer sagten, wir würden Boston erst in zwei Tagen anlaufen. Jedenfalls gab der Captain auf hoher See einem anderen Schiff Signale, das uns entgegenkam und neben uns anlegte. Es wurde nicht viel geredet und ich hatte den Eindruck, als sei so etwas schon öfter geschehen. Die Mannschaften beider Schiffe arbeiteten Hand in Hand und wechselten die Fracht. In ein paar Stunden war alles erledigt und die *Mystic* machte kehrt. Plötzlich hatte ich die Sonne im Rücken und war wieder in London.«

Mercedes durchschaute seine Lügengeschichte, die er allerdings mit überzeugender Einfachheit vorbrachte.

»Ich erhielt meinen Anteil für die Rekordfahrt wie jeder andere auch, obwohl wir alle wussten, dass wir die Belohnung nicht verdient hatten.« Er lächelte schief. »Nicht, dass ich mich darüber beschwert hätte. Ich bin nämlich kein Dummkopf.«

»Ich dachte, Sie seien meinem Onkel in Boston zum ersten Mal begegnet«, warf Mercedes ein.

»Das stimmt«, antwortete Ponty treuherzig und völlig gelassen. Seine dunkle Haarmähne bildete einen starken Kontrast zu seinen strahlend blauen Augen. »Ich ging in London von Bord und heuerte auf einem anderen Frachter an. Schließlich kam ich tatsächlich nach Boston, was ich ja ursprünglich vorhatte, und drückte mich ein paar Wochen im Hafenviertel herum. Dann hörte ich, dass ein Engländer auf der Suche nach jemanden sei, der auf der letzten Rekordfahrt der *Mystic* angeheuert hatte. Das weckte meine Neugier. Um die Wahrheit zu sagen, ich fand Graf von Weybourne, ehe er mich fand.«

Kapitel 16

Colin wanderte unruhig auf und ab, zu aufgewühlt, um still zu sitzen und klar denken zu können. Er erinnerte sich an eine andere Gelegenheit, in der er ähnlich hilflos war.

Damals, als seine Eltern sterben mussten.

»Denkt nach!«, richtete er das Wort an die Anwesenden und forderte sie auf, das zu tun, wozu er nicht in der Verfassung war. Die Zwillinge kauerten in einem hohen Lehnsessel. Sylvia und Chloe schmiegten sich auf dem schmalen Sofa aneinander. Aubrey hatte seine riesige Gestalt in den zweiten Lehnstuhl gezwängt. Mr. und Mrs. Hennepin standen stocksteif wie zwei Wachtposten neben der Tür. »Es muss einen Ort geben, wo er sie hingebracht hat, der näher liegt als London.«

Mrs. Hennepin rollte den Zipfel ihrer Schürze zwischen den Fingern. »Verzeihen Sie, Sir. Wieso glauben Sie, das er sie nicht in sein Stadthaus nach London gebracht hat?«

Colin fuhr sich mit der Hand durchs Haar, denn er wusste keine Antwort auf die Frage. Den Zettel mit den Londoner Adressen, die ihm die Haushälterin in Rosefield gegeben hatte, trug er bei sich. Er könnte Aubrey nach London schicken, da er zögerte, selbst in die Stadt zu reiten. Zwei tiefe Falten hatten sich in seine Stirn gegraben, die Linien um seinen Mund hatten sich vertieft. »Ich verlasse mich dabei auf Mercedes' Instinkt«, sagte er nach einigem Überlegen. »Freiwillig hätte sie nicht zugestimmt, so weit mit ihm zu fahren. Nicht allein. Auch nicht, um seinen Vater aufzusuchen. Nein, sie hätte Sylvias Rückkehr abgewartet. Wenn ich nach London reite und sie dort nicht finde, wäre ich erst bei Einbruch der Nacht wieder hier.« Er schwieg und blickte ins Leere. »Die Zeit ist zu knapp, um eine falsche Entscheidung zu treffen.«

Chloe schmiegte sich enger an ihre Schwester und hielt deren Hand. Ihre Lippen bewegten sich im lautlosen Gebet.

Mrs. Hennepin hörte nicht auf, den Zipfel ihrer gestärkten weißen Schürze zu drehen. Mr. Hennepin knetete den Hut zwischen den Fingern und dachte angestrengt nach. Dann räusperte er sich und trat von einem Fuß auf den anderen.

»Was ist, Mr. Hennepin?«, fragte Brendan gespannt.

»Fällt Ihnen was ein?«, drängte auch Britton.

Mr. Hennepin zog die Schultern hoch, da alle ihn anstarrten. Die Hoffnung in ihren Augen, nur weil er sich geräuspert hatte, schüchterte ihn ein. »Na ja«, fing er bedächtig an. »Im Wald von Rosefield gibt es ein Jagdhaus.«

In die Zwillinge kam Bewegung. Sie rutschten aus dem Sessel und kamen auf die Füße. »Das Jagdhaus!«, riefen sie und hüpften aufgeregt auf und ab. »Natürlich! Dort hat er sie hingebracht.«

Sylvia versuchte nicht, sie zu ermahnen, still zu stehen. Hoffnung stieg in ihr auf. »Wieso denkt ihr das?«

Britton war der Erste, der aufhörte herumzuspringen. »Weil er seine Liebchen dorthin bringt«, erklärte er altklug.

»Britton!«, schalt Chloe.

»Aber es stimmt«, verteidigte Brendan seinen Bruder, obwohl er damit gestand, heimlich spioniert zu haben. »Wir behaupten doch nicht, dass Mercedes sein Liebchen ist.« Er verzog das Gesicht, um zu beweisen, was er davon hielt. »Vater hat sich auch öfter dort aufgehalten«, fügte er eifrig hinzu. »Obwohl ich nicht weiß, ob er ein Liebchen bei sich hatte.«

Chloe wollte ihn zurechtweisen, besann sich jedoch eines Besseren und drückte ihm einen Kuss aufs Haar.

Brendan entzog sich der unerwünschten Zärtlichkeit seiner älteren Schwester und rieb sich verlegen den Kopf. »Lass den Unsinn, Chloe. Deswegen musst du nicht gleich zudringlich werden.«

Colin spürte aufkeimende Heiterkeit. »Wenn sie es nicht

getan hätte, dann hätte ich dir einen Schmatz gegeben«, meinte er schmunzelnd, ehe er sich an Mr. Hennepin wandte. »Wie komme ich zum Jagdhaus?«

Mercedes starrte Ponty Pine verständnislos an. »Sie haben meinen Onkel aufgesucht?«, fragte sie nach einer Weile. Sagte er diesmal die Wahrheit? Die Miene des Taschendiebs war immer noch ohne Ausdruck, doch Mercedes spürte, dass er sie zwingen wollte, ihm zu glauben.

»Richtig«, antwortete er. »Als ich hörte, worum es ging, dachte ich, ich kann ihm vielleicht helfen. Außer mir meldete sich niemand. Und ich fand, wir Engländer müssen zusammenhalten.«

»Aha. Nachdem Sie sich solcher Mühe unterzogen hatten, doch noch nach Boston zu gelangen, entschlossen Sie sich kurzerhand, wieder umzukehren.«

Ponty hob gleichmütig die Schultern. »Wie Seine Lordschaft bereits sagte, hat die Stadt nicht viel zu bieten. London gefällt mir besser.«

Mercedes fuhr zu Severn herum. »Das sollte ich also hören? Denkst du, ich glaube diesem Mann mehr als meinem Gemahl? Mr. Epines Geschichte mag Colin bei Leuten, die ihn nicht kennen, in Verruf bringen. Ich glaube ihm kein Wort.«

Weybourne prostete seiner Nichte spöttisch zu. »Ich sagte dir doch, wie eigensinnig sie ist, Marcus. Du wirst ihr den Starrsinn schon austreiben, wie ich vermute.«

»Halt den Mund!«, fuhr Severn ihn grob an, ohne die Augen von Mercedes zu wenden. »Mr. Epines Geschichte ändert alles, das wirst du doch begreifen, Mercedes. Weybourne Park ist nicht durch eine Wette verloren gegangen. Im Gegenteil. Captain Thorne schuldet deinem Onkel sehr viel Geld, mit dem er seine Schulden begleichen kann. Der Captain ist bloßgestellt, hat sich strafbar gemacht und verliert alles.«

Mercedes hätte sich die Ohren zugehalten, wären ihre Hände nicht gefesselt gewesen. Es kostete sie Mühe, nicht unter Severns Worten zusammenzuzucken. »Du irrst.«

»Ich irre nicht. Deshalb hast du Angst. Ich sehe sie in deinen Augen, Mercedes. Der Captain steht vor dem Ruin.« Sein Lächeln sollte ihre Angst beschwichtigen und seine Worte das Gegenteil bewirken. »Du hast mit der ganzen Sache nichts zu tun«, fuhr er fort. »Du musst ihn nur verlassen und zu mir kommen.«

Diesen Vorschlag hatte sie von Severn erwartet, nicht aber ihre Reaktion darauf. Sie hörte ihr Gelächter, ehe sie begriff, dass es von ihr kam.

Severns Züge verhärteten sich. Rote Flecken bildeten sich auf seinen Wangen und seine Finger krallten sich um die Armlehnen. Er sah aus, als wolle er sich auf sie stürzen.

Ponty Pine verlagerte sein Gewicht und streckte die Beine aus, ohne eine Gemütsbewegung zu zeigen. Seine Blicke flogen weder zwischen Severn und Mercedes hin und her noch brach er das Schweigen. Aber er war bereit, Severn zurückzuhalten, ohne seine Absicht vorzeitig zu verraten. Mit Severn allein hätte er es aufgenommen, hätte allerdings Mühe gehabt, sich zu behaupten, wenn Weybourne sich eingemischt hätte. Das unerwartete Auftauchen des Grafen im Wald hatte ihn schon einmal an einer unbedachten Handlung gehindert. Das durfte er kein zweites Mal riskieren. Damit würde er Mercedes nur schaden.

Severn bewies ein hohes Maß an Selbstbeherrschung, sitzen zu bleiben. Nur seine Stimme wurde rau und bedrohlich. »Vielleicht brauchst du Zeit, um darüber nachzudenken, Mercedes. Weybourne, zeig deiner Nichte das Zimmer. Dort wird sie bis zur Ankunft des Captains bleiben.«

Mercedes stand auf und schüttelte angewidert die Hand ihres Onkels ab, der sie am Ellbogen halten wollte. »Colin kennt das Jagdhaus nicht«, sagte sie. »Wieso sollte er hierher kommen?«

»Seltsam, dass du so wenig Zutrauen zu deinem Mann hast. Ich habe ihn jedenfalls nie unterschätzt.«

Auf dem Weg zur Treppe machte Mercedes einen möglichst weiten Bogen um Severn, aus Furcht, er könne sie am Kleid zurückzerren. Diesmal hätte sie seine Berührung nicht ertragen.

Das Zimmer, in das ihr Onkel sie brachte, lag auf der Rückseite des Hauses. Das einzige Fenster wies auf den dunklen Wald. Der Weg führte an der Vorderseite vorbei. Es gab keinen Balkon, keinen Mauervorsprung, der ihr die Flucht aus dem Fenster ermöglicht hätte. In einem Abstand von etwa fünf Metern zum Haus waren die Bäume gefällt, so dass kein Ast in die Nähe des Fensters reichte, an dem sie sich hätte festhalten können, um abzuspringen.

Mercedes wandte sich mit einem bitteren Lächeln an ihren Onkel. »Severn hat anscheinend an alles gedacht.«

»Ja, er ist sehr gründlich.«

Mercedes studierte nachdenklich ihren Onkel. Die Jahre hatten seinem Aussehen nichts anhaben können. Er sah noch genauso aus wie damals, als sie sechzehn war oder zwölf oder neun ... oder vier.

Unvermutet befiel sie ein Déjà-vu-Erlebnis, so machtvoll, dass sie einen Schritt zurücktaumelte. Diese Begegnung hatte schon einmal stattgefunden, nicht im Jagdhaus von Rosefield, sondern auf Weybourne Park. Sie sah sich plötzlich in den Nordturm zurückversetzt. Der Eindruck war so stark, dass sie von einem Schwindelgefühl übermannt zu werden drohte.

Der Graf von Weybourne blieb unverändert, während ihre Umgebung sich verwandelte. Sie stand wieder in der Turmkammer mit Fenstern an jeder Seite, sogar der Teppich zu ihren Füßen verwandelte sich in den gemusterten Orientteppich, den sie aus ihrer Kindheit kannte. Ihre aufgereihten Puppen bildeten einen Schutzwall gegen Eindringlinge in ihr Refugium. Doch diesmal boten sie ihr keinen Schutz. Ihr Onkel stieg achtlos darüber hinweg und baute sich drohend vor ihr auf. Sein Schatten fiel über ihre kleine Gestalt.

Mercedes blinzelte. Plötzlich erinnerte sie sich an alles.

Weybourne sah, wie ein Hauch Farbe in Mercedes' Wangen zurückkehrte. Er hatte befürchtet, sie sinke in Ohnmacht wie vorhin beim Wiedersehen, doch dann schien sie die Fassung wiederzuerlangen. Er hatte keine Geduld für solche Anfälle, die für ihn nur eine Variante ihres jahrelang geübten Rückzugs waren. Auch dafür hatte er nie Geduld gehabt.

Ihr Blick war ihm lästig. In ihren grauen Augen las er zu viel Klarheit, zu viel Wissen. Dieser Blick war ihm nur ein einziges Mal bei ihr aufgefallen und hatte ihn schon damals bis zur Weißglut gereizt.

Weybourne hob die rechte Hand, nur um festzustellen, dass er sein Glas nicht mitgebracht hatte.

Mercedes beobachtete die Geste und deutete sie richtig. Sie lächelte mitleidig. »Es ist gar nicht leicht ohne ein volles Glas in der Hand, wie?«

»Was ist nicht leicht?«, fragte er gereizt. »Drück dich deutlich aus.«

»Mich anzusehen«, antwortete sie. »Ich erinnere dich an sie.« Es war unnötig, mehr zu erklären. Die steinerne Miene ihres Onkels bewies ihr, dass er begriff, von wem sie sprach. »Und vielleicht auch ein wenig an meinen Vater. Deinen Bruder.«

»Du redest dummes Zeug.«

Sie achtete nicht auf seine Bemerkung. »Vor diesem Augenblick hast du dich jahrelang gefürchtet, hab ich Recht? Der Moment, in dem ich mich an alles erinnere. Und jetzt hast du nicht einmal ein Glas in der Hand. Man könnte meinen, zwanzig Jahre Trunkenheit hätten dich abgestumpft. Das trifft wohl nicht ganz zu.« Mercedes fürchtete beinahe, er würde gehen, doch er rührte sich nicht von der Stelle. Nur den Arm ließ er sinken. Erst vor wenigen Tagen hatte sie Colin gestanden, dass die Angst von ihr gewichen war. Den Beweis erbrachte sie jetzt. »Wenn du meine Mutter geliebt hast, wie konntest du sie ermorden lassen?«

Weybournes Augen verengten sich, doch er schwieg.

»Lass es gut sein«, fuhr Mercedes fort. »Versuch nicht, es abzustreiten. Ich war dabei. Ich habe dich gesehen. Du hast dich im Hintergrund gehalten, als die beiden Kerle meinem Vater das Geld und meiner Mutter den Schmuck abnahmen. Ich habe nach dir gerufen, erinnerst du dich? Ich hatte wohl irgendwie verzweifelt gehofft, du wärst da, um uns zu helfen. Ich rief nach dir. *Onkel*. Nur das eine Wort. Nur einmal. Unmittelbar danach knallten die Schüsse. Aber ich glaube, du hast mich trotzdem gehört. Hast du, Onkel? Hast du mich gehört?«

Weybourne trat einen Schritt vor. In der Vergangenheit hätte Mercedes sich gehütet weiterzusprechen. Doch nun fuhr sie gnadenlos fort. Es gab keinen Schmerz, den dieser Mann ihr nicht bereits zugefügt hätte.

»Ich kletterte aus der Kutsche und rannte los. Daran erinnerst du dich gewiss. Die Banditen, die du angeheuert hast, wollten hinter mir her, doch du hast sie zurückgehalten. Du hast mich eine Weile laufen lassen, um mir dann nachzureiten wie auf der Fuchsjagd. Ich wäre beinahe unter den Hufen zertrampelt worden, ehe du den Gaul gezügelt hast. Und ich bin fest davon überzeugt, auch dieses Zögern lag in deiner Absicht. Du hättest mich getötet, wenn ich nicht vor Grauen verstummt wäre. Ich war plötzlich unempfindlich geworden für das, was geschah, das hat mir das Leben gerettet. Dann hast du mich vor dich aufs Pferd gesetzt.« Mercedes durchrieselten eisige Schauer, als die begrabene Erinnerung in ihr Bewusstsein zurückkehrte. »Du hast mich zur Kutsche gebracht und mich hineingesetzt. Dort kauerte ich, bis Fremde mich fanden. Du wirst dich gefragt haben, ob es richtig war, mich am Leben zu lassen. Hast du Erleichterung empfunden, als dir klar wurde, dass ich nicht fähig war, ein Wort gegen dich auszusagen? Oder waren es Schuldgefühle? Oder eine Mischung aus beidem?«

»Du unterstellst mir edle Empfindungen, Mercedes, die ich nicht hatte«, antwortete Weybourne ungerührt. »Nein, ich empfand nichts.«

Mercedes schüttelte den Kopf. »Ich glaube dir nicht. Verstehe mich nicht falsch, Onkel. Ich *will* dir nicht glauben. Ich will, dass du seither jeden Tag deines Lebens gelitten hast. Ich will, dass dich die Angst in mein Refugium im Nordturm getrieben hat, beinahe ein Jahr nach den Morden an meinen Eltern. Ich hatte in der ganzen Zeit kein Wort gesprochen und dennoch war dir meine Gegenwart ein bedrohlicher Vorwurf. Erinnerst du dich daran, was du in jener Nacht getan hast?« Die Szene stand ihr deutlich vor Augen und sie wunderte sich, sie je vergessen zu haben.

»Ich glaube, ich zeigte dir, wie leicht Puppen zerbrechen«, entgegnete er ohne jede Regung. »Ist es das, was du hören willst?«

Bei den kalten Worten des Grafen schien ein eisiger Hauch durch das Zimmer zu wehen. Mercedes hatte den Wunsch, die Arme schützend um sich zu schlingen, war aber zu keiner Bewegung fähig. »Du hast eine meiner Puppen zerbrochen«, sagte sie. Ihre Stimme erstaunte sie. Sie klang atemlos, kindlich und verletzt.

»Du warst wie eine Puppe«, bemerkte er. »Bleich wie aus Porzellan. Ohne Ausdruck, mit leeren Augen. In dir war kein Leben. Das gab ich dir in jener Nacht zurück. Mercedes. Ich zeigte dir, was du zu erwarten hast, wenn du das Falsche sagst. Und ich befreite dich aus deinem selbsterwählten Gefängnis. Du kamst aus der Turmkammer herunter und warst wieder das kleine Mädchen von früher.« Er machte eine Pause. »Ich hätte mehr als nur deine Puppe zerbrechen können. Ich hätte dich zerbrechen können.«

Es war diese Drohung, die all die Jahre über ihrem Kopf schwebte wie eine schwarze Wolke. Der Grund, warum sie immer nachgab, wenn sie ihm Widerstand leisten wollte. Er hatte ihr in jener Nacht die Stimme wiedergegeben und hatte ihr die Worte genommen. Er hatte sie nicht körperlich zerbrochen wie ihre Puppe, er hatte ihren Willen gebrochen.

»Wirst du Colin fordern?«, fragte Mercedes ruhig. »Wird es nun doch ein Duell geben?«

Weybourne schwieg nachdenklich. Dann nickte er. »Du enttäuschst mich nicht, Mercedes. Ich wusste, dass du zum Kern der Sache kommen wirst.«

Es stimmte, dass sie keine Angst mehr vor ihm hatte. Es stimmte aber auch, dass sie keine Kraft mehr hatte, sich gegen ihn zu wehren. Die erwachte Erinnerung beraubte sie ihrer Freiheit und machte sie unendlich verletzlich. »Ich wundere mich, dass du dazu bereit bist«, sagte sie. »Colin wird dich töten, das weißt du.«

Das Lächeln des Grafen war sorglos. »Du kannst nicht in

allem Recht behalten.« Ohne ein weiteres Wort verließ er das Zimmer und verriegelte die Tür. Einen Augenblick blieb er im Flur stehen und wunderte sich, seine Nichte weinen zu hören.

Zwei Stunden später betrat Ponty Pine das Zimmer. Er balancierte ein Tablett in einer Hand und steckte den Schlüssel in die Tasche. Die Tür warf er mit dem Stiefelabsatz zu. »Severn erlaubte mir, Ihnen etwas zu essen zu bringen«, sagte er. Das Tablett stellte er auf dem Bett ab und legte einen Finger an den Mund, als Mercedes anhob zu sprechen. Er wies zur Tür und gab ihr mit dieser Geste zu verstehen, dass sie möglicherweise belauscht wurden. »Vermutlich fehlt Ihnen der Appetit. Ich rate Ihnen, trotzdem zu essen, um bei Kräften zu bleiben. Mit vollem Magen sieht die Welt weniger trist aus. Das hat mich das Leben jedenfalls gelehrt: Ein voller Magen ist allemal besser als ein leerer.«

Die Einrichtung des Zimmers bestand aus einem Bett, einem kleinen Schreibtisch, Schaukelstuhl, Kommode und Kleiderschrank. Während er redete, suchte Ponty Pine in der Schreibtischschublade nach Papier, Tinte und Federhalter. Seine hastig hingekritzelte Nachricht war kaum lesbar und fehlerhaft: ›*Nichd flien.*‹ Er hielt ihr den Zettel vor die Augen, bis sie nickte, dann zerriss er ihn, steckte die Schnipsel ein und machte ihr Zeichen, etwas zur Unterhaltung beizusteuern.

»Ich will nichts essen, Mr. Pine«, sagte sie.

»Epine«, verbesserte er sie. »Eigentlich Épine«, wiederholte er mit französischem Akzent. »Pont … Épine.«

»Das ist französisch.« Auf seine stumme Aufforderung hielt Mercedes ihm ihre gefesselten Hände hin.

»Ja.« Er zog ein Messer aus dem Stiefel und säbelte an dem Knoten, ohne ihn ganz zu durchschneiden.

»Dann sind Sie also Franzose?«, fragte sie.

»Nein. Aber meine Mutter war Französin.«

Mercedes konnte sich nicht länger zurückhalten, belanglose Konversation zu machen. »Die beiden wollen Colin umbringen«, flüsterte sie. »Sie *müssen* etwas tun.«

Er legte ihr hastig die Hand über den Mund. »Wollen Sie nicht doch einen Happen essen?«, fragte er beschwörend.

»Geben Sie mir das Messer.« Mercedes' Worte wurden durch seine Hand gedämpft, waren aber verständlich. »Ich muss etwas tun.«

Ponty verdrehte die Augen, ließ das Messer in den Stiefel gleiten und nahm die Hand weg. »Wie Sie wollen«, meinte er. »Severn sagte gleich, dass Sie nicht essen wollen. Jedenfalls lasse ich das Tablett da, vielleicht überlegen Sie es sich noch.«

Als er die Tür öffnete, sah Mercedes, dass seine Vorsichtsmaßnahmen gerechtfertigt waren. Severn stand im Flur, ohne die geringste Verlegenheit zu zeigen, beim Lauschen ertappt zu werden. Ponty reichte ihm den Schlüssel und ging. Severn lächelte kühl in Mercedes' Richtung, ehe er die Tür zuzog und absperrte.

Zwei Stunden vor Einbruch der Dunkelheit erreichte Colin das Jagdhaus. Hätte er seine Ankunft verheimlichen wollen, hätte er die Nacht abgewartet. Er entschied sich dagegen, weil er Mercedes nicht länger in Gefahr wissen wollte. Aus diesem Grund hatte er es auch abgelehnt, sich von Aubrey begleiten zu lassen. Solange Severn und Weybourne sich in der Übermacht wähnten, rechnete Colin mit ihrem eher vorhersehbaren Verhalten. Fühlten sie sich in die Enge getrieben, würden die beiden bedenkenlos Mercedes etwas antun, um ihre Haut zu retten.

Colin bemerkte, wie der Vorhang an einem der hohen Fenster im Erdgeschoss sich bewegte. Man hatte seine Ankunft also beobachtet, doch es war kein Schuss gefallen. Das schien ihm ein gutes Zeichen.

Er band die Stute an dem Pfosten neben dem Kutschengespann fest, gurtete die Schatulle mit den Duellpistolen vom Sattel, klemmte sie sich unter den Arm und näherte sich dem Haus.

Die Haustür wurde geöffnet. Colin erschrak sichtlich, als er Ponty Pine erkannte, der ihn ins Haus bat, und wusste augenblicklich, dass der hinter ihm stehende Severn seine unbedachte Reaktion bemerkt hatte.

»Wie ich sehe, erinnern Sie sich an mich«, bemerkte Ponty hastig und wandte sich an Severn. »Bitte sehr. Damit haben Sie den Beweis, dass meine Geschichte der Wahrheit entspricht. Captain Thorne kennt mich als Mitglied seiner Mannschaft auf der *Mystic*. Ich glaube nicht, dass er das leugnen wird.« Er wandte sich wieder an Colin. »Hab ich Recht, Captain?«

Colin ließ seine Frage unbeantwortet. »Was tun Sie hier?«

Severn antwortete für den Angesprochenen. »Ich denke, das dürfte offensichtlich sein, Thorne. Mr. Epine ist der Mann, der beweisen kann, dass Ihre Rekordfahrt ein Betrug war.«

»Mr. Epine?« Colin war verblüfft, sich so gründlich geirrt zu haben. Weder Mercedes noch Weybourne waren zu sehen und er wurde von dem Taschendieb in Empfang genommen, den er in Boston wähnte. Noch verwirrender war freilich, dass Severn sich von der Gegenwart des Diebes einen Nutzen zu versprechen schien. »Wovon reden Sie? Wo ist Mercedes?«

Die Antwort kam vom obersten Treppenabsatz, wo Weybourne mit der gefesselten Mercedes an seiner Seite auftauchte. »Hier bei mir, Captain Thorne. Soll ich sie Ihnen bringen?«

Aus Furcht, Weybourne könne ihr einen Stoß versetzen, legte Colin eilig die Schatulle auf den Boden und war mit zwei Sätzen an der Balustrade, um ihren Sturz aufzufangen.

»Gut gemacht«, lobte Weybourne und ließ Mercedes den Vortritt. »Aber völlig unnötig. Ich habe nicht die Absicht, meiner Nichte etwas anzutun. Damit würde ich meine Trumpfkarte viel zu früh ausspielen.«

Colin zog Mercedes in die Arme, hielt sie eng an sich gedrückt und küsste ihren Scheitel. »Bist du unversehrt?«, flüsterte er.

Sie schloss die Augen, barg ihren Kopf an seiner Schulter und nickte.

Colin sehnte sich danach, ihre Arme um sich zu spüren. Seine Hände glitten an ihr herab und umfingen ihre Handgelenke. Als er an dem Knoten des Seidentuches zu zerren begann, hielt Severn ihn zurück.

»Lassen Sie das, Thorne! Es ist rührend von Ihnen, ihr Erleichterung verschaffen zu wollen, doch ich habe sie nicht ohne Grund gefesselt.« Die Pistole, die er nun auf Mercedes richtete, war Colins Waffe.

Colins Blick flog zur offenen Schatulle. Beide Pistolen waren daraus entnommen worden. Die zweite steckte in Severns Hosenbund. Colin hielt den Blick auf die Waffe gerichtet. »Sie ist geladen und entsichert, Severn. Ich an Ihrer Stelle wäre etwas vorsichtiger damit.«

Severn achtete nicht auf ihn. »Komm zu mir, Mercedes, und stell dich neben mich.« Auf ihr Zögern schwenkte er den Pistolenlauf und hatte Colin im Visier. »So ist es besser«, meinte er, als Mercedes gehorchte und sich von Colin löste. »Stell dich hierher.« Severn wies an seine rechte Seite. »Wallace, nimm dem Captain die Waffen hab, die er noch versteckt bei sich trägt.«

Seine Lordschaft war nicht daran gewöhnt, Befehle zu empfangen. »Hör mal, Severn, dafür ist Mr. Epine zuständig.«

Ponty näherte sich, um die Suche zu beginnen, doch Severn hob abwehrend die Hand.

»Nicht Sie, Mr. Epine. Ich sagte, der Graf, und das ist ein Befehl.«

Einen Moment lang glaubte Colin beinahe, Severn würde die Pistole tatsächlich auf seinen Freund richten. Weybourne stieg die letzten Stufen nach unten, ehe diese Drohgebärde nötig war.

Er durchsuchte Colins Gehrock und klopfte seine Westentaschen und Stiefel ab. »Aha«, meinte er im Aufrichten und hielt Colins Messer zwischen Daumen und Zeigefinger.

Severn nickte. »Leg es auf die Anrichte. Captain! Sie setzen sich auf den Stuhl vor dem Kamin. Weybourne. Mr. Epine.« Er wies den Herren ihre Plätze zu, die sich setzten. Nur er und Mercedes blieben stehen. »Captain, Sie schienen mehr darüber erstaunt zu sein, Mr. Epine zu sehen als den Grafen. Hatten Sie etwa den Verdacht, er sei am Leben?«

»Ja, den hatte ich.«

Severn nickte zufrieden. »Genau wie ich.« Er ließ die Pistole sinken, doch der Blick, mit dem er Weybourne bedachte, war eine tödliche Warnung. »Du hast mir nie gesagt, wen du eigentlich in der Kate umgebracht hast«, meinte er.

»Er hat sich mir nicht vorgestellt«, entgegnete der Graf achselzuckend.

»Eigentlich verwunderlich, dass du diese Täuschung für nötig gehalten hast«, sagte Severn.

Weybourne verbarg seine Ungeduld nicht. »Ich wollte mich in Boston ungestört bewegen. Meinen eigenen Tod vorzutäuschen schien mir die geeignetste Methode, mir diese Freiheit zu verschaffen.«

»Was wäre wohl geschehen, wenn du Mr. Epine nicht gefunden hättest?«, fuhr Severn fort. »Wenn niemand sich gemeldet hätte, um deinen Ruf rein zu waschen und den des Captains in Misskredit zu bringen?«

Ponty Pines blaue Augen wanderten gleichmütig zu Colin. Der Blickwechsel war flüchtig, doch der Taschendieb vermutete, seine Anwesenheit sei damit für den Captain geklärt.

Weybourne stand auf, trat an die Anrichte und schenkte sich ein Glas ein. »Du kennst die Antwort, Severn. Wieso fragst du?«

Mercedes stand Severn nah genug, um zu spüren, wie er sich im Zorn versteifte. Und plötzlich begriff sie Severns Wut. »Es ist wegen des Letzten Willens, hab ich Recht?«, fragte sie Severn. »Als wir den Grafen für tot hielten, bot sich dir eine Chance, Weybourne Park in Besitz zu nehmen. Der Zusatz zum Testament aber machte diese Chance zunichte.« Mercedes bekam große Augen, als ihr eine weitere Erkenntnis durch den Kopf schoss. »Du denkst, es lag in seiner Absicht, das zu verhindern! Er wollte nicht, dass Weybourne Park in deinen Besitz übergeht.«

Weybourne hob das Glas in ihre Richtung. »Ich habe dich immer für sehr klug gehalten, Mercedes. Siehst du, Severn, man kann ihr nichts vormachen. Weißt du auch, was sie mir oben gesagt hat?« Er nahm einen kräftigen Schluck und lächelte über den Rand des Glases hinweg. »Sie sagte mir, ich trage die Schuld am Tod ihrer Eltern.«

Mercedes spürte Colins Blick und wandte sich ihm zu. Es war nicht der Zeitpunkt, ihm zu erklären, dass sie seinen Verdacht geteilt hatte, lange bevor ihre Erinnerung an die Ereignisse jener Nacht zurückgekehrt war. Sie wünschte sich Colins Vertrauen so sehr, dass sie die Worte ihres Onkel nur mit halbem Ohr hörte.

»Hältst du das für möglich, Marcus?«, fuhr Weybourne fort. »Ich habe dich so viele Jahre dafür bezahlt, das Geheimnis zu wahren, und irgendwie scheint sie ganz von selbst dahinter gekommen zu sein.«

Mercedes fuhr zu Severn herum. »Du hast davon *gewusst*?« Der Ekel über diese Erkenntnis zeigte sich deutlich in ihrem Gesicht. »Du hast es gewusst und nichts getan?«

»So gut wie nichts«, bemerkte Weybourne. »Ach, du meinst, weil er nicht zur Polizei ging. Nein, das hat er nicht getan. Wie lange ist das her, Severn? Acht Jahre? Neun? Wie lange lebst du nun schon auf meine Kosten?«

Severn zuckte mit keiner Wimper. »Georgia war schwanger mit den Zwillingen«, antwortete er.

»Ach ja. Meine Erben. Nun, wir konnten natürlich nicht wissen, dass es Knaben werden. Wir wussten ja nicht einmal, dass Zwillinge das Licht der Welt erblicken. Ich glaube, ich feierte mein Glück mit Champagner an jenem Abend, als du mir zugeflüstert hast, ich sei zum Hahnrei gemacht worden. Das seist du mir schuldig, hast du gesagt, wenn ich mich recht entsinne.«

»Ja, ich war es dir schuldig, dir die Augen zu öffnen«, bestätigte Severn.

Mercedes traf die Bedeutung dieser Worte wie ein Schlag. Severn war es, der das Herz des Grafen gegen ihre Tante vergiftet hatte. Und es gab nur einen Grund, warum Severn so niederträchtig gehandelt hatte. »Du wolltest Weybourne Park schon damals?«, fragte sie fassungslos.

»Er hatte es immer schon auf den Besitz abgesehen«, antwortete Weybourne an seiner Stelle.

Severn lachte trocken. »In diesem Punkt sind wir einander ziemlich ähnlich, stimmt's, Wallace? Du wolltest den Besitz so sehr, dass du dafür gemordet hast. Ich aber habe nur gelogen.« Er wandte sich an Mercedes. »Schon möglich, dass ich damals Zweifel gesät habe«, erklärte er. »Doch dein Onkel glaubte nur zu gern, seine Gemahlin habe sich einen Liebhaber genommen. Er hielt sich schon damals selten auf Weybourne Park auf. Es war nicht schwer, ihn davon zu überzeugen, dass Georgia sich anderweitig vergnügte. Jedenfalls war ihm plötzlich nicht mehr nach Feiern zumute. Ich habe ihn nie weinerlicher erlebt als an jenem Abend. Er zerfloss in seinem Selbstmitleid. Am nächsten Morgen konnte er sich nicht daran erinnern, dass er mir alles über die Raubüberfälle auf der Straße nach London erzählt hatte und über die Rolle, die er dabei spielte.«

Der Whisky wärmte den leeren Magen des Grafen. »Du hast keine Zeit verloren, mich daran zu erinnern.« Er goss noch einen Fingerbreit in sein Glas und fuhr an Mercedes gewandt fort: »Sein Vater war weniger großzügig, als Marcus es gerne gehabt hätte. Also kam der Junge zu mir, als seine Ausgaben seine Einkünfte überstiegen. Seitdem bezahle ich ihn.«

Die weinerliche Stimme ihres Onkels widerte Mercedes an. Wollte er ihr tatsächlich einreden, ihm sei Unrecht geschehen? Sie fühlte sich besudelt, sich in einem Raum mit ihm aufzuhalten, die gleiche Luft wie er atmen zu müssen.

»Ich denke, das reicht«, meinte Severn, dem Mercedes' Abscheu nicht entging. »Captain Thorne hat dir Unrecht getan, Weybourne, nicht ich. Mr. Epine hat angeboten, den Beweis zu erbringen, dass du die Wette gewonnen hast. Willst du immer noch Satisfaktion?«

Der Graf stellte das Glas ab. Seine Hände waren ruhig und in seinen Augen glühte bitterer Hass. Und jeder sah, dass sein Hass sich nicht gegen Colin Thorne richtete, sondern gegen Marcus Severn. »Ja, ich will Satisfaktion«, antwortete Weybourne mit einem kalten Lächeln. »Wenn ich meinen Besitz verliere, kann ich dich nicht bezahlen.«

»Nun denn«, meinte Severn gelassen. »Wollen wir uns ins Freie begeben? Ich glaube, die Lichtung ist groß genug für unser Vorhaben.« Er trat beiseite und bedeutete den anderen mit einem Wink der Pistole voranzugehen. »Mercedes, nimm die Schatulle vom Kaminsims und bring sie nach draußen.«

Das polierte Kästchen enthielt Duellpistolen, weniger kostbar als Colins Waffen, doch nicht weniger tödlich. Mercedes trat an den Kamin und holte etwas unbeholfen wegen ihrer gefesselten Hände das Kästchen vom Sims. Severn ließ auch ihr den Vortritt. Im Vorbeigehen hörte sie ihn flüstern.

»Du kannst sein Leben retten, Mercedes, wenn du die richtigen Worte sagst.«

Sie verharrte. »Ich glaube dir kein Wort.«, erwiderte sie und ging weiter.

Vor dem Haus wies Severn sie an, das Kästchen Mr. Epine auszuhändigen. Sie gehorchte und suchte Pontys Blick. Wenn er helfen wollte, musste es jetzt geschehen.

»Meine Herren«, sagte Ponty gleichmütig. »Ihre Waffen.«

Der Graf machte sich nicht die Mühe, die Pistolen zu prüfen, und wählte die rechts liegende.

Colin lächelte dünn, als er das Gewicht der Pistole prüfte, die für ihn bestimmt war. »Wir wollen diese Farce also tatsächlich zu Ende bringen.«

Severns Augen waren eisig. »Mit dem größten Vergnügen.«

Mercedes konnte es nicht ertragen, das Geschehen weiter zu verfolgen, war jedoch unfähig, den Blick zu wenden. Colin und Weybourne traten auf die Lichtung. Die Sorglosigkeit ihres Onkels weckte ihren Argwohn, dessen Bewegungen trotz des reichlichen Alkoholgenusses ruhig und sicher waren.

»Bitte, Severn«, flüsterte sie. »Halte sie zurück.«

»Das kann ich nicht«, antwortete er. »Ich kann nur das Resultat verändern.«

Mercedes krallte ihre Finger in den Ärmel seines Gehrocks. Der Wind rauschte in den Baumkronen und ein unheimliches Ächzen fuhr durch die Äste.

»Lass mich los«, befahl Severn. »Ich kann den Captain von hier erschießen.«

Mercedes gehorchte auch nicht, als Ponty ihre Finger von Severns Ärmel zu lösen versuchte, wobei er wie unabsichtlich Severn anrempelte, der seinen Griff um die Pistole festigte.

»Vorsicht, Mr. Epine«, warnte Severn. »Sonst trifft Sie diese Kugel.«

»Verzeihung.« Der Taschendieb klemmte sich den Pistolenkasten unter die Achsel und benutzte beide Hände, um Mercedes' Finger von Severns Ärmel zu lösen. Als es ihm gelungen war, hielt er sie fest. »Sie lenken ihn ab«, flüsterte er.

Zunächst dachte sie, er spreche von Severn. Dann folgte sie seinem scharfen Blick in Colins Richtung. Mercedes gab ihren Widerstand auf, verhielt sich ruhig und spürte, wie der Taschendieb seine Hände von ihr löste. Erst als sie die Arme sinken ließ, bemerkte sie, dass sie nicht mehr gefesselt war. Das Seidentuch lag noch locker um ihre Handgelenke, doch die Knoten waren gelöst.

Mercedes ließ sich ihre wiedergewonnene Freiheit durch nichts anmerken.

»Beginnen Sie zu zählen, Mr. Epine«, befahl Severn. »Zehn Schritte.«

Colin und der Graf standen Rücken an Rücken, die Pistolen in der angewinkelten Rechten.

»Eins!«, rief Ponty Pine. »Zwei!«

Ein Schatten flog über die Lichtung, als die Sonne hinter einer Wolke verschwand und den Duellplatz in graublaues Zwielicht tauchte. Mercedes spürte, wir ihr die Haare im Nacken zu Berge standen.

»Drei! Vier! Fünf!«

»Severn«, flehte sie. »Was verlangst du von mir?«

»Sechs! Sieben!«

Tränen verschleierten ihr den Blick. In einem fairen Duell würde Colin ihren Onkel töten, davon war sie überzeugt. Aber sie war auch davon überzeugt, dass dieser Kampf nicht fair ausgetragen wurde. »Wenn ich dir mein Wort gebe, dich zu heiraten«, flüsterte sie. »Reicht dir das?«

»Acht! Neun!«

»Severn! Ich tue alles, was du von mir verlangst!«

»Zehn!«

Die Stimme versagte ihr, als Colin und der Graf sich umdrehten und einander in zehn Schritt Entfernung gegenüberstanden. Gleichzeitig streckten sie die Arme aus. Finger krümmten sich um den Abzug.

In dieser Sekunde veränderte Weybourne plötzlich die Zielrichtung seiner Waffe.

Der Knall der Schüsse hallte in Mercedes' Ohren. Die Kugel des Grafen hatte ihr Ziel verfehlt und einen Baumstamm zwei Schritte neben Marcus Severns Schulter getroffen. Die andere Kugel hatte ihr Ziel erreicht.

Mercedes verzog das Gesicht bei dem beißenden Pulvergeruch. Die graublaue Rauchwolke brannte ihr in den Augen. Erst jetzt wurde ihr klar, dass Severns Pistole abgefeuert worden war.

Der Graf von Weybourne sackte in die Knie, in seinem Gesicht waren Schmerz und Angst zu lesen. Seine Finger lösten sich vom Pistolengriff, die Waffe fiel auf den Waldboden. Er blickte an sich herab und sah, wie sich ein kleiner Blutfleck auf seiner Brust bildete und sich rasch vergrößerte. Dann hob er den Kopf in Severns Richtung und diesmal stand in seinem Blick bittere Anklage.

Mit einem Schrei des Entsetzens rannte Mercedes los. Ihr Onkel lag reglos mit dem Gesicht nach unten auf der Erde. Sie hoffte nicht, dass er überlebte, konnte aber auch nicht tatenlos zusehen.

Ponty packte blitzschnell zu, als sie an ihm vorbei wollte, erwischte sie am Rock und riss sie zurück. Ihre Gegenwehr war kurz und vergeblich. »Sie können ihm nicht mehr helfen«, sagte er ruhig. Und in einem dringenden Flüstern fügte er hinzu: »Halten Sie sich zurück!«

Severn zeigte sich erheitert über Mercedes' Versuch zu helfen. Pontys Worte gingen in seinem Lachen unter. »Sehen Sie, Captain?«, rief er zu Colin hinüber. »Sie hat eine neue Eroberung gemacht. Allem Anschein nach ist sie es nicht wert, für sie zu kämpfen. Sie ist etwas sprunghaft in ihrer

Zuneigung. Das scheint sie gemeinsam mit ihrem Onkel zu haben. Sie haben ja gesehen, dass ihm nicht zu trauen ist. Er wollte mich töten.«

Colin hielt die Pistole im Anschlag und den Blick unverwandt auf Severn gerichtet. »Ich glaube nicht, dass es Ihnen um Mercedes geht.«

Severn blieb bemerkenswert gelassen. Obwohl die Waffe auf ihn gerichtet war, zuckte er gleichmütig die Schultern und ließ seine abgefeuerte Waffe fallen. »Es wäre ungalant, das einzugestehen«, meinte er liebenswürdig. »Bitte zwingen Sie mich nicht dazu.«

Colin hielt Severn nicht für sonderlich mutig. Sein unerschrockenes Gebaren konnte nur bedeuten, dass er immer noch glaubte, die Oberhand zu haben. Colin fragte sich auch, ob er den Taschendieb falsch eingeschätzt hatte. Erwartete Severn von seiner Seite Hilfe? »Sie haben dieses Duell inszeniert, um Weybourne zu töten«, sagte er unverblümt.

Die Beschuldigung brachte ein dünnes Lächeln auf Severns Lippen. »Und Sie«, entgegnete er, »sollten nicht vergessen, dass ich die Absicht habe, Sie zu töten.«

»Nein!«, schrie Mercedes auf. »Du hast es versprochen.«

»Das hast du mir geglaubt?«, fragte Severn trocken. »Wie dumm von dir.«

Mercedes versuchte sich zu befreien, wurde jedoch von Ponty Pine festgehalten. Die Kehle war ihr zugeschnürt. Durch einen Tränenschleier glaubte sie zu sehen, wie Colins Arm zitterte.

Colin hatte die Pistole nicht vergessen, die Severn im Haus in seinen Hosenbund gesteckt hatte. Glaubte er wirklich, die Waffe ziehen und abfeuern zu können, ehe Colin abdrückte? »Es war Ihnen eine große Genugtuung, den Grafen zu töten«, sagte er. »Sie wollten nicht, dass ich es für Sie erledige.«

»Er wurde mir lästig«, erklärte Severn ohne Gemütsregung. »Er verließ London, um mir zu entkommen. Ja, er wollte beweisen, dass er die Wette gewonnen hatte, doch auch damit wollte er sich an mir rächen.« Er war sich Colins ungeteilter Aufmerksamkeit sicher. Neben sich hörte er Mercedes' unterdrücktes Schluchzen. »Sie haben vermutlich herausgefunden, dass die Wette meine Idee war«, erklärte er. »Weybourne ist erstaunlich leicht zu beeinflussen. Er hatte bereits so viel Geld am Spieltisch verloren, dass ihm jeder Köder recht war. Gierig schnappte er danach.«

Colin nickte. »Und wenn er gewonnen hätte, dann hätte er sich bei Ihnen freikaufen können.«

Severn lachte laut. »Nein, das nun wieder nicht. Weybourne hätte sich von dem, was er mir schuldete, niemals freikaufen können. Seine anderen Gläubiger hätte er zufrieden stellen können, nicht aber mich. Er hatte einen Mord begangen, um seine Freiheit zu gewinnen, konnte aber nicht widerstehen zurückzukehren, nachdem er Mr. Epine ausfindig gemacht hatte. Zudem wäre er nicht lange geblieben. Nach Rosefield kam er nur, weil ich darauf bestand. Sein Plan war, Sie zu erpressen, Captain. Er rechnete mit Ihrer Bereitwilligkeit zu bezahlen, um Ihren guten Ruf zu wahren. Und er rechnete damit, dass Sie weiterhin für ihn zahlen. Ich nehme an, er beabsichtigte, sich in Britisch-Indien oder Südamerika niederzulassen und dort ein sorgloses Leben auf Ihre Kosten zu führen.«

»Dabei wäre allerdings nicht viel herausgesprungen für Sie«, bemerkte Colin.

Severn nickte. »Das befürchtete ich auch.«

»Deshalb haben Sie ihn getötet.«

»Nun, eigentlich nicht«, versetzte Severn ungerührt. »*Sie* haben ihn getötet. Er wurde mit Ihrer Pistole getötet, vergessen Sie das nicht.«

»Und was ist mit dieser Pistole?«, fragte Colin und sein Finger krümmte sich um den Abzug.

»Sie ist leider nicht geladen«, entgegnete Severn mit gespieltem Bedauern. »Das wusste auch Weybourne. Er wählte die einzige Waffe, die geladen war. Dummerweise ist auf seine Zielgenauigkeit kein Verlass. Mir blieb keine andere Wahl. Ich war gezwungen, als erster abzudrücken.« Er hob langsam die Hände, als wolle er sich ergeben. »Nur zu, Captain. Feuern Sie.«

Colin drückte ab. Der Schuss hätte Severns Schulter getroffen, nicht sein Herz, wenn die Pistole geladen gewesen wäre. Ohne abzuwarten, bis Severn die Waffe gezogen hatte, warf Colin die nutzlose Pistole weg und rannte über die Lichtung auf ihn zu.

Severn wollte die Waffe aus dem Hosenbund ziehen und fand sie nicht. Verdutzt blickte er in die Runde. Plötzlich stand Panik in seinen Zügen. Er warf nur einen flüchtigen Blick auf die Pistole in Epines Hand, ehe Colin ihn ansprang und zu Boden warf. Die Pferde scheuten wiehernd und zerrten an den Zügeln, als die Männer sich dicht vor ihren Hufen auf der Erde wälzten. Mercedes wurde kurz freigegeben, um zur Seite zu springen und sich in Sicherheit zu bringen. Als sie sich auf die beiden Kämpfenden stürzen wollte, wurde sie von Ponty zurückgerissen.

»Das müssen die beiden alleine austragen«, sagte Ponty und senkte die Waffe, die sie jetzt erst bemerkte.

»Wie kommt die Pistole in …«

Die Frage blieb ihr im Halse stecken, als Severns Faust zuschlug. Colins Kopf schnellte nach hinten. Severn rollte zur Seite und sprang auf die Füße. Sein Tritt wurde von Colins Händen abgefangen. Er riss dem Gegner die Beine weg und versetzte ihm gleichzeitig einen Fausthieb in die Magengrube. Severn landete mit Wucht auf dem Rücken und Colins Schlag pumpte die Luft aus seinen Lungen. Die Farbe wich aus Severns Gesicht.

Fahrig löste Mercedes das Seidentuch endgültig von ihren Handgelenken. Severn, der sich mühsam hochrappelte, wurde durch die fächelnde Bewegung des bunten Tuchs im Wind abgelenkt und gab Colin damit Gelegenheit, ihm die Faust mit voller Wucht gegen den Unterkiefer zu rammen. Severn taumelte gegen Mercedes, ging mit ihr zu Boden und hielt sie unter sich gefangen.

Diesmal aber war Mercedes ihm nicht hilflos ausgeliefert. Als Severn versuchte, sie festzuhalten, schlang sie ihm das Tuch um den Hals, zog zu und riss ihm den Kopf nach hinten.

Colin wollte sich auf Severn stürzen, um Mercedes zu

befreien, als Ponty Pine die Hand hob und Colin zurückhielt.

»Ich war zuerst da«, meinte er gelangweilt. Er beugte sich über den strampelnden Viscount, fand Mercedes' Blick und blinzelte ihr zu.

Dann erst ließ er den Pistolengriff auf Severns Hinterkopf niedersausen.

Epilog

Vorsichtig öffnete Mercedes die Tür zur Bibliothek. Das Tablett mit Tee und Gebäck in ihrer Hand klirrte leise. Colin legte das Buch beiseite, stand auf und nahm ihr das Tablett ab, während Mercedes die Tür hinter sich verriegelte.

»Weißt du«, meinte er vertraulich, während er Tee eingoss, »wir haben mittlerweile genügend Personal, um uns jede Tasse *und* die Kanne einzeln bringen zu lassen. Du brauchst das nicht mehr zu tun.«

»Ich habe Mrs. Hennepin das Tablett erst vor der Tür abgenommen.« Lächelnd nahm sie die Tasse entgegen. »Es ist wirklich keine Last für mich.«

»Liegen die Zwillinge schon in ihren Betten?«, fragte er mit einem flüchtigen Blick zur Kaminuhr.

»Ja, ich komme gerade aus ihren Zimmern«, antwortete sie und nahm einen Schluck Tee.

»Chloe?«

»Sitzt über ihrer Handarbeit.« Mercedes suchte Colins Blick und las seine Absicht. »Sylvia schreibt einen langen Brief an Mr. Jones und Ponty packt seine Sachen in froher Erwartung, Weybourne Park endlich den Rücken zu kehren. Mr. Hennepin ist ...«

Colin legte ihr einen Finger an den Mund und brachte sie zum Schweigen. »Wir sind allein.«

»Wir sind nie allein.« Sie stellte sich auf die Zehenspitzen und küsste ihn. Ihre Lippen waren warm und schmeckten süß. »Aber vielleicht haben wir etwas Zeit für uns ...« Ihre Worte versiegten.

»... ohne gestört zu werden.«

Ein erregender Gedanke für beide. Gemeinsame Stunden waren in den letzten vier Wochen ein seltener Luxus geworden. Zunächst waren die unausweichlichen Fragen der Polizei zu beantworten. Mr. Patterson wurde wieder zum häufigen Besucher auf Weybourne Park in seinen Bemühungen, den Tod des Grafen aufzuklären. Er freundete sich allmählich mit dem Gedanken an, dass Wallace Leyden für die verkohlte Leiche in der ausgebrannten Bauernkate verantwortlich war. Wesentlich schwerer fiel es ihm, den Grafen für Morde schuldig zu sprechen, die vor zwanzig Jahren begangen worden waren. Für diese Behauptung gab es keinerlei Beweise und Mercedes' wiedererwachter Erinnerung vermochte er keinen rechten Glauben zu schenken. Desgleichen konnte ihn Severns Aussage über das im Zustand der Trunkenheit abgegebene Geständnis des Grafen nicht überzeugen.

Weder Mercedes noch Colin störten sich daran, dass die Bluttat von dem Inspektor nicht aufgeklärt werden konnte. Beide kannten die Wahrheit und das genügte ihnen. Im Übrigen hatte Mercedes nicht den Wunsch, den Mord an ihren Eltern erneut in der Öffentlichkeit breit getreten zu wissen. Sie erhob keinen Einwand, als Mr. Patterson beschloss, den Fall ruhen zu lassen und die Akten endgültig zu schließen.

Anders verhielt es sich im Fall von Marcus Severn. Er war nun in der Zelle untergebracht, in der Mercedes einige Tage geschmachtet hatte, und hörte nicht auf zu versichern, der Graf sei durch Colins Hand zu Tode gekommen. Obgleich Mercedes und Colin dieser Aussage heftig widersprachen, hatte Patterson anfänglich den Verdacht, Severn werde zu Unrecht beschuldigt.

Es folgten stundenlange Verhöre. Sylvia riskierte ihren guten Ruf mit ihrer Versicherung, sie habe ihren Vater und Severn im Londoner Hafen gesehen. Die Zwillinge gestanden, heimlich spioniert zu haben, als sie beteuerten, das Jagdhaus im Wald von Rosefield sei ein beliebter Aufenthaltsort für den Grafen und Severn gewesen. Chloe sagte aus, sie sei Zeugin gewesen, als Severn in Weybourne Park auftauchte mit der Nachricht, sein Vater liege im Sterben.

Severn behauptete unverfroren, sämtliche Aussagen seien gelogen, doch Patterson glaubte schließlich der Mehrheit. In keinem der Zeugenberichte tauchte der Name von Ponty Pine auf. Severn verschwieg dessen Anwesenheit in der

Jagdhütte, da ihm klar war, dass auch er seine Aussage widerlegen würde. Mercedes und Colin verschwiegen seinen Namen, weil sie wussten, dass der Inspektor ihn festnehmen würde.

Als Aubrey den Inspektor zum Jagdhaus brachte, war Ponty Pine bereits verschwunden. Auf Mercedes' Drängen hielt er sich im Wald versteckt, bis Colin ihn unbemerkt nach Weybourne Park bringen konnte. Seither wohnte er im Nordflügel. Die Zwillinge gingen mit großer Begeisterung ans Werk, ihn jedes Mal eilig zu verstecken, wenn Mr. Patterson sich dem Haus näherte. Ursprünglich war geplant, Ponty an Bord der *Mystic* zu bringen, ehe sie die Anker lichtete, doch der Taschendieb weigerte sich standhaft. Die polizeilichen Ermittlungen waren zu diesem Zeitpunkt noch längst nicht abgeschlossen und er wollte verfügbar sein, falls seine Aussage doch noch benötigt würde.

Die Einzige, die Pontys Anwesenheit mit Argwohn sah, war Mrs. Hennepin, die befürchtete, er würde alles stehlen, was nicht festgenagelt sei, und die ihn mit Argusaugen bewachte. Auf ihre Anweisung waren die Hausmädchen genötigt, eine tägliche Inventur des Wäschebestands vorzunehmen, während Mrs. Hennepin das Zählen des Silbers persönlich vornahm. Mercedes entschuldigte sich in höchster Verlegenheit bei ihrem Hausgast, ohne der endlosen Bestandsaufnahme Einhalt gebieten zu können. Ponty gab vor, den Argwohn der Haushälterin nicht zu bemerken, versetzte die arme Mrs. Hennepin aber in tägliche Aufregung, indem er Jadefigürchen umstellte und das Silber in den Schubladen anders ordnete.

Brittons und Brendans Einschulung wurde wegen der Ereignisse in Weybourne Park aufs nächste Jahr verschoben, eine Entscheidung, die Mercedes bald bereute, da die Rangen einen Lausbubenstreich nach dem anderen ausheckten. Nur Colins Geduld hielt sie davon ab, die Buben bis zur Volljährigkeit in der Turmkammer einzusperren, wie sie versicherte.

Wenn die Zwillinge Mercedes nicht in Beschlag nahmen, so waren es Sylvia und Chloe. Als beide strahlend verkündeten, sie wollten eine Doppelhochzeit, floh Mercedes in ihr Zimmer, um ihrem Geschnatter zu entgehen. Sylvias Verlobung mit Aubrey Jones mitten in der ganzen Aufregung war enervierend genug, doch eine Doppelhochzeit für die Schwestern auszurichten, die alle fünf Minuten ihre Wünsche änderten, überstieg ihre Nervenkraft.

In all der Hektik und Aufregung bildete Colin Thorne den ruhenden Pol. Mercedes brauchte keinen Grund, um seine Nähe zu suchen. Er nahm sich stets Zeit für sie und war nie ungeduldig mit den Kindern. Seine wohl tuende Ruhe übertrug sich auf alle Bewohner.

Zu Beginn hatte Mercedes Albträume, in denen längst vergessen geglaubte Ereignisse auf sie einstürmten, und sie wachte in kalten Schweiß gebadet und schlotternd vor Angst auf. Dann nahm Colin sie in die Arme und hörte ihr zu.

Eines Nachts trug er sie auf die Terrasse, setzte sich mit ihr auf die Steinbalustrade und wiegte sie wie ein Kind. Er zählte sechs Sternschnuppen, ehe sie in seinen Armen eingeschlafen war.

Ihre seltsam verschlungenen Schicksalswege, die merkwürdigen Zufälle, die sie schließlich zusammengeführt hatten, erschienen Mercedes unterdessen nicht mehr verwunderlich. Im Gegenteil, sie schienen ihr unvermeidlich, als habe eine höhere Macht die Finger im Spiel gehabt und sie unbeirrt einander zugeführt. Diese Gedankengänge behielt Mercedes allerdings wohlweislich für sich. Colins Denkweisen waren eher pragmatischer Natur, was Mercedes bislang auch für sich in Anspruch genommen hatte.

Colin setzte sich nun in den hohen Ledersessel. Mercedes ließ sich nicht lange bitten, auf seinem Schoß Platz zu nehmen und sich mit einem wohligen Seufzer an ihn zu kuscheln.

Colin hauchte einen Kuss an ihre Schläfe. »Machst du dir Sorgen wegen Severns Aussage morgen vor Gericht?«, fragte er.

»Nein«, antwortete sie. »Nicht mehr. Ich wünschte nur, dass endlich alles ausgestanden wäre. Selbst Mr. Patterson ist mittlerweile der Meinung, dass Weybourne Park rechtlich in deinen Besitz übergegangen ist. Severns Behauptung, du hättest bei der Wette betrogen, ist unhaltbar, zumal er den Namen des Mannes nicht nennen will, der Zeuge der Vorfälle auf der Lichtung war.«

Colin nickte. »Severn wird sich wundern, warum *wir* Ponty nicht erwähnt haben.«

»Ich hoffe, er platzt vor Neugier«, sagte sie.

Colin zog eine Braue hoch. »Ein herzloser Gedanke.«

»In Severns Fall bin ich gern herzlos.« Mercedes nippte an ihrer Tasse. »Hast du dir überlegt, wie die Dinge sich ohne Pontys Hilfe entwickelt hätten?«

»Ich denke jeden Tag darüber nach.«

»Er will nichts davon hören.«

»Weil er sich selbst Schuld daran gibt, dass es so weit gekommen ist.«

Mercedes fuhr auf. »Wieso? Welchen Grund hätte er?«

»Er denkt, wenn er sich in Boston nicht an den Grafen herangemacht und nie behauptet hätte, mit mir auf der Rekordfahrt der *Mystic* gewesen zu sein, wäre dein Onkel in Boston geblieben. Ponty dachte ursprünglich, seine Einmischung würde uns helfen. Doch die späteren Ereignisse ließen ihn zweifeln und er fragte sich, ob er uns nicht größerer Gefahr ausgesetzt hat.«

Mercedes stellte die Tasse auf dem Beistelltisch ab. »Dann weiß er nichts über den Charakter meines Onkels. Auch nicht über Severns Charakter.«

»Mich musst du davon nicht überzeugen.«

»Du hast Recht«, seufzte sie. »Ich hätte wissen müssen, dass Ponty so denkt, als er sich weigerte, mit Aubrey England zu verlassen. Obwohl Mrs. Hennepin immer noch überzeugt ist, er sei nur geblieben, um die letzten Wertsachen im Haus zu klauen.«

Colin lachte leise und stellte seine Tasse neben die ihre. »So wie er die Pistole aus Severns Hosenbund geklaut hat.«

»Ein Beweis, was für ein kunstfertiger Taschendieb er ist.« Ihre Finger glitten sanft Colins Hemdbrust nach unten und schlüpften in seinen Hosenbund. Sie blickte ihm dabei unverwandt in die Augen. »Wie hat er das nur fertig gebracht, ohne dass Severn etwas bemerkte?«

»Keine Ahnung. Ich jedenfalls spüre deine Hand.«

»Ach wirklich? Hmm. Ich wäre also kein geschickter Taschendieb.«

Ihr Lächeln neckte ihn ebenso wie ihre Hände. »Denkst du, ich sollte bei ihm Unterricht …«

»Nein«, entgegnete Colin und hielt ihr die Handgelenke fest. »Mir gefällt es.«

Mercedes küsste ihn. Sein Griff lockerte sich und sie konnte ihre Hände wieder frei bewegen.

Keiner hörte das kratzende Geräusch an der Tür. Erst als zaghaft geklopft wurde, fuhren die Liebenden auseinander. Mercedes sprang auf die Füße, fuhr sich übers Haar und strich ihre Röcke glatt. Colin steckte das Hemd in die Hose, zog an den Schößen seines Gehrocks und bedachte Mercedes mit einem vorwurfsvollen Blick. Abgesehen von ihren geweiteten Pupillen wirkte sie erstaunlich unschuldig. Falls sie erregt war, so war dieser Zustand weniger sichtbar als das, was sie zwischen seinen Schenkeln angerichtet hatte.

»Ich dachte, sie liegen alle im Bett«, knurrte Colin und kam sich vor wie ein Schuljunge, der dabei ertappt wurde, mit der Gattin des Rektors Zärtlichkeiten auszutauschen. Er nahm das Buch zur Hand und gab vor, in die Lektüre vertieft zu sein.

Mercedes öffnete die Tür. Auf dem Flur stand die Haushälterin. »Ja?« Mercedes mochte den Eindruck sittsamer Unschuld erwecken, doch ihre rauchige Stimme verriet sie. Sie räusperte sich und versuchte es noch einmal. »Was gibt's, Mrs. Hennepin?«

»Bitte entschuldigen Sie die Störung, Madam, aber Sie und der Captain haben Besuch. Der Graf wünscht seine Aufwartung zu machen.«

Einen Augenblick begriff Mercedes nichts. Ihren ersten Gedanken, Mrs. Hennepin beziehe sich auf ihren Onkel, wischte sie rasch beiseite. Sie hörte, wie Colin aufstand und die Bibliothek durchquerte.

»Was soll das?«, fragte er.

»Lord Fielding wartet in der Halle«, sagte die Haushälterin verschüchtert. »Er ließ sich nicht abweisen.«

Mercedes furchte die Stirn. »Severns Vater? Zu dieser Stunde?« Sie erwartete keine Antwort von Mrs. Hennepin und wandte sich an Colin. »Was kann ihn zu uns führen?«

Colin legte ihr sanft die Hand auf die Schulter. »Führen Sie ihn herein, Mrs. Hennepin. Es ist uns eine Ehre, ihn zu empfangen.«

Der Graf von Rosefield betrat ohne fremde Hilfe die Bibliothek, nur auf seinen Ebenholzstock gestützt. Er bewegte sich langsam, aber mit sicheren Schritten. Sein Gesicht war grau. Dort, wo die Haut sich über Stirn und Wangenknochen spannte, wirkte sie wächsern, beinahe durchsichtig. Die tief eingegrabenen Falten in seiner Stirn und um den Mund sahen aus wie in Stein gemeißelt. Seine achtundsiebzig Jahre waren ihm deutlich anzusehen.

»Danke, dass Sie mich empfangen«, sagte er steif.

Mercedes begrüßte ihn mit ausgesuchter Freundlichkeit. »Es ist uns eine unerwartete Freude, Mylord. Bitte nehmen Sie Platz. Darf ich Ihnen eine Tasse Tee anbieten?«

»Etwas Stärkeres«, meinte Colin. Der Graf wirkte nicht nur abgezehrt, er sah aus, als habe er einen tiefen Schock erlitten. »Scotch?«

»Tee«, erwiderte der Graf. »Meine Ärzte sagen, ich ...« Er unterbrach sich mit einer wegwerfenden Handbewegung, »Pah! Was wissen diese Quacksalber schon! Scotch ist in Ordnung.«

Colin schenkte dem Grafen einen großen Schluck ein, sich selbst etwas weniger, reichte Lord Fielding das Glas und nahm neben Mercedes auf dem Sofa Platz. Es gab keinen Austausch höflicher Förmlichkeiten. Der Graf kam sofort zum Grund seines Besuches.

»Ich komme direkt aus dem Gefängnis«, sagte er. »Es hat einen Unfall gegeben. Lord Severn ... Marcus ...« Er senkte den Blick in sein Glas. Seine Hand zitterte und die Flüssigkeit schlug kleine Wellen. »Mein Sohn ist tot.« Sein Blick fand Mercedes, der ein spitzer Schrei entfuhr. »Es ist eher ein Schock als Grund zur Trauer. Ich fürchte, mehr Schmerz kann ich über den Tod meines Sohnes nicht empfinden. Was ich in den letzten Wochen über ihn erfuhr … sein Hang zur Grausamkeit … das Ausmaß seines Betruges … das war …« Die Stimme versagte ihm. Er nahm einen tiefen Schluck.

»Wie konnte das geschehen?«, fragte Mercedes leise.

»Die Frage ist berechtigt, aber die Tatsache überrascht mich nicht. Um morgen nicht vor Gericht aussagen zu müssen, machte Marcus einen Fluchtversuch. Im Zweikampf mit dem Gefängniswärter stürzte er und schlug mit dem Hinterkopf gegen den Steinfußboden. Der herbeigerufene Arzt meinte, der Tod sei nicht durch die Wucht des Aufpralls, sondern durch den unglücklichen Winkel des Sturzes eingetreten. Marcus hat sich das Genick gebrochen.«

Colin und Mercedes schwiegen, wofür der Graf von Rosefield dankbar war. »Ich weiß auch nicht, was ich dazu sagen soll. Gebt euch keine Mühe. Ich weiß, welches Leid mein Sohn euch beiden zugefügt hat. Vielleicht denkt ihr, ich komme nur als Überbringer schlechter Nachrichten, doch in Wahrheit hatte ich diesen Besuch lange geplant.« Mercedes war die Überraschung deutlich anzumerken. Captain Thorne hielt seine Gefühle unter Kontrolle.

»Captain, mein Diener wartet in der Halle. Er hat Dokumente bei sich, die Sie interessieren werden. Bringen Sie sie bitte herein. Ich schulde Ihnen eine Erklärung.«

Colin erhob sich und verließ den Raum, um nach einigen Minuten zurückzukehren und dem Grafen einen vergilbten, mit einem schwarzen Band verschnürten Stapel Papiere auszuhändigen.

Der Graf legte das Bündel auf den Schoß. »Ich fand diese Unterlagen kürzlich in Marcus' Londoner Haus, Dokumente, die er sich unrechtmäßig angeeignet hat. Sie gehören mir. Ich erhielt sie von meinem Rechtsanwalt, der vor zwölf Jahren verstarb. Ich weiß nicht, wann Marcus sie fand und ihre Bedeutung begriff. Er hat mir nie gesagt, dass er sie an sich nahm, und ich vermisste sie nicht, da ich sie an einem sicheren Ort wähnte, wo ich Dinge aufbewahre, von denen ich mich nicht trennen kann, an die ich aber auch nicht täglich erinnert werden möchte.«

Mit zittrigen Fingern glättete er das vergilbte Papier. »Danke für Ihre Geduld«, sagte er nach einer Pause.

»Bitte«, meinte Mercedes, ernsthaft um den greisen Grafen besorgt. »Lassen Sie die Sache ruhen, wenn es Sie sehr belastet. Vielleicht sollten die Papiere wieder an diesen Ort zurückgebracht werden.«

Davon wollte der Graf nichts hören. Ein Hauch Farbe kehrte wieder in sein Gesicht zurück, als der Scotch seinen Magen wärmte. »Nein, ich muss es loswerden. Das sagte ich auch Marcus und er wusste, was es für ihn bedeutete.« Seine Stimme klang hohl. »Vielleicht hat ihn das zu seinem Fluchtversuch veranlasst.«

»Sie dürfen sich keine Schuld geben«, bat Mercedes leise.

Lord Fielding hob abwehrend die Hand. »Mich trifft daran eine gewisse Schuld«, widersprach er, krümmte die Finger zur Faust und ließ sie schwer auf die Papiere fallen. »Ich überlasse Ihnen dieses Paket zum Studium, möchte Ihnen aber zuvor den Inhalt erklären. Diese Unterlagen sind das Ergebnis der unermüdlichen Arbeit von Mr. Elliot Willoughby, der dreißig Jahre in meinen Diensten stand. Die letzten acht Jahre seines Lebens widmete er sich ausschließlich der Aufgabe, den Aufenthaltsort meiner Enkelsöhne herauszufinden.«

Mercedes furchte die Stirn. »Doch nicht Severns Kinder.«

»Nein. Er war damals noch sehr jung. Es handelt sich um die Kinder meines erstgeborenen Sohnes, Marcus' Halbbruder. Ich hatte drei Kinder, John, James und Marcus. James starb als Säugling an Scharlach, das ihn und meine Gattin dahinraffte. John blieb von der Krankheit verschont und wuchs zu einem prachtvollen Mann heran, stolz und eigensinnig wie sein Vater, doch im Gegensatz zu mir hatte er ein gütiges, verständnisvolles Herz.« Der Graf räusperte sich. »Darf ich offen sprechen?«

Mercedes nickte. Colin enthielt sich jeden Kommentars.

»Marcus ist mein unehelicher Sohn aus einer unglücklichen Verbindung. Die ersten vierzehn Jahre seines Lebens verbrachte er bei seiner Mutter und daran hätte sich nichts geändert, wäre mein erster Sohn nicht verstorben. Erst nach dessen Tod habe ich schließlich getan, worum John mich Jahre zuvor gebeten hatte: seinen Halbbruder gesetzlich anzuerkennen.«

»Das wusste ich nicht«, flüsterte Mercedes kopfschüttelnd.

»Es ist lange her«, meinte der Graf. »Du warst damals noch ein Kind und Marcus verschwieg wohlweislich seine Herkunft, da ihm daran gelegen war, sie in Vergessenheit geraten zu lassen.« Seine Stimme war heiser geworden. Er griff nach dem Glas, nahm einen Schluck und fuhr gefasst fort. »In gewisser Weise war Marcus der Grund für das Zerwürfnis zwischen mir und seinem Bruder. John war klug und aufgeweckt, tüchtig und wissbegierig. Ich hatte große Hoffnungen in seine Karriere als Politiker gesetzt. Er hatte aber auch seinen eigenen Kopf in Herzensdingen und heiratete die falsche Frau. Zumindest war ich der Überzeugung, sie sei die falsche Wahl. Die Frau, in die er sich verliebte, war weder von Stand noch wohlhabend und zudem eine Schauspielerin. Der Gedanke, dass er sie heiraten wollte, erschien mir völlig absurd, und ich brachte mein Missfallen deutlich zum Ausdruck. Auch ich hatte in meiner Jugend eine Affäre mit einer Schauspielerin, bewies aber so viel Vernunft, sie nicht zu heiraten.«

Der Graf lachte bitter. »Ihr könnt euch nicht vorstellen, wie mein Sohn mich damals ansah. Ich benutzte damals schon einen Stock aus Eitelkeit und nicht, weil ich ihn gebraucht hätte. In meinem Zorn schlug ich mit dem Stock auf ihn ein, nicht einmal, ein halbes Dutzend Mal. John stand da, ohne mit der Wimper zu zucken. Unbeugsam und eigensinnig ertrug er die Schläge, bis der Stock auf seinem Rücken zerbrach. Man würde denken, nach dieser Züchtigung hätte er sich von mir abgewandt und wäre aus meinem Leben verschwunden. Doch das hat er nicht getan. Er glaubte, ich würde zur Vernunft kommen, und bat mich, Marcus als meinen Sohn anzuerkennen. Ich wollte nichts davon hören. Ich war meinen Verpflichtungen nachgekommen und hatte für Marcus und seine Mutter jahrelang Unterhalt bezahlt. Das reichte, sagte ich.«

»Erst dann ging er«, ergriff Colin nun das Wort und spürte, wie Mercedes ihre Hand in die seine schob. »Weil er sich nicht von seinem Entschluss abbringen lassen wollte. Er liebte sie. Emily. Das war ihr Name. In den ersten Ehejahren bestritt sie den Lebensunterhalt mit ihrer Schauspielerei und gab ihren Beruf erst auf, als John eine Anstellung als Schreiber in einer Anwaltskanzlei fand.«

Der Graf zeigte sich keineswegs überrascht, dass Colin die Berichterstattung übernahm. »Du hast ihre Gesichtszüge«, meinte er. »John siehst du nicht ähnlich.«

Colin schwieg.

»Abgesehen von deinem verdammten Schweigen. John war genauso. Und die Art, wie du mich jetzt ansiehst. Ich habe nicht mehr die Kraft, den Stock gegen dich zu erheben.«

»Ich würde es auch nicht zulassen.«

Lord Fielding lächelte wehmütig. »Nein. Du bist härter als John. Das sehe ich. Aber dazu hat das Leben dich wohl gezwungen.« Er nahm einen weiteren Schluck und fuhr fort. »Als mein Sohn mich verließ, verwischte er alle Spuren. Er nahm einen anderen Namen an und verließ London. Damals war ich zu stolz, um nach ihm zu suchen, und dann war es zu spät.« Er seufzte und es klang mehr wie ein unterdrücktes Schluchzen. »Es war deine Mutter, die mir von der Geburt jedes meiner Enkelkinder schrieb. Sie nannte weder Namen noch Einzelheiten, berichtete nur kurz, dass sie einen gesunden Knaben zur Welt gebracht hatte. Jedes ihrer Worte prägte sich in mein Gedächtnis ein und ich betete um das nächste Kind, nur um wieder von ihr zu hören. Ihr letzter Brief kam unerwartet. Es konnte keine weitere Geburtsanzeige sein, da die Geburt des letzten Kindes zu kurz zurücklag. Mit zitternden Fingern öffnete ich das Schreiben, voller Angst, was es diesmal enthielt.«

Colin erriet den Inhalt des Briefes seiner Mutter. »Sie kündigte unseren Besuch an.«

Der Graf nickte. »Ja, einfach so. Ohne Einladung, ohne Frage, ob ich euch sehen wollte. Es war eine schlichte Ankündigung.«

»Das nagt immer noch an dir«, sagte Colin.

Lord Fielding schnaubte verächtlich. »Ja. Verfluchter Stolz. Ich kann dir sagen, es fiel mir schwer, meinen Stolz zu überwinden. Aber ich ließ alles für die Ankunft meines verlorenen Sohnes und seiner Familie vorbereiten.« Seine Stimme wurde leise, seine Schultern sackten ein. »Er kam nie an. Niemand kam.«

Lastendes Schweigen breitete sich aus. Mercedes drückte Colins Hand fester. Sie wusste, dass er sich an den Tag erinnerte. Und sie dachte an die Rolle ihres Onkels in der furchtbaren Tragödie.

Der Graf ergriff wieder das Wort. »Es ist alles hier festgehalten.« Er klopfte mit dem Zeigefinger auf die Dokumente. »Willoughby machte Aufzeichnungen über sämtliche Nachforschungen. Ich beauftragte ihn, meinen Sohn zu suchen, nachdem niemand in Rosefield auftauchte, ohne zu ahnen, dass er bereits tot war. Ich vermutete, er habe es sich anders überlegt ... oder Emily habe ihre Meinung geändert. Es dauerte Monate, ehe Willoughby auf die Tragödie stieß, die eine Familie auf der Landstraße von London ereilte. Es war der Name, der schließlich seine Aufmerksamkeit weckte. Thorne. Der Dorn.«

Das wehmütige Lächeln des Grafen enthielt diesmal auch einen Anflug von Stolz. »Das passte zu John. Rosefields Dorn. Ein Dorn in meinem Fleisch. So habe ich ihn einmal genannt. Das hat er sich zu Herzen genommen.«

Fielding beugte sich vor und reichte Colin die verschnürten Unterlagen. »Nimm sie«, sagte er. »Und lies selbst, welche Mühen Willoughby auf sich genommen hat, euch zu finden. Er suchte Cunningtons Waisenhaus auf, nur wenige Wochen, nachdem du fort warst. Die Cunningtons waren ihm keine große Hilfe.«

Colin brannte eine Frage auf dem Herzen. »Meine Brüder?«

Der Graf schüttelte traurig den Kopf. »Es gab zu wenige Anhaltspunkte. Willoughby machte es sich zur Aufgabe seiner letzten Lebensjahre, sie zu suchen, aber er ist nicht weitergekommen. Verzeih mir, aber als ich vom Tod deines Vaters erfuhr, setzte ich die Suche nicht fort. Ich hatte den Mut verloren.«

Colin schwieg.

Mercedes blickte auf Colins Finger, die sich um die Dokumente gekrallt hatten. Er hatte neue Hoffnung geschöpft, die nun zerronnen war. »Diese Papiere waren in Marcus' Besitz?«, fragte sie.

»Ja, richtig«, antwortete der Graf.

»Dann wusste er, wer Colin ist«, fuhr sie fort.

»Ich denke, ja. Er leugnete es zwar, als ich ihn darauf ansprach, doch Marcus ist das Lügen nie schwer gefallen. Vermutlich ermunterte er Weybourne, die Wette mit Captain Thorne einzugehen, um einen Streit vom Zaun zu brechen. So etwas bereitete ihm ein diebisches Vergnügen. Ich gehe davon aus, dass er Weybourne anstachelte, ihn zum Duell zu fordern. Es stand ja nicht nur Weybournes Anwesen auf dem Spiel, sondern auch Rosefield.«

Die Augen des Grafen von Rosefield wanderten wieder zu Colin. »Es wurde noch nicht deutlich zur Sprache gebracht, Captain Thorne. Aber nun sind Sie Viscount Fielding und der Alleinerbe meines gesamten Besitzes.«

»Du bist wach«, sagte Mercedes leise und war froh, die Vorhänge nicht zugezogen zu haben. Das Mondlicht fiel auf Colins kantiges Profil. Er lag auf dem Rücken und hielt den Blick zur Zimmerdecke gerichtet. Als sie seine Brust sanft berührte, schob er einen Arm unter ihre Schultern. Mercedes beugte sich über ihn. Vermutlich hatte er nicht geschlafen, seit sie zu Bett gegangen waren. Nachdem der Graf sich verabschiedet hatte, waren beide noch lange mit der Lektüre der Dokumente beschäftigt gewesen. Bald würde der Morgen dämmern. »Bedauerst du, das alles zu wissen, Mylord?«

»Nur wenn du mich weiterhin so nennst.«

Ihr Zeigefinger strich seine Kinnpartie entlang. »Daran kannst du dich nur schwer gewöhnen, wie? Dass du Weybourne Park durch eigene Verdienste bekommen hast, scheint in Ordnung zu sein. Dass es aber dein rechtmäßiger Erbteil sein soll, passt dir nicht.«

»Ich werde wohl nie ein echter Engländer sein – trotz meiner englischen Herkunft.«

»Ich werde mich daran gewöhnen.«

Colin brummte wie ein Bär, dann drehte er sich zur Seite und küsste sie. Mercedes schmiegte sich in seine Arme und erwiderte seinen Kuss, innig, bedächtig und voller Hingabe. Nur zögernd löste sie sich von ihm. »Was ist?«, fragte er.

Mercedes erforschte sein Gesicht. »Du wirst ihn nicht zurückweisen«, sagte sie. »Lord Fielding. Deinen Großvater. Du wirst ihn nicht aus deinem Leben verdrängen. Es hat so viel Leid gegeben wegen hitziger Worte und falsch verstandenem Stolz. Er hätte heute Abend nicht zu uns kommen müssen. Ich glaube, er ist ein völlig anderer Mann als der, den dein Vater kannte.«

»Du musst mich nicht davon überzeugen, Mercedes. Ich gebe ihm keine Schuld.«

»Aber du warst so kühl und distanziert heute Abend.«

»Ich muss mich an so vieles gewöhnen. Er mag mein Großvater sein, aber ich kenne ihn nicht.«

Mercedes ließ es dabei bewenden. Alles zu seiner Zeit, dachte sie. Und die Zeit stand zu ihren Gunsten. Ihre Lebensfreude war erst im Keimen begriffen. Ihr Herz weitete sich.

»Liebe mich«, flüsterte sie. »Schenk mir dein Kind.«

Er berührte ihr Haar mit sanften Fingern, ließ sie über ihren Hals gleiten, den Schwung ihrer Schultern entlang. Sein Gesicht war dem ihren sehr nah. Ihre Knie berührten einander. Dann ihre Nasen. Er lächelte.

»Mal sehen, was ich tun kann.« Sein Atem hauchte prickelnd an ihre Lippen, ehe er sie küsste.

Leidenschaft erhitzte ihre aneinander geschmiegten Körper. Sie wiegte ihn. Er streichelte sie. Ihr schokoladenfarbenes Haar mischte sich mit seinen blonden Locken. Sein Mund umfing ihre Brust und sie bog sich seinen heißen, saugenden Lippen entgegen. Sie schob ihr Knie zwischen seine Beine und rieb sich an ihm. Ihre Fingerkuppen tanzten neckend sein Rückgrat entlang.

Das Paar vereinte sich in gegenseitiger Hingabe und

Wonne und schließlich mit machtvoller Leidenschaft, bis Mercedes ihre Wollust hinausschrie. Ihre kehligen Lustschreie beflügelten ihn, bis Colin seine Spannung zuckend in ihr entlud.

Sie lag ermattet an ihn geschmiegt, während seine Hand auf ihrem flachen Bauch ruhte. Mercedes verschränkte ihre Finger mit seinen und lächelte selig, bis der Schlaf sie übermannte.

Ob es an ihrem leidenschaftlichen Liebesspiel lag oder an der späten Stunde, zu der sie zu Bett gegangen waren, keiner bemerkte die helle Morgensonne, die sie an jedem anderen Morgen geweckt hätte. Es war der Lärm im Flur, der die Liebenden wachrüttelte. Britton und Brendan forderten Einlass.

»So fängt es an«, brummte Colin.

Mercedes stöhnte leise und drückte sich das Kopfkissen aufs Ohr.

Nach einem Blick zur Kaminuhr schlüpfte Colin in seinen Morgenmantel. »Wir haben verschlafen«, brummte er. »Sie kommen, um uns zu wecken. Wir wollen doch Ponty nach London begleiten.« Er warf Mercedes den Morgenrock zu und wartete, bis sie in die Ärmel geschlüpft war, bevor er die Tür öffnete.

Britton stürmte herein. Colin packte ihn am Kragen und warf ihn aufs Bett. Brendan hob erwartungsvoll den Kopf. »Ich auch, Sir?« Colin hob ihn am Hosenboden hoch und warf ihn neben Brendan, wo er einen Purzelbaum schlug.

»Gibt's noch mehr von der Sorte auf dem Flur?«, fragte Mercedes. »Ihr macht einen Lärm wie eine Gänseschar. Ich dachte, wir fahren nach London.«

Die beiden johlten vor Vergnügen und redeten durcheinander. »Beeil dich! Ponty will sein Schiff nicht verpassen. Er hat gepackt und wartet unten. Mrs. Hennepin ist völlig durcheinander, weil er sich überall neugierig umschaut. Ich glaube, sie will sein Gepäck durchsuchen, ehe er sich verabschiedet.«

Mercedes verdrehte die Augen zum Himmel und Colin schmunzelte erheitert, wie sie es an ihm so liebte.

Die Fahrt nach London verlief vergnüglich und kurzweilig. Ponty und Colin wechselten einander ab, den Zwillingen Geschichten aus ihrer Kindheit und Jugend zu erzählen, Begebenheiten, von denen Mercedes wünschte, sie entsprächen nur zu einem Drittel der Wahrheit.

Erst an der Gangway der *Remington Siren* wurden alle wieder ernst.

»Wenn Sie nach Boston kommen, suchen Sie Miss Jonna Remington auf«, sagte Colin an Ponty gewandt.

Pontys blaue Augen blitzten, als er die rechte Hand hob. »Ich schwöre es«, versprach er. »Miss Jonna Remington. Ich werde ihr sagen, dass ich auf Ihre Empfehlung komme.«

»Das verschafft Ihnen ein Entrée.«

»Ich will aber meinen eigenen Weg gehen.« Ponty klang ganz ernst, nur seine blitzenden Augen verrieten ihn.

Mercedes umarmte ihn. »Bleiben Sie so, wie Sie sind, Ponty.« Sie musste sich auf Zehenspitzen stellen, um seine Wange zu küssen.

Ponty nahm ihr Gesicht in beide Hände und sah ihr lange in die Augen. »Er hat großes Glück«, meinte er und löste sich lächelnd von ihr. Zwischen beiden Daumen und Zeigefingern baumelten ihre Ohrringe. »Zur Erinnerung«, grinste er und steckte den Schmuck ein.

Lachend umarmte er Colin und die beiden klopften einander kräftig auf die Schultern. Dann waren die Zwillinge an der Reihe. Sie warfen sich in Pontys Arme, wünschten ihm viel Glück und versetzten Mercedes und Colin in Erstaunen, weil sie sich bei ihm bedankten. Ponty wurde verlegen und brachte die Buben mit einem warnenden Blick zum Schweigen, bevor er die Gangway hinaufstürmte.

Colin, Mercedes und die Zwillinge standen am Kai, bis die *Siren* um die Flussbiegung verschwunden war. Sie zögerten immer noch, zur Kutsche zurückzukehren.

»Wieso habt ihr euch bei Mr. Epine bedankt?«, fragte Mercedes.

Britton zuckte die Achseln. Brendan schien etwas am anderen Ende des Piers brennend zu interessieren.

Die beiden hatten etwas zu verbergen. Mercedes hob

Brendan das Kinn mit dem Zeigefinger und sah ihn fragend an. »Nun?«

Brendan gab sich geschlagen. »Er hat uns ein paar Tricks beigebracht«, murmelte er.

»Wie bitte?«

»Ein paar Tricks«, erklärte Britton deutlicher als sein Bruder und holte einen goldenen Ohrring aus seiner Jackentasche. »Ich habe mir einen deiner Ohrringe wieder geholt. Und Mr. Epine hat es gar nicht bemerkt.«

Colin verbarg seine Belustigung und gab sich den Anschein, ebenso entsetzt zu sein wie Mercedes. »Vielleicht hätten wir sein Gepäck tatsächlich durchsuchen sollen«, meinte er, worauf Mercedes ihm einen Rippenstoß versetzte.

»Tricks?«, wandte Mercedes sich mit strenger Miene an die Zwillinge. »Nennt man Diebstahl neuerdings einen Trick?«

Brendan ließ schuldbewusst den Kopf hängen, kramte in seiner Jackentasche und zog etwas hervor. Er öffnete seine kleine Hand, um Mercedes den Gegenstand zu zeigen. »Ich hab deinen zweiten Ohrring.«

Doch es war ein anderer Ohrring. Das sahen Colin und Mercedes mit einem Blick. Es war ein Perlenohrring mit einem goldenen Tropfen, in dem die Buchstaben ER eingraviert waren. Die Perle trug eine goldene Krone. Es war nicht irgendein Ohrring. Es war *der* Ohrring.

»Er muss ihn gestohlen haben«, sagte Colin bedächtig. »Ponty Pine kann nicht mein Bruder sein.« Doch in seiner Stimme schwang Hoffnung, wie Mercedes deutlich hörte.

»Jetzt weiß ich, wie er zu Ponty gekommen ist«, meinte sie sinnend. »Er heißt eigentlich Pont Épine. Seltsam, findest du nicht? So seltsam, dass ich nie wirklich darüber nachgedacht habe.«

»Wie meinst du das?«, fragte Colin. Er hatte Brendan den Ohrring abgenommen und drehte seine Handfläche, in der das kostbare Schmuckstück lag. »Das ist französisch, wie?«

»Ja. L'épine ist ein Dorn. Thorne. Und Pont heißt Brücke … oder Plattform …«

Colin sah Mercedes in die Augen. »Oder Deck«, raunte er. Seine Stimme war nur für sie hörbar. »Decker Thorne.«

Mercedes berührte ihn am Ärmel. Diesmal war sie es, bei der Colin Halt suchte. Sie wandte das Gesicht der Flussmündung zu. »Ob er es weiß?«, fragte sie.

Die *Remington Siren* war längst am Horizont verschwunden. Colin schloss die Finger um den Ohrring und zog Mercedes an sich. »Ich denke schon«, meinte er. »Aber du hast ihn ja gehört. Er will seinen eigenen Weg gehen.«

Mercedes schlang ihren Arm um Colins Mitte und lehnte den Kopf an seine Brust. Sie hatten Colins Bruder nicht zum letzten Mal gesehen. Mercedes dachte an das Liebesspiel in den frühen Morgenstunden und ihre Wangen röteten sich. *Schenk mir ein Kind,* hatte sie gesagt. Und mit einem Mal wusste sie, dass es geschehen war.

Mercedes hatte einen triftigen Grund, Decker demnächst einen Brief zu schreiben. Und in neun Monaten würde er nach England zurückkehren. Er würde den Wunsch haben, sie und Colin, die Zwillinge und Weybourne Park zu besuchen, aber am sehnlichsten würde er sich wünschen, das Neugeborene zu sehen.